LES LECTRICES ONT AIMÉ !

« Je me suis passionnée pour l'histoire tourmentée de cette famille. Luna, vive et indépendante, incarne une héroïne moderne qui essaie de s'émanciper du poids des traditions. J'ai trouvé le roman agréable à lire, fluide et bien rythmé. J'ai adoré suivre cette famille sur quatre générations, les voir évoluer, vivre et aimer au fil de l'histoire tourmentée de Jérusalem, véritable héroïne du roman ! »
Caroline, de @1livredslapoche

« L'histoire est très convaincante et comporte un fond historique très intéressant. Une véritable invitation au voyage, des destins de femmes à travers les époques ainsi qu'un contexte historique qui mérite d'être mis en lumière. »
Jennyfer, de @books_owl

« J'ai beaucoup apprécié le style de l'autrice et le fait qu'elle intègre dans son récit des mots de judéo-espagnol. C'est un roman réaliste, qui dépeint la société juive de l'époque avec beaucoup de précision et qui m'a permis de découvrir un pays et une culture sur lesquels j'ai bien peu de connaissances. »
Laure, de @liseusehyperfertile

« Le dépaysement est total. Une immersion dans la culture juive sépharade, avec cette langue judéo-espagnole si caractéristique, ces fêtes et traditions religieuses. Mais surtout une très belle fresque de Jérusalem dans les années 1940. Une histoire où il est question de femmes, mais où la place des hommes est aussi importante, les points de vue oscillant entre chacun des protagonistes. Une très belle histoire de famille où trois sœurs resteront unies et soudées malgré les épreuves. Un roman poignant et envoûtant qui vous fera voyager
guerre de territoire et
religieuses et malédic
Aurélie, de @aurelivre

« J'ai lu avec intérêt l'histoire de cette famille. J'ai été immergée en Israël, j'ai pu sentir l'odeur des épices, je me suis baladée à travers les rues de Jérusalem et de Tel-Aviv. Une belle saga familiale comme je les aime. À découvrir ! »
Célia, de @ladybooksss

« J'ai aimé l'atmosphère pittoresque de la ville de Jérusalem, le dialecte juif sépharade empreint de langue espagnole. L'autrice a su distiller tout le long des éléments culturels qui rendent le roman dépaysant et riche. »
Soraya, de @soraya_bouquine

« Une magnifique histoire de destins de femmes. Le fond historique est très bien dosé, ni trop peu ni pas assez. J'ai trouvé ce livre fascinant. »
Anne-Sophie, de @escaleenborddepage

« C'est un drame familial qui rejoint le drame humain des différentes guerres et conflits qui ont créé cet État. J'ai beaucoup aimé ce roman et j'ai vibré avec les personnages. Ce livre m'a bouleversée. »
Marie-Anne, de @maddysbook

« Chaque personnage par ses blessures devient attachant, et l'autrice a su exprimer toute la complexité de leurs sentiments. Un roman fort, touchant et émouvant, que je ne peux que vivement recommander pour partir à la découverte de la création d'Israël mais aussi de la condition des femmes à travers plusieurs destins croisés. »
Debora, de @debora.moloc

« Un roman sur la transmission familiale et les coutumes locales totalement happant. Une magnifique découverte ! »
Jessica, de @the.eden.of.books

« Une lecture dont l'on ressort un peu plus riche. Je vous conseille La Belle de Jérusalem si vous désirez en apprendre un peu plus sur l'État d'Israël, son histoire et ses coutumes : avec ce roman-fleuve, l'immersion est totale ! »
Lise, de @douceur_de_lire

LA BELLE
DE JÉRUSALEM

Titre original : מלכת היופי של ירושלים
Traduit de l'hébreu par Léa Drouet

Publié avec l'autorisation de l'institut pour la traduction de la littérature hébraïque (The Institute for the Translation of Hebrew Literature).

10, place des Cinq-Martyrs-du-Lycée-Buffon
75015 Paris – France
www.editionscharleston.fr

ISBN : 978-2-36812-666-0

Maquette : Patrick Leleux PAO

Pour suivre notre actualité, rejoignez-nous sur Facebook (Editions.Charleston), sur Twitter (@LillyCharleston) et sur Instagram (@LillyCharleston) !

Charleston s'engage pour une fabrication éco-responsable !
Amoureux des livres, nous sommes soucieux de l'impact de notre passion et choisissons nos imprimeurs avec la plus grande attention pour que nos ouvrages soient imprimés sur du papier issu de forêts gérées durablement.

Sarit Yishai-Levi

LA BELLE DE JÉRUSALEM

Roman

Traduit de l'hébreu
par Léa Drouet

CHARLESTON
POCHE

1

Peu de temps avant mon dix-huitième anniversaire, ma mère, Luna, nous quitta. Un an plus tôt, alors que nous déjeunions en famille et qu'elle nous servait son fameux *sofrito* accompagné de petits pois et de riz blanc, elle s'était laissé tomber sur sa chaise en disant : « *Dio santo,* je ne sens plus ma jambe. »

Ce jour-là, mon père continua de lire son journal sans lui prêter attention. Mon petit frère trouvait cela très amusant.

« Maman a une jambe de pantin, dit Roni en la secouant sous la table.

— Ce n'est pas drôle, s'énerva ma mère, je n'arrive pas à poser le pied par terre. »

Papa poursuivit son repas, et moi aussi.

« *Por Dio,* David, je ne peux pas tenir sur ma jambe, elle ne m'obéit plus. »

Elle était au bord de la panique. Mon père finit par décoller les yeux de son journal.

« Essaie de te lever », suggéra-t-il.

Elle ne parvenait pas à se tenir debout sans s'accrocher à un coin de table.

« Il faut t'emmener au dispensaire, tout de suite. »

Mais à peine la porte franchie, sa jambe recommença à lui obéir. Elle la sentait à nouveau et s'appuyait dessus comme s'il n'était rien arrivé.

« Tu vois, ce n'est rien, déclara mon père. Tu es hystérique, comme d'habitude.

— C'est ça, hystérique, rétorqua Maman. Si c'était toi, on aurait entendu la sirène de l'ambulance depuis Katamon. »

L'épisode passa sans laisser de traces, si ce n'est que Maman ne cessait de le raconter à Rahelika, à Beki, et à tous ceux qui voulaient bien prêter l'oreille.

« Ça suffit ! s'énervait Papa. Combien de fois encore va-t-on entendre l'histoire de ta jambe de pantin ? »

C'est alors que survint le deuxième incident. Maman revenait de courses et juste avant d'entrer dans la maison, elle tomba et perdit connaissance. Cette fois, on appela une ambulance qui la transporta à l'hôpital Bikour Holim. Les médecins lui diagnostiquèrent un cancer et comme elle ne pouvait ni tenir debout ni marcher, il fallut l'installer sur un fauteuil roulant. À partir de ce jour, elle commença à se taire. Surtout avec Papa. Il lui parlait et elle ne répondait pas. Ses sœurs, Rahelika et Beki, délaissèrent mari et enfants pour s'occuper d'elle pratiquement vingt-quatre heures sur vingt-quatre. Malgré leurs supplications, elle refusait de sortir de la maison, honteuse à l'idée d'être vue en chaise roulante, elle qui avait les plus jolies jambes de tout Jérusalem.

J'avais beau avoir le cœur endurci, c'était déchirant de voir Rahelika lui éplucher une orange, son fruit préféré, en l'implorant de la manger, et Beki lui appliquer délicatement du vernis rouge sur les pieds et les mains car, même malade et affaiblie, elle mettait un point d'honneur à avoir les ongles faits. Rahelika et Beki s'efforçaient de se comporter normalement, comme s'il n'y avait rien de grave, et « jacassaient comme des pies », pour reprendre l'expression de grand-mère Rosa. Seule Luna, d'ordinaire la plus bavarde des trois, se taisait.

La nuit, elles se relayaient pour rester auprès de Maman, qui dormait désormais au salon dans le canapé convertible entouré de chaises pour l'empêcher de tomber.

Mon père la conjurait de regagner le lit de leur chambre à coucher, proposant de s'installer dans le salon, mais elle s'obstinait.

« Elle dit qu'elle manque d'air dans la chambre, expliquait Rahelika à Papa. Et mieux vaut que toi au moins tu dormes correctement, tu dois prendre des forces pour t'occuper des enfants. »

Sauf que Roni et moi, on n'avait pas besoin qu'il s'occupe de nous. On profitait de ce que tout le monde s'affairait autour de Maman pour prendre le plus de libertés possible et traîner dehors. Roni préférait la compagnie des garçons de son âge chez qui il passait toutes ses journées, et souvent aussi la nuit. Quant à moi, je ne quittais plus Amnon, mon amoureux. Ses parents tenaient une librairie dans le centre et sa sœur était déjà mariée, si bien que nous avions leur grande maison de la rue Hamaalot pour nous tout seuls. Si mon père s'était soucié de savoir ce que je faisais après les cours, s'il avait appris ce que nous combinions, il aurait démoli Amnon et m'aurait expédiée au kibboutz.

Lorsque je rentrais tard à la maison, Maman ne me traitait plus de fille des rues et ne me menaçait plus d'un « Attends un peu que je dise à ton père à quelle heure tu es rentrée ». Elle ne me jetait même pas un coup d'œil, se contentant de rester assise dans son fauteuil roulant à regarder dans le vide ou à parler à voix basse avec l'une de ses sœurs, les seules à pouvoir lui tirer un mot de la bouche. Papa préparait le dîner et lui non plus ne me posait guère de questions, il ne cherchait pas à savoir ce que je faisais. Apparemment, ça arrangeait tout le monde que je passe le moins de temps possible à la maison, histoire que je n'aille pas énerver ma mère, à qui je ne laissais aucun répit même depuis qu'elle était en fauteuil roulant.

Un après-midi, alors que je m'apprêtais à sortir pour retrouver Amnon, Rahelika m'arrêta.

« Je dois absolument faire un saut à la maison, me dit-elle. Reste avec ta mère jusqu'à ce que Beki arrive.

— Mais j'ai un examen ! Je dois aller étudier chez une amie.

— Invite ton amie et étudiez toutes les deux ici.

— Non ! »

La voix de ma mère, qu'on n'entendait quasiment plus à l'époque, nous fit sursauter.

« Tu n'invites personne ici ; si tu veux, vas-y, je n'ai pas besoin que tu t'occupes de moi.

— Luna, tu ne peux pas rester seule, intervint Rahelika.

— Je n'ai pas besoin d'elle pour me tenir la main. Je n'ai pas besoin que Gabriela s'occupe de moi, ni toi, ni Beki, ni le diable. Je n'ai besoin de rien, laissez-moi en paix !

— Ne t'énerve pas, Luna. Ça fait déjà deux jours que je n'ai pas vu Moïse et les enfants, je dois vraiment passer à la maison.

— Fais ce que tu veux, répondit-elle avant de se renfermer à nouveau dans sa coquille.

— Dieu me pardonne mes péchés ! » s'exclama Rahelika en se tordant les mains.

Je n'avais jamais vu ma tante aussi désespérée, mais elle se ressaisit immédiatement :

« Toi, tu restes à côté d'elle, m'ordonna-t-elle, et tu ne bouges pas d'un pouce. Je fais un saut à la maison et je reviens tout de suite, et ne t'avise pas de la laisser seule même une minute. »

Elle tourna les talons pour sortir et, à mon grand désarroi, je me retrouvai seule avec ma mère. La tension était palpable. Ma mère, le visage hostile et contrarié, était assise sur son fauteuil roulant, et moi j'étais plantée au milieu du salon comme une idiote. À cet instant, j'aurais été prête à tout pour ne pas rester seule avec elle.

« Je vais réviser dans ma chambre, je laisse la porte ouverte. Si tu as besoin de quelque chose, appelle-moi.

— Assieds-toi », m'ordonna-t-elle.

Quoi ? Elle me disait de m'asseoir, seule avec elle dans la pièce ?

« Je veux te demander quelque chose. »

Je me crispai. Maman ne me demandait jamais rien, elle se contentait de me donner des ordres.

« Je te prie de ne pas amener d'amis ici. Jusqu'à ce que je meure, je ne veux voir aucun étranger dans cette maison.

— Comment ça, jusqu'à ce que tu meures ? »

J'étais tellement paniquée que la seule façon de repousser ses mots, c'était de répondre par une phrase dont je fus moi-même sidérée :

« Tu verras, tu nous enterreras tous.

— Ne t'inquiète pas, Gabriela, c'est toi qui m'enterreras », murmura-t-elle.

La pièce était trop étroite pour nous contenir toutes les deux.

« Maman, tu devrais remercier le ciel. Il y a des gens qui attrapent le cancer et meurent tout de suite. Toi, le Seigneur t'aime bien, tu parles, tu vois, tu vis.

— Tu appelles ça vivre ? Je ne peux souhaiter cet état qu'à mes pires ennemis, je suis une morte-vivante.

— C'est toi qui choisis de prendre les choses de cette façon, répondis-je. Si tu voulais, tu pourrais t'habiller, te maquiller et sortir de la maison.

— Oui, bien sûr, marmonna-t-elle rageusement, sortir de la maison en chaise roulante.

— Ton ami, le rouquin qui partageait ta chambre d'hôpital pendant la guerre, il était bien en fauteuil roulant et je n'ai pas le souvenir qu'il soit resté cloîtré chez lui. Il souriait tout le temps, je me rappelle. »

Ma mère me jeta un regard incrédule.

« Tu te souviens de lui ? demanda-t-elle tout doucement.

— Évidemment que je me souviens de lui ; il m'installait sur ses genoux et me faisait tourner sur son fauteuil, comme dans les autos tamponneuses à la fête foraine.

— La fête foraine, murmura-t-elle. Le train fantôme. »

Elle fondit en larmes en me faisant signe de sortir de la pièce, de la laisser en paix.

Inutile de dire que je décampai. C'était trop pénible d'affronter cette conversation presque intime entre nous, la seule qui eût jamais ressemblé à une discussion entre mère et fille, et qui s'était elle aussi terminée dans les larmes.

Ma mère sanglotait comme une pleureuse à un enterrement, sa voix montait et redescendait et moi, je me bouchais les oreilles dans ma chambre. Je ne pouvais pas supporter ses gémissements désespérés, ses lamentations atroces. Je n'avais pas le courage de me lever pour la prendre dans mes bras et la réconforter.

Des années plus tard, j'allais regretter ce moment. Au lieu de s'ouvrir, mon cœur s'était refermé. Ce jour-là, allongée sur le sol froid de ma chambre, les mains sur les oreilles, je criai en silence : *Seigneur, fais-la taire, s'il te plaît mon Dieu, fais-la taire.* Et le bon Dieu, dans sa folie, m'exauça. Dans la nuit, on entendit l'ambulance, toutes sirènes hurlantes, s'arrêter dans un crissement de pneus devant notre maison. Quatre hommes costauds grimpèrent les cinquante-quatre marches jusqu'au dernier étage, l'étendirent sur un brancard et l'emmenèrent à l'hôpital. Sur la table d'opération, les médecins découvrirent à leur grande horreur que son corps était rongé de l'intérieur.

« C'est fichu, me dit mon père. Ils ne peuvent plus rien faire, ta mère va s'en aller. »

Bien des années après sa mort, lorsque je réussis à lui faire de la place dans mon cœur, à la connaître et à l'accueillir, ma tante Rahelika me révéla le secret de ses tourments, sa souffrance jamais apaisée, mais il était trop tard pour réparer ce qui s'était brisé entre nous.

***

Je suis une fille de l'automne, moi, je jaunis avec la chute des feuilles. Je suis née sur ses marches, à deux pas de l'hiver.

Enfant, j'attendais la première ondée et l'éclosion des scilles. Je me précipitais dans les champs, me roulais dans l'herbe mouillée, j'appuyais mon visage contre la terre et respirais le parfum de la pluie. Je ramassais des tortues et caressais leur carapace dure avec mes doigts fins, sauvais des nids de bergeronnettes tombés de l'arbre, cueillais des colchiques et des crocus et suivais les limaces qui envahissaient les champs avec la première averse.

Je disparaissais pendant des heures et ma mère, persuadée que j'étais chez mes grands-parents, ne me cherchait jamais. Quand je rentrais à la maison couverte de terre humide collée à mes vêtements, une tortue effrayée à la main, elle me fixait de ses yeux verts et marmonnait, dans un chuchotement qui résonnait comme l'écho d'une gifle :

« Tu es vraiment étrange. Comment, mais comment, ai-je pu mettre au monde une fille comme toi ? »

Moi aussi, je me posais cette question. Elle était si mince, si délicate, portait toujours des tailleurs bien coupés qui soulignaient sa taille de guêpe et des talons aiguilles comme dans les magazines en couleur de Sarah, la couturière, qui fabriquait toutes ses robes en copiant celles des actrices d'Hollywood.

Il fut un temps où Maman nous faisait confectionner exactement les mêmes, même tissu et même coupe. Elle me passait la robe en me recommandant cent fois de ne pas me salir, attachait un ruban assorti dans mes boucles rousses, faisait briller mes chaussures vernies avec un peu de salive, et nous descendions toutes les deux, main dans la main, au café Atara juste à côté de chez nous, dans la rue Ben Yehouda. Mais comme je salissais systématiquement mes robes et ne les traitais pas avec le respect qui leur était dû, elle finit par renoncer. De même qu'elle cessa de m'acheter des chaussures blanches vernies et des collants de mousseline. « Quel genre de fille tu fais ? Misérable ! Tu ne seras jamais une lady. C'est à se demander si tu n'es pas née dans le quartier kurde », disait-elle, et c'était la pire insulte dans sa bouche car, de toutes les communautés, c'étaient les Kurdes qu'elle détestait le plus.

Je ne comprenais pas pourquoi elle les haïssait à ce point. Même grand-mère Rosa ne les détestait pas, du moins pas autant que les Anglais. Je ne l'ai jamais entendue dire « Maudits soient les Kurdes », alors que si quelqu'un mentionnait les Anglais qui étaient présents dans le pays avant ma naissance, elle ajoutait systématiquement « Maudits soient les Inglais ».

Tout le monde savait que la haine de grand-mère Rosa pour les Anglais remontait à l'époque du Mandat, lorsque son petit frère Ephraim avait disparu pendant plusieurs années et vécu dans la clandestinité avec le Lehi, l'organisation des Combattants pour la liberté d'Israël.

Ma mère, elle, n'avait rien contre eux. Au contraire, elle disait souvent que c'était dommage qu'ils aient quitté le pays. « Peut-être que si les Anglais étaient restés, on n'aurait pas hérité des Kurdes. »

Moi j'aimais beaucoup les Kurdes et surtout la famille Barzani, qui habitait l'autre moitié de la maison de mes grands-parents. Les deux cours n'étaient séparées que par une fine clôture et, une fois par semaine, Mme Barzani allumait un feu dans la sienne et faisait cuire un délicieux feuilleté fourré au fromage fondu. Jusqu'au jour où ma mère m'interdit de m'approcher sous peine de raclée, j'attendais le moment où « la Kurde », comme l'appelait Grand-mère, m'invitait à m'asseoir par terre autour du *taboun* pour savourer le chausson qui avait un petit goût de paradis.

M. Barzani portait une robe longue – « comme les Arabes de la Vieille Ville », disait ma mère – et un turban autour de la tête. Son rire révélait sa bouche édentée, et il me prenait sur ses genoux en me parlant dans une langue que je ne comprenais pas.

« Papoutka, où ta mère a-t-elle bien pu t'acheter ? Au souk Mahane Yehouda ? C'est impossible que vous soyez de la même famille, elle et toi », plaisantait Mme Barzani.

Des années plus tard, ma tante Beki me raconta que notre famille avait un vieux compte à régler avec les Kurdes.

Mes grands-parents Ermoza avaient eu tante Beki sur le tard et elle m'aimait comme une petite sœur. Elle veillait sur moi et me consacrait beaucoup plus de temps que ma mère. Je lui servais également d'alibi quand elle retrouvait son amoureux, le bel Eli Cohen, qui était aussi séduisant qu'Alain Delon. Tous les après-midi, il arrivait sur sa moto noire rutilante, se garait à côté de l'escalier et sifflait la même ritournelle. Tante Beki sortait dans la cour, lui faisait signe, puis me traînait avec elle en criant à grand-mère Rosa : « J'emmène Gabriela au terrain de jeux. » Et avant même de lui laisser la possibilité de répondre, on était déjà en bas des marches, où attendait le bel Eli Cohen. Beki m'installait entre elle et lui, et la moto prenait la rue Agrippas jusqu'à la rue King George. En passant devant le bâtiment modeste juste en face de la parfumerie Tsila où ma mère achetait ses parfums et son rouge à lèvres, Beki disait toujours : « Voilà notre Knesset. » Un jour, on aperçut même Ben Gourion qui en sortait et se dirigeait vers la rue Hillel ; le bel Eli Cohen le suivit à moto et on le vit entrer dans l'hôtel Eden. « C'est là qu'il dort quand il vient parler devant notre parlement, dans notre ville de Jérusalem », m'expliqua Beki.

Après avoir vu Ben Gourion, le bel Eli Cohen fit demi-tour pour revenir dans la rue King George. « Eli ! Tu conduis comme un fou ! » hurlait Beki, mais il ne l'écoutait pas et filait sur sa moto, passait devant la rue Hamaalot et pilait devant l'entrée de Gan Ha'ir, le grand jardin public. Là, le rituel était toujours le même : ils m'envoyaient jouer sur la balançoire ou sur le toboggan et s'embrassaient jusqu'à la tombée du jour. C'est seulement à ce moment-là, quand le jardin se vidait de ses enfants et de leurs mères et qu'il ne restait plus que moi dans le bac à sable, que le bel Eli Cohen me coinçait entre lui et Beki sur sa moto et nous ramenait à la maison. Ma mère, venue me chercher, criait sur sa sœur : « Mais où diable étais-tu fourrée avec la petite ? Je vous ai cherchées dans toute la ville ! » Et Beki lui répondait : « Si tu l'emmenais toi-même au terrain de jeux au lieu de rester toute la journée au café Atara, je pourrais peut-être réviser mon examen de demain, alors tu peux me dire merci ! »

Ma mère réajustait sa jupe parfaitement coupée, passait la main sur sa coiffure impeccable, inspectait le vernis rouge de ses ongles et marmonnait : « Va au diable ! » Puis elle me prenait par la main et me ramenait à la maison.

Tante Beki se fiança au café Armon. Ce furent de belles fiançailles, avec des tables couvertes de bonnes choses et un chanteur qui reprenait des airs d'Israël Itzhaki. Tante Beki avait la splendeur de Gina Lollobrigida, et le bel Eli Cohen le charme d'Alain Delon. Lorsqu'on fit la photo avec les fiancés, grand-père Gabriel s'assit au milieu, et moi je me hissai sur les épaules de mon père et vis tout le monde depuis là-haut. Ce fut la dernière photo de grand-père Gabriel, qui mourut cinq jours plus tard.

Juste après sa mort, au moment de la *shiva*, la semaine de deuil, alors que ma mère pleurait tant qu'elle s'évanouissait constamment et qu'il fallait l'asperger d'eau pour qu'elle revienne à elle, que grand-mère Rosa répétait « *Basta*, Luna ! Reprends-toi, qu'il ne nous arrive pas encore une catastrophe ! » et que *tía* Alegra, la sœur de grand-père Gabriel, s'exclamait « La paix soit sur Gabriel, non seulement elle ne le pleure pas, mais elle ne laisse pas sa fille s'évanouir à cause de lui » – à ce moment-là précisément, Beki décida d'annoncer la date de son mariage avec le bel Eli Cohen. Tout le monde lui répondit : « *Mazal tov*, mais il faudra attendre un an par respect pour Gabriel. ». Et Beki rétorqua qu'il n'était pas question d'attendre un an car elle serait trop vieille pour avoir des enfants. « Dieu pardonne tes péchés, Gabriel, se lamenta *tía* Alegra, quel genre de filles as-tu élevées pour qu'elles ne t'accordent même pas le respect de l'année de deuil ? »

Ma mère, qui revenait à elle, murmura : « Grâce à Dieu, elle se marie enfin, je pensais qu'elle mourrait vieille fille », ce qui déclencha une émeute. Tante Beki courait après elle, les *sapatos* à la main, menaçant de la tuer si elle osait la traiter encore une fois de vieille fille, et ma mère ajouta : « Que veux-tu, *kerida*, c'est un fait, à ton âge j'étais déjà mère. » Tante Beki s'enfuit de la maison et moi je lui courus après dans les escaliers de la rue Agrippas jusqu'au cimetière de l'hôpital Wallach. Là, elle s'assit sur le muret, me prit à côté d'elle et fondit en larmes.

« Oh *Papo*, *Papo*, pourquoi tu es parti, pourquoi tu nous as quittés, *Papo* ? Qu'est-ce qu'on va faire sans toi ? » puis tout à coup elle cessa de pleurer, se tourna vers moi et me serra très fort dans ses bras : « Tu sais, Gabriela, tout le monde dit que c'est Luna que grand-père Gabriel préférait, mais moi je n'ai jamais senti qu'il m'aimait moins. Il avait un cœur d'or, c'est pour ça que tout le monde l'embobinait. Et toi, ma jolie, ne laisse jamais personne t'embobiner, tu m'entends ? Tu vas te trouver un garçon comme mon Eli, l'épouser et être heureuse, d'accord ma mignonne ? Ne commence pas à chercher à droite et à gauche, trouve un garçon comme Eli et sens l'amour ici, dans le cœur. »

Elle prit ma main et la posa au-dessus de son ventre, au milieu de ses deux beaux seins, « c'est exactement ici, Gabriela, que tu sentiras l'amour et à ce moment-là, tu sauras que tu as trouvé ton Eli et tu l'épouseras. Et maintenant viens, rentrons à la maison avant que grand-père Gabriel ne se fâche parce que je me suis échappée de sa *shiva.* »

Finalement, tante Beki attendit un an jusqu'à la fin de la période de deuil et se maria avec le bel Eli Cohen au café Armon, là où ils s'étaient fiancés. On me mit une robe blanche pour l'occasion et on m'envoya déposer des bonbons devant la mariée avec mon cousin Boaz, le fils aîné de tante Rahelika né quelques mois avant moi, tout guindé dans son costume de mariage et son nœud papillon.

Ma mère et Rahelika étaient inséparables. Elles avaient même choisi ensemble ma robe de demoiselle d'honneur et le costume de Boaz. Quand Rahelika n'était pas chez elle, rue Ussichkin, elle était chez nous, et quand ma mère n'était pas chez nous rue Ben Yehouda, elle était chez ma tante.

Après la mort de Grand-père, grand-mère Rosa se retrouva toute seule dans leur grande maison. Elle venait de temps en temps nous rendre visite ou allait voir ses deux autres filles. Elle arrivait immanquablement avec du chocolat et des bonbons à la réglisse et nous racontait toujours des anecdotes fascinantes sur la période où elle travaillait chez les Inglais.

« Arrête un peu avec ces histoires ! s'énervait ma mère. Ce n'est pas un si grand honneur d'avoir récuré les toilettes des Anglais. »

Grand-mère ne se laissait pas démonter :

« Ce n'est pas non plus une si grande honte. Je ne suis pas née princesse comme toi, avec une cuillère en argent dans la bouche, j'ai dû nourrir mon frère Ephraim, et en dehors de ça j'ai beaucoup appris des Inglais.

— Quoi, qu'est-ce que tu as appris des In… glais ? demandait ma mère en se moquant de sa prononciation. Et puis combien de fois il faut te le dire : *Anglais,* on dit *Anglais.* »

Grand-mère, ignorant ses sarcasmes, répondait tranquillement :

« J'ai appris à dresser une table, j'ai appris l'inglais. Je parle mieux que toi qui l'as appris à l'école des Inglais, et aujourd'hui encore ton inglais fait pitié.

— Quoi ? Moi je ne parle pas anglais ?! »

Ma mère était furieuse.

« Je lis des revues, je ne lis même pas les sous-titres au cinéma, je comprends tout !

— D'accord, d'accord, on te connaît, tu comprends tout sauf une chose, et c'est la chose la plus importante. Le respect et les bonnes manières. Ça, la reine de beauté de Jérusalem n'arrive pas à le comprendre. »

Ma mère sortait ostensiblement de la cuisine et me laissait avec grand-mère Rosa, qui me prenait sur ses genoux en me disant :

« Souviens-toi, Gabriela, il n'y a pas de travail honteux. Si, à Dieu ne plaise, tu devais un jour te trouver dans une situation où tu n'avais pas le choix

– je touche du bois –, même récurer les toilettes des Inglais, ce ne serait pas une honte. »

J'aimais beaucoup passer du temps avec grand-mère Rosa. C'était une grande conteuse et moi une excellente auditrice.

« Avant ta naissance, mais bien avant, Gabriela *kerida,* dans notre Jérusalem on vivait comme à l'étranger. Au café Europa, sur la place de Sion, un orchestre jouait et on dansait le tango, et sur la terrasse du King David il y avait le five-o'clock-tea avec un pianiste, on buvait le café dans des tasses en porcelaine fine et les serveurs arabes, que le diable les emporte, portaient le frac et le nœud papillon. Tu aurais dû voir les gâteaux qu'ils apportaient, avec du chocolat, de la crème et des fraises. Les hommes venaient en costume blanc et chapeau de paille et les femmes portaient des chapeaux et des robes comme aux courses de chevaux chez eux, en Ingleterre. »

Je sus des années après qu'elle n'avait alors jamais fréquenté le café Europa ni le King David. Elle me rapportait ce qu'elle avait entendu dans les maisons où elle faisait le ménage. Elle me racontait ses rêves, dont certains finiraient par se réaliser bien plus tard lorsque Nick, son frère fortuné qu'elle appelait Nissim, viendrait en visite à Jérusalem et inviterait toute la famille pour un café et des gâteaux sur la terrasse de l'hôtel King David. Et quand le pianiste commencerait à jouer, je jetterais un coup d'œil discret à ma grand-mère, dans ses plus beaux habits, et verrais une étincelle de joie dans ses yeux et une expression de satisfaction qu'on lisait rarement sur son visage.

Grand-mère Rosa avait eu une vie difficile, elle avait vécu avec un homme qui lui témoignait du respect mais ne l'aimait pas comme un homme aime une femme. Elle n'avait jamais connu le véritable amour et pourtant, elle ne se plaignait jamais, ne pleurait pas. Même pendant la *shiva* de grand-père Gabriel, quand des rivières de larmes coulaient des yeux de ma mère et de ses sœurs et menaçaient d'inonder tout Jérusalem, elle n'avait pas versé la moindre larme, et les seules fois où elle souriait ou même riait, c'était avec moi. Grand-mère Rosa n'embrassait jamais personne. Elle n'aimait pas toucher ni être touchée. Mais moi je m'asseyais sur ses genoux, mettais mes petits bras autour de son cou et collais des baisers sur ses joues desséchées.

« Ça suffit, Gabriela, ça suffit, *basta*, tu m'embêtes », me réprimandait-elle en essayant de se débarrasser de moi, et moi je l'ignorais et l'obligeais à me serrer dans ses bras en prenant ses mains épaisses pour les mettre autour de mon corps.

Après la mort de Grand-père, Grand-mère cessa d'inviter la famille pour les repas de Shabbat et des veilles de fête, si bien que la tradition du *hamin*, le ragoût de macaronis, passa chez nous. Après le copieux déjeuner de Shabbat, j'accompagnais Grand-mère chez elle et j'y restais jusqu'à ce que Maman ou Papa viennent me chercher. J'aimais les grosses commodes en bois, les buffets et leurs vitrines remplies de services en porcelaine et en cristal parfaitement alignés, les photographies de mariage de ma mère, de Rahelika et de Beki dans leurs cadres en argent. J'aimais la grande photo de mes aïeuls accrochée au mur : Grand-père, ce beau jeune homme en complet noir et chemise blanche avec cravate assortie, un mouchoir blanc dépassant de la poche de sa veste, assis droit comme un piquet sur une chaise en bois, le bras posé sur la table, un journal roulé dans la main ; Grand-mère debout à côté de lui, vêtue d'une robe noire boutonnée jusqu'au cou agrémentée d'un pendentif en or. La robe lui arrivait presque aux chevilles et elle portait des bas noirs et des chaussures vernies. Elle posait la main sur le dossier de la chaise, sans toucher son mari. Mon grand-père avait un visage sculptural, le nez, les yeux, les lèvres presque parfaits. Grand-mère avait une tête large, des cheveux noirs qu'on aurait dits collés sur son crâne et des yeux écarquillés. Ils ne souriaient pas, fixaient l'objectif avec un sérieux abyssal. Quel âge pouvaient-ils bien avoir ? Grand-père vingt et un ans peut-être ? Et elle seize ?

Sur le mur d'en face était accrochée une grande peinture à l'huile : un fleuve entouré de montagnes aux sommets enneigés, des bateaux à voile qui naviguaient sur la rivière et des maisons en pierre qui semblaient s'y déverser. Un pont de pierre reliait les deux rives et au-dessus de tout cela, un ciel bleu dégagé traversé de quelques nuages légers comme la plume.

J'aimais la table massive recouverte d'une nappe en dentelle et le gros saladier au centre toujours débordant de fruits, les chaises rembourrées tout autour et le grand canapé rouge foncé avec les coussins brodés par ma grand-mère, parfaitement ordonnés. J'aimais les tapisseries suspendues aux murs, qui racontaient chacune une histoire différente. Mais ce que je préférais, c'était l'armoire à glace en bois avec ses lions sculptés. Elle se trouvait dans la pièce de Grand-mère, qui faisait chambre à part. Je restais des heures devant le miroir à imaginer que j'étais Sandra Dee, que j'embrassais Troy Donahue et que nous vivions heureux pour l'éternité. J'aimais aussi la cour, partiellement protégée par un toit de tuiles qui projetait son ombre en été, avec sa clôture en fer sur laquelle pendait un bougainvillier mauve et que bordaient des géraniums plantés dans des boîtes en métal peintes en blanc. Il y avait plusieurs tabourets, la chaise en paille rembourrée sur laquelle grand-père Gabriel aimait à s'asseoir le soir, à côté de la table en bois où Grand-mère servait le dîner. Après la mort de Grand-père, sa chaise devint un monument à sa mémoire et personne ne s'y assit plus jamais.

La cour était mon royaume. Je me perchais sur un tabouret et fixais le ciel en attendant un arc-en-ciel, car un jour j'avais demandé à grand-mère Rosa ce qu'était Dieu et elle m'avait répondu que Dieu, c'était l'arc-en-ciel. Le reste du temps, je me prenais pour l'une de ces actrices hollywoodiennes que ma mère admirait tant. Dans notre ville de Jérusalem, on avait tourné *Exodus* et Paul Newman, la vedette du film, dont ma mère disait qu'il était encore plus beau que le bel Eli Cohen, logeait à l'hôtel King David. Tous les après-midi du tournage, ma mère me prenait par la main et m'emmenait à l'entrée du King David dans l'espoir de l'apercevoir. Après plusieurs jours sans succès, nous avions traversé la rue pour rejoindre le YMCA, où Maman avait acheté des billets pour cinq groush afin de prendre l'ascenseur jusqu'au sommet de la tour, la plus élevée de tout Jérusalem. « De là-haut, personne ne pourra me cacher Paul Newman », avait-elle déclaré.

Sauf que là aussi, impossible de le voir car, lorsqu'il arrivait au King David, la voiture le déposait devant les portes en verre à tambour de l'hôtel et il se glissait à l'intérieur sans même un regard pour la foule venue l'apercevoir.

Maman parvint tout de même à ses fins lorsqu'elle participa comme figurante à la scène de foule immortalisant le moment de la déclaration de la création de l'État d'Israël. Ce matin-là, elle emporta les jumelles que Papa avait achetées pour observer les oiseaux quand on allait se promener sur les collines de Jérusalem. Elle réussit enfin à l'apercevoir, mais ne cacha pas sa déception.

« Moi je l'ai vu mais lui, *nada*, et comment aurait-il pu, à un kilomètre de distance ? » Ma mère était convaincue que si Paul Newman l'avait vue de près, il n'aurait pas résisté. Personne ne pouvait lui résister. Il aurait suffi que quelqu'un lui dise qu'elle était la plus belle de tout Jérusalem, mais personne ne l'avait fait et elle dut se contenter d'aller tous les jours au cinéma Orion voir *Exodus* avec moi grâce à Alberto, l'ouvreur qui avait partagé sa chambre d'hôpital pendant la guerre et nous faisait rentrer sans payer.

Ma mère avait une admiration sans bornes pour les stars de cinéma, au premier rang desquelles Paul Newman, Joanne Woodward, Doris Day ou encore Rock Hudson, et moi je rêvais d'aller un jour à Hollywood, même si je ne savais pas où c'était, et d'en revenir actrice à succès. Maman aurait cessé de me traiter de misérable, de me dire que j'étais tellement étrange, et de s'effarer d'avoir pu mettre au monde une fille comme moi. Alors en attendant Hollywood, je m'entraînais.

Dès que la cour de mes grands-parents était vide, je vivais dans un film. Je m'appelais Natalie, comme Natalie Wood, je dansais pendant des heures dans les bras de James Dean, et quand James et moi arrêtions de danser, je m'inclinais pour saluer mon public imaginaire. Un jour, j'entendis un tonnerre d'applaudissements et de bravos. Je m'arrêtai, paniquée, et me rendis compte que tout le quartier s'était massé près de la clôture pour observer mon spectacle. Embarrassée au plus haut point, je me précipitai dans la maison, filai directement dans la chambre de Grand-père, où je m'allongeai sur son lit et enfouis la tête dans l'oreiller, les yeux remplis de larmes de honte. Grand-mère Rosa, qui avait assisté à tout le spectacle, ne vint pas me retrouver. Ce n'est que plus tard, quand je sortis de la chambre, qu'elle me regarda depuis le fauteuil du salon et me dit : « Gabriela *kerida*, pourquoi es-tu gênée ? Tu danses tellement bien, tu devrais demander à ta mère et à ton père qu'ils t'inscrivent au cours de ballet de Rina Nikova. »

De toute la famille, c'était de grand-mère Rosa que j'étais le plus proche. Du vivant de grand-père Gabriel, leur maison constituait le cœur de la vie familiale, le lieu où nous nous réunissions le vendredi soir pour le *kiddoush* et le dîner de Shabbat, et le samedi matin pour les *huevos haminados* que Grand-mère sortait de la marmite à *hamin* et que nous mangions avec des *borekitas* fourrés au fromage et du *sütlaç*, un dessert de riz au lait sucré sur lequel elle dessinait une étoile de David avec de la cannelle.

Après le petit déjeuner, les enfants allaient jouer dans la cour. Maman, Rahelika et Beki bavardaient et Papa, le Moïse de Rahelika et le bel Eli Cohen de Beki parlaient foot et finissaient toujours par s'écharper car mon père était un supporter de l'Hapoël de Jérusalem alors que Moïse et Eli soutenaient le Beitar. Le temps passait ainsi jusqu'à l'heure du déjeuner, puis nous mangions le ragoût de macaronis. Après le *hamin*, Grand-père se retirait pour sa sieste et, afin de ne pas le déranger, on nous envoyait aussi dormir, nous les enfants. Maman, Rahelika et Beki continuaient à discuter et Papa, Moïse et Eli se rendaient chez tante Clara, la sœur de mon père. Clara et son mari Yaakov, surnommé Jackotel, habitaient rue Lincoln, juste en face du terrain du YMCA où l'équipe du Beitar Jérusalem jouait tous les samedis après-midi. « Regarder le foot depuis la terrasse de Clara et Yaakov, c'est encore mieux que d'être assis dans la tribune d'honneur », disait toujours oncle Moïse.

Roni, mon petit frère, et moi avions surnommé notre oncle Jackotel après voir vu cent fois peut-être le film *Jack le tueur de géants*, « Jack kotel haanakim », au cinéma Orna grâce à Itzhak, l'ouvreur qui avait partagé lui aussi la chambre de Maman à l'hôpital pendant la guerre. « Quelle chance que Maman ait failli mourir pendant la guerre d'indépendance, disait Roni, sinon comment on irait voir les films gratos ? »

Après la mort de Grand-père, Grand-mère cessa de cuisiner et la tradition du *hamin* de macaronis le samedi midi déménagea chez nous. Après le déjeuner, au lieu de faire la sieste, nous allions tous regarder le match du Beitar. D'en bas, je voyais bien que la terrasse de Clara et Jackotel menaçait de s'effondrer sous le poids des millions de personnes qui s'y trouvaient, tous des parents, et je faisais bien attention à ne pas passer dessous et à marcher en face, le long du mur du terrain du YMCA.

Papa n'avait pas le choix, il était obligé de subir tous les samedis le Beitar Jérusalem, qu'il détestait. Tant qu'il pouvait regarder la partie depuis la terrasse sans rien payer, il y allait avec tous les autres mais ne manquait pas de maudire les « fils de chien » et de prier pour qu'ils perdent, quand tout le monde lui criait : « Va au diable, David, c'est pour ça que tu es venu ? Pour nous porter la poisse ? »

Grand-mère Rosa ne venait jamais avec nous après le *hamin* de macaronis, elle rentrait chez elle. Je l'accompagnais parfois et, pendant qu'elle faisait la sieste, je fouillais dans ses tiroirs à la recherche de trésors, mais quand elle se réveillait, elle se fâchait : « Combien de fois t'ai-je dit de ne pas fourrer tes mains dans les affaires des autres ? Tu sais ce qui est arrivé au chat qui avait mis les pattes dans un tiroir qui n'était pas à lui ? Sa patte s'est coincée et il a eu les doigts coupés. Tu veux te retrouver avec une main sans doigts ? » Et moi, terrorisée, j'enfonçais les mains tout au fond de mes poches en jurant de ne plus jamais les mettre dans les affaires des autres, sans jamais tenir ma promesse.

L'après-midi, lorsque Maman allait au café Atara ou ailleurs, Grand-mère venait parfois nous garder, Roni et moi. Je m'asseyais sur ses genoux et l'encourageais à me raconter des histoires sur la période d'avant ma naissance, sur les Inglais et la boutique de grand-père Gabriel au marché Mahane Yehouda, sur la voiture noire de Grand-père qu'ils prenaient pour aller à la mer Morte et à Tel Aviv, ou sur l'époque où ils habitaient dans un immeuble avec ascenseur en face de la synagogue Yechouroun, rue King George, quand toute la famille venait voir la baignoire et ses deux robinets, un pour l'eau chaude et un pour l'eau froide, une baignoire comme ma grand-mère n'en avait vu que dans les maisons des Anglais où elle faisait le ménage.

Je posais toutes sortes de questions, et Grand-mère me disait que j'avais avalé une radio et que je lui donnais mal à la tête, mais on voyait que ça lui plaisait de me raconter des choses qu'elle n'avait peut-être jamais révélées à personne.

Un jour, elle s'assit sur la chaise de Grand-père pour la première fois depuis sa mort et me dit :

« Gabriela *kerida*, ta grand-mère est déjà vieille, elle a vu beaucoup de choses dans sa vie. J'ai eu une existence difficile, mes parents sont morts lors de l'épidémie de choléra qui a frappé notre Jérusalem et nous sommes restés orphelins. J'avais dix ans, Gabriela, comme toi aujourd'hui, et Ephraim, qu'il repose en paix, en avait cinq, c'est le seul qui m'est resté. Nissim a fui en Amérique avant que les Turcs – que leur nom soit effacé – pendent notre frère Rahamim à la porte de Damas parce qu'il ne voulait pas s'enrôler dans leur armée. Nous n'avions rien à manger ni à nous mettre sur le dos. Tous les jours, j'allais au marché Mahane Yehouda après la fermeture pour ramasser les restes par terre : tomates, concombres, parfois une tranche de pain. Je devais m'occuper d'Ephraim et j'ai commencé à travailler comme domestique chez les Inglais. Là-bas, la dame me donnait à manger, je gardais la moitié et rapportais l'autre à Ephraim.

« Et puis quand j'ai eu seize ans, *nona* Merkada – qu'elle repose en paix – m'a mariée à son fils, ton grand-père Gabriel – qu'il repose en paix – et tout à coup ma vie est devenue confortable. Gabriel était un homme très riche et très beau, toutes les filles de Jérusalem le convoitaient et entre toutes, Merkada m'a choisie. Pourquoi moi, la pauvre orpheline ? Je ne l'ai su qu'après de nombreuses années, *muchos anyos.* À l'époque, je n'ai pas posé de questions. J'avais rencontré Gabriel à sa boutique, au souk. Tous les vendredis, j'allais chercher le fromage et les olives que lui et son père, *senyor* Rafael – qu'il repose en paix – distribuaient aux pauvres. Comment aurais-je pu rêver qu'il devienne mon époux et moi la mère de ses filles ? Quelles chances avais-je, moi l'orpheline sans nom ni famille du quartier de Shama, ne fût-ce que de m'approcher de la famille Ermoza ? Et voilà que tout à coup, de toutes les filles de Jérusalem, c'est moi qu'elle choisissait pour son fils. *Dio santo,* j'ai cru rêver, et même si elle m'a dit que je pouvais prendre du temps pour réfléchir, je lui ai répondu oui sur-le-champ et ma vie a changé du tout au tout. Du jour au lendemain j'avais une maison, des vêtements, à manger. J'avais une famille. Tout n'était pas rose, il y avait même beaucoup de points noirs, mais qu'y pouvais-je ? Peu m'importait du moment que je n'étais plus obligée de nettoyer les maisons des Inglais et qu'Ephraim pouvait vivre dignement, qu'il avait de quoi manger et se vêtir. Ce qui comptait, c'était qu'à la place de ma famille perdue, j'en retrouve une nouvelle : un mari, des enfants, une belle-mère dont j'espérais qu'elle se comporterait comme une mère, des belles-sœurs et beaux-frères dont j'espérais qu'ils se comporteraient comme des sœurs et frères.

« Gabriela, *mi alma,* je suis une vieille femme, je vais bientôt mourir et tu seras la seule à qui je manquerai. Mes filles – que Dieu les protège – verseront quelques larmes puis reprendront leur vie. C'est la nature humaine. Le temps fait son œuvre, les gens oublient. Mais toi, *kerida,* tu n'as pas la cervelle de moineau de ta mère, qui dit une chose et l'oublie la seconde d'après. Je m'en suis aperçue quand tu étais toute petite, tu ne fermais jamais la bouche, *avlastina de la Palestina,* tu posais constamment des questions, tu voulais engloutir le monde. Maintenant, *kerida mia,* je vais te raconter l'histoire de ta grand-mère Rosa, de ton grand-père Gabriel et de notre famille. Je vais te dire comment, alors que nous étions très riches, propriétaires d'une maison avec ascenseur et salle de bains et de la plus belle boutique du marché Mahane Yehouda, nous sommes devenus des misérables, avec tout juste assez pour acheter du vin pour la bénédiction du Shabbat.

« Tout ce que je sais, je le tiens de ton grand-père Gabriel, qui racontait l'histoire de la famille telle qu'il l'avait entendue de la bouche de Rafael, son père – qu'il repose en paix.

« Après la mort de Rafael, Gabriel s'est engagé à continuer à la transmettre à ses enfants et aux enfants de ses enfants, depuis le jour où ils sont arrivés de Tolède après que le roi Ferdinand et la reine Isabelle – que leur âme brûle dans les feux de l'enfer – ont chassé les Juifs d'Espagne vers la terre d'Israël. Et comme Gabriel et moi – Dieu nous pardonne nos péchés – n'avons pas eu de fils, il racontait encore et encore l'histoire à Luna, Rahelika et Beki en leur faisant promettre qu'elles la racontent à leur tour à leurs enfants. Mais je ne compte pas sur ta mère pour cela, vu qu'elle a la tête dans les nuages et que sa mémoire, *guay de mi sola,* mieux vaut ne pas en parler. Alors viens, *mi alma,* viens *bonika,* assieds-toi sur les genoux de ta vieille grand-mère et écoute les histoires que j'ai entendues de grand-père Gabriel. »

Je fis comme elle avait demandé. Sur ses genoux, blottie contre sa poitrine, je fermai les yeux en respirant son odeur chaude et familière qui avait la douceur du *sütlaç* et de l'eau de rose. Grand-mère jouait avec mes boucles, les entourait autour de son doigt osseux. Elle soupira lourdement et marqua une pause, comme on le fait avant de dire des choses importantes, puis elle poursuivit son récit comme si elle le racontait pour elle-même et non à moi.

« Après l'expulsion des Juifs de Tolède, le chef de famille, *senyor* Abraham, a voyagé avec ses parents, ses frères et ses sœurs jusqu'au port de Salonique et là ils sont montés sur un bateau qui les a emmenés directement au port de Jaffa.

— Et ta famille à toi, Grand-mère ?

— Ma famille aussi, *mi alma,* est arrivée de Tolède à Salonique et s'y est arrêtée pendant de nombreuses années jusqu'à ce que mon arrière-grand-père – qu'il repose en paix – immigre en terre d'Israël. Mais je ne te raconterai pas l'histoire de ma famille, Gabriela, car l'histoire familiale, c'est l'histoire paternelle, et du jour où j'ai épousé ton grand-père et suis entrée dans la famille Ermoza, je suis devenue moi aussi une Ermoza, et l'histoire de la famille de Gabriel est devenue la mienne.

« Alors écoute bien sans m'interrompre car si tu m'interromps encore une fois, je ne me rappellerai plus où j'en étais et je ne saurai pas où reprendre. »

J'acquiesçai et promis de ne plus intervenir.

« De Jaffa, *senyor* Abraham a voyagé trois jours, trois nuits peut-être jusqu'à Jérusalem, car son seul rêve était d'embrasser les pierres du Mur des Lamentations. À Jérusalem il a rencontré d'autres Juifs espagnols comme lui, qui l'ont amené à la synagogue et lui ont offert un endroit où dormir. À l'époque, dans le quartier juif de la Vieille Ville habitaient de petits commerçants, des boutiquiers, des artisans et aussi des bijoutiers qui travaillaient l'or et l'argent et commerçaient avec les Arabes. En ces temps-là, ils entretenaient des relations de respect et de bon voisinage avec les Ismaélites. Les Juifs espagnols portaient le même genre de robes et parlaient même arabe. D'ailleurs, certains Arabes parlaient le judéo-espagnol.

« La vie était dure à l'époque, *Dio santo.* Une femme pouvait avoir huit enfants l'un après l'autre et ils mouraient tous pendant l'accouchement ou quelques mois après la naissance.

« Moi aussi j'ai eu cinq enfants avec ton grand-père Gabriel, mais seules mes trois filles, longue vie à elles, ont survécu, *peshkado y limón.* Les garçons sont morts avant leur premier mois et après la naissance de Beki, mon utérus s'est refermé.

« J'ai fait tout ce qu'il fallait pour donner un fils à Gabriel. Entre les fiançailles et le mariage, ton grand-père et moi avons été invités à une circoncision dans la famille. Pendant la cérémonie, on m'a mis le nouveau-né dans les bras, puis je l'ai donné à mon promis qui l'a passé à son tour aux autres invités, comme le voulait la coutume pour que le jeune couple ait des garçons.

« Et Dieu soit loué, quelques jours après le mariage, j'avais déjà conçu. Comme j'ai aimé être enceinte ! Même ma belle-mère Merkada, qui ne m'a jamais rendu la vie facile, était gentille avec moi. Elle et toutes les parentes me couvraient de bonbons au miel pour s'assurer que je ne mette pas au monde une fille, à Dieu ne plaise.

« On ne dit pas de mal des morts, Gabriela, mais ma belle-mère Merkada – qu'elle repose en paix – ne perdait pas une occasion pour me planter un couteau dans le dos et dans le cœur. Pourtant, pendant cette première grossesse, elle a fait en sorte que l'on m'entoure d'amour.

Tout ce que je demandais m'était accordé, en particulier les choses les plus étranges car on savait que si je n'obtenais pas satisfaction, je risquais, Dieu nous en préserve, d'enfanter un bébé affreux avec une tache de vin sur la peau. Et moi, en plein hiver je demandais du raisin et des figues de Barbarie. Bien, mais où en trouver alors que dehors, il pleuvait des cordes ? Des cédrats, en revanche, ils m'en apportaient à foison car chez nous on disait que ce fruit, et notamment son mamelon, est une recette infaillible pour avoir un garçon.

« Lorsque est arrivé le moment de l'accouchement, Grand-père s'est précipité à la synagogue avec les autres hommes de la famille et ils ont prié pour ma santé et celle du bébé. Je suis restée dans la chambre avec la sage-femme et les aînées, au premier rang desquelles Merkada, et cette nuit-là, on a entendu mes cris depuis notre maison dans la Vieille Ville jusqu'au quartier de Nahalat Shiva, dans la ville moderne. J'ai poussé et encore poussé, *dale, dale, dale,* jusqu'à ce que l'âme me sorte pratiquement du corps, et lorsque j'étais convaincue que le Créateur allait me rappeler à lui, grâce à Dieu un garçon est né. Merkada a ouvert la porte et crié "*Bien nacido*", il est né, et tout le quartier qui attendait derrière la porte lui a répondu "*Sano ke ste*", qu'il soit en bonne santé. La sage-femme a pris le bébé pour le laver et l'emmailloter dans un tissu en coton blanc, puis me l'a posé sur le sein. Mais avant même que j'aie eu le temps d'embrasser ses cheveux roux, Merkada me l'a enlevé et a crié aux enfants de courir à la synagogue dire à Gabriel de venir voir son premier-né.

« Quand Gabriel est arrivé, il a pris le petit des bras de sa mère, l'a tenu délicatement comme si c'était une coupe en cristal précieux qui risquait de se briser si on le serrait trop fort, l'a approché de son cœur et a remercié le Créateur. Alors seulement il s'est tourné vers moi. J'étais allongée *komo muerta* entre les draps et, pour la première fois, il m'a embrassée sur le front.

« Que puis-je te dire, *kerida mia* ? C'était l'un des moments les plus heureux de ma vie. Enfin, depuis le jour de mon mariage, il me témoignait un peu d'amour. Même Merkada, avec son visage aigre comme un citron, qui ne me faisait jamais un sourire, me parlait toujours sur un ton sec et ne me demandait jamais comment j'allais, s'est tournée vers moi et m'a demandé "*Komo stas, Rosa ? Keres una koza ?*", comment vas-tu Rosa, tu veux quelque chose ? Et avant même que je puisse répondre, elle a demandé à sa fille Alegra de m'apporter du *leche kon dvash*, du lait au miel.

« J'étais heureuse, Gabriela, je sentais que pour la première fois depuis mon entrée dans la famille Ermoza, Merkada et Gabriel étaient contents de moi. J'avais donné un petit-fils à Merkada et un premier-né à Gabriel. Je sentais de la chaleur dans mon cœur, comme de l'orgueil ; il me semblait que j'avais peut-être enfin trouvé ma place au sein de la famille.

« On a appelé le nouveau-né Rafael, comme ton arrière-grand-père mort peu de temps avant mon mariage.

« Comme j'aimais ce bébé, la prunelle de mes yeux ! Je récurais la pièce dans laquelle nous habitions jusqu'à ce qu'elle brille. Malgré mon état d'épuisement après l'accouchement, je n'arrêtais pas de nettoyer, histoire que le petit n'aille pas attraper une maladie et mourir, Dieu nous préserve, comme les enfants des Yéménites à Silwan qui tombaient comme des mouches à cause de la saleté. Le berceau de Rafael était sous la fenêtre et j'avais suspendu au-dessus une lampe à huile que Gabriel avait rapportée de la synagogue, et tous les soirs après la prière, des érudits venaient lire le *Zohar* en l'honneur du petit.

« Mais ce bébé, on avait beau le gâter, l'aimer et prier pour lui, il ne cessait de pleurer. Je n'avais plus un jour ni une nuit pour moi. Il était tout le temps dans mes bras et n'arrêtait pas de sangloter. Je ne savais plus quoi faire. J'étais une enfant, j'avais peut-être seize ou dix-sept ans, et le petit criait quand il était dans son berceau, criait quand je le prenais. Je lui chuchotais des petits mots d'amour : *kerido mio, ijo mio, mi alma*, qu'est-ce qui te fait mal, Rafouli, qu'est-ce qui te fait mal ? Il pleurait et moi aussi, jusqu'à ce que je n'aie plus de larmes, mais ses larmes à lui ne tarissaient pas, il n'arrêtait pas une seconde, même pour respirer. Merkada disait que je n'avais peut-être pas assez de lait, qu'il fallait faire venir une nourrice, mais je ne voulais pas que mon bébé tète le sein d'une autre femme, je refusais que des mains étrangères posent son petit corps contre un sein étranger. Pour augmenter la quantité de lait, ma belle-mère me forçait à manger de l'ail, que je détestais, elle me répétait que seul l'ail pourrait encourager le petit Rafael à téter avec plus d'énergie et qu'ensuite il serait satisfait et cesserait de pleurer.

« Ce que je redoutais le plus, c'était le mauvais œil et les esprits malins. Il fallait avant tout duper Lilith, le pire des démons, dont tout le monde sait qu'elle aime surtout s'en prendre aux garçons. Pour qu'elle ne vienne pas s'emparer de mon bébé, Dieu me garde, je mettais des vêtements de fille à Rafael. Vois-tu, Gabriela, dans nos croyances on devait "vendre" l'enfant à quelqu'un d'autre pour tromper le diable. Ça s'est passé ainsi pour la mère de Gabriel, et c'est pour ça qu'on l'a appelée Merkada, celle qui a été vendue.

Lorsque est arrivé le moment de vendre le petit Rafael, je suis allée voir Victoria Siton, ma bonne voisine, et je lui ai dit : "J'ai un esclave à vendre", qui était la formule traditionnelle. Victoria a accepté "d'acheter l'esclave" et m'a donné un bracelet en or en échange. Le lendemain, les deux familles se sont réunies pour égorger une chèvre en guise de victime expiatoire et changer le prénom de Rafael, qu'on a nommé Merkado – vendu.

— Victoria, mon autre grand-mère ? interrompis-je à nouveau grand-mère Rosa.

— À l'époque, on ne savait pas que ton père épouserait Luna et que nous deviendrions parents. Victoria Siton était simplement notre voisine à Ohel Moshe et tel le voulait la coutume.

« Victoria Siton a gardé le petit Rafael trois jours chez elle, puis nous avons fait une nouvelle cérémonie de vente et l'avons racheté. Mais rien n'y a fait, ni les vêtements de fille, ni la vente à Victoria Siton. Les esprits étaient plus malins que nous et, un jour, alors que Rafael avait près d'un mois et que nous n'avions pas encore organisé la cérémonie de rédemption du premier-né, il est devenu bleu comme l'œil suspendu au-dessus de son berceau pour le protéger et avant même que j'aie le temps de crier et d'appeler Gabriel, il était mort. Merkada a soulevé la couverture de Rafael, a regardé Gabriel dans les yeux et lui a dit que c'était la punition de Dieu. Je ne savais pas encore pourquoi ton grand-père méritait une punition divine, c'est seulement après *muchos anyos* que j'ai compris à quoi la vieille femme aigre faisait allusion.

« La nuit où le petit Rafael est mort, je suis morte avec lui. Je ne suis pas morte quand les Turcs – que leur nom soit maudit – ont pendu mon frère Rahamim à la porte de Damas, ni quand mon père puis ma mère ont succombé à l'épidémie de choléra et que je suis restée seule au monde, une orpheline de dix ans avec son frère de cinq ans, pas plus le jour où j'ai compris que mon mari ne m'aimait pas et ne m'aimerait peut-être jamais et que ma belle-mère ne s'intéressait qu'à une seule chose, me pourrir la vie. Mais quand mon fils Rafael est parti, je suis morte et ton grand-père Gabriel aussi. Ce n'est qu'à la naissance de ta mère qu'il a recommencé à vivre.

« Après Luna, nous avons eu un autre fils, mais il est décédé avant même qu'on le circoncise et lui donne un prénom. Quant à moi, même après la naissance de Luna, je n'ai plus jamais retrouvé la joie dans mon cœur, même avec la naissance de Rahelika et Beki. Tu sais qui a rendu la joie à ta grand-mère ?

— Qui ? demandai-je en la regardant avec de grands yeux.

— Toi, *mi alma.* »

Elle qui n'aimait pas les baisers m'embrassa la tête, et je crus que mon cœur allait exploser.

« C'est toi qui m'as rendu la joie. Mes filles, que Dieu les garde, ne m'ont jamais aimée comme toi, *ija mia,* et peut-être que moi non plus je ne les ai pas aimées comme une mère doit aimer ses enfants. Mon cœur était rempli de tristesse et de nostalgie pour le petit Rafael, si bien qu'il ne restait plus de place pour elles. Mais toi, *kerida mia,* toi, *mi vida,* qui sait pourquoi, je t'aime beaucoup. Dès que tu es née, mon cœur s'est ouvert à nouveau, il s'est élargi et a laissé rentrer un bonheur dont j'avais oublié l'existence...

— Je t'aime, Grand-mère, tu es celle que j'aime le plus au monde, dis-je en serrant mes bras autour de ses hanches larges.

— L'amour, répondit grand-mère Rosa en riant, dans notre famille, Gabriela, l'amour est un mot qu'on ne prononçait jamais. Je n'ai jamais entendu ce genre de mot de la part de ma mère, qu'elle repose en paix. Elle a vécu dans la pauvreté toute sa vie et elle est morte d'une épidémie qui a emporté presque tout Jérusalem. Et je n'ai jamais eu la chance que Gabriel, paix à son âme, me dise "je t'aime" ne fût-ce qu'une fois. Et puis de toute façon, qu'est-ce que l'amour ? Qui le sait ? Mes filles, avant de se marier, disaient : "j'aime David, j'aime Moïse, j'aime Eli." Et moi je les regardais : "Tu aimes ? Le temps du Messie est arrivé." C'est une chance, une bénédiction du ciel qu'il ne nous soit resté que des filles, car chez nous les hommes épousent des femmes qu'ils n'aiment pas. Les hommes de la famille Ermoza, Gabriela, ne laissent jamais échapper de leur bouche le mot "amour", même lorsqu'ils sont seuls. Pourtant, des histoires d'amour à briser le cœur, des histoires d'amour sans amour, on en a dans la famille ; celles-là, le bon Dieu, loué soit son nom, ne nous les a pas épargnées.

« Bon, allez, ça suffit pour aujourd'hui, j'ai déjà parlé plus que je ne voulais. Lève-toi, ta mère va bientôt passer te chercher et elle va se fâcher si tu n'as pas dîné. Viens, *kerida,* aide-moi à couper les légumes pour la salade. »

Le samedi suivant seulement, après le *hamin* de macaronis, quand tout le monde partit voir le match du Beitar sur la terrasse de Clara et Jackotel, je retournai chez Grand-mère, elle m'installa de nouveau sur ses genoux et poursuivit l'histoire de la famille Ermoza.

« Ton arrière-grand-père, Rafael, était un homme vertueux, un érudit qui connaissait la *Kabbale* et a même fait la route de Jérusalem jusqu'à Safed pour aller prier sur la tombe de Rabbi Louria. On raconte qu'il avait décidé de renoncer au dais nuptial et pratiquement fait vœu de ne pas avoir d'enfants pour se consacrer entièrement à l'étude de la Torah.

— Mais alors comment grand-père Gabriel est-il né, si son père ne s'est pas marié ?

— *Pasensia, kerida,* chaque chose en son temps. Écoute bien et ne m'interromps pas, parce que si tu m'interromps encore une fois, je vais oublier ce que je voulais dire et toi tu ne sauras rien. *Dio Santo,* pourquoi toutes les filles de la famille Ermoza ne tiennent pas en place et n'ont aucune patience ? » soupira-t-elle.

Grand-mère prit son temps avant de poursuivre et baissa la voix comme pour révéler un secret :

« On raconte qu'un jour, le père de Rafael le sage est arrivé à Safed et lui a annoncé qu'il lui avait trouvé une fiancée de quinze ans, Rebecca Merkada, fille du rabbin Yohanan Toledo, un Juif pieux et grand commerçant. Rafael ne pouvait se révolter contre la volonté de son père, mais il a exigé et obtenu de rester trois mois à Safed avant de se marier, et à partir de là il s'est plongé dans un style de vie encore plus modeste et austère.

« Petit à petit, les trois mois se sont écoulés et le moment est arrivé pour Rafael de rentrer à Jérusalem pour épouser la vierge Rebecca Merkada, comme il avait été convenu entre les deux pères. Au fur et à mesure que la date approchait, Rafael redoublait d'efforts dans l'abstinence et le jeûne. Et c'est alors, Gabriela, c'est alors qu'il s'est passé quelque chose qui a changé sa vie à jamais.

« Tu es encore une enfant, Gabriela, mais tu dois savoir, *mi alma* : l'amour est aveugle ; il peut apporter un grand bonheur, mais aussi une grande tragédie. Ta grand-mère, Gabriela, n'a jamais connu ce sentiment. Ton grand-père ne m'a jamais aimée comme un homme aime une femme, et peut-être que moi non plus je ne l'ai pas aimé comme il est écrit dans le *Cantique des Cantiques.* Je me suis contentée d'être à ses côtés, je lui ai donné des filles – *sanos ke sten*, qu'elles soient en bonne santé – je me suis occupée de lui et d'elles et j'ai tout fait pour que nous ayons une bonne vie, ni plus ni moins. Mais le soir, avant de m'endormir, je me demandais toujours ce qu'était l'amour, et l'histoire que j'ai entendue sur ton arrière-grand-père Rafael ne me sortait pas de la tête.

« Un jour, Rafael se promenait dans une ruelle de Safed pour se rendre à la synagogue de Josef Karo, il était plongé dans ses pensées et murmurait des prières les yeux à moitié fermés, lorsqu'il s'est cogné sans le vouloir contre une jeune fille qui venait vers lui. Affolé, il a levé la tête et ses yeux ont croisé ceux de la jeune fille, bleus comme la mer et profonds comme un puits. Deux tresses d'or lui entouraient le visage et elle avait la peau très blanche. Rafael, qui avait l'impression d'avoir vu la beauté de la présence divine, s'est empressé de se cacher les yeux du revers de la main et de poursuivre son chemin. Mais pendant tous les jours et les nuits qui ont suivi cette rencontre, il n'a pas réussi à chasser l'image de la jeune fille de ses pensées. Elle lui apparaissait lorsqu'il faisait sa prière, le matin et le soir, le visitait quand il s'immergeait dans le *mikvé*, le bain rituel, et au moment où il s'allongeait pour dormir. Il ne comprenait pas ce qu'il ressentait mais savait seulement que ses yeux bleus l'avaient frappé comme l'éclair. *Dio santo*, se disait-il, c'est un péché, ce que je ressens pour cette femme étrangère est un péché.

« Il a décidé de jeûner encore plus strictement et s'est promis de se tenir éloigné des lieux fréquentés par les femmes, car il savait que sa fiancée l'attendait à Jérusalem. Mais la jeune Ishkénaze des ruelles de Safed le poursuivait comme un démon sans lui laisser de répit. Malgré tous ses efforts, il n'arrivait pas à chasser les images de la jeune fille aux yeux bleus et aux tresses blondes, jusqu'au jour où il s'est retrouvé dans la ruelle où il l'avait rencontrée la première fois et l'a vue sortir d'une maison. Il l'a suivie comme un fou, mais lorsqu'elle s'est retournée et a posé ses yeux bleus sur lui, il a pris ses jambes à son cou.

« Ce jour-là, Rafael a décidé d'anticiper son retour à Jérusalem et de se hâter de convoler pour se débarrasser une bonne fois pour toutes de ce *dibbouk* aux yeux bleus. Il ne lui était même pas venu à l'esprit d'adresser la parole à cette jeune fille issue de la communauté ishkénaze, il savait que ces choses-là étaient interdites, que c'était un péché. Tu comprends, Gabriela ? Un péché ! »

Je ne comprenais pas très bien ce qu'était la communauté ishkénaze et encore moins ce qu'était un péché, mais Grand-mère ne fit pas attention. Elle poursuivit son récit, davantage pour elle que pour moi. Elle parlait et parlait encore, comme possédée elle aussi par le *dibbouk*, me berçait sur ses genoux sans même sentir mon poids, et poursuivit son monologue une fois que je me fus endormie.

À mon réveil, la rue était silencieuse, on entendait seulement le murmure des prières de la synagogue voisine. De temps à autre, un cri d'enfant parvenait de l'une des cours. Je trouvai Grand-mère assise sur la chaise de Grand-père, plongée dans ses pensées.

« Bonjour, *kerida mia.* » Il était déjà tard, le repas du soir attendait sur la table dans la cour. Parfois, lorsque je dormais chez Grand-mère, elle faisait cuire des *burekitas* exprès pour moi et me préparait le *sütlaç* avec l'étoile de David exactement comme je l'aimais.

« Et pas un mot à ta mère, Gabriela, qu'elle n'aille pas s'y habituer ! Qu'elle continue à vous préparer des *burekas* et ne vienne pas m'en réclamer. »

Grand-mère, comme le reste de la famille, ignorait que Maman achetait les *burekas* tout faits chez Kadosh. Elle pensait qu'elle les préparait elle-même et moi, vu qu'elle m'avait fait promettre de ne le révéler à personne, je restai muette comme une carpe.

Grand-mère écala délicatement l'œuf dur et le coupa en quatre – « mange, mange ma mignonne, il faut que tu grandisses » –, puis elle se rassit sur la chaise de Grand-père et reprit son histoire là où elle en était restée lorsque je m'étais endormie quelques heures plus tôt.

« Tu as compris ce qui s'est passé, Gabriela ? Rafael, qu'il repose en paix, est tombé amoureux de l'Ishkénaze de Safed, et à l'époque il était absolument interdit pour un Juif espagnol de se marier avec une Ishkénaze. C'était du temps des Turcs, et sur la terre d'Israël il y avait peut-être six mille Juifs qui vivaient tous à Jérusalem. Non seulement des Séfarades, mais aussi des Juifs des pays ishkénazes. *Guay guay*, comme c'était dur pour eux. *Miskenikos*, les pauvres, ils ne parlaient ni arabe ni judéo-espagnol, ils étaient complètement perdus. Bon, mais les Ishkénazes aussi sont juifs, non ? Alors les Séfarades ont ouvert leurs portes, les ont laissés prier dans leurs synagogues, et les Ishkénazes faisaient tout comme eux, ils ont même commencé à parler arabe et à porter des robes comme les Séfarades, qui s'habillaient eux-mêmes comme les Arabes. Ils ont tout fait pour s'intégrer, que veux-tu, nous sommes tous juifs, il faut bien s'entraider. Mais se marier, à Dieu ne plaise ! Les Espagnols voulaient rester entre eux, se marier entre eux et surtout ne pas se mélanger à des Ishkénazes et donner naissance à des enfants moitié-moitié.

« *Guay de mi*, Gabriela, tu n'imagines pas le scandale et la honte qu'une fiancée ishkénaze aurait pu jeter sur la famille. Comme Sarah, la fille de Yehouda Yehezkel, qui avait épousé Yehoshua Yilin, l'Ishkénaze, et Yehouda Yehezkel avait beau répéter encore et encore que le père du promis était un grand spécialiste de la Torah, rien n'y avait fait, quelle honte. Les Séfarades étaient tellement opposés au mariage avec les Ishkénazes que Sir Moses Montefiore en personne avait offert une récompense de cent napoléons d'or pour chaque mariage mixte. Et tu sais combien ça fait, cent napoléons d'or, Gabriela ? Quelque chose comme un millier de livres, peut-être même dix mille livres. Eh bien malgré la pauvreté qui régnait alors à Jérusalem et même si cela représentait une somme dont la plupart des gens pouvaient seulement rêver, personne n'en a profité.

« Rafael, qu'il repose en paix, ne cessait de penser à la jeune fille. Ses yeux bleus le poursuivaient partout. Tu comprends, Gabriela *mi alma*, il ne l'avait vue qu'un bref instant, mais elle était rentrée tout au fond de son cœur et n'en sortait plus, si bien qu'au lieu d'étudier la Torah jour et nuit, il ne faisait que penser à la jeune Ishkénaze. Il errait tel un somnambule possédé par un démon dans les ruelles de Safed en la cherchant, le matin après la prière, à midi lorsque la chaleur du soleil poussait les habitants à chercher refuge dans la fraîcheur des maisons en pierre et que les rues se vidaient, et le soir après la prière, lorsque ses amis retournaient à la synagogue. Même tard dans la nuit, au moment où la lune et les étoiles allaient se coucher, il continuait à déambuler, regardant par les fenêtres, ouvrant les portes des jardins dans l'espoir de l'apercevoir. Mais c'était comme si la terre avait englouti l'Ishkénaze. Il ne l'a plus jamais revue et même si elle ne sortait pas de son cœur, au fond de lui il se sentait soulagé, y voyant un signe du ciel. Il est allé s'immerger au *mikvé* de Rabbi Louria pour purifier son corps, puis s'est empressé de retourner à Jérusalem.

« Quelques semaines avant la date prévue pour le mariage, il s'est rendu avec son père chez celui de la fiancée pour la voir pour la première fois. Sur tout le chemin, il est resté muet et n'a pas posé la moindre question à son père sur sa promise. Quant à la fiancée, *miskenika,* elle s'était enfermée à clé dans une pièce et il a fallu que sa mère brandisse une chaussure et menace de la tuer pour qu'elle accepte de sortir et de rencontrer son futur époux. À ce qu'on racontait, cela faisait trois jours et trois nuits qu'elle pleurait de peur, et que les paroles gentilles et aimantes de sa mère n'arrivaient pas à la consoler. Plus sa mère lui parlait de son rôle de femme au foyer et lui expliquait dans les détails comment se comporter avec son mari pendant la nuit de noces, plus la jeune fille sanglotait, terrorisée.

« Rafael et son père sont restés un long moment dans le salon de la famille Toledo à attendre que la promise sorte, jusqu'à ce que le père Toledo perde patience. Il leur a présenté ses excuses et il est entré dans la pièce où se trouvait sa fille en larmes. Il a menacé de la tuer si elle ne sortait pas immédiatement pour cesser de lui faire honte, reprochant à sa femme de trop gâter leur fille et de céder à tous ses caprices.

« Rebecca Merkada a fini par sortir de la pièce, cachée derrière sa mère, et a jeté un coup d'œil à son fiancé au visage couvert d'une barbe rousse, dont le regard était rivé sur le plancher. La rencontre a été brève. Sur le chemin du retour, Rafael était soulagé que son père s'abstienne de lui demander son avis sur sa future épouse.

« Le matin du mariage, les mères des fiancés et les femmes de la famille se sont rassemblées dans la maison de la future épouse avec leurs amies proches pour entourer la jeune fille et l'accompagner en chantant et en dansant tout en lui lançant des bonbons. Après le bain rituel, la mère de Rafael a pris le gâteau qu'elle avait apporté, l'a coupé au-dessus de la tête de la fiancée et a réparti les parts entre les amies nubiles en leur souhaitant de trouver rapidement à leur tour un fiancé, amen. Puis tout le monde est rentré chez soi, et la mère de Rafael s'est employée à expliquer de façon détaillée à son fils comment se comporter avec sa femme pendant la nuit de noces.

« "*Kerido mio*, lui a-t-elle dit, aujourd'hui je te remets entre les mains d'une autre femme. À partir d'aujourd'hui, c'est à elle que tu appartiens, mais n'oublie pas, je suis ta mère et je serai toujours plus importante que ton épouse. Et lorsque tu auras un enfant, avec l'aide de Dieu, et qu'il se mariera à son tour, ta femme, sa mère, sera plus importante que son épouse. C'est comme ça chez nous, la mère passe toujours avant l'épouse, la mère est la première des *senyoras*. Ton épouse, *mi alma*, est l'une d'entre nous, une brave fille. Ton père et moi l'avons choisie après avoir rencontré de nombreuses vierges. Mais ses parents l'ont beaucoup gâtée, donc tu dois la remettre tout de suite à sa place pour qu'elle comprenne bien qui gouverne à la maison ! Il n'est pas question que chez toi elle soit aussi gâtée que chez son père. Elle doit faire en sorte de garder la maison propre, de cuisiner pour toi et de faire ta lessive, et avec l'aide de Dieu, de te donner des enfants en bonne santé. Mais toi aussi tu dois t'occuper d'elle, subvenir à ses besoins, la respecter et la traiter en princesse. La nuit de noces, *mi alma*, comporte-toi avec elle comme un homme avec une jeune fille mais sois délicat, vas-y doucement, pas par la force, et si ça ne marche pas la première fois, essaie une seconde fois et si ça ne marche toujours pas, essaie une troisième fois. Tout doucement, avec délicatesse et avec l'aide de Dieu, dans neuf mois nous aurons une circoncision."

« Rafael, très gêné, gardait la tête baissée, s'efforçant de ne pas écouter ce que sa mère lui disait, mais elle ne cessait de parler et ce n'est que lorsqu'il posa sur elle un regard cinglant qu'elle se tut.

« "Encore une chose, *kerido*, a-t-elle ajouté avant qu'il ne perde patience. Juste avant de briser le verre, pose le pied une seconde sur celui de ta fiancée pour t'assurer que dans votre maison, tu seras le *senyor*, le maître, le roi."

« Le jour des noces, Rafael a revêtu ses plus beaux habits préparés depuis longtemps par sa mère, et, en tête d'une longue procession, s'est rendu à la synagogue Yohanan Ben Zaccaï, dans la cour de laquelle était installée la *houppa*, le dais nuptial. À la fin de la cérémonie, après avoir juré "Si je t'oublie, Jérusalem, que ma main droite m'abandonne", il a respecté l'histoire du pied, rappelée par sa mère à son oreille. Puis, après avoir rompu le verre et entendu tous les invités crier *mazal tov*, il s'est retrouvé dans une pièce avec sa fiancée, tous deux embarrassés et ne sachant que faire. Rafael a senti que quelque chose se brisait en lui. À partir de cet instant, il a perdu l'ardeur de la foi, au point de décider sur-le-champ de cesser les jeûnes, l'austérité et l'étude des textes sacrés. Si le ciel avait résolu pour lui qu'il n'échangerait plus un mot ni un regard avec celle dont il rêvait jour et nuit et qu'il épouserait une autre femme, il penserait uniquement au bien de sa famille. Et lorsqu'il a pris le menton de sa nouvelle épouse dans ses mains et soulevé son visage rouge de honte en l'obligeant à le regarder dans les yeux, il a juré de la rendre heureuse et de tout faire pour elle et leurs enfants à naître.

« Cette nuit-là, il l'a traitée avec une délicatesse infinie et elle a fini par se soumettre à son toucher et laisser le corps du jeune homme pénétrer le sien. Mais lors de l'acte d'amour de cette première nuit et de toutes celles qui ont suivi, Rafael ne l'a pas embrassée une seule fois et Rivka Merkada, à qui sa mère n'avait jamais parlé de baisers, n'a pas eu l'impression qu'il lui manquait quelque chose de la part de son époux : elle restait étendue en silence jusqu'à ce qu'il termine ce qu'il avait à faire et se lève pour rejoindre son lit, la laissant dormir en paix. Ah... Dieu pardonne nos péchés, soupira grand-mère Rosa. C'est là que tout a commencé.

— Qu'est-ce qui a commencé ? demandai-je sans comprendre à quoi elle faisait allusion.

— L'histoire des hommes de la famille Ermoza qui désirent d'autres femmes que les leurs, me répondit-elle si bas que je l'entendis à peine. Tout a commencé avec Merkada et Rafael, il en désirait une autre et s'est marié avec elle, il s'unissait à elle la nuit mais sans amour, et elle ne savait même pas qu'elle aurait pu attendre autre chose. Moi non plus je n'y ai jamais pris plaisir. Je m'allongeais sur le dos et j'attendais que ça se termine. Tu es encore petite et tu ne sais pas ce que c'est, l'acte d'amour. Je prie pour que la malédiction t'épargne. Ne me regarde pas comme ça, *mi alma*, tu ne comprends pas de quoi je parle mais plus tard, quand tu rencontreras ton prédestiné, promets-moi de tout faire pour ressentir de l'amour. Ne le laisse pas filer comme je l'ai fait. Promets-moi, Gabriela, de ne jamais épouser un homme si tu ne sens pas qu'il t'aime plus que tu ne l'aimes, histoire de ne pas laisser passer ta vie et te retrouver vieille et toute desséchée comme moi. Je me suis fanée, les rides marquent mon visage et je suis devenue vieille avant l'âge. L'amour, Gabriela, abreuve une personne, et celui dont l'amour ne coule pas dans son corps se dessèche, souviens-toi de ce que te dit ta grand-mère. »

Grand-mère Rosa n'allait plus jamais me reparler de l'amour ni de notre famille dans laquelle les hommes aimaient d'autres femmes que les leurs. Je ne m'assis plus jamais sur ses genoux. Ma mère ne me permit plus de rester dormir chez elle et Grand-mère ne vint plus à la maison nous garder, Roni et moi, quand Papa et Maman allaient au cinéma ou danser au club Menorah. Le samedi, désormais, Papa allait la chercher dans sa Lark blanche et la ramenait chez nous, et quand je me précipitais vers elle et l'entourais de mes bras en embrassant ses joues desséchées, elle ne m'éloignait plus en riant comme autrefois et en disant « Ça suffit, ça suffit, Gabriela, tu m'embêtes ». Elle ne disait plus rien et me regardait comme si j'étais transparente. Elle avait oublié tout son hébreu et ne parlait plus qu'en judéo-espagnol, langue que je ne comprenais pas. Quand je lui disais : « Grand-mère, je ne comprends pas, parle hébreu », ma mère s'énervait : « Il ne manque plus que ça, que toi aussi tu commences à nous enquiquiner. Laisse ta grand-mère tranquille, arrête de l'embrouiller. » Et mon père me défendait :

« Que veux-tu, cette enfant ne comprend pas ce qui est arrivé à Rosa.

— Et toi, tu comprends ? rétorquait ma mère. Est-ce que quelqu'un comprend ce qui lui est arrivé ? Normalement les vieux tombent malades mais elle reste en pleine forme, seulement elle oublie. Elle est vraiment étrange, ma mère. »

Maintenant je n'étais plus la seule, ma grand-mère aussi était « vraiment étrange ». C'est peut-être pour ça que j'avais l'impression qu'elle et moi, nous avions passé un pacte entre gens étranges, et au fur et à mesure qu'elle s'enfermait dans son monde, j'avais envie de l'y rejoindre. Mais ma grand-mère bien-aimée s'éloignait de jour en jour, son visage que j'aimais tant devenait de plus en plus inexpressif et ses yeux s'éteignaient, son grand corps mou était tout rigide, impossible à étreindre, et quand je la serrais dans mes bras j'avais l'impression d'embrasser un mur.

Pour couronner le tout, elle se mit à faire des choses bizarres : un samedi où Papa était allé la chercher et l'avait assise à la table où nous étions réunis pour le *hamin* de macaronis, elle enleva sa robe et resta en combinaison. Roni se mit à rire et moi je compris qu'il se passait quelque chose de terrible car ma mère devint hystérique, mon père s'empressa de couvrir Grand-mère de sa robe et, pour la première fois de ma vie, ils ne m'obligèrent pas à terminer mon assiette. En plein milieu du repas, ils nous envoyèrent jouer en bas. Les parents restèrent au salon avec Rahelika, Moïse, Beki et le bel Eli Cohen, et ne cessèrent de parler jusqu'à la nuit tombée. Ils oublièrent même de nous appeler, mais nous étions remontés quand même et, en jetant un coup d'œil dans le petit salon, je vis que mes tantes Beki et Rahelika pleuraient et que, debout à la fenêtre, ma mère fumait tandis que mon père, Moïse et le bel Eli Cohen discutaient. Au milieu de tout cela, grand-mère Rosa semblait totalement détachée de l'agitation. Rahelika déclara qu'on ne pouvait plus la laisser toute seule, qu'il fallait qu'elle dorme chez nous cette nuit.

« Et où dormira-t-elle ? demanda Maman. Dans notre lit, à David et moi ?

— Je dormirai sur le canapé du salon et elle dormira avec toi, répondit mon père.

— Ne dis pas n'importe quoi, David, comment veux-tu que je dorme dans le même lit qu'elle ?

— Je partagerai mon lit avec grand-mère Rosa, dis-je alors en entrant dans la pièce.

— C'est une bonne idée, Gabriela peut aller dormir chez ma mère et garder un œil sur elle. »

Là, mon père s'énerva.

« Tu as perdu la tête ? Une enfant de dix ans, "garder un œil sur elle", à quoi tu penses ?

— Bon, alors elle dormira ici dans le salon mais pour cette nuit seulement. Demain il faudra mettre en place un système, ça ne peut pas continuer comme ça. »

Cette nuit-là, ils installèrent ma grand-mère sur le canapé avec une bonne couverture et, une fois tout le monde couché, je me faufilai dans le noir et m'aperçus qu'elle dormait les yeux ouverts. Je lui chuchotai « Grand-mère », mais elle ne répondit rien, alors je caressai son visage ridé, l'embrassai et la serrai très fort dans mes bras, puis je m'endormis.

Le matin, Papa me trouva sur le canapé mais Grand-mère n'y était plus, ni nulle part dans la maison. Ils la cherchèrent toute la journée. Elle s'était perdue.

Ce n'est que tard dans la nuit qu'ils finirent par la retrouver assise sur le seuil de la boutique qui avait appartenu à Grand-père, au marché Mahane Yehouda. Une autre fois, ils la retrouvèrent errant dans le quartier d'Abu Tor. Elle cherchait à passer la frontière pour rejoindre le quartier de Shama, où elle était née et qui était aux mains des Jordaniens depuis la guerre d'indépendance. Cette fois, ma tante Rahelika décida de la prendre chez elle et de la surveiller, « car si je ne la prends pas à la maison, ils vont l'emmener à l'asile à Talbieh », expliqua-t-elle.

Le soir de Yom Kippour, grand-mère Rosa s'éteignit dans son sommeil.

« Une mort de juste », déclara tante Rahelika.

Maman m'interdit formellement d'assister à l'enterrement.

« Le cimetière, ce n'est pas un endroit pour les enfants », décréta-t-elle.

Pour une fois, Papa n'intervint pas en ma faveur. Je restai à la maison avec Roni qui, sentant que j'étais plus triste que d'ordinaire, se garda de m'importuner. Au-dessus du buffet, dans le salon de mes parents, il y avait une photo de grand-père Gabriel, grand-mère Rosa et leurs trois filles dans un magnifique cadre en cuivre laminé. Je regardai la photo, l'approchai de mes lèvres et embrassai ma grand-mère. Les larmes menacèrent de me submerger. Elle me manquait tellement, je n'arrivais pas à me résoudre à l'idée de ne plus la voir ni l'entendre me raconter l'histoire de notre famille où les hommes épousaient des femmes qu'ils n'aimaient pas.

Des mois après sa mort, je continuais à faire le trajet à pied de chez nous, rue Ben Yehouda, jusqu'à sa maison et à l'attendre devant le portail fermé à clé. Après tout, peut-être n'était-elle pas vraiment morte, peut-être s'était-elle encore perdue et finirait-elle par retrouver son chemin ; elle descendrait les cinq marches vers la ruelle étroite au fond de laquelle se trouvait la maison et marcherait à pas mesurés sur les pavés en veillant à ne pas se prendre les pieds dans une pierre qui dépassait et tomber la tête la première, comme elle m'avait si souvent mise en garde, son corps opulent titubant d'un côté à l'autre – « on croirait une ivrogne », s'énervait ma mère – et parlant toute seule comme elle le faisait avant sa mort *komo una loka,* disait ma mère en judéo-espagnol pour que les enfants ne comprennent pas.

Le fauteuil de Grand-père se trouvait toujours au même endroit, avec son coussin brodé et, juste à côté, la petite table sur laquelle j'avais tant de fois mangé le *sütlaç* avec l'étoile de David à la cannelle. Je m'approchai de la petite maison en pierre, appuyai le visage à la fenêtre et regardai à l'intérieur. Tout était resté à sa place. Personne n'avait rien touché après que ma grand-mère était « partie », selon l'expression de mon père. Je collai mon nez de toutes mes forces contre la fenêtre pour essayer de voir sur le mur la photo de Grand-père et Grand-mère que j'aimais tant, en vain.

Une main me toucha l'épaule.

« *Haitaloukh,* ma chérie, qu'est-ce que tu fais ici ? »

Je me retournai et me retrouvai face à Mme Barzani, la voisine que ma mère détestait, dans sa longue robe d'intérieur à fleurs, un fichu sur la tête. Elle me serra contre son corps chaud, qui ressemblait étonnamment à celui de ma grand-mère.

« *Ma gozat akha,* que fais-tu ici ? Où est ta mère ? Depuis combien de temps es-tu là ? Ta mère a déjà dû aller à la police. »

Elle me prit par la main, m'emmena chez elle, m'installa sur une chaise et envoya l'un de ses fils chercher ma mère. Je restais assise, tout intimidée, regardant la voisine de ma grand-mère courir dans tous les sens et expliquer en kurde et en mauvais hébreu aux voisines entrées après nous qu'elle m'avait trouvée dans la cour « en train d'essayer de rentrer dans la maison. *Papoukta,* la pauvre, sa grand-mère lui manque tellement ». Et dans le même souffle elle me dit :

« Ta mère va venir te chercher, mais en attendant mange. »

Elle posa devant moi une assiette de boulettes qui baignaient dans une sauce jaune. Moi, je n'avais pas faim. Je voulais seulement revoir ma grand-mère et j'espérais encore qu'elle ouvrirait bientôt la porte pour me prendre dans ses bras et m'emmener de l'autre côté de la cour, puis m'installerait sur ses genoux et continuerait à me parler de notre famille. Mais à sa place, c'est ma mère qui déboula comme une tornade et, avant même de dire bonjour, elle me donna deux bonnes gifles.

« Quelle enfant tu fais ! De quel droit te promènes-tu toute seule dans le quartier des Kurdes ? »

J'avais tellement honte qu'elle m'ait giflée devant Mme Barzani et des étrangers que je gardai le silence, je ne pleurai même pas ; je portai simplement la main à ma joue endolorie en la regardant.

« Fille des rues ! poursuivit-elle à voix basse pour ne pas s'humilier davantage devant Mme Barzani. Attends un peu, tu vas voir ce que va faire Papa. Ma gifle, ce n'est rien, prépare tes petites fesses. Cette enfant a failli me donner une crise cardiaque, expliqua-t-elle en guise d'excuse à Mme Barzani.

— Asseyez-vous, asseyez-vous, vous avez dû courir », proposa celle-ci.

Ma mère laissa échapper un soupir, ravala son légendaire orgueil et s'assit sur la chaise que lui offrait la voisine en restant aussi droite que possible et en lissant sa jupe qui était remontée au-dessus du genou.

« Buvez, buvez », l'implora Mme Barzani en lui présentant un verre d'eau.

Moi, j'étais sidérée qu'elle ne voie pas combien cette dame était gentille : malgré l'hostilité de ma mère, qui ne lui adressait plus la parole depuis des années, elle s'occupait d'elle et lui offrait à boire.

Ma mère ne toucha pas à l'eau qu'on lui avait servie, on voyait bien que, loin de s'inquiéter, elle était surtout ennuyée de devoir se montrer aimable avec la Kurde. Elle ne tenait pas en place sur sa chaise, brûlait de s'enfuir le plus vite possible, mais d'un autre côté elle ne voulait pas être impolie.

Malgré ma douleur cuisante à la joue, je souriais intérieurement, me réjouissant de son embarras. Je n'avais jamais compris pourquoi elle n'aimait pas Mme Barzani ni pourquoi, parce qu'un Kurde avait escroqué mon grand-père un million d'années plus tôt, tous les Kurdes du monde devaient en porter la culpabilité.

Tout à coup elle se leva d'un bond, me prit par la main et me souleva de ma chaise. Elle me serrait tellement fort que je dus me retenir de hurler de douleur. Elle me traîna vers la porte et, pour la première fois depuis qu'elle était entrée comme une furie dans la maison de la voisine honnie, elle se retourna pour dire à contrecœur :

« Merci de vous être occupée d'elle et de m'avoir prévenue. »

Sans attendre de réponse, elle me poussa dehors et referma la porte derrière elle. Le temps d'arriver près de l'escalier, où mon père attendait dans sa Lark blanche, elle avait déjà eu le temps de me hurler dessus comme une folle.

« Tu fais ça exprès, n'est-ce pas ? Parce que tu sais que je ne peux pas les supporter, c'est ça ?

— Mais je ne suis pas allée chez les Kurdes, tentai-je d'expliquer.

— Tu n'y es pas allée ? Je vais te montrer si tu n'y es pas allée. »

Elle me poussa brutalement sur le siège arrière de la voiture.

« Elle me rend folle, elle me tue, ta fille », dit-elle à mon père en faisant mine de s'évanouir sur le siège avant.

Jusqu'à notre arrivée à la maison, Papa n'ouvrit pas la bouche, mais de temps en temps je voyais qu'il jetait un coup d'œil dans le rétroviseur pour voir comment j'allais.

« Elle me fait vraiment honte, poursuivit ma mère. Qu'est-ce qu'elle va chercher dans le quartier des Kurdes ? À cause d'elle je dois remercier la Kurde et je me retrouve là comme une andouille à ne pas savoir quoi faire, et devant qui encore ? »

Elle continua de parler de moi comme si je n'étais pas là, toute recroquevillée à l'arrière, le nez appuyé contre la fenêtre.

« À quoi ça sert d'avoir pris un crédit pour déménager rue Ben Yehouda ? De l'avoir inscrite à la maternelle de Rehavia ? Et de l'avoir envoyée étudier chez David Benvenisti à Beit Hakerem ? »

Oui c'est vrai, pourquoi ? me demandais-je. Pourquoi devais-je prendre l'autobus jusqu'à Beit Hakerem alors que tous les enfants du quartier allaient à l'école à quelques mètres de chez eux, rue Arlozorov ? Mais je n'osais pas le dire à haute voix et me recroquevillai encore un peu plus sur mon siège.

« Attends un peu de voir ce que Papa va te faire quand on sera rentrés à la maison, continuait-elle à me menacer. Dis-lui, David, dis-lui que tu vas lui donner une bonne correction jusqu'à ce que ses fesses soient rouges comme celles du singe du Zoo biblique de Jérusalem.

— Cesse de mettre des mots dans ma bouche », s'énerva Papa pour la première fois.

Ma mère essaya de placer encore un mot mais il lui jeta un de ses regards qui la faisaient taire, alors elle se redressa sur son siège, arrangea sa coiffure, puis sortit son rouge à lèvres de son sac, inclina le miroir vers elle et appliqua le raisin sur ses lèvres qui n'en avaient pas besoin, tout en marmonnant des mots incompréhensibles en judéo-espagnol.

En arrivant à la maison, elle m'envoya dans ma chambre. Je m'assis sur le lit et j'attendis. Peu de temps après, mon père entra. Il avait pris la ceinture avec la boucle qui faisait si mal, mais au lieu de me donner une raclée comme ma mère m'avait menacée, il me demanda à voix basse :

« Qu'es-tu allée chercher chez les Kurdes ? Tu sais bien que ta mère ne te le permet pas.

— Je ne suis pas allée chez les Kurdes, murmurai-je.

— Mais où alors ? »

Mon père ne comprenait pas.

« Je suis allée chez grand-mère Rosa, répondis-je en fondant en larmes.

— Ma pauvre chérie. »

Mon père laissa tomber la ceinture, s'agenouilla et me prit dans ses bras.

« Ma puce, tu sais bien que grand-mère Rosa ne reviendra plus chez elle ; maintenant elle habite au cimetière.

— Je pensais qu'elle s'était perdue, comme la dernière fois, et qu'elle retrouverait bientôt le chemin de la maison, expliquai-je en pleurant à chaudes larmes. Mais elle n'est pas venue, elle n'est pas venue. »

Mon père m'embrassa et tenta de me calmer, mais le torrent de larmes était incontrôlable.

Sur ces entrefaites, ma mère apparut à la porte de la chambre.

« *Dio santo,* David, je t'ai dit de lui donner une fessée, je ne t'ai pas dit de la tuer », déclara-t-elle en regardant, stupéfiée, sa fille pleurer et son mari agenouillé devant elle, qui la serrait dans ses bras.

« Rosa lui manquait, expliqua mon père, elle est allée la chercher chez elle. »

Ma mère m'observa sans en croire ses oreilles. Je ne lui avais jamais vu un tel regard ; peut-être y avait-il même de la tendresse, voire de l'émotion, mais au lieu de me prendre dans ses bras comme je l'aurais tant voulu, au lieu de me consoler comme l'avait fait mon père, elle sortit de la pièce en refermant la porte derrière elle.

Le jour vint où la famille décida de vider les meubles et les effets personnels de grand-mère Rosa et de rendre l'appartement aux Barzani, les propriétaires. Maman suggéra de laisser l'ensemble à un brocanteur, vu qu'ils avaient déjà vendu il y a longtemps tout ce qui était un peu précieux et que ce qui restait ne valait rien.

« Pour toi, rien n'a aucune valeur ! éclata Beki. Quoi, ça ne vaut rien, la vaisselle ? Et les bougeoirs de Shabbat ? Et le chandelier ? Ça ne vaut rien ?

— Alors prends-les, mais tout le reste, on le vend au brocanteur.

— Luna, calme-toi, intervint Rahelika, la plus modérée des trois. La vitrine vaut beaucoup d'argent, avec ses miroirs en cristal et sa surface en marbre.

— Alors prends-la chez toi, moi je ne fais pas rentrer de bric-à-brac chez moi, j'ai assez de bazar comme ça.

— Bien, alors je prends la vitrine et le buffet, déclara Rahelika.

— Et moi le service de table, ajouta Beki.

— Ah non, le service de table, justement je le veux bien, lâcha ma mère.

— Tu as dit que tout ça, c'était du bric-à-brac, s'énerva Beki.

— Non, le service, c'est un cadeau de mariage de *nona* Merkada pour Papa et Maman.

— Alors pourquoi c'est toi qui le prendrais ? insista Beki.

— Parce que je suis l'aînée, voilà pourquoi. J'ai des droits.

— Non mais regardez-la ! Je vais exploser ! »

Beki se leva et se mit à hurler :

« Il y a deux minutes c'était de la camelote et dès que je dis que je veux le service, elle le veut pour elle. Si Rahelika prend le buffet et que tu prends le service, il me reste quoi, à moi ? ajouta-t-elle au bord des larmes.

— Ce que tu veux, répondit ma mère. Du reste tu peux tout prendre, les fauteuils, le canapé, la table, les photos, tout.

— Moi je veux l'armoire avec les miroirs et les lions », intervins-je.

Elles me regardèrent toutes les trois avec stupeur.

« Qu'est-ce que tu as dit ? demanda ma mère.

— Je veux l'armoire qui était dans la chambre de Grand-mère, avec les miroirs et les lions au-dessus.

— Ne dis pas n'importe quoi, rétorqua ma mère.

— Je la veux, répétai-je en tapant du pied.

— Et où vas-tu la mettre ? Sur ma tête ?

— Dans ma chambre.

— Bon, on t'a entendue, Gabriela. Ne te mêle pas des affaires des grands, va jouer dehors.

— Je veux l'armoire avec les lions !

— Et moi je veux une Cadillac décapotable, répondit ma mère. Descends et arrête de nous ennuyer. »

Elle me tourna le dos et continua à répartir les meubles comme si je n'étais pas là.

« Bon, alors nous sommes d'accord. Rahelika prend le buffet, moi le service et toi, Beki, ce que tu veux du reste.

— Je veux l'armoire avec les miroirs et les lions, répétai-je.

— Tu peux vouloir ce que tu veux ! David, dis à ta fille qu'elle arrête de nous enquiquiner.

— Pourquoi tiens-tu tellement à cette armoire ? me demanda gentiment Rahelika.

— Je voudrais un souvenir de Grand-mère, expliquai-je en pleurant.

— Mais ma chérie, elle est énorme, qui va monter les cinq étages pour l'apporter chez vous ? Maman a raison, vous n'avez pas de place pour elle. Mais je t'emmènerai chez Grand-père et Grand-mère et tu prendras ce que tu veux comme souvenir.

— Mais l'armoire, répétai-je en sanglotant, je veux l'armoire avec les lions.

— Allez, laisse tomber, pourquoi tu fais attention à elle ? s'énerva ma mère.

— Luna, *basta* ! Tu ne vois pas que cette enfant est triste ? Ce n'est pas l'armoire, c'est que sa grand-mère lui manque, n'est-ce pas ma chérie ? »

J'acquiesçai. Si seulement Rahelika pouvait être ma mère, me disais-je, si seulement ! Si je pouvais échanger, j'aurais voulu que Rahelika devienne ma mère et la mienne celle de Boaz – de toute façon elle le préférait à moi.

Elle me serra contre son grand corps tout chaud et m'embrassa sur le front. Je me réfugiai dans ses bras, dans son odeur, dans la douceur de son ventre et de sa poitrine qui m'entouraient de toutes parts et, pendant un instant, j'eus l'impression d'être dans les bras de grand-mère Rosa. C'était tellement bon, tellement agréable de me réfugier dans le grand corps de ma tante adorée que je finis par me calmer.

Ils vendirent l'armoire avec les lions au brocanteur, en même temps que le chandelier, le canapé, la table, les chaises, les fauteuils et les tapisseries. Maman prit le service de table, mais laissa à Beki les bougeoirs et la vaisselle en porcelaine. Rahelika emporta le buffet avec la vitrine et la grande horloge dont personne ne voulait, et moi je demandai à aller une dernière fois dans la maison de Grand-père et Grand-mère.

À la vue des brocanteurs qui chargeaient les précieux objets chéris de mes grands-parents sur la charrette tirée par un vieux cheval épuisé, les larmes coulaient de mes yeux comme un torrent. Rahelika les essuya et me montra un tas d'objets divers enveloppé dans une vieille nappe, destinés eux aussi à être jetés d'un moment à l'autre dans la charrette du brocanteur.

« Choisis ce que tu veux », me dit-elle.

Et je pris le tableau avec la rivière, les montagnes aux sommets enneigés et les maisons qui paraissaient se jeter dans le fleuve, et le serrai contre mon cœur.

Lorsque les brocanteurs eurent terminé de vider la maison et que vint le moment d'emporter l'armoire avec les miroirs et les lions, je restai sur le côté à regarder comme ils peinaient à la sortir de la maison. On aurait dit qu'elle s'obstinait et refusait de s'en aller, et finalement ils n'eurent pas d'autre choix que de démonter les portes. Elles restèrent dans la cour, chacune avec son miroir et son lion, et je ne pus supporter de voir ces portes qui, séparées, perdaient de leur force et de leur beauté, alors je m'enfuis vers l'escalier et j'entendis ma mère crier à Beki :

« Attrape-la, et d'ailleurs pourquoi fallait-il qu'elle vienne ? »

Tous les jours, à quatorze heures tapantes, Papa rentrait de la banque. On l'entendait en bas siffler notre petite mélodie familiale pour nous prévenir de son arrivée, et moi je courais sur le toit et regardais par-dessus la balustrade. Il avait toujours à la main un exemplaire roulé du journal *Yediot Aharonot* qu'il achetait sur le chemin au marchand à côté de la banque. En rentrant, il se lavait d'abord les mains, puis retirait sa veste et la posait délicatement sur le dossier de la chaise pour éviter qu'elle ne se froisse. Papa était toujours tiré à quatre épingles quand il allait travailler. Même en été, lorsque tout le monde se promenait en chemise à manches courtes et en sandales, il n'enlevait ni sa veste ni sa cravate et portait toujours des chaussures impeccablement cirées.

« Il faut respecter son lieu de travail, disait-il, pour que le lieu de travail nous respecte. »

Après avoir enlevé sa veste, il dénouait sa cravate et pouvait alors s'asseoir à table pour le déjeuner que nous prenions tous ensemble. Ce jour-là, Maman avait préparé des macaronis avec des *kiptikas kon keso*, des croquettes au fromage, dans une sauce tomate. Papa se servit des macaronis et les recouvrit de *kiptikas*, mélangea et mangea le tout ensemble.

Ma mère s'énerva.

« Pourquoi tu manges comme un mendiant, David ! On mange tout séparément : d'abord les *kiptikas* et ensuite les macaronis, il y a de la sauce à la tomate et au fromage pour les macaronis.

— Ne me dis pas comment il faut manger, répondit mon père. J'ai appris à manger les macaronis avant même que tu saches ce que c'était. Les Italiens les mangent exactement comme ça, sauf qu'ils mangent les *kiptikas* à la viande et qu'au-dessus, ils mettent du fromage.

— Moi aussi je veux faire comme Papa, déclarai-je.

— Bien entendu que tu veux faire comme Papa, grommela ma mère. Maintenant ta fille aussi va manger comme une mendiante.

— Ça manque de sel, dit-il à ma mère.

— C'est parce que je ne suis pas amoureuse, lui répondit-elle, mais je ne comprenais pas à quoi elle faisait allusion.

— Et aussi de poivre, poursuivit Papa, tu cuisines vraiment mal. Ça n'a aucun goût, aucun parfum.

— Eh bien va manger chez Taraboulos si ça ne te plaît pas. »

Roni et moi, on essayait d'ignorer leurs piques. Ça faisait un moment que leurs relations étaient tendues. La nuit, à travers le mur qui séparait notre chambre de la leur, nous entendions leurs disputes, les pleurs de Maman, Papa qui menaçait de quitter la maison si elle continuait à l'importuner. Les portes claquaient, leurs voix chuchotaient des paroles haineuses. Je me couvrais les oreilles avec mes petites mains et priais Dieu pour que Roni n'entende pas.

L'après-midi, Rahelika venait avec ses enfants et elles nous envoyaient jouer, puis s'enfermaient dans la cuisine pour bavarder. Un jour, j'entendis ma mère dire à sa sœur :

« S'il n'y avait pas les enfants, ça fait longtemps que je l'aurais envoyé promener.

— *Pasensia, ermanita,* ce n'est pas sérieux, ça passera.

— Ça ne passera jamais, insista ma mère. Il est comme ça, il aime regarder les autres femmes, sauf que maintenant il regarde toujours la même et je dois vivre avec.

— Je pensais que tu t'en fichais, de lui.

— Oui, je m'en fiche mais c'est mon mari, il me couvre de honte et ça me donne des envies de meurtre. Ce qui m'énerve le plus, c'est qu'il ment. Je sais qu'il a quelqu'un et il ment.

— Ça suffit, Luna, tu dois te contrôler. Je ne veux pas qu'il t'arrive quelque chose. Et tu dois penser aux enfants, ne va pas détruire la famille, Dieu nous préserve.

— Si quelqu'un détruit la famille, ce sera lui ; c'est ce qui m'effraie le plus. Qu'est-ce que je ferai s'il en a assez non seulement de moi, mais aussi des enfants ? Comment ferai-je pour élever deux enfants seule ? Cette femme – maudit soit son nom – je serais capable de lui arracher ses vêtements et de l'envoyer nue sur la rue Jaffa. »

Elles continuèrent à parler à voix si basse que j'avais beau appuyer l'oreille contre le mur, je ne parvenais pas à entendre ni à comprendre qui était cette femme que ma mère voulait envoyer nue sur la rue Jaffa. Ce que je comprenais encore moins, c'était comment il était possible que ma mère se fiche de mon père et pourquoi elle avait peur qu'il détruise la famille – d'ailleurs qu'est-ce que ça voulait dire, détruire la famille ? C'était comme détruire une maison, comme quand on avait détruit l'épicerie d'Ezra, à Nahalat Shiva, pour construire un nouveau bâtiment à la place ?

Après le déjeuner, mon père se leva et alla directement dans la chambre à coucher, sans aider ma mère à débarrasser.

Contrairement à son habitude, elle se garda de dire quoi que ce soit. Elle enleva les assiettes, les posa dans l'évier, nettoya le visage de Roni barbouillé de sauce tomate, et lui enleva sa chemise, elle aussi tachée.

« Toi aussi, tu es un pouilleux », le gronda-t-elle.

Après l'avoir lavé et changé de chemise et m'avoir envoyée faire mes devoirs dans ma chambre, elle fit la vaisselle, puis alla se reposer sur le canapé du salon en nous demandant de ne pas faire de bruit et de ne pas la réveiller. Je me dis que, depuis un bon moment déjà, Maman n'allait plus faire la sieste dans la chambre avec Papa après le déjeuner.

Dès que je vis qu'elle avait les yeux fermés, je me glissai dans leur chambre. Papa dormait comme toujours sur le côté, en maillot de corps et en caleçon, et ne s'était pas donné la peine de se couvrir. Je m'approchai de lui sans faire de bruit et passai la main devant ses yeux pour m'assurer qu'il dormait vraiment. Un porte-monnaie en cuir marron dépassait de la poche de son pantalon soigneusement plié sur le dossier de la chaise près du lit. Je le pris précautionneusement, prélevai un billet de cinq livres et le remis en place.

Je cachai l'argent tout au fond de mon cartable et le lendemain, je descendis au terminus de la ligne douze, que je prenais pour rentrer de Beit Hakerem, et m'arrêtai au supermarché Schwartz pour m'acheter une nouvelle trousse et des crayons de couleur. Il me restait encore un peu d'argent pour des chewing-gums Alma et un esquimau chocolat-banane. Quand je vis que mon père ne disait rien à propos du billet de cinq livres, je recommençai à voler dans son porte-monnaie, une somme différente chaque fois mais jamais plus de cinq livres.

Au fil des jours, je m'enhardis. Je me mis à voler dans les porte-monnaie des maîtresses de l'école et dans les cartables de mes camarades : gommes, trousses, autocollants, argent de poche. Un jour, je pris tellement d'argent que j'en eus suffisamment pour emmener Roni à la fête foraine, à côté de la piscine de Jérusalem, essayer toutes les attractions, et je pus même nous offrir une pita aux falafels et une eau gazeuse.

Maman et Papa étaient tellement occupés à se disputer qu'ils ne remarquaient pas ce qui se passait. Lorsque Roni, à qui j'avais pourtant fait jurer de ne rien dire, raconta à Maman que je l'avais emmené à la fête foraine, elle se contenta d'un « Chic, alors ! » sans poser aucune question.

Les disputes derrière le mur de la chambre devenaient de plus en plus fréquentes. Les pleurs de ma mère déchiraient le silence de la nuit et mon père tentait en vain de la faire taire. Il sortait parfois de la maison en claquant la porte et je n'arrivais pas à me rendormir avant de l'entendre rentrer, plusieurs heures plus tard. Une nuit, alors qu'ils ne parvenaient plus à se retenir et à parler à voix basse et que mes mains ne suffisaient plus à boucher mes oreilles, Roni se traîna vers mon lit, se blottit dans mes bras et se mit à pleurer. Je le serrai très fort en lui caressant la tête et posai mes lèvres sur son front, le berçant jusqu'à ce qu'il s'endorme. Le matin, je me réveillai trempée : Roni avait fait pipi dans mon lit. Maman entra dans la chambre et en voyant le lit tout mouillé, elle me demanda, stupéfaite :

« C'est quoi, ça ? Tu as fait pipi au lit ? »

Je voulais lui dire que ce n'était pas moi, mais les yeux tristes de mon petit frère m'empêchèrent de le dénoncer et je me tus.

« Il ne manquait plus que ça, s'exclama-t-elle, tu n'as pas honte ? Une grande gigue comme toi, faire pipi au lit ! »

Ce matin-là, après la récréation de dix heures, juste au début du troisième cours, je fus convoquée chez le directeur et compris que mon heure était venue, j'avais été prise la main dans le sac.

Je frappai à la porte du directeur, les jambes flageolantes. Il était assis derrière son immense bureau. Sur le mur derrière lui, une grande photo de David Ben Gourion, le Premier ministre, était accrochée à côté de celle du président, Itzhak Ben Zvi. Le directeur me fit signe de m'asseoir en face de lui. Je lui obéis et ma maîtresse, Pnina Cohen, se leva pour se poster à côté du directeur, qui montrait mon cartable posé sur la table.

« C'est à toi ? demanda Pnina Cohen.

— Oui.

— Oui qui ? me reprit-elle sur un ton sévère.

— Oui maîtresse. »

Puis, sans ajouter un mot, elle vida le contenu du cartable sur le bureau. Des stylos, des gommes, des crayons de couleur, des trousses, des pièces de monnaie et des billets en sortirent, en même temps que mes livres et mes cahiers. Le directeur me regarda.

« Gabriela Siton, peux-tu m'expliquer ? » demanda-t-il.

Je ne pouvais pas, je ne voulais pas expliquer. Tout ce que je voulais, c'était que la terre m'engloutisse. Si seulement j'avais pu disparaître de cette salle, de cette école, de ce monde, pour toujours !

Ce qui se passa ensuite dans le bureau du directeur s'est complètement effacé de ma mémoire. À la maison, plus tard, Papa me raconta que l'augmentation des signalements de larcins par les professeurs avait fait suspecter la présence d'un voleur au sein de l'école. Personne ne soupçonnait les élèves, mais lorsque eux aussi avaient commencé à se plaindre de la disparition de gommes, crayons, trousses et argent de poche, la direction avait compris qu'il s'agissait bel et bien d'un élève. Puis ma maîtresse avait remarqué que j'étais la seule à ne pas rapporter de vols, et quand les élèves s'étaient mis à raconter les expéditions que j'organisais dans les magasins après l'école, dont je les faisais profiter, elle avait immédiatement suspecté que la voleuse, c'était Gabriela Siton. Pour en avoir confirmation, il avait été décidé de me faire sortir de la classe et de fouiller dans mon cartable en mon absence.

Ce jour-là, on me renvoya à la maison ; mes parents furent convoqués chez le directeur et à leur retour, Papa me battit avec la ceinture à boucle qui faisait si mal, mais cette fois véritablement, pas en faisant semblant pour calmer ma mère. Il frappa tant et plus, dans une colère noire, jusqu'à ce que même Maman vienne à ma rescousse tandis que Roni s'était jeté par terre en pleurant à chaudes larmes :

« Arrête, David, tu vas tuer cette enfant. »

Et c'est seulement quand je me tordais de douleur sur le plancher de la salle de bains qu'il s'arrêta et sortit en claquant la porte. Mais ce n'était rien à côté de ma véritable punition : me présenter en classe le lendemain devant tous mes camarades.

À partir de là, mon statut changea. Je devins une paria. Des années plus tard, les soirs où je n'arrivais pas à m'endormir, au lieu de compter les moutons je comptais les élèves qui étudiaient avec moi à l'école publique. Je me souvenais d'eux dans l'ordre où ils étaient assis en classe : « Ita pita », cible de toutes les moqueries parce qu'elle était grosse, « Yoshevet se dévêt », dont la rumeur disait qu'après les cours, elle laissait les garçons lui toucher les seins, « London Bridge », arrivé de Londres au moment même où on avait commencé à apprendre l'anglais – et moi, qui étais jusqu'alors la reine de la classe, on m'avait surnommée « Cambriela ».

À la maison, la situation était toujours aussi désastreuse. Mon père s'agitait comme un lion en cage, furieux contre moi.

« Je travaille dans une banque, disait-il. Je suis un homme intègre et ma fille est une voleuse ! »

Il ne pouvait se pardonner mon éducation ratée, et surtout il refusait de me pardonner moi, ne faisant pas le moindre effort pour comprendre pourquoi une petite fille qui avait tout, comme n'arrêtait pas de le répéter ma mère, s'était mise à voler.

Quant à ma mère, elle ne pensait pas une seconde à moi, ne se demandait pas comment j'osais encore me montrer à l'école, n'avait aucune idée de l'enfer que je vivais chaque jour, des vexations que je subissais, de l'ostracisme dont j'étais victime. Et même si elle l'avait su, je doute qu'elle ou mon père auraient entrepris quoi que ce soit pour mettre fin à la série de maltraitances que j'endurais depuis qu'on m'avait démasquée. À l'évidence, ils auraient estimé que c'était une punition méritée pour la honte dont j'avais couvert la famille.

Papa et Maman poursuivaient leur petite vie triste. Avec le temps, leurs disputes avaient laissé place à un silence assourdissant. En apparence, nous continuions à mener une vie de famille normale : un père, une mère, deux enfants, et un appartement avec terrasse sur le toit où fleurissaient des dizaines de plantes que ma mère faisait pousser avec une telle persévérance qu'elle en avait fait un jardin luxuriant.

Mes parents ne mentionnèrent plus jamais les vols. À la fin de l'école élémentaire, devant mon refus catégorique de passer avec mes camarades de classe au lycée Leyada, à côté de l'université hébraïque, ils se contentèrent de froncer les sourcils sans chercher à me convaincre. Lorsque je décidai de m'inscrire dans un établissement qui avait bien moins bonne réputation, ils ne prirent même pas la peine d'aller avec moi rencontrer le principal et j'entrepris tout le processus d'inscription seule. Et quand, à l'âge de seize ans, je rentrai un soir d'une fête à la Maison du soldat accompagnée par un beau militaire qui portait l'uniforme blanc de la marine et l'embrassai devant l'entrée comme s'il n'y avait pas de lendemain, mon père descendit, m'arracha brutalement aux bras du garçon, me roua de coups, m'enferma dans la salle de bains et m'infligca la pire des punitions : rentrer directement à la maison après les cours, avec interdiction de retrouver mes amies, d'écouter radio Ramallah et d'aller au cinéma. M'enfermer dans ma chambre et ne plus en sortir.

Ce jour-là, l'alliance secrète qui nous liait depuis des années se brisa définitivement, cette alliance qui m'avait sauvée plus d'une fois de la colère de ma mère, m'avait évité d'être une enfant mal-aimée, jamais prise dans les bras ni embrassée, m'avait toujours donné la certitude que mon père constituait mon port d'attache, un lieu où l'on m'acceptait sans condition. Depuis la mort de grand-mère Rosa, il était devenu mon unique refuge. Désormais, c'était terminé. Lui non plus n'était pas là pour moi. Les germes de cette rupture avaient été semés progressivement au cours de mon adolescence, d'abord le jour où il avait cessé de me laver dans la salle de bains au prétexte que j'étais déjà une « grande gigue », puis avec les coups de ceinture pour me punir des larcins, et jusqu'à ce soir où il m'avait humiliée devant le soldat de la marine. Mon père ne pouvait supporter que je sois devenue une jeune femme avec ses propres envies dont il ne voulait rien savoir.

Le troisième jour de punition, au lieu d'aller à l'école et de rentrer directement à la maison après les cours, je filai à la station Egged en uniforme du lycée, mon cartable sur le dos, et montai dans l'autobus pour Tel Aviv. De la gare centrale, je marchai jusqu'au boulevard Rothschild, puis jusqu'à la maison de *tía* Alegra, la tante âgée de ma mère.

Je connaissais bien ce boulevard, j'y avais passé beaucoup de vacances heureuses. Je m'arrêtai devant l'immeuble de *tía* Alegra pour contempler ce magnifique bâtiment de style Bauhaus dans lequel elle habitait depuis des années, avec ses balcons arrondis, ses grands arbres et les petits massifs dans le jardin devant l'entrée. J'inspirai à pleins poumons l'air de liberté qui se répandait dans mon corps chaque fois que j'arrivais à Tel Aviv, avant de pousser la jolie porte en bois percée d'une ouverture ronde semblable à un hublot, de monter l'escalier en marbre en faisant glisser ma main sur la rampe en bois jusqu'au deuxième étage, et de sonner à la porte de *tía* Alegra.

« Qui est-ce ? demanda la tante de ma mère avant d'ouvrir.

— C'est moi, Gabriela, répondis-je, et j'entendis derrière la porte fermée les pas de la vieille dame qui s'appuyait sur sa canne.

— *Dio santo,* Gabriela, que fais-tu ici, *kerida* ? Ne me dis pas que c'est Soukkot aujourd'hui et que j'ai oublié ? »

Je lui tombai dans les bras et me mis à pleurer.

« Que s'est-il passé, *kerida mia* ? Qu'y a-t-il, *ija,* pourquoi tu pleures ?

— Je suis fatiguée, j'ai envie de dormir. »

Elle m'accompagna dans une des chambres.

« Étends-toi, *kerida,* et quand tu te réveilleras, tu me raconteras ce que tu fais ici sans ton père ni ta mère. Mais va d'abord te reposer et pendant ce temps, je vais te préparer des *habas kon arroz,* tu auras sûrement faim en te réveillant. »

Je ne sus pas combien de temps j'avais dormi mais quand je rouvris les yeux, il faisait déjà noir et *tía* Alegra était assise dans son fauteuil confortable, devant la fenêtre de la terrasse, à côté de son chariot et du plateau en bois sur lequel étaient posées une tasse de thé en verre transparent et une assiette de biscuits.

« C'est pas vrai ! dit-elle en riant. Tu as bien dormi ?

— Oui, j'étais épuisée.

— Va dans la cuisine, je t'ai préparé quelque chose à manger. Fais-le réchauffer toi-même, mes jambes ne me portent plus nulle part, j'avais mal rien que de rester debout à cuisiner. »

Dans la cuisine, je me servis une grosse cuillerée de riz blanc, versai dessus les haricots à la sauce tomate, mélangeai et retournai m'installer à côté de ma tante.

« Ils sont comment, les *habas kon arroz* ? demanda-t-elle. J'ai perdu le goût depuis un petit moment et mes enfants se plaignent que ça manque de sel.

— Délicieux, répondis-je en savourant ce plat réconfortant que je connaissais depuis toujours.

— J'ai téléphoné à ton père à la banque, m'informa-t-elle.

— Et qu'est-ce qu'il a dit ?

— De te remettre *illico presto* dans un bus et te renvoyer à Jérusalem. Je lui ai expliqué qu'il valait mieux que tu restes dormir ici, que demain matin mon gendre Shmulik te ramènerait en voiture pour être sûr que tu rentres directement à la maison sans t'enfuir Dieu sait où. »

Je ne répondis rien. Je m'étais au moins acheté une nuit de liberté.

« Que s'est-il passé, *kerida* ? demanda doucement tía Alegra. Pourquoi t'es-tu encore enfuie de la maison ?

— Papa m'a rouée de coups et m'a interdit de sortir pendant dix jours pour me punir.

— Pourquoi, qu'as-tu encore fait ?

— J'ai embrassé un soldat de la marine qui m'avait raccompagnée après une fête à la Maison du soldat. »

J'avais trop honte pour lui parler des vols.

La vieille tante de ma mère éclata de rire.

« *Guay de mi sola*, c'est pour ça qu'il t'a frappée ? Quoi, il a déjà oublié qu'il avait été jeune ?

— Et toi, tu t'en souviens ? demandai-je.

— Je me souviens mieux de ce qui s'est passé dans ma jeunesse que de ce qui s'est passé hier, soupira-t-elle. Je me souviens des choses perdues il y a longtemps et je perds tout le temps les choses d'aujourd'hui. »

Un jour, grand-mère Rosa m'avait raconté que rien ne se perdait jamais car il existait un pays où se trouvaient toutes les choses perdues – souvenirs, instants, amours. Et quand je lui avais demandé où était ce pays, elle m'avait dit :

« Tu te rappelles, *kerida*, tu m'as demandé ce qu'était Dieu et je t'ai répondu que c'était l'arc-en-ciel dans le nuage ? Eh bien là-bas, dans le pays où Dieu habite, au pays de l'arc-en-ciel dans le nuage, se trouvent toutes les choses perdues.

— Mais comment arrive-t-on au pays de l'arc-en-ciel ? avais-je demandé à ma grand-mère bien-aimée.

— Le pays de l'arc-en-ciel dans le nuage, *mi alma*, est très très loin d'ici, il faut beaucoup de patience, il faut aller loin pour le trouver.

— Et où est la route pour y arriver ?

— *Korasón*, pour arriver au pays de l'arc-en-ciel, il faut aller au bout de notre quartier et de là, jusqu'aux champs de Sheikh Badr, où on est en train de construire la nouvelle Knesset, et si on marche très longtemps à travers champs, on arrive à une petite rivière et à côté de la rivière, il y a un chemin très long qui serpente entre les montagnes et les vallées et après des jours, des nuits peut-être, le chemin arrive à la mer de Tel Aviv, il traverse la mer et continue jusqu'au bout et là, tout au bout, là où le soleil rencontre la pluie, se trouve le pays de l'arc-en-ciel, le pays des choses perdues. »

Je racontai à *tía* Alegra l'histoire de grand-mère Rosa.

« Je ne savais pas que ta grand-mère, paix à son âme, savait raconter des histoires, me répondit-elle en riant.

— Elle m'en a raconté beaucoup, ajoutai-je avec fierté, des histoires sur notre famille et sur les hommes de notre famille qui n'aimaient pas leur femme.

— Que Dieu pardonne nos péchés, grand-mère Rosa t'a raconté cela ? *El Dio ke mi salva*, en voilà des façons de parler à une enfant !

— Elle m'a raconté que l'arrière-grand-père Rafael n'aimait pas *nona* Merkada et que grand-père Gabriel ne l'aimait pas elle, et moi je sais que mon père n'aime pas non plus ma mère.

— *Peshkado y limón, ija*, comment tu parles ? C'est quoi ces inepties sur ton père qui n'aime pas ta mère ?

— C'est la vérité, non ? demandai-je à la vieille dame qui se recroquevillait dans son fauteuil et me paraissait plus petite que jamais. C'est vrai que les hommes de notre famille n'aiment pas leur femme ? Et que grand-père Gabriel n'aimait pas grand-mère Rosa ?

— Gabriela Siton, arrête de dire des sottises ! me réprimanda-t-elle, tu n'as pas dû comprendre ce que te disait ta grand-mère, elle t'a sûrement dit que Gabriel l'aimait.

— Non ! m'obstinai-je. Elle a dit qu'il ne l'aimait pas, et elle m'a raconté que l'arrière-grand-père Rafael était amoureux d'une femme ashkénaze mais qu'il avait épousé Merkada. Elle m'a aussi raconté que, de toutes les jeunes filles de Jérusalem, Merkada l'avait choisie elle, la pauvre petite orpheline, pour son fils Gabriel, et elle s'apprêtait à me dire pourquoi précisément elle, mais elle est morte à ce moment-là.

— Qu'elle repose en paix, je ne comprends pas pour quelle raison elle t'a embrouillée avec ça. »

Tía Alegra qui, si grand-mère Rosa n'était pas morte, aurait sans doute le même âge qu'elle, voire un peu plus, était très différente. « Tel Aviv a fait d'elle une Ashkénaze », disait ma grand-mère. Elle portait un pantalon large, une chemise blanche sous un cardigan, et des lunettes rondes. Grand-mère Rosa, même quand elle ne voyait plus très bien, se refusait à chausser des lunettes. *Tía* Alegra savait lire et écrire, et le journal *Davar* auquel elle était abonnée était toujours posé sur son chariot à thé. Pendant des années, elle avait pris soin de *nona* Merkada, qui avait vécu sous son toit jusqu'à sa mort. Je me disais qu'elle pourrait continuer là où grand-mère Rosa s'était interrompue et me raconter l'histoire de notre famille.

Après avoir terminé mon repas, remporté mon assiette et ma cuillère à la cuisine et les avoir lavés et mis à sécher, je retournai au salon. La vieille tante de ma mère était assise dans son fauteuil, plongée dans ses pensées. Je l'observais en me demandant ce que faisaient les vieilles personnes quand leurs jambes devenaient lourdes et qu'elles ne pouvaient plus descendre l'escalier pour aller sur le boulevard nourrir les oiseaux, ou qu'elles parvenaient encore à descendre mais avaient le plus grand mal à remonter. Que faisaient-elles lorsque le soir tombait, que la rumeur de la rue faiblissait, qu'un silence pétrifiant venait remplacer le bruit des autobus et des voitures sur le boulevard et que même les oiseaux partis dormir au sommet des arbres cessaient de gazouiller ? Je compris alors que ma présence atténuait la solitude de *tía* Alegra, que c'était à moi de saisir l'occasion sans laisser cet instant m'échapper pour rejoindre le pays des moments perdus. Je devais lui demander de me raconter l'histoire que ma grand-mère n'avait pas eu le temps d'achever.

« Et pourquoi est-ce si important pour toi de savoir ? demanda-t-elle. Pourquoi réveiller les morts ? Pourquoi parler de choses perdues que le temps ne peut plus changer ?

— Je veux comprendre, je veux tout savoir sur notre famille et sur les hommes qui n'aimaient pas leur femme autant qu'elles les aimaient. »

Tía Alegra soupira lourdement et parut se replonger dans ses pensées. Elle resta silencieuse un long moment tandis que j'observais son beau visage qui me rappelait tant celui de mon grand-père. Les mêmes pommettes hautes qui jusque dans sa vieillesse lui donnaient un air noble, les mêmes yeux verts en amande, le même nez droit sculpté. À la lumière de la lampe, je pouvais l'imaginer jeune, la tête haute comme lui, une jeune femme qui admirait son frère aîné chéri, la fierté de la famille.

J'étais assise sur le bord de la chaise, tendue, redoutant de laisser échapper cette occasion. Je voulais qu'elle me raconte pourquoi *nona* Merkada avait obligé mon magnifique grand-père à épouser ma grand-mère orpheline et pauvre qui venait du quartier de Shama et n'avait ni famille, ni grande lignée, ni beauté. Je voulais qu'elle lève le voile sur la malédiction qui pesait sur les femmes de la famille Ermoza, malédiction dont je serais peut-être victime à mon tour.

Et lorsque j'eus fini par me convaincre que la vieille femme resterait murée dans son silence et qu'il n'y aurait personne pour continuer l'histoire de ma grand-mère, sa voix déchira soudain le silence et elle dit tout doucement :

« Notre famille, *kerida,* la famille Ermoza, est une bonne famille, une famille en or. Mais il s'est passé quelque chose et depuis lors, elle n'est plus jamais redevenue comme avant. Quelque chose qui a eu des conséquences sur toutes les femmes et tous les hommes de notre famille. Je vais te raconter l'histoire de Merkada, ma mère, qui était, comme le disait ma belle-sœur Rosa, qu'elle repose en paix, une vieille femme aigre. Mais avant de te parler d'elle, il faut commencer par mon père Rafael, remonter à l'époque où il était parti à Safed. Écoute-moi bien, Gabriela, parce que je ne te le raconterai pas une seconde fois, car pour commencer, je ne suis pas sûre d'avoir raison de le faire. »

La lumière chaude de la lampe éclairait son visage ridé. La nuit allait être longue, pensai-je en me calant confortablement dans le canapé, entre les coussins. Devant cette vieille dame, comme ma grand-mère me manquait ! Rien ou presque chez *tía* Alegra ne lui ressemblait. Ni sa stature menue comparée à la corpulence de Rosa, ni ses cheveux gris réunis en chignon sur sa nuque alors que ma grand-mère portait une natte enroulée autour de la tête, ni le chandail moelleux qui couvrait sa petite poitrine, ni ses chevilles fines enfilées dans des chaussures orthopédiques alors que les chevilles enflées de ma grand-mère étaient toujours glissées dans des *sapatos*, ni même son langage corporel. Mais elle me rappelait beaucoup ma grand-mère sur un point : sa façon de parler en mélangeant hébreu estropié, hébreu parfait et des mots de judéo-espagnol dont je ne comprenais pas la signification exacte mais dont je saisissais très bien l'idée.

« Je t'écoute, lui dis-je comme une élève attentive, je suis tout ouïe.

— Par où commencer ? demanda-t-elle, plus pour elle que pour moi.

— Au moment où Rafael a rencontré l'Ashkénaze à Safed et où il est tombé amoureux d'elle.

— *Dio santo*, ça aussi, ta grand-mère te l'a raconté ? Que t'a-t-elle raconté d'autre ?

— Qu'elle était entrée en lui comme un *dibbouk* et qu'il s'était dépêché de retourner à Jérusalem et de se marier avec *nona* Merkada.

— Dieu me pardonne mes péchés, où m'emmènes-tu, *chikitika*, j'espère vraiment que ta grand-mère, paix à son âme, ne viendra pas me hanter dans mes rêves.

— Elle viendra te visiter dans tes rêves pour te dire que tu as bien fait, répondis-je. Elle te dira que si elle n'était pas partie, elle m'aurait raconté elle-même l'histoire de notre famille.

— D'accord, soupira *tía* Alegra, que Dieu me pardonne si je fais une erreur. »

2

« Du jour où il épousa Merkada, mon père Rafael Ermoza, qu'il repose en paix, devint un travailleur invétéré. Tous les matins, il se levait à l'aube, bénissait le créateur de lui avoir insufflé la vie, mettait les *tefillin*, les phylactères, et se hâtait de gagner la synagogue pour la prière du matin. Après quoi, tandis que les fidèles discutaient entre eux, Rafael était déjà en route pour le souk des parfums, Souk al-Attarin, où se trouvait la boutique de son beau père. Juste après le mariage, celui-ci avait associé son gendre à ses affaires. *Senyor* Yohanan Toledo était un grand commerçant qui faisait venir des épices et d'autres marchandises du Liban et de Syrie. À côté du curcuma et de la cannelle, de la cardamome, du curry et des clous de girofle, il vendait des plantes médicinales contre les douleurs et le mauvais œil, commerçant aussi bien avec les Arabes qu'avec les Juifs.

À l'époque, ces plantes étaient très demandées, car les malades étaient nombreux à Jérusalem.

« Rafael s'était pris de passion pour l'atmosphère effervescente et pittoresque du marché. Il aimait les caravanes de paysans arabes qui affluaient chaque matin des villages environnants pour vendre leurs marchandises, regardait ébahi les paysannes qui portaient sur la tête des paniers en osier remplis de fruits et de légumes en ondulant des hanches.

« Mille senteurs envahissaient le marché, les parfums enivrants d'épices venus du monde entier, l'arôme de brûlé des cosses de pois chiches vendues dans les allées du souk par des marchands qui criaient « *Hamla malana, hamla malana* ! », le fumet des pitas cuites au four, l'odeur douce de la boisson de tamarin, le relent du crottin des ânes qui passaient dans les ruelles étroites avec leur cargaison de sacs et de jarres, les effluves des gens, Juifs et Arabes, qui hélaient, poussaient, se bousculaient dans un tumulte haut en couleur.

« Lorsque son premier-né, ton grand-père Gabriel, eut douze lunes, Rafael se rendit chez un bijoutier du souk al-Hawajat et commanda un bracelet en or pour Merkada. Depuis le jour où il s'était engagé à faire de son épouse la plus heureuse des femmes, il avait tenu sa promesse et la traitait comme une princesse.

« Il continuait pourtant à regarder toutes les femmes ashkénazes qu'il croisait au marché au cas où celle de Safed apparaîtrait parmi elles. Malgré tous ses efforts pour la chasser de son cœur, il s'était retrouvé plus d'une fois à y penser et à invoquer son image. Ses jambes le portaient parfois jusqu'au quartier de Mea Shearim, où vivaient les Ashkénazes les plus observants. Il errait dans les ruelles entre les maisons serrées, regardant à la dérobée, les yeux baissés, les femmes aux cheveux rasés sous un foulard. Quand bien même elle serait couverte de la tête aux pieds, comme c'était la coutume chez les femmes religieuses, il l'aurait reconnue à ses yeux bleus. Mais depuis le jour où ils s'étaient croisés à Safed, il ne l'avait plus jamais revue, et chaque fois qu'il rentrait de ses déambulations et regagnait son appartement dans la Vieille Ville, il se comportait encore plus respectueusement à l'égard de son épouse, exauçant tous ses vœux et l'écoutant avec la plus grande attention sans jamais protester. Non pas qu'il eût à se plaindre d'elle, car Rivka Merkada elle aussi lui témoignait le plus grand respect et répondait à tous ses caprices et demandes. C'était la meilleure femme au foyer qui soit. La pièce dans laquelle ils habitaient brillait comme un sou neuf. Depuis qu'elle avait quitté la maison de son père pour épouser Rafael, elle avait laissé derrière elle toutes ses habitudes d'enfant gâtée. La jeune fille en larmes qui tremblait de peur à l'idée de quitter le foyer paternel et les jupons de sa mère était devenue une travailleuse résolue, une *balabousta,* comme disaient les Ashkénazes, et s'occupait à merveille de son mari et de ses enfants. Elle menait d'une main de maître sa famille et son foyer et avait gagné le respect de ses voisins et de ses parents proches. Plus elle accumulait de force, d'influence et de pouvoir, plus elle veillait à traiter son mari comme un roi. C'était une femme curieuse qui ne se contentait pas de cuisiner, nettoyer la maison ou éduquer ses enfants. Avec les années, elle était devenue une guérisseuse très demandée dans le quartier juif. Sa spécialité, c'était le *livianos*, la guérison des angoisses et des peurs.

« Les premières années de sa vie avec Rafael, ils habitaient dans une maison attenante à la synagogue Eliahu Hanavi, dans le quartier juif de la Vieille Ville, non loin de chez ses parents. C'est seulement après la mort de son père, lorsque Rafael vendit la boutique de celui-ci pour en acheter une autre au marché Mahane Yehouda, dans la ville nouvelle à l'extérieur des murs, qu'ils s'installèrent dans le quartier d'Ohel Moshe. Là, les maisons étaient disposées en rangées autour d'une cour centrale avec un puits qui alimentait en eau tout le quartier.

« Celle de Rafael et Merkada Ermoza constituait un véritable aimant pour les Juifs d'Ohel Moshe et les voisins des quartiers limitrophes, Mazkeret Moshe et Sukkat Shalom. Ils venaient voir Rafael pour demander une obole et Merkada pour recevoir un traitement. La maison était soignée, immaculée, avec une merveilleuse cour inondée de lumière bordée de grandes jarres remplies d'herbes aromatiques et de géraniums. Une partie des plantes poussaient dans de vieilles marmites, d'autres dans des bidons que Rafael prenait à la boutique après les avoir vidés de leurs olives ou cornichons. Le samedi soir, Merkada apportait quelques plantes à la synagogue pour la prière de la fin du Shabbat.

« Ainsi passait la vie, tranquillement. Les affaires de *senyor* Rafael Ermoza prospéraient, il partait de temps en temps au Liban et en Syrie chercher des produits frais et quand son fils Gabriel eut dix ans, il l'emmena avec lui en voyage et lui apprit le métier de négociant pour le préparer à reprendre le commerce dont il hériterait. Quand ils n'étaient pas en voyage, Gabriel allait étudier au talmud torah le matin et travaillait dans la boutique l'après-midi. Il y excellait tant que très vite, Rafael lui confia la plus grosse partie des affaires, passant de plus en plus de temps assis oisivement sur son trône en bois à l'entrée de sa boutique.

« Pendant la Première Guerre mondiale, les Turcs commencèrent à enrôler de force les jeunes gens dans leur armée. Afin d'éviter à Gabriel le sort réservé à de nombreux Juifs, Rafael décida de le faire partir en Amérique et, pour éviter qu'il fasse ce long voyage seul, il fut décidé que Moshe, le fils aîné de Leon, l'un des vendeurs de la boutique, partirait avec lui aux frais de Rafael. C'est ainsi qu'ils embarquèrent tous les deux sur un bateau qui faisait la traversée entre le port de Jaffa et celui de New York. Les jeunes gens s'installèrent à Manhattan ; Gabriel trouva du travail comme apprenti boucher et Moshe comme apprenti tailleur. Pendant près de deux ans, Gabriel n'eut aucun contact avec ses parents à Jérusalem. Rafael faillit devenir fou d'inquiétude, Merkada faisait bonne figure et l'encourageait : "*Ke no mankes*, pourvu qu'il reste en vie, amen ! Aie confiance dans le *senyor del mundo*, il veille sur notre fils et quand les Turcs, que leur nom et leur souvenir soit effacé, rentreront dans leur pays, il nous reviendra, *sano ke ste*, en bonne santé."

« Les jours s'écoulèrent, les maudits Turcs finirent par quitter le pays et à leur place arrivèrent les Anglais, que leur nom soit effacé, et un jour, sans crier gare, Gabriel frappa à la porte de ses parents. Merkada, qui était en train d'abreuver les fleurs, laissa tomber son arrosoir, et Rafael s'évanouit d'émotion. Avant de tomber dans les bras de son fils revenu d'Amérique, Merkada versa en toute hâte de l'eau sur son mari et cueillit des herbes odorantes pour le réanimer. Elle ne reconnaissait pas son fils. Il avait quitté Jérusalem à l'âge de seize ans, petit et maigre comme un clou avec quelques poils de barbe sur le menton, et voilà qu'elle retrouvait un beau jeune homme de dix-huit ans, fort et taillé comme un athlète. Ils invitèrent sur-le-champ tous les parents et voisins et Merkada prépara de la limonade fraîche à la menthe, prit les pastèques dans la citerne et coupa du fromage de chèvre. Ils installèrent Gabriel au milieu de la cour, près du puits, et tous s'assirent autour de lui en l'encourageant :

« "Raconte, raconte *komo es America.*"

« Gabriel décrivit une ville où les immeubles touchaient le ciel et les automobiles filaient *komo locos.* Il raconta son travail dans le Lower East Side chez le boucher Isaac qui ne parlait que yiddish et ne connaissait pas un traître mot d'anglais, répéta les premiers mots qu'il avait appris et se vanta de pouvoir désormais escroquer n'importe quel Ashkénaze au marché grâce à son yiddish. Puis il annonça que Moshe avait décidé de rester à New York. À ces mots, son père Leon fondit en larmes et Gabriel tenta de le réconforter.

« "*No yores,* ne pleurez pas, *senyor* Leon. Moshe va s'en sortir, il a déjà trouvé une femme de chez nous et s'apprête à se marier, un jour il vous emmènera vous aussi en Amérique." »

J'interrompis *tía* Alegra.

« L'oncle Moshe ? Notre riche oncle d'Amérique ?

— Celui-là même, *kerida mia.* Pendant leurs années new-yorkaises, Gabriel et Moshe sont devenus comme des frères, ils ont noué des liens très forts qu'ils ont conservés toute leur vie. Le fils de Leon est devenu riche comme Crésus, il a fini par posséder des usines et des magasins de vêtements pour femmes dans toute l'Amérique.

— Il nous envoyait des paquets d'Amérique ! intervins-je à nouveau. Grâce à lui, j'ai été la première fille de l'école à porter de vrais jeans ! »

Je connaissais par cœur l'histoire du riche oncle d'Amérique qui s'était marié peu de temps après le retour à Jérusalem de grand-père Gabriel et avait fondé une famille modèle à New York. J'avais entendu maintes fois comment, au fil des ans, oncle Moshe avait réalisé son rêve de devenir millionnaire. Les paquets nous parvenaient d'Amérique tous les trois mois dans de grandes boîtes dont l'une, verte et particulièrement belle, trônait dans la chambre à coucher de Papa et Maman et servait à entreposer le linge de lit.

Un jour arriva une robe de mariée en soie et en dentelle à laquelle était agrafée une photo de Reina, la plus jeune fille d'oncle Moshe, le jour de ses noces.

« *Tronchos de Tveria*, ces idiots de Tibériade, dit ma mère, ils en ont fait un déguisement pour le carnaval de Pourim ? Si ce n'est pas du gâchis, une robe aussi chère.

— Quel Pourim ? répondit Beki. Ils l'ont envoyée pour Gabriela.

— *Peshkado y limón*, s'exclama grand-mère Rosa, ce n'est pas pour demain.

— Si c'est pour Gabriela, alors je la prends », décréta ma mère, et aucune d'entre elles ne s'y opposa, car personne ne savait quoi faire d'une robe de mariée.

La nuit, une fois que tout le monde dormait, je me levai et me glissai à pas de loup dans le salon. La robe posée sur le canapé scintillait dans l'obscurité. Je m'approchai et caressai avec le plus grand respect le tissu en soie et les boutons en nacre qui ornaient le devant. Je la soulevai délicatement et ouvris les boutons l'un après l'autre, ce qui prit un temps fou car il y en avait beaucoup. Puis je tentai de glisser mon petit corps à l'intérieur, tout doucement, pour ne pas la déchirer. Elle était immense et je flottais dedans. Je réussis enfin à rentrer les mains dans les manches, mais en essayant de me mettre debout pour fermer les boutons, je me pris les pieds dans l'ourlet et tombai par terre en me rattrapant *in extremis* à la table basse sur laquelle était posé un vase de fleurs. La table tangua, le vase se brisa en mille morceaux et la robe plongea en même temps que moi dans l'eau et les débris de verre. Ma mère surgit en hurlant.

« Bon sang, mais qu'est-ce que tu fabriques ? »

Avant même de savoir si je ne m'étais pas blessée, elle vérifia qu'il n'était rien arrivé à la robe, puis me mit debout et me flanqua une bonne raclée.

« Quelle enfant maladroite ! Et que fais-tu dans le salon à minuit ? Qui t'a autorisée à t'approcher de la robe ? Va faire pipi et file au lit, immédiatement. »

Mes pleurs réveillèrent mon père et Roni. Papa se mit à crier sur Maman.

« Tu vas réveiller tous les voisins ! »

Puis il me prit dans ses bras, m'emmena dans la salle de bains pour me nettoyer le visage et m'enfila un pyjama propre en me chuchotant « ce n'est rien, ce n'est rien, ma mignonne ». Ensuite il me mit au lit, rabattit la couverture et me chanta une berceuse à l'oreille, « dors, dors, ma jolie ».

Juste avant de fermer les yeux, j'entendis ma mère murmurer rageusement :

« Elle détruit tout, c'est un véritable bulldozer. »

Le lendemain, elle emporta la robe de mariée chez sa couturière et se fit confectionner une robe pour le bal des anciens combattants au club Menorah, là où elle et Papa s'étaient mariés. Cette fois, elle s'abstint de commander la même pour moi.

La robe fit un triomphe. Comme me le raconta plus tard tante Rahelika, ma mère était la plus belle – jusque-là rien de nouveau sous le soleil. Elle avait toujours été considérée comme la plus jolie femme de Jérusalem. Chaque fois que Roni et moi nous promenions avec elle sur la rue Jaffa, les gens se retournaient sur son passage, mais Maman gardait la tête haute et serrait la main de Roni et la mienne, ignorant les regards.

Pour Rosh Hashana, le nouvel an, et Pessach, la Pâque juive, elle nous emmenait chez le marchand de chaussures Freiman et Bein, dans l'immeuble à colonnes, et nous achetait des chaussures de fête. Cela dit, nous n'y allions pas seulement pour les fêtes car elle n'avait pas besoin d'occasion particulière tant elle adorait acheter des chaussures.

Pendant qu'elle les essayait, entourée par une nuée de vendeurs qui la complimentaient sur ses chevilles, Roni et moi, on tournoyait sur le tourniquet et on se lançait sur le toboggan du train installés dans la boutique pour occuper les enfants. Maman n'achetait pas toujours. Elle essayait parfois tout le magasin avant de décider qu'aucune paire ne trouvait grâce à ses yeux. Les vendeurs ne lui en voulaient pas, au contraire, c'était à celui qui monterait le plus haut sur l'échelle et lui apporterait le plus de boîtes. Ma mère plaisantait avec eux. « Au revoir, merci et à bientôt », disait-elle en sortant la tête haute pour se diriger vers la station de taxis de la rue Lunz. Elle s'y attardait pour discuter avec les oncles chauffeurs qui avaient partagé sa chambre à l'hôpital Hadassah pendant la guerre. De temps en temps, elle nous disait « Attendez-moi ici un instant avec les oncles, je reviens tout de suite », puis disparaissait et revenait après ce qui me semblait une éternité, et nous on l'attendait assis sur une petite chaise sur le trottoir. Un jour, elle se fit tant attendre que Roni se mit à pleurer. Elle arriva en courant, se répandit en excuses et nous dit pour la centième fois : « Vous savez qui c'est, les oncles chauffeurs ? Ce sont des oncles héros, ils ont défendu notre Jérusalem pendant la guerre d'indépendance alors quand on les rencontre, tenez-vous correctement et soyez patients. Et toi, Gabriela, ajoutait-elle d'un regard menaçant en me pointant du doigt, pas un mot à Papa. Si jamais tu le dis à Papa, je ne t'emmène plus jamais au manège chez Freiman et Bein. »

Un jour, ma mère laissa Roni chez grand-mère Rosa et m'emmena toute seule. Avant d'arriver au magasin de chaussures, nous fîmes un détour par la station de taxis. Je remarquai que tous les oncles chauffeurs, debout à côté de leur voiture, se turent en apercevant ma mère. Maman, qui portait toujours du fard à joues, devint pâle comme un linge et la main qui me tenait se mit à trembler. L'un des chauffeurs s'approcha d'elle et la serra très fort dans ses bras. Ça me faisait bizarre qu'un homme autre que Papa prenne ma mère dans ses bras. Il lui chuchota quelque chose à l'oreille et elle lâcha ma main en étouffant un cri. « *Dio mio* ! »

Quelqu'un lui apporta une chaise, elle s'assit, prit son mouchoir dans son sac et se mit à pleurer, et moi je restai là sans savoir quoi faire. Ma mère était assise au milieu de la rue près de la station de taxis, elle pleurait et moi j'ignorais pourquoi. Que s'était-il passé, est-ce qu'elle pleurait à cause de moi ? Je ne m'étais pas bien tenue et l'avais énervée ? Je restai là plantée comme une statue pendant une bonne heure pendant que les oncles chauffeurs consolaient ma mère. Enfin, l'un d'entre eux m'aperçut. « Approche, petite, prends un bonbon, me dit-il en m'offrant un caramel. Allez, n'aie pas peur, ta mère va bientôt te ramener à la maison. »

Je pris le caramel, le mis dans ma bouche et l'oncle me souleva dans ses bras en disant : « Tu sais pourquoi Maman pleure ?

— Non, fis-je de la tête.

— Parce que l'oncle rouquin est parti. »

J'étais désorientée. Je ne saisissais pas trop où le rouquin était parti, mais je comprenais que c'était un endroit horrible, qu'il était arrivé quelque chose de grave à l'oncle aux cheveux roux et aux yeux rieurs qui m'installait toujours sur ses genoux et m'emmenait faire un tour sur son fauteuil roulant. « Tiens-toi bien », disait-il en serrant mes mains autour de son cou, et il faisait rouler sa chaise et dévalait à toute vitesse le trottoir avec moi, et moi je me tordais de rire et Maman criait : « Ça suffit, fais-la descendre, elle est lourde, ce n'est pas bon pour toi de la porter comme ça ! »

« Il est parti, poursuivit le chauffeur de taxi, parce qu'il a été grièvement blessé pendant la guerre d'indépendance quand il a défendu notre Jérusalem ; sa blessure n'a jamais guéri, et maintenant il est mort. »

Je restai un long moment avec l'oncle chauffeur jusqu'à ce que ma mère arrive et me prenne par la main pour me ramener à la maison.

Maman resta silencieuse toute la soirée, elle échangea à peine deux mots avec Papa, Roni et moi. Ses sanglots me réveillèrent au milieu de la nuit. Elle pleurait à chaudes larmes sans que mon père ne réussisse à la calmer. Finalement, il sortit de leur chambre. « Allez vous coucher, je reviens tout de suite », dit-il en nous voyant, Roni et moi, debout dans le couloir à côté de leur porte, puis il s'absenta.

Il revint peu de temps après avec tante Rahelika, qui alla directement trouver sa sœur. Dès que Maman la vit, elle se remit à sangloter d'une façon déchirante en s'écroulant sur son épaule. Mon père les laissa seules et s'allongea à côté de moi sur le lit.

« Bouge un peu, chuchota-t-il, fais un peu de place à Papa. »

Dès lors, il prit l'habitude de dormir à côté de moi dans mon lit d'enfant et ne retourna plus avec ma mère avant très longtemps. Maman pleura toute la nuit et les jours suivants. Pourquoi était-elle si triste et pleurait-elle tant ? Pourquoi, elle qui passait ses journées à « mesurer les rues », comme disait mon père, restait désormais cloîtrée à la maison avec tante Rahelika ? Et pourquoi avait-il fallu de longs mois avant qu'elle reprenne une vie normale ? Tout cela, je ne le comprendrais que bien des années plus tard.

Le soir où je m'enfuis chez *tía* Alegra à Tel Aviv, lorsque je m'assis sur le canapé en face d'elle et qu'elle se mit à raconter, je sentais que je devais savoir, c'était plus fort que moi. J'avais soif de comprendre l'histoire des femmes de la famille. J'étais attirée comme le papillon par le feu. J'avais conscience que je me brûlerais peut-être, que je découvrirais peut-être des choses que je regretterais par la suite, mais depuis que ma grand-mère avait ouvert la boîte de Pandore, il me fallait comprendre pour aller de l'avant. Ce besoin de connaître la vérité bouillait dans mes veines et ne me laissait pas en paix, alors je suppliai la vieille tante de ma mère de poursuivre son récit.

« À condition que tu cesses de m'interrompre, me prévint-elle, car il est déjà tard et mes souvenirs sont aussi fatigués que moi. »

Je jurai de me taire et de ne plus interrompre le fil de ses pensées. Étendue contre les coussins, je fermai les yeux et l'écoutai.

« Les Turcs finirent par quitter le pays et les Anglais prirent leur place. Quelque temps plus tard, ton grand-père Gabriel rentra d'Amérique et commença à travailler dans la boutique de ton arrière-grand-père Rafael. C'était un beau jeune homme de dix-huit ans, grand comme un cèdre et fort comme un roc. Il travaillait au marché Mahane Yehouda du matin au soir, portant sur ses épaules robustes des sacs remplis de toutes sortes de marchandises. Chaque matin, après avoir remercié Dieu de lui avoir donné la vie et mis ses phylactères, il se hâtait de partir au travail en prenant dans son sac les feuilletés au fromage et aux épinards que notre mère lui préparait à l'avance. Il franchissait la porte d'Ohel Moshe, traversait la rue Agrippas qui séparait notre quartier du souk et rejoignait à grands pas la boutique, et avant même que la nuit rencontre le jour, alors que les autres marchands n'avaient pas encore ouvert les yeux pour réciter la prière du matin, il sortait déjà les sacs du magasin, disposait les bidons d'olives et de cornichons et attendait le premier client. C'était un travailleur acharné et il fourmillait d'idées sur la façon de développer les affaires de notre père, agrandir la boutique et se procurer des produits susceptibles d'attirer les clients ashkénazes. Il réussit à convaincre notre mère de préparer de grandes quantités d'olives et de cornichons dans d'énormes jarres. Les cornichons de Maman étaient uniques et les clients commencèrent à affluer de toute la ville pour les goûter.

« Gabriel sortait des boîtes en étain le fromage salé acheté aux paysannes arabes et le mettait bien en vue sur le comptoir "pour que les clients le goûtent avec les yeux". Il avait ajouté aux épices, aux herbes médicinales et au thé des harengs et du thon mariné, et disposait les fruits secs dans de grands sacs à l'extérieur, les plus beaux et les plus gros sur le dessus et les plus fripés en dessous. Il vendait les pâtes de fruits sur le comptoir, à côté du fromage salé et des harengs. Plus tard, il compléta avec des friandises de toutes les couleurs. Des rangées entières de *Bamblik* à l'anis, des bonbons au sucre blancs et violets enrobés d'amande qu'on lançait à la synagogue sur le marié ou le garçon qui faisait sa bar-mitsva, et les pistaches qui venaient directement d'Alep, un régal pour les yeux. C'est ainsi que le magasin de la famille Ermoza devint célèbre dans tout Jérusalem. Le vendredi, les femmes au foyer faisaient la queue depuis le seuil de la boutique, rue Etz Hahaim, jusqu'au magasin de légumes d'Eliahu Banai, rue Ha'agas.

« Un jour, le veuf Leon demanda à parler à *senyor* Rafael seul à seul. Il lui annonça qu'il avait l'intention d'épouser une veuve ashkénaze mère de deux filles.

« "Ashkénaze ? répondit Rafael, consterné. Pourquoi tu ne te trouves pas une brave veuve dans notre communauté ?

— J'ai cherché, répondit Leon, mais aucune veuve de chez nous n'est disposée à épouser un pauvre homme vendeur au marché qui n'est plus tout jeune, avec encore un petit enfant à nourrir, un fils à marier et un autre en Amérique. Cette veuve ashkénaze, ça ne la dérange pas. J'ai besoin d'une femme pour cuisiner, faire la lessive, s'occuper de moi et de mon fils, je vous demande votre bénédiction."

« Lorsque Rafael comprit que Leon avait décidé d'épouser l'Ashkénaze, il lui donna sa bénédiction et offrit même au couple une grosse somme en guise de cadeau de mariage pour faciliter les débuts de leur vie commune.

« La veuve s'intégra très facilement à la société des femmes d'Ohel Moshe, elle apprit leurs coutumes sans pour autant abandonner les siennes. Elle cuisinait pour son mari des plats séfarades mais aussi ashkénazes. Sa spécialité, c'étaient les puddings aux fruits ; ils étaient si bons que Gabriel proposa à Leon de réserver un étalage spécial dans la boutique pour vendre le délicieux pudding de sa femme ashkénaze le vendredi avant le Shabbat.

« Cette semaine-là, l'Ashkénaze se présenta avec des marmites remplies de pudding et le succès fut immédiat. Gabriel, Leon et elle croulaient sous le travail et ton arrière-grand-père Rafael décida d'embaucher son jeune frère Eliahu, que tout le monde appelait Leito.

Dès son arrivée au magasin, on confia la caisse à Leito. Leon aidait à remplir les sacs, les bidons en étain et les jarres dès qu'ils se vidaient, tandis que Gabriel passait entre les clients et, à force de flagorneries, les incitait à acheter davantage.

« "*Peshkado y limón*, racontait Rafael à Merkada à la fin de la journée, ton fils, que Dieu le garde, pourrait vendre des cailloux en les faisant passer pour des bouts de fromage.

— C'est un brave garçon, soupirait d'aise Merkada, un cadeau du ciel, Dieu l'aime, il va nous rendre très riches.

— Pas besoin d'être encore plus riches, bougonnait Rafael, nous avons tout ce qu'il nous faut. Nous avons une maison, de quoi manger, des enfants, et nous sommes en bonne santé. Il ne faut pas avoir les yeux plus gros que le ventre, que les gens n'aillent pas nous créer des problèmes. Remercions le *senyor del mundo* pour ce qu'il nous a donné et contentons-nous de ce qui est là, et maintenant ça suffit, arrête de bavasser et fais-moi plutôt un thé."

« Merkada se tut et se précipita dans la cour pour aller couper des feuilles de sauge et préparer une infusion pour son mari, priant silencieusement pour que son fils Gabriel, que Dieu le protège, réussisse dans tout ce qu'il entreprenait. Mais son mari avait peut-être raison, il fallait rester humble, beaucoup de gens à Jérusalem ne mangeaient pas à leur faim et eux, grâce à Dieu, avaient tout ce qu'il fallait et même plus. Alors pour éloigner le mauvais œil, elle multiplia les dons aux pauvres. La famille avait toujours donné autant que possible, mais il y aurait toujours quelqu'un pour trouver à redire ou les regarder de travers, si bien qu'elle ajouta plusieurs *hamsa* et des amulettes sur les murs de la boutique et de la maison, pour que Dieu protège son fils et sa famille du mauvais œil, *tfou tfou tfou*.

« Comme tous les habitants de Jérusalem, Merkada croyait au mauvais œil et redoutait les démons. Quand elle rentrait du marché avec ses sacs au crépuscule, foulant les pavés, elle jurait entendre des bruits de pas et accélérait en murmurant *peshkado y limón*, persuadée qu'elle allait tomber d'un instant à l'autre sur un esprit malin. Comme tous les Séfarades, elle pensait que l'association des mots "poisson" et "citron" éloignait les démons. Le pire d'entre eux était Abu Lele. Les mères mettaient en garde leurs enfants : s'ils désobéissaient, Abu Lele viendrait leur rendre visite la nuit, et malheur à eux.

« Merkada craignait tant les esprits malins et le mauvais œil qu'elle n'osait même pas prononcer leur nom. Elle les appelait *los de abasho,* ceux d'en bas. Comme les hommes, les démons se divisaient eux aussi en mâles et femelles et à leur tête se trouvaient le démon Ashmadai et la démone Lilith. Selon la croyance populaire, Lilith avait peur du rouge, alors Merkada décida d'attacher un fil rouge à son poignet et à ceux de son mari et de ses enfants pour éloigner cette créature malveillante. Lorsque Gabriel se rebella et voulut le retirer, expliquant à sa mère qu'il avait l'impression d'être une fille, elle le prit par le revers de sa veste et le mit en garde : "Cache-le sous ta manche, mais surtout ne te risque pas à enlever ce fil rouge, que Lilith ne vienne pas te faire de mal. Même avec ça, *kerido,* on a un œil au-dessus de nous."

« Tout ce qu'elle souhaitait, c'était éloigner les esprits maléfiques de la famille et de la maison. Elle s'était ainsi spécialisée dans le *livianos,* la cérémonie de guérison censée chasser les peurs. Elle pensait qu'en chassant celles des autres, elle éloignerait par la même occasion les siennes.

« Merkada et son *livianos* étaient réputés parmi les Juifs de Jérusalem et des gens malades, en proie à des angoisses, se présentaient régulièrement chez elle. Elle installait le visiteur dans la cour, sur un petit tabouret, et tendait un drap blanc au-dessus de sa tête pour l'empêcher de voir ce qui se passait autour. Puis elle prenait des barres de plomb, les faisait fondre au-dessus du feu allumé dans la cour, murmurait une prière et versait le plomb brûlant dans un bol d'eau qu'elle tenait au-dessus de la personne. Une fumée dense et mystérieuse s'élevait de l'eau et lorsqu'elle s'évaporait, Merkada sortait le plomb, prenait le métal dans sa main et interprétait ses formes étranges. Lorsqu'elle distinguait la forme d'un chien, elle demandait au visiteur s'il avait été mordu par un chien ; si elle voyait un démon, elle demandait si un démon apparaissait dans ses rêves ; et lorsqu'elle apercevait un homme, elle tentait de comprendre de qui il s'agissait. En fonction des formes, elle devinait les peurs de la personne, lui en parlait, lui donnait des herbes et des conseils sur la façon de se comporter pour chasser la crainte de son cœur. Les gens ressortaient si satisfaits du traitement et de la conversation qu'elle avait beau leur répéter qu'elle faisait cela à titre gratuit, la boîte destinée aux bonnes œuvres posée à l'entrée de la maison débordait et, une fois par semaine, elle prenait l'argent et le donnait à la synagogue Eliahu Hanavi. Plus elle prodiguait de *livianos*, plus elle insistait pour traiter les maux compliqués ou légers, plus elle donnait d'argent aux bonnes œuvres, et plus ses propres peurs augmentaient. Elle n'arrivait pas à se débarrasser du sentiment qu'une catastrophe imminente allait s'abattre sur sa maison.

« Étant donné qu'elle ne pouvait se soigner toute seule, Merkada décida d'aller consulter Gilda la *vieja* dans le quartier juif de la Vieille Ville. Gilda était très âgée, elle avait peut-être cent ans, voire plus, et elle était considérée comme une femme intelligente chez qui même les Ashkénazes venaient prendre conseil.

« Un matin, une fois Rafael et Gabriel au travail et les autres membres de la famille partis vaquer à leurs occupations, Merkada prit son sac, descendit la rue Agrippas jusqu'à la rue Jaffa et de là, elle continua tout droit jusqu'à ce qu'apparaissent devant ses yeux les murs de la Vieille Ville et la porte de Jaffa. Arrivée dans la cour de Gilda la *vieja*, elle trouva des dizaines de personnes assises depuis le matin sur des tabourets en attendant leur tour pour consulter la vieille guérisseuse. Elle s'assit sur les marches en pierre de l'entrée, puisqu'il ne restait plus un seul tabouret de libre, et attendit.

« Guay de mi sola, songeait-elle, *je ne vais pas passer avant des heures et je finirai par revenir bredouille*, alors elle ouvrit le livre des Psaumes qui était dans son sac et commença à lire quelques passages. Dans ces moments-là, elle se réjouissait de savoir lire et écrire, contrairement à ses proches et à ses voisines, car dans sa jeunesse son mari lui avait appris les lettres hébraïques. Elle s'était révélée un esprit brillant qui comprenait très vite, et lorsqu'il rapportait à la maison le journal *Hatzvi*, elle pouvait lire les nouvelles et discuter avec lui des informations et des articles de M. Ben Yehouda. Elle tentait même de cancaner avec lui à propos de l'histoire d'amour de son fils Itamar avec Léa – la jolie fille de *senyor* Abu Shadid, dont tout Jérusalem parlait – mais son mari la faisait taire d'un signe de la main. Lui, bien entendu, se gardait de raconter que cette histoire d'amour entre l'érudit ashkénaze et Léa la Séfarade lui ôtait le sommeil. Les temps avaient changé, se disait-il, *senyor* Abu Shadid n'avait pas le choix, sa fille épouserait un Ashkénaze. *Qui sait, peut-être que si j'avais raconté à mon père l'histoire de l'Ashkénaze aux yeux bleus…* Mais il écartait tout de suite cette pensée, sachant parfaitement que, même pour tout l'or du monde, son père n'aurait pas renoncé à l'accord passé avec celui de Merkada. Quoi qu'il en soit, il n'aurait jamais accepté que son fils épouse une Ashkénaze. Et même si, lorsqu'il partageait la couche de sa femme, il ne retrouvait jamais dans son corps la sensation éprouvée quand il avait été frappé par l'éclair des yeux bleus de l'Ashkénaze, même si au fil de ces longues années de mariage, il n'avait jamais ressenti d'émotion lorsque son corps touchait celui de Merkada, Rafael savait qu'en fin de compte, il avait eu de la chance : le bon Dieu lui avait donné une épouse vertueuse et une mère exemplaire qui dirigeait la maison d'une main de maître, comme on pouvait s'y attendre d'une femme judéo-espagnole de bonne famille. Depuis qu'il l'avait épousée, il avait toujours comblé ses besoins matériels et affectifs et elle lui était reconnaissante de l'avoir enlevée à son foyer familial, de la traiter quasiment comme son égale, de lui avoir appris à lire et à écrire, de discuter avec elle de l'actualité, de l'honorer comme une princesse et de passer son temps à la complimenter, en privé comme en public, contrairement aux époux des autres.

« Merkada lisait le livre des Psaumes avec application, se penchant en avant et en arrière et approchant les pages de ses lèvres pour les embrasser, comme possédée par les lettres sacrées, lorsque quelque chose attira son attention et la déconcentra : non loin d'elle, une jeune fille était assise sur un muret et balançait les jambes. Ce mouvement monotone et le bruit de ses talons contre le mur en pierre la rendaient folle.

« "Tu pourrais arrêter de taper avec tes jambes ?" lui demanda Merkada. La jeune fille leva la tête, et Merkada se retrouva face aux yeux les plus bleus qu'elle ait jamais vus, encadrés par un ovale parfait et des cheveux blonds ramassés dans une tresse qui formait une couronne autour de son beau visage. Ébahie devant cette beauté à couper le souffle, troublée et mal à l'aise car elle avait l'impression que le regard de la jeune fille la mettait à nu, elle se leva puis se rassit, confuse, incapable de se rappeler pourquoi elle lui avait adressé la parole. Soudain elle comprit : ce n'était pas une enfant mais un esprit malin, c'était Lilith, celle qui en comparaison faisait passer le roi des démons pour un saint. Son panier au bras, elle quitta précipitamment la cour de Gilda la *vieja* en crachant trois fois par terre, *tfou tfou tfou.* Ses jambes la portaient en toute hâte vers l'extérieur de la Vieille Ville, elle avait tout oublié de la cérémonie de *livianos.* Elle n'avait qu'une idée en tête, rentrer au plus vite à la maison. Neuf fois, lui avait appris sa mère, il fallait répéter neuf fois le cantique des degrés pour qu'un souhait se réalise. Elle n'avait jamais prié avec autant de ferveur, jamais été aussi convaincue d'avoir rencontré le mauvais œil en personne, Lilith, que son nom et sa mémoire soient effacés, celle qui guette le moment propice pour frapper ceux qu'elle aime. Le fil rouge à son poignet n'avait pas suffi à la chasser, *ija de un mamzer.*

« Dès le lendemain, résolue à chasser le mauvais œil, elle s'en fut consulter le kabbaliste et rabbin Shmuel, de la synagogue Eliahu Hanavi, dans la Vieille Ville. Dans un coin de la synagogue, une ouverture menait directement à la caverne du prophète Elias qui, selon la tradition, siégeait en personne sur une chaise très ancienne. Le rabbin avait pour habitude de prier et de lire le Talmud jusqu'au petit matin, et Merkada apportait souvent au kabbaliste et à ses disciples du thé fumant et des *biskochos* faits maison.

« "Rabbin Shmuel, lui dit-elle, je suis venue pour que vous éloigniez le mauvais œil de ma famille et de moi-même, il ne me laisse pas une seconde de répit."

« Le rabbin sortit dans la cour avec Merkada, alluma un feu et lui ordonna de se placer, jambes écartées, au-dessus des flammes en prononçant son nom, le nom de sa mère et celui de la mère de sa mère. Il ferma les yeux et récita une prière, et soudain les braises commencèrent à crépiter, des étincelles partirent dans toutes les directions, le rabbin ouvrit les yeux, la fixa et lui ordonna de répéter après lui les mots de la prière et de la supplication. Lorsqu'il eut terminé, les braises cessèrent de lancer des étincelles et le feu s'éteignit.

« "Vous aviez raison, *senyora* Merkada, dit le rabbin, il y avait un mauvais œil puissant sur vous mais désormais tout cela est terminé, il s'est envolé avec le vent, nous avons tout chassé et avec l'aide de Dieu, vous êtes lavée. Retournez à votre mari et à vos enfants et restez en bonne santé."

« Un sentiment de purification submergea Merkada. Les braises ardentes, les étincelles, le bruit du bois qui craquait sous les flammes, les yeux pleins de bonté du rabbin kabbaliste et la vue du mont Moriah que l'on apercevait depuis la cour de sa maison, tout cela lui donnait l'impression d'avoir été nettoyée des démons et du mauvais œil. Elle remercia le rabbin et laissa une belle somme dans la boîte placée à l'entrée. Avant de rentrer chez elle, elle s'arrêta au *banyo* pour s'immerger dans le bain rituel en faisant une prière de remerciement au *senyor del mundo.* De retour à la maison, elle se sentait aussi propre, pure et blanche qu'une jeune fille le jour de son mariage.

« Les affaires de la famille Ermoza prospéraient et le magasin était désormais trop étroit pour accueillir toutes les marchandises et les gens qui affluaient. Lorsque deux boutiques attenantes se libérèrent suite aux décès successifs de leurs propriétaires, Rafael les acheta, Gabriel abattit les murs, et la boutique des Ermoza devint grande et spacieuse.

« Depuis qu'il avait transmis les rênes à Gabriel, Rafael avait quasiment cessé de travailler. Il restait assis à l'entrée sur sa chaise en bois, appuyé sur sa canne, à triturer sa barbe grisonnante, à jouer avec son chapelet et à regarder d'un air satisfait le flot croissant des clients et son fils qui dirigeait la boutique d'une main de fer.

« Gabriel fourmillait d'idées. Un jour, il arriva avec des tabliers blancs et en attacha un autour de ses hanches en demandant à Leon et Leito de l'imiter. “Comme en Amérique”, expliqua-t-il à son père qui le regardait, médusé. Et maintenant, il fallait aussi donner un nom à la boutique, comme en Amérique. Le lendemain même, un grand panneau était suspendu au-dessus du magasin, *Rafael Ermoza et Fils, Delicatessen.*

« Le magasin procurait un bon revenu à la famille Ermoza et leur situation économique s'améliorait considérablement. Les enfants faisaient leur vie : Clara était mariée et attendait son premier enfant, Avraham et Mazliach avaient ouvert une menuiserie, Shmuel étudiait encore à l'école religieuse et moi, Alegra, qui m'étais mariée du temps où Gabriel vivait en Amérique, j'étais partie à Tel Aviv avec Elazar, mon mari et j'avais déjà donné à mes parents deux petits-enfants – que Dieu les garde et les protège du mauvais œil.

« C'est alors que Merkada dit à Rafael :

« "Il est temps de trouver une épouse pour Gabriel, il a déjà vingt ans et tant qu'il ne se marie pas, ses petits frères ne se marieront pas non plus."

« Rafael donna son accord et ma mère passa en revue dans sa tête toutes les jeunes vierges à prendre en considération. Ce n'était guère difficile. Après tout, les Juifs espagnols constituaient une communauté fermée et tout le monde se connaissait ; il arrivait même qu'on épouse un parent éloigné. Elle se dit ainsi qu'Estherika, la fille de Shlomo Molko, un parent au troisième degré, ferait un très bon parti.

« Les rabbins de la communauté encourageaient les mariages à l'intérieur d'une même famille à condition qu'il n'existe pas de liens de sang au premier degré afin d'éviter, Dieu nous préserve, que naissent des enfants handicapés. Mais avec le temps, le nombre de Juifs espagnols diminuait et l'on craignait que les enfants se marient en dehors de leur communauté.

« “Avant de commencer à penser à la fiancée, parles-en avec ton fils, suggéra Rafael à sa femme.

— Qu'y a-t-il à discuter, il est temps qu'il se marie et je lui trouverai la meilleure épouse de tout Jérusalem.”

« Malgré tout, elle en parla avec Gabriel, qui était son fils préféré, le bonheur de sa vie, la prunelle de ses yeux, et sa plus grande fierté. Elle avait élevé tous ses enfants de façon exemplaire. “Ils sont nés l'un après l'autre, aimait-elle à dire, sans pause, comme Dieu le voulait.”

« Des quatre enfants morts pendant l'accouchement ou avant leur première année, elle ne parlait jamais. Je t'ai déjà raconté, Gabriela, qu'à cette époque la mort d'un bébé n'avait rien d'extraordinaire. Son mari Rafael était né lui aussi après un enfant décédé et sa mère, avant de savoir qu'il allait vivre, était passée par tous les tourments car il était très malade, on ne l'avait pas circoncis ni prénommé jusqu'à ce qu'il guérisse, et ce n'est qu'alors qu'on l'avait appelé Rafael, “Dieu a guéri”. Quant à Gabriel, il avait reçu son nom de l'ange afin que celui-ci le protège et assure sa survie jusqu'à la cérémonie de la rédemption du premier-né. Même après la naissance de ses autres enfants, Merkada le traita comme s'il était son fils unique, l'élevant dans du coton et des gants de soie. Lorsqu'il vivait en Amérique, elle se consuma de tristesse et à son retour, elle redevint la femme la plus heureuse du monde. Elle avait plaint Leon, dont le fils avait décidé de rester là-bas. “Je suis comme une mère oie, disait-elle, j'aime avoir mes petits sous mon aile.” Et elle était déterminée à trouver la meilleure épouse possible pour son fils.

« “*Ijo kerido,* lui dit-elle un jour, il est temps de te marier.”

« Gabriel ne s’y opposa pas, et se garda de discuter. Il savait que l’heure était venue mais de toutes les filles qu’il connaissait, pas une ne trouvait grâce à ses yeux. Ses amis et ses cousins se mariaient l’un après l’autre. Moshe, qui était comme un frère, avait trouvé une femme en Amérique, et même Clara et moi, pourtant plus jeunes que lui, nous étions mariées ; seul lui restait célibataire.

« Il donna son accord à sa mère, qui se mit tout de suite en quête d’une épouse.

« “Dans deux mois on aura un mariage, annonça-t-elle à son mari. Toutes les filles de Jérusalem font la queue pour épouser ton fils.”

« Elle savait que Gabriel était un parti prisé. Il venait d’une famille respectée dont la situation économique était bien plus enviable que celle de la plupart des familles d’Ohel Moshe, Mazkeret Moshe, Nahalat Shiva, Sukkat Shalom et de la Vieille Ville. Il était beau, éduqué, et avait vécu en Amérique. Estherika était un bon parti, se disait-elle, mais elle n’allait pas choisir la première venue pour son fils. Elle prit donc son temps et n’économisa pas ses efforts, multipliant les visites. Les jeunes filles de seize à dix-sept ans issues de familles fortunées et respectées venaient en tête de la liste, après quoi elle évaluait leur aspect extérieur. Une jeune fille trop mince se voyait immédiatement disqualifiée, celle qui osait lever la tête et la regarder droit dans les yeux était jugée trop insolente et les jeunes filles éduquées se retrouvaient elles aussi écartées : elles n'étaient pas assez obéissantes et lui auraient certainement tenu tête. Merkada évaluait également les fiancées potentielles à la façon dont on la recevait et si l'accueil était trop modeste, la jeune fille était exclue sur-le-champ. Celui qui se contente d'offrir du thé et des *biskochos* ne vit pas dans l'abondance. En revanche, si on l'accueillait avec une table couverte de mets, que la mère de la jeune fille ne cessait d'en rapporter et qu'elle et sa fille la suppliaient de goûter ceci et cela jusqu'à plus soif, la candidate remontait immédiatement dans la liste.

« "Je trouverai la meilleure épouse, la plus belle de toutes les filles de Jérusalem, répétait-elle à Rafael en rentrant épuisée de ses visites. Celle qui sera la mère de mes petits-enfants, je la choisirai moi-même et je l'examinerai à la loupe pour décider si elle est digne de rentrer dans la famille Ermoza."

« Rafael était assis à sa place habituelle, à l'entrée de la boutique. Le soleil se montrait enfin après de longs jours de pluie et ses rayons tièdes lui caressaient le visage. Le parfum puissant des oranges fraîchement cueillies dans les vergers de la plaine côtière, arrivées à Jérusalem par le train de marchandises, se mêlait à celui des épices et des légumes frais, du poisson et de la viande. Les bonnes odeurs familières du marché assaillaient ses narines et Rafael inspira profondément, sentant le bonheur le pénétrer.

« C'est alors qu'il les vit s'approcher. La plus âgée, habillée en noir des pieds à la tête comme c'était l'usage chez les ultra-orthodoxes, boitillait et serrait la main de la jeune fille aux cheveux d'or tressés comme un diadème sur la tête. Elles avançaient lentement. Quelque chose chez cette femme et cette jeune fille qui la suivait attira son attention et il les suivit du regard jusqu'à ce qu'elles arrivent devant la boutique. Les yeux de la femme rencontrèrent ceux de Rafael et son cœur cessa de battre. C'était elle ! Elle, le *dibbouk* de Safed ! *El Dio ke mi mate,* c'était la femme dont il essayait d'oublier les yeux bleus depuis plus de vingt ans. Rafael sentait le sang battre dans ses tempes et s'agrippa aux bras du fauteuil. La femme détourna immédiatement le regard et traîna en toute hâte sa fille en l'implorant en yiddish d'accélérer le pas. Il l'avait reconnue sans le moindre doute. Son corps était efflanqué et courbé et son visage ridé, mais le bleu de ses yeux désormais légèrement éteints était bien celui qui l'avait ensorcelé et lui avait fait écourter son séjour à Safed pour épouser Merkada. Il respira à fond et, au moment où il lui semblait que le souffle lui revenait, voilà que les deux femmes se tenaient à nouveau devant l'entrée de la boutique où elles se disputaient en yiddish. La jeune voulait entrer, l'autre refusait. Tout à coup, la jeune fille leva la tête et resta immobile, comme envoûtée. Rafael suivit son regard pour voir ce qui avait capté son attention et, à sa grande horreur, il découvrit Gabriel derrière le comptoir, les yeux fixés sur ceux de la jeune fille, la bouche ouverte, le couteau avec lequel il coupait le fromage suspendu en l'air. Rafael se tourna vers la jeune fille. Il n'en croyait pas ses yeux : non seulement celle-ci n'avait pas baissé le regard, comme il convenait, devant celui de Gabriel, mais elle braquait ses yeux bleus intenses sur ceux de son fils sans aucune honte. Une pensée effroyable lui traversa l'esprit. *Dio santo,* elle est en train de l'ensorceler comme sa mère l'a fait avec moi. La scène se déroula en un éclair et la mère entraîna sa fille loin du magasin, mais celle-ci tournait la tête sans cesser de regarder Gabriel, qui semblait paralysé. Il reprit immédiatement ses esprits, sortit du magasin et se précipita à leur suite, mais la voix retentissante de son père le cloua sur place.

« "*Donde vas* ?"

« Sans un mot, Gabriel retourna à sa place derrière le comptoir. Ils s'abstinrent de mentionner l'événement. Pour la première fois depuis qu'il l'avait épousée, Rafael se garda de raconter à Merkada ce qui s'était passé à la boutique.

« Cette nuit-là, Rafael, dans tous ses états, ne put fermer l'œil. L'image du *dibbouk* de Safed ne le quittait pas. Malgré ses serments, il ne cessait de penser à elle. Elle était venue ici avec sa fille, *ija de una putana,* pour les persécuter, lui et Gabriel, mais ça n'allait pas se passer comme ça. Il la chasserait du marché. L'Ashkénaze ne rentrerait plus au souk Mahane Yehouda, elle ne pénétrerait plus avec sa fille Lilith sur son territoire à lui. À moins que ce ne soit qu'une impression ? Peut-être délirait-il en soupçonnant son fils de ce qu'il avait lui-même ressenti à Safed, peut-être tout cela était-il le fruit de son imagination, peut-être n'avait-il pas vu ce qu'il avait cru voir. Il se leva en soupirant, ignorant ce qu'il raconterait à sa femme si elle se réveillait. Mais celle-ci dormait à poings fermés, sans se douter une seconde que c'était la dernière nuit où elle se reposerait tranquillement dans son lit, entourée de ses enfants sereins. Elle ignorait que pendant son sommeil, son mari tournait en rond, comme possédé par un démon, et que Gabriel, son fils aîné chéri, n'allait pas non plus fermer l'œil de la nuit.

« Rohel était déterminée à retourner au marché Mahane Yehouda. Elle avait déjà aperçu Gabriel derrière le comptoir de sa boutique, mais c'était la première fois qu'elle parvenait à capter son regard. Elle savait qu'elle avait interdiction de retourner au souk, car si son père apprenait qu'elle avait posé les yeux sur un homme, séfarade de surcroît, il lui couperait ses tresses et l'enfermerait à la maison jusqu'à la fin de ses jours.

« Rohel était un drôle d'oiseau. Contrairement à ses sœurs dociles, elle désobéissait régulièrement à sa mère et refusait farouchement de participer aux tâches ménagères ou de s'occuper de ses petits frères. Elle passait le plus clair de ses journées assise sur les marches à regarder les enfants jouer dans la cour ou les femmes suspendre le linge.

« "*Rokhl, kim aher*, viens ici", lui criait sa mère, mais elle ignorait ses appels qui, mêlés aux rires des enfants et aux prières des étudiants de la yeshiva voisine, finissaient par faire partie intégrante du brouhaha de la cour.

« "*Rokhl, kim aher*", la taquinaient les enfants en imitant la voix stridente de sa mère et en tirant sur ses nattes. Que n'avaient pas tenté ses parents pour chasser le mauvais esprit qui s'était attaché à elle ! Son père avait fait venir un kabbaliste de Safed pour exorciser le *dibbouk*, mais la jeune fille refusait de coopérer, tapait du pied et criait comme une possédée, à tel point qu'ils avaient été obligés de l'attacher au lit. Son grand frère lui était tombé dessus à bras raccourcis, avec la permission et les encouragements de ses parents, mais cela non plus n'avait servi à rien. Finalement, Rohel avait compris qu'il valait mieux coopérer avec ses parents. Elle avait accepté d'aller consulter la vieille Séfarade étrange de la Vieille Ville et de se soumettre à la cérémonie du *livianos*, et elle était même allée avec eux chez un rabbin kabbaliste que ses parents avaient imploré de les aider à chasser le *dibbouk*.

« "*Mir veln keyn mol a shidekh gefinen far ir*, on ne lui trouvera jamais de mari, se lamentait sa mère, et non seulement personne ne voudra l'épouser, mais à cause d'elle les autres enfants seront interdits de mariage, Dieu nous garde."

« Rohel ne cessait de penser au jeune homme derrière le comptoir de sa boutique, à son franc sourire qui dévoilait ses dents blanches et aux fossettes qui creusaient ses joues. Lorsqu'elle pensait à lui, son cœur battait, le sang affluait dans ses veines, lui serrait la gorge et la faisait rougir. Elle qui préférait habituellement rester assise sur les marches à regarder le ciel, refusant d'aider sa mère à faire la lessive, le ménage ou s'occuper de ses petits frères, se précipitait désormais pour proposer de porter les paniers lorsque sa mère partait au marché faire les courses pour Shabbat. Elles ne s'étaient jamais attardées devant la boutique de Rafael. Les produits raffinés que l'on y vendait n'étaient pas à la portée de leur modeste bourse. Sa mère se contentait d'acheter des aliments de base : quelques légumes, de la viande casher, généralement les morceaux les moins chers, et du poulet pour les fêtes.

« N'ayant jamais mis les pieds chez *Rafael Ermoza et Fils – Delicatessen*, Rohel se contentait de regarder Gabriel de loin. Un jour, pendant que sa mère s'attardait chez la femme arabe qui vendait des tomates, elle s'esquiva et se posta à l'extérieur de la boutique en faisant semblant de regarder les fruits secs. Elle levait de temps en temps les yeux vers le beau jeune homme, rougissant à la vue des deux fossettes qui apparaissaient sur ses joues lorsqu'il souriait à une cliente. Et avant même d'entendre sa mère crier "*Rokhl, kim aher*", elle s'empressa de détourner les yeux. Mais il l'aperçut, leurs regards se croisèrent. Elle remarqua comme son front se plissait alors qu'il la dévisageait sans aucune pudeur. Et elle, au lieu de baisser les yeux, fixa le regard sur lui ! Si son père ou ses frères l'avaient vue, ils l'auraient massacrée. Et si sa mère avait compris avec quelle violence battait son cœur, elle lui aurait coupé les nattes, rasé les cheveux, et l'aurait fait enfermer au monastère de Ratisbonne avec les nonnes, comme elle l'en avait menacée tant de fois déjà.

« Le lendemain, tandis que sa mère s'affairait à la cuisine et que ses sœurs faisaient le ménage et s'occupaient des petits frères, elle s'esquiva par l'escalier de la maison et sortit de la cour dans la direction de la rue Mea Shearim qu'elle traversa, longeant les murs et priant pour ne pas tomber sur son père, son grand frère ou, Dieu l'en préserve, un parent ou une connaissance. Elle traversa le quartier de Geula, puis Makor Baruch et, arrivée rue Jaffa, elle entra dans le souk et s'arrêta devant la boutique.

« À cette heure-là, le magasin était rempli de clients et Gabriel, Leito et Leon couraient dans tous les sens, de sorte que personne ne remarqua qu'elle se glissait à l'intérieur, à côté du comptoir, comme attendant d'être servie. Gabriel ne la vit pas non plus, occupé avec des clients. Mais quand vint son tour et qu'elle se posta devant lui, il leva les yeux et manqua de s'évanouir face aux yeux bleus qui s'étaient posés sur lui sans pudeur et lui souriaient. Il était dans tous ses états et elle, de son côté, restait muette.

« "Que puis-je faire pour vous ?" bredouilla-t-il.

« Elle gardait le silence sans détourner un instant les yeux.

« "Olives, fromage, hareng ?

— Non, faisait-elle de la tête.

— Allez, jeune fille, je n'ai pas que ça à faire", se plaignit une cliente qui attendait son tour derrière elle.

« Gabriel prit une poignée d'amandes enrobées de sucre rose et les mit dans la main de Rohel. Le contact de sa main la fit frissonner de bonheur, elle la referma vite sur les bonbons et sans remercier ni payer, elle sortit de la boutique.

« Elle l'attendit plusieurs heures, assise sur les marches de l'école de l'Alliance, jusqu'à ce qu'il ait fini de travailler. Elle n'était pas fatiguée, n'avait ni faim ni soif. Elle ne pensait pas à ses parents, qui devaient être fous d'inquiétude et la cherchaient probablement dans tout Mea Shearim, ni aux coups de son frère quand elle rentrerait à la maison. Elle était assise sur des marches sales et l'attendait. Dans l'après-midi, elle vit le vieil homme arriver et s'asseoir sur la chaise en bois à l'entrée du magasin pour triturer les perles de son chapelet d'ambre, à la manière des Arabes. Quelques heures plus tard, après avoir bu plusieurs tasses de thé et bavardé avec les passants, les clients et son fils, qui sortait de temps en temps échanger quelques mots avec lui, le vieux se leva, s'appuya sur sa canne et repartit. Elle continua à patienter pendant que Leon et Leito commençaient à rentrer les sacs et les barils, en début de soirée, puis les regarda retirer leur tablier et prendre le chemin de leur maison.

« Le souk se vida de ses clients, les propriétaires de magasins et d'étals rangèrent leur marchandise, les vendeurs ambulants retournèrent dans leur village, les bruits du marché se turent et, au moment où le grand disque solaire se couchait à l'ouest et où le jour tombait, il sortit enfin de sa boutique, verrouilla les lourdes portes en bois et prit la direction d'Ohel Moshe. Rohel sortit de sa cachette et le suivit. Entendant le bruit de ses pas, il tourna la tête. Il était abasourdi de croiser à nouveau ces yeux bleus comme la mer. Il n'y avait personne, uniquement elle et lui au milieu de la rue.

« Les derniers rayons de soleil lui caressaient le visage et il se souvint du jour où il avait demandé à sa mère, bien longtemps avant, à quoi ressemblait Dieu, et qu'elle lui avait répondu “il ressemble à la lumière de l'or”. Soudain, la jeune fille tourna les talons et décampa.

« Il ne comprit pas ce qui le poussait à sortir de lui-même et à la suivre. Ses jambes avançaient toutes seules et son cœur battait la chamade.

« Oubliant ses parents qui l'attendaient à la maison avec ses frères pour le dîner, il la suivit aveuglément jusqu'à la cour de l'école de l'Alliance, où elle s'assit sur l'escalier et le regarda. Gabriel était un homme qui contrôlait ses pulsions, mais ce qu'il ressentit à cet instant ne ressemblait à rien de familier. Il lui était arrivé plus d'une fois d'avoir des pensées impures, mais il ne les avait jamais écoutées, n'avait jamais libéré le désir qui bouillonnait dans son corps. Il se rappela alors ce samedi après-midi de printemps à New York, alors qu'il se promenait avec Moshe sur la Cinquième Avenue. Son regard était tombé sur les chevilles délicates d'une jeune femme en robe légère et collants de soie transparents. Submergé par le désir, il ne parvenait pas à détacher les yeux de ces chevilles, à tel point que son ami avait dû lui donner un coup de coude en lui disant : "Attention à ne pas marcher sur la dame." Gabriel était sensible à la beauté des femmes et se demandait souvent ce qui se cachait sous leurs robes, imaginant leurs courbes opulentes derrière le tissu qui se soulevait en effleurant leurs parties intimes. Mais contrairement à Moshe, qui exprimait toujours ses pensées à voix haute, Gabriel les gardait pour lui.

« Moshe, lui, n'hésitait pas à adresser la parole aux femmes, les saluait et leur demandait comment elles allaient. Gabriel n'avait jamais parlé à une inconnue, sauf si c'était elle qui l'abordait et, même dans ce cas, il était peu disert et se dépêchait de mettre fin à la conversation. Un soir, tandis qu'ils regagnaient leur chambre miteuse après leur journée de travail, Moshe lui proposa d'aller aux bains publics.

« "Pourquoi aujourd'hui ? s'étonna Gabriel. Ce n'est pas Shabbat.

— Aujourd'hui, c'est un soir spécial, lui répondit Moshe. Aujourd'hui on va aux bains publics, et ensuite au bordel."

« Gabriel le regarda avec stupeur. Non pas qu'il n'eût jamais caressé l'idée d'aller là-bas, dans cette maison à un étage de Bowery aux rideaux foncés d'où s'échappaient des rires et de la musique. Parfois, lorsqu'ils passaient devant, sur le chemin des bains publics, il voyait des hommes un peu éméchés sortir de la maison toujours fermée à clé, accompagnés par des femmes plantureuses au décolleté profond et au maquillage outrancier. Mais de la pensée aux actes, il y avait un monde.

« "Vas-y, toi, lui dit Gabriel, moi je vais me coucher."

« Moshe éclata de rire. Il aimait Gabriel comme un frère. Quand ce *troncho* comprendrait-il que les femmes le désiraient plus encore qu'il ne les désirait, quand comprendrait-il qu'il était temps de céder à cette tentation ct qu'il n'y avait pas de mal à cela, contrairement à ce que leurs maîtres n'avaient cessé de leur seriner à l'école religieuse ? Mais il le connaissait trop pour essayer de le convaincre de se joindre à lui. Inutile de parler pour rien, il ne se laisserait pas convaincre. Moshe le salua et partit seul au bordel.

« Cette nuit-là, Gabriel ne trouva pas le sommeil. Il imaginait Moshe allongé dans des draps en satin rouge, une femme à la poitrine généreuse penchée sur lui, ses lèvres charnues peintes en rouge vif posées sur la bouche fine de Moshe. Tout juste s'il n'entendait pas les soupirs de plaisir de son ami. Son corps était tendu comme un arc. Il se touchait le sexe, caressait les seins plantureux de la femme imaginaire, ses fesses rondes qui montaient et descendaient, sa bouche rouge grande ouverte. Il parvint au plaisir et avant même de regretter d'avoir une fois encore dispersé en vain sa semence, il sombra dans un profond sommeil.

« Moshe devint un habitué de la maison close. Gabriel, en dépit de sa curiosité et de l'insistance de son compagnon, décida de dominer ses désirs.

« Même lorsqu'il était derrière son comptoir au marché et que les femmes lui faisaient les yeux doux, il baissait le regard. Il remarquait leur présence, bien sûr. Il les voyait entrer dans la boutique, certaines dodues et maladroites, d'autres maigres, d'autres encore aux hanches aussi rebondies que les collines de Jérusalem. Mais la jeune fille assise sur les marches de l'école de l'Alliance ne ressemblait à aucune autre. Toute mince, elle avait des mains longues et fines et de petits seins. Sa robe noire à manches longues et ses bas noirs cachaient son corps. On ne voyait que son cou délicat, son beau visage et ses tresses dorées, mais il pouvait imaginer la pureté de sa peau blanche sous le tissu. Mais que faisait-il là dans l'obscurité avec cette jeune fille religieuse aux yeux bleus et aux nattes dorées alors que sa mère, son père et ses frères étaient probablement fous d'inquiétude ? Il devait la saluer et rentrer immédiatement à la maison, or c'était comme si quelqu'un l'avait cloué au sol. Il restait planté devant elle et se perdait dans le bleu de ses yeux. Le soleil était couché depuis longtemps déjà. Il allait manquer la prière du soir à la synagogue. Les deux jeunes gens demeuraient là, face à face, sous le ciel de Jérusalem constellé d'étoiles, comme si le temps était suspendu, jusqu'au moment où elle se leva en tremblant.

« “*Oy vey iz mir* ! dit-elle en yiddish, Papa va me tuer.”

« Et avant qu’il ait eu le temps de comprendre ce qui lui arrivait, elle avait disparu.

« Gabriel ne respirait plus, manquait d’air et ne parvenait pas à s’expliquer ce qui s’était passé depuis qu’il avait fermé sa boutique et rencontré les yeux de la jeune fille. Il épousseta ses vêtements, redressa sa casquette et se dirigea vers Ohel Moshe.

« C’est sa mère qui le vit la première.

« “*Kerido mio, ke no mi mankes*, où étais-tu passé ? Qu’est-ce qui t’est arrivé ? J’ai envoyé Leito te chercher au magasin, j’ai couru chez ta sœur Clara, mais tu avais disparu, à croire que la terre t’a englouti !”

« Gabriel resta muet comme une carpe. Il n’avait jamais menti à sa mère, mais qu’aurait-il pu dire ? *J’ai suivi les yeux bleus d’une jeune fille ashkénaze et je m’y suis noyé ?*

« “Dieu pardonne nos péchés, *ijo*, insistait-elle en se tordant les mains, que s’est-il passé ? Tu as perdu ta langue, pourquoi tu ne dis rien ? On l’a dévalisé ! Des voleurs lui ont pris tout l’argent de la boutique, ces maudits Arabes de Sheikh Badr l’ont dévalisé !

— Personne ne m’a volé”, s’empressa-t-il de répondre.

« Ça au moins, c’était la vérité.

« Sur ces entrefaites, Rafael fit son apparition, la barbe grise échevelée, le visage livide. Il s’appuya contre la table et dit à son fils sur un ton calme et cinglant :

« “Je ne suis pas allé à la synagogue, je n’ai pas fait la prière du soir, je n’ai pas dîné. Lave-toi les mains et viens à table.”

« Rafael n'avait pas le moindre doute sur ce qu'avait fait son fils ces dernières heures, il savait que ce qu'il redoutait venait de l'assaillir. Comme lui jadis, Gabriel s'était laissé envoûter par ces yeux bleus.

« Il s'était bien gardé de le raconter à qui que ce soit et encore moins à Merkada, mais depuis qu'il avait vu le *dibbouk* de Safed avec sa fille à l'entrée de la boutique, il ne trouvait plus la paix. Le jour, il avait du mal à respirer et le soir, à trouver le sommeil. L'image de cette femme le poursuivait, il ne cessait d'y penser, mais pas comme autrefois, quand il en rêvait avec passion et désir. Désormais, il était tenaillé par l'angoisse et la peur.

« Merkada, avec sa vive intuition, sentait qu'il n'était pas dans son état normal.

« "*Ke pasa, mi marido,* tout va bien ?"

« Il lui répondit sur un ton impatient, contrairement à ses habitudes, et la congédia sous un prétexte fallacieux.

Rafael augmenta le montant de ses dons aux bonnes œuvres, se plongea dans les prières, suppliant le Seigneur de faire que l'Ashkénaze disparaisse comme elle était venue, qu'aucun malheur ne s'abatte sur sa famille et que la vie reprenne comme avant l'apparition de ces deux créatures surgies d'on ne sait où pour hanter ses jours et ses nuits.

« Comme si ses prières avaient été entendues, l'Ashkénaze et sa fille ne se présentèrent pas à la boutique les jours suivants et Rafael remercia le Seigneur. Cette nouvelle rencontre avec le *dibbouk* de Safed, bien loin de l'émouvoir et de ranimer son désir, avait eu l'effet contraire, comme si la flamme avait diminué et qu'il ne restait que des brindilles sèches qui se consumaient peu à peu jusqu'à ce que le feu s'éteigne pour toujours. Il remerciait encore une fois son père, paix à son âme, de l'avoir marié à une femme de valeur comme Merkada et, à la première occasion, quand ils se retrouvèrent seuls, il alla visiter sa couche après une longue période d'abstinence. Merkada, que les hommes n'étonnaient plus, ferma de nouveau les yeux en priant pour qu'il termine vite son affaire et la laisse en paix. Mais à sa grande surprise, pour la première fois depuis leur mariage, au lieu de se lever tout de suite après l'acte afin de regagner son lit, il resta dans ses draps, posa sa tête sur l'oreiller et lui dit :

« "Tu dois accélérer le mariage de Gabriel.

— Pourquoi cette urgence ? lui répondit-elle, surprise. Je n'ai pas encore passé en revue toutes les épouses potentielles.

— Il faut se dépêcher. Informe Shlomo Molko que nous irons chez eux avec Gabriel après le Shabbat pour s'accorder sur les conditions.

— Rafael *kerido*, la précipitation est fille du diable. Pourquoi cet entêtement ?

— Ne discute pas avec moi, femme ! Ne provoque pas le diable ou tu maudiras le jour où tu ne m'as pas écouté et où nous ne sommes pas allés à temps chez Estherika."

« Une peur terrible s'empara de Merkada. À quoi son époux faisait-il donc allusion ? Le pire de ses cauchemars était-il sur le point de se réaliser ? Le mauvais pressentiment qui l'accompagnait depuis plusieurs mois était-il donc fondé ? Le mauvais œil, malgré la cérémonie de purification du rabbin kabbaliste, n'avait peut-être pas quitté sa famille et Lilith guettait derrière la porte ?

« Elle ne dit rien et le lendemain même, après le dîner, elle frappa chez Shlomo Molko pour lui demander de préparer la maison : à la fin du Shabbat, elle et son mari viendraient avec Gabriel demander la main de sa fille et fixer les conditions.

« Rafael était soulagé. Gabriel, espérait-il, allait épouser Estherika Molko et le calme et la sérénité régneraient à nouveau chez eux.

« Il regardait son fils, ce splendide jeune homme affable et noble qui n'était absolument pas conscient de sa beauté. Le pauvre ignorait qu'il venait d'échapper de justesse aux yeux bleus. Rafael poussa un soupir de soulagement. Son fils ne se retournerait pas comme lui dans son lit pendant des années en brûlant de désir pour une femme inaccessible.

« Au moment même où son cœur reprenait ses battements habituels et qu'il était de retour devant sa boutique, égrenant les perles de son chapelet et observant les passants, il vit à nouveau l'étrange jeune fille et sentit son cœur s'arrêter. Elle avait le regard fixé sur Gabriel et son fils ne détachait pas non plus ses yeux d'elle. Mais lorsque Rafael se retourna vers elle, elle avait disparu. “Un démon, murmura-t-il en crachant trois fois, un vrai démon, un instant elle est là et l'instant d'après elle n'y est plus ! Dieu me pardonne mes péchés, si Merkada connaissait l'existence de cette étrange jeune fille, elle enflammerait tout Jérusalem avec des cérémonies contre le mauvais œil, irait voir tous les rabbins pour éloigner cette menace, ne dormirait plus et sa vie deviendrait un cauchemar.” Non, il ne lui raconterait pas. L'étrange jeune fille sortirait de leur vie coûte que coûte, il y veillerait. S'il le fallait, il la ramènerait à son père qui lui donnerait une bonne correction, lui raserait les cheveux et la déclarerait *loka.* Peu lui importait si elle ne voulait pas s'en aller de son plein gré, il s'occuperait de l'envoyer à l'ange de la mort. "*Allah iahuda Insh'Allah,* Dieu la prendra s'il le faut", se surprit-il à marmonner en arabe.

« Ce jour-là, Gabriel tardait à rentrer du marché. Leito revint en disant que la boutique était cadenassée et après l'avoir cherché en vain chez sa sœur Clara, à la synagogue et chez les joueurs de backgammon dans le souk des porteurs, Rafael comprit : son fils chéri, la prunelle de ses yeux, était tombé sous l'emprise des yeux bleus. C'était le sort qui s'acharnait sur lui, la sentence divine. Les yeux de la mère l'avaient capturé et maintenant, c'était au tour de son fils. Non, ça ne se passerait pas ainsi ! Si tel était le destin, eh bien il désobéirait ! Pas question, *ras bin eino,* que Gabriel ait le moindre lien avec la jeune fille ashkénaze, quel que soit le prix à payer !

« Ce soir-là, il n'échangea pas un mot avec lui.

« Le lendemain matin, ils partirent au magasin. Rafael remarqua que Gabriel n'était pas dans son état normal. Il n'arrêtait pas de regarder vers l'entrée de la boutique et, contrairement à son habitude, son père resta toute la journée au magasin sans rentrer à midi. Lorsque Merkada arriva avec une casserole de *sofrito* pour son déjeuner, il lui expliqua qu'il y avait beaucoup de travail et de clients et que Gabriel avait besoin de lui pour surveiller les voleurs, qui profitaient du va-et-vient pour dérober de la marchandise.

« Il voyait bien que son fils n'avait aucune hâte de fermer le magasin.

« "Rentre à la maison, *Papo*, lui dit-il, j'ai encore un peu de travail, je te rejoins bientôt.

— Il n'y a pas de bientôt qui tienne, rétorqua Rafael avec fermeté, soit tu viens tout de suite, soit j'attends avec toi jusqu'à la fermeture et on rentre ensemble."

« Leito et Leon avaient déjà rangé les bidons et les sacs à l'intérieur avant de partir chez eux, Rafael était assis à l'entrée, les paysannes arabes étaient reparties au village, les muletiers aiguillonnaient leur bête, les marchands ambulants avaient fermé leurs étals, le marché se vidait et la jeune fille n'était toujours pas là. *Et même si elle vient,* se disait Gabriel, *comment pourrai-je la suivre avec mon père qui m'attend pour rentrer avec moi ?*

« Rafael remarquait l'agitation de son fils, ses gestes brusques, son impatience inhabituelle. *Il va finir binoclard, Dieu nous préserve, s'il continue à loucher sur l'entrée comme ça. Il faut que je lui parle, que je le mette en garde, je trouverai le bon moment pour lui parler.*

« Lorsque Gabriel ferma enfin la boutique, ils se dirigèrent tous les deux vers Ohel Moshe, le vieil homme appuyé sur sa canne et le jeune homme robuste qui le tenait par le coude pour le soutenir. Ils marchaient en silence. Rafael ne parvenait pas à rassembler son courage pour parler à son fils. Gabriel, lui, pensait à la jeune fille qui avait conquis son cœur. Et si elle ne revenait plus à la boutique le chercher ? S'il ne la revoyait plus jamais ?

« *Non ! Impossible ! Si elle ne vient pas, j'irai la chercher.* Et juste avant de traverser la rue Agrippas et de passer sous la porte en pierre pour entrer dans Ohel Moshe, voilà qu'il l'aperçut : une figure transparente qui s'échappait telle une ombre dans les petites ruelles.

« *Lilith,* se dit Rafael, qui l'avait remarquée lui aussi.

« Gabriel cherchait des yeux la jeune fille.

« "Rohel !" cria-t-il, oubliant la présence de son père.

« Rafael paniqua. *Rohel ! Grand Dieu, il connaît son prénom.* Et le temps qu'il essaie de comprendre ce qui se passait, Gabriel avait lâché son bras pour se lancer à la poursuite de l'étrange jeune fille.

« Rafael brandit sa canne.

« "Fils perfide et rebelle, reviens immédiatement ! Arrête-toi, je t'ordonne de t'arrêter !"

« Gabriel hésita un instant, car il n'avait jamais désobéi à son père, mais la crainte que Rohel disparaisse et qu'il ne la revoie plus était plus forte que lui, et il se mit à courir derrière elle dans les ruelles du souk, abandonnant son vieux père seul dans l'obscurité, qui implorait le ciel en brandissant son bâton. Il entendait sa voix dans le lointain, "Gabriel, Gabriel !", et continuait à courir derrière la jeune fille comme un possédé, jusqu'au moment où elle s'arrêta et lui tomba dans les bras. Comme un aveugle, il l'enlaça, l'attira contre sa poitrine et approcha ses lèvres des siennes. Il n'avait jamais éprouvé un sentiment d'amour aussi profond, aussi fort, comme si leurs corps étaient attirés l'un vers l'autre par magie. Elle avait posé ses bras délicats autour de son cou, debout sur la pointe des pieds, et lui la tenait par la taille, collait son corps contre le sien, sentait ses petits seins sous le tissu grossier de sa robe, puis il l'éloigna, elle le regarda dans les yeux et lui dit :

« "*Ikh hob dikh lib*, je t'aime."

« À partir de cet instant, le monde cessa d'exister. Ils s'embrassèrent comme si leur vie en dépendait. Les bras de Gabriel enlaçaient le corps menu de la jeune fille, ses lèvres lui chuchotaient des mots qui n'étaient jamais sortis de sa bouche et elle buvait avidement chacune de ses paroles. Même sans comprendre tous les mots, elle comprenait son souffle, le contact de ses lèvres sur ses joues, son cœur qui battait au même rythme contre le sien.

« Il avait déjà complètement oublié son vieux père qu'il avait abandonné et ne pensait même pas au prix à payer, car ce qu'il ressentait pour cette jeune fille qui lui prenait la main et la guidait sous sa robe, cela n'avait pas de prix. Il toucha sa peau nue, frémit et retira précipitamment sa main.

« "Non, Rohel, c'est interdit."

« Sans répondre, elle continua à guider sa main vers le bas de son ventre. La main de Gabriel s'immobilisa.

« "Non, Rohel, non", insistait-il en luttant contre lui-même.

« Mais ses mains se mirent comme d'elles-mêmes à caresser son corps, à toucher ses petits seins doux, son mamelon durci. Il avait l'impression de manquer d'air, que son âme allait sortir de son corps, et avant même de comprendre comment les mots lui étaient sortis de la bouche, il ajouta :

« "Retenons-nous jusqu'au mariage, retenons-nous."

« Rohel était très calme, très courageuse. Si son père ou ses frères avaient su que les mains d'un homme avaient touché son corps, ils l'auraient tuée, auraient jeté son cadavre dans la rue, et personne ne les aurait condamnés à Mea Shearim.

« Elle voulait rester avec Gabriel sur ce trottoir sale du marché Mahane Yehouda. Tout plutôt que rentrer chez elle. Elle savait ce qui l'attendait à la maison, sentait déjà la raclée de son père et les coups de ceinture de ses frères qui laisseraient sa peau à vif et sanguinolente, savait qu'on l'attacherait à son lit et qu'on la laisserait sans pain ni eau pendant plusieurs jours jusqu'à ce qu'elle n'ait plus de sang dans les bras, mais elle était prête à mourir sept fois en échange de ces quelques minutes dans les bras de Gabriel.

« Le scandale qui éclata les semaines suivantes faillit diviser Jérusalem. L'histoire d'amour extraordinaire entre Rohel Weinstein, l'Ashkénaze de Mea Shearim, et Gabriel Ermoza, le Séfarade d'Ohel Moshe, était sur toutes les lèvres. Non seulement Gabriel était tombé amoureux d'une Ashkénaze, qui plus est d'une ultra-orthodoxe de Mea Shearim, mais on les voyait se tenir par la main en plein jour à côté des marches de l'école de l'Alliance. Rafael était hors de lui, Merkada défaillait. Rien n'y faisait, ni les cris, ni les larmes, ni les vêtements déchirés en signe de deuil, ni les serments et cérémonies de *livianos* et d'exorcisme. Gabriel s'obstinait dans son amour pour Rohel et fit savoir à ses parents que s'ils refusaient de lui donner leur bénédiction, il irait contre leur volonté et l'épouserait.

« “Hors de question ! tonna Rafael. Mon fils n’épousera pas cette Ashkénaze !”

« “*Adio senyor del mundo,* en quoi ai-je péché ? sanglotait Merkada en se rappelant le jour où elle avait vu Rohel pour la première fois et su qu’elle se trouvait face à Lilith, fille de Satan. *El Dio ke la mate*, que Dieu l’assassine ! Sur mon cadavre ! disait-elle en se frappant la poitrine, tu devras passer sur mon cadavre pour épouser cette putain ashkénaze qui te donnera des enfants invalides !”

« Quant à Rohel, elle fut mise à la porte par son père et déshonorée.

« “*Ikh hob nisht mer keyn tokhter,* je n’ai plus de fille”, hurla son père.

« Puis il se leva et déchira la chemise de sa femme et de son fils aîné, puis la sienne.

« “*Mir zitsn shive nokh Rokhl,* nous observons les sept jours de deuil pour Rohel, déclara-t-il à sa femme et à ses enfants, faites savoir à tout le monde à Mea Shearim que nous faisons la *shiva,* Rohel est morte.”

« Depuis qu’on l’avait chassée de chez elle, Rohel dormait tous les soirs sous un toit différent que Gabriel lui procurait. Elle passa une nuit chez Leon, dont l’épouse ashkénaze l’avait prise en pitié et, malgré l’opposition de son mari qui redoutait d’aller contre la volonté de Merkada et de Rafael, avait accepté de la faire dormir avec leurs enfants.

« “Mais uniquement cette nuit, avait-elle dit à Gabriel, Leon ne tolérera pas davantage.”

« Elle dormit quelques nuits dans l’hospice qui se trouvait en face de l’hôpital Wallach, en échange de quoi elle nettoyait les lits et changeait les pots de chambre des vieillards, mais elle était prise d'une terrible nausée et ne supportait pas l'odeur affreuse qui imprégnait l'hospice. Elle disait à Gabriel qu'elle préférait encore passer la nuit dans le cimetière d'en face plutôt que de changer les pots de chambre des petits vieux. Gabriel ne savait plus quoi faire. Il lui promit d'accélérer la date du mariage et de trouver une maison pour eux. En attendant, il lui fit jurer de rester à l'hospice quelques jours encore jusqu'à ce qu'il trouve une solution. Rohel accepta à condition de travailler dans l'équipe de nuit, quand la majorité des résidents dormaient. Hormis les cris assourdissants d'un vieil homme tourmenté par les cauchemars, les nuits étaient relativement calmes et elle pouvait dormir sur la paillasse mise à sa disposition. Le matin, elle se bouchait le nez, vidait les pots de chambre et dès qu'elle avait terminé, elle se hâtait de quitter l'hospice pour n'y retourner que le soir prendre son service.

« Dans la journée, elle se rendait au Mur des Lamentations et priait pendant des heures, implorant Dieu pour que son père lui pardonne, que les parents de Gabriel l'acceptent, qu'elle puisse fonder une famille avec son bien-aimé. Ne sachant ni lire ni écrire, elle glissait dans le mur un petit papier imprégné de ses larmes qui, pensait elle, arriveraient au Seigneur Tout-Puissant plus rapidement que les mots.

« Puis elle errait dans les rues de la ville, allait à Yemin Moshe, observait le mouvement des ailes du moulin, déambulait dans les venelles de Nahalat Shiva.

« “Va où tu veux, lui avait dit Gabriel, mais évite le marché Mahane Yehouda, inutile de jeter de l’huile sur le feu et d’énerver mon père. Laisse-moi le convaincre petit à petit et avec l’aide de Dieu, il finira par t’accueillir dans la famille.”

« Elle évitait également le quartier de Mea Shearim, à dessein. Depuis toute petite, elle sentait que les murs de pierre des maisons, les ruelles tortueuses, les cours collées l’une contre l’autre, le linge suspendu dehors se refermaient sur elle. Son âme aspirait à la liberté, à sortir dans le monde. C’était une enfant curieuse, insoumise et têtue qui cherchait l’interdit, posait toujours des questions, et ses parents ne savaient comment se comporter avec elle. La seule chose qu’ils savaient, c’était la battre ou l’attacher au lit.

« Le soir, quand le marché se vidait et qu’elle retrouvait Gabriel à leur point de rendez-vous sur les marches de l’école, il l’entourait de son manteau et elle se réfugiait dans ses bras.

« “Reste avec moi cette nuit, l’implora-t-elle un soir.

— C’est interdit, *kerida mia*, ce serait un péché, on ne peut pas être ensemble avant d’avoir été déclarés mari et femme selon la loi juive.

— Je ne peux pas passer encore une nuit dans cet hospice, je ne peux plus supporter l’odeur de la mort, les cris des vieux la nuit, ça me fait encore plus peur que les coups de mon frère.

— Si on n’a pas le choix, je parlerai avec Leon pour que tu dormes à nouveau chez eux, ma bien-aimée, encore quelques nuits et tout va s’arranger, encore quelques jours et nous serons mari et femme, nous aurons notre maison. *Pasensia,* ma chérie, *pasensia,* tu verras, tout se terminera pour le mieux.”

« Elle ne voulait pas retourner chez Leon, qui la regardait comme s'il souhaitait que la terre l'engloutisse et hurlait sur sa femme en la menaçant de la répudier si elle ne renvoyait pas l'Ashkénaze.

« Elle se mit à trembler et à sangloter. Gabriel lui caressait la tête.

« “Je veux rester avec toi, je ne veux pas dormir à l'hospice ni chez Leon.”

Qu'elle était belle à la lumière de la lune, avec ses cheveux d'or qui encadraient son visage et ses yeux bleus embués de larmes. Il les essuya et les embrassa.

« “Viens”, lui dit-il en l'aidant à se lever.

Il la prit par la main et elle le suivit sans lui demander où ils allaient. »

Il se faisait tard et *tía* Alegra semblait fatiguée. Elle ferma un instant les yeux et soupira.

« *Basta, kerida,* je t'en ai assez dit, je suis épuisée. On continuera peut-être une prochaine fois.

— S'il te plaît, s'il te plaît *tía,* l'implorai-je, si tu m'as déjà raconté jusque-là, tu dois poursuivre et me dire où grand-père Gabriel a emmené l'Ashkénaze, tu dois me raconter la suite de leur histoire d'amour !

— La suite de leur histoire d'amour, je l'ai entendue de ma sœur Clara. À l'époque j'étais à Tel Aviv, je dormais à côté de mon Elazar, qu'il repose en paix, sans savoir que pendant que je rêvais, la vie de mon frère adoré était en train de basculer, et que lorsque je me réveillerais le lendemain matin, la famille Ermoza ne serait plus la même. »

Tía Alegra soupira encore une fois et ferma les yeux. *Dans un instant, elle va s'endormir,* redoutai-je. J'approchai ma chaise de son fauteuil et lui secouai le bras en la suppliant.

« Je t'en prie, *tía,* qu'est-il arrivé à Gabriel et à Rohel, où l'a-t-il emmenée ? Qui a accepté de l'héberger pour la nuit ?

— Ce que tu peux être têtue ! me réprimanda Alegra. Têtue comme ma mère Merkada, têtue comme ta mère Luna. Vous avez toutes en vous ce germe de l'entêtement, quand vous voulez quelque chose, vous vous tapez la tête contre le mur, vous plantez les dents dans votre proie et n'en démordez pas tant que vous n'avez pas obtenu ce que vous cherchez. »

La comparaison avec ma mère et avec Merkada, la vieille femme aigre, comme l'appelait grand-mère Rosa, ne me plaisait guère, mais ce n'était ni le moment ni le lieu de discuter. Je voulais tellement que *tía* Alegra reprenne son récit que j'acquiesçai.

« Il était tard, poursuivit-elle, lorsque Gabriel frappa à la porte en bois vert de Clara, réveillant sa sœur, son mari Yaakov et leurs enfants qui dormaient à poings fermés. Yaakov, les yeux troubles, ouvrit la porte, terrifié. »

« "Appelle ma sœur, ordonna Gabriel.

— Maintenant ? À cette heure-ci ? *Ke pasó* ? demanda Yaakov en jetant des regards effrayés de Gabriel à Rohel.

— Ne pose pas de questions, Yaakov, va chercher ma sœur."

« Clara apparut, paniquée, en chemise de nuit et les cheveux défaits.

« “*Kualo keres*, que veux-tu ? demanda-t-elle à Gabriel en regardant d’un air soupçonneux Rohel qui attendait à la porte telle un fétu de paille.

— Elle va dormir chez toi, dit Gabriel.

— Papa me tuera s’il sait que j’ai laissé entrer l’Ashkénaze chez moi, répondit-elle, contrariée.

— Et moi je te tuerai si tu ne la laisses pas entrer.”

« Clara était choquée par sa véhémence. Son frère, toujours si poli, qui la menaçait, et sur ce ton impérieux ?

« “Elle n’a nulle part où dormir et à partir de demain, elle sera ta belle-sœur et fera partie de la famille, alors laisse-la entrer !”

« Clara resta bouche bée mais ouvrit la porte sans ajouter un mot.

« Gabriel, ignorant sa présence, prit le visage de Rohel dans ses mains et l’embrassa sur les paupières.

« “Ne t’inquiète pas, *mi alma*, demain nous aurons une maison.”

« Après l’avoir laissée chez sa sœur, il se dirigea vers la maison de ses parents. Il ouvrit la porte tout doucement, comme un voleur. Ses parents étaient couchés, mais il savait qu’ils ne dormaient pas. Il s’attendait à ce que sa mère se lève et se remette à maudire Rohel, *ija de un perro, ija de una putana, el Dio ke la mate*. Mais elle ne dit pas un mot et son père non plus n’éleva pas la voix. Il se contenta de dire d’un ton las :

« “Il revient encore de chez la putain ashkénaze ? Quand va-t-il se mettre dans la tête que chez nous, on n’épouse pas des Ashkénazes ?”

« Gabriel fila dans sa chambre, se glissa sous une couverture et avant de fermer les yeux, il revit les yeux bleus de Rohel. Il songeait à la vie qui l'attendait à ses côtés. Si quelqu'un lui avait dit qu'il désobéirait un jour à ses parents pour épouser une Ashkénaze en l'absence de sa famille, il lui aurait ri au nez ou l'aurait frappé. Et pourtant, il s'apprêtait à se marier avec Rohel contre la volonté de son père et de sa mère. C'était plus fort que lui, il ne pouvait aller à l'encontre de ses sentiments, de cet amour intense qu'il avait ressenti dès qu'il avait posé le regard sur elle. Ça le dépassait, c'était le destin. Les parents de la jeune fille la pleuraient comme si elle était morte, les siens n'étaient pas prêts à l'accepter. Après le mariage, espérait-il, après la naissance de leurs enfants, ils s'adouciraient peut-être. Peut-être que, lorsqu'ils seraient témoins de la force de leur amour, ils les accepteraient. Gabriel ferma les yeux et plongea dans un sommeil sans rêves.

« Des cris assourdissants réveillèrent la maisonnée.

« "*Dio mio* ! *Se murió* ! Le bon Rafael est mort !"

« Gabriel se réveilla précipitamment. La maison résonnait de cris.

« "Il est mort, il est mort !" hurlait sa mère.

« Il sortit de la chambre. La maison était remplie de gens, son frère, sa sœur, des parents et voisins. Lui dormait profondément et personne n'avait pensé à le réveiller. En le voyant apparaître, sa mère se précipita vers lui en battant des poings.

« "Vous l'avez tué ! Vous avez tué ton père, toi et ta putain ashkénaze, vous avez tué ton père !"

« Gabriel, abasourdi, ne comprenait pas ce qui se passait.

« “*De ke stas avlando ?* De quoi tu parles ? demanda-t-il.

— Ton père, ton père Rafael, ce juste, ce saint homme, il est mort. *Se le rompió el korasòn,* son cœur a lâché, tu lui as brisé le cœur, toi ! Toi !”

« Il s’approcha du lit de son père et les parents et proches lui firent de la place. Rafael était étendu sur le dos, blanc comme un spectre, les yeux grands ouverts. Gabriel approcha son visage de celui de son père et mit la main sous son nez, espérant que les craintes de sa mère hystérique s’avéreraient infondées, que son père se remettrait à respirer et que tout rentrerait dans l’ordre, mais aucun souffle ne sortait de son nez. Son père était mort. Il s’effondra sur lui et se mit à pleurer sans retenue.

« “*Perdona me, perdona me, Papo, Dio mio,* qu’est-ce que je t’ai fait, Papa ?”

« Merkada, elle-même bouleversée, n’en croyait pas ses yeux. Son fils, le plus fort et le plus viril des hommes, était dévasté et pleurait comme une femme. Malgré la douleur, elle comprit qu’elle pouvait profiter du moment. Sans hésiter, elle s’approcha de son fils, posa la main sur son épaule, le releva et d’une voix glaciale, elle lui dit :

« “Tu as tué ton père, tu as fait de moi une veuve et de tes frères des orphelins. Si tu ne veux pas m’achever moi aussi, promets-moi sur la tête de ton père, mort par ta faute, promets-moi que tu n’épouseras pas l’Ashkénaze et que tu ne la reverras plus jamais de ta vie.”

« Gabriel, hébété par la douleur, s'écroula contre elle en pleurant.

« "Je te le jure, mère, je te le jure, je te demande pardon, je suis tellement désolé.

— Sur quoi le jures-tu ? demanda-t-elle.

— Je jure sur mon père.

— Que jures-tu ? insista sa mère. Répète, que tes frères entendent ; que ta sœur Clara entende ; que ta sœur Alegra entende à Tel Aviv, que tout le quartier, tout Jérusalem entende, que ton père qui gît là entende, que jures-tu ?

— Je jure que je n'épouserai pas l'Ashkénaze et que je ne la reverrai jamais plus", promit Gabriel en gémissant.

« Merkada s'éloigna de lui.

« "Prends, dit-elle en lui tendant un mouchoir, essuie tes larmes, assez pleuré, sois un homme ! On doit emmener ton père au mont des Oliviers !"

« Et de ce jour, ton grand-père Gabriel ne revit plus jamais Rohel, même pas une dernière fois, soupira *tía* Alegra. Il ne lui dit pas adieu, ne lui fit pas savoir qu'il avait décidé de ne plus l'épouser. Il se comporta comme si elle n'était jamais entrée dans sa vie. Quant à Merkada, elle ne mentionna plus jamais son nom et nous non plus. Seules les commères du quartier faisaient claquer leur langue et racontaient dans le plus grand secret l'immense histoire d'amour entre Gabriel et l'Ashkénaze de Mea Shearim qui avait brisé le cœur de *senyor* Rafael Ermoza, ce saint homme, et l'avait achevé.

— Et Rohel ? demandai-je à *tía* Alegra. Qu'est-elle devenue ?

— Ah, ça, *kerida*, je n'en ai aucune idée et à vrai dire, je n'ai jamais cherché à le savoir. Tout ce que je sais, c'est qu'en pleine nuit, après qu'on vint lui annoncer la mort de notre père, qu'il repose en paix, Clara la mit dehors en la traitant d'assassine, et de ce jour elle disparut.

« Quant à ton grand-père Gabriel, un an après la mort de notre père Rafael, Merkada le donna en mariage à Rosa, avec *una boda* que je ne souhaiterais pas à mon pire ennemi, un mariage sans invités, sans famille, sans réception, sans bonheur. Avec uniquement dix hommes, le minimum requis pour la cérémonie. Aucun d'entre nous ne connaissait la fiancée, ni elle ni sa famille. Tout ce que nous savions, c'est qu'elle était orpheline, venait du quartier de Shama et qu'elle faisait le ménage chez les Anglais. »

Une lumière grisâtre et blafarde tombait sur la fenêtre de l'appartement. La nuit faisait place au jour, l'aube se levait mais j'avais beau être restée éveillée toute la nuit, la fatigue m'avait quittée. Je pensais à mon grand-père et à sa passion jamais assouvie pour une Ashkénaze de Mea Shearim, un amour qui avait rempli son cœur sans laisser de place à grand-mère Rosa. Je pensais à Merkada, qui avait utilisé d'une manière infâme la mort de Rafael pour imposer à son fils un vœu atroce et lui faire promettre sur le cadavre de son père de ne plus jamais revoir l'amour de sa vie. Je pensais au mariage précipité imposé à Gabriel et à la pauvre Rosa, qui était loin d'imaginer que Merkada, dans une froideur calculatrice, l'utilisait comme pion dans le jeu qu'elle jouait contre son fils.

Et je pensais au pire de tout : comment se pouvait-il que ma famille ait gardé un secret aussi sombre et vécu en paix avec cela ? Comment était-il possible que personne ne l'ait jamais révélé, n'ait jamais laissé échapper un mot, que, durant toute sa vie avec lui ma grand-mère ait souffert de voir son amour rejeté sans comprendre pourquoi son mari ne l'aimait pas comme elle l'aimait ? Comment était-il possible que, pendant toutes ces années, personne n'ait su ce qu'était devenue la pauvre bien-aimée de mon grand-père, chassée honteusement en plein milieu de la nuit de la maison de sa sœur et qu'on n'avait jamais revue, et que personne n'ait cherché à le savoir ?

J'avais un millier de questions et voulais des réponses, je voulais que *tía* Alegra continue à me raconter. Mais elle était fatiguée, très fatiguée.

« Allez, me dit-elle doucement, j'ai parlé assez pour cent ans, aide-moi à me lever et à regagner mon lit. »

Je l'aidai à se lever de son fauteuil, elle s'appuya sur sa canne et se dirigea en claudiquant vers sa chambre.

« Que Dieu me vienne en aide, Gabriela, me dit-elle avant de fermer sa porte, je ne me rappelle plus pourquoi tu es venue de Jérusalem, mais je me souviens de toutes les moindres choses qui se sont passées il y a quarante ans. La vieillesse, c'est comme ça, on devient nostalgique. »

3

Rosa avait seize ans lorsqu'elle épousa Gabriel, de cinq ans son aîné. Ce n'était pas une beauté, pour le dire aimablement. Elle avait le visage large et disgracieux et un corps trapu de paysanne. Lui, en revanche, était beau, distingué et grand comme un cyprès. Merkada, mon arrière-grand-mère, se vengeait ainsi de son fils chéri, en le mariant à une femme sans famille, sans nom, sans argent et sans beauté. Gabriel ne dit rien, n'émit aucune protestation. Un an après avoir mis en terre son père Rafael, il épousa Rosa à la synagogue Eliahu Hanavi en présence de dix personnes seulement.

C'était, raconte-t-on, *una boda sin cantadores*, un mariage sans chanteurs, comme chez les pauvres, certainement pas comme on se marie dans la famille Ermoza. Et au moment de briser le verre et de dire « Si je t'oublie, Jérusalem, que ma main droite s'oublie ! », lorsqu'ils devinrent mari et femme, Gabriel songea qu'il ne connaissait pas la couleur des yeux de sa nouvelle femme.

Malgré sa laideur et des manières qui trahissaient sa pauvreté, Rosa était une femme industrieuse. Elle cessa immédiatement de faire le ménage chez les Anglais et se mit à aider son époux à la boutique. Neuf lunes après le mariage, elle mit au monde son premier fils, mais il mourut avant même le premier mois. Son mari faisait son devoir sur le plan financier et pourvoyait à tous ses besoins, mais rien de plus. Depuis la mort de son père, il s'était refermé sur lui-même, parlait peu et un nuage épais obscurcissait souvent son beau visage. Merkada, qui vivait avec lui et sa jeune épouse, remarqua que Gabriel, toujours gai et souriant avant la catastrophe, souriait rarement et n'avait plus ri une seule fois depuis son mariage.

Parfois, en regardant sa bru, l'idée lui traversait l'esprit que c'était peut-être une punition trop sévère d'avoir marié son fils si beau à cette orpheline épaisse, mais elle chassait vite ces pensées en se disant : *La grâce est trompeuse, et la beauté est vaine. Il n'y a qu'à voir ce que nous a apporté la beauté de cette Ashkénaze, que son nom soit effacé à jamais.*

Ma mère Luna vit le jour dix-huit mois après la mort du premier-né de grand-mère Rosa. Maman aimait à raconter que, lors de sa venue au monde, tous les oiseaux de Jérusalem avaient gazouillé et toutes les cloches des églises avaient sonné, à tel point qu'on les entendait jusque dans la maternité Misgav Ladach. Lorsque j'en parlai à grand-mère Rosa, elle me répondit :

« Avec sa mémoire de moineau, elle se souvient du gazouillis des oiseaux quand elle est née ? Même moi je ne m'en souviens pas, alors comment le pourrait-elle ? »

Grand-mère Rosa, en revanche, se rappelait parfaitement ce qui s'était passé quand grand-père Gabriel avait tenu ma mère dans ses bras pour la première fois, après qu'on l'avait lavée et enveloppée dans un vêtement de mousseline. Comme il l'approchait de son cœur, elle avait saisi son petit doigt et ouvert les yeux. Le cœur de Gabriel avait cessé de battre un instant et, pour la deuxième fois de sa vie, il avait vu des rayons de lumière dorée illuminer le visage de la petite fille et s'était rappelé ce que sa mère lui avait expliqué quand il était petit : Dieu ressemblait à cela.

« *Presioza*, murmurait-il, *presioza mia*, ma jolie, ma toute belle. »

C'est alors qu'un miracle s'était produit. Lui qui ne souriait plus depuis que son père était mort par sa faute et celle de l'Askénaze avait ri de bonheur. Il avait soulevé sa fille au-dessus de sa tête et dansé avec elle dans la pièce que Rosa partageait avec d'autres parturientes. Dehors, la pleine lune resplendissait. Son éclat pénétrait par la fenêtre, inondant la pièce d'une lumière claire, et mon grand-père avait regardé la petite, ma mère, et l'avait portée à la fenêtre en lui disant :

« Regarde, *presioza mia*, regarde la lune qui illumine comme toi, *luna mia*, ma lune. »

Et c'est ainsi qu'il choisit le nom de ma mère, Luna, en hommage à la lune qui, le jour de sa naissance, avait recommencé à éclairer sa vie.

Tous les soirs, une fois son travail terminé, Gabriel courait à la maison retrouver la petite.

« Amène-la à la boutique, disait-il à Rosa, amène-la deux ou trois fois par jour, cette enfant est une bénédiction, elle me porte chance. »

Rosa langeait Luna avec un linge en coton, puis lui mettait un pantalon, une tunique rose à pompons, des chaussettes blanches sur ses petits pieds et un chapeau blanc sur la tête, vêtements tout neufs qu'elle avait confectionnés elle-même pour son futur bébé pendant sa grossesse. Merkada avait insisté pour se débarrasser des habits du premier-né Rafael juste après l'enterrement, au grand désespoir de Rosa, afin qu'ils n'aillent pas, *peshkado y limón*, leur porter malheur. Ils avaient donné les vêtements à l'orphelinat séfarade avec le berceau de l'enfant décédé et Rosa avait pleuré toutes les larmes de son corps. Sa belle-mère l'avait laissée sangloter en ordonnant à ses filles de ne pas intervenir.

« Ça lui passera avant même qu'elle ait un nouveau bébé dans le ventre », avait-elle décrété.

Gabriel, désemparé devant la détresse de sa jeune épouse, s'était plongé dans le travail sans évoquer une seule fois leur enfant mort ni leurs sentiments à tous les deux, et n'avait rien fait pour la consoler.

Après avoir vêtu la petite, Rosa la couchait dans son landau en bois blanc entouré de vitres transparentes lui permettant de regarder le monde. Elle était très fière de ce landau encombrant. Très peu de gens pouvaient se permettre un tel luxe et Gabriel s'était rendu spécialement à Tel Aviv pour l'acheter. Rosa protégeait le bébé avec une couverture épaisse en patchwork et sortait la promener.

Quand elle arrivait au marché Mahane Yehouda, elle se sentait comme la reine d'Angleterre. Tous les marchands ambulants et les commerçants la saluaient. « *Mazal tov, senyora* Ermoza, *ke estesh sanas tu y tu ninya,* soyez en bonne santé, vous et votre petite fille. » Et Rosa faisait un grand sourire. C'était son heure de gloire. Les femmes s'approchaient, claquaient de la langue et s'extasiaient devant le joli bébé, ses vêtements raffinés, le landau luxueux et la couverture magnifique. Et Rosa, qui avait déjà oublié depuis longtemps les jours terribles où elle peinait à se nourrir et à nourrir son frère, souriait et remerciait. Personne ne savait, pas même son mari, que lorsqu'elle se retrouvait seule à la maison avec sa fille, elle se montrait impatiente. Les pleurs de l'enfant la rendaient folle et elle la soulevait brutalement de son berceau, dénudait un sein et le fourrait dans la bouche de la petite pour la faire taire. Personne ne savait, et surtout pas son mari, que la journée, les stores baissés, elle s'asseyait sur le lit et comptait les moutons en attendant que le soleil se lève pour pouvoir sortir à nouveau promener la petite dans son landau.

Rosa voyait bien les yeux de Gabriel s'éclairer dès qu'il regardait Luna, remarquait avec quelle délicatesse infinie il la prenait dans ses bras, comme il lui embrassait les paupières, s'adressait à elle en babillant, la lançait en l'air, fier de sa fille comme d'une œuvre d'art. Elle, au contraire, sentait son cœur fermé. *Je n'ai pas encore de place pour elle,* pensait-elle, *je n'avais pas fini de pleurer mon petit Rafael, paix à son âme, qu'elle est arrivée, elle est venue trop tôt.* En son for intérieur, elle était jalouse de la relation spéciale qui liait Gabriel à sa fille. Elle n'avait jamais eu droit à une once de chaleur ou d'amour de sa part, sans même parler d'intimité.

Il avait visité sa couche quelques fois seulement depuis leur mariage, et jamais depuis la naissance de Luna. Il se montrait renfermé, distant, ne parlant que de leur fille et de questions domestiques, sans l'associer à ses affaires. Il ne lui accordait jamais d'attention, pas le moindre mot ou geste d'amour. Il se contentait d'accomplir son devoir. Même quand il la rejoignait dans son lit, il faisait ce qu'il avait à faire et se levait tout de suite après pour aller se coucher à l'autre bout de la pièce. Rosa ne se plaignait pas, la vie à ses côtés était bien meilleure que sa vie précédente. Elle avait à manger, de quoi se vêtir et pourvoir aux besoins de son petit frère. Elle se considérait chanceuse de s'être unie à la famille Ermoza, une famille fortunée et respectée. Qui l'eût cru ? Elle bénissait sa bonne étoile tout en continuant d'espérer dans le fond de son cœur que son mari tant vénéré finirait par lui témoigner un peu de gentillesse et que, peut-être un jour, il la toucherait comme elle aurait voulu le toucher, avec désir et douceur. Peut-être qu'un jour, quand il viendrait la voir la nuit, il l'embrasserait sur la bouche. Il ne l'avait jamais embrassée, même pas sous le dais nuptial. Bien qu'il ne lui eût rien dit, elle était consciente de l'avoir déçu quand le petit Rafael était mort. Il ne faisait rien pour la consoler lorsqu'elle pleurait la nuit après la mort du bébé, n'avait jamais posé sa main sur son épaule, l'avait simplement laissée pleurer jusqu'à ce qu'elle n'ait plus de larmes. Mais il lui avait permis de porter le deuil, s'abstenant de visiter son lit pendant des mois. Même Merkada, qui habitait avec eux et lui rendait la vie amère, s'était tue. Et lorsqu'elle était à nouveau tombée enceinte, tous avaient veillé à ce qu'elle se repose, ne travaille pas trop, ne se baisse pas ni ne soulève de poids. Alegra, sa belle-sœur, venait une ou deux fois par semaine laver le sol et, sur les ordres de Merkada, les cousines se relayaient pour faire le ménage. Merkada lui avait même interdit de cuisiner. Les voisines apportaient des boulettes, du *sofrito*, du riz et des haricots, et Merkada préparait elle-même les plats du Shabbat. Parfois, en regardant sa bru maladroite, elle se tournait vers le ciel pour parler à son mari :

« Rafael *kerido*, peut-être que si j'avais pris un ou deux jours de plus pour marier Gabriel, je lui aurais trouvé une épouse un peu moins laide ? »

Merkada conversait tous les jours avec lui. Après la naissance de Luna, elle lui dit :

« Une chance que la petite ressemble à Gabriel et pas à Rosa, Dieu nous garde ! »

Elle ne parlait à personne, et surtout pas à son fils ou à sa bru, de l'affront que lui avait fait Gabriel en s'abstenant de donner à sa fille le prénom de sa mère, comme c'était la coutume. Même Rosa trouvait étrange qu'il ait appelé leur fille Luna, certaine qu'il la prénommerait comme sa mère. Lorsqu'il le lui avait annoncé, ainsi qu'au reste de la famille, elle n'avait pas discuté, pas dit un mot. Elle avait béni la petite en lui souhaitant longue vie. Merkada n'avait pas le moindre doute : c'était sa façon à lui d'exprimer son mécontentement à sa mère qui, sans lui demander son avis, l'avait forcé à épouser Rosa.

Si ça lui permet de se sentir bien, tant mieux, je n'ai pas besoin de ses faveurs, se disait-elle, et elle n'aborda jamais le sujet. Lorsque sa fille Clara tenta de faire remarquer que Gabriel aurait dû donner à la petite le prénom de sa grand-mère, elle la fit taire d'un geste de la main et répliqua :

« Grâce à Dieu, elle est née en bonne santé, c'est tout ce qui compte et toi, *serra la boca*, pas un mot à ce sujet ni devant moi, ni devant ton frère, ni devant personne d'autre ! »

Merkada comprenait la colère de son fils. Le soir, quand les voisines s'asseyaient sur de petits tabourets autour du puits pour bavarder, elle les observait. N'importe laquelle d'entre elles paraissait un meilleur parti que Rosa, qu'elle appelait « la grosse ». Elle en était venue à passer de plus en plus de temps chez ses autres enfants et surtout chez Clara, dont elle était particulièrement proche.

« Dieu me pardonne, lui dit-elle un jour, je pensais punir Gabriel mais je me suis punie moi-même, je ne peux pas supporter sa femme, je ne peux pas supporter son odeur, je ne peux pas respirer dans la même maison qu'elle, je vais venir vivre chez toi !

— C'est un honneur, maman chérie, mais n'oublie pas que Yaakov, les enfants et moi, nous vivons tous dans la même pièce, où vas-tu dormir ?

— Ça m'est égal, je dormirai par terre s'il le faut, mais pas question d'habiter dans la même maison que la *gorda.* »

Le lendemain, elle réunit quelques effets personnels et partit s'installer chez Clara sans même en informer Gabriel ni Rosa.

Lorsque Gabriel rentra à la maison, il demanda à sa femme où était sa mère. Rosa hocha la tête et répondit qu'elle ne l'avait pas vue depuis le matin, quand elle était sortie promener la petite, et il n'y prêta guère attention. Il prit Luna dans ses bras, la prunelle de ses yeux, celle qui lui donnait envie de rentrer de la boutique. Chaque soir, il sortait de la maison avec elle, s'asseyait sur le banc dans la cour pour se joindre aux voisines, et bavardait avec elles comme une femme, s'extasiant sur ses cheveux roux et ses yeux clairs avec des nuances de vert et de marron, admirant ses petites mains, ses doigts parfaits. Lorsqu'elle agrippait son petit doigt, son cœur s'arrêtait et quand elle lui souriait, son visage s'illuminait et il la couvrait de baisers en riant de bonheur. Les voisines étaient enchantées de l'amour de Gabriel, *sano ke ste*, pour sa fille.

« Il ne se conduit pas comme un homme, on croirait une femme, dit l'une d'entre elles. Mon mari n'a jamais été comme ça avec ses enfants, Rosa a bien de la chance d'avoir un époux pareil. »

Lorsqu'elles le virent un jour changer les couches de sa fille, l'étonnement fut à son comble. Qui avait déjà vu un homme langer son bébé ? On n'avait jamais entendu pareille chose dans tout Jérusalem ! Et quand une voisine ajouta que non seulement il la changeait mais lui donnait le bain, et qu'elle jura sur sa tête l'avoir vu la baigner dans une cuvette en étain comme l'aurait fait une nourrice ou sa propre mère, la popularité de Gabriel, un homme comme toutes les femmes en auraient rêvé, atteignit des sommets.

Rosa, quant à elle, était ravie de partager les soins du bébé avec quiconque se portait volontaire, et d'autant plus avec son mari. Il ne se plaignait jamais qu'elle ne s'occupe pas assez de sa fille. Dès qu'il rentrait à la maison, il se précipitait vers le berceau. Avant la naissance de la petite, il allait au *banyo* après le travail et rentrait chez lui tout propre, mais il avait désormais renoncé aux bains pour rentrer directement. Une fois à la maison, il se lavait avec l'eau que Rosa avait fait chauffer pour lui, se changeait rapidement pour que l'odeur du marché ne vienne pas se coller à sa fille, Dieu l'en préserve, puis la prenait dans son berceau et ne l'y remettait qu'à l'heure de la tétée ou du coucher. Il l'aimait de toute son âme. Elle parvenait à lui faire oublier temporairement son autre amour, celui qu'il avait juré d'oublier, qui lui avait blessé le cœur à jamais. Pour la première fois depuis que son père était mort et Rohel sortie de sa vie, il ressentait un bonheur intense et se surprenait enfin à sourire et à rire, attendant avec impatience chaque jour le moment où il fermerait la boutique et rentrerait prendre Luna dans ses bras.

Ce soir-là, après l'avoir lavée et changée, lui avoir mis son pyjama en lui chatouillant le ventre et en lui tirant des rires qui le comblaient de joie, l'avoir tendue à Rosa pour qu'elle l'allaite, puis l'avoir mise dans son berceau en lui chantant une comptine en judéo-espagnol, il s'aperçut tout à coup de l'absence de sa mère.

« Où est ma mère ? » demanda-t-il à Rosa, qui répondit qu'elle était probablement chez une voisine.

Il sortit dans la cour et passa d'une maison à l'autre.

« *Vizina, onde sta mi madre* ? »

Toutes répondirent qu'elles n'avaient pas vu Merkada de toute la journée.

« Elle est peut-être allée au Mur des Lamentations, hasarda l'une d'entre elles.

— Elle est peut-être à la synagogue Eliahu Hanavi, suggéra une autre.

— Aujourd'hui, personne n'est venu pour le *livianos*, ajouta une troisième. Il n'y avait personne dans la cour. »

Gabriel commença à s'inquiéter. Sa mère n'avait pas l'habitude de disparaître. Elle était toujours soit à la maison, soit dans la cour. Depuis la mort de Rafael, elle avait cessé de venir à la boutique, échangeant peu de mots avec lui, se limitant à l'indispensable. Elle s'était pourtant adoucie avec le temps et son immense colère s'était apaisée, mais elle ne le lui faisait pas sentir. À la naissance de Luna, elle n'avait pas sauté de joie et ne s'était pas extasiée sur l'enfant, même si au fond de son cœur elle était heureuse de voir que le bébé comblait son fils de bonheur. Elle l'avait déjà puni pour le restant de ses jours en l'unissant à Rosa et c'était bien suffisant, il n'avait pas besoin de souffrir davantage.

Quant à lui, dévoré par un sentiment de culpabilité, il faisait tout son possible pour la contenter. Il avait épousé Rosa, avait continué à gérer le magasin avec succès, et bien qu'il se fût éloigné de la religion depuis la mort de son père et la perte de Rohel, il continuait à se rendre tous les jours à la synagogue pour honorer la mémoire de son père et prier pour le salut de son âme. Il n'était ni en colère, ni amer. Jusqu'à l'arrivée de Luna, il avait hermétiquement fermé la porte à ses sentiments. Et contrairement à ce que pensait Merkada, il avait choisi le prénom de sa fille non pas pour la punir de l'avoir marié à

Rosa, mais parce que le soir de sa naissance, il avait réellement senti que la lumière de la lune avait à nouveau éclairé sa vie. Il ne doutait pas un instant qu'il donnerait le prénom de sa mère à sa deuxième fille.

Anxieux, il se précipita chez sa sœur Clara, à Sukkat Shalom, et frappa à la porte. Lorsqu'il vit sa mère assise à table pour le dîner, entourée de ses petits-enfants, de sa fille et de son gendre, il laissa échapper un soupir de soulagement.

« Dieu soit loué, je te cherche dans tout Jérusalem.

— Eh bien tu m'as trouvée, répondit Merkada en continuant à manger.

— Mais pourquoi n'as-tu pas dit à Rosa que tu allais chez Clara ? Pourquoi dois-tu m'inquiéter comme ça ?

— Pas plus que tu ne m'as inquiétée toi, rétorqua-t-elle d'un air revêche.

— Maman, il s'est passé quelque chose ? l'implora-t-il. Rosa a fait quelque chose ?

— Elle n'a pas besoin de faire quoi que ce soit, ça suffit que je la voie assise là, ça me reste en travers de la gorge.

— Mais c'est ma femme, où veux-tu qu'elle soit ?

— Qu'elle reste dans sa maison, moi je suis ici chez Clara, à partir de maintenant je vis chez ta sœur.

— Comment ça, chez ma sœur ? Tu as une maison !

— Je n'en ai plus, maintenant c'est celle de Rosa, et à cause de toi je n'ai plus d'époux, alors je reste ici, conclut-elle en tapant sa canne contre le sol pour affirmer son propos.

— Maman, *por Dio,* rentre à la maison avec moi.

— Plutôt mourir.

— Mais que s'est-il passé avec Rosa ? répéta-t-il. Qu'a-t-elle fait ? Elle t'a manqué de respect ?

— Elle ne m'a pas parlé et je ne lui parle pas non plus, c'est tout. »

Gabriel garda le silence. Après avoir refoulé ses sentiments et développé une forme d'impassibilité pendant si longtemps, il sentait la colère monter en lui. Il prit une bouffée d'air pour lutter contre la sensation d'étouffement qui lui serrait la gorge, fit tout ce qu'il pouvait pour dominer sa fureur, serra les dents et les poings et, sans parvenir à se contenir, il prit brusquement l'un des enfants de sa sœur par les épaules, le souleva de sa chaise et s'assit en face de sa mère.

Les enfants, ébahis, cessèrent de manger, sa sœur et son beau-frère regardèrent, interdits, son visage qui s'empourprait, et seule sa mère continuait à manger bruyamment sa soupe avec indifférence. Il se sentit sur le point d'exploser, frappa du poing sur la table et hurla, d'une voix qu'il ne reconnaissait pas :

« Toi, tu refuses de parler à Rosa ? Toi, tu ne supportes pas Rosa ? Et moi, alors ? Je parle avec elle ? Je la supporte ? Sans toi, elle ne serait pas dans notre maison à l'heure qu'il est. C'est toi qui t'es dépêchée de me marier avec la *pesgada,* la plus empotée de toutes les filles de Jérusalem et de tout le pays, c'est toi qui as fait de ma vie un enfer. Moi j'ai accepté d'assumer cette punition imposée par le Très-Haut et par toi, j'ai accepté d'épouser une femme pour laquelle je ne ressens rien, *nada* ! Une femme dont j'ai visité la couche en tout et pour tout trois fois en trois ans de mariage, uniquement pour te donner des petits-enfants. Une femme qui ne m'intéresse pas pour un sou, à qui je n'ai rien à dire, et toi tu ne parles pas avec elle ?! »

Clara se hâta de faire sortir les enfants de la pièce. Elle et son mari passèrent de la table au canapé sans en croire leurs yeux : Gabriel avait osé élever la voix sur Merkada.

Celle-ci continua à manger tranquillement sa soupe.

« Tu as terminé ? demanda-t-elle.

— Non, je n'ai pas terminé, tu as détruit ma vie et maintenant tu te plains ? »

Pour la première fois depuis qu'il avait commencé à parler, elle interrompit son repas, s'appuya sur sa canne et lui fit face.

« Écoute-moi bien, fils indigne ! Si tu n'avais pas tué ton père avec ton Ashkénaze, tout cela ne serait pas arrivé. Si ton père n'était pas mort à cause de la catastrophe que tu as fait tomber sur la famille, aujourd'hui tu serais marié à une femme de chez nous, d'une famille respectable, une femme qui nous aurait fait honneur, et pas une domestique qui nettoyait les toilettes des Anglais ! Tu aurais eu un mariage de roi, pas un mariage de pauvre. Non seulement tu as eu *una boda sin cantadores*, mais tu as eu *una boda sin novia*, un mariage sans fiancée, mais ce n'est pas moi, c'est toi qui t'es attiré cette malédiction et cette femme. »

Gabriel respira profondément, se pencha par-dessus la table et, regardant sa mère droit dans les yeux, il lui répondit calmement :

« Tu es ma mère, je t'ai toujours respectée, tu as toujours été la femme la plus importante à mes yeux, même quand une autre était toute ma vie, dit-il en évitant de mentionner le nom de Rohel, mais écoute-moi. Écoute-moi bien : tu as choisi pour moi cette femme, tu m'as marié à Rosa et c'est la mère de ma fille, de ta petite-fille. Elle sera la mère de mes enfants. À partir de maintenant et jusqu'au jour de ma mort ou de la sienne, je subviendrai à tous ses besoins. Si elle meurt avant moi, je dirai le kaddish pour elle et si je meurs avant elle, elle deviendra ma veuve et le moment venu, elle aura une place à côté de moi au mont des Oliviers. À partir d'aujourd'hui, c'est elle la maîtresse de maison, la *senyora*, et tu vivras dans sa maison, pas l'inverse. À partir d'aujourd'hui, tu la traiteras avec respect, comme une reine, rien de moins, une reine ! À partir d'aujourd'hui, Rosa devient *senyora* Ermoza, la femme de Gabriel Ermoza, la mère de Luna Ermoza et la belle-fille de Merkada Ermoza, et tu te comporteras avec elle comme une belle-mère avec sa bru, et moi je me comporterai avec elle comme un mari avec sa femme. »

Merkada restait immobile, Clara et son mari étaient cloués au canapé. Gabriel prit une nouvelle inspiration et, après une courte pause, ordonna à sa mère d'un ton calme mais autoritaire :

« Et maintenant, lève-toi, *por favor*, rassemble tes affaires et tu rentres avec moi à la maison, chez Rosa. »

Quelques jours plus tard, pendant que Rosa était sortie avec Luna pour leur promenade quotidienne au marché Mahane Yehouda, Merkada s'enferma à clé dans la chambre qui avait été celle de Rafael et la sienne. Elle tira à grand-peine le lit double loin du mur contre lequel il était appuyé, compta sept carreaux à partir de chaque côté de la pièce et exactement au milieu, elle en souleva un et sortit de sa cachette le tas d'argent et d'or qu'elle avait accumulé au fil des ans en cas de nécessité. Sans même compter, elle prit toutes les pièces dans ses mains, les rassembla dans un foulard et en fit un paquet. Puis elle ouvrit l'armoire, prit quelques robes, des foulards et sa boîte à bijoux, mit le tout dans un sac, embrassa la mezouza et sans même un dernier regard, elle sortit de la maison pour se diriger vers la station d'autobus de la rue Jaffa. Elle acheta un billet au chauffeur et partit à Tel Aviv, chez Alegra.

Le soir, en rentrant du marché, Gabriel entra dans la chambre de sa mère, vit le lit et le carreau déplacés. Dans le trou du plancher, il ne restait plus rien. Sans un mot, il remit le carreau et le lit en place, sortit de la pièce et n'y rentra plus jamais.

Gabriel ne pouvait continuer à vivre une minute de plus là où son père était mort, où sa mère l'avait abandonné, mais il n'arrivait pas à se résoudre à quitter la maison qui l'avait vu naître. S'il avait eu le courage, il en aurait cherché une pour lui et sa famille aussi loin que possible d'Ohel Moshe ; s'il avait pu, il se serait éloigné de tout, aurait laissé la boutique du marché et tourné la page. Mais il devait gagner sa vie et s'était engagé à pourvoir dignement aux besoins de sa femme et de sa fille.

Gabriel, ce jeune homme charismatique, devint un homme triste et taciturne. Sa fille Luna était la seule à lui arracher un sourire. Lorsque le bébé qui naquit après elle mourut avant sa première semaine, ses yeux étaient secs. Il ne versa pas une larme et fut soulagé de constater que Rosa se comportait de la même façon.

Ils enterrèrent l'enfant et reprirent leur routine.

Tous les quelques mois, Gabriel allait voir sa mère à Tel Aviv mais elle, le cœur endurci, continuait à le traiter comme un étranger.

« *Dio santo*, Gabriel, pourquoi te donnes-tu cette peine ? lui demanda un jour sa sœur Alegra. Dieu me pardonne, c'est ma mère, mais je ne souhaiterais pas une mère comme celle-ci à mon pire ennemi. »

Il haussait les épaules et malgré l'indifférence blessante de Merkada, il persistait à lui rendre visite.

Un jour, son beau-frère Elazar, le mari d'Alegra, lui proposa d'ouvrir une branche de *Rafael Ermoza et Fils, Delicatessen* à Tel Aviv.

« Il y a un endroit très bien rue Shabazi, en face de l'école de l'Alliance, que dirais-tu d'ouvrir une nouvelle boutique là-bas ? »

Gabriel réfléchit à la proposition : Leon et Leito pourraient continuer à gérer le magasin à Jérusalem, il déménagerait avec sa femme et sa fille à Tel Aviv, avec l'espoir de rentrer dans les bonnes grâces de sa mère.

La jeune famille s'installa dans une petite maison sur la rue Hayarkon, pas loin de la rue Shabazi. Mais dès le début, l'épicerie fine se transforma en épicerie de quartier. Au lieu de produits raffinés, on y vendait des denrées alimentaires de base, les habitants de la rue ne pouvant se permettre autre chose. Quant au rêve de Gabriel de parvenir à regagner le cœur de sa mère, il ne se réalisa pas non plus.

Pendant toute la période où il vécut à Tel Aviv avec sa famille, elle n'alla pas une seule fois le voir chez lui, alors qu'il continuait à lui rendre visite chez sa sœur avec sa jolie fille que Merkada, au moins, ne méprisait pas. Elle jouait même avec la petite et la couvrait de friandises.

Rosa détestait sa vie à Tel Aviv et ne rêvait que d'une chose, rentrer à Jérusalem. Elle avait même osé s'en ouvrir à sa belle-sœur Alegra.

« Ça me manque, l'air de Jérusalem me manque. Je n'arrive pas à respirer à Tel Aviv. Ici, il n'y a que de la poussière, des dunes et des chameaux, *basta.* J'ai la nostalgie de Jérusalem, du marché, de mes voisines d'Ohel Moshe. Et la mer, *leshos,* cette mer me fait peur, tu peux y rentrer et ne jamais en ressortir. »

Gabriel, en revanche, aimait cette ville blanche construite sur le sable. Même si la boutique de Shabazi ne tournait pas comme il l'aurait espéré, il n'était pas prêt à rendre les armes aussi facilement et continuait à se battre en attendant que la situation s'améliore. Pour survivre, ils durent licencier leur seul employé, si bien qu'il était contraint d'aller tous les jours à vélo de Neve Tsedek à Jaffa pour acheter chez les Arabes les produits destinés à sa boutique. C'était la goutte d'eau qui fit déborder le vase. Il trouvait cela humiliant. À la première occasion, il vendit sa part à son beau-frère Elazar et se prépara à rentrer avec sa famille à Jérusalem. Mais voilà que juste à ce moment-là, Nissim, le frère de Rosa qui avait fui en Amérique au temps des Turcs, revint au pays et fit à Gabriel une proposition qu'il ne put refuser.

« À New York, ce qui fait fureur en ce moment, expliqua-t-il à Gabriel, ce sont les salons de cirage. Il faut louer un grand espace, engager quelques employés et les placer dans le magasin pour qu'ils cirent les chaussures des gentlemen. »

Grand-père Gabriel, lui-même un gentleman élégant qui aimait voir ses chaussures briller comme un miroir, s'enthousiasma à cette idée et malgré les objections de Rosa, qui jugeait cela une très mauvaise initiative tout en se gardant de s'immiscer dans les affaires de son frère et de son mari, il décida de rester pour l'heure à Tel Aviv. Lui et son beau-frère louèrent une grande boutique sur la rue Nahalat Benyamin, engagèrent dix cireurs de chaussures et attendirent les premiers clients. Mais dès la première semaine, il apparut clairement que l'affaire était vouée à un échec cuisant. Contrairement à New York, il n'y avait pas assez de personnes à Tel Aviv qui prenaient suffisamment à cœur l'aspect de leurs chaussures pour payer deux fois plus cher que ce que demandaient les cireurs de rue. Même le grand ventilateur au plafond, censé atténuer quelque peu la chaleur humide de l'été, ne suffisait pas à attirer les clients et, un mois plus tard, le salon fermait ses portes. Grand-père Gabriel avait perdu une grosse somme, son beau-frère s'en sortit de justesse et repartit en Amérique.

Fatigué, déprimé et ruiné, grand-père Gabriel retourna avec sa femme et sa fille dans la maison d'Ohel Moshe pour découvrir que même la boutique *Rafael Ermoza et Fils*, autrefois une affaire prospère, se trouvait au bord de la faillite. Le cœur lourd, il dut se séparer de Leon et renvoyer son frère Leito, qui s'était révélé piètre gestionnaire. Il se murmurait également dans le plus grand secret, car on lave son linge sale en famille, que Leito l'avait volé sans vergogne.

Gabriel reprit sa place derrière le comptoir et tenta de redresser l'affaire, mais les temps avaient changé. Les recettes étaient maigres, la boutique presque toujours déserte, sans clients ni marchandises, car où Gabriel aurait-il pu se procurer l'argent comptant pour s'achalander si les caisses étaient vides ?

C'est alors qu'un miracle se produisit qui rendit à la boutique sa splendeur et sa prospérité d'antan : les soldats stationnés dans les campements de l'armée britannique à Jérusalem découvrirent *Rafael Ermoza et Fils – Delicatessen.* Ils commencèrent à fréquenter la boutique pour y acheter diverses sortes de thé, surtout du thé anglais qui leur rappelait leur foyer, ainsi que du lait concentré. Rosa, qui avait appris à cuisiner chez les Anglais, se mit à faire des tourtes évoquant la mère patrie, notamment la « kidney pie », une pâte fourrée aux rognons qu'ils appréciaient tout particulièrement. Elle préparait aussi du poisson frit pour eux. Les Anglais demandèrent à Gabriel d'ajouter des rondelles de pommes de terre frites pour faire du « fish and chips », mais il refusa. Il ne les appréciait guère, mais les affaires sont les affaires et grâce aux « maudits Inglais », la situation s'améliora et il retrouva le sourire.

***

Luna jouait dans la cour avec les deux poupées que son père lui avait rapportées de son dernier voyage à Beyrouth. Lorsqu'il se rendait au Liban ou en Syrie pour ses affaires, Gabriel rentrait toujours les mains remplies de cadeaux pour sa petite, la prunelle de ses yeux. Il ne rapportait que rarement un présent pour Rosa. Rien ni personne ne lui manquait quand il partait, pas même sa boutique. La seule qui faisait battre son cœur chaque fois qu'il y pensait, c'était sa fille. Elle lui manquait tellement, avec ses jolies boucles, ses yeux verts en amande comme les Chinois, son petit nez retroussé, sa peau blanche comme neige et son rire cristallin. Il avait toujours hâte de la serrer contre lui, de l'embrasser délicatement pour ne pas risquer, à Dieu ne plaise, d'écraser son petit corps à force de trop d'amour. Luna, sa fille, l'amour de sa vie, celle qui avait fait revenir la lumière dans ses yeux et l'amour dans son cœur, qui lui avait rendu la vie quand il y avait renoncé.

« *Bonika, basta* ! » babillait l'enfant en imitant sa mère lorsqu'elle se fâchait contre elle.

Assise sur un petit banc, elle tenait une poupée dans les mains et lui donnait à manger, fourrant la cuillère entre les yeux au lieu de la mettre dans la bouche, puis elle sortit la deuxième poupée du landau, lui murmura des mots affectueux comme ceux que son père lui chuchotait à l'oreille, des mots qu'elle n'entendait jamais chez sa mère.

« *Dio santo,* que Dieu me donne la force, dit Rosa à sa voisine Tamar, *esta chikitika* peut parler des heures avec sa poupée, *avlastina de la Palestina,* elle ne s'arrête jamais. J'ai beau l'appeler pour qu'elle rentre à la maison, *nada*, elle n'entend pas. Qu'est-ce que je vais faire avec cette fille qui ne m'obéit jamais ?

— Que veux-tu, elle s'ennuie la pauvrette, *miskenika*, répondit Tamar. Il est temps de lui donner un petit frère, si Dieu le veut. »

Rosa soupira. *Sano ke ste*, que Dieu nous donne la santé. Que pouvait-elle dire d'autre à la voisine ? Que depuis la mort du bébé né après Luna, deux ans plus tôt, Gabriel n'était plus jamais entré dans son lit ? Comment lui raconter qu'il dormait dans un coin de la chambre et elle à l'autre bout, lui dire que son mari la regardait à peine, la voyait à peine ? Que le seul être qui l'intéressait, c'était Luna qui, à son tour, comme pour la faire enrager, se comportait exactement comme son père : elle ne voyait pas Rosa, ne l'entendait pas, ne lui parlait pas. Il n'y avait qu'avec son père qu'elle riait, il n'y avait que son père qu'elle embrassait alors qu'elle repoussait sa propre mère. Et même quand, de temps en temps, Rosa essayait de l'embrasser, de la prendre dans ses bras comme le font toutes les mères, sa fille se dérobait et lui échappait.

« Dieu vous garde, vous élevez cette petite comme une princesse, dit la voisine à Rosa, si vous ne lui donnez pas *un ermano* ou *una ermanita*, elle va devenir une enfant gâtée.

— Dieu t'entende, approuva Rosa. Elle passe déjà toutes ses journées avec ses poupées, rien ne l'intéresse. Elle les habille, les déshabille, les nourrit pendant des heures. Et moi sa mère, je l'appelle et *nada*, elle fait la sourde oreille. Mais il suffit que son père mette un pied dans la cour pour qu'elle jette ses poupées et se précipite dans ses bras, *Papo, Papo, Papo* ! et elle rit aux éclats.

— Et son rire, Dieu soit loué, on l'entend dans toute la ville », plaisanta la voisine.

Mais qui entend le mien ? songea Rosa, se gardant bien de révéler les secrets de son cœur à sa voisine. Quand avait-elle ri pour la dernière fois ? Et Gabriel, quand l'avait-il regardée pour la dernière fois ? Il prenait Luna dans ses bras, rentrait avec elle à la maison, s'asseyait et jouait avec elle. Rosa lui disait : « Lave-toi les mains, *marido,* le repas est sur la table.

— Je suis avec ma fille, le repas peut attendre. »

Le temps qu'il s'amuse, se cache sous la table comme un petit enfant, *sano ke ste,* le dîner avait refroidi. Elle devait rallumer le réchaud à pétrole et tout recommencer. Elle avait préparé des *habas con arroz* avec un peu de *sofrito,* mais avant de s'asseoir à table, Gabriel prenait la petite sur ses genoux et la faisait d'abord manger. Elle fermait sa bouche exprès avec son petit poing et lui, il prenait la cuillère, la remplissait et la faisait tourner autour d'elle en soufflant : « Tchou tchou… où est le train ? » Incroyable, un homme adulte, un homme sérieux comme lui qui faisait le *troncho de Tveria,* le bouffon, pour sa fille. Quand Luna ouvrait enfin la bouche et qu'il réussissait à fourrer dedans le riz et les haricots, il se réjouissait comme s'il venait de trouver un trésor. Et c'est seulement lorsqu'elle avait terminé de manger, quelques cuillerées, pas plus, car elle n'aimait pas manger, la *flaka,* la petite maigrichonne, que Gabriel s'apprêtait à dîner à son tour.

« Rosa, ce n'est pas chaud, se plaignait-il.

— Évidemment, comment ça pourrait être chaud si tu t'occupes de ta fille quand le repas est déjà servi ? » marmonnait-elle.

Il était vraiment étrange, ce Gabriel. Tous les hommes, quand ils rentrent à la maison, exigent le repas sur la table. Lui voulait d'abord voir sa fille, voilà, alors que pouvait-elle y faire ? Sur l'honneur de sa mère, qu'elle repose en paix, elle avait parfois envie de lui jeter l'assiette à la figure, de partir et ne plus remettre les pieds à la maison. Mais où iraitelle ? Nettoyer à nouveau les toilettes des Inglais ? Alors elle prenait l'assiette, remettait la nourriture dans la marmite et rallumait le réchaud. Et pendant que le repas réchauffait, Gabriel *kerido* se levait pour aller mettre sa fille au lit. Il la déshabillait, lui enfilait sa chemise de nuit, prenait le peigne pour coiffer ses boucles et les attachait avec un ruban, et pendant tout ce temps Rosa les entendait rire et bavarder. Et elle ? *Nada.* Qui l'entendait ? Assise sur le rebord de la fenêtre, elle regardait l'olivier dans la cour, assise comme une statue, comme un objet inutile. Elle entendait Gabriel rabattre la couverture sur la petite, les entendait chanter ensemble la comptine du soir, « *Detras de la montanya, uno, dos, tres* », derrière la montagne, un, deux, trois. La voix enfantine de Luna se mêlait à la voix chaude de son père. Ils commençaient tout haut, puis de plus en plus bas et à la fin ils chuchotaient. Alors arrivaient les baisers : un sur le front, un sur le nez et un sur la bouche. Enfin, grâce à Dieu, la *flaka* s'endomait. Gabriel la bordait, déposait un ultime baiser sur son front, puis regagnait leur chambre et là, dans son coin, il se déshabillait et se mettait au lit ; cinq minutes plus tard, elle l'entendait déjà ronfler. Il dormait bien, Gabriel, que Dieu le garde, on n'avait pas le temps de compter jusqu'à cinq qu'il était déjà endormi, il allait se coucher sans manger, ayant complètement oublié le repas qu'elle lui avait préparé.

Qu'ai-je fait pour que mon mari ne m'aime pas ? se demandait Rosa, assise sur le rebord de la fenêtre. *Et ce n'est pas seulement qu'il ne m'aime pas, il ne me voit pas. Il est généreux, me traite avec respect devant les autres et va jusqu'à me complimenter, mais quand il est seul avec moi dans la chambre, il n'ouvre presque jamais la bouche.*

Elle avait tant espéré qu'après le départ de Merkada à Tel Aviv, *grasias al Dio,* la situation s'améliorerait entre eux, sans la vieille femme aigre pour interférer, avec ses regards et ses remarques vénéneuses. Mais au moins, quand la vieille lui rendait la vie amère, il se passait quelque chose, alors que maintenant rien, *nada,* silence de mort.

Cette nuit-là pourtant, contrairement à son habitude, Gabriel traînait. Il était déjà dans son coin de la chambre, mais ne s'était pas encore déshabillé. Il restait debout à côté de son lit, comme s'il hésitait, et tout à coup il se tourna vers elle :

« Tu ne vas pas te coucher ?

— Dans un petit moment, je dois encore faire la vaisselle.

— Laisse la vaisselle pour demain matin, mets-toi au lit. »

Quelle surprise, depuis quand Gabriel s'intéressait-il à l'heure à laquelle elle allait se coucher ? Et depuis quand se couchait-elle devant lui ?

En général, elle attendait d'entendre sa respiration lourde et ses ronflements pour se déshabiller et se mettre au lit. Et maintenant, voilà qu'il lui disait de se coucher devant lui. Dieu du ciel, comment pourrait-elle se déshabiller avec la lumière encore allumée, alors qu'il ne dormait pas encore ? Comment enlever sa robe et enfiler sa chemise de nuit devant son époux ?

Et lui, comme s'il avait entendu ses pensées, éteignit la lumière. Elle se déshabilla à la hâte, ses mains se coincèrent dans ses manches, elle n'arrivait pas à déboutonner sa robe. Gabriel lui tournait le dos mais elle avait l'impression qu'il la voyait, elle avait honte et tentait de couvrir son corps de ses mains. Elle finit par enlever sa robe et enfiler sa chemise de nuit, se glissa sous la couverture, ferma les yeux et pria pour que le sommeil la prenne.

Est-ce qu'elle rêvait, ou bien elle sentait une haleine au-dessus de son visage ? Elle ouvrit les yeux et resta interdite, ceux de Gabriel étaient tout près des siens, son nez touchait presque le sien, ses lèvres effleuraient les siennes. Dans l'obscurité, sa main la toucha, souleva sa chemise jusqu'à la taille, caressa doucement son ventre et lui enleva délicatement ses caleçons longs.

Son cœur battait la chamade, son visage s'empourpra, son sang bouillit. Elle voulait approcher son corps de celui de son mari. Elle avait prié tant de fois pour que ce moment arrive, que Gabriel vienne la prendre, mais voilà qu'elle était paralysée par la peur, incapable de bouger. Gabriel essayait doucement de lui écarter les jambes mais on aurait dit qu'elles étaient collées, impossible de les ouvrir.

Il tenta à nouveau. C'était un homme très délicat, son mari, il n'élevait jamais la voix, ne s'énervait jamais. Elle aurait voulu qu'il se mette en colère, crie, la prenne de force, qu'il éprouve quelque chose ! Mais il ne ressentait rien, se contentait de faire son devoir, de pourvoir à ses besoins et enfin, Dieu soit loué, de remplir également son devoir conjugal.

Gabriel la retourna délicatement sur le côté, se colla contre son dos et la prit par-derrière, comme les chiens dans la cour. Il tenta d'introduire sa chose, mais sans succès ; il pressa Rosa contre lui en silence, une main sur son ventre et la deuxième qui essayait à nouveau. Elle était sèche comme le désert, cela faisait si longtemps qu'il ne l'avait pas visitée qu'elle s'était desséchée. Elle avait mal, très mal, mais se mordit les lèvres et ne laissa pas échapper un son. La troisième tentative ne réussit pas davantage. Elle commençait à craindre qu'il renonce et retourne dans son lit. Non ! Elle devait absolument le satisfaire, avoir des relations conjugales avec lui, c'était la seule façon de le retenir, qu'il ne l'abandonne pas pour en trouver une autre, qu'il ne la jette pas à la rue, *Dio mio*, pourvu seulement qu'il ne se lasse pas d'elle et ne retourne pas dans son lit en la laissant comme ça !

Elle ignorait qui était la femme qui se tourna alors vers Gabriel en lui disant d'une voix qu'elle ne connaissait pas :

« C'est mieux comme ça. »

Puis elle s'étendit sur le dos en écartant les jambes, prit sa chose dans les mains et l'introduisit entre ses jambes. La chose était lisse, mais raide et ferme, elle la tint pour qu'elle ne lui glisse pas des mains et l'introduisit très profondément en elle en cambrant le dos.

Gabriel lui serra très fort les épaules, elle sentait ses muscles tendus, il entra de plus en plus profond, si ça continuait il allait lui briser les os. Elle ferma les yeux et se mordit les lèvres pour éviter de crier, qu'il n'aille pas penser qu'il lui faisait mal et se retire. Il la pénétra encore et encore, puis dans un cri étouffé lui tomba dessus comme s'il s'évanouissait.

Le corps de Gabriel était lourd, elle avait du mal à respirer dessous, ça la brûlait comme le feu mais elle souriait, son mari l'avait enfin prise ; finalement, après deux ans, ils avaient fait ce que les voisines faisaient tous les soirs avec leur mari, enfin elle aussi pourrait se plaindre de son *troncho* qui ne la laissait pas dormir, comme les voisines quand elles se retrouvaient dans la cour, sous l'arbre près du puits.

Moins de cinq minutes plus tard, Gabriel ronflait déjà. Rosa tenta délicatement de se dégager du corps étendu sur elle, mais il se réveilla, se leva sans même un regard et regagna son lit, de l'autre côté de la pièce.

Neuf mois plus tard, Rahelika naquit.

Lorsque Gabriel lui annonça qu'il voulait donner à la petite le nom de sa mère, Rahel, qu'elle repose en paix, Rosa fut la plus heureuse des femmes. Il se garda d'expliquer, et elle de demander, pourquoi il n'avait pas non plus appelé sa deuxième fille Merkada. Elle remercia Dieu de lui avoir donné une fille en bonne santé et son mari pour l'honneur rendu à sa défunte mère.

Quant à Gabriel, il refusait de prénommer son enfant comme sa mère. Lors de ses visites à Tel Aviv, elle n'avait pas une seule fois pris de nouvelles de Luna et encore moins de Rosa, qui était enceinte. Alors pourquoi devrait-il donner son prénom à sa fille ? Même lorsqu'il avait envoyé spécialement son frère Mazliach à Tel Aviv l'informer que sa deuxième fille était née, elle n'avait pas pris la peine de venir en bus à Jérusalem voir l'enfant.

Sa sœur Alegra avait fait le déplacement, ainsi que son beau-frère Elazar, ses frères et sœurs et ses cousins, même éloignés, mais sa redoutable mère n'avait même pas daigné transmettre ses félicitations par l'intermédiaire d'Alegra.

« Ah, soupira Alegra, n'attends rien de notre mère, *ermano kerido.* C'est une vieille femme têtue. Ne te laisse pas affliger par sa stupidité.

— Si c'est le cas, répondit Gabriel, je ne suis pas moins têtu qu'elle. »

Et il décida sur-le-champ d'appeler sa deuxième fille Rahel, en mémoire de la mère de Rosa.

Luna avait trois ans quand sa sœur vint au monde et, dès sa naissance, à la grande surprise de tous, elle s'attacha à elle. Toutes les craintes de Rosa, qui redoutait que cette enfant gâtée refuse de partager l'amour de son père avec une autre créature vivante, s'évaporèrent devant l'amour de Luna pour sa sœur.

« Tu as vu la *flaka* ? commenta Rosa à sa voisine Tamar, tu as vu comme elle aime sa sœur ?

— Oui, dit Tamar en riant, le Messie est arrivé, qui l'aurait cru ? Cette petite qui n'aime qu'elle-même.

— Elle-même et son papa, que Dieu le garde », ajouta Rosa en regardant Luna qui remuait le berceau de Rahelika en lui chantant des comptines.

Gabriel était désormais le père orgueilleux de deux petites filles et partageait équitablement son amour entre les deux, même si Rosa avait l'impression qu'il avait toujours un faible pour la *flaka*. Quand il rentrait de la boutique, il se précipitait vers ses filles et soulevait Luna d'une main en caressant le bébé de l'autre.

« Rahelika, contrairement à Luna, est un bébé calme, elle mange et elle dort, dit Rosa, on ne l'entend jamais, pas comme la *flaka*, qui pleurait toute la journée avec des miaulements de chat et ne se calmait ni le jour ni la nuit, elle voulait toujours être prise dans les bras. Rahelika, *ke no manke*, Dieu la protège, à peine ouvre-t-elle les yeux que je lui mets un sein en bouche et elle tète jusqu'à ce qu'elle se rendorme. Dieu soit loué, cette petite est de l'or pur, *ija de oro.* »

Tamar acquiesça, elle était bien d'accord. Elle habitait de l'autre côté de la cour et se rappelait parfaitement les pleurs interminables de Luna, et Gabriel qui faisait les cent pas dans la cour pendant toute la nuit avec la petite dans les bras en perturbant le repos des voisins.

« *Dio mio*, chuchotait alors Tamar à son mari, cette petite nous rendra tous fous. »

Mais la petite Rahelika était tranquille, grâce à Dieu on l'entendait à peine et tant mieux, Rosa méritait un peu de calme.

Si Luna avait hérité les traits de Gabriel, ses yeux verts en amande et ses fossettes aux joues, Rahelika était le portrait de sa mère. Comme Rosa, elle avait un visage large, un nez plat et de petits yeux marron. Même sa silhouette ressemblait à celle de sa mère, grande et relativement corpulente pour son âge.

Luna avait quatre ans lorsque Rahelika commença à lui courir après dans la cour. Elle se mettait debout, tombait, se relevait et la cour résonnait de la joie des petites filles, du rire sonore de Luna et des mignons petits cris de Rahelika qui apprenait ses premiers mots.

« Et quel mot a-t-elle dit en premier ? racontait Rosa à Tamar. Nuna, avant de dire Maman, avant de dire Papa, elle disait déjà Nuna, tellement elle aime sa sœur Luna. »

Rosa était plus tranquille maintenant qu'elle détenait deux preuves vivantes que Gabriel la visitait la nuit. Certes, ses voisines avaient quatre, cinq, voire six enfants en bonne santé, outre ceux morts à la naissance ou juste après, mais Rosa remerciait le ciel pour ses deux filles, *sanos ke sten.* Et puis la *flaka* en valait bien dix, avec l'énergie qu'elle demandait. Elle courait d'un endroit à l'autre, ne restait jamais en place, cette enfant, elle était dans la cour et une minute plus tard dans la maison, dans la cuisine et l'instant d'après dans la chambre, sur le lit puis sur la table.

« *Basta* ! Tu me donnes mal à la tête ! » criait Rosa.

Mais sa fille n'écoutait pas, ne voyait pas, sa mère était transparente pour elle. C'est seulement si Gabriel l'appelait sans jamais hausser la voix, *basta kerida,* qu'elle se calmait un moment avant de recommencer.

« Je ne sais pas, *Dio senyor del mundo,* je ne sais pas d'où me vient cette fille, se plaignit-elle un jour à Tamar.

— Ma foi, à qui ressemble-t-elle ? demanda Tamar.

— Au diable. Crois-moi, *vezina,* si on ne me l'avait pas mise dans les bras dès sa naissance, j'aurais pu penser qu'ils l'avaient échangée à l'hôpital.

— Va savoir, peut-être qu'ils l'ont vraiment échangée, plaisanta Tamar, on dirait une petite Ashkénaze.

— Tu parles ! Il suffit de voir ses yeux et ses cheveux roux comme ceux de Gabriel. C'est bien ma fille, la chair de ma chair, mais on dirait… comment dire ça, que Dieu me pardonne, on dirait qu'elle est entrée par hasard dans ma maison, comme si elle n'était pas à moi.

— *Kieta, Kieta,* tais-toi donc, l'interrompit Tamar, Dieu te garde de dire des choses pareilles. Luna te donne des soucis, c'est vrai, mais ce n'est qu'une enfant. Attends un peu qu'elle grandisse et elle va changer, devenir plus calme. *Pasensia, kerida* Rosa. Tu as attendu patiemment la fin de la Grande Guerre et le départ des Turcs, que leur nom soit maudit, alors prends patience avec cette petite. C'est comme ça avec les enfants, ils ne sont pas toujours comme on le voudrait. »

Rosa savait que Tamar avait raison. Elle devait être patiente, très patiente. Dès la naissance de sa fille, elle ne s'était pas entendue avec elle et réciproquement. La petite sentait peut-être qu'elle n'avait pas de place pour elle dans son cœur, qui s'était fermé après la mort du petit Rafael pour ne plus jamais se rouvrir. Elle redoutait tant de se retrouver seule avec elle, qu'elle aussi meure avant d'avoir atteint son premier mois. Comme Rafael, Luna n'arrêtait pas de crier et, malgré tous ses efforts, ses pleurs ne cessaient pas, elle hurlait jusqu'à ce que Rosa ait envie de lui crier dessus à son tour, alors sa mère se bouchait les oreilles en priant le ciel de la faire taire avant qu'elle ne devienne folle.

Elle brûlerait dans les feux de l'enfer pour ces pensées, mais elle ne pouvait s'empêcher d'envier les câlins, les baisers, l'amour, la patience et l'attention que son mari prodiguait à l'enfant. Elle gardait bien entendu tout cela pour elle, car à qui le raconter, aux voisines ? C'étaient de vraies pipelettes, elles passaient leur temps à cancaner et à se transmettre les nouvelles comme des pigeons voyageurs. Non, pour l'amour de Dieu, elle ne devait pas laisser échapper un mot. Pour les voisines tout allait bien, grâce au ciel Gabriel et elle filaient le parfait amour. Mais en son for intérieur, elle se consumait : son époux ne l'aimait pas. Elle n'avait jamais compris d'où lui était venue cette chance, pourquoi, de toutes les vierges de Jérusalem, Merkada l'avait choisie précisément elle pour organiser un mariage à la va-vite. Rosa n'avait pas de père à qui demander sa main, pas de famille à prendre en considération, elle était seule avec son petit frère Ephraim, les maudits Turcs avaient tué Rahamim et son frère Nissim avait fui en Amérique, c'était comme si la terre l'avait englouti. Au début, elle s'était réjouie de sa bonne fortune et se contentait de ce qu'elle recevait, mais le cœur a ses raisons, elle n'avait pas prévu de tomber amoureuse de Gabriel, elle cherchait simplement un toit, de quoi manger et une famille. Elle qui ne songeait pas un instant à la romance, voilà maintenant qu'elle aimait son époux et qu'elle était jalouse de son affection pour Luna, la chair de sa chair ! Que Dieu lui pardonne, quelle mère irait envier sa fille ?

Pas étonnant que la petite la déteste et ne lui jette pas un regard ! Les enfants sentent les choses, on ne peut pas leur mentir. Grâce à Dieu, Rahelika était venue au monde et maintenant elle sentait qu'elle et Gabriel formaient une famille.

Lorsqu'elle lui avait annoncé qu'elle attendait un enfant, il s'était félicité :

« Avec l'aide de Dieu, Rosa.

— Touchons du bois, espérons que ce sera un garçon, avait-elle répondu.

— Garçon ou fille, cet enfant sera le bienvenu. »

Et il en alla ainsi, il ne fut pas déçu lorsqu'une deuxième fille naquit. C'était le meilleur des hommes, son mari, un « mentsch », comme disaient les Ashkénazes. Si seulement, *senyor del mundo*, si seulement un miracle pouvait se produire et qu'il tombe amoureux d'elle.

Dès que Rahelika se tint debout et fit ses premiers pas, Rosa se retrouva à nouveau enceinte. Cette fois encore, Gabriel l'avait visitée sans qu'elle fût préparée, sans qu'elle sût s'il viendrait ou non. Il était entré une seule nuit dans son lit et, comme pour Rahelika, elle l'avait aidé à la pénétrer et s'était tout de suite retrouvée enceinte.

Je suis comme une vaka, se disait Rosa, *dès que j'ai des rapports avec mon mari, je tombe enceinte. S'il m'honorait plus souvent, je lui donnerais douze enfants, avec l'aide de Dieu.* Comme elle avait prié, ce jour-là, pour ne pas retomber tout de suite enceinte, que Gabriel essaie à nouveau, vienne plusieurs fois dans son lit et peut-être qu'avec l'aide de Dieu, si son corps se collait au sien, son cœur se rapprocherait également ! Personne ne lui avait jamais appris comment un homme se comportait avec sa femme, personne ne lui avait jamais enseigné les voies de l'amour. La façon dont Gabriel venait à elle la nuit, était-ce un acte d'amour ? Aucun époux ne posait-il les lèvres sur le corps de sa femme quand il se retrouvait avec elle, ne lui donnait-il un baiser comme au cinéma ? Elle n'embrassait jamais, n'était jamais embrassée et ne se plaignait pas.

Après la naissance de Beki, que Dieu la garde, Gabriel ne l'avait plus jamais touchée.

Les trois filles grandirent, embellirent et firent la fierté de leur père. Il leur achetait les plus beaux vêtements dans les boutiques les plus chic de Jérusalem et de Tel Aviv et rentrait de ses voyages à Beyrouth les valises pleines. Il se pavanait comme un paon quand on le complimentait sur ses enfants. Le samedi matin, Rosa les emmenait à la synagogue Magen Tzion, dans le quartier. Lorsqu'elles arrivaient, Gabriel levait les yeux vers la section des femmes et, même s'il était plongé dans la prière, il leur souriait et les saluait de la main. Les femmes de la synagogue complimentaient Rosa sur son mari qui aimait tant sa famille, mais elle savait bien que ces sourires ne lui étaient pas destinés. À la fin du service, elle l'attendait avec les filles dans la cour de la synagogue et ils rentraient ensemble à la maison. Gabriel prenait Luna et Rahelika dans ses bras costauds, les portant sur chaque flanc, pendant que Rosa poussait le landau de Beki. Quelle belle famille, disaient les voisines, Rosa en avait de la chance, si seulement leur fille pouvait trouver un mari comme Gabriel ! Elles pensaient qu'elle avait eu de la chance de l'épouser, qu'elle avait une vie conjugale épanouie. *Qu'elles croient ce qu'elles veulent, qu'elles regardent autant qu'elles le souhaitent, pourvu qu'elles ne me lancent pas le mauvais œil !*

Le temps filait et les rumeurs flatteuses sur la beauté et les qualités des filles se répandaient dans tout le quartier d'Ohel Moshe ainsi qu'à Mazkeret Moshe, Zikron Yaakov et Mahane Yehouda : Luna, la grande, était d'une beauté incomparable, Rahelika avait l'intelligence de son père et Beki, la troisième, un cœur d'or, elle partageait tout ce qu'elle possédait. Si on lui donnait un bonbon, elle le sortait de sa bouche pour l'offrir à ses sœurs.

Merkada, dont tous les autres enfants avaient prénommé leur première fille comme elle, ne fit pas le moindre commentaire sur le fait que seul son fils aîné ne lui ait pas rendu cet honneur. Mais le soir dans son lit avant de fermer les yeux, lors de sa conversation quotidienne avec Rafael, elle lui disait : « Il me punit, ton fils. Il vient de temps en temps me rendre visite à Tel Aviv, mais à part bonjour et au revoir, il ne m'adresse pas la parole. Il entre, s'assoit sur le balcon avec sa sœur, observe le boulevard et s'en va, et si par hasard il me parle, il ne me regarde jamais dans les yeux. À vrai dire, Rafael *kerido*, moi non plus je ne le regarde pas dans les yeux. Je suis une vieille femme, je n'ai plus la force de me battre mais dans le fond de mon cœur, je n'arrive pas à lui pardonner de t'avoir perdu par sa faute. Je n'ai plus de vie depuis que tu es parti, Rafael, je reste assise ici en attendant de te rejoindre. J'ai la nostalgie de toi, de mes enfants, de mes petits-enfants là-bas, de la vie que nous avions avant que Gabriel et sa *putana* ashkénaze ne la détruisent. Je suis à Tel Aviv, mais mon cœur est resté à Jérusalem, je voudrais retrouver ma maison d'Ohel Moshe, je n'aime pas Tel Aviv ni la maison blanche d'Alegra avec ses vingt-cinq marches, tu imagines, Rafael ? Il faut monter vingt-cinq marches pour arriver à la porte.

Je n'aime pas les gens ici, ce sont tous de récents immigrés, ils viennent d'arriver d'Europe. Et quand il y en a de chez nous, eux aussi sont devenus ashkénazes. Je n'aime pas les filles, qui se promènent à moitié nues dans la rue sans aucune honte. Je n'aime pas aller à la mer, il y a plein d'Anglais qui s'affichent sur la promenade avec de jeunes Juives, Dieu nous garde. La seule chose que j'apprécie, c'est le boulevard. Je m'assois sur un banc, je nourris les pigeons et je me rappelle le temps où je m'asseyais avec les voisines dans notre cour à Ohel Moshe, sous l'arbre. Tu arrives à croire, Rafael, que je n'ai rien d'autre à faire que de nourrir les pigeons ? Plus de *livianos*, plus de dons à la synagogue, plus personne ne vient voir Merkada pour lui demander des conseils. Je passe toutes mes journées sur le banc à nourrir les pigeons, voilà à quoi j'en suis réduite, alors comment pardonner à ton fils ? Je ne lui pardonnerai jamais d'avoir détruit notre famille, ruiné notre vie et de t'avoir retiré à moi, *kerido mio*, mon cœur se brise tant tu me manques.

« Maintenant Gabriel a donné à sa deuxième fille le prénom de la mère de la *fea*, du laideron. Qu'il en soit ainsi. Parfois, je me dis que le moment est peut-être venu de demander pardon, Rafael, mais l'orgueil m'en empêche, ainsi que la douleur dans mon cœur depuis que tu es parti. Je ne chasserai pas ton fils, je ne lui dirai pas de cesser de venir me voir à Tel Aviv, mais il n'entendra jamais de mot gentil de ma part. Sa fille, en revanche, celle à qui il a donné le nom de la lune, cette petite coquine, que Dieu la garde, réussit à me faire sourire. Quand ils sont venus l'été dernier, je suis descendue sur le boulevard avec elle et nous avons nourri les pigeons ensemble, et tout à coup la petite m'a grimpé dessus, s'est assise sur mes genoux et m'a serrée très fort, son odeur m'a rappelé celle de Gabriel quand il était petit et mon cœur a fondu. Quand j'ai levé la tête, j'ai vu Gabriel sur le balcon qui nous regardait d'un air triste, et j'ai su que son cœur souffrait autant que le mien. Alors que Dieu le garde et qu'il donne à sa deuxième fille le prénom de la mère de l'orpheline, je survivrai. »

Lorsque Merkada apprit que Gabriel avait décidé d'appeler sa troisième fille Rivka, comme elle, elle poussa un soupir de soulagement. *Ce qui est fait est fait,* se dit-elle. *Maintenant que la petite Rivka est née, il est temps de déposer les armes.* À partir de maintenant et jusqu'au dernier jour, elle recevrait de bonne grâce son fils et sa famille lorsqu'ils viendraient lui rendre visite, se montrerait aimable avec sa bru empotée et aimerait les jolies filles de son fils, qui n'y étaient pour rien. Le jour de la naissance de la petite Rivka, elle décida de faire un geste et d'aller rendre visite à son fils à Jérusalem. Cela faisait des années qu'elle n'avait plus mis les pieds dans sa ville, des années qu'elle n'avait plus vu sa maison ni son quartier. Mais lorsque arrivèrent le jour et l'heure et que sa fille s'apprêtait à la déposer à la station d'autobus, Merkada lui dit :

« *Olvidalo,* oublie ça, je ne vais nulle part.

— Mais pourquoi, Maman ? demanda Alegra. Gabriel nous attend à la gare de la rue Jaffa, Rosa a préparé la maison en ton honneur et toute la famille va venir te voir, toutes les voisines, les cousines et les gens que tu aimes à Jérusalem vont venir te saluer.

— *Basta* ! ordonna Merkada, arrête de dire n'importe quoi. Je ne pars pas, c'est tout.

— Mais Maman *kerida,* ne serait-ce pas le moment d'oublier cette dispute, maintenant que la petite est née et que Gabriel lui a donné ton nom ? C'est un signe, tu ne comprends pas, le signe que lui aussi veut faire la paix.

— Qu'il fasse ce qu'il veut, bougonna Merkada, moi je ne pars pas. »

Rien ne put faire changer d'avis cette vieille femme têtue, et elle resta à Tel Aviv.

Alegra partit seule à Jérusalem. Gabriel attendait déjà avec Rosa et les trois filles à la gare routière. Les deux grandes portaient une robe de fête, des souliers vernis, des collants de mousseline et un chapeau à pompons ; la petite, dans son landau, était jolie comme un ange, avec son visage lumineux et pur, et quand elle ouvrit les yeux, Alegra eut la surprise de voir les yeux de sa mère. La petite ressemblait comme deux gouttes d'eau à sa grand-mère, celle qui n'avait pas voulu venir la voir, celle qui n'arrivait pas à trouver le pardon dans son cœur, celle que l'orgueil avait enlaidie. Alegra bouillait de rage. Petit à petit, la vieille était devenue insupportable, aigrie et grincheuse. Elle avait de plus en plus de mal à supporter sa mère tyrannique dans sa maison.

Gabriel garda un visage de marbre lorsqu'il vit Alegra descendre seule du véhicule.

« Gabriel *kerido*, dit-elle à son frère, ne le prends pas à cœur, notre mère est têtue comme une mule. »

Gabriel prit ses deux filles par la main et remonta la rue Jaffa en direction d'Ohel Moshe. Rosa, qui semblait désemparée, resta derrière avec le landau en regardant Alegra d'un air interrogateur.

« Va, va avec lui, dit Alegra, moi je rentre à Tel Aviv, je suis juste venue vous dire que Maman ne viendrait pas. »

Mais elle n'avait pas eu le temps de finir sa phrase que Gabriel se retourna :

« Viens, Alegrita, qu'est-ce que tu attends ? Viens, on va à la maison, Rosa nous a préparé un festin royal, on ne va quand même pas jeter de la nourriture à cause d'une vieille femme têtue qui a décidé de rester à Tel Aviv. »

Alegra eut le cœur serré lorsqu'ils arrivèrent à la maison et qu'elle vit la table élégante couverte de mets délicats que Gabriel avait dressée en l'honneur de la visite de sa mère. Les parents proches étaient déjà assis : les enfants et petits-enfants de Merkada, la famille élargie, les amis, les voisins et même le mukhtar, tous étaient venus accueillir Merkada, qu'ils n'avaient plus vue depuis des années.

« Ma mère n'est pas venue, annonça Gabriel aux invités, elle a décidé qu'elle préférait rester à Tel Aviv, mais nous on va manger, boire et fêter la naissance de Beki, alors à votre santé, *lehaim* ! »

Gabriel prénomma sa fille Rivka pendant exactement sept jours. À partir du huitième jour, lorsque Merkada refusa de venir à Jérusalem, il l'appela Beki, et tous les autres avec lui.

Il continuait de temps à autre à rendre visite à sa mère, emmenant parfois sa femme et ses filles. Il ne mentionna jamais le jour où elle avait décidé de ne pas venir à Jérusalem et elle non plus. Alegra lui avait décrit le repas luxueux auquel Gabriel avait convié la famille et les connaissances, raconté que son frère n'avait pas cillé lorsqu'elle lui avait annoncé que leur mère ne viendrait pas, mais qu'il faisait taire quiconque tentait de savoir pourquoi Merkada n'était pas venue fêter la naissance de sa petite-fille. Elle lui avait décrit Gabriel circulant entre les invités en leur servant du vin et les invitant à manger, boire et festoyer. Pour chaque verre qu'il remplissait, il s'en servait un et à la fin du banquet, il était ivre mort et, debout sur la table, tanguait comme une branche de palmier en chantant jusqu'au moment où il s'était effondré pour tomber directement dans les bras des invités, qui eurent juste le temps de le retenir avant qu'il ne se brise le crâne.

Merkada avait écouté attentivement sa fille, mais n'avait fait aucun commentaire.

Des vents mauvais soufflaient sur le pays, le moral était au plus bas. Les Britanniques, que tous avaient accueillis avec joie, se révélaient pires que les Turcs.

« Mais nous, qu'est-ce qu'ils nous donnent, ces Inglais ? disait Rosa à Tamar, ils nous regardent de haut. Ils préfèrent les Arabes de la Vieille Ville aux Juifs.

— Des Écossais, soupirait Gabriel avec mépris chaque fois qu'on parlait des Anglais. Ils détestent mettre la main au porte-monnaie.

— Que leur nom et leur mémoire soient effacés », s'empressait d'ajouter Rosa.

Les jeunes filles juives qui allaient avec les Anglais défrayaient la chronique. Il y en avait une dans presque tous les quartiers, qui jetait le déshonneur sur sa famille. À Ohel Moshe, la rumeur disait que Matilda, la fille de la famille Franco, fréquentait un officier.

« Une experte en grand écart, disait-on d'elle. *Tfou*, elle fait le grand écart pour les Anglais, qu'ils soient maudits. »

Un jour, Tamar alla rendre visite à Victoria Franco et, sur la table, elle remarqua un paquet de café et des biscuits anglais. Victoria les fit tout de suite disparaître pour éviter qu'elle ne les voie.

« ... mais Tamar l'a vu et me l'a raconté, dit Rosa à Gabriel. C'est certainement l'Inglais de leur fille qui les a rapportés de leur cantine de la rue Jaffa.

— Qu'ils s'étranglent avec leur café et leurs biscuits », s'emporta Gabriel, clôturant la conversation.

Ce soir-là, en prenant un thé et des *biskochos* dans la cour avec les voisines, Tamar lança :

« Si j'étais Victoria Franco, je ne laisserais pas Matilda mettre le nez dehors.

— Et que devrait-elle faire, que Dieu lui pardonne ? intervint Rosa. L'enfermer à la maison et l'attacher à son lit ?

— Ces maudits goys nous prennent nos meilleures filles !

— Et ces filles salissent le peuple juif, et pour quoi ? Des bas en nylon ? du parfum ? du café ? N'est-ce pas une honte pour Victoria et Meir Franco ? Les pauvres. On ne les voit plus dans le quartier à cause de la honte qu'elle a jetée sur eux, ajouta Rosa.

— On dit que le Lehi, le mouvement de résistance, les attrape et leur rase la tête, poursuivit Tamar.

— Grâce à Dieu, mes *chikitikas* sont encore petites, heureusement je peux encore les garder à la maison.

— *Tfou*, que ces goys soient maudits, comment tu parles, Rosa ? Il n'y a pas une chance sur un million pour que la fille de Gabriel Ermoza aille avec un Anglais, répondit Tamar, choquée.

— *Peshkado y limón, leshos* ! Évidemment que c'est impossible, mais va savoir, Matilda aussi était une fille bien, et regarde ce qu'elle est devenue. »

Gabriel méprisait plus que tout les jeunes Juives qui fricotaient avec les Anglais. Il les appelait « les putains » et c'était la première fois que Rosa l'entendait dire un gros mot. Il maudissait Matilda et mit Rosa en garde.

« Perverse, enfant rebelle… Ne lui permets jamais de s'approcher des filles, tu entends ? Et ne lui dis même pas bonjour, à la putain.

— Mais Gabriel, tenta Rosa, comme pourrais-je ne pas la saluer ? On la connaît depuis sa naissance, Meir et Victoria Franco sont comme de la famille pour nous.

— Excuse-moi, Rosa, répondit-il avec sa retenue habituelle, mais nous ne sommes pas nés dans la même famille, nous sommes voisins et les avons toujours traités comme de la famille, mais maintenant avec cette fille, la putain des Anglais, c'est terminé. Je suis prêt à tout pardonner, tout, tu entends, Rosa, mais pas une fille d'Israël qui va avec des Anglais, ça je ne peux pas ! »

Contrairement à Gabriel, Rosa ne haïssait pas les filles qui fréquentaient des Anglais. Elle comprenait qu'une jeune fille dont la famille avait des difficultés financières fasse tout pour aider ses parents. Meir Franco, *miskeniko,* ne travaillait plus depuis bien longtemps. Il restait à la maison et il n'y avait même pas un morceau de pain sur la table, or Matilda leur apportait du café et des biscuits et probablement d'autres denrées, peut-être même de l'argent. Ce n'était pas sa faute, c'était celle des Inglais, que le diable les emporte, dont la cantine était bien approvisionnée alors que les enfants du pays avaient à peine de quoi manger. Grâce à Dieu, Gabriel et elle jouissaient d'une situation enviable, eux et leurs filles avaient accès à toutes les bonnes choses du monde et du pays. Mais elle n'était pas aveugle, elle voyait bien que ses voisins possédaient moins qu'eux. Parfois, ils n'avaient même pas de viande pour le dîner de Shabbat.

« On était si heureux quand les Inglais sont arrivés, dit-elle à Tamar. On voulait tellement se débarrasser de ces sauvages de Turcs, on pensait qu'ils venaient d'Europe et seraient plus civilisés qu'eux, mais en fait c'est du pareil au même, c'est la peste et le choléra.

— Ne dis pas ça, rétorqua Tamar, les Anglais sont des *bastardos*, mais on ne peut pas les comparer. Les *Turcos*, avec leurs moustaches noires comme des balais, faisaient peur aux enfants et aux vieux. Et il fallait voir comment ils fouettaient tous ceux qu'ils croisaient sur leur chemin, *clac clac clac* ! Ils entraient dans le souk Al-Attarine, dans la Vieille Ville, et renversaient les étals de fruits et légumes, comme ça, sans raison. Et la prison de Kishle, Dieu nous garde, celui qu'ils y enfermaient ne ressortait pas vivant, ou bien il en devenait fou pour le restant de ses jours. Comme Nahum Levi, *miskeniko*, un *Turco* l'a pris un jour par hasard, l'a enfermé à Kishle, il en est sorti peut-être six mois plus tard et il est allé dans la vallée de Ben Hinom, sous la maison de sa mère à Yemin Moshe, dormir dans des grottes. Il s'est laissé pousser la barbe et les cheveux jusqu'à la taille et quand il montait de l'oued, il effrayait les enfants. « Abu Lele », ils l'appelaient, comme on appelle le diable. Sa mère est morte de chagrin de le voir ainsi, et tout ça à cause des Turcs, que leur nom et leur mémoire soient effacés. »

Rosa se taisait, elle ne racontait ni à Tamar ni à personne la nuit où les Turcs avaient frappé à la maison de ses parents, qu'ils reposent en paix. Elle ne racontait pas qu'ils les avaient réveillés, elle et son petit frère Ephraim, avaient mis sens dessus dessous la misérable pièce dans laquelle ils vivaient, fouetté dans le dos leurs parents, qui souffraient déjà de cette maudite maladie et pouvaient à peine tenir debout. Elle avait poussé Ephraim sous le lit, s'était allongée sur lui et lui avait mis la main sur la bouche pour l'empêcher de crier. Elle l'avait presque étouffé, *miskeniko.* Elle ne racontait pas comment les Turcs avaient traîné leur père dans la cour en le prévenant que s'il ne livrait pas ses fils Nissim et Rahamim aux autorités militaires, ils le pendraient à la porte de Damas.

Nissim était déjà en Amérique, il avait réussi à s'enfuir sur un bateau qui partait de Jaffa. Quant à Rahamim, il changeait régulièrement de cachette et avait juré que même sous la menace de la pendaison, il refuserait de s'engager dans l'armée turque. La Grande Guerre faisait rage, les Turcs enlevaient des enfants juifs pour les enrôler de force et personne ne rentrait en vie. Aucune mère ne revoyait son fils une fois qu'ils l'avaient attrapé. Rahamim, qui avait quinze ans, était déterminé à échapper à l'armée turque, fût-ce au péril de sa vie. Des rumeurs sur les camps où les Turcs enfermaient les déserteurs juifs arrivaient à Jérusalem. On racontait qu'à côté de Haifa, il y avait un camp où ils les condamnaient aux travaux forcés, comme le Pharaon avec les enfants d'Israël, du matin à la mort. Ces pauvres déserteurs construisaient la grande ligne de chemin de fer pour les maudits Turcs et mouraient d'épuisement, de faim, de maladies et surtout sous les coups.

Rosa n'avait jamais parlé de cette nuit à personne. Un mois après l'intrusion des Turcs, quelqu'un avait frappé à la porte de la maison en pleine nuit. Ses parents avaient ouvert la porte et on avait entendu un cri déchirer le ciel au-dessus du quartier de Shama. Sa mère, déjà très malade, s'était effondrée sur le sol en pierre. Rosa avait pris le petit Ephraim, effrayé, dans ses bras, essayant de comprendre ce qui se passait. À l'aube, lorsque le soleil s'était levé sur les montagnes, la famille était partie accompagnée de tous les voisins en une procession silencieuse du quartier de Shama, dans la vallée de Ben Hinom, jusqu'à la porte de Damas, dans la Vieille Ville. Devant la porte, sur la place, ils avaient vu son frère. Elle n'oublierait jamais cette image : Rahamim pendu à la potence, la tête baissée sur sa poitrine, ses cheveux bouclés qu'elle aimait tant couverts de poussière, ses beaux yeux fermés et son long corps maigre flasque comme une marionnette. Non, elle n'oublierait pas cette vision, gravée à jamais dans sa mémoire. Le lendemain, la photo était publiée dans le journal et, bien qu'elle ne sût ni lire ni écrire, Rosa avait mendié à la porte de Jaffa et avec les quelques pièces jetées par des passants, elle était allée acheter le journal et avait déchiré la photo de son frère pendu. Jusqu'à ce jour, elle l'avait gardée dans une boîte secrète avec le médaillon de sa mère en pierre bleue serti d'or. Lorsque Rahelika se marierait, elle lui donnerait le médaillon, ainsi que la photo de Rahamim pendu. Rosa savait que sa fille prendrait soin de ce qui était important et précieux pour elle.

Peut-être qu'un jour, elle lui raconterait l'histoire de Rahamim et de cette terrible nuit, mais pas maintenant. Personne ne savait hormis Ephraim, et de toute façon il était ivre en permanence et ne se rappelait même pas son nom. Alors Rosa se replongeait seule dans ses souvenirs.

Quelque temps après la pendaison de Rahamim, leurs parents succombèrent l'un après l'autre à la maudite maladie et aussi, Rosa en était persuadée, au chagrin. Les sept jours de deuil n'étaient même pas encore écoulés depuis leur enterrement lorsque le mukhtar se présenta et demanda à Rosa de quitter la maison avec son frère. Elle avait dix ans, Ephraim cinq, et ils n'avaient nulle part où aller. Elle fit un ballot avec quelques vêtements et prit la main d'Ephraim pour marcher vers la ville nouvelle, sans savoir où ils passeraient la nuit.

Les rues étaient sales et négligées, à l'image des nombreux réfugiés errant d'un endroit à l'autre à la recherche d'un abri pour la nuit. Comment une petite fille de dix ans pouvait-elle s'en sortir si des adultes n'y parvenaient pas ?

La nuit tombait lorsqu'ils arrivèrent à Nahalat Shiva, le quartier où habitait son oncle, le frère de sa mère. Elle frappa à la porte, la femme de son oncle ouvrit et se frotta les yeux en voyant ces deux enfants devant sa porte.

« *Dio santo, ijos,* que faites-vous ici à une heure pareille ?

— Le mukhtar nous a chassés de la maison et on ne sait pas où aller, dit Rosa.

— Et vous êtes venus ici ? On a à peine assez de place pour nos enfants alors où vous mettrait-on, sur l'armoire ? »

On entendit la voix de l'oncle.

« Qui est-ce ?

— C'est moi, *tío,* répondit Rosa. Le mukhtar nous a chassés, Ephraim et moi, et on ne sait pas où dormir. »

L'oncle se leva et alla à la porte.

« Eh bien, que fais-tu à les laisser dans la rue, fais-les rentrer », ordonna-t-il à sa femme, qui ne chercha pas à dissimuler son mécontentement.

Si elle avait pu, elle nous aurait claqué la porte au nez et nous aurait mis dehors comme des chiens, songea Rosa. Leurs cinq enfants dormaient ensemble sur le sol en béton froid, serrés sur un matelas en paille, et ne dirent pas un mot en voyant arriver leurs cousins au milieu de la nuit.

« Vous dormirez avec vos cousins », décréta l'oncle, et pour la première fois depuis le matin, Rosa put respirer normalement.

Sauf que deux jours plus tard, elle se retrouva à nouveau dans la rue avec Ephraim. La femme de son frère refusait catégoriquement de les garder chez eux.

« Nous avons à peine de quoi nourrir nos enfants, comment faire avec deux bouches de plus ? » criait-elle.

Après de violentes disputes et des discussions interminables, son mari capitula et, malgré sa pauvreté, il mit un peu d'argent dans les mains de Rosa et abandonna les orphelins de sa sœur à leur triste sort.

Rosa se débrouilla, bien entendu. Elle avait toujours su retomber sur ses pieds. Depuis la mort de ses parents, elle savait que le plus important était de ne compter que sur elle-même, de ne faire confiance à personne d'autre. Jusqu'à ce que les maudits *Turcos* quittent le pays, Ephraim et elle vécurent au jour le jour. Elle allait au marché, ramassait les restes de fruits et légumes abandonnés sur la chaussée sale une fois que les vendeurs ambulants avaient terminé leur journée de travail ; elle demandait l'aumône, priant pour que les braves gens aient pitié d'elle et de son petit frère toujours assis en silence à ses côtés. Il ne pleurait jamais, ne se plaignait jamais, un enfant de cinq ans qui avait compris qu'il aurait beau gémir, personne ne lui viendrait en aide.

Et un jour, un miracle se produisit. Après plus de quatre cents ans d'occupation, les Turcs quittèrent le pays. Rosa n'oublierait jamais les charrettes tirées par des bœufs passant dans les rues de Jérusalem avec des soldats turcs morts ou blessés, les cris des blessés appelant à l'aide. Elle n'avait pas eu pitié d'eux, n'avait pas versé une larme pour ces *ijos de putanas.* L'artère qui menait de la rue Jaffa à la gare de la rue Bethléem était encombrée de charrettes, d'automobiles et de soldats turcs qui couraient partout comme des souris en cage, tentant désespérément de monter dans un train et de sauver leur peau, jetant leurs armes ou essayant de les vendre aux Arabes. Rosa était restée à observer ce chaos en tenant fermement la main d'Ephraim. Les gens fuyaient pour échapper aux bombes qui tombaient sur la ville. Les magasins de la rue Jaffa étaient pillés, la terreur régnait dehors, mais elle n'avait pas eu peur. Elle attendait simplement de voir le dernier soldat turc haï monter dans le train et disparaître pour toujours.

Puis étaient arrivés les Anglais. Oh, quelle joie ! Les foules sortaient dans les rues les accueillir en héros. Elle était tellement heureuse, acclamait les Anglais qui entraient à Jérusalem, embrassait la tunique de ces soldats héroïques venus les libérer du joug turc. Quel bonheur ! Elle avança vers la porte de Jaffa, serrant la main d'Ephraim pour qu'il ne se fasse pas écraser par la foule. Elle vit le général Allenby descendre de cheval et entrer à pied dans la Vieille Ville tandis que le maire, al-Husseini, venait lui présenter ses hommages.

Dieu soit loué, disait-on à Jérusalem, le miracle de Hannoucah. Mais quel miracle ! Les Anglais montrèrent rapidement leur vrai visage. Ils étaient incapables de contrôler le désordre créé par le départ des Turcs. Mis à part elle et son frère, il restait trois mille enfants orphelins à Jérusalem, abandonnés et affamés, et les filles se prostituaient avec les soldats anglais pour s'acheter à manger.

Que Dieu n'entende pas ses pensées, mais combien de fois songea-t-elle à vendre son corps pour les nourrir, Ephraim et elle. *Grasias al Dio*, elle avait reçu une bonne éducation de ses parents, qui lui avaient appris à préserver son honneur quoi qu'il arrive. Alors au lieu d'aller avec les soldats anglais, elle proposa aux femmes qui avaient suivi leur mari en Palestine de faire le ménage chez elles. Mieux valait nettoyer les cabinets des Inglais que se laisser souiller.

Et aujourd'hui, *mashallah*, elle était *senyora* Ermoza, habitait une grande maison dans une jolie cour bien entretenue à Ohel Moshe, avait trois filles, que Dieu les garde, et un mari influent, grand commerçant et homme respecté, le plus respecté de toute la communauté judéo-espagnole, *guay de mi sola*, qui aurait cru en la voyant à l'époque nettoyer les toilettes des Inglais ou aller le soir au marché ramasser les fruits et légumes laissés pour les pauvres, qui aurait cru que cette pauvre enfant, cette petite mendiante, deviendrait *senyora* Ermoza ?

Gabriel préparait sa valise pour partir à Beyrouth. Il la faisait toujours lui-même, refusant qu'elle s'en occupe.

« J'ai ma façon à moi de ranger, lui avait-il expliqué, je n'aime pas qu'on s'en mêle. »

Et elle cédait, comme pour les autres choses qui lui semblaient bizarres. Dès que leur mari rentrait à la maison, par exemple, ses voisines leur préparaient une bassine d'eau chaude pour leur laver les pieds. Mais Gabriel ne l'avait jamais laissée le faire. Elle préparait la bassine et il se lavait lui-même. Il ne restait jamais non plus assis sur sa chaise comme un effendi en attendant qu'elle le serve. Lorsqu'il voulait un café, il se levait et le préparait, idem pour le thé à la menthe. Il acceptait tout juste qu'elle sorte dans la cour couper de la menthe et de la sauge pour lui. *Quelle honte, quelle honte,* marmonnait Rosa, *déjà qu'il court derrière ses enfants dehors ; il ne manquerait plus qu'on le voie cueillir de la menthe.* Elle avait parfois l'impression qu'il se sentait mal à l'aise, comme si, parce qu'il ne remplissait pas son devoir conjugal, parce qu'il ne venait pas dans son lit la nuit, il ne méritait pas qu'elle le serve.

Il rangeait à présent ses vêtements et plus la valise se remplissait, plus elle-même se vidait. Ses forces, sa patience s'épuisaient. Il la tuait à petit feu avec son silence. Chaque pantalon, chaque chemise pliée lui fendait le cœur. *Pourquoi, grand Dieu, mais pourquoi ? Pourquoi me fait-il cela ? Pourquoi ne me laisse-t-il pas me comporter comme une épouse ? Pourquoi me détruit-il, et toujours à sa façon courtoise, tranquille ?* La tension était palpable. Rosa restait dans son chemin, attendant un mot de lui, qu'il lui demande quoi que ce soit et elle s'exécuterait immédiatement. Mais il ne demandait rien, continuait à préparer ses affaires comme si elle n'était pas là, comme s'il était seul dans la chambre. Puis soudain il leva les yeux :

« Rosa, pourquoi tu restes là comme une statue ? Va t'occuper des filles dehors. »

La valise était prête, les filles jouaient dans la cour et maintenant, comme elle le savait, le cirque allait commencer : dès que Luna verrait Gabriel la valise à la main près de la porte, elle se mettrait à pleurer. Une fille de dix ans qui pleurait comme un bébé. Et en effet elle se jeta par terre.

« *Papo, Papo,* ne pars pas ! »

Et ses sœurs qui l'imitaient en chœur : l'une criait, les autres hurlaient, et pendant une bonne heure elles importunèrent leur père, se pendant à lui, lui prenant la jambe. D'une main, Luna attrapait celle de son père et de l'autre la porte, l'empêchant de passer. Elle en avait de la force, la *flaka,* s'étonnait Rosa, elle faisait barrière entre son père et la porte. Rahelika pleurait et la petite Beki aussi, sans savoir pourquoi mais ses sœurs pleuraient, alors elle aussi. Quant à Gabriel, il avait le cœur brisé, si elles continuaient il allait rater son train, et Rosa dut arracher Luna à son père pour qu'il puisse sortir de la cour. Sans même avoir dit au revoir à son épouse, il fila dans la rue Agrippas où l'attendait le taxi qui l'amènerait à la gare de la rue Hebron. De là il prendrait le train jusqu'au port de Jaffa et, après une courte halte à Tel Aviv, il s'embarquerait pour Beyrouth.

Rosa resta debout dans la cour avec ses filles en pleurs. Luna se jeta sur le sol en pierre, hurlant comme si on l'assassinait, Rahelika en larmes se tenait au tablier de sa mère et la petite Beki s'agrippait à ses jambes. Rosa était désemparée devant le comportement de ses filles et même les voisines n'osaient pas intervenir. Elles savaient qu'une demi-heure plus tard, les petites se seraient calmées et que jusqu'au retour de Gabriel, Rosa tiendrait la maison et les filles d'une main de maître. Elles ignoraient quelles guerres elle devait livrer chaque jour avec Luna, les mots insolents qui sortaient de la bouche de cette enfant. Allongée sur les pavés, elle continuait à crier « *Papo, Papo* » comme s'il pouvait l'entendre. Et lui, *senyor* Ermoza, il était assis dans le train, lisait le journal, regardait le paysage et avait déjà oublié les pleurs et les cris des filles, oublié Rosa. Ah, enfin un peu de calme. Que n'aurait-elle pas donné pour prendre sa place, deux semaines sans Luna, ça lui aurait vraiment fait du bien. Elle laissa Luna hurler dans la cour, prit ses sœurs par la main et rentra à la maison. Rahelika s'était déjà calmée, il n'y avait que Luna, cette tête de mule, qui restait dehors, ça faisait déjà une demi-heure qu'elle importunait les voisins avec ses hurlements.

« *Uskut*, silence ! » cria *senyor* Attias à Luna.

Mais elle, *nada*, quelle honte vis-à-vis des voisins. Après quelque temps, le calme s'installa enfin. Rahelika et Beki s'assirent à table et Rosa leur servit à dîner : un œuf dur et des légumes frais, un verre de lait et une tranche de pain blanc à l'huile d'olive et au zaatar. Rahelika mangeait de bon appétit et nourrissait la petite Beki, qui n'arrêtait pas de babiller.

Rosa regarda ses deux filles. *Dieu me pardonne, comme la vie pourrait être belle sans Luna,* se dit-elle. Aussitôt, elle se ressaisit et ajouta intérieurement : *touchons du bois,* peshkado y limón, *Dieu me préserve, je dois me laver la bouche à l'eau et au savon, comme je le fais à Luna quand elle est impertinente. Dieu me garde d'avoir de telles pensées, quelle mère je fais,* se torturait-elle.

Les pleurs avaient cessé, mais Luna n'était toujours pas rentrée. Rosa ne s'inquiétait pas – qu'elle cuise dans son jus, elle finirait par rentrer en rampant.

Les petites terminèrent de manger et Rosa prépara le baquet. Elle donna le bain à Beki, puis Rahelika se lava dans la même eau. Gabriel détestait cette habitude, mais il n'était pas là et ce serait dommage de gâcher de l'eau, et encore plus du savon. L'argent ne poussait pas sur les arbres et Rosa détestait le gaspillage.

Les petites avaient enfilé leur chemise de nuit, prêtes à se coucher, lorsque Rahelika demanda :

« Maman, où est Luna ? »

Alors seulement Rosa se rendit compte que plusieurs heures s'étaient écoulées depuis que les cris avaient cessé et que la petite n'était pas rentrée. Elle sortit dans la cour, à l'endroit où Luna s'était roulée par terre. Personne.

« Luna ! » appela-t-elle. Pas de réponse.

« Luna ! Je vais venir te chercher avec les *sapatos,* menaça-t-elle. *Onde stas* ? »

Les voisins, alertés par ses cris, sortirent dans la cour et elle comprit alors que Luna avait bel et bien disparu.

« *Dio santo,* qu'est-ce que je vais faire avec cette fille ? Il ne manquait plus que ça, s'il lui arrive quelque chose, Gabriel me tue ! »

Elle était au bord de l'hystérie.

« *Calmate,* Rosa, calme-toi, lui dit la voisine Tamar. Elle est sûrement dans le quartier, où veux-tu qu'elle aille ? Je reste ici garder les petites. Toi, pars avec les hommes la chercher. Allez, *no piedres el tiempo* ! »

Rosa se précipita pour aller chercher sa fille avec les voisins dans les ruelles sinueuses d'Ohel Moshe et dans le jardin central. *Pourvu qu'elle ne soit pas tombée dans le puits,* redoutait-elle. Il faisait nuit noire dans le jardin, *senyor* Attias avait pris une lampe à pétrole et éclairait le trou. Il contrôla le jardin de long en large, envoya même son fils Avramino grimper en haut de l'arbre au cas où Luna se cacherait dans les branches. *Nada.* La petite avait disparu.

Rosa était au bord de l'évanouissement. *Adio senyor del mundo,* faites qu'on retrouve l'enfant, faites qu'il ne lui arrive rien, Dieu nous vienne en aide, s'il lui arrive quoi que ce soit ma vie est finie, je n'ai plus de famille. Les voisins, la voyant dans tous ses états, essayaient de la tranquilliser.

« Ne vous inquiétez pas, *senyora* Rosa, Ohel Moshe est tout petit. Elle ne peut pas être allée très loin. On va vite la retrouver. »

Ils se gardaient bien de lui avouer qu'eux aussi redoutaient qu'il soit arrivé quelque chose de terrible. C'étaient des temps difficiles, les Juifs se battaient contre des Juifs et même les Arabes n'étaient plus comme autrefois ; ils enlevaient les Juifs, les massacraient. Il y avait aussi des gens malades, *peshkado y limón,* et une petite fille aux boucles auburn et aux yeux verts, on ne pouvait jamais savoir, *leshos, leshos, peshkado y limón,* pourvu qu'il n'arrive rien à la fille de *senyor* Gabriel et de *senyora* Rosa.

Ils poursuivirent leurs recherches, on était déjà au milieu de la nuit et ils ne l'avaient toujours pas retrouvée. Rosa était assise sur les marches de la porte d'entrée d'Ohel Moshe, au milieu de la rue Agrippas, et versait des larmes amères, la tête dans les mains. Tout à coup une Jeep de l'armée britannique déboula d'on ne sait où et s'arrêta à côté d'elle. Matilda Franco en descendit, le visage maquillé comme, *el Dio ke mi salva,* les filles qui vendent leur corps. Elle portait une robe qui la moulait tellement qu'on aurait dit de l'élastique, avec des bas en nylon et des chaussures à talons tellement hauts que si, à Dieu ne plaise, elle tombait, elle se fracasserait le crâne. *Qu'elle se le fracasse, la* putana, *personne ne pleurera.* Rosa la regardait comme si elle avait vu le diable et tous les voisins réunis là, à côté de la porte d'Ohel Moshe, restèrent bouche bée. Ils avaient entendu parler de Matilda et de son officier anglais, mais ne l'avaient jamais vu de leurs propres yeux. Son père, Meir Franco, aurait voulu que la terre l'engloutisse, et sa mère Victoria serra très fort la main de son mari pour l'empêcher de la lever contre sa fille. Matilda, surprise, s'arrêta devant Rosa qui était assise par terre et lui demanda ce qui se passait. Rosa se leva et s'effondra en pleurs sur l'épaule de Matilda.

« Luna s'est perdue.

— Comment ça, elle s'est perdue ?

— Elle a disparu de la cour, ça fait des heures qu'on la cherche dans le quartier et on ne la trouve pas, sanglota Rosa.

— Vous ne la trouvez pas ? » s'étonna Matilda.

Avramino Attias, le fils de *senyor* Attias, s'approcha d'elle et lui cria au visage :

« Qu'est-ce que ça peut te faire qu'on la trouve ou non, espèce de putain des Anglais ! »

Et là ce fut l'émeute, tout le monde se mit à agresser Matilda Franco, et c'est seulement par respect pour ses parents qu'ils ne la lynchèrent pas. Victoria aurait voulu aider sa fille, mais son mari l'empêchait de bouger.

Rosa voyait du coin de l'œil le couple Franco qui se tenait sur le côté sans venir au secours de leur fille. Elle voyait les yeux noirs de ses frères briller dans l'obscurité, mais ils restaient debout comme des soldats derrière leurs parents et ne faisaient pas un geste pour aider leur grande sœur. Le quartier avait déjà oublié sa Luna qui avait disparu. Tout ce qui les intéressait, c'était de frapper Matilda Franco et de la maudire, mais soudain on entendit un coup de feu en l'air et le silence s'installa. L'officier anglais de Matilda était debout à côté de la Jeep, le pistolet dégainé, et cria en anglais :

« Silence !

— Silence dans ton *kulo*, murmura Avramino Attias, mais il se tut comme tous les autres.

— Qu'est-ce qui se passe ici ? » demanda l'officier à Matilda, qui lui répondit en anglais qu'une petite fille avait disparu.

Ma parole, elle parle inglais comme une Inglaise, celle-là, se dit Rosa.

L'officier commença à poser des questions et Matilda l'orienta vers Rosa. Il lui demanda son nom et Matilda traduisit mais Rosa n'avait pas besoin, elle n'avait pas fait le ménage chez ces salauds pendant des années pour rien, il en était au moins sorti une bonne chose : l'inglais. Alors elle raconta dans un anglais courant que sa petite fille avait disparu de leur cour depuis trois heures après que son père était parti en voyage d'affaires à Beyrouth.

L'officier fit signe aux voisins de se disperser et de rentrer chez eux, et ordonna à Rosa de monter dans la Jeep. Rosa hésita, elle n'était pas sûre de vouloir monter avec lui.

« N'ayez pas peur, *senyora* Rosa, chuchota Matilda, il est anglais mais c'est quelqu'un de bien, il va vous aider à retrouver Luna. »

Peu lui importait qu'il soit anglais, turc, arabe, séfarade ou ashkénaze, l'important, c'était qu'on lui retrouve sa fille.

L'Anglais conduisit quelques minutes jusqu'au poste de police de la rue Jaffa. Il ouvrit avec courtoisie la porte à Rosa et l'aida à descendre. *Inglais, maudit soit son nom, mais gentleman,* se dit-elle. Puis il aida Matilda, qui malgré ses hauts talons descendit facilement en sautant. Ils entrèrent au poste et là, Dieu soit loué, elle vit à son grand étonnement Luna assise à côté du policier de faction. *Grasias al Dio !* D'un côté, son cœur se gonflait de joie à la vue de sa fille, de l'autre elle aurait voulu la tuer. Elle avait failli mourir à cause d'elle !

« Luna », appela-t-elle.

La petite la regarda et fit mine de courir vers elle. Rosa ouvrit les bras pour la prendre mais la Luna l'ignora, passa devant elle et sauta dans les bras de Matilda, debout derrière elle, sans même un regard pour sa mère. *Quelle honte,* se dit Rosa, *que vont penser de moi les Inglais ? C'est quoi, cette fille qui fait honte à sa mère comme ça ? Qu'ai-je fait de mal dans ma vie,* adio senyor del mundo, *pour mériter une fille comme elle ?*

L'officier anglais de Matilda s'assit derrière son bureau et invita Rosa à prendre place face à lui. Matilda s'assit à côté d'elle et Luna sur ses genoux, comme un petit bébé, pas comme une enfant de dix ans. Rosa avait du mal à cacher son humiliation.

« La petite est arrivée seule au commissariat et elle a raconté que sa mère l'avait chassée de la maison, expliqua l'officier.

— Quoi ? C'est ce qu'elle a dit ? »

Rosa était sidérée.

« Elle a raconté qu'au moment où son père est parti, vous êtes rentrée à la maison avec ses deux sœurs et l'avez laissée dehors, poursuivit-il.

— Si vous me permettez, monsieur l'officier, dit Rosa dans son anglais parfait, d'où tenez-vous cela ?

— C'est ce qui est noté dans le dossier que m'a remis le policier de service. Je vous lis, chère madame, mot pour mot le témoignage de la petite fille qui est arrivée à la police à sept heures du soir, il y a trois heures. »

Dio mio, *ce n'est pas une enfant, c'est le diable en personne,* songea Rosa. *D'où sort-elle des histoires pareilles ?*

« Est-ce vrai ? » demanda l'officier.

Mais avant même qu'elle puisse répondre, Matilda répondit à sa place.

« Évidemment que ce n'est pas vrai, c'est une invention de la petite, je connais Mme Ermoza, c'est une excellente mère et une brave femme. »

Pendant tout ce temps, Luna cachait son joli visage contre Matilda et n'adressa pas un regard à sa mère.

« Alors que s'est-il passé ? insista l'officier. Pourquoi cette enfant est-elle venue au commissariat pour se plaindre de sa mère ? »

Rosa, désemparée, regarda Matilda, puis son militaire.

« Que vous dire, monsieur l'officier ? Cette petite est très attachée à son père et chaque fois qu'il part en voyage d'affaires, elle fait une scène. Je pensais la laisser quelques instants dans la cour jusqu'à ce qu'elle se calme, j'étais persuadée qu'après quelques minutes dans le froid et l'obscurité, elle rentrerait à la maison. Quand j'ai vu qu'elle tardait, je suis sortie dans la cour et comme je ne la trouvais pas, j'ai fouillé tout le quartier. Est-ce que j'ai l'air d'une mère qui chasserait sa fille de la maison, monsieur l'officier ?

— Absolument pas, répondit-il en se levant, et l'incident est clos. Je rapporterai qu'il n'y a pas eu besoin d'intervention de la police, que vous êtes venue chercher votre fille au commissariat. Et maintenant que vous l'avez retrouvée, je vous prierais de bien vouloir la ramener à la maison. Et toi, *naughty naughty naughty girl,* dit-il en pinçant la joue de Luna, comporte-toi correctement avec ta mère. »

Rosa prit Luna par la main. Même encore maintenant, alors qu'il était clair qu'elles devaient quitter le commissariat, elle sentait la petite résister. *Rien ne l'effraie, Dieu me préserve, elle est capable d'aller voir la police britannique pour lui raconter des mensonges sur sa mère.* Guay de mi sola, *que va-t-elle nous inventer la prochaine fois ?*

Lorsqu'elles eurent passé la porte d'Ohel Moshe, elle se tourna vers Matilda.

« Dieu te garde, Mati, je te remercie du fond du cœur. Que Dieu te vienne en aide, tu es une bonne fille, tu ne mérites pas d'aller avec les Inglais, tu mérites quelqu'un de mieux, quelqu'un de chez nous. »

Les yeux de Matilda s'embuèrent de larmes.

« Pardonnez-moi *senyora* Rosa, il est déjà tard et je suis épuisée, je vous souhaite une bonne nuit », répondit-elle. Et elle prit le chemin de sa maison en battant les pavés avec ses talons fins.

Rosa tenait le bras de Luna tellement fermement qu'elle manqua de l'arracher.

« Aïe ! hurla Luna. Attends un peu que *Papo* rentre de Beyrouth, je vais tout lui dire ! Tu verras ce qu'il va te faire ! »

Rosa n'en croyait pas ses oreilles, sa fille menaçait de la dénoncer à Gabriel. Sa main se leva et s'abattit sur la joue de la petite.

« Jamais ! Tu m'entends, mauvaise fille, ne t'avise jamais de te mettre entre ton père et moi ! Attends que je lui raconte que tu t'es échappée pour aller colporter des mensonges sur ta mère justement à la police britannique, tu vas voir ce qu'il va dire. »

La menace fit apparemment son effet. Au retour de Gabriel, Luna ne rapporta rien de ce qui s'était passé cette nuit-là, et Rosa non plus. L'histoire demeura un secret jusqu'au jour où Matilda Franco fut assassinée.

Gabriel appuyait la tête contre la vitre du train, écoutant les yeux fermés le bruit des roues qui tournaient lentement et le sifflement de la locomotive. Il respira profondément, s'autorisant pour la première fois depuis des mois à se détendre. Son front cognait légèrement de temps en temps contre la vitre, mais c'était une sensation agréable. Une vieille mélodie lui passa par la tête, une ritournelle pour enfants que lui chantait sa mère. Il se mit à fredonner, surpris de se souvenir des mots, car après tout cela faisait presque trente ans qu'il ne l'avait pas entendue.

Il avait acheté à l'avance son billet et voyageait toujours en première, refusant de s'entasser dans les wagons normaux. Deux hommes étaient déjà assis sur le banc du compartiment, portant des complets sur mesure et des chapeaux de paille. Leur attitude était distante, comme pour tous les nouveaux immigrants arrivés des grandes villes européennes, qui remplissaient le pays des arômes d'une culture lointaine et plongeaient Gabriel dans une nostalgie qu'il ne comprenait pas, la nostalgie d'une chose qu'il n'avait jamais vécue. Peut-être la nostalgie d'un monde où tout était clair et compréhensible, organisé selon un ordre préétabli. Il ressentait une forme d'attirance pour les gens venus d'Europe, en particulier les Juifs allemands. Un de ces *Yekkes* débarquait parfois par erreur dans sa boutique du marché Mahane Yehouda, mais achetait très rarement quelque chose : parmi tous les produits raffinés qu'on y vendait, les Yekkes n'en trouvaient pas un à leur goût. Ils ne parlaient pas hébreu et, contrairement aux immigrants d'Europe de l'Est, ne faisaient aucun effort pour apprendre la langue. Au grand étonnement de Gabriel, ils s'attendaient à ce que ce soit lui, l'enfant du pays, qui s'efforce de les comprendre, eux les étrangers. Il n'empêche, il y avait quelque chose dans leur façon de s'habiller et leur politesse distante qui lui plaisait. Il se mettait en colère quand son frère Leito les traitait de crétins de *Yekkes*, et le lui faisait savoir.

Les deux hommes assis en face de lui étaient probablement des Allemands. Ils n'échangèrent pas un mot entre eux ni avec lui. Lorsqu'il monta dans le compartiment, ils étaient tous les deux plongés dans le *Palestine Post* et se montrèrent assez polis pour lever les yeux vers lui et le saluer d'un signe de tête, mais rien de plus.

Gabriel préférait appuyer la tête à la fenêtre. Il avait lui aussi un journal dans son sac. Cela faisait des années qu'il lisait *Ha'aretz*. Dans sa jeunesse, il préférait *Hatzvi*, que son père rapportait à la maison, mais du jour au lendemain la famille Ermoza avait cessé de l'acheter. Il n'oublierait jamais le jour où son père était rentré agité et furieux en brandissant un exemplaire de *Hatzvi* et citant l'article que Dov Lifshitz avait écrit contre la communauté séfarade.

« À partir d'aujourd'hui, le journal de Ben Yehouda ne franchira plus le seuil de notre maison ! On ne l'achète plus et on ne le mentionne plus ! » avait hurlé Rafael.

Les rabbins séfarades soutenaient le boycott de Rafael et interdisaient sa lecture. La rumeur courait également, jamais confirmée, que les chefs de la communauté, fulminant devant cet article raciste, avaient suggéré aux Turcs que le journal prêchait la rébellion. De ce jour, la famille Ermoza s'était mise à lire *Ha'aretz*.

Mais cette fois-ci, pour le voyage, Gabriel avait décidé de s'écarter de ses habitudes et d'acheter *Davar*, le quotidien des ouvriers de Palestine. Son père n'aurait jamais permis que l'on rapporte le journal des socialistes à la maison, et lui-même l'appelait souvent le « journal des Bolcheviques » et interdisait à Leito de le lire à la boutique. Mais c'était sa façon à lui de se sentir libre : d'abord il achetait un journal qu'il était interdit de lire, puis il faisait des choses qu'il était interdit de faire et quand il rentrait chez lui à Ohel Moshe, il reprenait sa routine et sa vie étouffante avec Rosa.

Il imaginait déjà son arrivée à Beyrouth. Il prendrait un fiacre depuis la gare jusqu'à son hôtel au bord de la mer. À la réception, l'employé le saluerait d'un « *Salam aleikoum hawaja* Ermoza, heureux de vous revoir parmi nous ». Il lui tendrait la clé de sa chambre préférée, celle avec la terrasse donnant sur la mer. Il s'imaginait ouvrant la porte de la chambre, une brise rafraîchissante soufflerait de la mer en soulevant les rideaux épais et il irait prendre l'air sur la terrasse. Puis il retirerait son costume, enfilerait un pantalon fin et une chemise légère en coton, et troquerait ses chaussures lourdes contre des mocassins confortables. Il se servirait un peu de l'arak qui l'attendrait dans une carafe en cristal transparent sur la table ronde dans un coin du salon, puis descendrait dans le lobby, sortirait de l'hôtel le chapeau de paille sur la tête, léger comme une plume et libre comme un oiseau, et prendrait un taxi pour se rendre directement chez Aisha, dans le quartier du port de Beyrouth.

Ah, *ya* Aisha, il ne savait pas comment il aurait pu continuer à vivre avec Rosa s'il n'avait pas eu Aisha. À la pensée de cette femme, de ce qu'ils feraient à leurs retrouvailles, son petit oiseau releva la tête et Gabriel se tortilla sur son siège, mal à l'aise, puis il sortit le journal de son sac et se mit à lire. Une publicité Ford attira son attention. « La voiture la plus célèbre du monde pour sa qualité et sa puissance. Stable, confortable, économique et luxueuse ! » disait l'annonce, accompagnée d'une photographie du véhicule. *Le moment est venu de me faire plaisir et de réaliser mon vieux rêve,* se dit-il.

Il regarda à nouveau par la fenêtre du train. Au pied du village arabe de Betir, un berger faisait paître son troupeau à côté des rails de chemin de fer. Le long de la voie s'étendait un bosquet d'amandiers en pleine floraison. Tu Bishvat, « le nouvel an des arbres », venait de passer et la boutique ne désemplissait pas de clients achetant des fruits secs pour l'occasion, il n'avait pas arrêté de travailler. Les affaires prospéraient à cette période de l'année. Les sacs de fruits secs et d'amandes s'étaient vidés et il fallait reconstituer le stock. Ils vivaient bien, grâce à Dieu. Il avait réussi à redresser la boutique après l'avoir retrouvée en faillite suite à son aventure tel-avivienne inutile.

« En Amérique, le pays en or, vingt millions d'âmes dépendent aujourd'hui de l'aide publique, lisait-il dans le journal, et malgré tous les efforts du président Roosevelt, pour le sixième hiver consécutif depuis la crise économique, ces millions de personnes auront besoin d'argent et de nourriture pour ne pas mourir de froid et de faim. » Le pays de tous les possibles, se dit-il, et pourtant là-bas aussi on mourait de faim, qui sait comment allait son cher ami Moshe, cela faisait longtemps qu'il n'avait plus reçu de ses nouvelles. Gabriel avait de la chance d'avoir eu l'intelligence de rentrer en terre d'Israël. Quoique... était-ce vraiment une chance ? Peut-être que s'il n'était pas rentré, il n'aurait pas rencontré Rohel et s'il n'avait pas rencontré Rohel, son père ne serait pas mort et si son père n'était pas mort, sa mère ne l'aurait pas marié à Rosa, et peut-être qu'aujourd'hui il serait marié à une femme qu'il aime, une femme qu'il ne devrait pas fuir tous les quelques mois pour aller chercher l'amour d'une autre.

Le port de Jaffa était noir de monde. Gabriel aimait cette atmosphère, ce chaos, les odeurs intenses qui lui brûlaient les narines et se mêlaient aux vêtements exotiques des Arabes, cette Babel de langues – arabe, anglais, hébreu. Un grand navire venait d'amarrer à la sortie du port et des marins arabes en pantalon bouffant, pieds nus, ramaient sur leurs grandes barques jusqu'au navire pour faire descendre les passagers épuisés par leur long voyage et les rapprocher de la côte. De là, les voyageurs devaient se débrouiller par eux-mêmes et marcher dans l'eau en hissant leurs bagages. Les policiers arabes tentaient en vain de mettre un peu d'ordre dans ce chaos et sifflaient en faisant de grands gestes pour diriger les voyageurs vers les bâtiments du port.

Gabriel s'amusait. Les passagers semblaient désemparés, dans leurs beaux habits de voyage désormais trempés. Son regard fut notamment attiré par une femme d'âge mûr qui se battait contre les vagues, un parasol dans une main et un gros sac marron dans l'autre, tout en essayant d'empêcher son grand chapeau de tomber dans l'eau.

Ah, Tel Aviv, Tel Aviv. Chaque fois qu'il arrivait dans la ville blanche, il se sentait comme un touriste dans son propre pays. *Tel Aviv est la Sodome et Gomorrhe de notre époque,* se dit-il. *À Tel Aviv il n'y a pas une taverne, il y en a cinquante, mais pour ces maudits Britanniques, pas pour les Juifs.* Il avait lu dans le journal qu'on avait verbalisé cinq personnes en état d'ébriété, tous des Anglais. Les Juifs ne savent pas boire, ce n'est pas dans notre nature. Un jour, il était tombé sur un article d'un journaliste anglais qui racontait avec mépris que dans les tavernes de Tel Aviv, on vendait du whisky allongé avec de l'eau gazeuse dans des verres à vin. *Je leur donnerais bien du pétrole à boire à ces Anglais,* se dit Gabriel, *pas du whisky à l'eau gazeuse, du pétrole, et servi dans des tasses à thé.* Lui-même aimait s'offrir de temps en temps une bière rue Allenby, dans un bistrot toujours plein et joyeux, et il s'était plus d'une fois permis davantage qu'un verre. Il buvait pour oublier.

Après avoir déambulé dans le port de Jaffa, il se mit en quête d'un taxi pour le conduire à son hôtel habituel, l'Eshbal, sur la promenade Herbert Samuel au bord de la mer, à quelques mètres du San Remo, son café préféré. Cent livres la nuit, mais ça les valait bien. À la sortie du port attendait une voiture de luxe. Une jolie jeune fille aux cheveux blonds en sortit et lui demanda s'il cherchait un taxi.

« C'est un taxi ? » demanda-t-il, surpris.

La jeune femme lui montra la plaque d'immatriculation verte, il monta et s'installa confortablement à l'arrière. Sur le chemin de l'hôtel, elle lui expliqua qu'elle venait d'arriver de Berlin avec ses parents, qui avaient emporté avec eux leur Austin familiale, et vu qu'elle ne trouvait pas de travail, elle faisait le taxi.

« Et dans quoi travailliez-vous à Berlin ? demanda-t-il.

— Mon père tenait un grand magasin de vêtements et moi j'étudiais la comptabilité dans une école de commerce pour pouvoir l'aider à gérer la boutique. Je suis comptable, mais ici on travaille où on peut et je ne me plains pas.

— Félicitations ! » répliqua Gabriel.

Elle n'était pas la seule. Parmi les nouveaux immigrants, il lui était arrivé de rencontrer des jeunes filles qui pavaient les rues, des médecins employés dans des usines ou des avocats qui travaillaient comme contremaîtres sur des chantiers de construction. Un jour, un vendeur de saucisses était entré dans sa boutique de Mahane Yehouda et lui avait raconté qu'il avait été juge à Heidelberg. *Pas de quoi avoir honte*, pensa Gabriel. *Il n'y a pas de travail ingrat.* Lui aussi, à New York, il avait gagné sa vie comme apprenti boucher et s'était sali les mains avec du sang animal.

La conductrice arrêta son taxi devant l'hôtel de bord de mer. Gabriel préférait dormir à l'hôtel plutôt que chez sa sœur. Se retrouver sous le même toit que sa mère lui était devenu insupportable. Lorsqu'il venait en visite avec Rosa et les filles, il n'avait pas le choix mais lorsqu'il était seul, il ne souffrait pas de se retrouver à côté d'elle ne fût-ce qu'une minute. Il payait chaque visite de sa santé. La colère qu'il réprimait le plus souvent menaçait d'exploser, il parvenait de moins en moins à jouer la comédie et l'attitude distante de sa mère, qui ne cherchait même pas à dissimuler son manque d'intérêt à son égard, n'arrangeait pas les choses.

Il entra dans l'hôtel, s'enregistra à la réception et monta dans sa chambre. Après avoir défait sa valise, il descendit se promener le long de la mer. Il observait ces gens hâlés qui semblaient perpétuellement en vacances. Mais quand donc travaillaient-ils ? Il était de Jérusalem et aimait sa ville, mais quelque chose dans l'insouciance de Tel Aviv le fascinait : les femmes avec leurs robes légères au décolleté qui révélait leur joli cou, les hommes en chemise blanche et chapeau de paille, les jeunes mamans qui poussaient des landaus blancs sur la promenade de bord de mer, les cafés bondés et le casino installé sur la mer. Mashallah, *Tel Aviv sera bientôt Beyrouth,* se dit-il. Ah, Beyrouth, Beyrouth, comme il aimait la capitale libanaise, comme il aimait se retrouver dans cette ville effervescente au bord de la mer. Il savait bien qu'il n'était plus obligé de se rendre là-bas pour acheter sa marchandise. Il pouvait trouver tout ce dont il avait besoin pour sa boutique chez Haim Saragosti, au souk Levinski. M. Saragosti était un grand commerçant, bien plus important que lui, il voyageait à Beyrouth plusieurs fois par an et achetait assez de marchandises pour tous les magasins du marché Levinski et bien entendu aussi pour la boutique de Gabriel Ermoza à Mahane Yehouda. Chez lui, il pouvait trouver des épices, des sucreries, des loukoums et de l'arak en quantité suffisante pour toute l'année. Mais aussi longtemps que ses jambes le porteraient, il ne renoncerait pas à ses séjours à Beyrouth. Il n'y avait que là-bas qu'il respirait, parvenait à se libérer du poids des soucis quotidiens et se sentait redevenir un jeune homme avec toute la vie devant lui. Et Aisha, elle seule lui donnait l'air dont il avait besoin pour continuer à faire semblant, se retenir d'exploser. Ah, *ya* Aisha, depuis cette nuit de tempête où elle l'avait accueilli dans son lit, deux ans plus tôt, sa vie avait changé.

Il n'avait jamais été un homme à femmes. Il n'en avait aimé qu'une, mais on l'avait chassée de sa vie avec une cruauté insupportable. Il n'avait jamais eu besoin de plus d'une femme et d'un amour, jamais cherché les aventures sexuelles. Pendant toutes les années où il avait vécu à New York, il était resté seul.

Mais avec Aisha, c'était différent, comme un coup de foudre. Et lui, l'homme marié et le père de trois enfants, avait éprouvé pour la première fois de sa vie ce qu'un homme ressent quand il est avec une femme. Jusqu'à cette nuit avec elle, il se sentait vierge. Il avait aimé Rohel de toute son âme, mais ne l'avait jamais connue comme une femme, même s'ils le désiraient tous les deux, même s'il sentait parfois qu'il ne parviendrait pas à se retenir lorsqu'elle l'encourageait, le suppliait, le lui demandait en silence, du regard, mais il avait réussi à la convaincre, et lui par la même occasion, d'attendre jusqu'à leur nuit de noces qui n'était jamais venue. Il avait visité le lit de Rosa, mais sans jamais se perdre dans l'acte d'amour, en restant toujours conscient de lui-même, de ses gestes. Il allait la voir pour observer l'injonction biblique à croître et se multiplier, pas pour sentir son corps trembler, s'envoler au septième ciel dans un plaisir suprême et indescriptible, comme avec Aisha.

Il n'oublierait jamais cette nuit, la première. Des bourrasques arrivaient de la mer, le ciel s'était ouvert et des trombes d'eau s'étaient abattues sur les rues de Beyrouth. Gabriel rentrait à son hôtel après une journée de travail ordinaire où il avait acheté des marchandises pour la boutique. Il était tôt, mais les vendeurs du souk se hâtaient de refermer leurs étals en raison de la tempête qui faisait fuir les clients.

En temps normal, il se lavait, enfilait des vêtements légers, sirotait un verre d'arak et descendait au bord de la mer. Il s'asseyait à l'un des cafés, fumait un narguilé en buvant un café turc bien fort comme on en trouvait seulement à Beyrouth. Il allait parfois rendre visite à son ami Marouane, le vendeur de confiseries, dans sa maison du quartier d'Achrafieh, et après s'être régalé avec les mets exquis que préparait Mme Marouane, ils sortaient sur la grande terrasse donnant sur la mer, s'asseyaient dans un fauteuil, fumaient un narguilé et buvaient un arak Zahlaoui en respirant le bon air de Beyrouth. Le vendredi soir, il allait prier à la synagogue Maguen Avraham, dans le quartier juif de Wadi Abu Jamil et, s'il avait de la chance, il pouvait entendre la chorale réputée des enfants de la synagogue et leurs voix cristallines.

Mais le soir de sa rencontre avec Aisha, il faisait trop froid pour marcher jusqu'à Achrafieh, trop humide pour rendre visite à des amis, et il était trop tard pour la prière du soir à la synagogue. Il s'étendit sur son lit et fixa le plafond. Il n'était pas assez fatigué pour dormir, au contraire. Il se sentait alerte comme s'il venait de se réveiller et n'arrêtait pas de se tourner et de se retourner. Gabriel n'aimait pas rester ainsi désœuvré, ni les pensées qui se glissaient dans sa tête. Il détestait s'appesantir sur sa vie, ne voulait pas se souvenir de Rohel et alimenter encore une fois cette douleur qui lui nouait le ventre chaque fois qu'il pensait à elle. Il préférait ne pas songer à sa vie avec Rosa, l'orpheline empotée que lui avait imposée sa mère. C'était une brave femme, mais il ne parvenait pas à éprouver autre chose qu'un sens du devoir à son égard. Elle était la mère de ses enfants et il lui en était reconnaissant, mais il ne pouvait l'imaginer nue avec lui dans un lit. Il lui arrivait de croiser son regard implorant et il compatissait, mais ses jambes refusaient de le porter vers elle. Il s'interdisait d'envisager la vie qu'il aurait pu avoir s'il avait épousé l'élue de son cœur, si son père n'était pas mort et si sa mère ne se comportait pas avec lui comme s'il était un scorpion, et non son fils aîné. Il avait ses filles, certes, le bonheur de sa vie, mais un homme pouvait-il se contenter d'être père pour se sentir vivant ? Il jouissait également d'un grand respect de la part de la communauté, des marchands du souk, des voisins, du mukhtar et des membres de sa famille ; tout le monde l'honorait. Tout le monde, sauf sa mère. Ses frères et sœurs lui avaient pardonné il y a bien longtemps mais elle, têtue comme une mule, ne lui pardonnerait jamais. Et à dire la vérité, lui non plus. Il ne lui pardonnait pas de lui avoir fait porter une si lourde responsabilité. Était-ce vraiment lui qui avait tué son père ? Rohel et lui étaient-ils responsables de la crise cardiaque qui l'avait terrassé dans son sommeil ? Après tout, Rafael, qu'il repose en paix, n'était plus tout jeune, il avait plus de cinquante ans, comme il était écrit sur sa pierre tombale au mont des Oliviers : « Ci-gît le vieux sage Rafael Ermoza. » Et Rohel, qu'était-elle devenue ? Gabriel n'avait jamais osé demander à Clara ce qui s'était passé la nuit de la mort de leur père, la nuit où il n'était pas retourné l'épouser comme promis. Était-elle rentrée, couverte de honte, dans sa famille à Mea Shearim ? Ses parents l'avaient-ils mariée de force en toute hâte, comme sa mère l'avait fait pour lui, à un homme qui n'était pas *a groyse metsie*, un bon parti, comme on disait chez eux ? Un jeune homme à problèmes dont personne ne voulait avait-il gagné la plus belle de toutes ?

Ah, que Dieu lui vienne en aide, combien de maux affligeraient encore son cœur ? Il n'y avait plus de place pour la douleur, plus de place dans sa tête pour ces réflexions sur sa vie ratée. Gabriel se leva pour faire les cent pas dans sa chambre. Il s'approcha de la fenêtre. Dehors, c'était le déluge et il faisait nuit noire mais plus bas, au loin, dans le quartier du port, les lumières scintillaient. Là-bas, il savait que la vie continuait même sous la pluie battante, même lorsqu'un vent froid menaçait de casser la cime des arbres, même quand il faisait un temps à ne pas mettre un chien dehors.

Il retira ses vêtements de nuit et se rhabilla, enfila un pardessus, une écharpe en laine et son chapeau, prit un parapluie et sortit de la pièce. L'entrée de l'hôtel était vide. Même l'employé de la réception était allé dormir, comprenant qu'avec un temps pareil il n'y aurait pas de travail pour lui. Indifférent à la pluie et au vent, Gabriel sortit et se dirigea vers le port.

La tempête avait chassé les marins vers leurs cabines dans les bateaux amarrés au port et les rues étaient sombres et désertes. Seuls les bordels et les bars étaient éclairés. Gabriel n'était jamais allé dans ce quartier ni entré dans aucun de ces établissements, destinés surtout aux marins étrangers et aux filles de joie avec lesquelles ils étanchaient les pulsions réprimées pendant leurs longs séjours en mer.

Debout devant une maison dont l'entrée était éclairée par une lampe rouge, il tenait son parapluie pour s'abriter de la pluie. Soudain, la porte s'ouvrit et une main invisible le saisit et le fit entrer à l'intérieur.

« *Ya sidi*, venez, rentrez, que faites-vous comme ça au milieu de la rue sous une pluie pareille ? *Allah yustur*, Dieu nous garde, vous allez attraper une pneumonie. »

La main invisible appartenait à une jeune femme vêtue d'une robe rouge moulante qui caressait ses courbes généreuses. Ses seins menaçaient de déborder de son décolleté plongeant, des bracelets en or couvraient ses bras charnus jusqu'au coude et sur la poitrine, à l'endroit où les seins se rejoignaient, reposait un pendentif en jade brillant sur une chaîne en or. Ses cheveux noirs retombaient sur ses épaules, des boucles en or pendaient à ses oreilles, ses lèvres charnues étaient rouge feu et elle avait les paupières lourdement maquillées. Gabriel en eut le souffle coupé et ne parvint pas à prononcer un seul mot. La femme l'avait fait entrer dans une vaste pièce meublée en style oriental entourée de portes qui menaient vers d'autres pièces. Les fauteuils et canapés étaient recouverts d'un tissu en velours rouge, un chandelier pendait au plafond et dans tous les coins, des bougies brûlaient. Une odeur douceâtre arriva aux narines de Gabriel, une odeur de haschich mêlée à un parfum bon marché. Sur les canapés, de jeunes femmes étaient assises, pâles copies de celle qui le tenait par la main. Il y avait aussi quelques hommes dans la pièce, qui partageaient un narguilé avec les femmes assises sur leurs genoux. On entendait la voix chaude de Fayrouz en fond sonore et un feu de bois réchauffait la pièce.

La femme lui retira son manteau trempé et le mit à sécher près du feu, puis elle le fit asseoir sur un fauteuil.

« *Salam aleikoum,* dit-il.

— *Aleikoum salam* », répondirent-ils en hochant la tête.

L'hôtesse disparut un instant et revint avec un verre d'arak Zahlaoui.

« Ça va vous réchauffer. »

Il l'engloutit d'un trait et sentit sa chaleur se diffuser dans son ventre. Il commençait peu à peu à se réchauffer. Elle lui demanda son nom.

« Je m'appelle Aisha », se présenta-t-elle à son tour avec un sourire aguicheur.

Elle lui plaisait. Lorsqu'il avait trouvé le courage de la regarder sans baisser les yeux, il avait remarqué que sous le maquillage intense se cachaient deux beaux yeux noirs.

Ils s'attardèrent encore quelques minutes dans la pièce, puis elle le prit par la main et l'emmena vers une chambre et là, sans plus tarder, elle se mit à le déshabiller. Il restait immobile comme une statue, ne sachant que faire. Il avait les mains trop longues, le corps trop dégingandé. Elle s'agenouilla et entreprit de lui enlever ses chaussures en les délaçant très lentement. Puis elle lui retira ses chaussettes trempées, et enfin son pantalon. Il se retrouva debout en caleçon et se sentit comme un jeune homme face à une femme pour la première fois. Elle se rapprocha de lui et commença à déboutonner petit à petit sa chemise, puis la lui retira, ainsi que son maillot de corps, et le poussa sur le lit. C'était une prostituée, il le savait, et elle était en train de travailler, il le savait aussi, mais elle était si douce qu'on aurait dit qu'elle lui faisait l'amour, et non pas simplement ce pour quoi elle était payée. Il était bloqué, gelé, tout crispé, à tel point qu'elle lui demanda d'un air étonné :

« C'est la première fois ? »

Il rougit comme un enfant et fit non de la tête.

« Alors pourquoi êtes-vous comme ça, *ya habibi* ? Pourquoi êtes-vous recroquevillé comme un enfant dans le ventre de sa mère ? »

Il resta silencieux. Qu'aurait-il pu dire ? Qu'il ne savait pas vraiment quoi faire ? Que les seules fois où il avait fait cela, c'est quand il avait poussé de force son petit oiseau dans le nid de Rosa en priant pour qu'il ne baisse pas la tête avant d'avoir accompli le commandement biblique « croissez et multipliez-vous » ?

Par chance, Aisha s'abstint de poser davantage de questions. Avec une délicatesse infinie, elle réchauffa son corps et il sentit la chaleur monter depuis ses reins jusqu'à sa poitrine, menaçant de lui arracher le cœur. Il n'avait jamais éprouvé pareil plaisir, jamais senti sa peau contre celle d'une femme, ne s'était jamais enflammé comme sur le lit d'Aisha, dans ce bordel de Beyrouth. Il n'avait jamais entendu un rugissement comme celui qui était sorti de sa gorge lorsqu'elle l'avait emmené vers des sommets inconnus. Lorsqu'ils eurent terminé, il s'allongea sur le dos, se sentant libre et heureux, puis tendit les bras et la serra contre lui.

« *Choukrane*, merci », lui murmura-t-il.

Pendant son séjour à Beyrouth, Gabriel était retourné tous les jours la voir. Il avait même prolongé son voyage pour rester le plus longtemps possible avec elle. Il arrivait qu'elle soit occupée avec d'autres hommes et il l'attendait alors patiemment, refusant la proposition de Madame d'essayer quelqu'un d'autre. Aisha était sa femme. Il payait généreusement ses services, toujours davantage que le prix officiel, et la partie qu'il ne donnait pas à Madame, il la cachait entre les cuisses d'Aisha. Plus il se montrait généreux, plus sa générosité à elle augmentait et il savait l'apprécier. Il comprenait que, pour de la belle marchandise, il fallait payer une belle somme et qu'en échange d'une belle somme, il recevrait de la belle marchandise.

Gabriel s'était amélioré depuis cette première fois où il s'était senti comme un puceau. Aisha lui avait appris tous les secrets des *Mille et une nuits.* C'était une professeure exceptionnelle, et lui un excellent élève. Parfois, il ne résistait pas à la tentation de passer une nuit entière avec elle. Il dépensait des fortunes pour ses services, mais elle en valait la peine. Ses rendez-vous à Beyrouth tous les quelques mois lui permettaient de fonctionner et de continuer à jouer la grande comédie qu'était sa vie. Ils ne se rencontraient jamais en dehors de la maison close, il ne lui posait jamais de questions sur sa vie et elle non plus. Ils fumaient du haschich ensemble, buvaient de l'arak, riaient beaucoup et s'adonnaient avec leur corps à toutes les fantaisies qui leur passaient par la tête, et il rentrait satisfait à Jérusalem, avec l'impression qu'on lui avait transmis la force de mille chevaux.

Ah, Aisha, Aisha, il avait hâte de passer le seuil de la maison close à Beyrouth. Combien de fois il avait imaginé le moment de leurs retrouvailles sur son lit à baldaquin en velours rouge !

Les rayons de soleil puissants de l'été tel-avivien le tirèrent de sa rêverie. À Jérusalem, le soleil avait la couleur de l'or, se dit-il, et à Tel Aviv la couleur du feu qui consume. *Je devrais peut-être m'acheter des lunettes comme on en porte ici, qui protègent les yeux comme un store.*

Gabriel poursuivit sa promenade au bord de la plage jusqu'au café San Remo, où il s'assit à une table. Un serveur en frac avec un accent d'Europe de l'Est prononcé s'approcha et lui demanda ce qu'il voulait. Il commanda un café noir et un verre d'eau et observa, incrédule, les gens qui passaient devant en maillot de bain pour aller à la plage. Il venait de lire dans le journal un article dénigrant le comportement des habitants de Tel Aviv ; une nouvelle loi était sur le point d'être adoptée qui interdirait de marcher dans les rues proches de la plage en costume de bain. Il était plongé dans ses pensées sur la situation dramatique du pays, la moralité déclinante, les filles juives qui, Dieu nous garde, fréquentaient des Anglais, sur les maisons closes qui poussaient comme des champignons. À Beyrouth, il pouvait y avoir des bordels, maudits Arabes, leurs femmes pouvaient toutes être des prostituées, mais chez nous ? Jamais de la vie il n'aurait mis les pieds dans une maison close juive. Jamais de la vie il n'aurait fait avec une Juive ce qu'il faisait avec Aisha. Il regarda autour de lui. Le café était rempli de mères avec leurs landaus, de jeunes couples et d'hommes seuls lisant le journal, et aussi de soldats britanniques assis en compagnie de femmes juives. Il grommela une injure sous sa moustache et se mit à fixer la mer, et c'est alors qu'il la vit. Il crut d'abord qu'il divaguait, qu'il prenait ses désirs pour des réalités. Non, ça ne pouvait pas être elle. La femme qui marchait au bras d'un homme à l'allure britannique semblait beaucoup plus âgée que Rohel. Rohel était une enfant. Une jeune fille maigre affublée d'une robe trop grande pour elle, les cheveux blonds ramassés en une tresse. Cette femme était mince, mais avec tout ce qu'il fallait là où il fallait. Elle portait une robe à fleurs légère qui découvrait les bras et les jambes. Rohel portait toujours des robes à manches longues qui descendaient jusqu'aux chevilles et des collants noirs opaques, alors que celle-ci portait des bas en nylon fins transparents et des chaussures à talons, et ses cheveux dorés étaient coiffés en queue-de-cheval. Non, ça ne pouvait pas être elle. Il n'arrivait plus à respirer. Il fixa l'homme et la femme qui s'apprêtaient à entrer dans le café, remarquant la façon dont elle marchait, droite, quasi provocante. Il y avait un côté effronté dans la façon dont elle tenait le bras de l'homme à l'allure anglaise. Gabriel tenta de se persuader qu'il s'était trompé. Impossible que ce soit elle ! Mais à cet instant, elle tourna les yeux vers lui et il les vit, les yeux les plus bleus qu'il ait jamais vus, les yeux de Rohel.

C'était elle, sans le moindre doute. Sa Rohel au bras d'un Anglais. Sa Rohel sacrée, pure, qui se promenait avec un Anglais comme une prostituée. Il sentait son cœur sur le point d'exploser, le sang battait dans ses tempes, il manquait d'air. Son visage s'empourpra, il heurta de la main le verre d'eau qui se renversa sur son pantalon. *Non, pas Rohel,* Dio santo *!* La douleur menaçait de le briser. Il laissa un billet de cinq livres sur la table et sortit en toute hâte du café. L'avait-elle reconnu ? Il prit ses jambes à son cou et s'enfuit. Il ne se rappelait pas son retour à l'hôtel, ne se rappelait pas être monté à sa chambre et avoir rapidement fait sa valise, payé sa note et commandé un taxi pour l'amener à la gare centrale, ni être monté dans le premier autobus pour Jérusalem.

Il n'alla pas rendre visite à sa mère boulevard Rothschild ni acheter des marchandises chez Haim Saragosti au souk Levinski, et il ne partit pas non plus à Beyrouth. Ni Aisha ni toutes les merveilles des *Mille et une nuits* ne pourraient guérir la blessure qui venait de se rouvrir dans son cœur.

4

« Mémorisez cette nouvelle loi : buvez du Carmel Hok à tous les repas. » La publicité imprimée en bas de la première page du journal *Ha'aretz* provoqua la colère de Gabriel. *Qu'ils aillent au diable ! Avec tous les problèmes qu'on a avec les poivrots, maintenant ils encouragent les gens à boire,* grommela-t-il dans sa barbe en jetant le journal sur la table avant de sortir dans la cour, furieux.

Rosa prit le journal pour voir ce qui avait énervé son mari. Elle regarda les lettres imprimées, qui ne lui disaient rien, avant de remarquer l'image de la bouteille de vin.

« Qu'est-ce que c'est ? Qu'est-ce qui est écrit ici ? demanda-t-elle à Luna qui venait de rentrer dans la pièce.

— C'est une publicité pour du vin, répondit Luna. De tout ce qui est écrit dans le journal, c'est la seule chose qui t'intéresse ? »

Quelle impertinente, pensa Rosa, mais elle se mit subitement à réfléchir à la raison qui avait suscité la colère de Gabriel. Depuis un certain temps, le jeune Ephraim buvait et se soûlait. De jour en jour, elle voyait son frère chéri perdre toute apparence humaine, le beau jeune homme qu'il était se transformait en épave, mais elle n'avait pas la force d'enrayer son déclin. Elle avait beau lui parler, le supplier, il promettait toujours d'arrêter de boire mais ne s'y tenait jamais.

Gabriel avait tenté d'aider, il l'avait pris à la boutique alors même qu'Ephraim était incapable de soulever une boîte de fromage salé tant il avait la peau sur les os. Mais lui, cet ingrat, ne se levait jamais à temps pour aller au travail, il ne réussissait jamais, ce *troncho,* à se réveiller le matin comme tout le monde.

Gabriel arrivait à la boutique à l'heure de la prière du matin, mais Ephraim ? *Nada.* C'est à peine s'il arrivait à l'heure de la prière de l'après-midi, et encore fallait-il qu'elle le réveille en criant et le sorte de son lit.

« S'il continue comme ça, il ne pourra pas rester vivre à la maison, avait prévenu Gabriel, ce n'est pas bon pour les filles de le voir *durmiendo* comme ça toute la journée, et quand il est réveillé il est soûl comme une barrique. Tu dois faire quelque chose. »

Mais que faire ? C'était son petit frère, tout ce qui lui restait de sa famille. Elle ne savait pas si Nissim était encore vivant en Amérique, ils n'avaient pas reçu de lettre depuis très longtemps. Alors que lui restait-il sinon son cadet, qui se jetait sur la bouteille d'arak dès qu'il ouvrait les yeux et buvait sans s'arrêter jusqu'à ne plus tenir sur ses jambes et ne même plus se souvenir de son nom ?

« *Troncho de Tveria,* disait-elle en secouant son frère, Gabriel finira par te chasser de la maison et je n'aurai pas un mot pour te défendre, pas un mot !

— *Desha me,* laisse-moi », bredouillait-il en se pelotonnant sous la couverture.

Dieu me pardonne, faites que le bastardo *ne dorme pas jusqu'à ce que Gabriel rentre du magasin, s'il le voit comme ça encore une fois, à coup sûr il le mettra dehors. Que va-t-il se passer,* Dio mio, *que va-t-il se passer ?*

Quant à son époux, il n'était pas dans son état normal. Depuis son retour de voyage, il se montrait irritable, nerveux, avait perdu sa patience légendaire. Il lui parlait à peine et même avec les filles, il riait moins que d'habitude. Elle n'avait pas compris pourquoi il avait débarqué ainsi sans prévenir. En général, il ne rentrait pas avant un mois au moins.

Rosa étendait la lessive dans la cour lorsqu'il avait franchi la porte, un jour après son départ. En le voyant, son sang s'était glacé dans ses veines. Pourquoi rentrait-il ? Que s'était-il passé ? Avait-il ouï dire que Luna s'était échappée de la maison ? Lui avait-on raconté qu'on l'avait retrouvée à la police des Inglais ? *Dio mio,* comment allait-elle lui faire face ? Il était passé devant elle et entré dans la maison sans même s'arrêter pour la saluer. Les cris de joie des filles l'avaient tranquillisée un peu ; si elles étaient tellement heureuses, il ne pouvait rien être arrivé de grave.

Ce matin-là, les filles attendirent qu'il sorte de son sac les cadeaux, mais il n'y en avait pas. Gabriel leur caressa la tête et les embrassa, enfouit le visage dans leur petit cou, cherchant dans leur peau douce une consolation à la tempête qui l'assaillait. Luna jeta un coup d'œil à sa mère, inquiète à l'idée qu'elle ne tienne pas sa promesse et raconte à son père ce qu'elle avait fait. Rosa lui rendit un regard ferme qui rassura la petite. Pour la première et la dernière fois de leur vie, mère et fille avaient conclu un pacte.

« *Papo*, tu ne nous as rien rapporté ? demanda Luna, déçue.

— *Keridas*, je n'ai pas eu le temps, répondit Gabriel d'une voix lasse, épuisée, j'ai dû rentrer d'urgence à Jérusalem, mais demain j'irai vous acheter quelque chose au magasin de jouets de la rue Jaffa, je vous promets. »

Il fit descendre les filles de ses genoux et se leva, puis se changea rapidement sans défaire sa valise, contrairement à son habitude.

« Je vais à la boutique », informa-t-il Rosa, et il sortit aussitôt de la maison pour prendre le chemin de Mahane Yehouda.

Juste à ce moment-là, Ephraim apparut. *Borracho*, pensa Rosa. Il n'aurait plus manqué que Gabriel le voie dans cet état. Il avait à peine ouvert les yeux qu'il était déjà collé à sa bouteille. *Qu'il aille au diable, je ne peux pas me battre sur tous les fronts, c'est un adulte, je m'en suis assez occupée jusqu'à présent, à partir de maintenant c'est sa vie, qu'il se prenne en charge. Qu'il se soûle s'il veut, mais pas chez moi !*

« Écoute-moi bien, Ephraim, lui dit-elle avec une fermeté inhabituelle. Si tu ne veux pas arrêter de boire, cherche-toi une autre maison, tu m'entends ? Ici, chez moi, il n'y a pas et il n'y aura jamais d'alcoolique. Alors à toi de décider, soit tu cesses de boire et tu restes avec nous, soit tu prends la porte et tu ne reviens pas ! »

Ephraim regarda sa sœur d'un œil vitreux et lui lança sur un ton méprisant :

« Mais pour qui tu te prends, *senyora* Ermoza ? D'où crois-tu que tu viens ? Tu oublies que toi et moi, on vient de la même merde !

— *Serra la boca* ! lui ordonna-t-elle d'une voix glaciale. Ne me parle pas comme ça devant les filles.

— Je te parlerai devant les filles et même devant ton mari, son Altesse royale, comme j'en ai envie ! Tu te prends pour qui, pour ma mère ? »

Maintenant il avait vraiment réussi à l'énerver.

« Espèce d'Amalek, qui t'a servi de mère depuis que tu as cinq ans ? Qui s'est occupé de toi, qui t'a élevé ? Qui a sorti le pain de sa bouche pour te le donner ? Tu as oublié, espèce d'âne bâté, la bouteille t'a fait oublier, hein ?

— Je n'ai pas oublié et je ne me souviens pas, laisse-moi en paix », répondit-il en quittant la maison.

Qu'il aille au diable, qu'il parte et ne revienne plus, ça vaudra mieux, se dit Rosa. Mais en voyant qu'il ne rentrait pas cette nuit-là ni la suivante, Rosa commença à s'inquiéter.

« Qui sait où il traîne ? dit-elle à Gabriel. Les Inglais l'ont peut-être pris ? Il est peut-être tombé ivre dans un fossé ? Comment savoir ?

— Les Anglais ne l'ont pas pris et il n'est pas dans un fossé.

— Comment tu le sais ?

— Je le sais.

— Qu'est-ce que tu sais, Gabriel, *por Dio santo*, dis-moi ce que tu sais.

— Il va bien, ton *borracho* de frère, je m'en suis occupé. »

Rosa était sidérée, Gabriel cachait plus qu'il ne révélait et il s'agissait de son frère, la chair de sa chair. Pourquoi ne lui disait-il pas clairement les choses ?

« Je l'ai envoyé à Tel Aviv travailler chez mon beau-frère Elazar.

— Comment ça, travailler ? Tu sais bien qu'il est alcoolique.

— Je préfère qu'il soit ivre dans le magasin d'Elazar que chez nous ! Ce n'est pas bien pour les filles de voir leur oncle au lit toute la journée. Et quand il n'est pas au lit, mieux vaut ne pas se trouver à côté de lui, avec sa bouche qui pue l'arak et les mots qui en sortent.

— Mais où va-t-il vivre, qui va s'occuper de lui ?

— Il logera dans la pièce au-dessus de la boutique, et qu'il commence à se prendre en charge tout seul. *Basta* ! Il est déjà en âge de se marier !

— Gabriel *kerido*, je t'en supplie, c'est mon frère, le seul qui me reste, fais-le rentrer à Jérusalem, je vais mourir d'inquiétude. Je ne pourrai pas dormir, je me ferai trop de soucis.

— La question est réglée, lui répondit brusquement Gabriel, Ephraim reste à Tel Aviv et c'est tout ! Tu verras, il s'en sortira. »

Ephraim ne revint pas à Jérusalem, mais ne se présenta pas non plus à la boutique d'Elazar à Tel Aviv ; il disparut comme si la terre l'avait avalé et Rosa n'entendit plus parler de lui, jusqu'au jour où la maudite police britannique se présenta à sa porte.

« On cherche Ephraim Mechoulam », annoncèrent les policiers en entrant dans la maison sans y être invités.

Ils retournèrent les pièces, fouillèrent dans les armoires, sous les lits, dans les coffres à linge. Ils sortirent toutes les casseroles et les poêles rangées derrière le rideau sous l'évier de la cuisine, tous les livres de la bibliothèque. Les filles, terrifiées et en pleurs, étaient collées à leur mère, et seule Luna s'enfuit de la maison et courut prévenir Gabriel au marché.

« Cela fait des mois que je n'ai pas vu mon frère, je ne sais même pas s'il est encore vivant. On n'a plus entendu parler de lui depuis que mon mari l'a envoyé à Tel Aviv », expliqua Rosa aux policiers, mais en vain : ils ne la croyaient pas.

Ils l'emmenèrent à la prison sans même lui laisser le temps de trouver une solution pour les filles, flanqués à ses côtés comme deux piliers du Temple de Salomon.

« Ne t'inquiète pas, Rosa, lui cria sa chère voisine Tamar. Je vais m'occuper des filles et Gabriel viendra vite te sortir de là. »

Un cœur d'or, cette Tamar, une belle âme, comment ferait-elle sans elle ?

Les Anglais étaient arrivés depuis quelques minutes et tout le quartier était dehors : Rosa emmenée par les Amalécites, ses filles qui couraient derrière elle en pleurant à fendre l'âme et les voisins désemparés qui ne comprenaient pas ce que la police britannique voulait à *senyora* Rosa, l'épouse discrète et obéissante de *senyor* Gabriel.

Ils l'interrogèrent pendant cinq heures, exigeant toujours plus de détails sur son frère Ephraim.

« Mais pourquoi ? demanda-t-elle. Qu'a-t-il fait ? Au fond, c'est un brave garçon, bien qu'il soit alcoolique.

— Alcoolique ? »

L'officier enquêteur éclata de rire.

« Ça, je pourrais comprendre, mais votre frère n'est pas alcoolique, madame Ermoza, votre frère est un terroriste !

— Mais quel terroriste ? Il dort toute la journée, Monsieur l'officier, pardonnez-moi, mais êtes-vous sûr qu'on parle bien d'Ephraim Mechoulam ?

— Madame, répondit l'officier en sortant une photo du classeur posé sur la table pour la lui montrer, est-ce bien votre frère ? »

Rosa examina le visage d'Ephraim qui la regardait depuis la photo. Son visage était un peu plus plein que lorsqu'il avait quitté la maison pour ne plus revenir. Il ne semblait pas ivre ni éteint comme elle se le rappelait. Il paraissait en bonne santé, déterminé. Il avait l'air, grâce à Dieu, d'un être humain.

« C'est votre frère ? demanda l'officier anglais.

— *Yes sir*, répondit-elle. C'est mon frère, mais je ne l'ai pas vu depuis longtemps, je ne suis plus en contact avec lui depuis que mon mari a tout arrangé pour qu'il aille vivre au-dessus de la boutique de son beau-frère à Tel Aviv.

— Il n'est pas venu vous rendre visite ? Il ne vous a pas demandé de le cacher ou de l'aider ces derniers jours ?

— Pourquoi de l'aide ? Pourquoi le cacher ? Qu'est-ce qu'il a fait ?

— Il a causé beaucoup de problèmes, madame, il est recherché pour meurtre !

— Meurtre ? Dieu me pardonne mes péchés, frémit-elle. Ephraim recherché pour meurtre ? Il est faible comme une fillette, il ne ferait pas de mal à une mouche. »

L'officier commençait à s'énerver.

« Il me semble, madame, que vous mentez effrontément. Votre frère est recherché pour le meurtre d'un policier anglais, il fait partie du groupe Stern et nous le trouverons et le pendrons, lui et tous ses amis. »

Rosa était choquée d'entendre cela mais, au fond d'elle-même, elle ressentait une grande fierté. Malgré tout, quelque chose de bon était sorti de son petit frère, ce n'était pas uniquement un alcoolique *ke no vale nada*, un bon à rien, comme disait Gabriel. Il combattait ces maudits Inglais, le petit Ephraim, que Dieu le garde, son petit frère adoré n'était plus un poivrot, c'était un héros !

Gabriel l'attendait à la sortie de la prison.

« Ils ne m'ont pas laissé entrer, ces fils de chiens », s'excusa-t-il.

Sans reprendre son souffle, Rosa lui raconta qu'Ephraim avait rejoint le groupe Stern.

« Tu aurais pu croire qu'Ephraim serait capable de cela ?

— De quoi te réjouis-tu ? répliqua son mari en douchant son enthousiasme. Ça lui va bien d'être dans cette bande, ce sont tous des vauriens, pires que les Arabes.

— Mais Gabriel, il se bat pour chasser ces maudits Inglais de ce pays.

— Pas besoin de les tuer pour les chasser, il faut parler avec eux, négocier, comme disent les combattants de la Haganah. La violence et le meurtre, ce n'est pas notre façon de faire, les Juifs ne tuent pas pour tuer. »

Sur ce, il conclut la discussion et se remit en marche.

Rosa restait sur place, ne sachant plus quoi penser. Un instant plus tôt, elle était si fière de son petit frère qui avait cessé d'être un tire-au-flanc alcoolique pour devenir un combattant de la liberté, et maintenant voilà que son mari le traitait d'assassin. Qu'il l'appelle comme il voulait, pour elle c'était un héros ! Et le principal, c'était qu'il fasse quelque chose de sa vie et arrête de boire. Si seulement elle pouvait lui dire qu'elle, sa grande sœur, était fière de lui, qu'il sache que s'il avait besoin d'aide, elle serait là, qu'elle ferait tout pour lui ! *Grasias, grasias al Dio,* Dieu soit loué, Ephraim était redevenu un homme !

Le théâtre Habima de Tel Aviv présentait la pièce *Uriel Acosta* à l'Edison, les deux équipes de football de Jérusalem, Hapoel et Maccabi, s'affrontaient pour le championnat national, mais Gabriel restait enfermé à la maison avec Rosa à regarder fixement les publicités dans le journal. Tout ce qu'il aurait souhaité, c'était fuir cette maison, ce quartier, Jérusalem, se fuir lui-même. Depuis le jour où il avait croisé Rohel au bras de l'Anglais à Tel Aviv, il ne trouvait plus la paix. Une douleur aiguë s'était installée dans sa poitrine, qui lui brûlait la chair et ne le quittait plus. Rien ne le rendait heureux désormais, même plus ses filles, même pas Luna. À trente ans, il avait l'impression d'en avoir soixante, comme si la vieillesse l'avait assailli tout à coup. Il se renfermait chaque jour davantage, s'exprimait à peine. Mazliach et Leito avaient remarqué depuis un moment que quelque chose n'allait pas.

Avec Rosa, il parlait encore moins qu'avant. Lorsqu'il rentrait de la boutique, il ne jouait plus avec les filles, n'avait plus de patience. Il avait perdu beaucoup de poids et avait cessé de se raser. Une barbe noire de trois jours était apparue sur son visage.

L'homme élégant et bien habillé paraissait désormais plus fatigué et négligé que jamais. Ces derniers temps, il s'était mis à porter un béret noir, comme les Français, et passait le plus clair de son temps assis sur sa chaise dans la cour à regarder dans le vide. Il avait même arrêté d'acheter *Ha'aretz*, le journal qu'il tenait toujours à la main. Depuis des années, il sortait de son magasin à midi, allait rue Jaffa chez Franz, le gros vendeur de journaux qui avait été avocat en Autriche, lui achetait le journal et s'arrêtait quelques minutes pour bavarder avec lui.

« Vous avez vu cette catastrophe à Tel Aviv ? l'interpella un jour le marchand de journaux avec son accent allemand prononcé. Aharon Elman, le premier petit-fils de Tel Aviv, est tombé du balcon et il est mort.

— Comment ça, mort ? demanda Gabriel en sortant temporairement de sa torpeur.

— Sa mère l'a laissé dans son berceau sur le balcon au troisième étage, rue Gilboa, mais l'enfant a perdu l'équilibre, il est tombé et il est mort. »

Gabriel prit le journal, laissa une pièce sur le comptoir et repartit.

Des vents mauvais soufflent sur le pays, se dit-il en retournant au magasin. *Le peuple juif est en danger, et la mort d'un petit enfant en raison de la négligence de sa mère, si tragique soit-elle, n'est qu'un grain de poussière dans la tempête qui approche.* Il le sentait dans ses entrailles. Il aurait voulu se réveiller, pouvoir hurler mais il était comme prisonnier, son corps était sa prison. Son âme voulait se libérer, il ne supportait plus cette douleur. Il ne supportait plus sa vie, Rosa, même ses filles lui étaient devenues un fardeau. Luna n'abandonnait pas, elle le harcelait, la pauvre, voulait récupérer son papa, mais lui était incapable de redevenir la personne qu'il avait été, *Dio mio,* il ne pouvait plus redevenir son père adoré ; il ne s'aimait pas lui-même, alors comment aimer sa fille, et ses sœurs ? S'il pouvait, il quitterait tout, abandonnerait la boutique, Rosa et les filles et s'enfuirait. Il s'engagerait dans la Haganah. Peut-être que s'il s'intéressait aux problèmes du peuple juif, il se préoccuperait moins des siens.

En Allemagne, on licenciait les chauffeurs juifs des transports publics et les médecins juifs des hôpitaux. Et ici, dans le pays, que faisaient-ils ? La grève. Précisément maintenant, dans cette période si difficile, les professeurs avaient décidé de se mettre en grève. Ils refusaient d'enseigner en deux groupes, si bien que les filles n'allaient plus à l'école le matin et en plus il devait supporter Rosa, qui s'était mise à se lamenter. Jusqu'à présent, elle n'avait jamais aucune récrimination, ce qui aidait Gabriel à tolérer sa présence, mais tout à coup, *sano ke ste,* elle avait commencé à ouvrir la bouche. D'abord elle l'avait rendu fou avec son *borracho* de frère, ce misérable poivrot dont elle avait fait un héros national, puis elle avait commencé à se plaindre car les filles restaient à la maison toute la journée et l'épuisaient. Mais que voulait-elle, qu'il quitte la boutique pour venir s'en occuper ? Il avait encore un reste de dignité – enfin, peut-être pas. *Les gens ont-ils encore un peu de dignité nos jours ? Nous sommes devenus des chiffes molles, une vraie honte ! Les Britanniques font ce qu'ils veulent de nous : couvre-feu, arrestations, intimidations. Regardez-les, les héros du marché, ils ne savent rien faire d'autre que pérorer, on va leur montrer, on va leur faire, mais chaque fois qu'il y a un couvre-feu, ils se hâtent de fermer leurs étals et rentrent chez eux en courant comme des souris vers leur tanière. Avons-nous encore de la dignité ? La mer rejette sur le rivage des caisses d'oranges tombées d'un cargo et tous les habitants de Tel Aviv se précipitent sur la plage. Hommes, femmes, vieillards, enfants, ils font tous main basse sur des caisses qui ne leur appartiennent pas, de la marchandise étrangère, le fruit du labeur des autres. « Le pillage de la mer », lit-on dans le journal, la honte de la mer ! C'est comme ça que les gens respectables se comportent, ils volent la marchandise de ces pauvres commerçants qui l'ont perdue en mer ?*

Où était passé l'ancien temps ? Et l'honneur ? Il n'oublierait jamais la fierté du yishouv, en mars 1920, quand Yosef Trumpeldor, le héros qui avait perdu une main dans la guerre entre la Russie et le Japon, était mort avec ses compagnons pour défendre Tel Chai. Il n'oublierait jamais l'oraison funèbre prononcée par Berl Katzenelson : « Puisse le peuple d'Israël garder le souvenir des âmes pures de ses valeureux fils et filles », ni la fierté mêlée de douleur qu'il avait ressentie en lisant ces paroles émouvantes.

Ils n'avaient pas vraiment le temps de s'émouvoir, chaque jour apportant son lot de préoccupations. Les relations avec les Arabes se détérioraient et Gabriel, qui croyait aux rapports de bon voisinage et commerçait avec les Arabes du quartier et les marchands de la Vieille Ville, espérait de tout cœur qu'il ne s'agisse que d'extrémistes marginaux de part et d'autre. Mais lorsque des brutes arabes s'étaient déchaînées dans les ruelles du quartier juif, pillant des commerces et des maisons, notamment la leur, et dérobant les bijoux de sa mère, il avait failli perdre confiance. Il se souviendrait toute sa vie du spectacle de ces dizaines de milliers d'Arabes en liesse sur la place de la mairie, qui criaient « *Idbach el Yahud*, massacrez les Juifs ! » en levant les bras vers le ciel.

Depuis quand étaient-ils devenus ennemis ? Ne vivaient-ils pas en bons voisins pendant toutes ces années ? « Rappelle-toi, lui avait dit son père, qu'il repose en paix, tous les Arabes ne sont pas de mauvaises gens, et chez nous les Juifs il y en a aussi. » *Il existe deux types de personnes. Ceux qui sont venus ici saccager et piller ne sont pas ceux que nous connaissons,* songeait-il. *Ce sont des extrémistes comme il s'en trouve également parmi nous.* C'est pourquoi il détestait les extrémistes, c'est pourquoi il exécrait le Stern et ses hommes et soutenait l'action de la Haganah.

Le théâtre Edison avait programmé un concert de Bracha Zefira et Nahum Nardi, venus spécialement de Tel Aviv. En temps normal, il aurait emmené Luna écouter la chanteuse yéménite. Il aimait la musique et sa fille, contrairement à Rosa, cette femme fruste et inculte que rien n'intéressait, était portée comme lui vers la culture. Il lui apprenait à apprécier le théâtre, le cinéma, l'opéra. L'année précédente, lors d'un séjour à Tel Aviv, il l'avait emmenée à l'opéra, place Herbert-Samuel, voir le *Barbier de Séville*, sous la direction de Golinkine. Oui, il allait à l'opéra avec Luna, qui n'était qu'une enfant, car avec qui d'autre pourrait-il s'y rendre ? Qui, parmi les incultes qui l'entouraient, aimait cela ? Sa femme ignare ? Sa sœur Alegra et son idiot de mari ? Sa mère, peut-être. Si elle avait été une personne normale et non la sorcière malveillante qu'elle était devenue, elle aurait pu être de bonne compagnie. Autrefois, avant le déluge, avant toutes les catastrophes qui s'étaient abattues sur lui, lorsqu'elle était encore une mère normale, elle lui avait beaucoup appris. Comme nombre de personnes à Jérusalem, il la considérait comme la plus intelligente des femmes. « Aussi intelligente qu'un homme ! » disait-on d'elle. Elle lui expliquait les corps célestes, la Grande et la Petite Ourse, la Voie lactée, la lune et les étoiles, lui racontait comment Dieu avait créé le monde et la logique de l'univers. C'était la personne la plus profonde et la plus savante qu'il connût. Sans avoir jamais étudié, elle savait plus de choses que la plupart des gens autour de lui. Elle avait appris à lire et à écrire toute seule, avec l'aide de Rafael, qui respectait grandement son intelligence. Aucune femme séfarade de son âge, ni les voisines, ni les parentes, ni les connaissances, aucune ne savait lire ni écrire. Sa mère, Merkada Ermoza, était la seule.

Mais peut-être qu'en fin de compte, elle n'était pas si maligne que cela. Sans quoi elle ne l'aurait pas forcé à renoncer à l'amour de sa vie, ne l'aurait pas tué après la mort de son mari, lui son fils aîné, son enfant préféré. Non, non seulement sa mère n'était pas la plus intelligente des femmes, comme il le pensait autrefois, mais elle s'était révélée inhumaine. Et lui-même, désormais réduit à une véritable épave, n'avait ni la force ni l'envie de prolonger cette existence.

Les rumeurs sur la santé mentale de Gabriel se répandaient et Shmuel, lors de sa visite trimestrielle à Merkada à Tel Aviv, n'osa pas en parler, mais il se confia à sa sœur Alegra :

« Il faut faire quelque chose, notre frère se néglige, il néglige la boutique et sa famille, même ses filles n'arrivent plus à lui tirer un sourire. Il fait une tête d'enterrement, on dirait qu'il porte le monde sur ses épaules.

— *Dio mio*, s'inquiéta Alegra. Pourquoi, qui est mort ? Qu'est-ce qui lui prend ?

— Il devait partir à Beyrouth mais il est rentré dès le lendemain, et depuis tout a basculé. Il ne va même plus prier à la synagogue et Mazliach dit qu'il a cessé de faire les comptes à la boutique. Je m'inquiète pour lui, Alegra.

— Et Rosa, qu'en pense-t-elle ?

— Rosa est une imbécile, elle a peur de son ombre. J'essaie de lui parler mais elle ne dit pas un mot, elle me regarde avec ses yeux de carpe sans rien dire. Tu as entendu que ce *borracho* d'Ephraim avait rejoint le Stern ?

— Dieu nous garde, ce sont les pires, rétorqua Alegra, les plus dangereux, les Anglais les redoutent plus que tout. Comment Rosa le prend-elle ?

— Elle est fière comme Artaban. Pour elle, ce poivrot d'Ephraim est devenu un héros. *Ermanita*, on doit faire quelque chose pour Gabriel.

— Mais quoi ? C'est toujours lui qui s'est occupé de nous ; comment pourrait-on s'occuper de lui ?

— Je ne sais pas mais si on ne fait rien, *peshkado y limón*, il faudra bientôt l'enfermer à l'asile. »

Gabriel n'allait plus à la boutique depuis plusieurs jours. Il restait étendu dans son lit comme un macchabée, refusant de se lever.

« Gabriel *kerido, ke pasa* ? »

Rosa essayait de lui parler, mais il ne répondait pas et se contentait de lui retourner un regard vitreux. Ce n'étaient pas les beaux yeux verts qu'elle connaissait, c'étaient ceux d'un mort, se dit-elle à sa grande horreur. *Dio mio*, qui pourrait le tirer de son lit ? Luna, il n'y avait que Luna. Elle allait l'en conjurer s'il le fallait, il n'y avait qu'elle qui soit capable de le faire sortir de son lit.

Mais il ne fut pas nécessaire de la supplier. La petite fille était terrifiée par l'état de son père. Elle n'avait que dix ans, mais comprenait avec sa sensibilité d'enfant qu'il était gravement malade.

« *Papo*, qu'est-ce qui te fait mal, *kerido* ? » demanda-t-elle avec une douceur qu'elle ne manifestait à personne d'autre que lui.

Gabriel la regardait et se languissait de sa fille chérie, mais il avait l'impression que quelqu'un l'avait attaché avec des sangles à son lit. Il voulait lui parler, la consoler, mais sa voix restait bloquée dans sa gorge, rien ne sortait. Il voulait l'embrasser, mais ses mains étaient clouées au lit sous la couverture, il ne parvenait pas à les sortir.

Rahelika et Beki restaient collées à Luna, au chevet de Gabriel. La petite Beki pleurait à chaudes larmes, elle ne comprenait pas pourquoi son père, sa mère et ses sœurs étaient tristes. Rahelika aida Luna à remettre en place les couvertures et les oreillers dans le dos de Gabriel, qui restait immobile comme un tronc d'arbre.

« Maman, viens, aide-nous à soulever *Papo*, demanda Rahelika, et Rosa se précipita pour aider, mais Luna la repoussa.

— Pas besoin, on s'en occupe, va lui préparer un thé. »

Elle me donne des ordres, cette petite rebelle. Le sang lui montait à la tête, mais ce n'était pas le moment de s'énerver avec la *flaka*, elle réglerait ses comptes avec elle une fois que Gabriel serait guéri. On n'avait jamais vu ça, elle ne permettait pas à Rosa de s'approcher de son père, c'est à peine si elle laissait Rahelika s'occuper de lui, elle le voulait uniquement pour elle.

Ça ne peut pas continuer comme ça, se dit Rosa, *il faut faire quelque chose.* Le docteur Sabo vint, vérifia son cœur, lui prit la température.

« Votre mari est en parfaite santé, il doit prendre un peu d'huile de foie de morue et des sels de sulfure pour récupérer ses forces, c'est tout », conclut-il en laissant une ordonnance.

Elle alla lui chercher les médicaments à la pharmacie de la rue Jaffa, mais il refusa de les prendre et resta au lit. Il se rebellait comme un enfant, on lui parlait et il se tournait de l'autre côté.

Le matin, les filles partaient à l'école et Rosa restait seule à la maison, désemparée. Comment devait-elle lui parler, et pour lui dire quoi ? Où trouver la force d'obliger un homme adulte à se lever, à se remettre sur pied ? Ce n'était pas Ephraim, avec qui elle pouvait crier, tirer la couverture et le jeter du lit de force. C'était son mari, Gabriel Ermoza. Vers qui pouvait-elle se tourner ?

L'aide survint d'un endroit inespéré : le vendredi, alors que Gabriel était alité depuis cinq jours, cinq heures avant le début du Shabbat, on entendit frapper à la porte et, lorsque Rosa ouvrit, elle faillit s'évanouir à la vue de la vieille femme aigre qui se tenait devant elle, sa belle-mère Merkada en personne. Rien qu'à l'idée de se trouver en sa présence, elle avait les genoux qui tremblaient.

« *Donde sta* Gabriel ? » demanda la vieille en entrant dans la maison sans même saluer Rosa comme si c'était normal, comme si cela ne faisait pas des années qu'elle n'avait plus mis les pieds dans cette maison qui avait été la sienne.

Rosa la suivit. Merkada se tenait déjà au chevet de Gabriel et, pour la première fois depuis cinq jours, il réagit à ce qui se passait autour de lui. Ses yeux, morts et indifférents, s'écarquillèrent et il regarda incrédule sa mère penchée sur lui, qui le fixait.

« *Komo stas* ? » demanda-t-elle sans manières, mais elle n'obtint pas de réponse.

Merkada ne perdit pas une seconde, elle se tourna vers Rosa :

« Sors d'ici et ne laisse personne entrer avant que je n'ouvre la porte », lui ordonna-t-elle.

Rosa s'exécuta, elle n'aurait pas osé désobéir à la vieille ni poser la moindre question.

Elle ferma la porte derrière elle et s'assit dans la cour en attendant.

Lorsque les filles revinrent de l'école, elles voulurent entrer, mais Rosa ne les autorisa même pas à s'approcher. Rahelika et Beki se mirent à jouer à la marelle et seule Luna insista pour entrer.

« Ne touche pas la porte.

— Mais je veux dire bonjour à *Papo.*

— Attends un peu, il est avec *nona* Merkada, on va bientôt entrer.

— *Nona* Merkada de Tel Aviv ? » se réjouit Luna et elle abaissa la poignée pour essayer d'ouvrir, mais la porte était fermée à clé, Merkada l'avait verrouillée de l'intérieur.

« Doucement, doucement », la supplia Rosa, surtout qu'elle n'aille pas déranger Merkada pendant qu'elle est occupée, que la vieille ne s'énerve pas.

Dieu nous garde, cela faisait des années que sa belle-mère était partie vivre chez Alegra à Tel Aviv, mais Rosa continuait à la craindre comme le jour où elle était arrivée dans cette famille, elle, la petite orpheline de Shama, la jeune fiancée pauvre et effrayée.

Luna n'écoutait pas. En enfant entêtée, elle frappa à la porte en hurlant :

« *Papo, Papo* ! »

Elle va réveiller les morts du mont des Oliviers, pensa Rosa en la voyant crier et implorer sa grand-mère.

« *Nona, Nona,* ouvre-moi, ouvre-moi ! »

Mais *Nona* s'était enfermée avec son fils et la porte resta close. *Luna est têtue, mais Merkada l'est deux fois plus !* se dit Rosa. Et de qui sa fille avait-elle hérité cela, sinon de sa grand-mère ?

Les heures passèrent, le soleil allait se coucher, ce serait bientôt l'heure du Shabbat et Merkada n'avait toujours pas ouvert.

Les filles s'impatientaient. Beki se mit à pleurer et même Rahelika, malgré sa patience d'ange, commença à l'embêter. Luna, elle, restait l'oreille collée contre la porte pour essayer d'entendre ou grimpait sur le rebord de la fenêtre pour épier, mais la vieille femme aigre avait fermé les rideaux, si bien qu'il était impossible de voir ce qui se passait dans la pièce.

D'un moment à l'autre, les Ishkénazes de Mea Shearim passeraient sonner le shofar en criant « Shabbes ! » et Rosa était toujours assise dans la cour avec ses filles impatientes, attendant que Merkada ouvre la porte.

Elle aussi commençait à perdre patience.

« Allez, on va chez oncle Shmuel et tante Myriam », lança-t-elle en prenant les filles pour se rendre chez son beau-frère qui vivait avec sa famille à Soukkat Shalom, le quartier d'à côté.

Lorsqu'elles arrivèrent chez eux, c'était presque Shabbat.

« Ta mère est à la maison avec Gabriel, annonça-t-elle à Shmuel.

— Ma mère est venue de Tel Aviv ? Le Messie est en route ! répondit Shmuel, qui s'apprêtait à sortir pour aller chez son frère saluer sa mère.

— N'y va pas, l'arrêta Rosa. Elle m'a fait sortir de la maison et elle a fermé la porte en nous interdisant d'entrer avant qu'elle ne la rouvre.

— Elle est avec lui depuis combien de temps ?

— Pratiquement depuis que les boutiques du marché ont fermé pour Shabbat », répondit Rosa.

Shmuel hésita, puis décida de rester chez lui car lui aussi craignait sa mère.

Rosa alluma les bougies de Shabbat avec Myriam, la femme de Shmuel, pendant que les filles jouaient avec leurs cousins dans la cour. Rosa, Shmuel et Myriam restèrent assis dans la pièce dans un silence tendu.

« Elle est sûrement en train de lui administrer un *livianos* pour faire sortir les peurs qui l'ont cloué au lit », dit soudain Myriam.

Dès qu'elle entendit ces paroles, Rosa commença à respirer. Son cœur s'apaisa, elle se détendit. Il n'y avait personne que Merkada ne puisse sauver avec son *livianos*, se dit-elle. Elle libérerait Gabriel de ses peurs comme elle l'avait fait avec les autres, et il se lèverait dès ce soir.

Cette nuit-là, Rosa et ses filles ne rentrèrent pas chez elles. Lorsque vint le moment du *kiddouch*, la bénédiction sur le vin, elles prirent place à la table du Shabbat dans la maison de Shmuel et Myriam. Les filles n'étaient pas lavées, elle non plus, et elles s'assirent dans leurs habits de tous les jours. Pour la première fois depuis leur naissance, les petites firent le *kiddouch* à une table de Shabbat qui n'était pas la leur, avec quelqu'un qui n'était pas leur père. Mais Rosa remarqua qu'elles ne se plaignaient pas, hormis Luna qui lui jetait des regards noirs et regardait sans cesse la porte. Elles se réjouissaient du changement.

« En attendant que Merkada vienne vous chercher pour rentrer à la maison, mets les filles au lit avec mes enfants, proposa Myriam à Rosa après le *kiddouch* et le repas du soir. Le moment venu, on les réveillera et vous rentrerez tranquillement chez vous. »

Rahelika et Beki étaient ravies de dormir avec leurs cousins, seule Luna insistait en trépignant.

« Je veux dormir chez moi !

— Tu vas y dormir, *kerida,* tu vas dormir chez toi, dans ton lit, c'est juste en attendant que *Nona* vienne vous chercher », expliqua *tía* Myriam pour tenter de la calmer.

Rosa n'essayait même pas. Elle savait que tout ce qu'elle dirait ne ferait qu'irriter un peu plus sa fille têtue qui lui faisait déjà honte devant son beau-frère et sa belle-sœur.

« Non ! s'entêta Luna, je rentre à la maison ! »

Elle sortit en courant, sa mère sur les talons. *Je vais mourir sur place si on me voit galoper derrière cette mauvaise fille,* songea Rosa. *Je marcherai à un rythme d'escargot, histoire qu'elle ne se dise pas que je la poursuis et que les gens du quartier ne voient pas comment elle me traite. Si je n'avais pas peur qu'elle file encore une fois à la police des Inglais, je la laisserais partir, qu'elle aille au diable.*

La maison de Shmuel était à dix minutes de marche d'Ohel Moshe, dix minutes qui lui parurent une éternité. Elle avait tellement peur de Merkada et de Luna, ces deux-là la terrifiaient, la vieille comme la petite.

Devant la porte, Luna frappait des poings et des pieds comme une sauvage.

« *Papo, Papo, Papo* ! criait-elle, ouvre-moi, *Papo,* je veux rentrer ! »

Mais la porte restait fermée à clé et, lorsque Rosa arriva, la petite se roula par terre dans la cour pour faire son cirque habituel. Cela ne faisait pas si longtemps qu'elle était allée à la police pour dire qu'on l'avait chassée de la maison. Rosa resta à côté de sa fille, qui poussait des cris assourdissants et dérangeait tous les voisins pendant leur dîner de Shabbat. Personne ne sortit dans la cour. Ils étaient habitués aux scènes et ne s'inquiétaient plus. La petite continuait à taper des pieds en criant.

« *Papo*, ouvre-moi, *Papo* ! »

Rosa se bouchait les oreilles, on les regardait certainement par les fenêtres et Luna continuait à hurler. Pourtant personne ne réagissait. Quelle honte, même les voisins désespéraient de sa fille et s'étaient habitués à l'impuissance de Rosa. Que Dieu lui pardonne, elle avait perdu toute dignité ; avec cette enfant qui ne respectait pas sa mère, comment les voisins pourraient-ils la respecter ?

Les cris et les pleurs déchiraient le silence du soir de Shabbat. *Comme un chien qui hurle à la lune, elle crie comme une possédée,* se dit Rosa. Soudain, la porte de la maison s'ouvrit et la vieille femme aigre apparut sur le seuil en frappant le sol avec sa canne.

« *Basta* ! » dit-elle d'une voix glaciale.

Les sanglots cessèrent d'un seul coup, la petite fille resta bouche bée devant sa grand-mère, qui tourna les talons et rentra dans la maison en claquant la porte derrière elle.

Rosa était sidérée. Luna se releva, traversa la cour et se dirigea vers la rue. Sa mère la suivit. La petite pressa le pas et Rosa resta juste derrière pour s'assurer qu'il ne lui prenne pas à nouveau l'idée d'aller à la police inglaise raconter des mensonges. Mais elle n'allait pas à la police, elle filait chez Shmuel et, sans même enlever sa robe ni ses chaussures, elle se glissa sous la couverture et se blottit contre Rahelika. Rosa arriva quelques minutes plus tard et Myriam lui chuchota :

« Là-bas, avec les enfants. »

Elle entra dans la chambrette séparée du salon par un simple rideau ; les enfants dormaient par terre, les uns à côté des autres. Ses filles étaient serrées sur un matelas, Rahelika au milieu, entourée de Beki qui suçait son pouce en dormant du sommeil du juste, et de Luna. La lumière de la lune éclairait la pièce. Elle regarda ses filles collées et son regard tomba sur les yeux de Luna. Ses beaux yeux verts étaient grands ouverts, remplis de larmes et de peur.

Rosa aurait voulu l'embrasser mais elle avait peur de sa réaction, peur que Luna ne la repousse une fois encore, car elle n'était pas capable de supporter un nouveau rejet. Elle se retourna et passa dans le salon rejoindre son beau-frère et sa belle-sœur.

Pendant trois jours et trois nuits, la porte de la maison de Gabriel et Rosa resta close. Pendant trois jours et trois nuits, mère et fils restèrent enfermés, les stores baissés, et personne ne sortit ni n'entra.

« Dieu me pardonne mes péchés, le pain doit être tout rassis à présent et le fromage aura tourné. Que peuvent-ils bien manger ? pensa Rosa tout haut.

— Ils se mangent l'un l'autre, répondit sa belle-sœur en mettant une casserole sur le fourneau. Qu'ils cuisent dans leur jus et mettent fin à cette brouille qui détruit la famille, non ?

— Cette vieille femme aigre va faire sortir les démons de Gabriel, mais qui lui fera sortir ses démons à elle ?

— Si Dieu le veut, ses démons sortiront en même temps. N'aie pas peur, *kerida* Rosa, quand Sa majesté notre belle-mère sortira de chez vous, tu verras que tout rentrera dans l'ordre. Gabriel est tombé malade à cause d'elle. Si elle lui pardonne, il se pardonnera et guérira. Ne t'inquiète pas, belle-sœur, le fait qu'ils restent enfermés si longtemps ne produira que de bonnes choses. »

Le matin du quatrième jour, au lever du soleil, Merkada ouvrit la porte de la maison, sortit et se dirigea vers la gare routière de la rue Jaffa, où elle monta dans un autobus pour rentrer chez Alegra à Tel Aviv.

Après le départ de sa mère, Gabriel se leva de son lit, se lava à l'eau et au savon, se rasa, prit des vêtements propres dans l'armoire, s'habilla et partit au marché.

Mazliach, Leito et Avramino n'en croyaient pas leurs yeux lorsqu'ils le virent, tel un homme neuf, sur le seuil de la boutique. Sans s'épancher, il reprit sa place derrière le comptoir et se remit à travailler comme si de rien n'était.

« Va chez Shmuel, demande s'ils savent où est Rosa et quand tu l'auras trouvée, dis-lui de rentrer à la maison avec les filles », ordonna-t-il à Avramino, qui se mit tout de suite en route.

Lorsque Rosa rentra, elle eut la surprise de retrouver la maison comme elle l'avait laissée, impeccable. Le lit de Gabriel était fait, il n'y avait pas de vaisselle dans l'évier et le baquet encore mouillé était suspendu à sécher à un clou sur le mur, à sa place habituelle.

Les filles enlevèrent les vêtements prêtés par leurs cousines et remirent les leurs.

« Dépêchez-vous, les houspilla Rosa, autrement vous allez arriver en retard à l'école. »

Elle les regarda s'éloigner depuis le seuil de la porte. Beki était flanquée de ses deux sœurs qui la tenaient chacune par la main. Elle soupira comme si un poids lui avait été ôté : si Gabriel était de retour à la boutique et les filles à l'école, sa belle-sœur Myriam avait peut-être raison, tout allait rentrer dans l'ordre.

Sauf que ce jour-là, Luna n'alla pas à l'école. Après avoir déposé Beki à la maternelle et s'être assurée que Rahelika était elle aussi entrée en classe, elle sortit en toute hâte de l'école et se précipita vers la boutique de Gabriel au marché. Lorsqu'elle arriva tout essoufflée à la porte du magasin, son père la vit et sourit. Luna se précipita vers lui et l'embrassa en se blottissant dans ses bras comme un bébé.

« *Basta, kerida* ! Tu n'es plus un bébé, tu es bientôt une jeune fille ! »

Il essaya de la faire descendre mais elle, tellement heureuse de voir son père lui sourire comme avant, l'ignora et continua à le serrer dans ses bras et à s'accrocher à sa taille.

« Ça suffit, l'arrêta Gabriel, tu me fais honte, quel jeune homme voudra t'épouser si tu te comportes comme une petite fille avec ton père ? »

Elle s'abstint de répondre, si contente de l'avoir retrouvé, si heureuse de le voir derrière son comptoir avec son tablier blanc à servir les clients et que la vie reprenne son cours normal. Rien ne l'intéressait, elle souhaitait seulement être à ses côtés, respirer à nouveau la force et l'assurance que sa présence lui prodiguait.

« Je veux travailler avec toi à la boutique, lui annonça-t-elle.

— *Basta*, Luna, tu es encore une enfant, tu dois aller à l'école.

— Tu viens de dire que j'étais bientôt en âge de me marier, et maintenant je suis une enfant ? *Papo*, je veux t'aider, être ici, je n'ai pas besoin d'étudier pour vendre dans un magasin.

— Tu n'as pas besoin d'étudier ? Tu sais que ta grand-mère et ta mère n'ont jamais mis les pieds à l'école ? Toi, tu as le privilège de pouvoir y aller, d'acquérir du savoir, une éducation…

— C'est quoi, une éducation ? Je sais lire, écrire et compter, je n'ai pas besoin de plus.

— Arrête de dire des bêtises, Luna ! Allez, prends quelques bonbons et va à l'école. Sois une bonne fille.

— Papa, s'il te plaît, juste aujourd'hui, laisse-moi rester à la boutique juste aujourd'hui. »

Gabriel finit par céder. Il n'arrivait pas à résister au charme de sa fille, même si ce charme et cette beauté le préoccupaient : une jeune fille ne devait pas être aussi belle. La beauté de Luna allait lui causer des problèmes. Il allait devoir la tenir à l'œil, car dans quelque temps elle aurait l'âge qu'on lui trouve un mari. Il ne manquerait plus qu'elle devienne comme ces filles modernes qui sortaient danser avec les garçons au café Europa ou dans d'autres clubs fréquentés par les soldats anglais, Dieu nous garde. C'était encore une enfant, mais le temps filait et d'ici peu, ce serait déjà une femme.

Gabriel n'évoqua jamais ce qui s'était passé pendant les trois jours où il était resté enfermé avec sa mère et la vieille n'en souffla pas mot non plus. Mais à partir du moment où elle quitta leur maison, il se remit à fonctionner normalement. La famille Ermoza reprit sa routine, à l'exception d'une chose : Gabriel cessa de fréquenter la synagogue les jours de semaine, il n'y alla plus que le samedi et pour les fêtes. Rosa, qui avait remarqué le changement, s'abstint comme d'habitude de poser des questions. Elle avait appris que moins elle parlait, mieux c'était. Mieux valait se taire que recevoir pour toute réponse un visage fermé et un silence assourdissant. Elle continua à s'occuper de la maison et même les frictions avec Luna diminuèrent. Elle ne voyait pas d'un bon œil sa coquetterie croissante, mais ne faisait pas de commentaire, préférant une trêve avec sa fille insolente aux disputes incessantes qui l'épuisaient et se terminaient presque toujours sur un sentiment d'impuissance et sur la victoire écrasante de Luna. Gabriel n'aurait jamais pris son parti face à sa fille, tout au plus la réprimandait-il, et encore jamais fermement, plutôt avec une douceur qui ne faisait que l'énerver davantage. Rosa avait donc baissé les bras, préférant éviter autant que possible la confrontation.

Vers la fin de l'année scolaire, le directeur de l'école, le rav Pardes, convoqua les parents pour discuter avec eux des résultats de leurs filles. Gabriel annonça qu'il irait et Rosa, qui de toute façon ne s'était jamais particulièrement intéressée aux études de ses enfants, déclina bien volontiers.

« D'abord, je voudrais vous féliciter pour les nombreuses qualités de Rahel, dit le rav Pardes à Gabriel, qui se gonfla d'orgueil. Votre Rahel a un brillant avenir devant elle et je vous recommande chaleureusement de l'envoyer au lycée qui se trouve à côté du séminaire pour enseignants David Yeilin, dans le quartier de Beit Hakerem. Quant à la petite Rivka, elle aussi possède de grandes qualités, c'est une excellente élève, appliquée et assidue. Maintenant Levana... poursuivit le maître avec un soupir en soulignant le prénom hébreu de Luna. Pour ce qui est de Levana, monsieur Ermoza, je n'ai malheureusement pas de bonnes nouvelles à vous donner. Je tiens à vous faire savoir que je désapprouve les permissions d'absences récurrentes que vous lui accordez. Je comprends que vous ayez besoin d'aide au magasin, mais il faut décider si vous voulez que votre fille étudie ou non. Si vous avez de l'intérêt pour ses études, j'exige qu'elle se présente tous les jours à l'école et fasse ses devoirs, comme toutes les autres élèves. Si vous voulez la retirer de l'école pour qu'elle vous aide à la boutique, vous en avez pleinement le droit, mais vous devez choisir. »

Gabriel, abasourdi, écouta les paroles du directeur, ne sachant s'il devait dénoncer les mensonges de Luna ou la couvrir. Ses parents lui ayant appris qu'on lavait son linge sale en famille, il décida de se taire et de ne pas lui raconter que sa fille mentait effrontément. Il se leva et le regarda droit dans les yeux.

« Je suis vraiment désolé, monsieur le directeur. À partir d'aujourd'hui, ma fille ne s'absentera plus un seul jour. »

Gabriel sortit de l'école le visage impassible, mais il bouillait de rage. Luna était devenue incontrôlable ! Mentir aussi effrontément et impliquer son père dans ses mensonges ? Qu'était-il arrivé à sa fille, la prunelle de ses yeux, cette enfant qu'il aimait plus que la vie ? L'avait-il trop gâtée ? Lui avait-il prodigué trop d'amour ? Avait-elle compris son désespoir, son besoin de consolation, et était-elle devenue menteuse ?

Où traînait-elle quand elle manquait l'école ? La colère montait en lui, il était mortifié. Sa fille, la chair de sa chair, l'avait humilié devant le respectable maître. Il se sentait trahi et, le pire de tout, c'est qu'il sentait que s'il ne faisait rien, il perdrait le contrôle sur elle. Ce n'était qu'une enfant, *Dio mio*, alors que se passerait-il quand elle grandirait ?

L'école ne se trouvait pas loin du marché Mahane Yehouda, mais au lieu de retourner à la boutique, il descendit la rue Agrippas dans la direction de la rue King George. Il devait se calmer avant de rentrer à la maison et confronter sa fille. Dans ces moments-là, il aurait eu besoin d'un bon conseil. Il songea un instant à sauter dans l'autobus pour aller voir sa mère à Tel Aviv, mais la pensée de retourner dans cette ville au bord de la mer, avec le risque d'y croiser à nouveau Rohel, l'effrayait tellement qu'il renonça sur-le-champ. Trop peu de temps s'était écoulé depuis que sa mère l'avait sauvé à l'aide du *livianos* et avait chassé les démons qui s'étaient emparés de son âme et refusaient de le lâcher. Il n'oublierait jamais leur conversation à la veille de son départ. Le quatrième jour, il avait repris assez de forces pour sortir de son lit et s'asseoir à la table de la salle à manger. Sa mère lui faisait face, appuyée sur sa canne, le visage marqué de rides mais avec l'étincelle d'une jeune fille dans les yeux. Elle s'était adressée à lui sur un ton des plus sérieux.

« *Adio senyor del mundo* était apparemment très fâché contre toi le jour où tu as posé tes yeux sur l'Ashkénaze. Qui sait ce que tu avais fait pour qu'il te punisse si sévèrement. S'il n'a pas la bénédiction de Dieu, l'amour est maudit et apporte avec lui les tourments de l'enfer. Et ton amour pour l'Ashkénaze, *ijo kerido*, Dieu ne l'avait pas béni. »

Elle avait soupiré lourdement, posé la main sur celle de Gabriel et poursuivi.

« Que Dieu nous pardonne les péchés que nous avons commis l'un contre l'autre, de terribles péchés. Mais si le Seigneur l'avait jugé nécessaire, il t'aurait pris depuis longtemps pour te punir, ou il m'aurait choisie moi. Or il n'a pris aucun d'entre nous, il a emporté ton père, ce saint homme, qu'il repose en paix, et ainsi il nous a infligé à tous les deux une punition pire que la mort. S'il en a décidé ainsi, cela signifie qu'il veut que nous restions ici sur cette terre. On ne peut pas revenir en arrière, *ijo kerido,* mais au moins à partir d'aujourd'hui, comportons-nous, sinon comme une mère et son fils, du moins comme des êtres humains. Maintenant, je vais quitter cette maison et rentrer à Tel Aviv. Toi tu vas te lever, te laver et reprendre ta vie. Efforce-toi de faire au mieux avec la vie qui te reste, de faire au mieux pour tes filles et ta femme, pour ton travail et surtout pour toi-même. Si Dieu le veut, j'ai effacé de ton cœur celle qui n'aurait jamais dû y entrer, j'ai effacé la souffrance et la nostalgie, le souvenir et le rêve de revoir un jour peut-être cette femme qui n'a jamais été pour toi. Maintenant que tu es propre, va reprendre ta vie comme s'il ne s'était rien passé. »

Elle s'était levée en s'appuyant sur sa canne et, sans même lui dire au revoir, était sortie de la maison. Gabriel, qui avait grandi avec les miracles de sa mère et les propriétés thaumaturgiques du *livianos,* s'était senti comme si on l'avait ramené à la vie, déterminé à rattraper le temps perdu.

Or voilà qu'à l'instant, la conversation avec le rav Pardes avait ébranlé la sérénité et le calme qui l'avaient envahi depuis que sa mère l'avait soigné. Une peur intense le saisit, une inquiétude profonde pour l'avenir de Luna et pire encore, des doutes sur son caractère. Connaissait-il réellement sa fille ? Qui savait ce qu'elle faisait d'autre derrière son dos, si elle mentait aussi effrontément ? Avait-il échoué à ce point dans son éducation ? Où avait-elle appris à mentir, la *draga de siete kavesas*, cette dragonne à sept têtes ?

Gabriel prit la rue King George jusqu'à l'église Terra santa, traversa la place pour rejoindre la rue Gaza et s'arrêta devant le café Rehavia, l'endroit où il se réfugiait lorsqu'il voulait s'isoler, loin de tout ce qu'il connaissait, de son environnement naturel du marché Mahane Yehouda et du quartier Ohel Moshe. Il y resta une bonne heure et sirota un café noir en regardant les passants de l'autre côté de la vitre, essayant de mettre de l'ordre dans ses pensées et ses sentiments. Que n'aurait-il pas donné pour recueillir l'avis de sa mère à présent ! Mais non, il valait peut-être mieux ne raconter à personne les errements de sa fille, même pas à sa mère. Il ne voulait pas que Luna ait une réputation de menteuse, de fille des rues, il devait protéger son nom ; autrement, il ne lui trouverait jamais un mari de bonne famille et les choses dégénéreraient. Il se leva, paya le serveur, sortit du café et reprit sa route vers Ohel Moshe, bien décidé à la tenir à l'œil, à s'assurer de savoir où elle se trouvait à chaque instant et, pour la première fois depuis sa naissance, il décida de la punir pour la remettre sur le droit chemin.

Le soir, lorsque la famille se retrouva autour de la table, il regarda ses filles assises autour de lui.

« Viens ici », ordonna-t-il à Rahelika qui obéit immédiatement et se mit debout à côté de lui.

Il l'embrassa sur le front et la félicita pour ses excellents résultats à l'école. Il aperçut du coin de l'œil la jalousie cuisante dans les yeux de Luna, qui ne pouvait supporter que son père s'intéresse à quelqu'un d'autre qu'elle, même à sa sœur. Puis Gabriel appela Beki et l'assit sur ses genoux.

« Toi aussi, *chikitika*, tu es une enfant brillante, félicitations ! » déclara-t-il en l'embrassant.

Rahelika et Beki baisèrent tour à tour la main de leur père avant de retourner à leur place et un silence tendu s'installa. Tout le monde s'attendait à ce que Gabriel appelle Luna et lui communique ce qu'il avait à lui dire sur ses études. Mais il n'ajouta rien. Il régnait un silence de mort et finalement Beki, n'arrivant plus à se retenir, demanda :

« Et Luna ? Qu'est-ce qu'il a dit d'elle, le rav Pardes ? »

Gabriel l'ignora et asséna d'une voix glaciale :

« Le dîner refroidit, Rosa, apporte-le à table. »

Sans piper mot, Rosa posa le couscous et la casserole de viande à la sauce tomate avec des petits pois et s'apprêta à servir.

« *Basta*, l'arrêta Gabriel, laisse Luna servir le repas. »

La main de Rosa resta suspendue en l'air.

« Allez, Luna, qu'est-ce que tu attends ? La conversation avec le rav Pardes m'a ouvert l'appétit », dit-il sans regarder sa fille.

Luna devint écarlate. Son père ne lui avait jamais parlé sur un ton aussi sévère, ne l'avait jamais humiliée en public mais surtout, elle souffrait de savoir qu'elle l'avait déçu, lui avait fait honte devant le directeur de l'école. Elle comprit que le maître lui avait raconté ses absences et les fables qu'elle inventait pour manquer les cours. Comment avait-elle pu imaginer se sortir de ces mensonges dans lesquels elle l'impliquait également ? Croire qu'il n'apprendrait pas tôt ou tard qu'elle utilisait son nom pour mentir au maître ? Elle avait attenté à son honneur, or pour lui rien ne comptait davantage.

Sa main tremblait lorsqu'elle servit le couscous dans les assiettes. Le dîner se déroula en silence, on n'entendait que le cliquetis des fourchettes sur les assiettes. Luna ne toucha pas à son plat et, pour une fois, son père n'essaya pas de la convaincre de manger.

Lorsqu'ils eurent terminé, Rosa et les filles se précipitèrent pour débarrasser la table, mais Gabriel les arrêta.

« Laissez. À partir d'aujourd'hui, il n'y a que Luna qui débarrasse et fait la vaisselle. Si elle n'apprend rien à l'école, qu'elle apprenne au moins quelque chose à la maison. »

Pendant une semaine, chaque jour, à chaque repas, Luna mit le couvert, apporta le repas, le servit, débarrassa, fit la vaisselle et la rangea à sa place dans l'armoire. Rosa avait du mal à cacher sa satisfaction devant le traitement réservé à sa fille. Gabriel avait décidé de ne rien lui révéler de sa discussion avec le rav Pardes et de s'occuper lui-même de Luna, sans impliquer sa femme. Il ne lui dit qu'une chose :

« Pas un mot sur ce qui se passe ici avec Luna. Rien ne doit sortir de cette maison. Tu n'en parles ni avec ma belle-sœur Myriam, ni avec ma sœur Clara, ni avec la voisine Tamar, ni avec les autres voisines, ni avec toi-même. »

Et Rosa, pour qui les paroles de son mari étaient sacrées, garda le secret malgré son envie brûlante de tout raconter à sa chère Tamar.

Pendant une semaine, Luna parut l'ombre d'elle-même. Elle allait à l'école chaque matin, assistait à toutes les leçons et ne sortait même pas pendant les récréations. Ce qui lui pesait le plus, c'était le silence de son père. Elle était prête à supporter n'importe quelle punition, faire la vaisselle, nettoyer par terre, plier le linge et même à la pire des punitions, rester enfermée à la maison, mais elle ne pouvait supporter cette indifférence qui lui faisait aussi mal que des coups de bâton. Rahelika, qui compatissait avec sa sœur, essayait de lui parler, mais Luna se murait dans son silence.

« Qu'est-ce que tu as fait pour que Papa te punisse comme ça ? Ce n'est pas possible que ce soit seulement parce que tu n'as pas de bonnes notes. »

Mais Luna se taisait. Même à sa sœur bien-aimée, elle avait honte d'avouer pourquoi leur père l'avait punie.

« Luna, arrête d'être têtue comme un *azno*, qu'est-ce que tu as fait pour que *Papo* soit en colère contre toi ? Tu as volé ?

— Tais-toi, crétine, voleuse toi-même ! »

Elle se mit à courir après Rahelika et à la tirer par les cheveux.

« Aïe ! hurla Rahelika, lâche mes cheveux ! »

Mais Luna ne lâchait pas, elle continuait à tirer, un peu plus et elle allait les arracher. Cela lui procurait un sentiment de force, elle se sentait comme Samson, le héros. Chaque fois qu'elle se disputait avec ses sœurs, elle leur tirait les cheveux, mais elle le faisait aussi quand elle voulait leur témoigner de l'affection, et pas seulement avec ses sœurs, les enfants des voisins et ses cousins avaient droit au même traitement. Ils savaient tous qu'elle adorait tirer les cheveux.

Les cris de Rahelika firent sortir Rosa de la cuisine. Elle attrapa le corps tout maigre de Luna et la tira pour essayer de séparer les deux sœurs. Mais Luna hurlait, tirait et se mit dans tous ses états jusqu'au moment où elle finit par tomber par terre en pleurant.

Elle resta des heures à sangloter, les bras autour des genoux. Rosa se bouchait les oreilles pour ne pas l'entendre, s'étonnant de voir combien elle était endurcie face à la souffrance de sa fille. Elle ignorait ce qu'elle avait fait pour que Gabriel punisse ainsi la prunelle de ses yeux, mais ne comptait pas lui demander. S'il voulait, il lui dirait, et sinon tant pis. Elle n'avait plus de place dans son cœur pour les problèmes de cette enfant, n'avait jamais eu ni n'aurait jamais assez de force pour elle.

Têtue comme une mule, cette Luna, et orgueilleuse avec ça ! Elle ne vient même pas me demander pardon, se disait Gabriel. *Elle me regarde droit dans les yeux sans aucune honte quand elle est assise en face de moi à table. Au moins elle a hérité de la forte personnalité de son père, ce n'est pas une lavette comme sa mère.* Il ressentait sa douleur, elle n'arrivait pas à la dissimuler. Il la voyait le regarder à la dérobée quand il parlait avec Rahelika ou Beki, se mordre la lèvre supérieure lorsqu'il commentait avec sa sœur ce qui était écrit dans le journal. Ija de un mamzer, *quel caractère !* Et elle était de plus en plus belle. Ses yeux, de qui les avait-elle hérités ? À sa naissance, tout le monde disait qu'elle avait les yeux de son père, mais il n'était pas conscient d'en avoir de si beaux. Et ces cheveux couleur de feu, comme les siens, sauf que ceux de sa fille étaient cent fois plus beaux. Luna était le portrait craché de son père, pas comme Rahelika qui, malheureusement, ressemblait comme deux gouttes d'eau à sa mère, ni comme Beki qui, par chance, n'avait hérité de sa mère que les cheveux noirs.

Il devait désamorcer cette tension qui le tuait entre lui et sa fille, mais comment pourrait-il, lui son père, s'humilier devant elle ? Pourquoi la *draga de siete kavesas* ne venait-elle pas d'elle-même demander pardon ? Têtue comme une mule, combien de temps cette situation allait-elle encore durer ? Comment pouvait-il avoir l'infortune d'être ainsi en colère contre les deux femmes les plus importantes de sa vie, celles qu'il aimait le plus, sa mère et sa fille aînée ? Au diable sa malchance, il était sur le point de craquer et d'aller trouver Luna pour l'embrasser, la serrer contre son cœur, et il finirait lui-même par demander pardon. Non, pas question ! Il ne faiblirait pas, qu'il n'y songe même pas ! C'est elle qui viendrait en rampant lui demander pardon pour ses mensonges.

L'année 1940 touchait à sa fin. Pendant six mois de l'année, il avait été plus mort que vif, ce qui n'avait pas été sans conséquences sur la boutique. Bien entendu, Mazliach était incapable de la gérer. Cet âne, il arrivait à peine à gérer sa femme et ses enfants. Et il n'avait jamais assez d'argent, se plaignait toujours d'en manquer, alors comment pouvait-il diriger un magasin ? Gabriel se doutait bien qu'il y avait eu des irrégularités dans les comptes pendant qu'il était *durmiendo*, comment l'éviter ?

Non pas qu'il accusât son frère d'avoir volé, Dieu le garde, mais il parvenait tout juste à additionner deux plus deux, alors tenir la comptabilité ? Et même si, à Dieu ne plaise, Mazliach avait fait un faux pas, il ne voulait pas en entendre parler, préférait ne pas être déçu.

Lorsqu'il était retourné à la boutique une fois guéri, il l'avait trouvée en piteux état. La marchandise n'était pas fraîche, ils manquaient de loukoums, de halva, de pistaches d'Alep, de thé mais aussi de cornichons, de poisson fumé, d'huile d'olive et d'olives. Les femmes arabes avaient cessé d'apporter leur fromage du village car Mazliach ne les payait pas à temps. Bref, le magasin était triste. Gabriel s'était retroussé les manches et mis tout de suite à l'ouvrage. Il ne voulait pas aller à Tel Aviv, terrifié à l'idée de rencontrer par hasard la femme qui marchait au bras de l'Anglais, dont il ne pouvait même pas prononcer le nom. Il avait donc envoyé Avramino à sa place chez Haim Saragosti, rue Levinski, avec une liste de tout ce qui manquait. Avramino était illettré, mais Saragosti la lirait et il comptait sur son vieil ami pour faire le travail et lui envoyer la commande à Jérusalem.

Il avait payé les dettes contractées par Mazliach aux femmes arabes de Batir et de Sheikh Jarrah et elles avaient recommencé à lui apporter leur succulent fromage de chèvre. Il fit travailler Mazliach et Avramino jour et nuit, engagea deux jeunes de Soukkat Shalom pour l'aider, et grâce à Dieu le magasin retrouva sa splendeur d'antan, il recommença à prospérer et à se remplir de clients. Plus d'une fois, la pensée l'effleura que peut-être que

Luna avait raison, peut-être n'était-ce pas une si mauvaise idée de la retirer de l'école pour qu'elle l'aide à la boutique, mais il chassait immédiatement cette pensée. Le monde changeait, se modernisait, il n'était pas prêt à ce que sa fille soit aussi ignorante que Rosa. Elle devait avoir de l'éducation.

Il regrettait lui-même d'avoir fréquenté uniquement le talmud torah, l'école religieuse. Si seulement il avait continué ses études ! Il était convaincu qu'au lieu de tenir une boutique au marché, il aurait pu devenir quelqu'un d'important, peut-être un médecin à l'hôpital Bikour Holim, un avocat ou même – son rêve le plus secret – un commandant dans la Haganah, l'armée juive. Il aurait voulu travailler aux côtés de Ben Gourion, qu'il estimait immensément, ou de Eliahu Golomb, ces hommes qui étaient le sel de la terre !

S'il avait reçu une éducation, il serait devenu autre chose qu'un épicier qui se contentait de discuter de l'actualité avec Franz, le gros marchand de journaux. Il aurait conversé avec des hommes d'affaires respectables de la plus haute importance, des hommes comme David Yeilin qui, après la mort de son fils Ahinoam lors des événements du début de l'année, avait rendu avec sa femme Ita à ces salauds d'Anglais la médaille d'honneur qu'ils leur avaient décernée. Comme il admirait les mots de Yeilin : « À mes yeux, votre médaille d'honneur est une médaille de déshonneur. » Ah, quels hommes il y avait dans ce pays ! Et lui était coincé toute la journée à la boutique avec ce *troncho* de Mazliach et avec Avramino, cet âne bâté.

Les pensées se bousculaient, lui vrillaient la tête, il avait l'impression qu'elle allait exploser. Il quitta son poste derrière le comptoir et demanda à Mazliach de le remplacer. Il ôta son tablier et traversa le marché en direction de la rue Jaffa. Les parfums enivrants du souk pénétraient dans ses narines mais au lieu de le ravir, ils ne faisaient qu'augmenter son mal de tête. Arrivé au kiosque à journaux, il acheta *Ha'aretz*, comme chaque jour.

« Comment allez-vous ? demanda le marchand à son client préféré.

— Grâce à Dieu, répondit-il en payant et en parcourant la page de couverture.

— Vous avez vu ces bâtards, ils ont encore renvoyé un bateau. »

Gabriel tomba sur le titre en première page, qui annonçait que le bateau *Tiger Hill* avec ses sept cent onze passagers à bord n'avait pas eu le droit d'accoster.

« Fils de chiens, marmonna Gabriel. Ils renvoient ces pauvres gens à Beyrouth. Ils font tout ce qu'ils veulent, ces salauds. »

Il prit le journal et retourna au magasin. Il détestait chaque jour un peu plus les Britanniques, ne supportait pas leur air condescendant lorsqu'ils traversaient le marché en groupe dans leurs uniformes impeccables, comme s'ils étaient les maîtres du pays. C'étaient des ignorants, une partie d'entre eux arrivaient de leurs villages perdus, des paysans rustres qui nettoyaient la bouse de vache dans leur patelin et ici, en Palestine, ils se comportaient comme les fils du roi d'Angleterre.

En Europe, la guerre faisait rage. L'Allemagne nazie avait envahi la Pologne mais ici, on continuait comme si de rien n'était, on vivait comme s'il n'y avait pas de guerre dans le monde. Pour combien de temps encore ? Combien de temps allait-on faire l'autruche ? Heureusement, des volontaires partaient se battre contre l'Allemagne et d'autres essayaient de chasser les Britanniques du pays.

Pas ces bandits du Stern, non, les braves gens de la Haganah. Il savait que la moitié des habitants d'Ohel Moshe soutenaient les organisations clandestines du Etzel et du Lehi, mais l'autre moitié, des gens comme lui, préférait l'approche plus modérée de la Haganah. Il ne croyait pas à la vengeance, œil pour œil, dent pour dent, il croyait à la négociation, au dialogue. La violence ne profitait à personne.

Enfin, une lettre arriva d'Amérique et Rosa, n'y tenant plus, se précipita à la boutique pour que Gabriel la lui lise. Nissim, qu'on appelait Nick en Amérique, écrivait que tout allait bien, qu'il avait réussi dans le « business du *shmattes* », le commerce de vêtements, et grâce à Dieu sa famille était sur le point de s'agrandir, son fils aîné était fiancé et se marierait bientôt. Comment allait tout le monde à Jérusalem ? Gabriel, et leurs filles ? Et Ephraim, que faisait-il en ce moment, travaillait-il dans la boutique de Gabriel ou avait-il ouvert la sienne ? À la suite de la lettre, une grosse caisse arriverait par bateau avec des vêtements pour elle produits par son usine, qu'elle voie comme il avait réussi, ainsi que des habits pour les filles, pour son mari et pour Ephraim, qui était encore un petit garçon lorsque Nissim avait fui en Amérique, et maintenant c'était un homme qui avait sûrement une femme et des enfants.

Rosa eut le cœur serré, deux ans s'étaient écoulés depuis que la police britannique l'avait emmenée à la prison pour l'interroger et elle n'avait pas la moindre nouvelle d'Ephraim. Et puis elle ne pouvait parler de lui avec personne. Gabriel se mettait en colère rien qu'à entendre son nom, il n'aimait pas ces gens du Lehi, l'organisation armée du Stern. Quand ils avaient tenté d'assassiner l'officier Morton, rue Yael à Tel Aviv, mais qu'à la place ils avaient tué par erreur un officier juif, Schiff, Gabriel s'était mis dans une telle fureur que Rosa s'était bouché les oreilles pour ne pas entendre ses propos : « Ils tuent même des Juifs, ils n'ont pas de limites ! Il faut tous les mettre en prison à Saint-Jean-d'Acre, tous ! Ce ne sont pas des Juifs, les Juifs ne se conduisent pas de cette manière ! »

Si seulement elle pouvait rencontrer Ephraim ne fût-ce qu'une fois pour savoir comment il allait, être rassurée. On disait que Itzhako, le fils de Sarah Laniado, de Sukkat Shalom, faisait lui aussi partie du Stern. Elle parlerait avec sa mère, elle savait peut-être quelque chose.

L'après-midi même, elle se rendit chez *senyora* Laniado et frappa à la porte. Sarah Laniado lui ouvrit.

« Bienvenue, *senyora* Ermoza, entrez, entrez. »

Trois marches menaient de la rue au trou dans lequel vivait la famille, une pièce sans fenêtres qui manquait d'air, d'où une odeur aigre monta à ses narines. Le mari de Sarah, malade, était étendu sur un lit collé contre le mur et, lorsqu'elle entra, il s'assit pour la saluer.

« Ne vous dérangez pas, *senyor* Laniado, dit-elle, ne vous levez pas pour moi, je ne reste pas. »

Sarah lui offrit un thé et des *biskochos* et elles s'assirent à table, en silence. Rosa ne savait par où commencer et Sarah, qui comprenait pourquoi *senyora* Ermoza lui avait fait l'honneur d'une visite, attendait qu'elle parle la première.

« Alors, comment ça se passe à Rehavia ? hasarda Rosa pour entamer la conversation.

— Comment ça peut se passer, répondit Sarah. Même un âne ne trime pas autant que ce que cette dame me fait travailler.

— *Sano ke stes*, que Dieu vous donne la santé, les Ishkénazes sont pires que les Inglaises.

— Ma patronne est pire que le Pharaon. Rien ne trouve grâce à ses yeux, ce n'est jamais assez propre pour elle, si elle pouvait elle me ferait lécher le sol.

— Dites-moi, intervint Rosa, qui comprenait que la conversation avec Sarah ne la mènerait nulle part, comment ça va chez vous, tout va bien ?

— Eh bien, vous voyez, mon mari est malade et c'est moi qui rapporte l'argent à la maison, que faire ?

— Et les enfants ?

— Dieu merci, ils sont tous mariés.

— Itzhako également ?

— Non, pas Itzhako, répondit Sarah en baissant la voix comme pour révéler un secret, Itzhako, que Dieu le garde, est avec Avraham Stern comme votre frère Ephraim, ils sont ensemble là-bas.

Comment le savez-vous ? »

Tout à coup, Rosa se réveilla.

« C'est lui qui me l'a dit. Et pas seulement eux, il y a aussi Mimo, de notre quartier. Grâce à Dieu, nous sommes bien représentés, il y a peut-être vingt à trente gars de chez nous dans le groupe de Stern. »

Rosa était sidérée. Sarah, cette femme simple, en savait plus que ce qu'elle pensait. Elle décida de cesser les politesses et de lui parler directement :

« *Vizina kerida*, cela fait deux ans que je n'ai pas de nouvelles de mon frère Ephraim, votre fils Itzhako vous aura peut-être dit quelque chose à son propos ? Comment va-t-il ? Il s'est marié ? Il a eu des enfants ?

— Se marier ? répondit Sarah en riant. Ils se sont mariés avec la terre d'Israël, ils n'ont pas le temps de se marier avec une femme.

— Dites-moi, l'implora Rosa, est-ce que Itzhako, que Dieu le garde, vous a parlé d'Ephraim ?

— Il ne parle pas beaucoup et je le vois rarement, il vient discrètement et repart discrètement. Il mange quelque chose, dort un peu et s'en va. Que Dieu le protège.

— Mais comment mon frère a-t-il rejoint le Lehi ? C'était un vrai *borracho*, un alcoolique bon à rien, comment ont-ils pu le recruter ?

— C'est Mimo qui l'a amené. Il a rencontré Ephraim qui traînait à côté de la gare centrale à Tel Aviv et l'a emmené. Et voilà, maintenant c'est l'enfer pour les Anglais, ils les rendent fous. Vous avez entendu parler du vol à la Banque Anglo-Palestine, à Tel Aviv ?

— Quoi, c'étaient eux ? demanda Rosa, stupéfaite.

— Ils volent de l'argent aux Anglais pour acheter des armes et les combattre.

— Mon mari dit qu'ils sont pires que les Inglais, soupira Rosa, il dit que les Juifs ne se conduisent pas comme ça.

— Pire que les Anglais, ça n'existe pas ! affirma Sarah. Je ne vous dirai pas que je suis contente que mon fils commette un vol, je ne l'ai pas éduqué à voler, mais il ne met pas l'argent dans sa poche, il le donne pour la terre d'Israël et ça, même le Dieu du ciel le justifie. Tous les samedis soir, j'écoute Stern à la radio, sur « La voix des combattants de Sion », je colle l'oreille au poste et j'écoute chacune de ses paroles et il dit des choses qui ont du sens, que Dieu le garde, chaque mot est vrai.

— Que Dieu protège mon frère et votre fils, conclut Rosa avant de s'en aller, et si par hasard Itzhako vient vous voir, dites-lui que je lui demande, je le supplie d'informer Ephraim que je voudrais avoir de ses nouvelles. Qu'il se montre, que je voie qu'il va bien, et s'il ne veut pas venir chez moi, qu'il me dise où le retrouver, j'irai n'importe où, à n'importe quelle heure. *Por favor, senyora* Laniado, *por Dio,* faites cela pour moi. »

Rosa décida de garder cette visite chez Sarah pour elle. Elle ne raconterait à personne qu'elle essayait de prendre contact avec Ephraim, surtout pas à Gabriel, car elle savait qu'il désapprouverait totalement. Bien qu'il ne lui eût jamais interdit quoi que ce soit, il ne lui permettrait pas de rencontrer son frère et lui dirait qu'elle les mettait en danger, ses filles et elle. Mais à partir de ce jour, elle commença à suivre les informations, demandant à Rahelika de lui lire les titres des journaux. C'est ainsi qu'elle apprit que la tête de Stern était mise à prix pour mille livres et que c'était l'homme le plus recherché du pays.

Samedi soir après la fin du Shabbat, lorsque Gabriel partit avec les filles rendre visite à Shmuel et à Myriam, elle prétexta qu'elle ne se sentait pas bien pour rester à la maison, alluma la radio Zenith qui trônait sur le buffet et chercha « La voix des combattants de Sion ». Les mots de Stern résonnèrent à ses oreilles. « Une voie louable qui mène à l'échec est impropre, une voie impropre qui mène à la victoire devient louable. » *Il a raison,* se dit-elle, *pour chasser ces maudits Inglais du pays, il faut des actes qui ne sont pas écrits dans la Bible, pas le choix.* Elle se demandait ce que faisait son petit frère pour chasser les Inglais. Si seulement elle le rencontrait, elle lui dirait à quel point elle était fière de lui, combien elle soutenait ses choix. Elle lui dirait que c'était la bonne décision, la seule possible. Quoi qu'en pensent Gabriel ou les combattants de la Haganah et la plupart des Juifs qui vivaient en terre d'Israël, il n'y avait qu'une méthode pour parler avec les Inglais : la force ! Seule la force pourrait chasser ces bâtards et les renvoyer dans leur Ingleterre !

Un an plus tard, lorsque Thomas James Wilkin, un officier anglais, tua Avraham Stern de sang-froid dans son appartement du quartier de Florentin à Tel Aviv, Rosa, bouleversée, pleura amèrement. Même Gabriel, pourtant farouchement opposé aux méthodes de Stern et de ses acolytes, était choqué. « Tirer de sang-froid dans la tempe de quelqu'un ? » dit-il à Rosa, qui s'agrippa à la chaise pour ne pas tomber. Elle se sentit faiblir, comme si elle avait perdu un être cher. Depuis qu'elle avait commencé à l'écouter à la radio presque tous les samedis soir, elle était devenue une fervente admiratrice et pleura Roni, sa veuve qui attendait un enfant.

« *Dio santo, miskenika,* elle devra élever cet enfant toute seule, dit-elle à Gabriel qui, à sa grande surprise, manifesta de la sympathie à la veuve et à son enfant à naître.

— Quoi qu'il ait fait, déclara Gabriel, il reste un Juif, et un Anglais ne vaut pas un cheveu de la tête d'un Juif. »

Et sur ce il mit fin à la conversation. Mais Rosa était dévastée par la mort de Stern et ne trouvait de consolation que lorsqu'elle parlait à Sarah Laniado, sa nouvelle amie.

« Je dois absolument voir Ephraim, lui dit-elle, m'assurer qu'il va bien, *Dio mio*, je suis morte d'inquiétude, mon cœur souffre rien qu'à penser à lui, il doit vivre comme un chien, passer d'une cachette à une autre.

— C'est ce qu'ils font tous, répliqua Sarah, ils se terrent dans des trous dans le noir, ils ne doivent pas être vus, alors oublie ça, Rosa. Maintenant, après l'assassinat de Stern, ils vont s'enfoncer encore davantage dans la clandestinité, même mon Itzhako ne viendra plus me voir. *Pasensia*, Rosa, *pasensia*, bientôt les Anglais rentreront dans leur pays et si Dieu le veut, tu reverras Ephraim. »

L'année scolaire se terminait et les grandes vacances arrivèrent, la période préférée des filles. Elles attendaient avec impatience de partir chez leur tante Alegra à Tel Aviv. Avant le voyage, Gabriel préparait un gros paquet rempli de bonnes choses de son magasin pour la famille là-bas, laissait la boutique sous la surveillance de Mazliach et partait avec sa femme et ses filles. Un taxi les attendait à côté de la grande porte d'Ohel Moshe pour les amener à la gare, rue Hebron. Jusqu'à récemment, lorsqu'ils partaient à Tel Aviv, ils marchaient avec la valise jusqu'à la gare routière de la rue Jaffa, mais depuis que la boutique avait recommencé à prospérer, leur situation économique s'était considérablement améliorée et Gabriel avait décidé d'offrir à sa famille un voyage confortable. Il avait même acheté des billets de première classe.

Les filles avaient revêtu leurs plus beaux habits. Luna était resplendissante dans sa robe à fleurs, avec son joli ruban dans les cheveux. Cela faisait quelques mois qu'elle avait repris des relations normales avec son père. Finalement, c'est elle qui lui avait demandé pardon. Un soir, il s'apprêtait à fermer la boutique après avoir terminé son travail lorsqu'elle avait surgi à ses côtés. Elle était restée les yeux baissés, sans ouvrir la bouche. Il avait regardé sa fille aînée et s'était attendri. Il comprenait que c'était sa façon à elle, avec son orgueil, de demander pardon et il avait dû se retenir de la prendre dans ses bras. Il se tenait face à elle, attendant qu'elle fasse le premier pas, jusqu'au moment où elle lui était tombée dans les bras en pleurant à chaudes larmes, en demandant pardon et en promettant de ne jamais plus lui mentir. Il l'avait serrée contre lui, l'avait embrassée et avait pleuré avec elle, le cœur inondé d'une vague d'amour.

Il y avait tout de même quelque chose qu'il voulait comprendre : pourquoi elle avait menti.

« Je m'ennuie, *Papo*, je n'arrive pas à rester assise pendant des heures en classe, j'ai des fourmis dans les pieds et je sens que je dois me lever et marcher. Quand je reste assise trop longtemps face au tableau, tout devient noir et flou, je ne vois plus rien et j'ai mal à la tête. Je regarde mon cahier et les lettres se brouillent, je n'arrive plus à rester en classe. Alors je suis allée voir le directeur et je lui ai dit que tu avais besoin de moi au magasin.

— Et où allais-tu quand tu sortais de l'école ?

— J'allais avec mon amie Sarah à l'immeuble à colonnes pour regarder les vitrines, à la tour du YMCA pour contempler Jérusalem depuis tout en haut, on a aussi pris le bus jusqu'au quartier de Beit Hakerem et on s'est promenées, il y a de si belles maisons là-bas, *Papo*, et de ces jardins ! »

Gabriel l'écoutait avec stupéfaction. Depuis qu'il l'avait autorisée à parler et à lui dire la vérité, elle ne tarissait plus, un vrai moulin à paroles. Il était alarmé à l'idée qu'elle manquait les cours pour aller traîner dans les rues.

« Et dans la Vieille Ville, vous n'y êtes pas allées ? avait-il demandé en redoutant qu'elle ne lui cache une partie de la vérité.

— Je n'aime pas la Vieille Ville, je n'aime que la ville nouvelle, les belles maisons de Rehavia et Beit Hakerem. J'aime la propreté et les gens, ils sont tous bien habillés. Si seulement on pouvait habiter à Rehavia, nous aussi ! »

En effet, songeait Gabriel, pourquoi n'iraient-ils pas s'installer à Rehavia ? Sur le plan financier, il pouvait se permettre de déménager là-bas avec sa famille et peut-être que Luna avait raison, peut-être que le moment était venu d'aller habiter dans un quartier moderne où vivaient les médecins et les professeurs de l'université hébraïque, cela ne ferait pas de mal à ses filles d'apprendre une ou deux choses sur les coutumes de ces gens éduqués. Il avait aidé Luna à se lever des marches attenantes au magasin, l'avait prise par l'épaule et ils étaient rentrés ensemble à la maison.

À partir de ce jour, leurs relations avaient retrouvé leur cours normal. Comme à son habitude, Rosa, qui avait remarqué ce changement louable, ne posa aucune question. Elle avait cessé depuis longtemps de s'interroger sur les liens étranges entre son mari et sa fille et, de toute façon, en ce moment il n'y avait qu'une chose qui l'intéressait : Ephraim et le Lehi. Si elle n'avait pas été mariée et mère de trois enfants, si elle n'avait pas été déjà vieille, elle se serait engagée elle aussi dans la clandestinité.

Luna adorait Tel Aviv. Dès qu'ils entraient dans la ville, son cœur s'emballait. Comme elle aimait le joli boulevard où habitaient sa tante et sa grand-mère, les cafés sur la rue Hayarkon et sur la promenade, et le cinéma en plein air de la Maison du peuple ! Elle adorait surtout la plage. Avec sa peau blanche comme neige, elle brûlait au soleil et devenait rouge comme un homard, et ni les mises en garde de sa mère, ni les supplications de son père n'y faisaient rien. Elle ne résistait pas à cette sensation de renouveau et se brûlait chaque fois la peau.

Pendant la semaine que la famille passait à Tel Aviv, elle ne ratait pas un jour de plage. Même Rahelika et Beki en avaient assez du soleil et du sable et préféraient rester dans la maison de la tante ou flâner dans les boutiques de la rue Allenby. Mais Luna, qui ne parvenait pas à convaincre Rahelika de l'accompagner, harcelait ses cousins jusqu'à ce qu'ils cèdent.

« Celle-là, Dieu la bénisse, quand elle veut quelque chose, elle pourrait rentrer dans un mur, disait Rosa à sa belle-sœur.

— *Pasensia, kerida* Rosa, d'ici peu elle se trouvera un mari et ce sera son problème à lui. »

Rafael et Yaakov, les enfants d'Alegra, étaient très attachés à leur jolie cousine et ravis d'aller à la plage avec elle, tout fiers de leur cousine rousse qui faisait se retourner les gens sur son passage.

Mais cette fois-là, les vacances se terminèrent mal : la peau blanche de Luna devint rouge comme le feu et se couvrit de cloques qui la brûlaient à mourir. Ils écourtèrent leur séjour pour rentrer à Jérusalem. Gabriel rapporta de la boutique un pot de crème épaisse et demanda à sa femme de l'étaler sur le corps de Luna. Les deux s'enfermèrent dans la salle de bains et Rosa commença par le dos. Le contact avec sa mère la brûlait encore plus que les cloques et la petite hurla jusqu'à ce que la pauvre Rosa sorte de la salle de bains les larmes aux yeux. Face à son épouse, qu'il n'avait presque jamais vue verser une larme, Gabriel éprouva pour la première fois de la compassion, non pour sa fille bien-aimée, mais pour elle. Cela faisait des années qu'il voyait Luna répondre à sa mère, la traiter comme une moins-que-rien, sans jamais intervenir.

« Entre et mets de la crème sur le corps de ta sœur, ordonna-t-il à Rahelika, qui s'empressa d'obéir.

— Pourquoi tu cries comme une démente ? reprocha Rahelika à sa sœur.

— Je ne supporte pas qu'elle me touche.

— Honore ton père et ta mère pour que tes jours se prolongent, répondit Rahelika. Vu comment tu te comportes avec Maman, tu mourras avant même ton mariage. »

Finalement, Luna réussit à terminer l'école élémentaire. Il fallait maintenant décider de son avenir. Gabriel était convaincu que sa fille demanderait à travailler à la boutique avec lui et il se préparait déjà mentalement à cette éventualité, à la voir travailler au magasin jusqu'à son mariage.

Mais à sa grande surprise, Luna vint le trouver à la boutique pour lui annoncer qu'elle voulait poursuivre sa scolarité à l'école anglaise. Gabriel hésita. Il venait de lire un article critique à l'égard des enfants juifs qui étudiaient dans les écoles religieuses. « Des dizaines de garçons et de filles ashkénazes et séfarades et d'autres religions rentrent chaque jour des écoles de la Mission chrétienne dans la Vieille Ville et à Ratisbonne, c'est devenu une véritable plaie », écrivait le journaliste. Alors allait-il envoyer sa fille étudier à la Mission ?

Pour une fois, il consulta Rosa qui, bien entendu, se montra incapable de lui donner un conseil avisé. D'un côté, cela l'ennuyait que Luna aille étudier chez les Inglais mais de l'autre, peut-être qu'ils parviendraient à faire une lady de la sauvageonne qui grandissait dans sa maison, répondit-elle à Gabriel. Mais celle qui fit pencher la balance, ce fut Rahelika.

« J'ai entendu dire qu'il y avait de bons professeurs là-bas, dit-elle à son père, et ils enseignent aussi l'hébreu. Mieux vaut qu'elle étudie à la Mission plutôt que de traîner dans la rue. »

Il caressa la tête de cette enfant raisonnable, si différente de sa grande sœur qui ne s'intéressait qu'au cinéma et aux vêtements. Rahelika, si Dieu le voulait, terminerait l'école communale, il l'inscrirait au lycée à Beit Hakerem et après quatre ans, elle poursuivrait ses études au séminaire David Yeilin. Rahelika serait institutrice. Et Luna ? Celle-là, avec l'aide de Dieu, il fallait la marier au plus vite, un point c'est tout.

Chaque matin, Luna allait chercher sa grande amie Sarah chez elle et elles marchaient ensemble jusqu'à la porte de Jaffa où se trouvait l'école anglaise, en face de la tour de David. Luna détestait les uniformes de l'école – jupe plissée écossaise bleue et verte, chemisier blanc et pull en V bleu –, mais ce qu'elle haïssait le plus, c'étaient les collants noirs.

« C'est tellement démodé de cacher ses jambes », se lamentait-elle.

L'école occupait un magnifique bâtiment qui servait jadis de synagogue.

« Tous les matins, avant le début des cours, les élèves se réunissent dans la cour pour le lever du drapeau anglais et la bénédiction du roi, raconta Luna à Rahelika, et quand les sœurs parlent de Jésus, je mets les mains sur mon cœur pour le protéger de ce qu'elles disent et que Jésus n'aille pas s'y infiltrer, à Dieu ne plaise. »

Luna souffrait. Elle détestait les études, détestait les sœurs et tout autant Mr Mizrahi, le professeur juif dont l'accent irakien l'exaspérait, et parmi tous les élèves de la classe, c'est toujours sur elle qu'il tombait.

« Silence, Ermoza ! » hurlait-il même quand elle n'était pas en train de bavarder, et on entendait ses cris jusque dans les caves de la prison de Kishle, juste à côté de l'école.

Ce jour-là, elle était particulièrement de mauvaise humeur.

« J'en ai ras le bol des études ! dit-elle à Sarah.

— Alors viens, on sèche les cours, on va regarder les vitrines !

— J'aimerais bien, mais si mon père m'attrape encore une fois à faire l'école buissonnière, c'est fini pour moi. Ça m'a suffi, ce qui s'est passé quand j'ai séché les cours du rav Pardes.

— Si tu ne veux pas, tant pis, moi j'y vais ! répondit Sarah en sortant de l'école pour se diriger vers la rue Jaffa.

— Attends, attends, cria Luna en courant derrière elle, j'arrive ! Prions le ciel pour que personne ne nous voie et ne le raconte à mon père. »

Les deux amies flânèrent dans la rue Jaffa. Elles passèrent devant les vitrines et regardèrent les mannequins vêtus de corsages et de robes qui soulignaient leurs hanches. Luna s'extasia devant une paire de chaussures à talons noires exposée dans la vitrine de Freiman & Bein.

« Viens, lui dit Sarah en la tirant par la main. Viens, sinon tu vas rester le visage collé à la vitre. »

Elles passèrent à la vitrine suivante, celle de Zacks et Fils, le grand magasin de vêtements chic. Luna colla son nez contre le verre ; elle ne se lassait pas de regarder les mannequins avec leurs élégantes robes du soir ou leurs vêtements chic de tous les jours. Ses yeux se brouillèrent à la vue d'une robe en mousseline bleue transparente, elle avait le souffle coupé et n'arrivait pas à détacher les yeux de la vitrine. Ces robes sublimes lui apportaient le parfum du grand monde. Comme elle aurait aimé l'essayer, sentir ses plis qui soulignaient ce qu'il fallait mettre en valeur et cachaient ce qu'il convenait de dissimuler.

Tout à coup, son regard se posa sur une annonce collée sur la porte du magasin : « Cherche vendeuse ». Son cœur s'arrêta : voilà, voilà ce qu'elle devait faire, devenir vendeuse chez Zacks et Fils, passer son temps à côté des robes, des chemisiers, des jupes, des combinaisons. Pouvoir les caresser, les plier délicatement et les poser sur les étagères, les suspendre sur les cintres. L'émotion la submergea, son avenir venait de lui apparaître : la mode, son avenir était dans la mode, pas à l'école de la Mission et encore moins derrière le comptoir de la boutique de son père au marché Mahane Yehouda. Non, elle n'était pas née pour vendre du fromage et des cornichons, elle était faite pour vendre des vêtements. Elle poussa la porte en verre et entra.

« En quoi puis-je vous aider, jeune fille ? demanda l'homme debout derrière le comptoir, vêtu d'un complet parfaitement coupé.

— Je suis ici pour l'annonce, répondit Luna en ignorant le regard ahuri de Sarah, entrée derrière elle.

— La jeune dame a-t-elle de l'expérience ? demanda le monsieur en costume.

— Je n'ai pas d'expérience mais j'apprends vite. Je vous promets que d'ici une semaine je serai votre meilleure vendeuse, déclara-t-elle avec une assurance qui la surprit elle-même.

— Je vois que vous allez encore à l'école, poursuivit le monsieur en montrant son uniforme. Quand pourriez-vous travailler ?

— Maintenant !

— Maintenant, éclata-t-il de rire, maintenant ce n'est pas possible.

— Et pourquoi pas ? Vous verrez, monsieur, que d'ici quelques heures j'aurai déjà appris le travail, vous ne le regretterez pas.

— Je n'en doute pas, mais vous devez d'abord enlever cet horrible uniforme de la Mission. Venez demain habillée normalement et on en reparlera », lui dit-il en la raccompagnant à la porte.

« Tu es folle ? s'écria Sarah. Mais qu'est-ce que tu fais ?

— J'ai trouvé ma vocation ! »

Luna exultait.

« Je vais travailler comme vendeuse dans un magasin de vêtements ! Dieu soit loué, il m'a ouvert les yeux, tout ce qui m'intéresse, c'est les vêtements ! Je regarde les revues qui arrivent d'Europe, je découpe des robes et des chaussures pour les coller dans un cahier, nuit et jour je rêve de robes. Les vêtements, c'est ma vie ! »

Au moment du dîner, Luna se conduisit de façon exemplaire, aida sa mère à apporter le repas à table, débarrassa les assiettes et, pour une fois, proposa de faire la vaisselle. Rosa ne comprenait pas la raison de ce comportement inhabituel mais comme toujours, elle préféra ne pas poser de questions.

Seule Rahelika, qui connaissait sa sœur comme elle-même, lui demanda :

« Tu as glissé sur une banane ? »

Avec un sourire radieux qui découvrait ses fossettes, Luna lui chuchota :

« Sur la banane de ma vie.

— Quoi, raconte ! » la supplia Rahelika.

Alors Luna lui dévoila son projet d'arrêter les études pour travailler chez Zacks et Fils.

« Dans tes rêves ! Papa n'acceptera jamais !

— Laisse-moi faire. »

Après le dîner, lorsque Gabriel s'assit dans son fauteuil pour écouter Radio Jérusalem en fumant une cigarette, Luna s'approcha de lui, toute mielleuse.

« *Papo*, tu as un moment ?

— Pour toi, *mi alma*, j'ai tous les moments du monde.

— *Papo kerido*, je ne voulais pas t'attrister, mais ça fait un moment que je ne suis pas heureuse à la Mission. Toutes ces histoires sur Jésus et Marie me rentrent dans le cœur, j'ai l'impression que ça pourrait m'inciter à devenir chrétienne, à Dieu ne plaise.

— *Dio santo* ! C'est exactement ce que je craignais depuis le début ! C'est pour ça que je ne voulais pas que tu étudies là-bas, mais tu as insisté !

— C'est Sarah qui m'a persuadée d'aller à la Mission et je l'ai suivie sans réfléchir, mais maintenant que je vois le résultat, je t'en prie, *Papo*, je t'en supplie, sors-moi de là !

Pas de problème, tu viendras travailler avec moi.

— Non, *Papo*, je ne veux pas travailler au magasin, je veux travailler dans la mode.

— Dans la mode ?

— Oui ! Les vêtements, les robes, les tailleurs.

— Mais tu y travailles déjà, tu as plus de vêtements que chez Zacks et Fils !

— Justement ! »

Luna sauta sur l'occasion.

« On m'a dit qu'il y avait une annonce chez Zacks et Fils, qu'ils cherchaient une vendeuse, et je voudrais me présenter demain matin.

— Fais ce que tu veux », répondit Gabriel d'un ton las.

Il avait compris depuis longtemps que Luna n'était pas faite pour les études, alors si elle ne voulait pas étudier, qu'elle vende des vêtements, pourvu qu'elle fasse quelque chose.

Le soir, avant de se coucher, il dit à Rosa d'un ton excédé :

« Une lady, tu disais qu'ils feraient d'elle ? Une chrétienne, plutôt ! Heureusement que cette enfant est intelligente et qu'elle a compris à temps qu'ils prennent le contrôle de son âme, heureusement qu'elle est bien la fille de son père. »

Le lendemain matin, au lieu d'aller à l'école, Luna resta à la maison, ouvrit son armoire et choisit sa plus belle robe, une robe à fleurs rouge et noire. Elle enfila des chaussures vernies et un sac assortis, se peignit les ongles et les lèvres du même rouge, et s'apprêta à sortir pour aller travailler chez Zacks et Fils.

Rosa se sentit sur le point d'exploser.

« Luna, on dirait une fille qui va avec les Inglais. Tu n'as pas intérêt à sortir comme ça de la maison ! Regarde-toi dans la glace, tu verras à quoi tu ressembles ! »

Elle était debout à côté de la porte et l'empêchait de sortir.

« Et à quoi je ressemble ? demanda Luna sur un ton méprisant.

— À une fille des rues.

— C'est bien à toi de me dire que je suis une fille des rues ! cria-t-elle. On sait très bien qui est arrivée de la rue dans la maison de mon père, qui nettoyait les toilettes des Anglais avant de devenir *senyora* Ermoza ! Alors ne me dis pas que je suis une fille des rues ! »

La veine sur le cou de Rosa faillit éclater. Elle ne pourrait pas tenir tête à Luna, qui devenait de plus en plus impertinente et qui, lorsque Gabriel n'était pas là, se permettait de lui parler comme une vendeuse du souk. *Boka de djura*, quelle grossièreté ! Il n'y avait qu'une personne qui pourrait l'arrêter : son père.

« Si tu sors peinturlurée comme ça de la maison, je file à la boutique dire à ton père de te rejoindre chez Zacks et Fils et il va te faire honte ! »

La menace fit son effet.

« Que veux-tu que je fasse ? dit-elle, déconfite. Je dois être habillée à la dernière mode pour travailler dans un magasin de vêtements, je ne peux pas mettre des guenilles comme toi !

— D'abord, enlève-moi ce rouge, et ensuite va à la boutique et demande à ton père de t'accompagner au magasin, qu'ils comprennent que tu n'es pas une traînée. Quand ils le verront, ils se comporteront autrement avec toi. »

Luna s'apprêtait à hurler qu'elle n'était plus une enfant, qu'elle n'avait pas besoin que son père l'accompagne à son nouveau travail, mais d'un autre côté elle comprenait qu'il y avait du vrai dans ce que disait sa mère et qu'il valait mieux qu'il vienne avec elle et parle au patron, que ce M. Zacks comprenne que lui aussi était un homme respectable.

De fait, Gabriel fit une si bonne impression que le propriétaire du magasin engagea Luna sur-le-champ. Elle, de son côté, se révéla une excellente vendeuse et une affaire rentable : son enthousiasme pour les vêtements était contagieux et aucune cliente ne ressortait les mains vides.

Elle en parlait comme si c'étaient des objets précieux, chaque robe un diamant, chaque jupe une perle. Elle les touchait avec une délicatesse infinie, ses yeux brillaient quand elle les conseillait aux clientes.

La boutique travaillait avec plusieurs couturières qui s'inspiraient des robes qu'on voyait dans le magazine de mode *Burda.* Luna se jetait sur la revue comme sur un butin et pouvait s'y plonger pendant des heures. Tout son salaire passait dans les vêtements qu'elle achetait chez Zacks et Fils.

La jeune fille était réputée pour son goût parfait. Elle était toujours habillée à la dernière mode et prêtait attention au moindre détail, y compris dans les accessoires. Le vernis à ongles sur ses mains était assorti à celui de ses pieds, à son rouge à lèvres, à sa robe, à ses chaussures et à son sac à main. Elle resplendissait. Elle ressentait un plaisir suprême au contact du tissu sur son corps maigrichon et ne se lassait pas d'enlever et de remettre des robes.

Luna embellissait de jour en jour et tout Jérusalem parlait de sa beauté.

« La reine de beauté, disait-on d'elle, la Belle de Jérusalem. »

Et elle, qui était consciente de ses charmes et comprenait les regards des hommes, incapables de détacher les yeux, se servait sans vergogne de son physique qui lui donnait des avantages et de la force. Elle se sentait capable de conquérir le monde.

Les soupirants commencèrent à frapper à sa porte, au grand déplaisir de Gabriel qui ne voyait pas d'un bon œil la coquetterie de sa fille. Pourtant aucun d'entre eux ne l'attirait. Elle passait son temps avec un groupe de jeunes gens et de jeunes filles, principalement des cousins et des voisins. Tous les soirs, elle entraînait la petite bande au cinéma. Elle aimait tant les films ! Si cela n'avait tenu qu'à elle, elle aurait enchaîné les séances. En face du Tel Or, son cinéma préféré, il y avait le bar Pink, toujours rempli d'officiers anglais et de jeunes filles juives qui les fréquentaient. Il ne lui serait jamais venu à l'idée d'aller se distraire dans ce genre d'endroits. Après le film, elle allait avec ses amis au restaurant Tim Tam, juste en dessous de la salle. Elle adorait danser et les emmenait parfois au café Europa, où elle brillait au cha-cha-cha et au swing, et les jeunes gens faisaient la queue pour danser avec elle. Elle communiquait sa joie de vivre à tous ceux qui l'approchaient. Difficile de ne pas admirer la belle Luna qui aimait par-dessus tout s'habiller, rire et danser.

Pendant que les jeunes de son âge s'intéressaient aux affaires du pays et du monde – les Allemands étaient sur le point de perdre la guerre contre les Alliés, les informations sur les camps d'extermination commençaient à arriver en Palestine et les organisations clandestines intensifiaient leurs actions contre le Mandat britannique –, Luna était totalement déconnectée de l'actualité nationale et internationale. Elle continuait à vivre comme s'il n'y avait pas de guerre dans le monde ni de résistance dans le pays, et lorsque Gabriel et Rahelika commentaient les événements du jour à table, elle leur demandait d'arrêter car cela entamait sa bonne humeur.

Avec le retour à Jérusalem des jeunes combattants de la Brigade juive, le cercle des admirateurs de Luna s'élargit, mais elle repoussait toutes les tentatives de séduction.

« J'attends le prince charmant sur son cheval blanc ou dans sa voiture blanche, dit-elle à Rahelika, et tant qu'il ne sera pas là, je ne sortirai avec personne d'autre !

— Et comment sauras-tu qui est ton prince charmant ?

— Lorsqu'il viendra, je saurai. »

Le théâtre Habima de Tel Aviv présentait *Le Marchand de Venise* à Jérusalem. Gabriel propose à Luna d'y aller, mais elle refusa. « Je vais au cinéma », lui dit-elle en le décevant une fois de plus. Il avait espéré que sa fille l'accompagnerait aux soirées culturelles qu'il aimait tant, mais depuis qu'elle était devenue une jeune femme, elle préférait la compagnie des gens de son âge et lui opposait un refus après l'autre.

« J'irai avec toi, *Papo* », proposa Rahelika. Au moins l'une de ses filles deviendrait quelqu'un de bien.

Rosa écouta la conversation, le cœur serré. Cela faisait tant d'années qu'elle était mariée à Gabriel et elle ne s'était toujours pas faite à l'idée qu'il ne lui témoigne aucune considération. Il ne lui était même pas venu à l'esprit de l'inviter au théâtre. Hormis les visites à la famille et pour les fêtes, il ne l'emmenait jamais nulle part, ni au cinéma, ni au théâtre, ni à l'opéra. Elle ne se rappelait même plus quand elle était allée au cinéma pour la dernière fois, si ce n'est avec sa voisine Tamar pour voir *Autant en emporte le vent*, son film préféré, et c'était il y a bien longtemps.

Ah, Dieu du ciel, qu'avait-elle fait pour mériter une telle relation avec son mari, où avait-elle péché pour qu'après tant d'années de mariage, il la traite encore comme la chaise sur laquelle il s'asseyait pour écouter la radio, une chaise confortable certes, à laquelle il était habitué, mais qu'il remplacerait simplement si elle se cassait, sans la regretter. *Dio santo*, que n'aurait-elle pas fait pour qu'il lui sourie ne fût-ce qu'une fois, lui dise autre chose que oui ou non, pour qu'il discute avec elle des affaires courantes et des informations rapportées dans le journal comme il le faisait avec Rahelika.

Quoi, n'avait-elle pas son opinion ? N'avait-elle rien à dire ? Bien sûr que si, mais Gabriel ne le savait même pas. Son mari, que Dieu le garde, avait-il jamais demandé comment elle allait, cherché à savoir si elle avait besoin de quelque chose en dehors de l'argent qu'il lui donnait pour la maison ? Avait-il jamais remarqué quand elle mettait une nouvelle robe ? Et en effet, pourquoi aurait-elle besoin d'une nouvelle robe ? Pour rester à la maison toute la journée, une blouse suffisait. Elle n'avait personne avec qui s'épancher, ne parlait même pas avec sa chère voisine Tamar pour éviter qu'à Dieu ne plaise, son amie laisse échapper sans le vouloir quelque chose en présence des autres voisines, des mots qui écorneraient l'image de la famille parfaite qu'elle cultivait religieusement depuis des années, que quelqu'un se délecte de son malheur, que les mauvaises langues se réjouissent derrière son dos. Son cœur explosait et son corps était sec comme le désert ; depuis la nuit où ils avaient conçu Beki, Gabriel n'était même pas venu l'irriguer une seule fois.

5

Des hurlements déchirants tirèrent Gabriel et Rosa de leur lit en plein milieu de la nuit et réveillèrent les filles.

« *Dio santo*, c'est quoi, ce vacarme ? » murmura Gabriel, qui sortit en toute hâte dans ses vêtements de nuit.

Rosa enfila un peignoir et le rejoignit. Beki se mit à pleurer et Rahelika la prit dans les bras.

« Restez ici et surveillez Beki », ordonna Rosa aux filles.

Mais Luna l'ignora et suivit les cris venus du jardin qui se trouvait au centre du quartier.

« *Ija mia, ijika*, ils l'ont tuée, ils ont tué ma fille ! »

Senyora Franco était agenouillée au milieu du jardin, elle se frappait le visage et ses cris déchiraient la nuit.

« Ils ont tué ma fille, ils ont tué Matilda ! » hurlait-elle.

Son mari se tenait à côté d'elle, impassible. Le corps de Matilda était étendu sur la terre dure. Rosa parvint à percer le mur de personnes attroupées autour du cadavre et à s'approcher. Les cheveux de la jeune fille avaient été partiellement rasés et on voyait une grande marque de sang rouge au milieu de sa poitrine, qui tachait sa robe blanche.

« Ce sont les *bastardos* du Lehi, murmura Gabriel. Ils rasent les filles juives qui traînent avec les Anglais. »

C'était l'émeute dans le jardin d'Ohel Moshe. En quelques minutes, tous les voisins étaient sortis de chez eux pour se rassembler autour du cadavre de Matilda étendu à côté du puits, observant ébahis sa mère agenouillée qui se tordait les mains et regardait vers le ciel en implorant :

« *Dio mio,* qu'est-ce qu'elle leur a fait, ma fille ? Qu'est-ce qu'elle leur a fait pour qu'ils la tuent ? Assassins ! Vauriens ! Des Juifs qui tuent d'autres Juifs sont pires que les Anglais ! »

Ses fils essayaient de la relever, mais elle restait allongée sur le corps de sa fille en pleurant à chaudes larmes.

« Que Dieu me prenne à sa place, pourquoi ? Pourquoi ont-ils tué ma fille ? »

Rosa était choquée de voir le corps de Matilda étendu par terre. *Qu'on la couvre au moins,* se dit-elle, et elle courut à la maison, prit une couverture sur un des lits et retourna au jardin. Elle se fraya un chemin entre les dizaines de personnes qui entouraient la morte, s'agenouilla et couvrit le corps de Matilda, mais c'est alors que *senyora* Franco la vit.

« Toi ! Ne t'approche pas de ma fille ! cria-t-elle, enlève tes mains sales de ma fille ! »

Rosa blêmit.

« Disparais d'ici, hurla-t-elle. C'est ton *ermano,* ton *borracho* de frère qui l'a tuée ! Je l'ai vu, je l'ai vu de mes yeux, pourquoi ? Dis-moi, est-ce qu'on a mérité ça ? Qu'est-ce qu'on a fait à ta famille pour que cet *ijo de un perro* assassine Matilda ? C'est ce qu'elle méritait après avoir retrouvé ta fille qui s'était enfuie de la maison ? C'est ce qu'elle méritait ? » hurla-t-elle.

Elle se mit à frapper Rosa, qui était incapable de bouger.

Gabriel s'approcha de son épouse, la prit par le bras et l'éloigna.

« Rentre à la maison ! ordonna-t-il à Luna, qui restait ahurie à côté du corps de Matilda, les yeux pleins de larmes. À la maison, immédiatement ! »

Ils marchèrent quelques minutes en silence. Gabriel avait pris le bras de Rosa, qui avançait à ses côtés comme une aveugle, et Luna suivait derrière.

Arrivée à la maison, Rosa s'effondra sur une chaise à côté de la table et pleura à chaudes larmes. C'était la première fois que Gabriel et les filles la voyaient pleurer. Elle sanglota pendant une bonne heure et son mari resta à ses côtés, sans essayer de la calmer. Lorsqu'elle se fut apaisée, il lui demanda doucement :

« De quoi parle *senyora* Franco ? Quand Matilda a-t-elle trouvé la petite, et laquelle des trois s'était échappée ? »

Rosa n'en croyait pas ses oreilles. La mère de Matilda venait d'accuser Ephraim de l'assassinat de sa fille et tout ce qui l'intéressait, c'était de savoir laquelle des filles s'était enfuie ? Le feu qui brûlait dans sa poitrine menaçait de la consumer.

« *El Dio ke mi mate*, explosa-t-elle sans plus se contrôler. *Senyora* Franco dit qu'Ephraim a tué Matilda et toi tu me demandes quelle fille s'est échappée de la maison ? Demande-leur toi-même, aux filles, qui s'est enfuie, qui est allée chez les Inglais raconter des mensonges sur sa mère et l'a obligée à voyager dans la Jeep de l'officier inglais et aller à la police inglaise pour qu'on l'interroge comme une criminelle. Demande, demande ! Si tu ne le sais pas toi-même, demande à Beki, ce n'est pas possible, *mi alma*, que tu sois allée à la police inglaise ? Mais peut-être toi, Rahelika ? Tu n'as pas raconté aux Inglais, *kerida*, que ta mère t'avait chassée de la maison ? Raconte à *Papo kerido*, dis-lui si c'était toi. »

La fureur de Rosa effraya Gabriel et les filles. Il n'avait jamais vu sa femme dans une telle colère. Bien entendu, il devina immédiatement de qui il s'agissait et jeta un regard dur à Luna qui, repliée sur elle-même, n'osait pas lever ses yeux embués de larmes. Elle était bouleversée par le spectacle de Matilda rasée, allongée sans vie sur la terre dure avec un grand trou dans le cœur, mais terrifiée également par la colère de sa mère et le regard sévère de son père.

Sans un mot, Gabriel prit la cruche et servit un verre d'eau à Rosa.

« Bois, lui dit-il gentiment, bois et allons dormir. *Senyora* Franco s'est peut-être trompée, elle a peut-être vu quelqu'un qui ressemblait à Ephraim. Et toi, dit-il en s'adressant à Luna, file au lit, je réglerai mes comptes avec toi demain matin. »

L'enterrement de Matilda se déroula au milieu de la nuit. À Jérusalem, on ne faisait pas attendre les morts. La même nuit, la police britannique frappa à la porte de la famille Ermoza et perquisitionna la maison. Ils emmenèrent à nouveau Rosa à la prison centrale et cette fois Gabriel l'accompagna. Lorsqu'ils arrivèrent au poste, il répéta aux policiers que son épouse ne voyait plus son frère depuis des années et qu'il était lui-même opposé à ces brutes du Lehi et n'aurait jamais aidé son beau-frère, même s'il avait dû le laisser dans la rue. Au fond de lui, il savait bien que c'était faux, qu'il aurait aidé Ephraim même au péril de sa vie, mais il devait absolument sortir sa femme de là. Elle resta plusieurs heures dans la salle d'interrogatoire. L'officier britannique essayait de lui soutirer des informations sur Ephraim et elle ne cessait de lui répéter que depuis son départ à Tel Aviv, des années plus tôt, elle n'avait plus été en contact avec lui.

« C'est un misérable assassin, votre frère, dit l'officier, lui et toute sa bande. Il a tué une jeune fille innocente.

— Mais qui vous dit que c'est Ephraim qui a tué Matilda ? explosa Rosa. Ça peut être n'importe qui d'autre.

— Mme Franco a témoigné sous serment l'avoir vu. Nous n'avons pas le moindre doute que votre frère est l'assassin, répondit l'enquêteur d'un ton péremptoire. Maintenant il faut simplement le trouver et, quand on l'aura attrapé, j'assisterai en personne à sa pendaison. »

À la première occasion, lorsque Gabriel partit à la boutique et les filles à leurs occupations, Rosa se précipita chez Sarah Laniado.

« *Dio mio,* Rosa, pourquoi êtes-vous venue chez moi ? C'est dangereux, lui dit Sarah. Vous ne pouvez pas venir ici, il ne faut pas qu'ils nous voient ensemble.

— *Senyora* Sarah, est-ce que vous croyez que c'est Ephraim ? Vous croyez que c'est lui qui a tué Matilda ?

— Oui, *kerida.* Avant de la tuer, il est venu ici avec Itzhako, ils ont mangé, bu et attendu, que Dieu me pardonne, mais je les ai entendus parler, je les ai entendus dire que c'était la fin de la *putana* qui traînait avec les Anglais.

— Vous avez entendu et n'avez rien dit ?

— Comment aurais-je pu dire quoi que ce soit ? Je n'étais pas censée écouter, Dieu me pardonne mes péchés, et comment pouvais-je savoir qu'ils tueraient la fille des Franco ? Eliahu et moi, on est allés se coucher et après dix minutes peut-être, j'ai entendu les tirs, puis les cris.

— Mais comment, comment mon petit frère est-il devenu un assassin ? Et pourquoi Matilda, qu'on connaît depuis qu'elle est née ? »

Rosa était accablée de douleur et de tristesse.

« Rosa, vous devez partir maintenant. Rentrez chez vous et ne parlez d'Ephraim à personne. Priez pour que les Anglais ne les attrapent pas, lui et Itzhako. Car s'ils les attrapent, ils les pendront. Ne mettez plus les pieds ici jusqu'à ce que la colère retombe. Restez chez vous avec votre mari et vos filles et ne racontez à personne ce que je vous ai dit », conclut Sarah en la raccompagnant à la porte.

« Où étais-tu ? tonna Gabriel lorsqu'elle rentra à la maison.

— Je suis allée parler avec Sarah Laniado, son fils aussi est là-bas avec Ephraim.

— Tu n'as pas intérêt à retourner chez elle ni à sortir de la maison. Il y a beaucoup de tension au marché et dans le quartier, je veux que tu restes ici et que tu t'assures que les filles n'aillent pas à l'école dans les jours qui viennent, ni Luna à son travail.

— Mais *Papo*, je ne peux pas manquer le travail, M. Zacks va me licencier.

— Toi, je ne te conseille pas d'ouvrir la bouche, tais-toi et ne bouge pas ! explosa Gabriel. Comment se fait-il, ajouta-t-il en se tournant vers Rosa, que tu ne m'aies pas raconté qu'elle s'était enfuie de la maison et que tu l'avais retrouvée à la police ?

C'était il y a longtemps, Gabriel, et je ne voulais pas te déranger. C'est du passé, elle était encore enfant.

— Et maintenant, elle est quoi ? hurla Gabriel en tapant du poing sur la table. Sa famille vit une tragédie et tout ce qui l'intéresse, c'est que M. Zacks ne la licencie pas ? Fille rebelle et effrontée. »

« Tu as entendu ce qu'a dit *Papo* ? rétorqua Rahelika à Luna qui lui demandait d'aller dire à M. Zacks qu'elle était malade. Je ne vais nulle part, j'en ai assez des cris et des pleurs de Maman. Pour une fois dans ta vie, comporte-toi comme une personne normale !

— Rahelika, je t'en supplie, je ferai tout ce que tu veux, je te laisserai même essayer mes robes mais tu dois me sauver, tu dois vraiment !

— Mais qui veut de tes robes élégantes ? J'en ai marre de toi ! Tu crées tout le temps des problèmes, tu passes ton temps à t'opposer à Papa et Maman. Je n'irai pas voir M. Zacks, il peut bien te licencier !

— Tu parles qu'il va me licencier, si tu ne lui dis pas que je ne vais pas au travail, j'irai moi-même.

— Vas-y, et tu vas voir comment *Papo* va t'attacher au lit ! »

Luna n'alla pas travailler sans l'autorisation de son père. Elle resta à la maison trois jours jusqu'à ce que, à sa grande surprise, le patron lui-même se présente chez eux.

« Luna est à la maison ? demanda-t-il à Rosa, décontenancée.

— Soyez le bienvenu, monsieur Zacks, entrez, je vous en prie », lui dit Rosa d'un ton courtois, et elle envoya Rahelika chercher Luna dans la pièce d'à côté.

« Monsieur Zacks ? Ici à la maison ? Mais je ne suis pas habillée, je ne veux pas qu'il me voie comme ça, comme une *chapachula.* Dis-lui que j'arrive dans un instant », répondit Luna qui se dépêcha de se changer, d'arranger ses cheveux et de se mettre du rouge à lèvres.

Lorsqu'elle apparut à la porte, Rosa en eut le souffle coupé. C'est vrai qu'elle était belle, la plus belle de Jérusalem. Sa robe lui moulait les hanches et soulignait ses courbes, ses cheveux étaient parfaitement arrangés. M. Zacks arborait un sourire béat. Lui non plus ne pouvait s'empêcher d'être séduit. Il imaginait la cueillir non préparée et fut sidéré de voir qu'en quelques minutes, elle avait eu le temps de s'habiller. Il n'avait pas dans l'idée de licencier son excellente vendeuse, il venait pour savoir pourquoi elle n'était pas venue travailler.

« Tu es malade, Luna ? demanda-t-il gentiment.

— Non, elle n'est pas malade ! répondit Rosa à sa place, mais son père pense qu'elle doit rester à la maison.

— Rester à la maison ? s'étonna M. Zacks. C'est dommage, non ? Luna aime tant son travail ! Je ne la paie pas suffisamment ? Car si c'est le cas, il n'y a pas de problème, je serais ravi d'augmenter son salaire de quelques livres.

— Il ne s'agit pas de cela, monsieur Zacks. Le problème, c'est que mon mari ne veut pas que sa fille travaille dans une autre boutique que la sienne. Nous avons notre magasin, si elle veut travailler, qu'elle travaille chez nous.

— Jamais, jamais de la vie je ne travaillerai au marché ! » explosa Luna, ouvrant pour la première fois la bouche depuis l'arrivée de M. Zacks.

Rosa se retint de gifler sa fille, qui lui avait de nouveau fait honte devant un étranger, cette dévergondée. Comme elle aurait aimé lui clouer le bec une fois pour toutes !

« Il y a un problème, madame Ermoza ? C'est un problème que Luna travaille chez Zacks et Fils ? »

La voix de leur hôte tira Rosa de ses pensées.

« Avec tout mon respect, monsieur Zacks, je n'ai pas l'honneur de vous connaître, répondit-elle d'un ton glacial, et je ne vais pas négocier avec vous. Si vous voulez discuter de Luna, allez voir mon mari à son magasin, au marché Mahane Yehouda.

— N'y allez pas ! intervint Luna. Mon père est têtu et si vous y allez, il s'entêtera encore plus. Donnez-moi quelques jours, je vais parler avec lui, je vais arranger ça. Mais en attendant, gardez-moi mon poste, je vous en prie, monsieur Zacks.

— Pas de problème, Luna, il t'attend, mais pas pour trop longtemps car j'ai besoin de quelqu'un à la boutique, je ne peux pas rester sans vendeuse. »

Le soir, de retour du magasin, Gabriel était d'une humeur massacrante. Sans toucher au repas que Rosa avait apporté à table, il entra directement dans la salle de bains et, en sortant, il s'assit sur sa chaise et se plongea dans le journal.

« Tu ne manges pas, *kerido* ? demanda Rosa.

— Tout le souk parle de ton frère le *borracho* qui a tué Matilda Franco, ça m'a fait passer l'appétit !

— Mais d'où savent-ils que c'est mon frère ? Qui est prêt à jurer l'avoir vu ?

— *Senyora* Franco l'a vu, ça ne te suffit pas ?

— Bon, mais que veux-tu que je fasse, Gabriel ? Je dois être responsable de mon frère aussi ?

— Non, bien sûr que non ! Tu as déjà du mal à t'occuper de ta fille, tu es tellement responsable que tu ne m'as pas raconté qu'elle s'était perdue et qu'on l'avait retrouvée à la police, voilà comme tu es responsable. »

Rosa bouillait de rage.

« Elle ne s'est pas perdue, cette fille des rues, et non, personne ne l'a retrouvée. Elle est allée elle-même à la police raconter aux Inglais des mensonges sur sa mère qui la laissait dans la cour la nuit et ne lui permettait pas d'entrer à la maison ! Elle m'a rendue folle d'inquiétude et s'est montrée insolente envers moi devant ces maudits Inglais, elle s'est moquée de moi devant ces *bastardos* !

— Comment est-elle allée à la police, Rosa ? Une fille de dix ans va à la police toute seule ?

— Une fille de dix ans, peut-être pas, mais ta fille chérie, certainement. Dès que tu es parti à Beyrouth, elle a commencé son cirque, elle s'est jetée par terre et s'est mise à crier *komo una loka* jusqu'à ce que tous les voisins se mettent à la fenêtre. Je lui ai demandé de rentrer mais elle, *nada*, elle a continué à hurler et à pleurer comme si je l'égorgeais et moi dans tout ça, c'est moi qui suis partie à Beyrouth en la laissant ? Non, c'est toi, alors qu'est-ce que j'y pouvais ? J'ai fait rentrer Rahelika et Beki, je leur ai préparé à manger et elle n'était toujours pas là. Quand je suis sortie la récupérer, je ne l'ai pas trouvée et j'ai commencé à la chercher dans tout le quartier.

— Et que vient faire la pauvre Matilda Franco dans tout ça ? demanda durement Gabriel.

— Elle rentrait justement à la maison avec son officier inglais, a vu qu'on cherchait Luna et proposé que l'officier nous aide à la retrouver. Elle est montée avec moi dans sa Jeep pour aller au poste de Mahane Yehouda et là, on a trouvé ta fille assise qui discutait avec le policier inglais, elle lui racontait que je l'avais chassée de la maison. Oui, mon époux, tu as une fille qui va chez les Inglais raconter des mensonges sur sa mère ! »

Gabriel se garda de répondre. Il plia le journal, se déshabilla et se mit au lit.

Rosa débarrassa le repas auquel Gabriel n'avait pas touché et le remit dans la casserole, puis elle retira son tablier et sortit de la maison. C'était la première fois, depuis son mariage, qu'elle osait hausser le ton contre lui. Assise sur le tabouret dans la cour, elle s'appuya contre le mur et respira l'air frais et pur de Jérusalem. Un mauvais pressentiment la tourmentait. Elle savait que son mari ne lui pardonnerait pas de lui avoir caché les agissements de Luna, même après tout ce temps. Elle savait aussi que Luna continuerait à lui mener la vie dure, mais ce n'était rien à côté de sa préoccupation pour son frère, qui était en danger de mort. Elle ne pouvait supporter l'idée que si, à Dieu ne plaise, les maudits Inglais l'attrapaient, il serait pendu. L'image de Rahamim pendu à la porte de Damas ne se répéterait pas. Non, pas question ! Elle ne les laisserait pas pendre Ephraim aussi ! Il fallait qu'elle l'aide, qu'elle le retrouve. Elle se leva d'un bond et partit en direction de Sukkat Shalom, où elle frappa à la porte de Sarah Laniado.

Sarah, effrayée, lui ouvrit.

« Dieu vous garde, *senyora* Rosa, j'ai eu un coup au cœur, je pensais que c'étaient les Anglais qui venaient à nouveau chercher Itzhako.

— Excusez-moi de vous avoir fait peur mais je ne dors plus, je ne sais pas quoi faire, je dois absolument avoir des nouvelles d'Ephraim.

— Chut, ne dites pas de bêtises, *senyora* Rosa ! Ce n'est pas le moment de le chercher, il vaut mieux le laisser tranquille et qu'il se cache jusqu'à ce que les Anglais renoncent à le retrouver. En le cherchant, vous le mettez en danger. Comment savez-vous qu'ils ne vous suivent pas ? Je vous ai dit de ne pas venir ici, ne nous compromettez pas tous, je ne veux pas qu'ils pensent que vous êtes en contact avec nous, qu'ils n'aillent pas accuser aussi Itzhako du meurtre de Matilda.

— Et comment savez-vous que c'est Ephraim qui l'a tuée, et pas Itzhako ? la défia Rosa.

— Tout le monde le sait ! *Senyora* Franco l'a vu s'enfuir. Même si Itzhako était avec lui, personne ne l'a vu, alors pourquoi l'exposer ? Que Dieu vous garde, *senyora* Rosa… Je vous en supplie, ne venez plus ici, ne nous mettez pas en danger, Itzhako et nous.

— Mais si Ephraim a besoin d'aide ? S'il n'a nulle part où se cacher ?

— Si c'est le cas, où allez-vous le cacher ? Sous le lit ? Votre mari vous mettra tous les deux dehors, vous perdrez votre époux et vos filles. Mieux vaut rentrer à la maison et attendre tranquillement quelque temps, puis on verra. Que Dieu vous garde, *senyora* Ermoza, rentrez chez vous et promettez-moi de ne plus revenir. »

Sarah la poussa vers la porte et Rosa sortit du petit réduit la tête basse. Même l'air frais de Jérusalem ne pouvait alléger la sensation d'étouffement qu'elle éprouvait, déchirée entre sa loyauté envers son époux et ses filles et son inquiétude pour son frère. Qu'allait-elle faire maintenant, avec son mari furieux contre elle, son frère en danger de mort et les voisins qui le considéraient comme un assassin ?

Les jours suivants ne firent rien pour améliorer son humeur. Elle ne parvenait pas à ignorer les rumeurs, partout où elle allait les gens chuchotaient dans son dos. Un jour où elle était sortie faire les courses, deux frères de Matilda passèrent à côté d'elle. Elle accéléra le pas, mais ils tournèrent la tête en crachant derrière leur dos. Une autre fois, Beki rentra en pleurs du jardin public et raconta que les enfants la harcelaient et lui tiraient les cheveux en criant que son oncle tuait des Juifs. Luna et Rahelika ne mettaient pas un pied dehors. Rahelika aidait sa mère à la maison et Luna restait silencieuse ; elle avait cessé de se plaindre d'avoir perdu son travail.

Même sa voisine Tamar, sa meilleure amie, s'était éloignée d'elle et l'évitait. Un jour, Rosa décida de mettre fin à cette situation et frappa à sa porte.

« Qu'est-ce que je t'ai fait pour que tu sois comme ça avec moi ? demanda-t-elle à Tamar.

— Écoute, Rosa, je ne sais pas quoi te dire, tu es comme de la famille, mais *senyora* Franco aussi. Je suis déchirée entre vous deux et en ce moment, elle a davantage besoin de moi. Elle reste assise par terre toute la journée, déchire ses vêtements et se tire les cheveux en pleurant sa fille. Je vais là-bas, je l'aide pendant la *shiva*, que veux-tu que je fasse ?

— Mais en quoi suis-je coupable ? demanda Rosa. Même si Ephraim avait tué Matilda, et je sais qu'il ne l'a pas tuée, en quoi suis-je coupable ?

— Tu n'es pas coupable, *kerida*, mais c'est ton frère, vous êtes de la même famille et quand il y a un assassin dans une famille, même la meilleure des familles ne l'est plus tant que ça.

— Tu es comme ma sœur, l'implora Rosa, tu ne peux pas me tourner le dos au moment où j'ai le plus besoin de toi !

— *Te kero mucho* Rosa mais Victoria Franco a besoin de moi également et entre toi et elle, je suis maintenant avec elle. »

Rosa resta sans voix, elle n'en croyait pas ses oreilles. Elle pâlit et sentit son cœur battre la chamade. Elle tourna les talons et sortit de chez Tamar.

Les trois minutes qui la séparaient de sa maison, de l'autre côté de la cour, lui parurent une éternité. Elle avait l'impression de sentir les yeux posés sur elle aux fenêtres. Elle comprenait qu'à Ohel Moshe, tout le monde avait fait son choix et pris le parti de *senyora* Franco. Elle était devenue une paria.

Les relations avec Gabriel se tendaient de jour en jour, il ne lui parlait pratiquement plus et cela faisait déjà une semaine qu'il ne touchait pas aux repas qu'elle préparait. Les filles étaient plus silencieuses que jamais. Rahelika et Beki refusaient d'aller à l'école et, pour la première fois de sa vie, elle décida sans consulter Gabriel de les laisser à la maison. Elles passaient le plus clair de leur journée dans leur chambre et, à sa grande surprise, elles étaient très calmes. Même Luna avait cessé de l'énerver, comme si elle marchait sur la pointe des pieds.

Un matin, après des jours entiers sans mettre le nez dehors, Rosa sortit dans la cour, s'assit sur le tabouret et posa sur ses genoux un bol en cuivre avec du riz dont elle retirait les cailloux.

La cour était plongée dans le silence. Elle remarqua que les voisines évitaient de sortir en sa présence, mais elle était déterminée à cesser de se conduire comme une criminelle. Même si son frère avait tué Matilda – ce qu'elle ne voulait pas croire –, elle n'y était pour rien et ne permettrait à personne de l'enfermer entre quatre murs et de la punir sans raison.

Tandis qu'elle était occupée à trier le riz, Rahelika vint s'asseoir à ses pieds.

« Maman, et si c'était vrai que *tío* Ephraim avait tué Matilda ? dit-elle en levant les yeux sur elle.

— *Serra la boca* ! Je ne veux pas entendre ces mots sortir de ta bouche ! Ephraim n'a tué personne ! Ce sont des calomnies, et on ne dit pas de choses sur lui qu'on n'ait pas vues de ses yeux, on ne parle pas comme ça de notre famille.

— Mais Maman, tout le monde dit qu'il l'a tuée parce qu'elle traînait avec des Anglais.

— Eh bien tout le monde le dit, depuis quand on écoute ce que tout le monde dit ?

— On raconte que ceux du Lehi ne tuent des jeunes filles juives que lorsqu'elles dénoncent des Juifs aux Anglais, c'est peut-être pour ça qu'il l'a tuée ? »

Rosa sentit qu'elle recommençait à respirer. Voilà, si Ephraim avait tué Matilda, c'est qu'il avait une raison, pas simplement parce qu'elle fréquentait un Inglais mais parce qu'elle dénonçait les Juifs ! Soudain, le tableau devint clair et logique. Dans un rare accès d'émotion, elle prit la tête de Rahelika dans ses mains et se mit à la couvrir de baisers.

« *Grasias, grasias kerida mia.* »

Sa fille, qui n'était pas habituée au contact physique avec sa mère et ne l'avait jamais vue embrasser ou prendre dans ses bras ni son père, ni elle, ni ses sœurs, ni personne, resta sidérée.

« *Grasias al Dio,* maintenant je comprends tout : si, à Dieu ne plaise, c'est Ephraim qui a tué Matilda, il n'a pas fait cela parce que c'est un assassin, il l'a fait parce qu'elle dénonçait des Juifs, *Dio mio, kerida,* maintenant je comprends. »

Et lorsque Gabriel rentra ce soir-là, elle lui dit :

« Tu sais quand les gens du Lehi tuent des jeunes filles juives ? Uniquement quand elles rapportent, c'est pour ça qu'ils ont tué Matilda. Elle a dénoncé des Juifs aux Inglais et ils lui ont rasé la tête, Rahelika dit que c'est comme la marque de Caïn. »

Gabriel se figea.

« Silence ! hurla-t-il en tapant du poing sur la table. Ferme ton bec ! Ton misérable frère nous a brouillés avec tout Ohel Moshe, Sukkat Shalom et le marché Mahane Yehouda, avec ses horribles actes. Je ne peux plus travailler au souk, tout le monde me traite comme un lépreux, je suis le beau-frère de l'assassin, moi, Gabriel Ermoza, un homme respecté de tous, je dois maintenant marcher la tête basse, éviter les gens. Tu sais depuis combien d'années je connais la famille Franco ? Depuis que je suis né ! Et maintenant je ne peux plus les regarder dans les yeux. Tu sais combien de personnes sont venues à la boutique aujourd'hui, Rosa ? Dix, peut-être. Tu sais ce que ça veut dire ? Ça veut dire que nos voisins nous boycottent, et toi tu viens me chauffer les oreilles avec la marque de Caïn. La marque de Caïn, c'est ce que ton frère, ce *borracho* bon à rien, a fait à ma famille, c'est ça la marque de Caïn ! Je ne veux plus t'entendre dire un seul mot à son propos devant les filles ! Je t'interdis de prononcer son nom, à partir d'aujourd'hui il n'existe plus ! Si tu veux parler de lui, va glisser un bout de papier dans le Mur des Lamentations, parle avec le *senyor del mundo*, mais ici à la maison, il n'y a plus d'Ephraim ! »

Contrairement à Rosa, Gabriel était convaincu qu'Ephraim avait tué Matilda Franco. C'était un homme de paix farouchement opposé à la violence et il n'aurait jamais pu justifier un meurtre à aucun prix, ni celui d'un Juif, ni celui d'un Anglais. Le jour où *senyora* et *senyor* Franco, les parents de Matilda et ses fidèles clients, entrèrent dans la boutique et posèrent devant lui sur le comptoir un bocal de raisins secs et d'amandes, il comprit qu'il devait éloigner sa famille d'Ohel Moshe.

« On ne veut rien avoir à faire avec vous, déclara *senyora* Franco en posant le bocal en verre sur le comptoir en marbre, on ne veut rien chez nous qui soit lié à votre famille, et sûrement pas ces amandes et ces raisins que Matilda, paix à son âme, avait achetés chez vous avant que votre beau-frère, que son nom et son souvenir soient effacés, ne l'assassine. »

Elle tourna les talons et sortit ostensiblement du magasin avec son mari, laissant Gabriel bouche bée et couvert de honte. Par chance, la boutique était vide à cette heure, Avramino et Mazliach étaient sortis déjeuner et personne n'avait assisté à cette humiliation. Se sentant faiblir, Gabriel dut s'asseoir derrière le comptoir, la tête lui tournait, il avait une douleur au cœur. Il prit la cruche qui était sous le comptoir pour se servir un verre d'eau et tenta de mettre de l'ordre dans ses idées et de se calmer. Cela faisait un certain temps qu'il songeait à améliorer leur niveau de vie et à déménager dans un appartement moderne dans un bon quartier, mais il hésitait à arracher sa famille à cet endroit confortable et sûr. Désormais, le moment était venu. Ils ne pouvaient plus rester à Ohel Moshe avec cette atmosphère hostile. Il installerait sa famille dans le meilleur quartier de Jérusalem pour que ses filles puissent prendre un nouveau départ. Dans leur nouvelle maison, personne n'aurait besoin de savoir que son beau-frère le *borracho* était un assassin.

Un mois plus tard, Gabriel annonça à Rosa qu'elle devait commencer à faire les cartons.

« On fait *muharram*, on déménage », l'informa-t-il.

En trois jours, la famille Ermoza empaqueta ses biens et des porteurs chargèrent les meubles et les caisses de vaisselle et de vêtements sur une charrette tirée par deux chevaux munis d'œillères, qui attendait à l'extérieur de la porte d'Ohel Moshe.

La famille s'installa dans un grand immeuble avec ascenseur sur la rue King George.

Rosa ne trouvait pas ses marques dans cet appartement immense. Depuis la terrasse, on voyait la rue, le bâtiment de l'Agence juive, le monastère Ratisbonne et la synagogue Yechouroun, et depuis une fenêtre de la chambre des filles, on apercevait le jardin public, le cimetière musulman de Mamilla et derrière, les murs de la Vieille Ville.

Ils n'avaient pas suffisamment de meubles pour remplir les pièces. Leur maison d'Ohel Moshe avait trois pièces. La chambre de Merkada, où personne n'était rentré depuis son départ à Tel Aviv, une chambre pour les filles et une pièce supplémentaire qui servait de séjour et, la nuit, de chambre pour Gabriel et elle. Dans le nouvel appartement, ils avaient une chambre pour eux, une autre pour les filles et un salon qui n'était pas encore meublé car Gabriel avait décidé de ne pas emporter ses vieilleries d'Ohel Moshe dans cet immeuble jouxtant le quartier de Rehavia.

Gabriel acheta un nouveau canapé et des fauteuils pour le salon ainsi que des lits pour la chambre des filles, avec une étagère au-dessus de chaque lit. Sur celles de Beki et de Rahelika étaient rangés leurs livres de classe et sur celle de Luna, ses articles de toilette. À l'intérieur de l'armoire, sur la porte, Luna colla une photo de Rita Hayworth découpée dans un journal. À l'atelier d'ébénisterie des frères Romano, Gabriel acheta une table ronde pour la salle à manger et Rosa la recouvrit d'une nappe en dentelle qu'elle avait brodée. Ils avaient apporté de l'ancienne maison le buffet avec la vitrine, un beau meuble qui appartenait autrefois aux parents de Gabriel. La partie intérieure de la vitrine était recouverte de miroirs dans lesquels se reflétaient les services en porcelaine et en cristal qui étaient déjà là du temps de Merkada et Rafael, une vaisselle si belle et délicate que Rosa n'avait pas le cœur à s'en séparer. Sur le marbre de la commode, dans un cadre en argent, trônait une photo d'elle et Gabriel, jeunes et beaux, au moment de leurs fiançailles. Lui était assis sur une chaise, un journal à la main, et elle se tenait debout, sérieuse et raide, dans une robe noire élégante qu'elle ne portait plus depuis des années. Juste à côté, une photo de famille, les parents assis et leurs trois filles debout derrière eux. Dans la chambre à coucher, ils avaient mis l'armoire luxueuse avec les portes à miroirs surmontées de deux lions sculptés.

Gabriel fit tous les achats lui-même sans impliquer Rosa, sans même lui proposer une seule fois de l'accompagner. Tous les jours, des porteurs déchargeaient des meubles et des accessoires dans le nouvel appartement. À la place du fourneau à pétrole, il avait commandé le dernier cri, une cuisinière électrique.

« À partir de maintenant, fini le fourneau à pétrole, tu cuisineras à l'électricité », lui annonça-t-il.

Il acheta également une glacière Levitt avec trois compartiments. Celui du dessus s'ouvrait vers le haut et on y rangeait le bloc de glace. Dans leur ancienne maison à Ohel Moshe, la glace arrivait sur une charrette à cheval. « Glace, glace », criait le cocher en faisant sonner sa clochette, et toutes les voisines sortaient dans la rue Agrippas avec leurs pinces spéciales et rapportaient un quart ou un demi-bloc de glace à la maison. Dans leur nouveau quartier, ce n'était pas une charrette à glace qui venait, mais un camion. Le chauffeur se postait au coin de la rue, à côté de l'Agence juive, et sonnait pour annoncer son arrivée. Mais Rosa ne sortait jamais en acheter, comment aurait-elle pu descendre toutes ces marches et arriver à temps au camion ? Et quand bien même elle arriverait à temps, comment ferait-elle pour remonter les quatre étages avec le bloc de glace ?

« *Sano ke stes,* Gabriel, qu'allons-nous faire avec la glace ? lui demanda-t-elle après qu'ils furent restés trois jours sans et se retrouvèrent avec de la nourriture avariée.

— *Por Dio,* Rosa, quel est le problème, tu ne peux pas t'habituer à descendre avec l'ascenseur, tu ne veux pas progresser dans la vie ? »

Rien ne put convaincre Rosa de prendre l'ascenseur. Elle ignorait les moqueries de Luna qui la traitait sans honte de « primitive », résolue à ne jamais utiliser cette machine monstrueuse. Gabriel n'avait pas d'autre choix que d'envoyer Mazliach à vélo chercher la glace à la place de Rosa et la remonter au quatrième étage.

Que vais-je faire de tous ces gadgets modernes que Gabriel m'a rapportés ? s'interrogeait-elle, vu qu'elle n'avait aucune voisine à qui demander des conseils. Elle ne s'habituait pas non plus à la cuisinière électrique et lorsque Gabriel partait au travail, elle ressortait de sous l'évier le fourneau à pétrole et cuisinait dessus. Il n'y avait qu'une chose qui l'impressionnait vraiment : le garde-manger ventilé dont la partie arrière grillagée s'ouvrait sur l'extérieur, permettant à l'air de circuler et de conserver les aliments stockés à l'intérieur. Au lieu des rideaux qui recouvraient les étagères sous l'évier à Ohel Moshe, elle avait maintenant des armoires en bois et, à la place des tapis ornementaux suspendus au mur, ils avaient déroulé un tapis par terre dans le salon. Elle vivait désormais sur un pied beaucoup plus élevé que ce qu'elle avait toujours connu, et pourtant elle se sentait perdue et seule dans le grand appartement de King George, avec tous ses étages et les nombreux voisins qui montaient et descendaient dans l'ascenseur. Ils étaient courtois, la saluaient et lui demandaient des nouvelles de son mari et des filles, mais elle ne se trouvait rien de commun avec eux.

« Viens, Maman, allons chez Maayan Stub, proposa un jour Rahelika qui avait pitié de sa mère esseulée.

— Et qu'est-ce que j'irais faire chez Maayan Stub, *kerida* ? Tout est hors de prix là-bas. Pour un caleçon, on peut acheter à manger pour toute la semaine au marché. Non, *kerida*, emmène-moi plutôt à Mahane Yehouda, je n'ai rien à faire chez Maayan Stub, c'est trop luxueux pour moi. »

Elle savait qu'ils étaient aisés et que son mari gagnait assez d'argent pour leur permettre de vivre largement, mais elle détestait gaspiller et voyait d'un mauvais œil les prix terriblement élevés de son nouveau quartier. Elle ne comprenait pas non plus comment les gens vivaient dans cette grande maison : chacun dans son appartement, la porte fermée à clé, et on ne rentrait pas chez quelqu'un sans avoir sonné ou frappé.

Elle regrettait amèrement les portes ouvertes d'Ohel Moshe, les moments d'oisiveté dans la cour avec les voisines, les conversations criées d'une porte à l'autre, les après-midi assise sur le banc à manger de la pastèque bien fraîche avec du fromage salé. Elle se languissait des discussions chaleureuses en judéo-espagnol qui meublaient son temps libre, des moments où elles goûtaient chacune l'assiette de l'autre et rivalisaient en secret, c'était à qui préparerait le meilleur *burek* ou le meilleur *sofrito*. Mais ce qu'elle regrettait le plus de tout, c'était sa voisine, malgré leur conversation douloureuse. Elle était très liée à Tamar et lui était reconnaissante pour toutes les occasions où elle l'avait soutenue sans réserve, sa seule source de réconfort dans les périodes difficiles. Aujourd'hui, elle se sentait terriblement seule. Même les toilettes et la baignoire avec ses deux robinets, un pour l'eau froide et un pour l'eau chaude, qui, avec l'ascenseur, avaient suscité l'admiration de leur famille venue spécialement pour admirer ces merveilles, la laissaient indifférente. *Je n'ai pas besoin de baignoire ni d'eau chaude et d'eau froide, je me contente d'un baquet et d'une jarre d'eau chaude pour me sentir propre*, se disait-elle.

Contrairement à Rosa, les filles étaient heureuses. Elles aimaient leur nouvel appartement et s'y étaient vite habituées.

Gabriel inscrivit Beki au collège de Rehavia, à quelques minutes à pied de la maison et Rahelika, qui devait prendre deux autobus pour rejoindre son lycée à Beit Hakerem, finit par se lasser et décida de poursuivre elle aussi ses études au lycée de Rehavia. Elle se fit très rapidement de nouveaux amis parmi les élèves de sa classe qui habitaient dans le quartier.

Un jour, la famille Ermoza et les voisins de l'immeuble en pierre de la rue King George furent réveillés par une puissante explosion. Une bombe avait explosé dans le bâtiment du Palestine Post, rue Hasolel, faisant trembler tout le centre-ville. L'immeuble s'effondra, les maisons attenantes furent touchées elles aussi et plusieurs personnes trouvèrent la mort en sautant de leur terrasse. Les blessés furent transportés à l'hôpital et le reste des habitants de la rue déménagèrent avec leurs biens à l'hôtel Warshavski et à l'hôtel Zion, tout près de là.

Rosa était terrorisée, elle avait peur de se retrouver seule à l'appartement.

« Ce serait peut-être mieux que les filles ne sortent pas aujourd'hui, dit-elle à son mari, c'est très dangereux dehors, il vaut mieux qu'elles restent à la maison avec moi.

— *Por Dio*, Rosa, s'énerva-t-il, en ce moment c'est dangereux tous les jours, ce n'est pas une période facile alors quoi, on va rester enfermés éternellement entre quatre murs ?

— *Kerido*, supplia Rosa, c'est dangereux dehors, je ne voudrais pas qu'il arrive quoi que ce soit aux filles, Dieu nous garde.

— *Basta*, Rosa ! trancha Gabriel. Désormais il y aura toujours quelque chose, on ne peut pas s'arrêter de vivre. Il ne leur arrivera rien. »

S'il avait compris qu'elle avait peur de rester seule à la maison, il n'en laissa rien paraître.

Il trouvait de plus en plus pénible le trajet jusqu'au marché avec le bus Hamekasher. *Ça fait longtemps que j'aurais dû m'acheter une voiture*, se dit-il.

Il finit par racheter celle d'un médecin qui, trop vieux pour conduire lui-même, avait décidé de vendre son Austin 1935 à un prix avantageux. Il le paya comptant et lui demanda d'apporter la voiture et de la garer devant leur immeuble. Il ne lui restait plus qu'à prendre des cours de conduite et à passer l'examen.

Le jour où il reçut son permis, il emmena toute la famille faire un tour dans les rues de Jérusalem. Rares étaient ceux qui pouvaient se permettre une voiture personnelle, mais la réussite de Gabriel, qui deux ans plus tôt avait agrandi son affaire en ouvrant une usine de halva avec son associé Mordoch Levi, avait gonflé son compte à la Banque Anglo-Palestine rue Jaffa, et il pouvait aisément se permettre ces frais.

Gabriel adorait conduire pour déposer Beki et Rahelika à l'école, qui n'était pourtant qu'à deux pas de la maison, et Luna chez Zacks et Fils. Il acquit peu à peu de l'assurance et emmena toute la famille rendre visite à sa mère et sa sœur à Tel Aviv. Ils s'enhardirent jusqu'au lac de Tibériade. Le matin, ils descendaient se baigner dans le lac et en fin de journée, ils prenaient un bateau de pêcheur et voguaient jusqu'au milieu du lac en admirant les rayons du soleil couchant qui teintaient de nuances roses et dorées le lac et les montagnes alentour. Les filles lançaient des morceaux de pain aux mouettes. Rahelika sautait dans l'eau depuis le bateau, donnant des sueurs froides à sa mère, qui lui criait de remonter immédiatement. Et Luna, voyant sa sœur lui voler la vedette, l'imitait et nageait la brasse en laissant la tête hors de l'eau pour ne pas abîmer sa coiffure.

Comme un cygne, s'extasiait Gabriel. Comme quelqu'un qui ne sait pas nager, pensait Rosa, mais pourquoi son père le remarquerait-il ? Il ne voyait que les bons côtés de cette enfant, jamais ce qui n'allait pas. Mais elle se réprimanda aussitôt car, lorsque Rahelika entrait dans l'eau, elle était tellement inquiète qu'elle ne détournait pas un instant les yeux de sa fille alors qu'elle regardait à peine Luna.

Ils partaient parfois de Tibériade pour aller se baigner dans les sources chaudes de El Hamma, connues pour leurs propriétés curatives.

Le samedi, Gabriel emmenait les filles à Ein Feshkha. Ils passaient la journée à barboter dans les piscines naturelles et à flotter dans la mer Morte avant de rentrer à Jérusalem. Rosa continuait à respecter le repos du Shabbat et refusait de voyager mais avec le temps, la solitude qui s'emparait d'elle ces jours-là – ajoutée au sentiment d'aliénation qu'elle éprouvait dans cet appartement auquel elle ne s'était jamais habituée – l'incita à revenir sur ses principes et à se joindre aux promenades hebdomadaires.

Comme je regrette Ohel Moshe, se disait-elle. *Si nous habitions encore là-bas, je resterais à la maison avec mes voisines et ne profanerais pas le Shabbat, mais que ferais-je toute seule dans ce grand appartement entre quatre murs, à part devenir folle ?*

Néanmoins, en raison des troubles, les promenades en famille à l'extérieur de Jérusalem prirent fin. La succession d'explosions et de tirs, la tension croissante entre Juifs et Arabes et les fréquents couvre-feux imposés par la police britannique empêchaient les excursions vers des endroits isolés et inhabités comme Ein Feshkha. Même la route de Tel Aviv était devenue dangereuse. Des snipers arabes se mettaient en embuscade et tiraient sur les véhicules qui passaient sur la route étroite en contrebas de Castel.

« Danger mortel, dit Gabriel aux filles, il ne faut plus aller à Tel Aviv en voiture. »

C'est ainsi qu'ils cessèrent également leurs visites à *nona* Merkada et *tía* Alegra.

Quelques mois après l'explosion de l'immeuble de la Palestine Post, il y en eut une deuxième. Un véhicule militaire britannique explosa au milieu de la rue Ben Yehouda, deux maisons furent détruites jusqu'aux fondations et d'autres s'écroulèrent. Rosa, effrayée, interdit à Luna de travailler et à Rahelika et Beki d'aller à l'école. Cette fois, Gabriel fut bien obligé de lui donner raison – lui aussi avait peur pour les filles. Impossible de savoir où se produirait la prochaine déflagration, se disait-il, il se pouvait très bien qu'une maison s'écroule tout à coup sur elles tandis qu'elles marchaient dans la rue. Mieux valait qu'elles restent quelques jours tranquilles jusqu'à ce que la situation s'éclaircisse.

Luna protesta haut et fort mais au fond, elle aussi craignait de sortir dans la rue en ces temps troublés. Beki, terrifiée, préférait rester à la maison avec sa mère et ses sœurs. Mais dès que son père partit à la boutique, que ses sœurs furent occupées et que sa mère eut le dos tourné, Rahelika s'éclipsa. Elle avait déjà quinze ans et avec ses camarades de lycée, elle avait été enrôlée dans la Haganah. Ils étaient divisés en groupes, apprenaient à combattre au corps à corps, à faire des nœuds et même à se servir d'une arme. Ce jour-là, elle courut jusqu'à l'école, où l'attendaient ses camarades rassemblés dans un endroit convenu à l'avance. Après s'être répartis par groupes et avoir reçu des instructions de leurs chefs, ils se précipitèrent sur le lieu de l'explosion, rue Ben Yehouda. Leur tâche, à laquelle ils s'étaient entraînés plus d'une fois, était de créer une chaîne humaine afin d'empêcher les curieux de compliquer l'évacuation des blessés.

Rosa et Gabriel ignoraient tout de la vie secrète de Rahelika. La seule à être au courant, c'était Luna.

« Toi aussi tu devrais t'engager dans la Haganah, lui dit Rahelika, on doit chasser les Anglais d'ici pour avoir un État à nous.

— Parle plus doucement, si Papa t'entend, c'est fini pour toi, tu sais ce qu'il pense d'oncle Ephraim ?

— Ce n'est pas la même chose ! protesta sa sœur. Oncle Ephraim est dans le Lehi, moi je suis avec la Haganah.

— Arrête de dire n'importe quoi ! Qu'est-ce que tu fais dans la Haganah ? Il y a des centaines de garçons qui viennent d'être démobilisés de l'armée britannique, ils sont là, juste sous notre nez ! On doit se trouver un fiancé, toi et moi, et se marier !

— Comment ça, se marier ? Quand j'aurai terminé le lycée, je m'engagerai dans le Palmach avec les garçons.

— Mais à quoi penses-tu, si tu crois que tu pourras rejoindre le Palmach ? Tu ne pourras pas quitter la maison tant que tu ne seras pas mariée, c'est comme ça dans la famille Ermoza, on ne part pas avant d'avoir trouvé un fiancé.

— Je veux participer au combat, tu ne comprends pas ça ?

— Qu'y a-t-il à comprendre ? Les filles ne combattent pas, elles attendent les garçons qui rentrent de l'armée britannique et se marient avec eux.

— Ouf, Luna, j'en ai assez de t'entendre. La terre brûle, toute l'histoire du peuple juif est dans la balance et toi tu parles de mariage !

— *Guay de mi sola,* quels mots ! Je ne comprends pas l'histoire, mais je comprends les êtres humains et, chez les êtres humains, une femme reste une femme et un homme reste un homme, peu importe qu'on soit en temps de guerre ou en temps de paix.

— Luna, tu es insupportable, s'énerva Rahelika. Tout ce qui t'intéresse, c'est de t'amuser, t'habiller et te mettre du rouge à lèvres. Tu es vraiment une petite sotte !

— Une petite sotte parce que j'aime m'habiller ? Quoi, tu veux que je sois comme toi, une *chapachula* ? Que je m'habille n'importe comment ? Tu es un vrai garçon manqué, quel homme va tomber amoureux de toi ? Continue à porter des pantalons en toile kaki et des chemises russes brodées et tu ne trouveras jamais de fiancé !

— C'est impossible de parler avec toi. Je te parle de mon rêve et toi tu te moques de moi, à partir de maintenant je ne te raconterai plus rien ! » tempêta Rahelika avant de sortir de la maison en claquant la porte.

Elle avait beau craindre son père, Rahelika était déterminée à participer à la lutte, mais lorsque vint le moment de choisir entre un cours d'instruction pour diriger le bataillon de jeunesse de la Haganah et une formation pour être guide chez les scouts, elle choisit par la force des choses les scouts. Elle savait que les cours de la Haganah impliquaient d'aller s'entraîner dans des camps à l'extérieur de Jérusalem et que son père ne lui en donnerait pas l'autorisation.

La veille du début de la formation, elle ne parvint pas à dormir tant elle était excitée. Elle se préparait à sa première activité dans la baraque de la troupe, rue Hahavatselet. Son amie Dina avait décidé de l'accompagner et, le lendemain, elles attendirent toutes les deux dans la cour dans leur uniforme kaki. Rahelika chercha des yeux ses camarades de lycée mais ne vit personne. Elle s'approcha d'un groupe de jeunes filles et leur demanda si elles savaient où se déroulait le nouveau cours d'instruction.

L'une des filles la regarda de haut :

« Il n'y a pas de place pour les filles séfarades dans ce cours, répondit-elle. Bouge de là ! »

Une colère noire s'empara de Rahelika, généralement très calme. Elle sentit le sang lui monter à la tête et, sur une impulsion, elle envoya son poing dans la figure de la jeune fille.

« Personne ne me fera bouger de nulle part, rétorqua Rahelika. Ma famille est à Jérusalem depuis six générations et cette Ashkénaze vient de descendre du bateau, alors qu'elle ôte sa chaussure, comme Moïse, avant de me parler ! »

L'histoire du coup de poing de Rahelika se répandit à toute vitesse et la jeune fille devint une légende. Elle termina brillamment le cours d'instruction. Une excursion était prévue au mont Tabor mais elle ne demanda même pas à son père la permission d'y participer, sachant qu'il refuserait, et préféra prévenir au dernier moment qu'elle ne pourrait pas venir car sa mère était malade.

Lorsque ses camarades revinrent en racontant toutes leurs expériences, elle eut un pincement au cœur et, pour la première fois de sa vie, elle regretta de ne pas ressembler ne fût-ce qu'un peu à sa sœur. Luna n'aurait jamais renoncé, elle le savait bien. Si on ne lui avait pas permis de sortir, elle se serait enfuie et aurait participé à l'excursion sans autorisation. Mais Rahelika était incapable de désobéir à son père ou de le manipuler comme Luna.

Dès la fin de l'instruction, elle devint guide pour les plus jeunes, les enfants de l'âge de Beki. Un jour, alors qu'elle leur apprenait à faire des nœuds, une nouvelle explosion se produisit. À sa grande terreur, le bruit provenait du jardin public, tout près de chez elle. Quelques minutes plus tard, les Britanniques imposèrent un couvre-feu et elle resta bloquée dans la cabane des scouts avec les petits.

« Je dois absolument rentrer chez moi, mes parents seront morts d'inquiétude, expliqua-t-elle au chef de troupe.

— Personne ne sort, il y a un couvre-feu ! » ordonna le chef.

Rahelika, malgré tout son respect pour lui, s'inquiétait terriblement pour ses parents et ses sœurs. Les rumeurs disaient que le Etzel avait fait exploser le club des officiers, au premier étage de l'immeuble attenant à celui de sa famille. Elle profita d'un moment d'inattention pour disparaître par la porte arrière et remonta la rue Ben Yehouda en courant, lorsque des tirs éclatèrent autour d'elle. Elle se précipita dans l'une des maisons et frappa désespérément aux portes, mais personne ne lui ouvrit. Tremblante de peur, elle se cacha derrière la rampe d'escalier au premier étage. Tout à coup, des policiers britanniques déboulèrent dans le bâtiment et l'un d'entre eux lui demanda ce qu'elle faisait. Elle bredouilla qu'elle était en route vers la maison quand on avait imposé le couvre-feu.

« Où habites-tu ? » demanda l'officier britannique.

Elle montra du doigt le jardin public.

« Tu ne bouges pas d'ici », ordonna-t-il.

Lorsque les policiers repartirent, elle patienta quelques minutes puis sortit derrière eux. Elle parvint à se frayer un chemin vers le bâtiment du club des officiers mais de loin, elle vit que l'immeuble était entouré de policiers et d'officiers britanniques et de fils barbelés. Elle comprit qu'il n'y avait pas moyen de passer.

Elle repartit en arrière et se mit à courir vers Ohel Moshe. Un policier arabe qui patrouillait dans la rue la vit et se mit à tirer dans sa direction. Elle s'enfuit, paniquée, arriva tout essoufflée à la maison de l'oncle Shmuel et frappa à la porte, mais personne n'ouvrit. Elle frappa de nouveau :

« *Tío* Shmuel, cria-t-elle, c'est moi, Rahelika, ouvre-moi ! »

Alors seulement la porte s'ouvrit et Shmuel la tira à l'intérieur en toute hâte.

« Que fais-tu dehors alors qu'il y a un couvre-feu ? lui demanda-t-il, effrayé.

— J'étais chez les scouts quand j'ai entendu la bombe, ça venait du côté de notre maison, je suis inquiète pour Papa, Maman, Luna et Beki.

— On a entendu cela à la radio, nous aussi on s'inquiète pour ton père et ta famille mais si les Anglais t'attrapent, ils te mettront en prison, alors reste ici jusqu'à la fin du couvre-feu. »

Pendant toute la nuit, on entendit des tirs et les cris des policiers en anglais et en arabe. Le lendemain matin, le couvre-feu fut levé et Rahelika se précipita chez elle.

« *Sano ke stes,* s'exclama Rosa en la prenant dans ses bras, tu as failli nous tuer, j'ai cru que j'allais avoir une attaque ! »

Gabriel serra Rahelika contre lui et lui dit d'une voix calme et neutre :

« Les scouts, c'est fini, avec la période que nous vivons, tu ne sors pas de la maison sans nous dire où tu vas. »

Terrifiée par la sentence de son père, Rahelika décida de ne pas répondre, même si elle savait au fond de son cœur qu'elle n'obéirait pas. Gabriel interpréta son silence comme un assentiment. Elle n'essaya même pas de nier qu'elle était chez les scouts. Elle imaginait bien qu'en ne la voyant pas rentrer à la maison après l'explosion, Luna aurait raconté à leurs parents où elle se trouvait. Elle chercha Luna des yeux, mais ne la vit pas.

« Où est Luna ? demanda-t-elle à sa mère.

— Chez Zacks et Fils. Elle ne veut pas rater une minute de travail, répondit Rosa.

— Bien, je vais au magasin, dit Gabriel. Beki, viens, je te dépose à l'école. Et toi, dit-il en s'adressant à Rahelika, tu n'as pas intérêt à sortir, même pas pour aller à l'école. Il vaut mieux que tu restes à la maison.

— Mais *Papo,* je vais rater les cours.

— Tu aurais dû y penser avant d'aller chez les scouts sans me demander mon autorisation.

— Excuse-moi, *Papo,* mais je savais que tu refuserais et je devais participer au combat, tous les camarades du lycée sont soit chez les scouts, soit dans la Haganah. Tu dis toujours que tu es pour la Haganah.

— Je ne dis pas le contraire, je dis que je ne suis pas pour que ma fille participe aux opérations de la Haganah sans mon autorisation, ni pour qu'elle me mente effrontément !

— Mais *Papo*, je n'étais pas avec la Haganah, j'étais avec les scouts !

— C'est pareil !

— S'il te plaît, *Papo*, tu ne peux pas m'enfermer à la maison.

— Si tu ne veux pas rester à la maison, viens m'aider au magasin », rétorqua Gabriel, qui attendit près de la porte.

Rahelika resta sans bouger, ne sachant pas vraiment si son père avait parlé sérieusement.

« Tu viens ? Ou tu restes enfermée ? »

Sans un mot, Rahelika se dirigea vers la porte et sortit derrière son père.

À partir de ce jour, elle ne retourna plus chez les scouts ni à l'école. Elle travailla à la boutique et devint le bras droit de son père.

Entre deux et quatre heures de l'après-midi, au moment de la sieste, un silence total régnait dans le grand immeuble en pierres. Mais depuis que les filles avaient grandi et que le magasin n'était plus tout proche de la maison, plus personne ne faisait la sieste dans la famille. Gabriel avait renoncé à la pause déjeuner à laquelle il était habitué lorsqu'ils vivaient à Ohel Moshe. Il déjeunait au marché, chez Rahmo, ou partageait avec Rahelika le repas que Rosa faisait porter. Quant à Luna, constatant que son père ne rentrait plus à la maison à midi, elle avait suivi son exemple.

À quatre heures, avec une précision d'horloge suisse, l'ascenseur de l'immeuble se réveillait de sa torpeur et Beki disait à sa mère :

« Je vais en bas. »

Rosa n'aimait pas cela. Elle ne se fiait pas à ce « en bas ». Ce n'était pas comme à Ohel Moshe. Là-bas, quand Beki n'était pas à la maison, elle savait qu'elle jouait chez une voisine ou dans le jardin avec les enfants du quartier. Mais « en bas », c'était quoi ici ? C'étaient les grandes rues avec les voitures, le jardin public avec qui sait quelles sortes de gens traînaient là-bas, que Dieu lui vienne en aide. Mais elle comprenait qu'elle ne pouvait arrêter sa fille. Elle avait déjà onze ans, que Dieu la garde, une grande et belle jeune fille, alors comment lui dire de ne pas sortir de la maison parce qu'elle avait peur ?

Lorsque l'appartement était vide, Rosa s'asseyait sur le balcon et comptait les véhicules qui passaient dans les rues, les grands bus Hamekasher qui s'arrêtaient juste en face de la maison pour laisser descendre et monter les passagers, et les petites voitures comme celle de Gabriel. Elle voyait parfois une grande automobile noire franchir l'entrée du bâtiment de l'Agence juive et déposer des gens qui lui semblaient très importants. À l'heure de la prière de l'après-midi, elle aimait entendre les voix qui montaient de la synagogue Yechouroun. Elle caressait parfois l'idée d'y descendre et de s'asseoir dans la section des femmes, mais à côté de qui ? d'étrangères ? Ce n'était pas comme la synagogue de son quartier, où elle connaissait tout le monde. Elle se sentait très seule, broyait du noir et tentait de chasser ces pensées. Sur l'ordre de Gabriel, elle avait cessé de mentionner Ephraim, mais pas de penser à lui. Elle n'avait plus aucune nouvelle depuis le meurtre de Matilda. Sa seule source d'information, Sarah Laniado, la mère de Itzhako, l'avait chassée en lui demandant de se tenir éloignée jusqu'à ce que les choses se calment. Et de toute façon, comment irait-elle chez elle, comment trouverait-elle son chemin ? Et que dirait Gabriel si elle quittait la maison pour se rendre à Sukkat Shalom ? La brise fraîche qui arrivait de l'est, du côté de la Vieille Ville, ne parvenait pas à atténuer les vagues de chaleur et d'angoisse qui l'envahissaient. Elle avait l'impression de se consumer de solitude. Autrefois, elle était proche de Rahelika, mais depuis que Gabriel lui avait interdit d'aller à l'école et l'avait mise à travailler à ses côtés, sa fille ne disait plus que le minimum indispensable, à elle comme à son père. Elle se rendait au magasin, travaillait avec lui et faisait tout ce qu'il lui demandait, mais il ne parvenait jamais à lui tirer un sourire, elle avait une mine d'enterrement. Gabriel avait raison, la nuit du couvre-feu, en ne la voyant pas rentrer, elle avait bien cru mourir d'inquiétude. Il valait mieux qu'elle reste aux côtés de son père plutôt que d'aller au lycée, qui sait quels dangers l'attendaient là-bas. De toute façon, d'ici un an ou deux, elle se trouverait un mari, avec l'aide de Dieu, alors à quoi bon étudier ?

Quant à Luna, elle devenait chaque jour plus élégante, on aurait dit qu'elle sortait d'un magazine tant elle ressemblait à une actrice d'Hollywood. D'où avait-elle hérité d'une telle beauté ? Certainement pas de sa mère ni même de son père qui, Dieu le garde, n'était pas aussi beau qu'elle. Personne n'était aussi beau que Luna dans la famille Ermoza, ni dans tout Jérusalem. Dieu lui pardonne, ce n'était pas bon, se disait Rosa, la beauté de cette fille ne pourrait que lui attirer des ennuis. Dieu seul savait où elle traînait lorsqu'elle ne rentrait pas à l'heure de la sieste.

Un soir où elle s'apprêtait à sortir, toute élégante et juchée sur des talons aussi hauts que le mont des Oliviers, Rosa lui dit :

« Attention de ne pas tomber et te casser le nez ! »

Luna lui lança un regard glacial et rétorqua :

« Attention de ne pas te transformer en fauteuil à force de rester assise toute la journée sans mettre le nez dehors ! »

Rosa blêmit. Après toutes ces années, elle n'était toujours pas immunisée contre le venin de sa fille aînée. Elle enleva ses *sapatos* et les jeta en direction de Luna, qui les esquiva au dernier moment et sortit. *Je dois absolument faire en sorte qu'elle quitte cette maison !* résolut-elle. *Je vais dire aujourd'hui même à Gabriel qu'il lui trouve un mari, ça suffit, elle est adulte maintenant, il est temps qu'elle ait sa maison à elle, qu'elle importune son mari et me laisse en paix.*

La sonnette de la porte d'entrée la fit sursauter. Depuis près d'un an qu'ils vivaient dans l'appartement de la rue King George, elle ne s'y était toujours pas habituée.

« Un instant », cria-t-elle, et elle alla ouvrir la porte.

À sa grande surprise, c'était Gabriel. Sans la saluer, il entra directement dans leur chambre, se déshabilla et sans même se laver, il enfila son pyjama et ferma les yeux. Il était fatigué, son corps était endolori, ces derniers temps il avait l'impression que ses os s'étaient alourdis, comme s'il avait du mal à se porter. Ses plantes de pied le brûlaient dans ses chaussures et la plupart du temps il se sentait épuisé, déprimé. Il attribuait cela à la situation qui régnait dans le pays, à son appréhension face à l'inconnu, aux événements qui se succédaient, à son inquiétude pour ses filles et au sentiment douloureux qu'il était en train de les perdre. Pour couronner le tout, l'état de ses affaires le préoccupait. En raison de la situation, les gens cessaient d'acheter des produits fins et le nombre de clients diminuait de jour en jour. Même les soldats britanniques, autrefois clients réguliers, avaient disparu, ils évitaient d'entrer dans le souk pour faire des achats. Le halva n'était plus aussi demandé qu'auparavant et son associé, Mordoch Levi, s'était révélé un homme dur et entêté qui n'écoutait personne. Lorsque Gabriel lui proposa de réduire la production en attendant que la situation économique s'améliore, il insista pour continuer comme avant, ignorant le fait que les commandes diminuaient.

« Ne vous inquiétez pas, Ermoza, faites confiance à Mordoch, si Dieu le veut tout ira bien ! »

Mais Gabriel ne lui faisait pas confiance, son intuition lui disait que ce n'était pas quelqu'un de bien. Il n'avait pas de preuves, mais quelque chose dans son comportement le perturbait. *Je dois tenir le Kurde à l'œil,* se dit-il avant de s'endormir.

Un vent de guerre soufflait sur le pays. On avait tiré sur un autobus qui emmenait des enfants de la Vieille Ville à leur école à l'extérieur des murs. Les vitres avaient volé en éclats et c'était un miracle si aucun d'entre eux n'avait été blessé. Dans la Vieille Ville, un Juif du nom de Mizrahi avait été tué alors qu'il faisait ses courses au marché ; un autre, Yosef Yechezkel, avait été blessé près de la porte de Jaffa et avait perdu la vue. M. Weingarten, le président du Comité juif de Jérusalem, était allé voir le gouverneur pour demander une protection renforcée pour les habitants juifs de la ville, mais il n'avait apparemment pas été entendu et la situation empirait.

L'hiver 1945 était rigoureux. Des pluies torrentielles s'abattaient sur les toits de Jérusalem, les rues devenaient de véritables ruisseaux, bloquant l'accès à la ville. L'état de santé de Gabriel se dégradait, il dormait mal et transpirait la nuit. Il était nerveux, impatient et irascible. Le matin, il avait du mal à se lever et à conduire jusqu'à son travail, et au magasin il se fatiguait très vite, se sentait déjà épuisé avant même l'heure du déjeuner, comme s'il portait tous les malheurs du monde sur ses épaules. Il ne pensait qu'à se mettre au lit et dormir. Ses jambes ne le portaient plus et il avait cessé d'aller tous les jours chez Franz, le gros marchand de journaux, pour acheter son quotidien et commenter l'actualité. Il envoyait Rahelika à sa place. Il n'allait plus non plus à la fabrique de halva et, bien qu'il ne fît pas entièrement confiance au Kurde, il le laissait gérer l'affaire. Il avait à peine la force de s'occuper de sa boutique et, contrairement à son habitude, il déléguait de plus en plus de responsabilités à Mazliach, ne s'impliquant pratiquement plus dans le travail. Il avait du mal à s'asseoir et à se lever, comme si ses membres étaient devenus rigides. Il bougeait de plus en plus lentement et il lui arrivait de perdre l'équilibre.

« Va consulter le docteur Sabo, suggéra Rosa, tu as peut-être pris froid ou mangé quelque chose qui n'était pas frais. »

Gabriel, qui n'avait dû rester alité qu'une fois dans sa vie, écarta la suggestion du revers de la main.

« Je suis fatigué, c'est tout, je travaille trop au magasin. Ça va passer. »

Mais ça ne passait pas. Les filles et Rosa remarquaient que, chaque fois qu'il tentait de se lever de sa chaise, il tremblait légèrement. Il avait parfois du mal à parler et articuler, comme si les mots lui échappaient, mais ensuite il se reprenait.

« Il y a quelque chose qui cloche avec *Papo*, dit Luna à Rahelika.

— Oui, il ne va pas bien, répondit-elle. De temps en temps il reste assis sur sa chaise dans le magasin à regarder dans le vide, comme s'il ne voyait rien. Quelquefois sa main tremble et il n'arrive même pas à poser le fromage sur la balance. »

Un soir, au dîner, Luna déclara :

« *Papo*, tu dois aller voir le docteur Sabo. »

Mais il s'entêta.

« C'est de la fatigue, ça va passer.

— *Papo*, ça dure depuis trop longtemps, ajouta Rahelika. Le docteur Sabo te donnera peut-être des médicaments. »

Gabriel s'énerva et se leva brusquement de sa chaise, mais il manqua de perdre l'équilibre. Rosa se précipita, lui prit la main et l'aida à se relever, ce qui l'énerva encore plus.

Le visage cramoisi, il se mit à jurer et à la traiter de tous les noms. Rosa et les filles, qui ne l'avaient jamais entendu parler vulgairement, en restèrent sidérées.

Voyant que son état ne s'améliorait pas, il comprit qu'il fallait suivre les conseils de sa femme et de ses filles et aller consulter. Le bon docteur l'écouta, l'examina et diagnostiqua des rhumatismes. Il recommanda des bains chauds et une excursion aux sources de Tibériade en lui promettant que tout irait bien.

Le soir même, Rosa remplit une baignoire d'eau chaude dans laquelle il s'immergea. Le bain allégea un peu ses douleurs, mais lorsqu'il voulut se lever et sortir de la baignoire, il perdit l'équilibre et tomba. En entendant le bruit, Rosa accourut et, à sa grande surprise, elle trouva son mari allongé par terre, nu comme un nouveau-né. Elle qui, pendant toutes ces années de mariage, ne l'avait jamais vu nu ne fût-ce qu'une fois, ne savait plus où se mettre et sortit.

« Que se passe-t-il ? demanda Luna en voyant sa mère quitter précipitamment la salle de bains.

— *Papo* est là-bas, il est tombé par terre... » bredouilla Rosa, la gorge nouée.

Elle savait qu'elle n'aurait pas dû le laisser par terre, mais la honte l'empêchait de s'occuper de lui.

Luna courut à la salle de bains, ouvrit la porte et vit son père à terre. Elle se précipita vers lui :

« Que se passe-t-il, *Papo kerido* ?

— La serviette », ordonna-t-il.

Luna prit la serviette et couvrit son père, l'inquiétude prenant le dessus sur la gêne.

« Ça va, *Papo* ? »

Elle s'agenouilla auprès de lui et tenta de l'aider à se relever.

« Rahelika ! » cria-t-elle.

Sa sœur arriva en courant et, ensemble, elles réussirent à soulever leur père, qui pesait lourd et ne faisait rien pour les aider. La petite Beki, qui avait entendu elle aussi, alla chercher la robe de chambre de Gabriel dans la chambre à coucher et l'apporta. Elles l'aidèrent à s'habiller et l'assirent sur une chaise.

« *Papo kerido*, tu as mal quelque part ? *Papo*, qu'est-ce qui s'est passé ? » demanda Luna, préoccupée, tandis que Rahelika s'asseyait à ses côtés et prenait sa main tremblante.

Il regardait devant lui sans répondre. Son visage doux et bon était couvert par un nuage, ses yeux brillaient et des larmes coulaient. Les filles n'en croyaient pas leurs yeux. Leur père, ce bel homme grand et fort, pleurait. Elles l'embrassèrent, Luna lui caressa le visage, Beki se blottit contre lui et Rahelika ne lâchait pas sa main, elles pleuraient toutes les trois avec lui et Rosa restait à l'écart. Elle était de tout cœur avec son mari et ses filles, mais ses jambes ne la portaient pas. Elle ne parvenait pas à s'associer à ces embrassades, à participer à cette démonstration d'amour entre son mari et ses filles. Elle resta à côté de la porte en hésitant, comme si elle s'apprêtait à sortir d'un moment à l'autre, comme si elle n'appartenait pas à cette maison, à cet homme, à ces filles, à cette famille. Elle ne s'était jamais sentie aussi seule et ce sentiment d'isolement prenait le pas sur la peur face à ce qui arrivait à son mari.

L'état de Gabriel se détériorait. Il n'allait presque jamais travailler, passait de plus en plus de temps au lit. Rahelika partait tous les matins au magasin sans lui et prenait sa place derrière le comptoir. Elle voyait avec inquiétude les marchandises qui manquaient sur les étagères et constatait que Mazliach, malgré toutes les années passées aux côtés de son père, n'avait rien appris et qu'il était incapable de se réapprovisionner. Elle remarquait que, de jour en jour, les clients se faisaient plus rares. Les temps étaient durs, on se contentait du strict nécessaire : pain, légumes et poulet pour le dîner du Shabbat. Les fruits secs, le halva, les friandises et même le poisson fumé étaient considérés comme un luxe.

Elle décida de ne pas raconter à son père ce qui se passait à la boutique.

« Je ne veux pas l'inquiéter, expliqua-t-elle à Luna, mais je suis très préoccupée, la situation est vraiment catastrophique.

— Qu'est-ce qu'on va faire ?

— Attendons que Papa aille mieux et on verra. Entre-temps je garde l'œil sur *tío* Mazliach, ce *troncho*. Crois-moi, Luna, mieux vaut qu'il ne se rende pas au magasin.

— On doit emmener *Papo* aux sources de Tibériade, suggéra Luna, le docteur Sabo a dit que ça lui ferait du bien pour ses rhumatismes, qu'il se sentirait mieux.

— Mais comment y aller ? Il ne peut pas conduire dans l'état où il se trouve.

— Eh bien passe ton permis et conduis, toi.

— Passer mon permis ? *Papo* ne me laissera jamais conduire sa voiture.

— Pour l'instant, il n'a pas voix au chapitre, rétorqua Luna avec une fermeté et un bon sens qui surprirent Rahelika. Inscris-toi chez Asherov, là où il a pris des cours, et passe ton permis. »

Et pourquoi tu ne le passes pas toi-même ? se dit Rahelika. Mais elle savait que sa jolie sœur, si coquette, rechignait face à tout type d'étude et pour conduire il fallait étudier, non ? Luna était très liée à son père, elle aurait tout fait pour lui, mais elle n'allait pas s'arrêter de vivre pour autant. Même maintenant qu'il était malade, elle continuait à sortir et à se divertir, à s'habiller et à se pomponner, s'amusant avec ses soupirants au café Atara. Mais comment se fâcher contre elle ? Comment ne pas être captivé par son charme irrésistible, sa joie de vivre, sa façon de dévorer la vie ? Même en ces temps troublés où son père était souffrant et le pays au bord de la guerre, pour elle les problèmes n'existaient pas, elle voyait tout en rose et riait, riait tant. Rahelika aurait tout donné pour rire comme elle. Un rien l'amusait, n'importe quelle bêtise, n'importe quel mot. Maintenant qu'elle n'allait plus à l'école ni chez les scouts, Rahelika accompagnait parfois sa sœur, s'asseyait avec elle et ses amis au café Atara ou au café Zichel, voyait comme elle se retrouvait au centre de l'attention et comme tous ses amis la regardaient, suspendus à ses lèvres. Il suffisait qu'elle demande du feu et les dix jeunes gens assis à sa table ou à celles d'à côté se précipitaient avec leur briquet. Si elle se levait un instant, ils l'imitaient comme des gentlemen anglais. Mais quels gentlemen, c'étaient tous des rustres venus des quartiers défavorisés. Et les cigarettes ? Lorsqu'elle avait vu pour la première fois Luna en allumer une, elle avait été horrifiée.

« Luna, tu es devenue folle ?

— Tu n'as pas intérêt à le dire à *Papo*, avait répondu Luna.

— Comment ça, tu fumes ? Ce sont les filles faciles qui fument.

— Qu'est-ce que tu racontes ? Même Golda Meyerson fume. C'est moderne, et je suis une fille moderne. »

Moderne, tu parles, elle qui avait péniblement terminé l'école élémentaire, ne lisait rien d'autre que des magazines de mode ou de cinéma, ah ça oui, pour ça elle était experte, s'il y avait eu un département d'études de mode ou de cinéma hollywoodien à l'université hébraïque de Jérusalem, elle aurait déjà décroché son doctorat.

« Allez, Rahelika, ne sois pas aussi vieux jeu, dit Luna à sa sœur toujours sérieuse. Fais ton plus beau sourire et allons danser, ajouta-t-elle en essayant de l'amadouer.

— Danser, mais à quoi tu penses ? J'ai des milliers de soucis, la situation au magasin est catastrophique, Papa se sent mal, on tire tous les jours dans les rues et celle-là, elle ne pense qu'à danser.

— Mais enfin, supplia Luna, à quoi ça t'avance de rester à la maison avec une mine d'enterrement ? *Papo* se sentira mieux ?

— Et s'il a besoin de moi ?

— Maman et Beki sont là, on ne le laisse pas seul. Allez, viens, tu es casse-pieds, tu veux que je me mette à genoux ?

— Pourquoi pas ? J'aimerais bien voir ça, et je viendrais peut-être. »

Ce soir-là, elles dansèrent jusqu'à minuit.

« Allez, Cendrillon, décréta Rahelika à Luna, il est temps de rentrer avant que Papa n'alerte la police britannique. »

Elles sortirent du café en se tenant la main, suivies par un troupeau d'amoureux transis, un groupe d'hommes dont plusieurs venaient de rentrer du front après avoir combattu dans la brigade juive de l'armée britannique. Ils étaient jeunes, costauds, débordaient de vie et surtout d'histoires qui enflammaient l'imagination de Luna.

« Le monde est si grand, si beau, et on n'est pas allées plus loin que Tibériade, fit-elle remarquer après avoir salué les soupirants qui les avaient raccompagnées jusqu'à la porte.

— Comment peux-tu penser au monde quand on est à ce point dans la mouise ? Alors que la guerre peut se déclencher à tout moment et que Jérusalem est en péril ?

— Et ça changera quelque chose que je pense aux problèmes de Jérusalem ? Il y a la guerre, pour l'instant ? Non ! Quand elle éclatera, on s'en préoccupera. Pourquoi ne pas rêver, si c'est possible ? Ça coûte quelque chose ?

— Parle-moi d'un de tes rêves, rétorqua Rahelika en riant, car elle non plus ne pouvait pas résister au charme de sa jolie sœur.

— Dès que je me marierai, je m'installerai à Tel Aviv. Je ne compte pas rester dans ce trou ! Depuis la première fois où on est allés rendre visite à *tía* Alegra et que *Papo* nous a emmenés à la mer, je rêve d'habiter à Tel Aviv. Tel Aviv est jeune, légère, libre, Tel Aviv, c'est moi ! Jérusalem est vieille, elle prend tout à cœur, elle réfléchit trop. Jérusalem, Rahelika, c'est toi…

— Moi je suis vieille ? s'offensa Rahelika, c'est ce que tu penses de moi ?

— Tu passes toute la journée au magasin de *Papo* et, quand tu rentres, tu restes assise à la maison. Depuis que tu as quitté le lycée, tu es devenue une vieille décatie.

— Que me reste-t-il ? Ils m'ont sortie du lycée, sortie des scouts, sortie de la Haganah, qu'est-ce que je vais faire ?

— Agis ! À ta place, je n'aurais pas laissé tomber, j'aurais insisté auprès de *Papo*, je lui aurais pourri la vie jusqu'à ce qu'il accepte. Mais toi, *Papo* te dit d'arrêter d'étudier pour travailler avec lui au magasin et comme une brave fille, tu fais tout ce qu'il te demande et tu y vas.

— Je ne peux pas lui désobéir, même toi tu l'écoutes.

— L'astuce, petite sœur, c'est de le laisser croire que tu l'écoutes, lui montrer du respect, mais sans renoncer à ce que tu veux. Le truc, Rahelika, c'est de ne pas demander la permission pour n'importe quoi. C'est simple, on dit au revoir, on sort de la maison et quand il demande où on va, on répond : je rentre tout de suite. D'ici à ce que tu rentres, il ronfle déjà.

— Mais comment pourrais-je aller au lycée quand il veut que je travaille à la boutique ? Et comment aller chez les scouts si je ne vais pas au lycée ?

— Tu ne peux pas aller au lycée sans sa permission et maintenant qu'il est malade, il a vraiment besoin de toi au magasin, ce n'est plus comme avant, quand il te voulait à côté de lui pour te punir. Maintenant que tu es son bras droit, oublie ça. Mais si tu veux tellement étudier, pourquoi tu ne suis pas les cours du soir, et qui a dit que pour entrer dans la Haganah il fallait aller au lycée ? »

Mon Dieu, sa coquette de sœur pouvait vraiment la surprendre parfois…

« Et d'où as-tu sorti cette cervelle, tout à coup ? lui demanda-t-elle en l'embrassant.

— De toi ! On a le même sang, non ? »

Le soir au dîner, Gabriel s'assit à table avec son épouse et ses filles, d'excellente humeur. Rosa apporta du fromage salé et une salade à l'huile d'olive et au citron. Le pain blanc était tout frais et le fromage s'étalait facilement. Ils mangèrent calmement dans une atmosphère agréable, ponctuée par le babil joyeux des filles et la voix de Gabriel qui leur demandait de lui passer le sel. La seule que l'on n'entendait pas, c'était Rosa. *Ces derniers temps, Maman est devenue invisible,* se dit Rahelika. *Depuis que Papa est malade, on dirait qu'elle se consume avec lui, elle est devenue l'ombre d'elle-même.* Elle se demandait s'il fallait raconter à sa mère ce qu'elle avait récemment appris d'une amie qui faisait partie du mouvement de jeunesse du Lehi, à savoir qu'oncle Ephraim avait changé de nom et qu'il était devenu un commandant important. En y réfléchissant, elle décida de garder cela pour elle. Si elle voulait reprendre le combat, elle devait tenir sa langue. Personne, même Luna, ne devait être au courant de ses projets.

« Où es-tu, *kerida* ? Tu es partie en Amérique ? »

La voix de son père la tira de ses pensées.

Elle lui sourit, heureuse de voir qu'il allait mieux. Elle s'inquiétait beaucoup pour lui. Les rhumatismes avaient assombri son humeur, mais voilà qu'il était soudain redevenu le doux père chéri qu'elle avait toujours connu. Elle remarqua que ses doigts tremblaient toujours malgré ses efforts pour le dissimuler, mais il avait retrouvé son sourire et sa douceur. Elle décida de profiter de sa bonne humeur.

« *Papo*, je voudrais reprendre mes études, je peux aller aux cours du soir après le travail ? Ça n'interférera pas avec mon travail au magasin. »

Gabriel se tut pendant un moment qui lui sembla une éternité et lui dit enfin :

« Je ne suis plus en bonne santé, Rahelika, je ne vais presque plus à la boutique, je reste à la maison. Pourquoi tu ne reprends pas la gestion de la boutique, avec ton futur mari ?

— Où est mon futur mari, *Papo* ? Je n'ai même pas d'amoureux.

— Tu en auras bientôt un, *kerida*, si Dieu le veut il y aura bientôt un fiancé et un mariage et ce sera ta dot, *kerida*. Luna et Beki se marieront et resteront à la maison pour s'occuper de leur mari et de leurs enfants mais toi, tu es assez intelligente pour diriger la boutique, tu es le bras droit de ton père, tu as appris tout ce qu'il fallait de moi et tu prendras ma succession.

— *Papo kerido*, c'est ce que tu me souhaites ? De travailler au magasin de Mahane Yehouda ? Tu n'avais pas dit que tu voulais que j'aie de l'instruction ? Que tu travaillais pour nous donner des possibilités que toi, tu n'avais pas eues ? »

Gabriel s'interrogea. Qu'est-ce qui lui prenait ? Cette enfant avait raison, toute sa vie il avait voulu donner à ses filles davantage que ce qu'il avait reçu, avait toujours rêvé que ses filles soient plus éduquées que Rosa, qui ne savait même pas compter jusqu'à cinq et ne connaissait pas l'alphabet. Rahelika avait raison, si cela ne perturbait pas son travail à la boutique, pourquoi n'étudierait-elle pas ?

« Allez, *kerida*, lui dit-il avec un sourire jusqu'aux oreilles. Va t'inscrire aux cours du soir. »

Elle lui sauta au cou, le couvrit de baisers et se mit à danser autour de la table. Luna regardait avec stupéfaction sa sœur, toujours si sérieuse, se laisser aller à sa joie, heureuse comme elle ne l'avait pas vue depuis longtemps. Elle se leva, dansa et rit avec elle, puis Beki les rejoignit et elles dansèrent autour de la table en se tenant par la taille. En regardant ses filles, une vague de bonheur réchauffa le cœur de Gabriel. Ses jolies filles, ses merveilleuses filles étaient le sel de sa vie. Il ne voyait même pas Rosa qui restait sur le côté, comme pétrifiée.

Elle était assise au bout de la table, observait son mari heureux et ses filles qui riaient, et pensait à ses parents morts de cette fichue maladie, à son frère Nissim qui vivait en Amérique, dont elle avait même oublié le visage, à son frère Rahamim que les maudits Turcs avaient pendu à la porte de Damas, et surtout à Ephraim, disparu Dieu sait où, qui lui manquait cruellement. Dieu du ciel, regardez-la, elle avait une famille, un mari, trois filles, et pourtant à cet instant elle se sentait encore plus éloignée d'eux que d'habitude. Plus elle songeait à ce sentiment d'aliénation qu'elle éprouvait en leur compagnie, plus la colère montait : Gabriel avait réussi à éloigner les filles. Non seulement il s'était tenu loin d'elle toute sa vie, mais désormais même ses filles avaient pris leurs distances. Luna, l'âme sœur de son mari, elle s'y était habituée, en avait pris son parti, mais Rahelika ? Beki ? Qu'avait-elle fait dans une autre vie pour recevoir une telle punition dans celle-ci ? Quels terribles actes son âme avait-elle accomplis avant d'entrer dans son corps ? Et pourquoi devait-elle payer un prix aussi fort dans cette vie pour des choses qui s'étaient passées dans la précédente ? Elle recula sa chaise et se leva. Le bruit de la chaise qui tombait par terre coupa net la frénésie des filles.

« Que s'est-il passé, Maman ? demanda Rahelika.

— Rien, il ne s'est rien passé, continuez à danser et laissez-moi en paix ! » répondit-elle sur un ton exaspéré avant de sortir précipitamment sur le balcon.

Le froid de Jérusalem lui fouettait le visage, un froid de canard, mais elle ne le sentait pas. L'humiliation la consumait. Les yeux embués de larmes, elle s'appuya sur la rambarde et l'idée lui traversa l'esprit de se jeter par la fenêtre pour en finir une fois pour toutes avec la douleur que lui causaient son mari et ses filles, avec ce sentiment d'aliénation, d'abandon, qui la poursuivait depuis que ses parents étaient morts lorsqu'elle avait dix ans, la laissant seule au monde avec un petit frère de cinq ans.

Le lendemain, dès qu'elle eut terminé son travail, Rahelika alla s'inscrire aux cours du soir. Elle décida de payer les droits d'inscription avec son salaire sans même demander à son père. Puis elle courut chez Zacks et Fils raconter cela en primeur à Luna. Celle-ci était debout derrière la grande vitrine, en train d'épingler une nouvelle robe à un mannequin. Rahelika regarda sa jolie sœur fixer la robe au corps en caoutchouc. Juste à côté d'elle, un beau jeune homme observait comme hypnotisé la jolie jeune fille dans la vitrine. Rahelika sourit à part elle et frappa sur le verre pour attirer l'attention de Luna, et quand sa sœur l'aperçut, elle lui fit signe avec un grand sourire de rentrer dans la boutique.

« *Ya rabi*, mon Dieu ! s'exclama le jeune homme à moitié pour lui, à moitié pour Rahelika. Je ne sais pas qui des deux est le vrai mannequin, de celui en vitrine ou de celle qui l'habille.

— Si vous voulez mon avis, c'est celle qui l'habille, et c'est ma sœur.

— Et comment s'appelle-t-elle ?

— Luna, comme la lune.

— Alors dites à votre sœur que j'ai pris un coup de lune.

— Remettez-vous-en bien ! » lui souhaita Rahelika en riant, et elle entra dans le magasin.

Luna descendit de la vitrine.

« C'était qui, dehors ? s'enquit-elle.

— Qu'est-ce que j'en sais, un garçon comme un autre. Il a demandé comment tu t'appelais, je lui ai dit Luna, comme la lune, et il a répondu qu'il avait pris un coup de lune.

— C'est ce qu'il a dit ? s'amusa Luna. Il est sympathique.

— Très sympathique, mais ce n'est pas pour lui que je suis là, je suis venue te raconter que j'avais été acceptée aux cours du soir.

— Félicitations, *ermanita* ! se réjouit Luna, tu vas enfin redevenir toi-même.

— Tout ça, c'est grâce à toi, Lunika, sans toi je n'y aurais jamais pensé… »

Le soir, lorsqu'elle rentra du travail, Luna paraissait différente. Sa peau semblait plus lumineuse que jamais, ses yeux brillaient et elle lançait des sourires radieux à tout bout de champ.

À la première occasion, elle entraîna Rahelika dans leur chambre.

« Dès que je suis sortie de chez Zacks et Fils et que j'ai embrassé la *mezuza*, je me suis retrouvée nez à nez avec le jeune homme qui t'a parlé quand j'étais dans la vitrine. Il tenait une rose à la main et me l'a tendue en disant : “C'est pour le mannequin qui est encore plus beau que celui de la vitrine.” J'ai pris la rose, l'ai remercié et me suis mise en route, mais il me suivait, alors je lui ai dit : “Merci beaucoup pour la rose, mais pourquoi me suivez-vous ?” et il a répondu : “À partir d'aujourd'hui, je serai votre ombre, je vous suivrai partout où vous irez.”

— Et tu ne l'as pas éconduit ?

— Pourquoi l'éconduire ? Il est fabuleux ! Il a fait tout le chemin avec moi et quand on est arrivés à l'entrée du jardin public, on s'est assis sur le banc et il m'a raconté qu'il s'appelait David Siton, qu'il était dans l'armée britannique et venait de rentrer d'Italie. Il est comme nous, il vient d'une famille judéo-espagnole, il est né à l'hôpital Misgav Ladach, dans la Vieille Ville, et il a étudié à l'école religieuse des Séfarades. Plus il parlait, plus il me plaisait… Et tout à coup il a approché ses lèvres des miennes et m'a embrassée. Mon Dieu, des cloches, Rahelika, j'ai entendu des cloches. Tu ne vas pas me croire, *ermanita*, mais c'était mon premier baiser.

— Moi je n'ai encore jamais été embrassée, déplora Rahelika tout timidement.

— Ne t'en fais pas, David a des amis qui étaient dans l'armée avec lui, on va te trouver quelqu'un à embrasser.

— Quoi, "on" ? Vous êtes déjà un couple, maintenant ? Il t'a fait des avances ?

— Bien sûr, il m'a demandée en mariage.

— Aujourd'hui même, sur le banc du jardin ? Il vient à peine de te rencontrer !

— Il m'a dit qu'à l'instant où il m'a vue, il a su que je serais sa femme, alors pourquoi perdre du temps.

— Et tu as répondu quoi ?

— J'ai éclaté de rire, qu'est-ce que je pouvais dire ? Le coup de foudre, tu y aurais cru ? »

Les liens entre Luna et David se resserrèrent et elle découvrit à sa grande joie qu'il aimait autant la vie qu'elle. Ils allaient au café, danser dans des clubs ou au cinéma. Lui préférait les westerns et elle les histoires d'amour, mais ils partageaient la passion du cinéma.

« C'est ça le destin, tu vois, lui chuchota-t-il un soir à l'oreille. Le lendemain de mon retour à Jérusalem après trois ans de cette maudite guerre, je passe rue Jaffa et je te vois. »

Luna rougit. Elle n'arrivait toujours pas à y croire, à croire que son prince charmant à la monture blanche s'était enfin matérialisé. Elle ne doutait pas un instant d'avoir trouvé l'homme de ses rêves, celui qui serait le père de ses enfants. Elle était tellement confiante quant à leur avenir qu'elle invita David à la maison et lui présenta son père, qui se réjouit d'apprendre qu'il était le fils de Victoria et Aharon Siton, ses anciens voisins, ceux qui avaient « acheté » son fils aîné Rafael. Peu de temps après la mort du bébé, la famille Siton avait quitté Ohel Moshe pour s'installer dans le quartier de Romema et ils s'étaient perdus de vue. Maintenant, grâce à Luna et David, ils renouaient des liens, et comme les familles Ermoza et Siton se connaissaient depuis longtemps, la relation entre Luna et David mena très rapidement à des fiançailles.

Chaque soir, David passait chercher Luna chez Zacks et Fils et ils allaient ensemble voir un film à la première séance dans l'un des nombreux cinémas de la ville. En sortant, ils marchaient bras dessus bras dessous jusqu'au jardin public et là, ils s'asseyaient sur le banc et discutaient. Luna parla à David de ses sœurs et de son grand amour pour son père. Il avait remarqué qu'elle ne mentionnait presque jamais sa mère, mais ne posait pas de questions. David restait discret sur sa vie, mais elle le suppliait de raconter. Il finissait par accepter et, lorsqu'il se lançait, elle ne pouvait plus l'arrêter. Il lui parlait de sa famille, de l'armée britannique et de la guerre, et surtout de sa mère, dont il était particulièrement proche.

Depuis leurs fiançailles, Luna était chez elle dans la maison des Siton. Elle avait remarqué la grande différence d'âge entre le père et la mère de David.

« Ma mère a connu mon père quand elle était encore enfant, expliqua David. Elle n'avait que quatorze ans, mais elle était déjà veuve. Peu de temps après son premier mariage, son mari a été emporté par l'épidémie de choléra, et quel homme voudrait bien d'une veuve, sinon un veuf comme elle, avec des enfants ? Mais où trouver un veuf encore jeune ? Alors on lui a trouvé un homme qui avait trente ans de plus qu'elle et c'est ainsi qu'ils se sont mariés. Mon père n'a jamais travaillé un seul jour de toute sa vie. Ses fils, qui s'étaient enfuis en Amérique pour échapper aux Turcs, lui envoyaient de l'argent et comme ça ne suffisait pas, nous, les enfants qu'il avait eus avec ma mère, on nous a sortis du Talmud torah dès nos douze ans pour nous envoyer gagner notre vie. J'ai travaillé dans la boucherie de mon frère aîné, à Makor Baruch, et lorsqu'il est parti à Haifa pour ouvrir un magasin dans le bas de la ville, près du port, là où se trouvent, excuse-moi, les prostituées et les bars à matelots, il m'a pris avec lui. J'ai vu les marins qui arrivaient en bateau, écouté leurs récits sur les pays lointains qu'ils avaient visités et moi aussi, j'ai voulu partir. À dix-sept ans, j'ai entendu qu'on embarquait des soldats pour l'armée britannique. Je voulais voyager, je n'ai même pas réfléchi au fait qu'à l'étranger, il y avait la guerre. J'ai triché sur mon âge, j'ai raconté que j'avais dix-huit ans.

— Comment tu as fait ?

— Je suis rentré à Jérusalem et j'ai filé directement voir le mukhtar de Zikhron Tuvia. Le mukhtar, que Dieu le garde, si tu lui donnais quelques sous, il faisait tout ce que tu demandais, alors je lui ai donné quelques groush et il a changé mon âge sur mes papiers, il a inscrit dix-huit ans. Je me suis engagé au camp de garnison de Sarafand et j'ai été posté comme garde à la base de la Royal Air Force à Bassa, près de Ras al-Naqoura. J'ai compris que l'étranger, je le verrais dans mes rêves et que la mer, je la contemplerais depuis Ras al-Naqoura.

« Un beau jour, un certain Gad s'est présenté au camp. Il a dit qu'il nous demandait, au nom de la Haganah, de nous porter volontaires pour la Brigade juive de l'armée britannique et de partir en Europe combattre les Allemands. Je savais que c'était l'occasion de ma vie. Gad parlait de la guerre contre les nazis, mais peu m'importait la raison : pour moi c'était une aventure, l'occasion de partir à l'étranger. Ils m'ont engagé dans le corps du génie et envoyé suivre un cours de formation où on nous a appris à construire des camps militaires et à faire exploser des ponts. J'étais avec Moïse Bekhor, un ami de mon quartier.

— Lui aussi voulait voyager ?

— Non, s'esclaffa David, il voulait échapper à sa mère qui le harcelait. Quand on rentrait la nuit, elle l'attendait le soir et criait : “Qu'est-ce que ta grand-mère a fait pour que tu rentres à cette heure-là ? Le soleil est déjà en train de se lever !” Lorsqu'il lui a annoncé qu'il s'engageait dans l'armée britannique, elle lui a couru après dans la rue en le suppliant de rester à la maison. *Miskenika,* elle s'est assise sur les pavés en plein milieu de la rue et s'est mise à pleurer, je m'en souviens encore. Crois-moi, à cet instant je me suis dit que notre Moïse avait vraiment un cœur de pierre.

— Et ta mère ? demanda Luna, suspendue aux lèvres de David, qu'est-ce qu'elle a dit ?

— Ma mère, que Dieu la garde, était occupée à prendre soin de mon vieux père qui la faisait trimer comme une esclave.

— Et Moïse, il a vraiment un cœur de pierre ?

— Un cœur de pierre ? s'amusa-t-il. Non, Moïse a un cœur de margarine, c'est un jeune homme en or, je l'aime comme un frère, on a passé toute la guerre ensemble. On a servi dans la 8e Armée britannique de Montgomery à El-Alamein, dans la première compagnie de camouflage, on a combattu contre l'Afrika Korps de Rommel, qui était sur le point de prendre la Palestine. Après la conquête de l'Égypte, ils nous ont embarqués sur des bateaux et on est partis pour envahir la Sicile. On a construit tout un camp dans le nord de l'Italie et le lendemain même, les avions allemands sont arrivés et l'ont rasé entièrement. Des combats aériens comme au cinéma. Puis on a progressé vers Monte Cassino. Les fascistes italiens étaient postés sur la montagne et nous en bas.

Chaque jour, on essayait de grimper le versant de la montagne et les fascistes nous repoussaient, jusqu'au jour où les bombardiers américains sont arrivés et ont réduit Monte Cassino en cendres. Les fascistes ont immédiatement capitulé, ils n'avaient pas envie de se battre, ces paresseux d'Italiens, ils se rendaient toujours.

L'armée a continué jusqu'à Rome et notre bataillon est arrivé à Sienne, où on s'est arrêtés. Gad, de la Haganah, est réapparu, avec une nouvelle mission cette fois : il s'agissait de dérober l'équipement des Anglais et de l'envoyer sur des navires de marchandises qui emmenaient les réfugiés vers la Palestine. On cachait des enfants réfugiés dans notre camp et de là, on les transférait en secret sur les bateaux, et c'est comme ça qu'on a aidé la Haganah.

— Et tout ça pour l'aventure ? demanda Luna.

— Bon, pendant la guerre ce n'était plus simplement de l'aventure. Si tu savais, Lunika, ce qu'on a vécu. Mais ne va surtout pas croire que j'essaie de me présenter comme un héros.

— Tu es mon héros à moi, dit Luna en se blottissant dans ses bras.

— Et toi ma princesse », répondit-il en pressant ses lèvres sur les siennes, et elle eut l'impression de se laisser engloutir.

Elle aurait pu l'embrasser encore et encore, n'était jamais rassasiée du goût de ses lèvres. Elle aimait le picotement de sa moustache, l'odeur de son après-rasage Yardley, sa façon de s'habiller. Il portait toujours des costumes élégants avec cravate assortie. David Siton était un homme charmant, beau, soigné, et surtout intéressant. Elle ne se lassait pas d'écouter ses récits de guerre et lui prenait plaisir à raconter, mais lorsqu'il arrivait à la période où il s'était retrouvé stationné à Venise, elle avait l'impression qu'il dissimulait plus qu'il ne révélait, et le suppliait de lui parler encore une fois de cette ville avec des canaux à la place des rues et des barques à la place des automobiles.

« Dis-moi, ma jolie, demanda-t-il en changeant de sujet, comment se fait-il que jusqu'à aujourd'hui, personne ne t'ait encore enlevée ?

— Ma mère veut me marier depuis que j'ai seize ans, raconta-t-elle. Un jour, elle a amené un prétendant très riche venu d'Argentine. Quand je l'ai vu, je me suis enfuie de la maison et elle m'a dit que je lui faisais honte. Il ne se passait pas un jour sans qu'elle ne me répète "Allez, marie-toi, que quelqu'un d'autre que moi s'occupe de toi".

— Elle a raison, ta mère, il est temps que quelqu'un s'occupe de toi. »

Il avait remarqué les relations tendues entre Luna et sa mère, mais n'avait pas cherché à s'immiscer.

« Quand Maman est en colère contre moi, poursuivit Luna, elle me dit : "J'espère que tes enfants se comporteront avec toi comme tu le fais avec moi." La première fois, j'ai eu envie de courir chez ma grand-mère Merkada à Tel Aviv pour qu'elle me fasse un *livianos* et me débarrasse du mauvais œil de ma mère. Je me suis mise à hurler comme une folle et ma mère m'a menacée : "On va te trouver un mari de gré ou de force, tu es déjà grande, il est temps de te fiancer !" C'est là qu'est arrivé un vieux bonhomme, vingt-sept ans peut-être, Dieu sait où elle l'avait déniché.

— Et c'était qui ?

— Mon père a dit que son père possédait une grande boulangerie, qu'ils étaient très riches.

— Alors pourquoi tu ne l'as pas épousé ?

— Un homme de vingt-sept ans pas encore marié ? Il devait avoir quelque chose qui clochait.

— Et qu'est-ce que tu as fait ?

— À ton avis ? Demi-tour ! Je me suis enfuie de la maison et suis venue m'asseoir sur ce banc jusqu'à ce que je voie le vieux et son père sortir de notre immeuble, et là je suis rentrée. Mon père n'était pas là. Ma mère a dit qu'il était parti faire un tour en voiture pour se calmer tellement il avait honte. Elle s'est mise à crier que rien n'y ferait, que je pourrais m'enfuir autant de fois que je voulais de la maison, ils finiraient bien par me trouver un mari, de gré ou de force. Elle voulait que j'épouse un homme que je n'aimais pas, comme mon père avait épousé une femme qu'il n'aimait pas.

— Luna, comment tu parles !

— Je dis la vérité ! Mon père est tombé malade à force de ne pas aimer ma mère. »

David était choqué.

« Luna, c'est ta mère, un ange comme toi ne peut pas dire des choses pareilles !

— Ma mère fait sortir tous les démons qui sont en moi ! Mais mon père, que Dieu le garde, m'aime encore plus qu'il n'aime mes sœurs.

— Moi aussi, je t'aime plus que je n'aime tes sœurs », dit-il en riant et en la serrant dans ses bras.

Luna fit semblant de vouloir se libérer de son étreinte et reprit d'une voix suave :

« Allez, assez parlé de ma mère, raconte-moi plutôt Venise, parle-moi de cette ville avec des canaux à la place des rues !

— Ah, Venise... reprit-il en regardant vers le ciel d'un air rêveur, Venise est unique, c'est la plus belle ville du monde. On vivait au Lido, dans des villas que les riches avaient désertées à cause de la guerre, mais comme s'ils allaient revenir d'un moment à l'autre : des provisions dans le garde-manger, des rangées de bouteilles de vin rouge.

Tu sais que les Italiens boivent du vin à tous les repas ? C'est pour ça que ce sont des gens heureux. Nous, avant d'arriver à Venise, on ne buvait que pour la bénédiction du Shabbat et le soir du *seder*, eh bien on a appris à boire avec les Italiens et on terminait saouls comme des barriques à danser sur les tables et à chanter dans les rues, ivres de joie. Après cette maudite guerre, après tous ces morts, on vivait enfin !

— Et qu'y avait-il d'autre là-bas ? »

David la regarda comme s'il la voyait pour la première fois.

« Tu n'as rien écouté de ce que je t'ai raconté ? Que faut-il de plus ? La vie, voilà ce qu'il y avait là-bas, la vie.

— Et des filles ?

— Des filles à n'en plus finir. Elles venaient avec nous pour une paire de bas ! Pour un repas, elles étaient prêtes à tout ! Et pas seulement elles, toute la famille, le père devenait le souteneur de la fille et de la mère, il vendait ses femmes pour du pain et du fromage.

— Alors tu en as eu beaucoup ?

— Un millier, comme le roi Salomon, dit-il en riant.

— Et il n'y en avait pas une de spéciale ? Une qui éclipsait toutes les autres ?

— Et pourquoi veux-tu savoir ?

— Je veux tout savoir de toi !

— Luna, ma bien-aimée, s'il y a une chose que j'ai apprise dans la vie, c'est qu'il ne faut pas tout raconter. Ni toi à moi, ni moi à toi. On ne doit se dire que ce qu'on veut entendre. »

6

Avant même que les termes et la date du mariage ne soient fixés, Luna décida que si elle avait un garçon, elle le prénommerait comme son père.

« Personne ne me privera de l'honneur de donner à mon fils le prénom de *Papo*, annonça-t-elle à Rahelika.

— Ça ne se fait pas, s'étonna sa sœur, David voudra probablement appeler son fils comme son père, paix à son âme.

— Eh bien il peut toujours le vouloir !

— Luna ! »

Rahelika se retint de ne pas crier sur sa sœur.

« C'est la coutume ! On donne toujours le nom du père du mari au fils aîné.

— Et depuis quand les coutumes m'intéressent ? Maintenant il est d'usage de donner des prénoms modernes, alors quoi, je vais appeler mon fils Yoram ? Il n'y a pas à discuter ! Mon fils s'appellera Gabriel !

— Très bien, on verra comment tu tiendras tête à David.

— Si c'est une fille, qu'il lui donne le nom de sa mère, ça m'est égal, de toute façon je ne donnerai jamais le nom de notre mère à ma fille.

— Dieu nous garde, Luna. Maintenant que tu es bientôt mariée, tu dois faire attention aux mots qui tuent, alors arrête maintenant, que vas-tu devenir ?

— Ce que je vais devenir ? À côté de toi, je suis un ange. Quoi, c'est moi qui suis allée coller des tracts du Etzel quand Papa pensait que j'étudiais ?

— Parle doucement, Luna, si *Papo* entend que j'ai fait ça dans son dos, c'est fini pour moi.

— Alors que veux-tu de moi ? Tout ce que je souhaite, c'est rendre à *Papo* l'honneur qu'il mérite en appelant mon fils aîné comme lui. »

Espérons qu'elle ait une fille, pria Rahelika. *Autrement on va avoir la Troisième Guerre mondiale ici.* Elle craignait un scandale qui ébranlerait la vie de la famille, déjà suspendue à un fil.

Autour d'eux, la tempête faisait rage. Chaque jour apportait son lot de nouvelles tragiques sur les embuscades tendues par les Arabes et les snipers qui tiraient sur les Juifs. La police britannique tranchait systématiquement en faveur des Arabes, ne permettait pas le développement de nouvelles implantations juives, n'autorisait pas les immigrants illégaux à débarquer des bateaux qui arrivaient avec les rescapés venus des camps de personnes déplacées en Europe. « Les tisons sauvés du feu », comme on les appelait. Il était devenu très dangereux de circuler dans les rues. Tous les deux jours, on imposait un couvre-feu ; des zones entières étaient entourées de fil barbelé et on ne laissait personne entrer ni sortir. Rahelika, que Dieu la garde, avait failli se faire prendre en accrochant des affiches place de Sion, à côté des toilettes publiques. Heureusement, elle avait eu la présence d'esprit d'entrer se cacher dans les toilettes pour hommes. Elle y était restée vingt minutes, les jambes de part et d'autre du trou en se tenant aux murs en porcelaine de ces toilettes crasseuses, attendant que les maudits Anglais disparaissent.

C'est seulement quand elle les croyait partis qu'elle s'était hasardée à sortir de ce lieu infect. Dehors il faisait nuit noire, la rue Jaffa et la place de Sion étaient désertes en raison du couvre-feu. La peur la paralysait, l'empêchait de respirer. La dernière fois, elle avait réussi par miracle à se réfugier chez l'oncle Shmuel, mais à présent ?

Son compagnon avait disparu comme si la terre l'avait englouti. Ils sortaient toujours à deux coller les affiches et ils étaient censés veiller l'un sur l'autre, sauf s'ils tombaient sur des policiers britanniques, les « anémones ». Dans ce cas-là, chacun devait se débrouiller, et c'est ce qu'elle avait fait en se réfugiant dans les toilettes publiques, mais où son compagnon s'était-il caché ? Une minute après lui avoir chuchoté « anémone » à l'oreille pour la prévenir de la présence des Anglais, il s'était évaporé.

Que faire ? Des véhicules de la police britannique patrouillaient dans les rues Jaffa et Ben Yehouda et elle redoutait d'être arrêtée, car son père lui avait explicitement interdit de participer à la lutte. Il ne manquerait plus que ça, qu'il découvre maintenant qu'elle était avec le Etzel. Bon, au moins elle n'avait pas rejoint les rangs du Lehi, malgré les pressions de son amie Tmima. « Il n'y a que le Lehi qui chassera les Britanniques du pays ! Uniquement par la force, par la détermination ! » lui avait dit Tmima, mais elle ne s'était pas laissé convaincre. La plupart de ses camarades des cours du soir soutenaient le Lehi, mais quelques-uns préféraient la Haganah et un groupe important s'était rangé du côté du Etzel. Des débats enflammés éclataient régulièrement dans la cour de l'école sur la meilleure façon de chasser les Britanniques. Chaque groupe soutenait son organisation.

C'était Moshe Alalouf, son camarade de classe dont elle était secrètement amoureuse, qui l'avait finalement convaincue.

« Menahem Begin dit qu'il faut combattre jusqu'au bout ! expliqua-t-il un jour.

— Ceux du Etzel, ce sont des bandits et des voleurs ! répliqua quelqu'un et la discussion s'enflamma.

— Le Etzel ne garde pas l'argent pour lui, il prend aux banques qui conservent l'argent des Britanniques et s'en sert pour la lutte ! se défendit Alalouf.

— Le Etzel tue sans pitié ! lui cria l'un des partisans de la Haganah.

— Quand ils ont essayé d'assassiner le Haut-Commissaire en lançant une bombe contre sa voiture, il y avait sa femme à côté de lui, en quoi était-elle coupable ? renchérit un autre.

— Elle se trouvait là avec son mari qui est Haut-Commissaire, donc elle était coupable », rétorqua Alalouf.

À la fin des cours, il s'approcha d'elle et lui tendit un journal roulé.

« Si ça t'intéresse, viens m'en parler. »

En haut du journal, il y avait l'emblème du Etzel : un fusil devant une carte de l'État d'Israël de part et d'autre du Jourdain, un immense pays dont les frontières touchaient l'Irak. Des deux côtés, les mots « C'est la seule façon ! » L'éditorial attaquait les dirigeants du parti travailliste, les traitant de « menteurs, lâches et traîtres ». L'article s'en prenait tout particulièrement à Moshe Shertok, qui avait proposé au Haut-Commissaire de créer une unité spéciale pour combattre les mouvements terroristes juifs.

Lorsque Rahelika participait aux activités du mouvement de jeunesse de la Haganah, ses instructeurs lui avaient inculqué l'hostilité aux deux mouvements clandestins, mais elle ne s'y était jamais opposée comme son père ou ses chefs scouts. Elle lisait les tracts collés sur les arbres et les maisons par une organisation appelée « Le gardien de la nation » qui alertait les Juifs donnant de l'argent aux organisations terroristes : ils mettaient en péril la sécurité et les espoirs du sionisme. Les affiches, imprimées en grosses lettres noires, appelaient à rapporter tout cas de ce genre à une institution publique ou une personnalité fiable.

« Ne cédez pas au chantage et aux menaces ! » pouvait-on lire.

Rahelika trouva un de ces messages dans le journal que lui avait donné Alalouf, ainsi que la réponse immédiate du Etzel : « Nous ne nous retiendrons plus ! Nous ne craignons ni les persécutions ni la mort ! Nous sommes prêts à tous les sacrifices et les souffrances ! Nous vaincrons l'ennemi britannico-nazi ! »

Dès le lendemain, Rahelika, très influencée par cette lecture, alla trouver Moshe Alalouf pour lui dire qu'elle s'engageait. Il lui serra la main et ce contact lui provoqua des frissons dans le dos. Elle était très agitée, n'avait jamais éprouvé ce sentiment d'excitation mêlée de danger. Luna comprendrait certainement ce qu'elle vivait.

Après les cours, il la raccompagna chez elle. Le trajet passa trop vite à son goût. Elle avait les jambes légères, la présence de Moshe marchant à ses côtés la troublait. Son cœur battait la chamade et elle remarqua qu'elle se taisait la plupart du temps et que, lorsqu'elle voulait parler, elle ne trouvait pas ses mots. Lui, en revanche, ne se taisait pas une seconde, lui expliquant fiévreusement la doctrine de Menahem Begin : établir un État par la lutte, et non en restant passif.

Rahelika essaya de placer un mot.

« Mon père pense que ce n'est pas la bonne méthode, il est en faveur de la modération de la Haganah. »

Moshe la laissa à peine finir sa phrase. Le visage cramoisi, il brandit le poing en déclarant sur un ton exalté :

« Ils ont versé notre sang ! Ils ont torturé nos camarades, des tortures atroces ! Ils ont livré nos hommes à l'ennemi britannico-nazi ! Ils ont kidnappé, dénoncé, frappé à mort et nous, on a laissé faire. Et pourquoi, parce que Menahem Begin a dit qu'il fallait se retenir au nom de l'unité nationale, mais maintenant c'est fini ! À partir de maintenant, c'est œil pour œil et dent pour dent ! »

Rahelika savait qu'il citait un article du journal qu'il lui avait donné, utilisant une langue et des mots qui n'étaient pas les siens.

Lorsqu'ils arrivèrent près de sa maison, avant de lui dire au revoir, il lui demanda :

« Alors, qu'en dis-tu ? Es-tu prête à jurer fidélité et te joindre au combat ? »

Rahelika était grande et costaude, mais Moshe Alalouf mesurait une tête de plus qu'elle. Elle regarda ses yeux, à moitié fermés comme s'il était plongé dans une prière. Elle aurait tellement voulu qu'il penche la tête pour l'embrasser, mais rien ne laissa penser qu'il songeait à le faire. Déçue, elle redescendit sur terre et répondit :

« Je suis prête, mais j'ai besoin d'encore un peu de temps pour réfléchir. »

Il s'agita subitement.

« Pourquoi dois-tu tellement réfléchir alors que l'État d'Israël a besoin de toi ?

— Je ne suis pas encore sûre d'être prête à mourir pour quoi que ce soit, même pour l'État d'Israël !

— D'abord, répondit-il avec le plus grand sérieux, on ne meurt pas si facilement que ça, et on n'est pas non plus accepté si facilement que ça. Tu dois faire tes preuves. »

Il brandit le poing vers le ciel et proclama sur un ton catégorique :

« C'est la seule façon ! » puis il tourna les talons.

Elle était tellement excitée qu'elle ne ferma pas l'œil de la nuit. Moshe Alalouf, le Etzel, tout se mélangeait dans son esprit fiévreux. Elle ne cessait de se retourner jusqu'au moment où Luna, qui partageait son lit depuis qu'ils avaient dû quitter le grand appartement de la rue King George pour revenir à Ohel Moshe, lui donna un coup de pied :

« Qu'est-ce que tu as ? Tu n'arrêtes pas de me réveiller !

— Je n'arrive pas à dormir. »

Luna s'assit d'un bond sur le lit.

« Il s'est passé quelque chose ?

— Doucement, ne va pas réveiller Beki, chuchota Rahelika.

— Beki ronfle comme un cochon, rien ne la réveille. Qu'est-ce qui s'est passé ? Pourquoi tu ne dors pas ? »

Rahelika lui raconta.

« Tu as perdu la tête ? s'exclama Luna. Si *Papo* vient à le savoir, il t'enfermera à la maison pour le restant de tes jours, tu ne pourras même pas te marier.

— Personne ne doit le savoir, c'est un secret ! »

Rahelika bondit de son lit.

« Si tu me dénonces, je ne te raconterai plus jamais rien et je ne te permettrai plus de me raconter quoi que ce soit. »

Et Luna, qui redoutait plus que tout que sa sœur ne veuille plus écouter ses secrets, promit.

Le lendemain après les cours, Rahelika attendit Moshe Alalouf devant l'entrée de l'école. Sans un mot, Alalouf lui fit signe de marcher à côté de lui. Contrairement à la veille, où il avait parlé sans arrêt, cette fois il se tut. Ils prirent la rue King George et elle ressentit un léger pincement au cœur en passant devant l'immeuble où ils avaient vécu jusqu'à récemment. Ils longèrent le jardin public, prirent la direction de Rehavia et entrèrent dans le jardin de la rue Rambam. Son cœur cessa de battre. Moshe la prit par le coude et l'entraîna vers un banc. Dès qu'ils furent assis, il mit le bras autour de ses épaules et la serra très fort contre lui. Elle tremblait d'émotion et d'espoir lorsqu'il lui chuchota à l'oreille :

« Fais comme si on s'embrassait.

— Faire semblant ? »

Elle était déconcertée.

« Qu'est-ce que tu veux dire ? »

Mais elle n'avait pas eu le temps de finir sa phrase qu'il pressait sa bouche contre la sienne. Elle voulait desserrer les lèvres, l'embrasser réellement, mais la façon dont il posait ses lèvres lui fit comprendre que contrairement à elle, il faisait vraiment semblant. Déçue, elle le repoussa et glissa vers l'extrémité du banc. Il se rapprocha d'elle et chuchota :

« Qu'est-ce que tu fais ?

— Et toi ?

— Tu n'as pas vu que deux anémones étaient passées ? » s'étonna Moshe en sortant de derrière le buisson un rouleau et une boîte de conserve. Voilà les tracts, chuchota-t-il, et ça c'est la colle. On doit coller les affiches sur les arbres et sur les maisons.

— Et qu'est-ce qu'on fait avec si des anémones passent ? demanda-t-elle avec appréhension.

— On les tiendra comme ça, entre ton corps et le mien, et on se serrera très fort ! Ils ne remarqueront rien, j'ai déjà fait ça des centaines de fois ! » lui expliqua-t-il d'un ton qui se voulait rassurant mais ne fit que l'effrayer davantage.

Ce soir-là, il n'y eut plus d'anémones. Nul besoin de se prendre dans les bras ni de s'embrasser comme deux amoureux sur un banc public. Ils collèrent les affiches et se hâtèrent de quitter les lieux. Lorsqu'ils arrivèrent dans le quartier de Shaarei Hesed, il la salua d'un « C'est la seule façon ! » et disparut sans même lui proposer de la raccompagner chez elle. Déçue et furieuse, elle se mit à courir vers Ohel Moshe et ne reprit son souffle que lorsqu'elle fut rentrée à la maison.

« Que se passe-t-il, *kerida*, pourquoi es-tu aussi essoufflée ?

— J'ai couru, il fait noir dehors et j'avais peur.

— Peut-être que c'est vraiment dangereux d'étudier le soir, *mi alma*, peut-être qu'en ce moment il vaut mieux ne pas étudier ?

— Maman, ça suffit ! » répondit-elle sur un ton péremptoire qui ne lui ressemblait pas et laissa Rosa sans voix.

« Excuse-moi », ajouta-t-elle immédiatement.

Que lui arrivait-il ? Elle ne se reconnaissait plus, embrassait un inconnu, collait des affiches en pleine nuit, fuyait la police, se montrait insolente avec sa mère. Non, ce jeu ne lui ressemblait pas, le lendemain même elle arrêterait. *Basta*, ce n'était pas pour elle.

Sauf que le lendemain elle n'arrêta pas, ni le surlendemain, ni le jour d'après. Elle n'y arrivait pas.

Elle faisait désormais partie d'un groupe de jeunes gens et de jeunes filles actifs dans le mouvement clandestin et séchait de plus en plus souvent les cours. Elle ne pensait pas à ce qui se passerait si son père découvrait ses activités, refusait de l'envisager.

Ce qu'elle voulait, c'était continuer à coller des affiches, progresser dans les rangs et faire des choses plus excitantes, plus dangereuses, que l'on évoquait en chuchotant dans le plus grand secret.

Comme pour les missions précédentes, cette fois-ci non plus elle ne connaissait pas son partenaire, un jeune homme à lunettes plutôt taciturne. Selon les instructions, ils marchaient main dans la main en se tenant par le petit doigt, deux étrangers qui se faisaient passer pour des amoureux.

« Mon frère, au kibboutz, se promène comme ça avec sa fiancée » – ce fut la seule phrase qu'il prononça. Ils marchèrent en silence jusqu'à la rue Haneviim et s'arrêtèrent à côté de l'hôpital anglais. Juste en face, leur avait-on dit, se trouvait un petit jardin dissimulant la maison où avait autrefois vécu Rahel, la poétesse. Les tracts et la colle les attendraient sous le banc. Quatre marches menaient de la rue au jardin. Ils trouvèrent tout de suite le matériel et n'eurent même pas besoin de faire semblant de s'embrasser. On leur avait ordonné de coller les affiches sur la place de Sion, à côté des caisses du cinéma, afin que les personnes les voient immédiatement en achetant leur billet. Ils marchaient vite pour avoir terminé avant le couvre-feu, mais n'en eurent pas le temps. Au moment où ils passaient devant la maison du docteur Ticho, rue Rav Kook, les voitures de la police britannique qui passaient dans les rues annoncèrent le début du couvre-feu. Cela faisait des semaines qu'elle collait des affiches après les cours, mais jamais au moment du couvre-feu. Elle racontait à ses parents qu'elle allait chez son amie Tmima étudier pour les examens.

Au début, son père s'y était opposé.

« Tu n'as rien à faire dehors à ces heures-là ! avait-il protesté.

— Mais *Papo kerido,* quand vais-je étudier ? Je travaille au magasin jusque dans l'après-midi, je n'ai pas d'autre solution. »

Par chance, son père avait accepté ses explications. Mais que se passerait-il réellement au moment des examens ? Quand aurait-elle le temps d'étudier ?

L'adrénaline qui coulait dans ses veines, la sensation enivrante mêlée de peur qu'elle éprouvait quand elle collait les affiches, le sentiment de remplir une mission pour la nation et de participer à la lutte lui faisaient perdre la raison. Elle savait que personne ne croirait que c'était elle, Rahelika, cette gentille fille qui ne créait jamais de problèmes, l'enfant obéissante si différente de Luna et de ses mensonges à répétition, qui collait les affiches du Etzel.

Un chat jaillit d'une poubelle, lui donnant un coup au cœur. *Mon Dieu, qu'est-ce que je fais maintenant ?* se dit-elle en se collant comme une ombre au mur d'une maison. Elle décida sur-le-champ de jeter la colle et les affiches dans la poubelle d'où était sorti le chat. Elle en paierait le prix demain, mais aujourd'hui elle sauverait sa peau. Elle n'avait pas le choix. Elle commencerait à marcher vers chez elle et si les policiers l'attrapaient, qu'ils l'attrapent. Elle pourrait toujours raconter à son père qu'elle était restée tard à l'école et n'avait pas eu le temps de rentrer à la maison. *Guay de mi sola,* j'ai plus peur de mon père que de la police britannique, et depuis quand je me mets à penser comme Luna ? Elle pria le ciel d'être capable de mentir effrontément à son père mais, avant d'avoir pu y penser plus avant, elle dut d'abord mentir aux policiers anglais qui avaient surgi de leur voiture et s'approchaient d'elle.

« Que fais-tu dans la rue, tu n'as pas entendu le couvre-feu ? lui cria un policier.

— Si, monsieur, répondit-elle avec son visage angélique, j'étais à l'école jusqu'à tard et je n'ai pas fait attention. Monsieur le policier, je dois absolument rentrer à la maison, dit-elle en essayant de l'amadouer. Aidez-moi, je vous en prie, mes parents doivent être fous d'inquiétude. »

Mais au lieu de s'attendrir, le policier lui demanda sur un ton sec d'ouvrir son cartable et d'en sortir le contenu. Heureusement pour elle, il n'y avait rien d'autre que ses cahiers et ses livres. Elle remercia Luna de lui avoir conseillé de découper le journal du Etzel en petits morceaux et de le jeter aux toilettes, et remercia Dieu d'avoir eu le temps de jeter les affiches et la colle.

Le policier lui ordonna de remettre tout dans son cartable et de monter dans la voiture. Elle lui obéit, tremblante de peur, se voyant déjà emmenée en prison et enfermée derrière les barreaux. *Papo ne me pardonnera jamais*, se dit-elle. *Il me cloîtrera à la maison et le pire, c'est qu'il pensera que j'étais en train de m'amuser, comme Luna.* Elle avait peur de le décevoir, sachant combien la vie était difficile pour lui ces temps-ci, elle le voyait se refermer sur lui-même, rongé par les soucis, amer. Il ne disait jamais rien, se contentait de froncer le front, et à ce moment-là elle savait qu'il était dans une colère noire, mais il ne laissait jamais sortir cette colère, ne criait pas, ne s'emportait pas et c'était bien pire que des cris et même des coups.

« Adresse », ordonna le policier.

Elle lui donna l'adresse de la rue King George avant de se reprendre. Cela faisait presque dix mois qu'ils avaient déménagé pour retourner à Ohel Moshe, mais elle n'était toujours pas habituée.

La voiture de police parcourut les rues désertes et, à sa grande horreur, le chauffeur mit la sirène, qui lui perçait les oreilles. Il allait l'arrêter au poste de police, cela ne faisait aucun doute, on l'enfermerait dans une cellule et qui sait jusqu'à quand on la garderait. Mais la voiture passa devant le poste, s'arrêta devant la porte d'Ohel Moshe et Rahelika en descendit cérémonieusement, escortée de part et d'autre par deux policiers.

Ce qui se déroula pendant l'heure qui suivit, même son imagination débridée n'aurait pu l'inventer. Les policiers frappèrent vigoureusement à la porte de la maison. « Ouvrez ! Police ! » crièrent-ils et Rahelika, terrifiée, s'imagina déjà les voisins mettant le nez à la fenêtre. Ils voyaient la fille sage de *senyor* et *senyora* Ermoza accompagnée par deux Anglais et se frottaient les yeux, incrédules. Elle, cette jeune fille si sérieuse, avait eu des ennuis avec la police britannique !

Sa mère ouvrit la porte.

« Dieu te garde, tu as encore failli nous donner une attaque ! On pensait déjà qu'il t'était arrivé quelque chose. »

Et avant même de demander aux policiers ce qu'ils voulaient, elle fit rentrer sa fille.

« *Grasias al Dio*, Gabriel, Rahelika est là. »

Son père se leva de sa chaise et éteignit la radio. Il tituba légèrement, s'appuya au dossier de la chaise et jeta un regard interrogateur à Rahelika et aux deux policiers. Luna et Beki sortirent de leurs chambres et restèrent elles aussi dans le salon.

« Votre fille était dans la rue à l'heure du couvre-feu, c'est contraire à la loi, expliqua l'un des agents.

— Pardonnez-moi messieurs, je suis vraiment désolé, répondit Gabriel en s'avançant vers eux avec difficulté. Élever des filles, ce n'est pas une sinécure. Vous devez bien savoir à quel point c'est difficile de nos jours. Et vous, dit-il à ses filles sidérées qui semblaient clouées au sol, que faites-vous là comme des statues ? Venez, présentez-vous à ces gentlemen. »

Puis en s'adressant aux Anglais avec une politesse exagérée, il leur présenta ses filles.

« Gentlemen, je vous présente Luna, ma fille aînée, la petite Rivka, et vous connaissez déjà Rahel, celle du milieu. C'est une gentille enfant, mais un peu rêveuse. Ce n'est pas la première fois qu'elle ne rentre pas à la maison à l'heure du couvre-feu. Moi je lui pardonne, alors j'espère que vous aussi. »

Les policiers sourirent en voyant les trois jolies jeunes filles et Rosa, restée immobile sur le seuil de la porte, se réveilla subitement et les invita à s'asseoir à table.

« S'il vous plaît, s'il vous plaît, gentlemen, asseyez-vous, servez-vous. »

Elle leur apporta immédiatement un saladier avec des *biskochos* tout frais en priant Luna de servir ces invités imprévus. Gabriel alla vers le buffet en bois sculpté, sortit de la vitrine en verre une bouteille en cristal avec un excellent cognac et le servit dans des verres en cristal. Il trinqua avec les policiers à la difficulté d'élever des filles.

Les Anglais sirotèrent le cognac et, lorsque leurs verres se vidèrent, Gabriel s'empressa de les remplir à nouveau tandis que Rosa s'affairait autour des invités qui avaient complètement oublié leur fonction et discutaient comme de vieux amis avec Gabriel de l'éducation des enfants.

« *Dio santo,* ils ne veulent pas s'en aller, dit Rosa à ses filles lorsqu'elles furent seules dans la cuisine.

— Pourquoi s'en iraient-ils ? Trois jolies filles, un bon cognac, pourquoi ne pas rester ? cracha Rahelika avec mépris.

— Tais-toi, *calabasa,* espèce de courge, fais attention à ce qu'ils ne t'entendent pas, chuchota Luna.

— Ils vont rester dormir ici, continua Rahelika, si on ne fait rien pour les chasser.

— Il vaut mieux qu'ils dorment ici plutôt que toi en taule, rétorqua Luna.

— Doucement, doucement, vous deux, je ne veux pas que les Inglais vous entendent ! Allez leur proposer encore des *burekitas* », ordonna Rosa.

Les filles sortirent de la cuisine et leur apportèrent des *bureks* tout chauds qui sortaient juste du four.

« Vous n'avez que trois filles ? demanda l'un des policiers.

— Trois, mais c'est comme trente, répondit Gabriel en essayant de rire sans sonner trop faux.

— C'est très rare, s'étonna-t-il, je sais que les familles séfarades font beaucoup d'enfants.

— Nous en avons eu davantage, répondit Gabriel, mais ils n'ont pas survécu, que voulez-vous, Dieu donne et Dieu reprend, qu'il soit béni. »

Il se surprit à prendre plaisir à converser avec les policiers anglais qui lui confessaient que leur famille restée au pays leur manquait. Mais il était déjà tard et il aurait bien voulu qu'ils partent pour pouvoir régler ses comptes avec Rahelika.

Luna profita de leur présence pour leur demander l'autorisation d'aller aux toilettes dans la cour. Pendant le couvre-feu, ils se soulageaient généralement dans des pots de chambre en étain qu'ils gardaient sous le lit. Le matin, ils les vidaient dans le trou des toilettes, les nettoyaient et les suspendaient par la poignée au mur de la maison, dans la cour, à côté de la bassine pour le linge dans laquelle ils se lavaient aussi.

Mon Dieu, songeait Luna, où étaient passés les jours heureux de la rue King George, quand ils avaient des toilettes dans l'appartement, une baignoire carrelée et des robinets en laiton au lieu d'une toilette à la turque de l'autre côté de la cour et d'une bassine en étain pour se laver ? C'était une période si heureuse, et qui avait passé si vite ! Elle n'avait pas encore eu le temps de s'habituer qu'ils étaient déjà de retour dans leur ancien quartier, avec leurs anciens voisins et ces commères de voisines qui parlaient encore de l'oncle Ephraim qui avait tiré sur Matilda Franco.

Le policier autorisa Luna à sortir dans la cour et juste après elle, Beki et Rahelika, « mais l'une après l'autre, pas toutes ensemble », ordonna-t-il, cessant brusquement d'être l'homme agréable qui buvait du cognac avec leur père pour redevenir le policier anglais honni et redouté.

Lorsque les filles furent rentrées, les policiers se levèrent, remercièrent Gabriel et Rosa pour leur hospitalité et répétèrent à Rahelika de ne pas se trouver dehors à l'heure du couvre-feu, puis ils s'en allèrent.

« Enfin ils sont partis, Dieu merci », s'exclama Gabriel avec un soupir de soulagement.

Il pensait que ce cauchemar n'en finirait jamais et que ces maudits Anglais allaient s'installer chez eux. Ils s'y sentaient bien, trois jolies filles, du bon cognac, alors pourquoi pas ? Et Rosa, que Dieu la garde, ne fermait pas le bec un instant, son épouse taciturne s'était transformée en moulin à paroles. Il ne savait pas si elle n'avait cessé de parler parce qu'elle redoutait quelque chose de terrible si elle se taisait, que les policiers changent de comportement et les emmène tous en prison, ou si elle était fière de son excellent anglais. Dieu merci, cette fois elle n'avait pas fait la moindre allusion au fait qu'elle avait travaillé chez les Anglais, heureusement qu'ils ne lui avaient pas demandé où elle avait si bien appris leur langue.

Après leur départ, Gabriel s'installa dans son fauteuil, alluma une cigarette d'une main tremblante et absorba la fumée. Il regarda ses filles, qui semblaient mettre un zèle particulier à tout nettoyer et ranger, il regarda sa femme, redevenue mutique depuis le départ des Anglais. Elle était assise dans un coin de la pièce en face de lui, occupée à broder une des tapisseries qu'elle suspendait aux murs comme si c'étaient des œuvres d'art, comme s'ils vivaient au musée du Louvre et non dans un appartement miteux à Ohel Moshe.

Il soupira et une douleur aiguë lui transperça la poitrine. Comment, mais comment était-il possible qu'après avoir habité dans un immeuble luxueux de la rue King George, à côté du quartier de Rehavia, il ait ramené sa famille à Ohel Moshe, et dans des conditions encore pires qu'auparavant ? Comment un homme fortuné et respecté, qui possédait une automobile et une épicerie fine prospère, avait-il pu se retrouver sans le sou ? Il avait grandi dans une maison où l'argent ne manquait pas. Sans être très riche, la famille Ermoza n'avait jamais connu la pauvreté. Pourquoi le Très-Haut avait-il voulu que ce soit justement lui qui mène sa famille au bord du gouffre ? Était-ce la malédiction de sa mère ? Elle l'avait pourtant révoquée le jour où elle lui avait administré le *livianos*, l'avait nettoyé de tous ses péchés et béni en lui demandant de reprendre sa vie normale et de réussir dans tout ce qu'il entreprendrait. Elle lui avait pardonné et demandé de tout recommencer à zéro. Alors d'où venait cette malédiction ? Qui lui avait jeté le mauvais œil ? Et de quel terrible péché était-il coupable pour que lui et ses filles reçoivent une telle punition, tomber si bas après avoir connu les sommets ? Que pourrait-il encore supporter avant de s'effondrer ? Et s'il s'effondrait, qu'adviendrait-il de ses filles ? Elles n'étaient pas encore mariées, n'avaient pas encore établi de foyer. Il devait les marier, savoir que leur avenir était assuré avant de baisser les bras et de s'abandonner à son destin, mais jusque-là il n'avait pas le choix, il était obligé de continuer à porter ce fardeau sur ses épaules, si lourd fût-il.

Les filles avaient terminé de nettoyer et s'apprêtaient à regagner leur chambre.

« Toi, dit-il à Rahelika, tu restes ici. »

Rahelika, tremblant de peur, regarda Luna, et non seulement sa sœur ne fit rien pour la rassurer, mais elle posa la main sur sa gorge en faisant le geste de se faire égorger comme pour dire : *Papo* va te massacrer.

Rosa baissa les yeux sur sa broderie. Elle aurait voulu disparaître, ne pouvant supporter l'idée que Gabriel se mette en colère contre sa fille. Rahelika était une fille en or, *ija de oro*, elle trimait toute la journée au magasin, faisait tout pour son père et lui, il n'avait d'yeux que pour Luna, cette enfant gâtée. Rahelika assumait toutes les tâches ingrates ; encore maintenant, qui avait lavé la vaisselle ? Rahelika, car enfin Luna n'allait quand même pas salir ses ongles rouges ! La *flaka* pouvait faire ce qu'elle voulait, il lui pardonnait, mais Rahelika, *miskenika*, en quoi était-elle coupable de s'être laissée surprendre par le couvre-feu ? Il allait lui crier dessus et la punir. Quel père était-il devenu ? Il ne voyait ni Rahelika ni Beki, qui avait du mal à respirer quand elle se trouvait à côté de lui. Pauvre Beki, ils étaient tellement occupés avec Luna que personne ne prêtait attention à elle, elle grandissait toute seule, heureusement que c'était une gentille enfant, qui ne se plaignait jamais.

« Viens, prends une chaise et assieds-toi à côté de moi, dit Gabriel à sa fille, qui s'exécuta et s'assit la tête basse, attendant la sentence. Rahelika *kerida, ija mia*, commença-t-il gentiment à la grande surprise de Rahelika, de toutes mes filles, tu es la seule sur laquelle je peux compter. Tu es sérieuse et responsable, *kerida.* Je sais que je t'ai fait du tort en te retirant du lycée pour te mettre à la boutique, mais tu vois bien toi-même à quel point j'ai besoin de toi, comment ferais-je sans toi ? Comment pourrais-je compter sur *tío* Mazliach qui, Dieu me pardonne, est un bon à rien ? Ou Avramino ? Non seulement c'est un *troncho de Tveria*, mais il n'est même pas de la famille ! Je ne fais confiance qu'à toi, *kerida*, il n'y a que toi, avec ton intelligence, qui puisses sauver le magasin, et tu es aussi la seule qui ne me voleras pas. Pour toutes ces raisons, à partir d'aujourd'hui je te confie la responsabilité de la boutique. Je suis malade, *kerida*, mes jambes ne me portent plus jusqu'au marché ni nulle part ailleurs, alors tu dois t'occuper du magasin pour moi, pour ta mère, pour tes sœurs, pour notre famille. »

Rahelika resta silencieuse, cherchant à digérer l'ampleur de la responsabilité que son père venait de décharger sur ses épaules et se demandant dans le même temps pourquoi il ne s'était pas mis en colère contre elle pour s'être fait attraper en plein couvre-feu par les policiers anglais. Mais comment faire ? Elle retournait le problème dans tous les sens : comment pourrait-elle s'occuper de la boutique tout en étudiant ? Et comme si son père avait lu dans ses pensées, il poursuivit :

« Tu devras arrêter tes études. »

Rahelika eut du mal à respirer. Il lui restait deux mois jusqu'à la fin du lycée, elle devait absolument terminer et poursuivre au séminaire pour maîtres. Pour la première fois de sa vie, elle tint tête à son père.

« Je suis désolée, *Papo*, mais je ne veux pas interrompre mes études.

— Tu ne veux pas ? répéta-t-il comme s'il n'en croyait pas ses oreilles. C'est parce que les études sont tellement importantes pour toi, ou bien il y a une autre raison ? »

Voilà, ça y est, se dit-elle. *Mon père est au courant de mes activités avec le Etzel.* Mais à son grand étonnement, il ne mentionna pas le Etzel.

« Tu crois que je suis né de la dernière pluie ? continua-t-il, que je pensais vraiment que tu allais étudier tous les soirs avec ton amie pour les examens ? Ton école est trop proche de la place de Sion, du café Europa et du café Vienna, là où sortent ces maudits Anglais.

— Dieu me garde, *Papo,* je te jure que je ne mets jamais les pieds dans les cafés, et encore moins dans ceux qui sont fréquentés par les Anglais.

— Bon, se tranquillisa Gabriel, mais de toute façon on n'a pas le choix, tu dois t'occuper de la boutique, et si tu ne peux pas étudier en même temps, tu n'auras pas le choix, *kerida,* tu devras cesser.

— Je ferai tout ce que tu dis, la supplia Rahelika, mais ne me demande pas d'arrêter mes études.

— Il n'y a pas d'autre solution, autrement le magasin va péricliter et je n'aurai plus de quoi vous nourrir. »

Puis il l'envoya au lit sans la réprimander et sans un mot pour les policiers qui l'avaient attrapée dehors.

« Qu'est-ce que je vais faire ? demanda-t-elle à Luna qui l'attendait.

— Tu n'as pas le choix », répondit gentiment sa sœur en lui caressant les cheveux.

Elle savait à quel point Rahelika était déterminée à terminer ses études et à devenir enseignante, mais elle comprenait aussi que si elle ne s'impliquait pas dans la gestion du magasin, Mordoch le Kurde mettrait la main dessus, comme il l'avait fait avec la fabrique de halva, et toute la famille se retrouverait sur la paille. Elle aurait voulu que sa sœur cesse de se mettre en danger avec ses aventures nocturnes qui ramenaient les policiers anglais à la maison, qu'elle soit un peu comme elle, moins intelligente, plus simple, qu'elle ait des aspirations ordinaires, comme les siennes – trouver un mari et fonder une famille – et non de grands rêves – chasser les Anglais et bâtir un État. Qu'elle laisse ce genre de rêves aux hommes, ce n'était pas pour une fille Ermoza.

« Tu dois faire ce que te dit *Papo*, expliqua délicatement Luna. Tu risques trop. Qu'est-ce que tu crois, que je ne sais pas que les Anglais t'ont attrapée en train de coller des affiches, que je ne comprends pas ce qui se passe ici ? Tu as vraiment de la chance que *Papo* ne te soupçonne pas. Il t'a interdit de rejoindre la Haganah, et toi tu fais exactement le contraire et tu t'engages dans le Etzel ?

— Je ne fais pas exactement le contraire, je veux participer à la lutte nationale.

— Tu devrais plutôt participer à la lutte familiale ; si *Papo* apprend que tu es dans le Etzel, il te chassera de la famille ! Il ne l'acceptera jamais, tu es la fille modèle, ça lui brisera le cœur.

— Il ne le saura jamais si tu tiens ta langue, alors promets-moi que tu ne le lui diras pas.

— Évidemment que je ne le lui dirai pas, mais tu dois arrêter avec le Etzel. Un jour ils finiront par t'arrêter et te mettre en prison, et maintenant *Papo* a besoin de toi au magasin.

— Luna, qu'est-ce que je vais faire ? Je ne veux pas diriger la boutique. Je ne peux pas tenir tête à cet idiot de *tío* Matzliah et à ce bègue d'Avramino, et je déteste le Kurde.

— Moi aussi je déteste le Kurde, Rahelika ; j'ai l'impression que depuis qu'il s'est associé avec *Papo*, il nous porte la poisse.

— Ce chien de Mordoch entre dans la boutique en se donnant des airs de propriétaire ; il regarde autour de lui comme si elle allait bientôt lui appartenir, il touche les choses, les déplace, pose des questions.

— Il devra passer sur mon corps pour récupérer le magasin ! »

Le sang lui monta à la tête.

« Je me mettrai à l'entrée et l'empêcherai d'entrer.

— Ce Kurde, c'est Amalek, Luna ; il attend le moment de s'emparer de l'affaire et de chasser *Papo* pour faire venir ses milliers d'enfants.

— C'est justement pour ça, *ermanita kerida*, lui dit Luna comme si elle venait de remporter une victoire, que tu dois faire ce que demande *Papo*, tu n'as pas le choix !

— Mais pourquoi moi ?

— Parce que tu as la cervelle de *Papo*, que tu es la plus intelligente de nous trois, voilà pourquoi. »

Au fond d'elle-même, Rahelika comprenait qu'elle n'avait pas le choix et devrait obéir aux ordres de son père. Mais comment une jeune fille de seize ans pourrait-elle tenir tête à ce satané Mordoch ?

Donner des instructions à son oncle Mazliach et à Avramino, qui pourrait être son père ?

Le lendemain, elle ne demanda même pas à Moshe Alalouf s'il savait ce qui s'était passé avec son camarade de la nuit dernière, et lorsqu'il s'approcha d'elle pour lui transmettre de nouvelles instructions pour le soir, elle se déroba et rentra à la maison pour se préparer à une nouvelle discussion difficile avec son père. Elle ne savait pas quoi lui dire ; elle refusait d'abandonner ses études, tenait absolument à continuer, avoir de l'instruction. Son père l'avait toujours dit clairement, l'éducation était la chose la plus importante. Il en avait tellement voulu à Luna lorsqu'elle avait décidé d'arrêter l'école pour travailler dans un magasin de vêtements, et maintenant quoi ? S'il lui demandait à elle d'interrompre ses études, cela signifiait qu'ils étaient vraiment au bout du rouleau.

Il n'était que huit heures, mais son père dormait déjà. Bon, elle s'épargnerait au moins une conversation pénible.

« Il ne se sent pas bien, lui dit Rosa, il n'a pas touché à son repas. Il a dit qu'il était fatigué et qu'il allait se coucher.

— Et Luna ?

— Elle est partie avec David.

— Et Beki ?

— Dehors. »

Habituée à être occupée tous les soirs, Rahelika tournait en rond.

« Viens t'asseoir à côté de moi, lui demanda Rosa, et Rahelika approcha un tabouret à côté de celui de sa mère dans la cour. Rahelika, *ija mia*, j'ai entendu ce que ton père t'a demandé. Fais ce qu'il te dit. Ce n'est plus le même homme, il est malade. Aujourd'hui il est resté toute la journée sur sa chaise sans bouger, il a mal partout, comme si son corps était tout cassé.

— Pourquoi ne va-t-il pas consulter au dispensaire ?

— Il l'a fait, et le médecin lui a dit la même chose que le docteur Sabo, que ce sont des rhumatismes. Pourtant nous sommes allés aux sources de Tibériade, non ? Ça ne sert à rien. Ce ne sont pas des rhumatismes, Rahelika, c'est plus grave, il a la main qui tremble, tu n'as pas vu ? Il arrive à peine à lever la cuillère pour la porter à sa bouche, il essaie de le cacher mais n'y parvient pas. Quand il se lève de sa chaise, il s'appuie contre la table pour ne pas tomber et il est constamment épuisé. Parfois il commence à parler, mais il perd le fil et oublie ce qu'il voulait me dire. Et son humeur, *Dio mio*, il passe d'un instant à l'autre de la joie à la tristesse ; il est calme un moment et tout à coup il s'énerve. Il est malade, ton père, autrement tu crois qu'il se serait retrouvé sans le sou, qu'on serait retournés à Ohel Moshe ? »

Rahelika regarda sa mère, sidérée.

« Je pensais que tu étais contente d'être de retour à Ohel Moshe ; tu n'aimais pas l'appartement de la rue King George et ton quartier, tes voisines te manquaient.

— *Mashallah, kerida,* quelles voisines ? Tu vois des voisines ici ? Même Tamar, qui était comme ma sœur, ne vient plus me rendre visite. Depuis la mort de Matilda je n'ai plus de voisines.

— Alors tu ne te réjouis même pas d'être rentrée à Ohel Moshe ? Je me consolais à moitié en me disant qu'au moins toi, tu étais contente.

— Je le suis, je ne dirai pas le contraire, je n'aimais pas vivre rue King George avec ces voisins qui ferment leur porte pour que personne n'entre chez eux sans prévenir. Je n'osais même pas demander un verre d'eau. Je ne te dirai pas que je n'ai pas souffert de ne pas pouvoir m'asseoir dehors comme on le fait maintenant, que le bruit des automobiles ne me donnait pas le tournis et que je n'avais pas une peur bleue de l'ascenseur. Mais voir mes filles et leur père si tristes d'être rentrés ici, ça me fend le cœur.

— Ne t'en fais pas, les choses vont s'arranger.

— Elles vont s'arranger, bien sûr, mais cela fait un bon moment qu'on a tué Matilda, qu'elle repose en paix, or personne ne se comporte plus avec nous comme avant. À l'époque, dès qu'elles me voyaient dans la cour, les voisines venaient me rejoindre et on restait assises à bavarder, à manger et à rire. Maintenant, si je sors et qu'il y en a une dehors, elle rentre immédiatement chez elle et ferme la porte. Non, *kerida*, je n'ai plus personne à Ohel Moshe, je suis seule. »

Rosa n'avait pas mentionné Ephraim, mais Rahelika lisait dans ses pensées.

« Tu as eu des nouvelles ? demanda-t-elle à sa mère. D'oncle Ephraim ?

— Ah, soupira-t-elle douloureusement, *nada*, rien. Si seulement je pouvais en avoir, mais personne ne peut m'en donner. Sarah Laniado, avec qui je parlais autrefois de lui car son fils aussi est là-bas avec lui, ne me permet plus d'aller lui rendre visite depuis la mort de Matilda. Depuis cette fameuse nuit, je n'ai plus jamais frappé à sa porte. Mon Dieu, comme je pense à Ephraim, comme je m'inquiète pour mon petit *troncho.* Qui sait s'il est encore en vie ?

— Il est peut-être en prison à Saint-Jean-d'Acre ? suggéra Rahelika. Peut-être que les Anglais l'ont attrapé ?

— Que Dieu nous garde, ne dis pas des choses pareilles, *los de avashos,* là-haut, risqueraient de t'entendre et de lui jeter le mauvais œil.

— Alors pourquoi il ne te donne pas signe de vie ? Tu es son unique sœur, il ne s'inquiète pas pour toi ?

— Si, bien sûr qu'il s'inquiète, mais il sait que je ne suis pas seule, que j'ai mes filles et leur père, Dieu le protège. Mais lui, qui a-t-il ? *Miskeniko,* qui s'occupe de lui ?

— Il s'est peut-être marié, il a peut-être des enfants ? tenta Rahelika pour rassurer sa mère.

— Si seulement, *mi alma,* que Dieu t'entende ! Si seulement il était passé sous le dais nuptial même si je n'étais pas là pour le voir briser le verre. J'aimerais tant qu'il ait une femme pour s'occuper de lui.

Rahelika décida d'apaiser le cœur de sa mère.

« Tu sais, Maman, on dit qu'il est devenu un commandant important dans le Lehi, qu'il est très respecté.

— Où as-tu entendu cela, *kerida* ? Depuis quand sais-tu ce qu'on fait ou pas dans le Lehi ?

— Dans mon école, il y a des filles et des garçons qui savent et ils m'ont dit qu'il faisait des choses importantes pour l'État d'Israël.

— *Ija de oro,* s'exclama Rosa en se frappant les mains d'émotion, tu trouves toujours les mots qu'il faut pour me rassurer, tu as un cœur d'or, que Dieu te garde, et pour cette raison tu dois faire ce que ton père te demande, que l'on ne se retrouve pas comme les pauvres du marché Mahane Yehouda à devoir chercher de la nourriture par terre et que ton père, *peshkado y limón,* ait trop honte pour se lever de son lit. Écoute bien, *ija,* ce que ton père t'a demandé, c'est un appel au secours alors ne le déçois pas, ne nous déçois pas. »

« Pourquoi tu es triste, ma jolie ? demanda David à Luna en la serrant contre lui, pourquoi tu fais la tête ? Tu ne m'as pas souri une seule fois aujourd'hui, même pas un petit sourire.

— Je m'inquiète pour Rahelika, au point que je n'ai même pas profité du film. »

Comme tous les soirs, ils étaient allés au cinéma, cette fois voir un film avec l'actrice Hedy Lamarr, et ils s'apprêtaient à prendre un verre au café Atara avant que David ne la raccompagne chez elle.

— Que se passe-t-il avec Rahelika ? demanda David en pensant à autre chose.

— Hier, deux anémones l'ont ramenée à la maison. »

Elle avait enfin réussi à capter son attention.

« Rahelika ? Des anémones ?

— Ils l'ont attrapée dehors en plein couvre-feu.

— Qu'ils aillent au diable, avec leur couvre-feu, ils l'ont ramenée saine et sauve, elle va bien ?

— Tu ne comprends pas, David, chuchota-t-elle, c'est beaucoup plus compliqué que ça. Je vais te confier quelque chose mais tu dois me jurer que tu ne le raconteras à personne.

— Promis juré !

— Elle collait des affiches du Etzel. Par bonheur elle a eu le temps de s'en débarrasser une minute avant qu'ils ne l'attrapent. Je ne veux même pas imaginer ce qui aurait pu arriver s'ils l'avaient prise sur le fait.

— Rahelika au Etzel ? Dieu du ciel, qui l'eût cru ?

— Eh bien tu peux me croire. D'abord elle était avec la Haganah, et maintenant au Etzel. On doit absolument la sortir de ces embrouilles, on doit lui trouver un fiancé parmi tes amis de l'armée.

— Lunika, elle n'est pas faite pour l'un de mes amis. Comment te le dire avec délicatesse… ça n'ira pas.

— Pourquoi ça n'irait pas ? fulmina Luna. Rahelika n'est pas difficile et c'est une fille en or, elle a le cerveau de mon père.

— Lunika, ma jolie, le cerveau de ton père, ça ne suffira pas pour que l'un de mes amis ait envie de sortir avec elle.

— Et pourquoi pas ?

— Ne le prends pas mal, *mi alma*, mais ta sœur, ce n'est pas exactement Greta Garbo.

— Mais qu'est-ce que tu racontes, David ! Ma sœur est plus belle que toutes les filles que tes amis fréquentent, elle a une belle âme, et c'est plus important que tout !

— *Bonika,* tu sais bien que ce n'est pas vrai, sinon tu ne porterais pas cette robe qui me rend fou et souligne tes hanches fines. Lunika, qui mieux que toi sait que la beauté chez une femme, c'est ce qui fait tout ? »

La plupart du temps, elle rougissait de ses compliments, mais pas cette fois. Elle était furieuse qu'il ait osé insulter sa sœur. Il lui prit la main et elle la retira rageusement.

« Lunika, qu'est-ce que j'ai dit ? Tu sais combien de jolies filles mes amis ont eues en Italie ?

— Autant que toi ?

— Là-bas, il y avait des filles en veux-tu, en voilà, toutes plus belles les unes que les autres…

— Et il y en avait une de particulièrement belle ?

— Est-ce que j'ai dit ça ? Il y avait de jolies filles, répondit-il en esquivant élégamment la question. C'était avant de te connaître. Tu sais que tous mes amis sont jaloux de moi pour avoir mis la main sur la plus belle fille de tout Jérusalem. »

Luna lui reprit la main. Il avait réussi à l'attendrir avec ses belles paroles et elle se dit qu'elle avait de la chance, finalement son beau prince charmant était arrivé sur son destrier blanc, l'homme de ses rêves, un soldat qui rentrait du front, celui qui l'accompagnerait sous le dais nuptial, le futur père de ses enfants. Elle était heureuse, mais son inquiétude pour Rahelika entamait son bonheur et une ombre recouvrait son beau visage. Ses yeux s'embuèrent de larmes.

David eut soudain une idée.

« On pourrait peut-être lui présenter Moïse, il n'est pas très regardant en matière de beauté. »

Luna eut du mal à convaincre sa sœur de rencontrer Moïse.

« Quoi, je suis tellement ratée que j'ai besoin d'un mariage arrangé ? s'insurgea-t-elle.

— Enfin, ce n'est pas comme si son père s'asseyait avec *Papo* et qu'ils décidaient à votre place et fixaient les conditions ! C'est David et moi qui te présentons un de ses amis. S'il te plaît, c'est bien, et sinon c'est bien aussi.

— Je n'aime pas rencontrer des garçons dans ce genre de circonstances, ça me gêne.

— Moi ça me gêne qu'au lieu de rencontrer des garçons, tu te crées des ennuis avec la police britannique. Allez, ne sois pas têtue comme une mule, qu'as-tu à perdre ? Au pire, tu prendras un café avec lui et s'il ne te plaît pas, tu lui dis gentiment au revoir et tu ne le revois plus.

— Je ne sais pas, Luna, ça m'ennuie, ça me stresse, je n'ai pas envie !

— Et si on sortait tous les quatre ?

— Dans ces conditions, j'accepte », consentit Rahelika.

Ils allèrent ensemble au cinéma Orion voir *Les enfants du paradis* et ensuite au café Zichel. Moïse se révéla un garçon timide qui, contrairement à David, n'avait pas beaucoup d'expérience avec les filles. Il ne parlait pas beaucoup, mais Rahelika le trouvait agréable et courtois, si bien qu'à la fin de la soirée, lorsqu'il lui proposa de la revoir, elle accepta avec plaisir.

Comme l'espérait Luna, à partir du moment où elle commença à fréquenter Moïse, Rahelika mit fin à ses activités au Etzel et, au grand regret de Moshe Alalouf, cessa de coller des affiches la nuit. Lorsqu'il exigea des explications, elle lui répondit que son père était malade et qu'elle devait rentrer directement à la maison après les cours afin de s'occuper de lui. Il tenta d'insister, mais elle l'ignora fermement et, malgré ses supplications, elle refusa d'en discuter en face à face.

« Traîtresse », murmura-t-il, et à partir de ce moment il ne lui adressa plus la parole, mais cessa de l'importuner.

Peu de temps après avoir commencé à le fréquenter, Rahelika ramena Moïse à la maison et le présenta à son père.

« *Papo*, je te présente Moïse, mon ami. »

Gabriel leva le regard vers le grand jeune homme au teint basané qui se tenait devant lui et fixa ses deux grands yeux marron.

« Je n'ai jamais vu autant de gentillesse dans les yeux de personne », dirait-il plus tard à Rahelika.

« Je suis honoré de faire votre connaissance, déclara Moïse en tendant la main à l'homme malade recroquevillé dans son fauteuil rembourré avec des coussins.

— Tout le plaisir est pour moi », répondit Gabriel, qui apprécia la poignée de main chaleureuse du nouvel ami de Rahelika.

Le soir même, Moïse dîna avec la famille. Gabriel était enchanté par ses bonnes manières et Rosa par le bonheur de Rahelika. *Enfin, Seigneur, enfin tu as ramené le sourire sur les lèvres de ma fille, enfin elle aussi reçoit quelque chose de positif,* grasias al Dio.

Luna, qui se considérait comme l'entremetteuse en chef, parlait à tort et à travers et ne cessait de raconter comment elle avait décidé de trouver un amoureux à Rahelika et que son merveilleux David avait choisi son meilleur ami pour Luna. Bien entendu, elle se gardait de mentionner la conversation qu'ils avaient eue avant que David ne suggère Moïse en désespoir de cause. Elle était heureuse pour sa sœur qui, pratiquement dès le début de leur relation, lui avait fait comprendre qu'il s'agissait d'une histoire sérieuse.

Après le dîner, Gabriel s'assit dans son fauteuil, alluma comme à son habitude la radio et sortit une cigarette de son étui argenté. Moïse lui tendit immédiatement son briquet et prit place à côté de lui.

« *Senyor* Ermoza, dit-il de sa voix grave et agréable, si vous le permettez, j'aimerais échanger quelques mots avec vous.

— Avec plaisir, répondit Gabriel.

— Je sais, *senyor*, que vous venez juste de me rencontrer, mais Rahelika et moi nous connaissons déjà depuis quelques semaines, je la respecte beaucoup et nous avons des conversations qui viennent du cœur », dit-il dans un très bel hébreu. »

Le jeune homme aiguisa la curiosité de Gabriel. Allait-il lui demander la main de sa fille ? Et Gabriel devrait-il accepter ? Après tout, c'était la première fois qu'il le voyait, que savait-il de lui hormis qu'il était bien élevé ?

« Lors de l'une de nos discussions, cher monsieur, poursuivit Moïse, Rahelika m'a raconté que vous vouliez qu'elle arrête ses études pour reprendre le magasin.

— Il n'y a pas le choix, soupira Gabriel. Je ne suis plus le même qu'autrefois et j'ai besoin qu'elle dirige la boutique ; elle est la seule à qui je puisse faire confiance.

— Monsieur, je ne veux pas me mêler de ce qui ne me regarde pas et j'espère que vous ne me trouverez pas effronté, mais si vous le permettez, je voudrais vous faire une proposition : Rahelika poursuivrait ses études et moi je l'aiderais à la boutique.

— L'aider à la boutique ? rétorqua Gabriel sans cacher son étonnement. Premièrement, je ne peux pas vous payer. Deuxièmement, je ne sais pas qui vous êtes, jeune homme, de quelle famille vous venez et quelles sont vos intentions vis-à-vis de Rahelika.

— Mes intentions sont honnêtes et sérieuses, *senyor* Ermoza. Pour ce qui est du salaire, ne vous inquiétez pas, je ne demanderai rien tant que nous n'aurons pas remis l'affaire sur pied et fait rentrer de l'argent dans la caisse. Quant à Rahelika, poursuivit-il, nous apprenons seulement à nous connaître, mais dans quelques mois, si monsieur Ermoza me donne sa bénédiction et avec l'aide de Dieu, nous serons sous le dais nuptial.

— Rien ne presse, murmura Gabriel en se félicitant de la réponse du jeune homme.

— *Senyor* Ermoza, mon père vient d'Afrique du Nord mais ma mère est des vôtres et moi je suis moitié-moitié. J'ai l'air d'un Juif maghrébin mais je parle judéo-espagnol comme un pur Séfarade. Ma mère a mis un point d'honneur à le parler avec moi et je le maîtrise assez bien pour que personne ne puisse m'escroquer.

— C'est très bien, se réjouit Gabriel, surtout si vous voulez travailler au magasin car nous avons beaucoup de clients qui le parlent, et c'est important aussi que vous compreniez ce que se disent les employés.

— Je vous promets, *senyor* Ermoza, dit Moïse avec émotion, je vous promets que Rahel et moi, nous allons faire repartir l'affaire ! Je vous donne ma parole. »

Que Dieu l'entende, se dit Gabriel. Si seulement Rahelika et Moïse y parvenaient, mais il avait beau être impressionné par le jeune homme et confiant dans les capacités de sa fille, il doutait qu'ils réussissent là où il avait échoué. Comment ces deux âmes pures feraient-elles le poids face au malveillant Mordoch ? Comment s'imposeraient-ils face à la stupidité de Mazliach et au vieil Avramino qui ne pouvait même plus porter un sac sur ses épaules, mais que Gabriel n'aurait jamais licencié pour prendre un jeune à sa place ? Pouvait-il s'en séparer alors que le vieil homme avait une femme à nourrir ? S'il le renvoyait, il serait condamné à mendier, à Dieu ne plaise, comme tous les pauvres qui envahissaient les rues de Jérusalem. Gabriel n'avait pas le cœur à faire une chose pareille, même si Avramino ne lui était d'aucune utilité. Grand Dieu, et comment Rahelika et Moïse tiendraient-ils tête à ce serpent de Kurde, avec les belles paroles qui dégoulinaient de sa bouche, ces mots tranchants comme un couteau qui coulaient comme du miel ? Maudit soit le jour où il l'avait rencontré, s'était laissé attendrir par ses flatteries et avait accepté de s'associer à lui dans la fabrique de halva. Comment avait-il réussi, cette ordure, à l'écarter de l'affaire et le dépouiller de tout ? Pourquoi n'avait-il pas écouté les conseils de son frère Mazliach qui, pour la seule fois de sa vie, lui avait fait une remarque sensée ?

« Il n'est pas de chez nous, Gabriel, comment vous entendrez-vous ? Tu penses blanc et il pense noir, il pense jour et tu penses nuit.

— Ne t'inquiète pas, Mazliach, lui avait-il répondu, le pommier ne peut pas menacer le figuier. »

Mais ce qu'il n'avait pas compris, c'est qu'une pomme pourrie, si elle tombait à côté d'une figue, pouvait la faire pourrir elle aussi.

« Vous n'avez même pas consacré un jour à la fabrique de halva », lui avait reproché le Kurde en oubliant que c'était l'accord qu'ils avaient pris : Gabriel investirait l'argent et Mordoch dirigerait l'usine. « Quand êtes-vous passé pour la dernière fois à l'usine pour que les ouvriers sachent que je ne suis pas le seul patron ? » insistait-il, oubliant que c'était lui-même qui avait demandé à Gabriel de ne pas se montrer trop souvent afin de ne pas perturber les ouvriers, qu'ils devaient savoir qu'ils avaient un patron et un seul, que c'était plus sain. Voilà ce qu'il avait dit et Gabriel, ce *troncho*, lui avait fait confiance. Après tout, Mordoch lui avait raconté qu'il avait de l'expérience et possédait également une usine de boîtes de conserve à Givat Shaul. Pourquoi ne lui avait-il demandé aucune preuve ? Ce qu'on peut être stupide ! Si son père avait été témoin de ses erreurs, il serait mort une deuxième fois, de honte.

Et maintenant le Kurde convoitait la boutique, tournait autour comme un cochon, fouinait ici et là, posait des questions, prenait régulièrement des sacs remplis de bonnes choses sans payer, comme si c'était le magasin de son père. Un beau jour, il vint le trouver :

« Gabriel, il faut qu'on ferme l'usine, lui annonça-t-il.

— Comment ça, fermer, et pourquoi donc ?

— *Halas*, on perd de l'argent, on a beaucoup de dettes, il faut fermer et rembourser les dettes. »

Et il en fut ainsi. À ce moment-là, Gabriel n'avait déjà plus la tête sur les épaules, il commençait à se sentir mal et ses problèmes de santé amoindrissaient son acuité intellectuelle ; autrement comment expliquer que sans demander aucun papier ni procéder à la moindre vérification, il ait dit au Kurde « Faites ce que bon vous semble » et laissé Mordoch revendre l'usine à un autre Kurde ?

« Où est ma part ? » avait demandé Gabriel.

Mordoch lui avait répondu sans ciller :

« Quelle part ? Il ne reste pas un centime. Tout l'argent que j'ai reçu, et j'ai reçu peut-être un quart de sa valeur, je l'ai utilisé pour rembourser les dettes. »

Gabriel était frappé, vaincu et malade, et il n'avait exigé aucune preuve. En un sens, il était soulagé de se débarrasser du Kurde et de l'usine de halva qui lui pesaient. Il espérait ne plus jamais voir ce Mordoch Levi, or non seulement le Kurde n'avait pas disparu, mais au contraire il s'accrochait à lui comme une sangsue, continuait à venir à la boutique et à son appartement de la rue King George pour parler affaires comme si Gabriel ne savait pas que ce diable l'avait escroqué.

Et un beau jour, ils avaient perdu aussi la rue King George, il n'y avait plus d'argent pour payer le loyer. Le cœur lourd, il avait demandé à sa femme et à ses filles de préparer leurs affaires pour retourner dans la vieille maison d'Ohel Moshe.

Les filles avaient tenté de s'y opposer, surtout Luna et Beki, mais son regard les avait fait taire.

En temps normal, il se serait assis avec elles pour leur expliquer la situation, mais on n'était pas en temps normal. Il avait perdu son argent et il était en train de perdre sa santé et ses forces, et surtout sa patience légendaire. Rosa n'avait pas dit un mot. Il savait qu'au fond d'elle-même, elle se réjouissait de cette décision, elle qui ne s'était jamais sentie chez elle dans l'appartement de la rue King George. Seule sa bonne Rahelika, avec son gentil regard, lui avait fait comprendre qu'il faisait le bon choix.

Gabriel avait passé de nombreuses nuits blanches avant de décider de ramener sa famille à Ohel Moshe. Il savait que cela revenait à admettre devant les voisins et la famille qu'il avait fait faillite. Il songeait à sa mère, à ce qu'elle en penserait, à ce qu'elle dirait de son fils qui avait échoué et, au lieu de grimper une marche, en avait descendu dix. Mais depuis qu'elle avait appris que Gabriel et sa famille rentraient à Ohel Moshe, Merkada croyait dur comme fer que son fils continuait à payer le prix fort pour la disparition de son père. Elle ne lui pardonnerait pas, jusqu'à sa mort ; même si elle s'était rendue à Jérusalem pour le guérir avec son *livianos*, même si avant de partir elle l'avait béni et avait fait la paix avec lui, la vieille femme têtue ne trouvait pas de place dans son cœur pour un véritable pardon.

Cela faisait déjà dix mois qu'ils étaient de retour à Ohel Moshe et, comme il le prévoyait, ils n'avaient pas repris leur vie d'avant. Les voisins n'oubliaient pas la mort de Matilda Franco ; son beau-frère, ce *borracho* incapable, avait souillé à jamais le nom de la famille.

La seule chose qui lui restait, c'était de se refermer sur lui-même. Lui qui fréquentait autrefois des dizaines de personnes à Jérusalem avait désormais réduit sa vie sociale à sa famille proche. *Mashallah,* même ainsi nous sommes encore un régiment, se disait-il, et s'il doit en être ainsi, qu'il en soit ainsi.

Il était fatigué, la tête lui tournait. Demain, *ras bin eino,* il se lèverait de sa chaise coûte que coûte et se rendrait au magasin, dût-il demander à Moïse de le porter sur son dos. Il irait à la boutique et s'assiérait devant la porte, que les marchands du souk et les clients voient que Gabriel Ermoza était encore de ce monde.

On verrait si Mordoch oserait entrer et se servir sans payer. Il avait hâte de voir le Kurde, qui faisait le fier devant Rahelika, il avait hâte de le voir quand il s'assiérait devant le magasin.

« *Selichot, selichot* ! » La voix du bedeau de la synagogue appelant les fidèles à se lever pour réciter les prières de pénitence d'avant Yom Kippour réveilla Rosa en plein milieu de la nuit. Elle s'approcha du lit de Gabriel et lui toucha délicatement la main. « Gabriel *kerido,* chuchota-t-elle, c'est l'heure des *selichot,* tu te lèves ? »

Il soupira dans son sommeil sans répondre. Elle le secoua doucement et répéta :

« Gabriel, le bedeau a déjà appelé trois fois, tu ne veux pas te lever, *kerido* ? »

Il ouvrit les yeux et lui jeta un regard vitreux.

« Je ne me sens pas bien, qu'ils demandent pardon sans moi.

— *Por Dio,* Gabriel, tu ne vas pas te lever pour les *selichot* ? Que vont dire les gens ? »

Brusquement, Gabriel s'agita.

« Qu'est-ce que ça peut me faire, ce que les gens vont dire ? Je ne me sens pas bien, je te dis, et je ne vais pas prier. »

Rosa se retira vers son lit. *Dio santo,* que se passait-il avec son mari ? D'abord il avait cessé d'aller à la synagogue pour Shabbat, à présent il n'y allait même pas pour les *selichot,* il finirait par ne plus jeûner pour Yom Kippour, Dieu nous garde. Rien n'était plus comme avant. Cette semaine, quand elle lui avait demandé de l'argent pour aller chez le boucher acheter de la viande, il lui avait répondu qu'il n'y en avait plus, qu'à partir de maintenant elle achèterait du poulet, et de la viande rouge uniquement pour les fêtes. Rosa s'était exécutée. Ce qu'elle craignait s'était produit, elle redoutait depuis des mois le jour où il lui annoncerait qu'ils n'avaient plus d'argent, et ce jour était arrivé. Dieu pardonne ses péchés, comment allaient-ils se débrouiller ? L'angoisse lui serrait la poitrine, les souvenirs de l'époque où elle était pauvre comme Job remontaient, les cauchemars menaçaient de revenir obscurcir sa vie. Un rêve récurrent la réveillait la nuit : petite fille, elle fouillait dans les poubelles à la recherche de quelque chose à manger, puis l'enfant se transformait pour prendre l'apparence de la vieille femme qu'elle était aujourd'hui, qui continuait à fouiller dans les ordures. Elle se réveillait terrifiée et se mettait à prier, Dio santo, *ne me ramène pas là-bas, ne me ramène pas à l'endroit d'où je viens.*

Une de ces nuits, elle se leva et, le cœur lourd, entra dans la chambre de ses filles. Elles dormaient toutes les trois du sommeil du juste. Sur la table de nuit à côté de Luna, elle vit du parfum posé sur une soucoupe en cristal et son sang ne fit qu'un tour. En ces temps si durs, Luna n'avait pas renoncé à ses goûts de luxe, elle achetait du parfum, des vêtements, des chaussures et il ne lui venait même pas à l'idée de mettre un peu d'argent de côté pour la famille. Tout ce qu'elle gagnait chez Zacks et Fils, elle le mettait dans sa poche. Autrefois, ils n'en avaient pas besoin mais aujourd'hui, avec cette situation critique ? Quoi, elle n'avait pas d'yeux pour voir, cette petite égoïste, elle ne se rendait pas compte que les temps avaient changé ? Elle décida de mettre son honneur de côté et de lui parler.

Le lendemain, elle entra dans leur chambre au moment où Luna s'étudiait dans le miroir, apparemment très satisfaite d'elle-même. Elle portait un tailleur noir qui soulignait ses hanches, des collants en soie qui flattaient ses jolies chevilles et des chaussures à la dernière mode.

« Où vas-tu ? » demanda Rosa.

Luna s'étonna : depuis quand sa mère s'intéressait-elle à ce qu'elle faisait ?

« Retrouver David, répondit-elle de mauvaise grâce.

— Qu'il vienne ici, toi tu ne sors pas.

— Comment ça, je ne sors pas ? Depuis quand tu me dis ce que je dois faire ?

— Je suis ta mère et il est peut-être temps que je te le dise.

— Tu ne crois pas que c'est un peu tard ? Je vais bientôt me marier.

— En attendant que tu te maries, tu vas écouter ce que j'ai à te dire.

— Et qu'as-tu à me dire, Maman *kerida* ? » demanda-t-elle sur un ton ouvertement moqueur.

Rosa s'efforça de garder son calme.

« Rien que cette semaine, il y a eu des tirs à Talpiot et à Givat Shaul, c'est dangereux de sortir à cette heure-ci.

— David me protégera, répondit Luna en mettant fin à la conversation.

— Tu ne vas nulle part, décréta Rosa en se mettant devant la porte pour bloquer le passage.

— C'est ce qu'on verra ! s'entêta Luna, et elle essaya d'écarter sa mère.

— Tu devrais avoir honte ! Tu t'apprêtes à te marier et tu te comportes comme ça avec ta mère ? Sache qu'il y a quelqu'un là-haut qui voit tout et ce que tu me fais, tes enfants te le rendront au centuple !

— Allez, arrête de me menacer avec ça. Mes enfants, maman *kerida*, m'aimeront et moi je les aimerai, pas comme toi qui ne m'as jamais aimée !

— Et comment pouvais-je t'aimer quand depuis le jour de ta naissance, dès que j'essayais de te toucher, ton corps sortait ses épines ? Comment pouvais-je t'aimer quand dès que tu as appris à parler, c'étaient des mots tranchants comme le couteau qui sortaient de ta bouche lorsque tu t'adressais à moi ?

— Bon, que veux-tu maintenant, Maman ? demanda Luna en s'asseyant sur le canapé, qu'on devienne tout à coup amies ? Ça n'arrivera pas. Toi et moi, c'est comme si on n'était pas mère et fille, comme si on m'avait échangé ma mère à l'hôpital.

— Mais comment parles-tu ? Que Dieu te pardonne, si tu n'étais pas déjà une grande bringue, je te ferais taire en te mettant du piment dans la bouche ! Je t'ai fait pousser, je t'ai arrosée, je t'ai cultivée, et regarde quel buisson épineux tu es devenue ! » s'exclama Rosa avant de sortir de la pièce.

Luna resta assise sur le canapé. Ses yeux s'emplirent de larmes et elle se mit à sangloter comme une enfant. Pourquoi, grand Dieu ? Pourquoi sa mère et elle n'étaient-elles pas comme toutes les mères et filles, pourquoi ne se comportait-elle pas comme ses sœurs avec Rosa ? Pourquoi était-elle la seule à ne pas s'entendre avec sa mère ? Qu'est-ce qui était allé de travers dans leurs relations, et depuis quand ? Était-ce déjà lorsqu'elle la portait dans son ventre ? Elle ne se rappelait pas un seul jour de leur vie où elles s'étaient entendues, avaient échangé des mots affectueux, des mots tout court. Uniquement des cris et de la colère. *Le ciel m'est témoin, je jure que quand j'aurai une fille, avec l'aide de Dieu, je ferai tout pour la rapprocher de moi, pas comme ma mère qui me tient à distance, je la prendrai dans mes bras, l'embrasserai, lui dirai combien je l'aime, pas comme elle qui n'a jamais prononcé le moindre mot d'amour, qui me regarde le plus souvent l'air de dire « hors de ma vue, va au diable » !*

Elle n'avait pas eu le temps d'essuyer ses larmes que Rosa était de retour dans sa chambre, devant elle.

« Quoi encore ?

— Il y a quelque chose d'autre dont je voulais te parler. Tu dois mettre de l'argent sur la table.

— Quel argent, qu'est-ce que tu racontes ?

— L'argent que tu gagnes. Quoi, tu n'as pas remarqué que ton père a du mal à rapporter de l'argent à la maison ? Tu es tellement préoccupée par ta petite personne que tu ne vois pas les autres autour de toi ? Tu continues à vivre comme une princesse alors que ça fait longtemps que ton père n'est plus un roi. »

Luna sentit le sang lui monter à la tête.

« Ne parle pas comme ça de mon père ! Mon père est né roi et le restera ! Ne t'avise jamais, tu entends, jamais, de dire un seul mot méchant sur mon père.

— Qu'est-ce que j'ai dit ? bredouilla Rosa, ignorant les insultes que lui avait lancées sa fille aînée. Je voulais juste te dire que ton père n'a plus autant d'argent qu'avant.

— Et qu'en sais-tu, de l'argent qu'il a ou n'a pas ? Depuis quand te confie-t-il quoi que ce soit ? Quand t'a-t-il parlé de la boutique ? Quand t'a-t-il raconté combien il souffrait que *nona* Merkada n'ait plus jamais remis les pieds dans cette maison depuis le jour où elle s'est enfuie à Tel Aviv chez *tía* Alegra à cause de toi ? Tu n'es bonne qu'à une chose pour mon père, cuisiner et nettoyer, avant tu faisais la domestique chez les Anglais, maintenant tu fais la domestique chez Gabriel Ermoza ! »

Rosa n'en croyait pas ses oreilles. Sa main se leva comme d'elle-même et alla gifler la joue de sa fille. Elle avait frappé avec une telle force qu'elle avait mal à la main et entendait encore l'écho de la gifle. Elle était choquée, déconcertée, jamais de sa vie elle n'avait porté la main sur personne.

Luna, sidérée, caressa sa joue douloureuse et sans même y penser, se mit à frapper sa mère sans ménagement.

« Arrêtez, arrêtez ! » hurla Beki en essayant de séparer sa mère et sa sœur.

Mais Luna ne l'écoutait pas, elle prit sa mère par les cheveux et se mit à tirer en criant comme une folle tandis que sa mère essayait de se libérer, mais elle la tenait fermement, elle allait finir par lui arracher le cuir chevelu. La petite Beki essayait de s'interposer.

« Ça suffit, ça suffit Luna, assez ! hurla-t-elle en pleurant. *Basta*, Maman ! »

Les pleurs déchirants de Beki finirent par les séparer. Mère et fille se retirèrent chacune dans un coin de la pièce tandis que Beki restait allongée par terre au milieu en pleurant à chaudes larmes.

« Ne pleure pas, Beki. »

Luna se pencha sur sa sœur, oubliant la fureur qui l'avait saisie quelques instants plus tôt, oubliant complètement, Dieu la garde, qu'elle avait osé porter la main sur sa mère.

Beki la repoussa rageusement et hurla :

« Méchante, tu es méchante, ne me touche pas !

— Beki, excuse-moi, lui dit Luna au lieu de demander pardon à sa mère, je ne l'ai pas fait exprès, je suis désolée.

— Tu n'es pas désolée ! cria Beki, tu n'es jamais désolée ! Tu n'as de respect pour personne, pour rien ! Tu es méchante ! »

Rosa sortit de la chambre. Elle aurait voulu consoler la petite Beki, mais elle était offensée et blessée, incapable de tendre la main à qui que ce soit, incapable de prendre la pauvre Beki dans ses bras ; c'est elle qui avait besoin d'être consolée. Dieu la garde, comment sa fille, la chair de sa chair, avait-elle porté la main sur elle comme une fille des rues ?

Beki se releva et alla rejoindre sa mère dans la cour. Elle s'assit sur ses genoux, mit les bras autour de son cou et elles pleurèrent sur l'épaule l'une de l'autre.

C'est dans cette position que les trouva David, venu chercher Luna.

« Que s'est-il passé ? demanda-t-il, effrayé.

— Pose la question à ta fiancée, lui répondit Beki.

— Luna, qu'est-il arrivé à ta mère et à ta sœur ?

— On s'est disputées, répliqua-t-elle.

— Qui, ta sœur et toi ?

— Non, ma mère et moi.

— Disputées ? intervint Beki. Dis la vérité à ton fiancé, dis-lui, qu'il sache qui il épouse ! hurla Beki en se remettant à pleurer.

— Que s'est-il passé ? insista David.

— Allez, David, laisse-moi.

— Pas question de te laisser ! Qu'est-il arrivé pour que ta mère et ta sœur soient en pleurs ? »

Il regardait Luna, déconcerté.

« Viens, allons-y, éluda Luna en se dirigeant vers la porte.

— On ne va nulle part tant que tu ne m'auras pas dit pourquoi vous vous êtes disputées.

— Quelle importance, on se dispute tout le temps, depuis le jour de ma naissance on se dispute.

— Demande pardon à ta mère.

— Jamais de la vie !

— Luna, c'est ta mère, demande-lui pardon.

— Ce n'est pas à moi de le faire, c'est à elle.

— Luna, on se marie dans un mois, je ne voudrais pas que ta mère, à Dieu ne plaise, refuse de venir à notre mariage.

— Elle viendra, ne t'inquiète pas, elle ne voudra pas que les gens parlent. »

David était sidéré par la conduite de sa fiancée ; lui n'aurait jamais osé ne fût-ce que dire non à sa mère, et elle faisait pleurer la sienne !

« Luna ! insista-t-il en élevant la voix. Si tu ne vas pas immédiatement dans la cour demander pardon à ta mère, je sors et ne reviens pas.

— Quoi ? s'exclama-t-elle, stupéfaite.

— Tu as très bien entendu. Je n'aime pas ton attitude. Depuis quand une fille se comporte-t-elle de cette façon avec sa mère ? Qu'est-ce que ça veut dire sur toi ?

— Qu'est-ce que ça veut dire sur elle, plutôt ! C'est ma mère et elle me pousse à bout, je perds mes nerfs à cause d'elle.

— Va maintenant et demande pardon.

— Mais David…

— Il n'y a pas de "mais David" ! »

Luna comprit qu'elle n'avait pas le choix ; si elle voulait garder David, elle allait devoir mettre sa fierté de côté et demander pardon à sa mère. Elle sortit à contrecœur dans la cour et vit Rosa et Beki dans les bras l'une de l'autre. Elle s'apprêtait à faire demi-tour, mais David bloquait le passage et lui fit signe d'aller vers sa mère. Les mots lui restaient en travers de la gorge, mais elle s'approcha et d'une voix à peine audible, lui dit « pardon ».

Rosa leva les yeux vers sa fille, mais ne vit aucune repentance dans ceux de Luna. Elle avait le regard inexpressif et détaché.

« Que Dieu te pardonne », répondit-elle, et elle lui tourna le dos.

Luna restait debout comme une statue, ne sachant que faire. David s'approcha :

« *Senyora* Rosa, je ne sais pas ce qui s'est passé mais croyez-moi, Luna est tout à fait désolée, je vous promets que ça ne se reproduira pas. »

Rosa hocha la tête.

« Dieu te garde, David, Dieu te garde, prends ta fiancée et allez là où vous devez aller. Il vaut mieux que Luna ne soit pas là quand son père rentrera du magasin. »

Elle ne raconta rien à Gabriel de ce qui s'était passé avec sa fille. Elle ravala sa fierté et se prépara avec toute la famille au mariage de l'aînée, sans parvenir à partager l'excitation qui s'était emparée de la maison. Elle s'encourageait à l'idée que, *grasias al Dio,* Luna irait bientôt vivre chez son mari et qu'elle n'aurait plus à s'en faire à cause d'elle, exactement comme l'avait prédit sa voisine Tamar quelques années auparavant :

« Le jour où elle se mariera, ce sera le problème de son mari, plus le tien. »

La famille était loin de se douter de la conversation qu'avait eue David avec Moïse. Aucun des Ermoza ne savait que le mariage que Luna attendait avec tant d'impatience ne tenait qu'à un fil.

« Ce n'est pas une oie blanche, dit David à Moïse lorsqu'il le rencontra après l'incident entre Luna et Rosa. Elle a un visage d'ange, mais si tu l'avais vue quand elle parlait à sa mère, je ne suis plus très sûr que ce soit une bonne affaire.

— Allons, David, il n'y a pas un garçon à Jérusalem qui ne t'envie d'avoir mis la main sur elle.

— J'ai peur d'acheter un chat dans un sac, répondit-il. Je pensais régler mes problèmes en la rencontrant, mais maintenant je ne suis plus sûr.

— Le fait qu'elle ne s'entende pas avec sa mère ne veut pas dire qu'elle ne s'entendra pas avec toi.

— Elle ne la respecte pas, et à mes yeux c'est impardonnable.

— Ne t'en mêle pas, tu ne sais pas ce qui se passe entre elles, ce ne sont pas tes oignons. Ta future belle-mère ne vivra pas avec vous et ses rapports avec sa fille n'auront aucune influence sur tes relations avec Luna.

— Je pensais avoir enfin trouvé une femme qui m'aiderait à me sortir Isabella de la tête, mais je n'en suis plus si sûr.

— De la tête peut-être, répondit doucement Moïse, mais la question, *amigo*, est de savoir si elle t'aidera à te la sortir du cœur. »

Les semaines qui suivirent, Rosa et Luna évitèrent de se parler, hormis pour le strict nécessaire. Si Gabriel soupçonnait quelque chose entre sa femme et sa fille, il n'en laissa rien paraître. Il était très préoccupé par la boutique et la préparation du mariage. Beki avait décidé de ne pas le mettre au courant de la terrible altercation. Elle n'en parla qu'à une personne : le bel Eli Cohen, son amoureux.

« Si je n'étais pas intervenue à temps, elles se seraient entre-tuées », lui raconta-t-elle. Et lui, de son côté, lui conseilla de ne pas s'en mêler et surtout de ne rien dire à son père afin de ne pas gâcher la joie du mariage. Elle n'en reparla pas non plus avec Luna. Quant à Rahelika, absorbée par sa nouvelle histoire d'amour avec Moïse, elle ne remarqua même pas la tension et l'éloignement croissants entre sa grande sœur et leur mère. Après tout, Luna et Rosa n'avaient jamais été proches.

Au fur et à mesure que la date du mariage approchait, l'émoi allait croissant chez Luna et ses sœurs : la robe de la mariée, les robes de demoiselles d'honneur de Rahelika et Beki, les invitations qu'elles allaient distribuer toutes les trois à la famille et aux connaissances. Seule Rosa ne s'impliquait pas : ni dans la robe de mariée, ni dans les invitations, ni dans l'organisation du mariage. Elle respirait à grand-peine et s'efforçait de se contrôler pour ne pas exploser et gâcher l'allégresse générale.

Elle ne parvenait pas toujours à garder sa retenue. Un soir, Gabriel remarqua que sa femme n'avait pas touché au repas dans son assiette.

« Mange, lui dit-il, pourquoi tu ne manges pas ?

— Je n'ai pas faim, répondit-elle avec impatience, tes filles m'ont coupé l'appétit ! »

Gabriel regarda ses filles sans comprendre à quoi elle faisait allusion.

« Que se passe-t-il, Rosa, je ne suis pas au courant de quelque chose ?

— Ce que tu ne sais pas, tu ne veux pas le savoir ! » lança-t-elle avant de quitter ostensiblement la table pour sortir dans la cour.

Elle fut accueillie par une nuit étoilée. Encore trente jours jusqu'au mariage de Luna. Comment ferait-elle, sous le dais nuptial, pour paraître joyeuse alors que son cœur était percé de mille couteaux ? Non, elle n'était pas heureuse, son mari ne l'aimait pas, sa fille, la chair de sa chair, la détestait, son petit frère Ephraim, autrefois son bonheur, avait disparu comme si la terre l'avait englouti, elle ne savait même pas s'il était encore vivant. Si seulement il se tenait à ses côtés sous le dais nuptial, il lui aurait donné de la force. Elle resta assise un long moment, et soudain elle eut l'impression de sentir quelqu'un à ses côtés. En ouvrant les yeux, elle vit sa voisine Tamar.

« *Dio santo*, tu m'as fait peur.

— Pourquoi restes-tu assise dehors toute seule ? demanda Tamar.

— Comme ça, répondit-elle, on est à l'étroit à la maison.

— Oui, *mashallah*, vous êtes devenus une grande famille avec le fiancé de Luna et celui de Rahelika.

— Et l'amoureux de Beki, ajouta Rosa.

— Beki a un amoureux ?

— Elle n'a pas encore quatorze ans et elle veut déjà l'épouser, répondit Rosa en parvenant à esquisser un sourire.

— Avec l'aide de Dieu. »

Tamar prit un tabouret et s'assit à côté d'elle. Elles restèrent une heure ainsi, sans parler de ce qui s'était passé, sans dire un mot de Matilda Franco ou d'Ephraim, ni de la longue et difficile période qui venait de s'écouler, pendant laquelle elles n'avaient pratiquement pas échangé un mot. Elles restaient assises en silence, chacune écoutant les battements de cœur de son amie.

Il y a peut-être quand même un bon Dieu, se dit Rosa, *tout n'est peut-être pas perdu.* Voilà, au milieu de tous ces soucis, une chose positive avait surgi : sa voisine Tamar, sa sœur de cœur, était revenue vers elle.

Elle rentra un peu plus détendue, mais c'est Gabriel qui avait l'air maussade.

« Ce garçon, bougonna-t-il, l'amoureux de Beki, il est venu dans la journée, on est déjà le soir et il est toujours là ! Il n'a pas de maison ?

— Ne t'énerve pas, Gabriel, dit Rosa en essayant de l'apaiser, c'est un gentil garçon.

— Ça ne me plaît pas qu'il passe son temps ici ; Beki est encore une enfant.

— Ils veulent se marier.

— Comment ça, se marier ? On n'est pas chez les Arabes ! Elle n'a pas encore quatorze ans, je vais le chasser à coups de pied.

— Non, *kerido,* ne fais pas ça. Maintenant que Luna se marie et que ce sera bientôt le tour de Rahelika, si Dieu le veut, Beki va se retrouver toute seule, *miskenika,* c'est bien pour elle d'être avec le bel Eli Cohen.

— Quoi, "le bel Eli Cohen" ? C'est quoi, ce nom ?

— Les filles l'appellent comme ça. Elles disent qu'il est beau comme un acteur de cinéma.

— La beauté, ce n'est pas ça l'important, femme ! Ce qui compte, c'est ce qu'il fait de sa vie !

— Il travaille, Gabriel, c'est un brave garçon, que Dieu le garde, un jeune homme assidu. Le matin il travaille comme employé à la poste et le soir il étudie l'administration et la comptabilité à l'école Nachmani.

— Très bien, mais je ne veux pas l'avoir tout le temps sous le nez, ni qu'il s'approche trop de Beki. »

Et pourquoi pas ? se dit Rosa. *Ce serait mieux qu'ils déambulent dans la rue ? Dehors, Dieu les garde, c'est dangereux, il y a des signes annonciateurs de guerre, alors il vaut mieux que Beki et le bel Eli restent à la maison à portée de vue.*

***

Durant l'hiver 1946, Jérusalem se couvrit de blanc. La neige tombait sur la ville, tapissant les maisons et les rues de flocons qui ressemblaient à un édredon. Les préparatifs du mariage de Luna et David battaient leur plein. Lorsque le ciel s'éclaircit, qu'après de longs jours de pluie le soleil sortit de derrière les nuages et que les premiers oiseaux, les crocus et les narcisses annoncèrent l'arrivée du printemps, le jour du mariage arriva enfin.

Luna avait choisi avec soin sa robe après avoir épluché avec une patience et une détermination à toute épreuve des dizaines de magazines *Burda* consacrés au sujet. C'était une magnifique robe en soie blanche qui tombait jusqu'au sol, avec de petits boutons en perle sur le devant jusqu'à la taille.

Ses cheveux de bronze, avec leurs reflets roux et or, étaient recueillis sur la nuque dans un filet blanc très fin et dessinaient un cœur sur son front. Un voile blanc fixé à une couronne sertie de pierres précieuses achevait de lui donner une apparence royale, et ses mains manucurées gantées de blanc tenaient un bouquet d'œillets assortis.

La mariée était d'une beauté à couper le souffle. Lorsque David la vit pour la première fois après les sept jours où ils s'étaient tenus éloignés l'un de l'autre en vue du mariage, il resta bouche bée. Il n'aurait pu se souhaiter, si peu de temps après son retour de Venise, fiancée plus parfaite. Elle correspondait à tout ce qu'il avait espéré pendant ces longs mois, depuis que lui et ses amis avaient appris qu'ils quittaient l'Italie pour rentrer chez eux. C'était celle qu'il imaginait lorsqu'il avait pris la décision de se marier dès son retour à Jérusalem avec une femme de sa communauté et de fonder une famille en terre d'Israël.

Luna, de son côté, n'arrivait pas non plus à détacher les yeux de ce bel homme qui serait bientôt son mari : il portait un élégant costume à rayures noir et en dessous, une chemise blanche empesée à col raide avec un nœud papillon assorti à la couleur de la chemise. De la poche gauche de son veston parfaitement coupé dépassait un œillet blanc semblable à ceux du bouquet de sa promise, et sa moustache était soigneusement taillée. Ils formaient tous les deux un couple magnifique, deux époux parfaits.

Le mariage fut célébré un vendredi après-midi au Menorah, un club d'officiers, rue Bezalel. La salle était décorée de fleurs, la grande passion de Luna. À l'entrée se tenaient les demoiselles d'honneur, Rahelika et Beki, dans leurs robes assorties confectionnées spécialement pour le mariage, qui distribuaient aux invités des sachets en tulle blanc remplis d'amandes sucrées de la boutique de Gabriel. Comme c'était la coutume à l'époque, la réception fut modeste : sur les tables poussées contre les murs et recouvertes de nappes blanches, des carafes de limonade et de jus de framboise et sur les plateaux, des gâteaux à la crème, des *bureks* et des fruits.

Gabriel se réjouissait à la vue de sa jolie fille et de son gendre élégant ; il n'y avait qu'une chose qui assombrissait son bonheur : la modestie de la réception. Ah, Seigneur, se disait-il, en temps normal les tables auraient croulé sous les bonnes choses, fruits secs, amandes, raisins secs, friandises, gâteaux et toutes les meilleures spécialités du monde et du pays. Mais que faire, les temps avaient changé. Dieu merci, il avait pu louer une salle pour le mariage de sa fille, mais il ne pourrait pas leur louer une maison, encore moins en acheter une. La tradition voulait que pendant leur première année de mariage, le jeune couple soit invité à la table des parents jusqu'à ce qu'ils se débrouillent et puissent emménager dans une maison à eux. C'était la *meza franka*, la table des rois. Gabriel parcourut des yeux l'assistance. Toute la famille proche était présente, y compris sa mère Merkada, venue de Tel Aviv avec sa sœur Alegra, son beau-frère Elazar et leurs enfants. Son frère, ses sœurs, ses beaux-frères, ses belles-sœurs et même les voisins d'Ohel Moshe, parmi lesquels la *vizina* Tamar qui avait répondu à l'invitation de Rosa malgré le regard réprobateur de la mère de Matilda Franco, ils étaient tous venus fêter avec eux le mariage de Luna. Même son associé Mordoch Levi était présent, avec sa femme et ses huit enfants. C'était le seul que Gabriel n'était pas content de voir, il l'avait invité parce qu'il ne pouvait faire autrement. Il allait en s'affaiblissant, son corps le trahissait, il avait du mal à cacher ses tremblements et devait s'appuyer sur une canne pour marcher. La voiture qu'il aimait tant, il l'avait vendue non seulement parce qu'il ne pouvait plus en assumer les frais, mais surtout parce qu'il ne se fiait plus à sa conduite. Sa jambe tremblait sur la pédale et ses mains sur le volant, et désormais il n'avait plus le choix, il commandait un taxi pour l'emmener au marché Mahane Yehouda et venir le rechercher.

L'état des finances était des plus préoccupants. La boutique autrefois prospère périclitait. Mazliach ne maîtrisait pas la situation et même les dévoués Rahelika et Moïse ne pouvaient faire de miracles. Que faire s'il n'y avait pas de clients ? Et s'il y en avait un peu, il ne restait quasiment plus de marchandise à leur vendre.

Sa gentille Rahelika aurait bientôt besoin d'argent pour se marier elle aussi. Depuis que David, Dieu le garde, lui avait présenté son ami Moïse, on ne pouvait plus les séparer. Bon, maintenant ses deux filles, grâce à Dieu, avaient trouvé un partenaire. La belle Luna se mariait avec David Siton et Rahelika épouserait bientôt Moïse, avec l'aide de Dieu. Même la petite Beki avait un amoureux, qui l'eût cru.

Il regarda Luna, resplendissante dans sa robe de mariée, arborant un sourire qui ne quittait pas son visage parfait. Il regarda Rahelika et Beki, de l'autre côté de la salle, debout à côté de leur mère. Et Rosa, *mashallah*, cela faisait longtemps qu'il ne l'avait pas vue aussi heureuse, comme si le mariage de Luna lui ôtait un poids du cœur. Elle portait même une jolie robe, ça changeait de ses guenilles habituelles. Son regard passa de son épouse, debout dans un coin de la pièce, à sa mère, assise à l'autre bout. Les deux femmes, avait-il remarqué, n'avaient pas échangé un mot. Lorsque Merkada était entrée, Gabriel s'était précipité vers elle pour lui baiser la main, mais elle s'était contentée de hocher la tête et de le saluer avant de traverser la salle, droite comme une jeune fille orgueilleuse. Ses filles avaient accouru baiser la main de leur grand-mère et Rosa, après avoir pris une longue inspiration, s'était insérée dans la longue procession de parents qui allaient saluer la vieille femme aigre et embrasser l'un après l'autre sa main déformée par l'arthrite.

Gabriel les observait toutes les deux, sa femme debout avec ses filles à l'entrée de la salle et sa mère assise, entourée de ses enfants et petits-enfants, et son cœur se serra ; il se demanda pour la centième fois comment celui de sa mère avait pu devenir de pierre au point de le marier à une femme qu'il n'avait jamais aimée un seul jour de sa vie.

Il n'eut pas le temps de se plonger dans ses pensées car la belle, la resplendissante Luna s'approcha de lui avec son grand sourire et lui prit le bras. Sa beauté chassa la noirceur de ses pensées et il avança avec sa jolie fille bien-aimée vers les invités pour les saluer et recevoir leurs félicitations. Luna, sa Luna que la lune avait éclairée le jour de sa naissance, ce jour où Dieu avait rallumé l'amour dans son cœur. Il regardait fièrement sa belle enfant et une pensée lui traversa l'esprit : peut-être que finalement, ce n'était pas si grave que sa mère l'ait mariée à une femme qu'il n'aimait pas, car c'est Rosa qui lui avait donné Luna, donné Rahelika et Beki, ses jolies filles, le trésor de sa vie, et une immense tendresse l'envahit. Il passa Luna au bras de ses sœurs, prit la main de Rosa, debout près de ses filles, et la glissa sous son bras en disant :

« Viens, Rosa, allons marier notre fille aînée. »

Six mois plus tard, Rahelika et Moïse convolèrent eux aussi et organisèrent une cérémonie modeste dans la cour de la maison des parents de Moïse, dans le quartier juif maghrébin. Gabriel avait le cœur brisé car il avait examiné dans tous les sens l'état de ses finances et ne pouvait se permettre de louer une salle pour eux comme il l'avait fait pour Luna.

« Dieu me pardonne mes péchés, il n'y a pas de justice en ce monde, dit Rosa à Rahelika. Tu travailles comme une brute au magasin, tu as abandonné ton rêve d'être maîtresse d'école pour aider ton père et qui se marie comme une princesse ? Luna, qui ne fait jamais rien pour les autres.

— Maman, pourquoi dis-tu cela ? Si je m'étais mariée la première, moi aussi j'aurais eu un mariage dans une salle.

— Toi, *mi alma*, tu es une fille en or, tu ne jalouses jamais ta sœur, mais si c'était toi qui t'étais mariée au club Menorah et elle dans une cour du quartier maghrébin, aïe aïe aïe, quel scandale elle aurait fait, elle aurait mis le monde sens dessus dessous.

— Bon, mais ce n'est pas elle qui se marie dans une cour, c'est moi et pour moi, même me marier à la synagogue avec dix personnes, ça me va, alors pourquoi t'énerver pour rien ?

— *Miskenika* Rahelika, même quand tu mériterais d'être la première, tu restes la seconde, c'est ça qui me met en colère.

— *Basta,* Maman, sans Luna je ne serais pas en train de me marier, c'est elle qui m'a présenté Moïse, je leur dois tout, à elle et à David. »

7

Allongé dans son lit, Gabriel écoutait le silence. Il ne s'était pas encore habitué à cette maison vide, à ce que Luna et Rahelika habitent chacune chez elle. Il avait la nostalgie du vacarme qui emplissait la maison quand ses trois filles y vivaient encore, la nostalgie de ses petites filles. Elles avaient grandi, c'était la vie, les oiseaux quittaient le nid, il en allait ainsi de nos jours. Autrefois, les enfants restaient à la maison au moins la première année de mariage, les parents les soutenaient financièrement jusqu'à ce qu'ils s'en sortent seuls, mais aujourd'hui les jeunes étaient modernes : ils voulaient leur indépendance. Ils se louaient une chambre et démarraient leur vie de couple loin de Papa et Maman, et c'était peut-être mieux ainsi. Ce n'avait pas été facile pour lui d'habiter chez sa mère – sa mère dont il n'avait plus de nouvelles depuis un bon moment, qu'il n'avait pas revue depuis le mariage de Luna. Elle n'avait pas assisté à celui de Rahelika, prétextant des difficultés à voyager, et Alegra lui avait transmis ses excuses.

Par le passé, il recevait une lettre de Tel Aviv une fois par mois. Sa sœur lui donnait des nouvelles de sa famille et de leur mère, devenue une vieille femme ronchonne et acariâtre. Désormais, le facteur n'apportait que rarement du courrier. Depuis combien de temps n'avait-il plus eu de ses nouvelles ? Deux ou trois mois peut-être. Il lui écrirait aujourd'hui, même si sa main tremblait. Il lui fallait une heure pour rédiger ce qu'il écrivait autrefois en cinq minutes et ça le mettait en colère, il ne pouvait pas supporter de ne plus contrôler sa main ni sa vie.

La situation était critique, il devenait difficile de se procurer de la marchandise, plus personne n'allait au Liban ni en Syrie et les liens commerciaux avec les Arabes de la région s'étaient distendus. Les paysannes avaient même cessé de venir au marché vendre leur fromage et leur huile d'olive. La rareté des marchandises ajoutée à celle des clients avait mené le magasin au bord de la faillite. Rahelika et Moïse, les pauvres, n'avaient pas réussi malgré leur volonté de fer à restaurer la splendeur de la boutique. La veille, ils étaient venus le voir avec de mauvaises nouvelles.

« *Papo*, Moïse et moi devons te parler d'un sujet important.

— Dites-moi, *keridos*, de quoi s'agit-il ?

— *Senyor* Ermoza, poursuivit Moïse, la situation est difficile, il n'y a pas de clients à la boutique et même quand il y en a, nous n'avons rien à leur vendre. Nous avons épuisé la marchandise qui était dans les sacs et n'avons pas de quoi les remplir à nouveau. Aujourd'hui, cinq personnes peut-être sont rentrées au magasin et elles ont dû repartir les mains vides. »

Gabriel soupira, il n'avait pas envie d'entendre ce genre de choses, d'ajouter de la douleur à ses maux. Le commerce qui avait appartenu à son père, à son grand-père – pourquoi le sort voulait-il qu'il lui revienne de liquider l'affaire familiale ? Il ne pouvait même pas le transmettre à la génération suivante.

Rahelika et Moïse se turent, bien conscients de la douleur de Gabriel. Rahelika serra son père dans les bras et l'embrassa.

« *Papo*, les temps sont durs pas seulement pour nous, les étals sont vides.

— Ne me dis pas que le souk est vide, répondit Gabriel douloureusement.

— Il l'est, *Papo*. Les gens viennent, mais il n'y a rien à acheter. Nous encore, on vend des produits raffinés, les clients entrent pour se faire plaisir, pas pour du pain, des tomates ou de la viande. Que doivent dire les bouchers, *Papo*, ou les maraîchers ?

— Qu'est-ce qu'on peut faire ?

— Mordoch a une proposition, dit Moïse.

— Que le diable l'emporte, ne prononcez pas son nom devant moi.

— On n'a pas le choix, beau-père, personne d'autre ne nous fera une meilleure offre par les temps qui courent.

— Que dit-il, ce fils de chien ? Que propose-t-il, ce voleur ?

— Il propose d'acheter le magasin.

— Je ne vends pas !

— *Papo,* insista Rahelika, si on ne le vend pas, on va de toute façon le perdre. Il n'y a pas de marchandise, pas de clients, il restera fermé. Comment va-t-on payer les impôts ? Et manger ?

— Cette boutique, c'est la fierté de la famille. Il n'y a jamais eu et n'y aura jamais l'équivalent dans tout Jérusalem. Ma mère, ta grand-mère, ne me pardonnera pas si je la vends.

— Sans vouloir offenser *nona* Merkada, *Papo,* quand nous a-t-elle montré son respect pour la dernière fois ? Quand s'est-elle intéressée à la boutique, à son fils et à ses petites-filles ?

— Silence ! la réprimanda Gabriel. Comment parles-tu de ta grand-mère ! »

Au fond de son cœur, il savait qu'elle avait raison, cela faisait des années que sa mère ne lui accordait plus son attention ni son respect, mais l'éducation qu'il avait reçue de ses parents l'empêchait de lui rendre la monnaie de sa pièce. « Honore ton père et ta mère », combien de fois lui avait-on martelé ce commandement jusqu'à ce qu'il s'inscrive dans son sang ? Il aurait aimé que Merkada exige d'elle-même ce qu'elle avait exigé de lui toute sa vie : le respect.

« *Papo,* si on ne vend pas la boutique au Kurde, demain on peut aller faire l'aumône sur la place de Sion. »

La voix de Rahelika le tira de ses pensées.

« Tu exagères, ma chérie, lui fit remarquer gentiment Moïse, on ne va pas faire l'aumône, je suis jeune, je trouverai un travail.

— Et où donc ? Dis-moi Moïse, où vas-tu trouver un travail aujourd'hui ? Qu'est-ce que tu vas faire, plongeur ? Plombier, pour mettre les mains dans la merde des autres ?

— J'aimerais bien être plombier, tu sais combien ils gagnent ?

— Toutes mes excuses, *senyor* Gabriel, poursuivit Moïse en se tournant vers son beau-père en souriant, mais Rahelika a raison, ça ne m'irait pas de nettoyer la merde des autres.

— Et pour l'instant vous devez nettoyer celle du Kurde, ce Kurde qui m'a enfoncé dedans dès le jour où il m'a rencontré. Dites-moi, *ijos*, pourquoi voudrait-il acheter un magasin qui ne rapporte rien ? Quel intérêt a-t-il ? Cet homme-là ne fait rien au hasard, il faut examiner bien attentivement ce qui se cache derrière sa proposition, je me méfie de lui, même si ma vie en dépendait je ne lui ferais pas confiance.

— Rencontrons-le, *Papo*, toi, Moïse et moi, et on demandera à David de venir aussi, on lui présentera un front uni, on écoutera ce qu'il propose et ensuite on décidera. »

Et c'est ce qu'ils firent. Quelques jours plus tard, Rahelika invita Mordoch chez ses parents. Il se présenta tout mielleux, se répandant en sourires, flattant Rosa, la complimentant pour ses *burekitas* :

« Ma parole, *senyora* Rosa, dans tout Jérusalem on ne trouve pas d'aussi bons *bureks*, pourquoi vous ne les vendez pas au magasin ? »

Rahelika sentait qu'il la poussait à bout, ce sale type savait pertinemment qu'ils ne vendaient plus rien depuis un bon moment.

Ils s'assirent autour de la grande table du salon. Gabriel présidait, le Kurde avait pris place à l'autre bout, Rahelika et Moïse, David et Luna s'étaient installés des deux côtés.

« Parlez, l'encouragea Gabriel, qu'avez-vous à proposer ?

— Gabriel, cher ami, les temps sont durs, personne ne sait ce qui peut arriver demain, ces salauds d'Anglais sont de mèche avec les Arabes, chaque jour apporte son lot de malheurs, la guerre peut éclater d'un moment à l'autre, les Arabes risquent de tous nous massacrer ou nous de massacrer les Anglais, on ne peut pas savoir, n'est-ce pas ?

— Allez au fait, Mordoch, le coupa David en perdant patience, nous connaissons tous la situation, ne tournez pas autour du pot.

— Patience, *habibi*, j'y arrive, mais avec votre permission, laissez-moi d'abord expliquer la situation à M. Gabriel, qui ne sort plus depuis longtemps de chez lui. »

Gabriel sentit son corps se vider de son sang. Comment le Kurde se permettait-il de l'insulter dans sa maison, à sa table ? Comment osait-il le présenter comme quantité négligeable ? Mais avant qu'il ait le temps de formuler sa pensée, Luna explosa :

« Qui êtes-vous pour dire de mon père qu'il ne sort plus depuis longtemps de chez lui ? Comment osez-vous vous asseoir à notre table et l'insulter ?

— Je ne l'insulte pas, Dieu me garde, où m'as-tu entendu l'insulter ? J'ai simplement dit que l'honorable M. Ermoza n'est pas venu à la boutique depuis longtemps.

— Il n'est pas venu depuis longtemps car nous y allons à sa place, intervint Rahelika en s'empressant de défendre son père. À un certain âge, monsieur

Mordoch, un homme doit cesser de travailler, maintenant ce sont nous, les jeunes, qui reprenons la main au magasin. »

Gabriel écouta ses filles prendre sa défense et n'arriva plus à se contenir.

« Vous êtes trop délicates avec notre invité, dit-il. Jamais de ma vie je n'ai chassé personne de chez moi, mais je vous demande de vous lever immédiatement et de disparaître d'ici ! » tonna-t-il en tapant sur la table.

Un silence s'installa dans la pièce, mais le Kurde fit comme s'il n'avait pas entendu.

« Pourquoi se mettre en colère, monsieur Gabriel ? poursuivit-il. C'est mauvais pour la santé. Je voulais simplement dire que les temps sont durs et que ça ne sert à rien de garder un magasin qui est comme un puits sans fond, non seulement il ne fait pas de bénéfices, mais il prend de l'argent que vous n'avez pas. C'est pourquoi je voudrais vous proposer, chez monsieur Ermoza, de le racheter et vous sortir d'affaire, vous et votre famille, de vous aider. Croyez-moi, Gabriel, je fais cela au nom de notre collaboration passée dans la fabrique de halva, par respect pour vous, parce que je veux que vous passiez le restant de votre vie dans la dignité, avec suffisamment d'argent pour entretenir votre épouse et marier la petite Beki, que Dieu la garde. »

Il y avait quelque chose dans les paroles du Kurde qui apaisa les esprits. Petit à petit, Gabriel prit conscience que, malgré ses flatteries, il disait des choses sensées et qu'il n'y avait pas d'autre choix que de vendre la boutique. Rahelika et Moïse l'avaient déjà compris, David n'avait pas d'avis sur la question et ne comprenait pas pourquoi on l'impliquait dans des problèmes familiaux qui ne le concernaient absolument pas. Le magasin de son beau-père au marché ne l'avait jamais intéressé. Luna, elle, ne put se retenir :

« On ne vend rien du tout ! explosa-t-elle. Cette boutique est la fierté de notre famille, la fierté de notre père, elle appartenait à notre grand-père et avant cela à notre arrière-grand-père quand il était dans la Vieille Ville, alors il n'y a rien à venir chercher chez nous. Allez voir les autres marchands du souk. »

Personne n'ouvrit la bouche, personne n'osait contredire Luna. On leur avait appris qu'on ne discutait ou ne se disputait en aucun cas devant des étrangers, et cette règle était plus forte que l'envie dévorante de Rahelika de clouer le bec à sa sœur. Mais dès que Mordoch se leva pour les saluer, non sans leur avoir demandé de reconsidérer sa proposition, et s'en alla, elle ne parvint plus à se contenir :

« Depuis quand tu comprends ce qui se passe à la boutique ? lança-t-elle à Luna. Quand as-tu mis pour la dernière fois tes jolis pieds au marché Mahane Yehouda ? Tu ne t'abaisserais pas à vendre du poisson fumé, et tout à coup tu parles de fierté ?

— Le fait que tu travailles au magasin ne signifie pas que je n'aie pas mon mot à dire, rétorqua Luna. J'ai grandi là-bas, alors s'il faut se résoudre à le vendre, mieux vaut le céder à un Arabe qu'à ce Kurde ! Ça fait longtemps qu'il mijote quelque chose, tu l'as dit toi-même, et maintenant tu veux le vendre à cette vipère ?

— Pourquoi, tu connais quelqu'un d'autre qui veut l'acheter ? répondit Rahelika. Qui voudrait de cette boutique par les temps qui courent à part ce stupide Kurde, ce commerçant *de mi kulo* ?

— Rahelika *kerida*, intervint enfin Gabriel, il est loin d'être stupide, et encore moins un commerçant *de mi kulo*. Pardonne-moi, *kerida*, mais c'est ton père qui est stupide, c'est ton père le commerçant *de mi kulo*.

— Jamais de la vie, *Papo*, c'est la situation et la période qui sont difficiles, pourquoi prends-tu la responsabilité de ce qui se passe au magasin ? Tu as fait de *Rafael Ermoza et Fils* la boutique la plus chic de tout le marché Mahane Yehouda. »

Les sanglots étranglaient la voix de Rahelika et Luna pleurait elle aussi à chaudes larmes.

« Écoute-moi bien, *ija mia*, dit Gabriel avec des tremblements dans la voix, écoutez-moi tous : c'est votre idiot de père qui a abandonné au Kurde l'usine de halva sans obtenir un centime en retour, votre père, ce vendeur à deux sous, qui n'a pas vérifié où partait l'argent de l'usine. Il a écouté tous les bons conseils du Kurde qui lui suggérait de ne pas aller à la fabrique pour ne pas perturber les ouvriers, lui disait de ne pas s'encombrer l'esprit avec les questions liées à l'usine car il devait déjà se préoccuper de son magasin à Mahane Yehouda, et de le laisser gérer l'affaire pour eux deux, et comment ça s'est terminé ? Votre idiot de père s'est fait plumer. Que celui qui couche avec des chiens ne s'étonne pas de se réveiller avec de la vermine.

— Alors toi non plus tu ne veux pas vendre la boutique au Kurde ? demanda Rahelika.

— Comment ça, moi non plus ? Moi le dernier ! Comme a dit Lunika, mieux vaut vendre à un Arabe qu'au Kurde.

— Bien, dans ce cas la question est réglée, on ne vend pas, conclut David avec impatience avant de se lever de table.

— Un instant, l'arrêta Moïse, on n'a pas terminé.

— Si ça ne l'intéresse pas, qu'il s'en aille, explosa Luna. De toute façon il n'avait pas envie de venir.

— Luna ! »

David lui jeta un regard menaçant qui effraya Rahelika. Quel regard ! Ça ne faisait même pas un an qu'ils étaient mariés et David Siton regardait sa sœur de cette façon ? Que se passait-il entre ces deux-là ?

« David, poursuivit Moïse, tu peux y aller, sauf si tu veux entendre ce que j'ai à dire. »

David retourna s'asseoir à sa place. Rahelika remarqua que Luna avait éloigné sa chaise de celle de son mari.

« *Senyor* Ermoza, poursuivit Moïse de sa voix calme, tout ce que vous dites sur le Kurde est vrai et je comprends pourquoi vous ne voulez pas lui vendre la boutique.

— C'est un serpent dans un tas de paille, rétorqua Gabriel.

— Je sais, cher beau-père, malheureusement j'ai eu le temps de le connaître. Mais qui d'autre que lui achètera la boutique aujourd'hui ? Qui fait encore des affaires en ce moment ? En raison de la situation, le magasin risque de rester fermé pendant les prochaines années. Il a raison sur un point, on ne sait pas ce que l'avenir réserve, une guerre va peut-être réellement éclater et nous les hommes, nous devrons aller nous battre, et peut-être que le marché sera fermé. Peut-être, peut-être, peut-être. Alors pardonnez-moi, mais même si vous avez raison, nous n'avons pas le choix, nous devons vendre le magasin à ce chien.

— Est-ce que je peux dire quelque chose ? »

On entendit tout à coup la voix du bel Eli Cohen, resté assis pendant tout ce temps sur le canapé avec Beki sans intervenir. Tout le monde se tourna vers lui. Depuis un an, il faisait quasiment partie de la famille.

« Oui, jeune homme, qu'as-tu à dire ? répondit Gabriel, qui avait appris à apprécier l'amoureux de Beki.

— Je n'ai pas pu ne pas entendre la conversation et, si vous me permettez, je dois vous donner mon opinion.

— Je t'en prie, parle, l'encouragea Moïse.

— Le Kurde me semble être un homme d'affaires rusé. »

Le bel Eli Cohen se leva pour s'approcher de la table.

« Ce n'est pas par hasard qu'il veut acheter la boutique justement maintenant, quand la situation est mauvaise, il a un plan, il sait ce qu'il fait : il va l'acheter bon marché pour la revendre une fois que la situation se sera arrangée. Je parie qu'il a de l'argent sale sous son matelas. Si on décide de vendre, il faut d'abord arriver à savoir pourquoi il veut acheter maintenant et agir en fonction de ses intentions.

— Et que proposes-tu de faire, jeune homme ? demanda Gabriel en lui faisant signe de s'asseoir à table.

— Si vous êtes d'accord, monsieur Ermoza, je vais mener ma petite enquête sur le Kurde et reviendrai avec des réponses.

— Parfait, maintenant n'importe qui se mêle des affaires de la boutique, commenta David.

— Ce n'est pas n'importe qui, s'emporta Beki, c'est mon fiancé ! Et quand j'aurai dix-sept ans, si Dieu le veut, il sera mon époux !

— Après que *senyor* Gabriel et *senyora* Rosa auront accepté de m'accorder ta main, bien entendu, s'empressa d'ajouter le bel Eli Cohen.

— On n'y est pas encore, rétorqua Gabriel, Beki doit d'abord terminer le lycée et si vous voulez alors vous marier, on en reparlera. »

Il était satisfait de la réponse de Beki à David et des bonnes manières de son amoureux, mais beaucoup moins de l'attitude étrange de son gendre, le mari de Luna, qui donnait l'impression de perdre son temps. Il décida d'en parler au plus vite avec sa fille, d'éclaircir ce qui se passait entre eux. Comme à Rahelika, le comportement de David lui paraissait déplacé.

« En présence de mon père, tu aurais pu au moins te comporter comme une personne civilisée, pas comme si tu avais le feu aux fesses et attendais la première occasion pour quitter la maison de mes parents, reprocha Luna à David lorsqu'ils arrivèrent chez eux. Ça ne t'intéresse pas ? Ça t'est égal, ce qui adviendra de la boutique de mon père ?

— Luna, je ne comprends rien au commerce ; vendre, acheter, je n'y connais rien. Non seulement ça ne m'intéresse pas, mais ça m'ennuie.

— Et qu'est-ce qui ne t'ennuie pas, au juste ? Aller rendre visite à ma sœur et à mon beau-frère, ça t'ennuie, aller danser au café Europa, ça t'ennuie, boire un café au club Atara, ça t'ennuie. Depuis le mariage, plus rien ne t'intéresse.

— Ce qui se passe sur la terre d'Israël m'intéresse, pas comme toi qui ne te préoccupes que des vêtements de Zacks et Fils et des magazines avec ces idioties hollywoodiennes. Remercie-moi au moins de t'autoriser à continuer à travailler.

— Ah oui, merci vraiment, et sinon on le trouverait où, l'argent ?

— Où ? Je me tue chaque jour à chercher du travail, je prends tout ce qu'on me propose, comme maçon ou dans la boucherie de mon frère, je pue quand je rentre à la maison et je dois me frotter la peau pendant des heures pour me débarrasser de cette odeur, et tout ça pour qu'on ait de l'argent. L'argent que tu gagnes, c'est pour ton parfum, ton café au club Atara et les magazines stupides que tu lis, alors tu ferais bien de la fermer ! »

Luna resta sans voix. David ne l'avait jamais insultée, ne lui avait jamais parlé grossièrement. Elle souffrait beaucoup de son changement d'attitude depuis le mariage, mais il ne l'avait encore jamais traitée comme une moins-que-rien. Ses yeux s'embuèrent de larmes. Était-ce là le chevalier servant qu'elle avait attendu toute sa vie ? L'homme de ses rêves qu'elle avait cru épouser ? Seigneur, comment en était-elle arrivée là ? Tous les garçons de la ville s'étaient battus pour qu'elle, la plus belle des filles, leur accorde un regard, et elle se faisait humilier par son homme.

Elle lui tourna le dos et prépara la pièce pour la nuit. Il sortit sur la terrasse et alluma une cigarette. Depuis leur mariage, ils vivaient dans un petit studio à Makor Baruch. La cuisine et les toilettes se situaient sur la terrasse, qu'ils partageaient avec les voisins. Il n'y avait pas de douche et ils se lavaient dans la cuisine avec un baquet et un seau. Luna faisait bouillir l'eau et remplissait le seau, mais le temps qu'il se remplisse, elle était déjà tiède. Elle aimait se laver à l'eau tiède, mais David s'énervait chaque fois, comme si c'était sa faute s'ils n'habitaient pas dans un appartement avec douche, s'ils n'avaient pas une baignoire avec deux robinets d'eau chaude et d'eau froide et un chauffe-eau au bois, comme dans le grand appartement de la rue King George. Ce n'est pas ainsi qu'elle s'était imaginé son avenir, elle s'attendait à épouser un homme qui lui offrirait une belle vie, pas quelqu'un qui s'emporterait chaque fois que l'eau qu'elle avait fait bouillir n'était pas assez chaude pour lui.

Leurs rapports avaient commencé à se distendre dès leur lune de miel, qu'ils avaient passée à l'hôtel Savoy à Tel Aviv, sur le front de mer. Après avoir posé leurs affaires dans la chambre, elle était sortie sur la terrasse respirer l'air de la mer. Contrairement à Jérusalem où il faisait encore froid, à Tel Aviv la température était clémente. La mer était étale, le soleil pointait derrière les nuages et caressait son visage rayonnant. Elle s'était représenté sa lune de miel exactement ainsi, loin de Jérusalem, loin d'Ohel Moshe et de ses maisons serrées les unes contre les autres, loin de sa famille. Enfin seule avec l'élu de son cœur, sans devoir dire où elle allait et quand elle rentrait, sans subir le visage courroucé de sa mère et croiser son regard qui lançait du feu.

Sur la plage, en contrebas de l'hôtel, des habitants que la fraîcheur relative n'éloignait pas de la mer paressaient sur des chaises longues. Elle s'étonnait chaque fois de la distance immense entre Tel Aviv et Jérusalem, de constater à quel point les deux villes étaient différentes.

« David, l'appela-t-elle, viens, descendons sur la promenade. »

Mais il avait déjà retiré ses chaussures et s'était plongé dans le journal, étendu sur le lit.

« David », le supplia-t-elle en le rejoignant sur le lit et en le couvrant de baisers sur la joue, la tête, le nez, les lèvres.

Mais il la repoussa.

« Pas maintenant, Luna, je suis en train de lire.

— Mais David, c'est notre lune de miel, faisons quelque chose ensemble, tu auras tout le temps de lire le journal.

— Un instant, laisse-moi finir la page. »

Elle se leva et retourna sur la terrasse. Elle avait tellement envie de descendre dans la rue, de porter le chapeau acheté spécialement pour son voyage de noces avec sa robe noire, la ceinture blanche qui soulignait sa taille, et ses chaussures vernies à hauts talons, de se remettre une couche de rouge à lèvres, d'enrouler une boucle de cheveux autour de son doigt et la fixer avec une épingle, puis se regarder dans le miroir en sachant qu'elle était la plus belle de toutes. Sortir ainsi dans la rue et se délecter des regards des passants et peut-être, peut-être que David verrait lui aussi combien elle était jolie et serait jaloux des regards des hommes.

Mais il restait plongé dans son journal et elle commença à perdre patience.

« Allez, David, on va descendre ou quoi ? On est en voyage de noces ! Allons nous promener !

— D'accord, enquiquineuse », répondit-il à contrecœur.

Il se leva, mit ses chaussures, enfila un pardessus et à ce moment-là seulement, il la regarda. Elle était à couper le souffle, nul doute que c'était la plus belle de toutes les femmes, alors pourquoi depuis qu'elle avait accepté de l'épouser, son cœur s'était-il refermé, pourquoi ne l'attirait-elle plus comme au début ? Était-il réellement attiré à l'époque, ou s'était-il persuadé de l'être afin de mettre à exécution la décision prise au moment où son bateau quittait le port de Mestre : se trouver une épouse et fonder un foyer en terre d'Israël ?

« Quoi ? dit Luna en le voyant les yeux fixés sur elle, s'attendant à ce qu'il la complimente.

— Tu n'auras pas froid sans manteau ? demanda-t-il en ouvrant la porte.

— Comment me trouves-tu ?

— Tu es très belle, répondit David du bout des lèvres.

— Dans ce cas, je n'aurai pas froid, répliqua-t-elle en lui tendant un pull angora blanc pour qu'il le mette sur ses épaules. »

Ils descendirent dans la rue et elle mit la main autour de sa taille, mais lui ne la prit pas par l'épaule. Alors elle se contenta de glisser son bras sous celui de David. Pas grave, ils n'avaient pas besoin de marcher enlacés comme lorsqu'ils étaient encore célibataires, maintenant ils étaient mariés, alors se tenir le bras, c'était bien aussi, se dit-elle pour se consoler.

Comme elle s'y attendait, les passants ne détachaient pas les yeux de la jeune beauté qui marchait au bras de cet homme impressionnant. Ils s'assirent à une terrasse de café et commandèrent un milkshake. Au café Atara, ils savaient le préparer comme elle l'aimait, avec une montagne de crème fraîche. À Tel Aviv, la glace fondait trop vite dans le verre et la crème se transformait en eau, mais cela n'entamait en rien son plaisir. La mer bleue, un soleil agréable, les gens qui passaient ou s'asseyaient sur la terrasse, une atmosphère de vacances – elle était comblée. Même les policiers anglais assis à côté de leur table ne troublaient pas sa bonne humeur, et lorsque David s'étonna : « Quoi, personne ne travaille à Tel Aviv ? », elle éclata de rire et posa sa main gantée de blanc sur son bras.

« Tu es heureux ? lui demanda-t-elle. Autant que moi ?

— Oui, je suis heureux », répondit-il, mais sa voix n'était pas convaincante.

Elle décida de ne pas y prêter attention. Pas question de laisser quoi que ce soit gâcher sa lune de miel, pas même son mari.

« Votre femme est très belle, dit courtoisement le serveur à David.

— Merci, s'empressa de répondre Luna à sa place, nous sommes en voyage de noces.

— Félicitations, ajouta le serveur, et il revint à leur table avec un savarin surmonté d'un parasol multicolore. Pour votre lune de miel, précisa-t-il en souriant, offert par la maison. »

Pauvre Luna, elle est tellement heureuse, se dit David. *Si elle savait combien j'aimerais que ce voyage soit déjà terminé alors qu'il commence à peine.* Il appréhendait la semaine à venir. Il aurait dû être heureux, l'enlacer, l'embrasser, l'emmener au café, au cinéma, au restaurant, se promener le long de la mer, et la nuit faire l'amour avec elle. Mais comment survivrait-il à leur nuit de noces alors que son cœur et son corps appartenaient à une autre ? À la femme qu'il avait laissée en Italie, loin d'ici, cette femme qui avait ravi son cœur et qu'il avait abandonnée à jamais ? *Non, je ne laisserai pas les souvenirs de Venise ruiner mon voyage de noces à Tel Aviv. Je ne laisserai pas Isabella s'interposer entre Luna et moi ; je l'oublierai, me forcerai à l'oublier, j'aime Luna, je l'aime comme si Isabella n'existait pas. Je vais lui offrir une nuit de noces de rêve, je ferai tout pour rendre heureuse cette femme resplendissante.*

Cette nuit-là, fidèle à ses résolutions, il se montra délicat avec elle, infiniment délicat, et elle très embarrassée. Ils s'embrassèrent et se caressèrent pendant des heures avant d'arriver à l'acte d'amour proprement dit. Elle adorait l'embrasser, passer ses doigts dans ses cheveux emmêlés ou lui caresser le dos. Au début, David avait l'impression qu'elle fondait entre ses bras, mais dès qu'il essayait de toucher son corps, elle se rétractait. Il approchait la main de sa poitrine et elle se reculait, il tentait de lui caresser le ventre et sentait qu'elle se tendait.

« Tout va bien, mon amour ? chuchota-t-il.

— Oui, répondit-elle timidement.

— Alors pourquoi tu me fuis ?

— Je ne te fuis pas.

— Approche-toi, je ne mords pas. »

Elle respira profondément et s'approcha. Elle pouvait l'embrasser des heures, mais lorsqu'il voulait toucher ses parties intimes, elle se sentait paralysée.

« Luna, je ne te ferai pas mal, je te promets. »

Elle se mordait les lèvres en silence. Il essaya de nouveau de s'approcher, lui ôta délicatement sa chemise de nuit et regarda son corps, ses petits seins fermes, son ventre plat. *Je la préférerais avec quelques kilos en plus,* songea-t-il. Elle était recroquevillée en position de fœtus et cherchait à se couvrir de ses mains.

« Luna, laisse-moi voir comme tu es belle. »

David était très expérimenté. Les mille femmes et une Isabella qu'il avait eues en Italie avaient fait de lui un excellent amant. Il savait s'y prendre au lit et tentait d'approcher Luna avec une infinie délicatesse qui l'étonna lui-même. Il ne ressentait rien, ne pensait rien, savait qu'il devait faire l'amour avec elle car c'est ce qu'on fait pendant la nuit de noces ; même s'il n'en retirait pas le même plaisir qu'avec Isabella, les choses s'arrangeraient avec le temps. Il aimait le sexe et avait du mal à s'en passer, mais il n'avait pas eu d'autre femme après Isabella. Et maintenant il devait posséder son épouse, sauf que cela faisait des heures qu'il était étendu à ses côtés et il avait beau essayer de mobiliser toute sa patience pour essayer de percer sa virginité, il commençait à se lasser.

« Ma chérie, lui dit-il avec toute la douceur possible, mon amour, aide-moi, ouvre les jambes. »

Mais Luna était incapable de les desserrer.

« Lunika, si tu ne m'aides pas, on ne va pas y arriver », insista-t-il avec délicatesse, même s'il sentait qu'il allait bientôt perdre patience.

Elle garda le silence. Les larmes humidifiaient ses yeux. Ce n'était pas ce dont elle rêvait pour sa nuit de noces, elle pensait qu'ils s'embrasseraient encore et encore et que tout à coup, la chose se produirait, que soudain il serait en elle. Elle n'avait pas imaginé que son corps résisterait autant, qu'elle serait si terrifiée.

Il glissa les mains dans son dos, dégrafa son soutien-gorge et le retira délicatement. Elle ferma les yeux et malgré l'obscurité, il la vit rougir comme une pivoine. Il caressa ses petits seins. *Mon Dieu, où est la belle poitrine d'Isabella, ces seins lourds et mûrs ?* songea-t-il, sidéré que de telles pensées lui viennent à l'esprit à cet instant. *Ma chère épouse a des formes de petite fille.*

Elle ne coopérait toujours pas, son corps était rigide, elle était effrayée et embarrassée. Il finit par se lasser et se tourna pour s'endormir.

Luna fut saisie d'effroi. Dieu du ciel, qu'avait-elle fait ? Était-il possible que sa nuit de noces ressemble à cela ? Que son mari tente de lui faire l'amour et qu'elle reste de marbre, à tel point qu'il lui tournerait le dos et s'endormirait ? Elle fondit en larmes et sanglota comme un chat blessé sous la pluie. David s'attendrit, la prit dans ses bras, la berça, l'embrassa et tenta de la calmer. Ses pleurs lui brisaient le cœur.

Quel fils de chien il était, quel idiot ! Comment se comportait-il avec sa jolie femme ? Comment diable son cœur avait-il pu s'endurcir ? Comment s'était-il lassé si vite ? Il continua à la caresser, à l'embrasser sur le front, l'apaiser avec des mots doux, et peu à peu il la sentit se détendre dans ses bras. Cette fois, lorsqu'il essaya de la pénétrer, elle n'opposa pas de résistance. Elle gémit de douleur mais il était gentil, la tranquillisait, lui disait des mots d'amour – ma douce, ma chérie, mon amour, et à chaque mot son corps fondait un peu plus jusqu'à ce qu'enfin, il se retrouve en elle et que sa semence se mélange au sang qui perlait le long de ses cuisses. Il se leva, prit une serviette dans la salle de bains et essuya délicatement le sang.

« Que va-t-on dire au réceptionniste, quelle honte. »

La gêne était presque aussi forte que le soulagement. Elle avait perdu sa virginité pendant sa nuit de noces, comme une épouse normale. Maintenant elle pouvait commencer à vivre.

Leur lune de miel se termina une semaine plus tard et ils rentrèrent à Jérusalem. Ils n'avaient pas beaucoup fait l'amour pendant leur voyage, David ne le demandait pas et elle s'en accommodait fort bien. Ils s'embrassaient, se prenaient dans les bras, se promenaient le long de la mer, faisaient des achats rue Allenby, s'attablaient au café et mangeaient au restaurant. Ils étaient même allés au cinéma voir *Casablanca*, avec Ingrid Bergman et Humphrey Bogart. De retour dans leur chambre, ils s'étendaient sur le lit l'un à côté de l'autre, lui se plongeait dans son journal et elle dans *Le monde du cinéma*. Puis ils se déshabillaient, se mettaient en pyjama et en chemise de nuit, se faisaient un câlin et s'endormaient. Elle était surprise qu'il ne veuille pas faire l'amour tous les soirs, mais grandement soulagée.

Lorsqu'ils rentrèrent de leur lune de miel, leur vie prit la routine d'un couple marié : Luna continuait à travailler chez Zacks et Fils et David avait trouvé du travail dans une ébénisterie à côté du cinéma Rex, au bout de la rue Princess Mary. En sortant du travail, il allait parfois voir un western. Elle n'aimait pas ce cinéma où Juifs et Arabes se mélangeaient, alors quand il était au Rex elle en profitait pour rendre visite à ses parents à Ohel Moshe et voir ses sœurs. Il passait ensuite la chercher pour rentrer chez eux à Makor Baruch. Ils allaient parfois au cinéma avec Rahelika et Moïse, puis au café. Le vendredi soir, après le dîner chez les parents, ils retrouvaient les amis de David de la Brigade juive, qui entre-temps s'étaient mariés eux aussi et se mélangeaient aux nombreux amis et cousins de Luna. Ils allaient les uns chez les autres et passaient la soirée à discuter de la situation en grignotant des graines de tournesol. Le samedi, ils restaient en famille. Après le déjeuner, les hommes partaient regarder un match de foot pendant que Luna, Rahelika et Beki bavardaient chez leurs parents.

De temps à autre, David se souvenait qu'il devait honorer le commandement « Croissez et multipliez-vous », et venait à elle. Elle restait allongée en silence en attendant qu'il termine, puis l'embrassait sur la joue, lui caressait une ou deux fois le dos et attendait qu'il s'endorme. Elle se levait alors du lit, passait dans la cuisine et se nettoyait le corps à l'eau savonneuse en se frictionnant consciencieusement pour se débarrasser de la moindre goutte de semence. Elle ne supportait pas cette sensation collante sur les cuisses qui lui donnait une impression de saleté répugnante.

À Jérusalem, où les femmes tombaient enceintes dès leur nuit de noces, le fait que Luna n'attende toujours pas d'enfant après plusieurs mois de mariage suscitait l'inquiétude.

« *Dio santo*, Gabriel, dit Rosa à son mari, comment se fait-il qu'elle n'ait pas encore de bébé dans le ventre ?

— Ne t'en mêle pas, la coupa-t-il. Chacun son rythme.

— Mais, que Dieu me pardonne mes péchés, Gabriel, cela fait déjà sept mois qu'ils sont mariés.

— Rosa, rétorqua-t-il brusquement, la précipitation est l'œuvre du diable, chaque chose en son temps. »

Rahelika aussi était inquiète que sa sœur ne soit toujours pas enceinte. Lorsqu'elle découvrit, un mois après sa nuit de noces, qu'elle attendait apparemment un heureux événement, elle décida de garder le secret pour ne pas embarrasser Luna. Mais dès le troisième mois, son ventre se voyait et elle ne put le dissimuler plus longtemps.

À sa grande surprise, Luna lui tomba dans les bras et la félicita en la couvrant de baisers, et Rahelika ne vit pas une once de jalousie en elle. Elle s'en ouvrit à Moïse.

« Je ne comprends pas comment Luna n'est pas encore enceinte. »

Moïse soupira.

« Tu sais quelque chose que j'ignore ? demanda-t-elle. Ton ami David a des problèmes ? »

Il éclata de rire.

« Des problèmes ? Qui sait combien d'enfants il a laissés en Italie !

— Je m'inquiète, Moïse ; que va-t-il se passer si, Dieu nous garde, Luna est stérile ? »

***

« Tu as trouvé quelque chose sur le Kurde ? demanda Gabriel au bel Eli Cohen.

— Non, *senyor* Ermoza, malheureusement je n'ai rien trouvé. Il n'a pas de compte dans notre banque, il garde probablement tout son argent sous le matelas. Mais je reste persuadé qu'il veut acheter la boutique pour une raison bien précise.

— Nous allons lui vendre le magasin, déclara Gabriel d'un ton las. Aujourd'hui, quand Rahelika et Moïse viendront, nous fixerons un prix. Je te demande d'être là aussi, Eli, maintenant c'est comme si tu faisais partie de la famille.

— D'accord, *senyor* Ermoza, avec plaisir. »

Ils tinrent leur conseil de famille après le dîner. Beki et Rahelika débarrassèrent la table tandis que Luna restait assise, visiblement de mauvaise humeur.

« Lève-toi aussi, princesse, lui ordonna Gabriel. Aide tes sœurs et ta mère. »

Elle obéit de mauvaise grâce et les aida à débarrasser.

Je dois absolument parler avec elle, se dit Rahelika. *Mon cœur me dit que quelque chose ne va pas dans sa vie.*

Lorsque les filles eurent terminé et s'apprêtèrent à aider leur mère à faire la vaisselle, Gabriel les appela.

« Venez, *keridas,* laissez cela pour plus tard, asseyez-vous avec nous. Toi aussi, Beki. »

Beki n'en revenait pas que son père l'invite à s'asseoir à table pour discuter de l'avenir de la boutique. Sa famille la traitait toujours comme un bébé, la petite dernière. Elle savait que c'était à cause de son Eli qu'on l'invitait, son Eli qui aidait désormais son père à prendre une décision à propos du magasin. Elle ressentit une immense fierté ; quel fiancé elle avait ! Elle l'aimait tant, comment pourrait-elle attendre trois ans avant de l'épouser ?

« Toi aussi Rosa, viens t'asseoir avec nous », dit Gabriel à son épouse qui restait debout à côté de l'évier.

Rosa se tourna, le torchon à la main, et lui jeta un regard perplexe.

« Viens, *kerida,* toi aussi tu dois participer à la décision sur ce que nous allons faire de la boutique. »

Rosa sentit son cœur sur le point d'exploser. C'était la première fois de sa vie que son mari lui faisait un tel honneur, de surcroît devant ses filles et ses gendres, la première fois qu'il l'impliquait dans une discussion de famille sur l'avenir. *Dieu du ciel,* se dit-elle, *les temps du Messie sont arrivés, il doit vraiment être très malade,* miskeniko, *pour m'inviter à cette discussion.* Elle défit son tablier et prit place à côté de Rahelika.

« Viens, assieds-toi à côté de moi, dit Gabriel, tu es la *senyora* de la maison, tu dois t'asseoir à côté du *senyor.* »

Elle se leva et Moïse lui laissa sa place.

« Avec plaisir, *senyora* Rosa, avec plaisir. »

Elle aimait Moïse, le fils qu'elle n'avait pas eu, il remplaçait dans son cœur Ephraim, dont elle avait presque oublié le visage. La nostalgie et l'inquiétude avaient cédé la place à la colère. Elle pestait contre son manque de considération, s'indignait qu'il ne donne pas signe de vie alors qu'il savait combien elle s'inquiétait mais lui, *nada* – il se comportait comme s'il n'avait pas de famille, alors qu'il aille au diable. Si c'était ce qu'il voulait, qu'il en soit ainsi, il n'avait pas de famille.

Elle tremblait parfois en entendant parler des actions ou arrestations des membres de la résistance clandestine. Elle ne connaissait même pas la différence entre le Etzel et le Lehi ; pour elle, c'était du pareil au même. Elle faillit avoir une attaque en apprenant que douze membres du Etzel, habillés en prisonniers arabes et en policiers britanniques, s'étaient introduits au commissariat de Ramat Gan, avaient fait sauter la porte du dépôt d'armes et volé des fusils pour les charger dans la voiture stationnée dehors. Elle était persuadée qu'Ephraim se trouvait parmi eux, et ce n'est que lorsqu'ils publièrent les noms des morts et des personnes arrêtées qu'elle put respirer. Elle réussit à se disputer pour la énième fois avec Gabriel lorsqu'il dénonça cette action en citant Ben Gourion, qui avait déclaré qu'il ne lèverait pas le petit doigt pour venir en aide à Dov Gruner, le commandant de l'opération arrêté.

« Il n'a pas volé les armes pour lui, insistait Rosa, il les a prises pour nous débarrasser des Inglais.

— Et au passage il a tué des innocents ! s'emporta Gabriel. Si Ben Gourion ne veut pas aider un Juif, c'est que celui-ci a dépassé les bornes.

— *Dio santo,* Gabriel, ce Ben Gourion t'embrouille les idées, il te rend aveugle.

— Tais-toi, femme ! Je ne parle pas sous le coup de l'émotion, comme toi. Je lis les journaux avant de m'exprimer. Toi, sans lire, sans savoir, sans comprendre, tu dis des âneries. Tu crois que je ne sais pas que c'est à cause de ton *borracho* de frère, qui est là-bas avec eux ? »

Sur quoi il mit fin à la conversation.

Et maintenant le Messie était en route, son mari lui rendait les honneurs devant toute la famille, Dieu soit loué.

« J'ai beaucoup réfléchi, commença Gabriel. Rahelika et Moïse ont raison, cela n'a pas de sens de garder cette boutique qui, comme l'a dit ce chien de Mordoch, est un puits sans fond. Nous dépensons de l'argent que nous n'avons pas pour payer des taxes à la municipalité qui nous vole sans vergogne, et nous ne gagnons pas un centime. Mais je ne veux pas vendre au Kurde. J'ai pensé que si nous faisions savoir, au marché, que nous vendions, d'autres acheteurs se présenteraient peut-être.

— *Senyor* Ermoza, dit Moïse, n'en prenez pas ombrage, mais j'ai déjà parlé du magasin à quelques personnes et croyez-moi, par les temps qui courent personne n'a d'argent pour acheter un bien, tout le monde veut vendre et il n'y a pas d'acheteurs.

— Si tout le monde veut vendre, pourquoi le Kurde n'achète pas la boutique de quelqu'un d'autre, pourquoi justement la nôtre ? explosa Luna.

— Bonne question, dit Gabriel, c'est vrai, pourquoi est-il fixé sur notre magasin ?

— Pardonnez-moi, *senyor* Ermoza, intervint Eli Cohen, je ne veux pas contredire mon futur beau-frère, mais malgré la situation, personne ne vend. Les gens s'accrochent à leur bien comme si leur vie en dépendait.

— J'ai parlé avec plusieurs marchands qui souhaitent vendre, insista Moïse.

— Et où se trouvent leurs boutiques dans le souk ? demanda le bel Eli Cohen.

— L'une rue Agrippas, à côté de Rahmo, et l'autre dans une ruelle à côté du souk irakien.

— Et où se trouve la boutique de *senyor* Ermoza ? Dans la rue Etz Hahaim, l'artère principale du marché, au meilleur endroit, là où passent le plus de gens. C'est pourquoi le Kurde convoite précisément celle-là.

— Ce que dit Eli a beaucoup de sens, déclara Gabriel.

— Alors que proposes-tu, *Papo* ? demanda Rahelika.

— Je propose d'écouter Eli. Qu'en dis-tu, *habibi* ? », dit-il en se tournant vers le jeune homme.

Beki rougit et sentit son cœur se gonfler de fierté.

« Le mieux, suggéra Eli, est d'écouter le prix que propose Mordoch et on verra à partir de là. »

Mais la proposition du Kurde était tellement ridicule qu'ils la rejetèrent d'emblée.

« Ce fils de chien veut acheter la boutique pour rien, s'emporta Gabriel, la fermer jusqu'à ce que la situation s'améliore, puis la revendre avec un bénéfice.

— Et avec quel bénéfice, ajouta le bel Eli Cohen, cette boutique vaut cinq fois plus que ce qu'il propose.

— Peut-être mille fois plus, renchérit Luna. Moi je dis qu'on ne la vend pas au Kurde, plutôt mourir de faim. »

***

Un bruit d'explosion assourdissant fit bondir Luna de son poste derrière le comptoir de Zacks et Fils. Le magasin était vide. Quelques minutes plus tôt M. Zacks avait traversé la rue Jaffa pour aller déposer la recette du matin à la banque.

En quelques minutes, les hurlements des sirènes envahirent la rue. Des unités de la police britannique passaient en trombe devant le magasin, traversaient la place de Sion et continuaient en direction de la rue Princess Mary. Une fumée dense s'élevait dans le ciel du côté du quartier de Mamilla et toute la zone semblait en proie au chaos. Quelques instants plus tard, la rue se vida et Luna se retrouva seule dans la boutique. Elle était terrifiée, pressentait une catastrophe. Elle aurait voulu s'enfuir au plus vite et se réfugier chez ses parents, mais comment faire ? Elle ne pouvait pas laisser la boutique ouverte à tous les vents et les clés étaient restées avec M. Zacks, qui n'était pas encore rentré de la banque. Elle n'avait pas eu le temps de prendre une décision que celui-ci arrivait tout essoufflé :

« Il y a eu une explosion à l'hôtel King David, dit-il. Cours à la maison avant qu'ils n'instaurent le couvre-feu !

— Mon Dieu, mais David ? La menuiserie est juste à côté du Rex, à cinq minutes du King David.

— David est un homme, il va se débrouiller, dépêche-toi de rentrer à la maison avant que les Anglais n'installent des barbelés dans toute la ville. »

Elle se précipita vers la rue Agrippas. Ses chaussures à talon se prenaient dans les pavés et la faisaient trébucher. Elle finit par les enlever et courir pieds nus. Son père était déjà assis à côté de la radio, entouré de voisins venus écouter les nouvelles.

« Dieu merci, tu es là, dit-il à sa fille, et où est David ?

— Le pauvre, j'imagine qu'il n'arrive pas à venir. »

Quelques minutes plus tard, Rahelika et Moïse apparurent à leur tour, hors d'haleine.

« On a fermé la boutique, annonça Moïse. Tout le marché est fermé. Ils disent que le Etzel a fait sauter les bureaux des Anglais au King David.

— Où est Beki ? » demanda Rahelika.

Ils étaient tous paniqués. Rosa faisait les cent pas d'une pièce à l'autre comme si elle avait été mordue par un serpent. Non seulement elle s'inquiétait pour sa fille, mais dès qu'une catastrophe survenait qui impliquait vraisemblablement le Etzel ou le Lehi, elle était saisie d'angoisse à l'idée qu'il arrive quelque chose à Ephraim, à Dieu ne plaise.

Gabriel monta le volume de la radio. Le présentateur de « La voix de Jérusalem » expliquait qu'à

12 h 37, on avait entendu une explosion qui avait fait trembler toute la ville de Jérusalem. Une aile entière de l'hôtel King David avait été soufflée, laissant autour d'elle un amas de débris et des nuages de poussière.

« On ne connaît pas encore le nombre de morts et l'on ignore s'il y a des Juifs parmi eux. »

Gabriel éteignit la radio et des débats houleux s'engagèrent entre les pour et les contre. Luna se boucha les oreilles et se réfugia dans l'autre pièce, où elle s'allongea sur son lit d'enfant et enfonça la tête dans l'oreiller.

La porte s'ouvrit et Rahelika fit son apparition sur le seuil.

« Que se passe-t-il, Luna ?

— Ça suffit, ça suffit, j'en ai assez ! Je n'en peux plus ! Je ne peux plus vivre dans cette tension, tous les jours des tirs, tous les jours des explosions et des morts, et qui sait où sont Beki et David ? Qui sait où ils sont bloqués en ce moment avec un tel danger dehors ?

— David a probablement couru te chercher chez Zacks et Fils, essaya-t-elle de la rassurer. Quand il verra que la boutique est fermée il viendra ici, et Beki aussi. Ne t'inquiète pas, Lunika, ce n'est pas le moment de faire une crise d'hystérie.

— Que veux-tu que je fasse ? Je suis morte de peur à l'idée qu'il m'arrive quelque chose, qu'une maison me tombe dessus quand je marche dans la rue, qu'on me tire dessus par erreur. Je vis constamment dans la peur.

— Dis-moi, *ermanita*, qu'est-ce qui te fait vraiment peur ? La situation générale ou ta situation personnelle ?

— De quoi parles-tu ?

— Je suis ta sœur, Luna, je t'observe et je vois que tes beaux yeux sont tristes. Que se passe-t-il, Lunika ?

— Rien du tout, tu te fais des idées.

— Lunika *kerida*, parle avec moi, je t'en prie. Je ne veux pas me mêler de ce qui ne me regarde pas, mais si tu as quelque chose à me dire, si quelque chose te perturbe, tu peux me parler.

— La seule qui me perturbe en ce moment, c'est toi, laisse-moi tranquille !

— Bon, si c'est ce que tu veux, mais je sais pertinemment que quelque chose ne va pas, tu ne peux pas me le cacher. Tu peux jouer la comédie avec *Papo* et Maman, mais pas avec moi.

— Maman ne me regarde pas, donc je n'ai rien à lui cacher.

— Alors c'est vrai, tu caches quelque chose ?

— Je ne cache rien, et fiche-moi le camp ! hurla Luna, comme possédée, en jetant son oreiller contre sa sœur. Fiche le camp ! Si tu n'étais pas enceinte, je t'aurais balancé une chaussure ! »

En entendant les cris, Moïse entra précipitamment dans la chambre.

« Que se passe-t-il ?

— Rien, répliqua Rahelika. Viens, on sort. »

Luna resta seule. Elle enfouit sa tête dans l'oreiller et les larmes se mirent à couler sans qu'elle puisse les contrôler. Elle pleura pendant une heure, des sanglots hachés qui l'empêchaient de respirer. Elle avait la poitrine oppressée en pensant à sa vie qui n'avait plus de goût, à sa jeunesse perdue à jamais, à son mari dont elle savait désormais que c'était une erreur de l'avoir épousé. Comment se pouvait-il que celle pour qui tant de jeunes gens auraient décroché la lune ait épousé un homme qui ne l'aimait pas ?

Soudain, elle sentit qu'elle n'était pas seule. Elle ouvrit les yeux et vit Rahelika assise à côté d'elle dans l'obscurité. Sa sœur lui caressait les cheveux et embrassait ses larmes.

« Pourquoi tu pleures, Lunika, pourquoi tu pleures ? »

Elle sentait qu'elle ne pouvait plus vivre avec ce secret dans sa vie, elle devait le partager avec sa sœur.

« Je pleure sur ma vie, petite sœur, sur ma vie gâchée. J'ai attendu si longtemps mon prince charmant sur son cheval blanc et il est arrivé, mais ce n'est pas un prince, loin de là.

— Pourquoi tu dis ça ? Que se passe-t-il entre vous ?

— Dis-moi, Rahelika, combien de fois vous le faites, toi et Moïse ?

— On fait quoi ?

— Tu sais ce que je veux dire...

— Luna, c'est quoi cette question ?

— Bon, c'est clair que vous le faites, sinon ton ventre n'aurait pas enflé, et c'est clair que David et moi, on ne le fait pas, poursuivit-elle en soulevant sa chemise pour dévoiler son ventre plat.

— Luna, qu'est-ce que tu veux dire ?

— Combien de fois vous le faites, toi et Moïse ?

— Tous les soirs.

— Depuis que vous êtes mariés ?

— Oui, toutes les nuits et parfois aussi le matin avant qu'il parte au travail.

— Même maintenant que tu attends un enfant ? »

Rahelika rougit jusqu'aux oreilles et acquiesça, gênée.

« Et vous, Luna, combien de fois ? »

Luna baissa la tête et répondit d'un air abattu :

« Une fois pendant notre nuit de noces et quelques fois depuis, mais pas tout le temps, pas toutes les nuits.

— Luna, tu parles sérieusement ? Vous n'êtes même pas mariés depuis un an, vous êtes encore dans votre lune de miel.

— Ce n'est pas la faute de David, c'est moi qui n'aime pas ça.

— Comment ça, tu ne veux pas d'enfants ? Tu penses qu'ils vont arriver comment, avec une cigogne ?

— Ça ne me plaît pas.

— Moi non plus ça ne me plaît pas toujours, mais je ne refuse jamais. Même si ce n'est pas très agréable au début, après ça le devient, et quand mon mari me dit qu'il m'aime, que je suis l'amour de sa vie, que je suis tout pour lui, qu'il ne peut pas vivre sans moi, là ça me plaît beaucoup.

— Mais David ne me dit jamais ce genre de choses.

— Il ne te dit pas qu'il t'aime ?

— Il ne m'aime pas.

— Dieu te garde, Luna, comment tu parles !

— Il ne m'aime pas, il me fuit. Au lieu de rentrer à la maison après le travail, il file au Rex. Il choisit exprès ce cinéma car il sait que je n'aime pas y aller à cause des Arabes de la Vieille Ville. Deux fois par semaine, il joue aux cartes avec ses amis, un autre soir ils vont boire dans le bar au-dessus de l'Edison, un endroit où seuls vont les hommes, où aucune femme respectable ne mettrait les pieds.

— Et tu restes seule à la maison ? Pourquoi tu ne me l'as pas dit ?

— Que voulais-tu que je te raconte, que mon mari abandonne sa femme dès la première année de mariage ?

— Mais tu n'aimes pas être seule.

— Je déteste ça, j'ai peur, surtout à Makor Baruch, si loin de toutes les personnes que je connais.

— Et les voisines ?

— Je t'ai dit, je ne veux pas que les voisines sachent que je suis seule. Si on n'en parle pas, personne ne le sait. »

Quelle naïveté, se dit Rahelika. *Les voisines indiscrètes auront bien évidemment remarqué que David rentre à la maison à des heures inhabituelles et se répandent probablement en ragots malveillants sur Luna.*

« Une fois, poursuivit-elle, la voisine de palier a demandé pourquoi mon mari rentrait si tard le soir et je lui ai répondu qu'il y a des choses dont on ne parle pas, alors elle doit penser qu'il est dans la Haganah.

— *Miskenika* », murmura Rahelika en l'étreignant.

Cette histoire lui fendait le cœur ; comment ce salaud de David osait-il traiter ainsi sa jolie sœur ? Elle lui montrerait, à son stupide beau-frère, elle lui ouvrirait les yeux. Mais il fallait d'abord s'assurer que Beki rentre saine et sauve car jusqu'à son retour, la maisonnée ne serait pas tranquille.

« Eli, Dieu soit loué, Eli, s'exclama Rosa lorsque le garçon entra en tenant Beki par la main. Comment as-tu fait pour la trouver ?

— Quand j'ai entendu l'explosion au King David, j'ai sauté sur ma moto et j'ai volé jusqu'à l'école de Beki.

— Eli roulait comme un fou, ajouta Beki encore sous le coup de l'émotion. Même s'ils avaient voulu, les Anglais n'auraient pas pu l'attraper, il filait plus vite que le vent.

— Dieu te garde, dit Rosa, Dieu te garde, Eli, je n'oublierai jamais que tu nous as ramené notre Beki saine et sauve.

— Et c'est ce que je continuerai à faire toute ma vie », promit-il à Rosa, qui savait au fond de son cœur qu'il tiendrait sa promesse.

Gabriel opina du chef et fit signe au jeune homme de s'approcher.

« Félicitations, lui dit-il, tu me plais de plus en plus. Si Dieu le veut, quand Beki aura dix-sept ans nous annoncerons vos fiançailles et en attendant, sache que je te considère comme un membre de la famille, tu es mon gendre au même titre que David et Moïse.

— C'est un honneur pour moi, *senyor* Ermoza, un grand honneur, je vous remercie du fond du cœur.

— Dieu te protège, ne me remercie pas, prends juste soin de ma fille. Et maintenant qu'elle est enfin rentrée, il est temps de manger. Allez, Rosa, apporte le repas à table. »

Il remarqua que Luna et Rahelika restaient enfermées dans l'autre pièce. Le comportement étrange de Luna ces derniers temps le préoccupait. Elle avait beaucoup maigri et perdu de sa splendeur. Sa fille était triste et il ne savait pas pourquoi, heureusement que Rahelika était avec elle en ce moment dans leur chambre d'enfant, qu'elle n'était pas toute seule.

L'attentat du King David fit quatre-vingt-onze blessés : quarante et un Arabes, vingt-huit Britanniques, cinq étrangers et dix-sept Juifs. Cette nuit-là, David resta dormir sur le sol couvert de sciure de la menuiserie avec son patron et les autres ouvriers. Impossible de sortir pour essayer de rentrer à la maison. Si ses beaux-parents avaient eu le téléphone, il serait allé les appeler à la poste toute proche pour leur dire qu'il se trouvait hors de danger. Luna lui avait raconté que lorsqu'ils vivaient dans le grand appartement de la rue King George, leur voisin médecin avait le téléphone.

Beaucoup d'eau avait coulé sous les ponts depuis lors, surtout de l'eau trouble. Son beau-père était au plus mal, l'état de ses finances encore plus préoccupant, la question de la vente de la boutique restait en suspens et David n'avait pas d'idée sur la question. Avec tout son respect pour son mariage avec Luna, il ne se sentait pas proche de son beau-père, encore moins de sa belle-mère. Et pas non plus de son épouse. Comment avait-il pu penser qu'en se mariant, tout s'arrangerait ? Qu'une autre femme, même une beauté fulgurante comme Luna, pourrait prendre la place d'Isabella dans son cœur ?

L'Italienne lui manquait. Depuis qu'il l'avait quittée en larmes sur le quai du port de Mestre, il ne passait pas une nuit sans penser à elle, ne cessait de se remémorer le jour où il l'avait vue pour la première fois : elle était à bicyclette et portait un pantalon très court sur de longues jambes bronzées. La chemise blanche nouée à la taille dévoilait en partie un ventre rond et brun et ses beaux seins fermes semblaient sur le point de faire craquer les boutonnières. Il revoyait son beau visage hâlé, ses yeux en amande et ses longs cheveux tenus par un ruban.

« Ciao bella », avait-il crié. Elle avait arrêté sa bicyclette, et à cet instant la vie de David avait changé. Lui que ses amis surnommaient « Salomon » car il avait eu mille femmes, une différente chaque soir, était tombé éperdument amoureux de cette Italienne. Comment avait-il pu s'imaginer l'oublier si vite ? Même au moment où il courtisait Luna, il pensait encore à elle. Il avait réprimé ses sentiments, déterminé qu'il était à épouser Luna, à lui donner des enfants, à fonder une famille. Mais comment faire des enfants s'il ne l'honorait presque jamais ? Moïse et Rahelika, mariés après eux, attendaient déjà un enfant, et eux ? D'où viendraient les bébés, du laitier ? Il devait prendre sa femme, lui donner un enfant, autrement les gens commenceraient à jaser. Luna ne méritait pas cela, c'était une gentille fille, il devait absolument changer. Dieu fasse qu'il survive à cette nuit et dès le lendemain, les choses changeraient.

« Il faut qu'on parle, annonça Rahelika à Moïse.

— Nous parlons tout le temps, ma chérie, répondit Moïse en lui embrassant le ventre.

— C'est sérieux, ça concerne Luna et David. »

Moïse se crispa.

« Quoi, que se passe-t-il maintenant ?

— Tu sais qu'ils n'ont pas de vie intime ?

— Qu'est-ce que tu racontes ?

— Tu as bien entendu. Ton "Salomon" qui a eu mille femmes, cet amant accompli, ne couche pas avec son épouse.

— Rahelika, ce ne sont pas nos affaires.

— Et comment ! Nous nous sommes mariés après eux et je suis déjà enceinte. Je me sens mal pour ma sœur, les gens vont finir par cancaner.

— Et pourtant je te le répète, mon amour, ce ne sont pas nos affaires.

— Moïse, il y a quelque chose que tu ne me dis pas sur David ? Ce n'est pas par hasard que tu fais semblant de ne rien voir ni rien entendre, je te connais.

— Ma chérie, tu es ce que j'ai de plus précieux au monde mais pardonne moi, ce que je sais sur David, c'est entre lui et moi, je ne peux pas parler avec toi de mon meilleur ami.

— Ça fait un moment que ce n'est plus entre lui et toi, s'énerva Rahelika, qui se leva du canapé. À partir du moment où il est marié avec ma sœur et qu'il n'a pas de relations intimes avec elle, ce n'est plus un jeu.

— Mon cœur, avec tout mon amour et mon respect pour toi, je ne suis pas disposé à parler de la vie privée des autres.

— Et tu crois que moi, j'en ai envie ? Tu penses que c'était facile pour moi d'en parler avec ma sœur, et inversement pour elle ? Chez nous, on ne discute pas de ce genre de choses. Personne ne nous a jamais expliqué ce qu'on devait faire ou non pendant la nuit de noces. Autrefois, les mères expliquaient à leurs filles et les pères à leurs fils mais chez nous, *nada*, ma mère ne m'a rien dit.

— Et tu n'as pas su quoi faire, *kerida mia* ?

— Moïse, toutes les femmes n'ont pas la chance d'avoir un mari comme toi, attentionné, tendre, aimant ; tous les couples ne s'aiment pas comme nous, nous avons beaucoup de chance.

— Je pensais que Luna et David aussi avaient de la chance.

— De la chance ? Plutôt la poisse, voilà ce qu'a ma sœur. Ton ami, ce misérable, lui brise le cœur et si tu ne me dis pas quel est son problème, je sors de ce pas pour aller chez ma mère.

— Calme-toi, mon trésor, il ne faut pas te mettre en colère, pense au bébé.

— Alors ne m'énerve pas et parle ! »

Moïse était partagé. Devait-il raconter la vérité sur David ? Lui révéler le secret de son amour pour Isabella ? Serait-elle capable de le garder pour elle ? Que devait-il faire ? C'était son épouse bien-aimée, il voulait la mettre au courant, lui expliquer la raison du comportement de David, mais les paroles trouvent toujours le moyen d'arriver aux mauvaises oreilles. Les mots peuvent détruire, même involontairement, même avec de bonnes intentions. Il valait mieux continuer à garder cette histoire pour lui. Les choses s'arrangeraient peut-être avec le temps. Rahelika le tira brusquement de ses pensées.

« Tu vas parler ou je m'en vais ? »

Moïse se racla la gorge.

« Lorsque nous étions en Italie, David a vraiment connu un millier de filles, peut-être plus. Il changeait de filles comme de chaussettes, c'était un grand coureur de jupons. »

Rahelika remarqua qu'il se tortillait sur sa chaise.

« Parle, Moïse, qu'est-ce que tu me caches sur David ?

— Tu n'as rien compris de ce que je t'ai raconté ? »

Il répondit par une question.

« Comment peux-tu ne pas comprendre ? Je croyais que j'avais épousé la plus intelligente des filles de *senyor* Gabriel Ermoza.

— Je n'ai pas compris parce que tu ne m'as expliqué, *troncho de Tveria.* Quel est le rapport entre le fait que David ait eu un million de filles en Italie et qu'il ne couche pas avec ma sœur ?

— Il est habitué à être libre, à papillonner. Il est incapable d'être avec une seule femme, il faut lui donner le temps de s'habituer.

— Mon Dieu, tu es en train de me dire qu'il trompe Luna ?

— Dieu me préserve, Rahelika, est-ce que j'ai dit cela ? Pour l'amour du ciel, que personne ne t'entende ! Je dis qu'il est comme un petit enfant, il faut lui donner du temps. Il mûrira et tu verras que ce sera un excellent mari, je te promets que d'ici un mois au plus, nous aurons de bonnes nouvelles. »

Rahelika crut à son histoire et il poussa un soupir de soulagement. Il était sur le point de lui parler d'Isabella, mais s'était retenu au dernier moment. Il allait maintenant devoir prendre David entre quatre yeux et lui remonter les bretelles, rappeler cet idiot à l'ordre avant qu'il ne se produise une catastrophe qui détruirait toute la famille.

Luna peigna ses cheveux de bronze, enroula une boucle rebelle sur son doigt, puis la porta à sa bouche pour l'humidifier. Elle se regarda dans le miroir : elle était encore belle, dommage que son mari ne le voie pas. C'était le début de la soirée, elle venait de rentrer du magasin, M. Zacks ayant décidé de fermer plus tôt. Ces derniers temps, il était de méchante humeur. La situation éloignait les clientes de la boutique et influait sur son moral. Même Luna n'avait pas le cœur à acheter de nouveaux vêtements.

Au lieu d'aller chez ses parents, comme à son habitude, elle décida de rentrer dans leur studio à Makor Baruch. La discussion qu'elle avait eue avec sa sœur lui pesait. *Je n'aurais pas dû lui parler de notre vie intime,* se dit-elle. *Ce sont des secrets que personne ne doit connaître, même pas ma sœur adorée.* À quoi servait de s'être épanchée devant elle et d'avoir vu son air sidéré lorsqu'elle lui avait raconté que David ne couchait pas avec elle ? Comment sa chère Rahelika pourrait-elle l'aider ? Luna ne pouvait que la peiner avec ses histoires. Et si sa sœur n'arrivait pas à tenir sa langue et le racontait à Moïse, Moïse à David, et que David décidait qu'elle parlait trop et la quittait ?

Grands dieux, comment avait-elle pu en arriver là ? Elle qui avait tout, des soupirants qui attendaient qu'elle daigne leur adresser la parole, retenaient leur respiration quand elle passait à côté d'eux et se contentaient du moindre sourire, elle avait épousé un homme qui la regardait à peine. Pourquoi ce malheur lui était-il arrivé précisément à elle ? *Peut-être parce que j'ai été trop orgueilleuse ?*

songea-t-elle. *Parce que je me suis prise pour la reine du monde ? Peut-être me suis-je mal comportée avec les autres parce que j'étais trop immodeste ? Dieu me pardonne, Dieu me pardonne d'avoir oublié l'éducation de mon père.*

« Sois modeste, lui disait toujours Gabriel, sois modeste, ne te vante jamais devant les autres, ne sois pas orgueilleuse de ce que t'a donné le ciel, n'oublie jamais qu'il y a des gens qui ont moins que toi. » Mais elle avait oublié et péché par orgueil, le péché le pire qui soit, comme le lui avait dit maintes fois son père.

Malgré la chaleur oppressante dans la pièce, Luna tremblait. Elle enfila un pull sur sa robe sans manches mais continuait à frissonner, alors elle s'approcha du gramophone sur la commode et mit un disque. « Besame, besame mucho » chantait Emilio Tuero, et sa voix enveloppante parvint à la dégeler. Elle se mit à faire onduler son joli corps au rythme de la musique, enveloppa sa taille fine de ses mains et ferma les yeux. Ses jambes la portaient toutes seules, légères, dans la pièce. Lorsque le disque se termina, elle remit l'aiguille au début et continua à danser, envahie par un sentiment de solitude et par la nostalgie des mains de l'homme qui ne la touchait plus depuis des jours, une nostalgie pour ce qui aurait pu exister entre eux, pour l'amour dont elle avait rêvé et qu'elle n'avait pas eu. Elle dansa jusqu'à tomber de fatigue sur son lit et s'endormir.

C'est ainsi que David la trouva lorsqu'il rentra tard ce soir-là, à une heure où les jeunes époux étaient déjà en train de faire l'amour à leur femme. Cela faisait des mois qu'il ne l'avait pas honorée, il était allé voir un western et avait attendu le plus tard possible en espérant la trouver endormie à son retour.

Elle était recroquevillée comme un oisillon, si petite dans ce grand lit, et n'avait même pas retiré le couvre-lit. Ses cheveux roux recouvraient son beau visage. Il écarta une boucle de son œil, la contempla et eut de la peine pour elle, *miskenika*, elle avait dû l'attendre jusqu'à tomber de sommeil. L'aiguille grinçait sur le sillon ; il la souleva, ferma le gramophone et rangea le disque dans son étui. *Qu'est-ce qui m'arrive ?* songea-t-il en se posant la question qui le taraudait depuis leur nuit de noces. *Pourquoi mon cœur s'est-il endurci ?* Il sortit un plaid de l'armoire et couvrit Luna. Il se déshabilla sans faire de bruit, mit son pyjama et se coucha à côté d'elle. Elle était étendue en plein milieu du lit et le peu d'espace qui restait ne suffisait pas à son corps robuste, mais il avait peur de l'effleurer et de la réveiller. Que se passerait-il ? Devrait-il parler avec elle ? La prendre dans ses bras ? Coucher avec elle ? Il avait tellement honte de lui. Quel genre d'homme était-il devenu ? Que diraient ses amis de la Brigade s'ils savaient qu'il ne touchait pas sa femme ?

« J'ai quelque chose à te dire, annonça Moïse lorsqu'ils sortirent fumer dans la cour après le dîner du vendredi soir chez Gabriel et Rosa.

— Je ne peux vraiment pas aider pour la question du magasin, répondit immédiatement David, je ne comprends rien à ces choses-là. Décide avec notre beau-père, moi tout me va.

— Je ne suis pas venu parler de la boutique, David, je veux te parler de Luna.

— De Luna ? Qu'as-tu à me dire sur elle ?

— Pas maintenant, David, on doit discuter tranquillement tous les deux, pas avec toute la famille dans la pièce d'à côté.

— Il n'y a personne ici pour l'instant à part toi et moi. Parle, Moïse.

— Que se passe-t-il entre Luna et toi ?

— Tout va bien, grâce à Dieu.

— Tu es certain, *amigo* ?

— Oui, pourquoi ?

— Parce que sa sœur est d'avis que rien ne va entre vous.

— Sa sœur ? Depuis quand elle se mêle de nos affaires ?

— Ce n'est pas elle qui s'en mêle, c'est moi. Je pense que tu es en train de détruire ta vie et que tu vas provoquer une catastrophe familiale.

— Arrête, Moïse, ça suffit ! Tu es comme un frère pour moi, mais je ne te permets pas de me parler de cette façon !

— Allez, David, qu'est-ce que tu crois, que j'ai envie de me mêler de vos histoires ? Je t'en parle parce que ça m'importe. Tu penses que les gens ne voient pas qu'il y a quelque chose qui cloche entre Luna et toi, qu'ils sont aveugles ?

— Si tu fais allusion au fait que tu as été plus rapide que moi pour mettre ta femme enceinte, alors félicitations, Moïse, mais je ne fais pas la course avec toi. Apparemment, tu as oublié qu'il existe des méthodes pour empêcher la grossesse.

— Arrête de raconter des histoires, David, je sais pertinemment ce qui se passe. Tu dois te mettre ça dans la tête une fois pour toutes, il n'y a plus d'Isabella ! Ta vie avec elle est restée en Italie ! Maintenant tu es marié à Luna alors écoute-moi bien, *amigo*, tu vas commencer à te comporter comme un homme, tu m'entends ? Tu vas la respecter et accomplir ton devoir d'époux, tu seras le père de ses enfants parce que sinon, tu auras affaire à moi. Je te donne ma parole, David, si tu ne te ressaisis pas et ne reprends pas tes esprits, je vais te briser les os ! »

David était sidéré. Moïse, son ami tranquille et délicat, ne lui avait jamais parlé aussi fermement et directement, n'avait jamais été insolent avec lui ; il l'avait toujours respecté. C'était David qui lui disait quoi faire, le conseillait, arrangeait les choses, le prenait sous son aile. C'est même lui qui lui avait trouvé une femme.

Mais Moïse était sérieux, et même si ses paroles le surprenaient et l'irritaient, il savait qu'il y avait du vrai, que s'il ne commençait pas à se comporter avec Luna comme un homme avec son épouse, il se produirait une catastrophe et Dieu sait comment les choses se termineraient.

Il éteignit sa cigarette et rentra dans la maison derrière Moïse.

« Allez, Lunika, dit-il à sa femme, viens, on rentre. »

« Qu'est-ce que tu as dit à David ? chuchota Rahelika.

— Moi ? répondit Moïse en faisant l'idiot, je ne lui ai rien dit, on a juste fumé une cigarette.

— Bien sûr, bien sûr », répondit Rahelika en l'étreignant.

Son bon Moïse avait dû lui dire ses quatre vérités et arranger les choses. Ah, si seulement sa sœur pouvait être heureuse, si seulement cet abruti de David commençait à se comporter comme une personne décente.

Cela faisait des jours que la boutique ne recevait plus le moindre client. Moïse passait son temps à nettoyer les étagères à moitié vides, Rahelika balayait le sol, ils avaient cessé de sortir les grands sacs à l'extérieur. Ils étaient vides et il n'y avait pas de quoi les remplir et de toute façon, où auraient-ils trouvé l'argent pour racheter de la marchandise ? Ils avaient dû renvoyer le vieil Avramino. Gabriel avait campé sur ses positions quand Moïse et elle lui avaient annoncé qu'ils n'avaient pas le choix, qu'il fallait le licencier.

« Et où va-t-il trouver de quoi nourrir sa famille ? demanda Gabriel.

— *Papo*, on arrive à peine à se nourrir, répondit Rahelika, Avramino me connaît depuis ma naissance, tu crois que c'est facile pour moi de le renvoyer ? Mais on n'a pas le choix. »

Gabriel finit par consentir à le licencier à condition de l'inciter à prendre ce qu'il voulait de la boutique à tout moment sans payer un centime.

La situation était si catastrophique que peu de temps après, ils durent renvoyer également l'oncle Mazliach, ce qui s'avéra beaucoup plus délicat. Mazliach était terriblement vexé.

« Après tout ce que j'ai fait pour mon frère ? dit-il à sa nièce. J'ai donné ma vie à ce magasin et tu me renvoies à la maison ?

— Pardonne-moi, *Tío*, répondit Rahelika en baissant les yeux, car elle n'osait pas regarder son oncle dans les yeux, nous n'avons pas de quoi te payer.

— Mon frère Gabriel sait que tu me jettes à la rue ?

— *Papo* a le cœur brisé, *Tío*, on a renvoyé Avramino, maintenant on te renvoie et d'ici peu, on n'aura pas le choix, on devra partir nous aussi.

— Tu n'as pas honte ? bouillait Mazliach. Je t'ai prise dans mes bras quand tu étais bébé, tu n'as pas honte de renvoyer ton vieil oncle ?

— J'ai honte, *Tío*, dit-elle en souhaitant que la terre s'ouvre et l'engloutisse, mais je n'ai pas le choix. »

Tío Mazliach cracha par terre, retira son tablier, le jeta ostensiblement vers Rahelika et quitta la boutique. Les larmes embuèrent les yeux de la jeune fille et elle s'écroula en pleurs dans les bras de Moïse.

« Chut, ma jolie, chut, pense à notre enfant, ce n'est pas bon pour lui.

— Si seulement mon père s'en était chargé au lieu de me laisser cette tâche ingrate.

— Ton père a gardé Mazliach pendant des années alors que c'est un gros fainéant.

— Et il n'arrêtait pas de se plaindre, ajouta Rahelika.

— Et il emportait chez lui un dixième de la marchandise, et pas seulement au début du mois, ajouta Moïse.

— Ah tu l'as vu, toi aussi ? dit Rahelika en s'esclaffant. Je pensais être la seule à l'avoir remarqué.

— Ton père aussi le savait mais il fermait les yeux. Ne te sens pas mal, je suis sûr que dès que la situation s'améliorera, il l'aidera et tout s'arrangera. »

Mais rien ne s'arrangea. Mazliach était tellement ulcéré d'avoir été renvoyé qu'il coupa les ponts avec Gabriel et sa famille. Furieux, il partit à Tel Aviv déverser sa colère et raconter à sa mère le culot de Gabriel.

« Je ne veux rien avoir à faire avec eux, déclara-t-il à Alegra. Les liens de sang, c'est sacré, et si Gabriel me traite comme un étranger, qu'il aille brûler en enfer.

— Dieu nous garde, ne parle pas de malheur ! s'offusqua Alegra.

— Il m'a mis dehors comme un chien, autant me tuer !

— Tu es sûr que Gabriel sait que sa fille t'a renvoyé chez toi ? intervint Merkada.

— Qu'est-ce que tu penses, *madre kerida*, que Rahelika ferait quelque chose sans l'accord de son père ?

— Va savoir, Gabriel est à la maison, malade, il ne va plus depuis longtemps au magasin. Maintenant c'est Rahelika et son Maghrébin qui gèrent la boutique, peut-être qu'ils ont décidé tout seuls de te renvoyer. Les Maghrébins, ajouta-t-elle en crachant avec mépris, ce sont des Écossais, ils sont pingres. Va immédiatement chez ton frère et dis-lui qu'ils t'ont laissé sans un quignon de pain. Tu m'entends ? Tu ne vas pas céder à sa fille et au Maghrébin, tu vas parler à ton frère, la chair de ta chair. On ne se dispute pas avec son frère, on ne se comporte pas comme ça dans notre famille.

— Ah bon, *madre kerida* ? intervint Alegra. Alors pourquoi tu ne vas plus à Jérusalem depuis des années prendre des nouvelles de ton fils chéri et pourquoi tu ne t'intéresses pas à son état de santé, qui est désormais, Dieu me pardonne, des plus préoccupants ?

— Ne sois pas insolente ! » la réprimanda Merkada.

Mais Alegra avait depuis longtemps perdu patience face à sa mère acariâtre et il lui restait bien peu de l'immense respect qu'elle éprouvait dans son enfance.

« Tu devrais aller toi-même voir Gabriel à Jérusalem, lui dire que tu lui as pardonné, et peut-être qu'il se lèverait de la chaise où il reste assis, retournerait à la boutique et réussirait avec Rahelika et le Maghrébin à la remettre sur pied, et il pourrait alors reprendre Mazliach.

— Je n'irai pas à Jérusalem, même si le Messie arrive ! conclut la vieille en frappant par terre avec sa canne.

— Si tu ne vas pas à Jérusalem, inutile de lui envoyer Mazliach. Je suis certaine que Rahelika a consulté Gabriel avant de le licencier, alors à quoi bon l'envoyer ? Pour verser du sel sur les blessures ?

— Pourquoi le défends-tu ? s'énerva Mazliach. J'ai travaillé fidèlement pour lui pendant des années, porté des sacs sur mon dos, balayé, nettoyé, je le remplaçais quand il allait faire la sieste l'après-midi, je veillais à ce que personne ne vole et regarde-moi, je vais bientôt devenir grand-père et je me retrouve sans salaire. C'est comme ça qu'un frère doit se comporter ?

— Je suis sûre qu'il n'a pas le choix. Tu as dit toi-même que le magasin périclitait, qu'il n'y avait pratiquement plus de marchandises et plus de clients, rétorqua Alegra en essayant d'apaiser la colère de son frère.

— Eh bien au moins il aurait pu me garder par respect.

— Son respect pour toi lui interdit de te garder sans te payer, tu devrais aller lui embrasser la main et lui demander pardon de t'être fâché avec lui.

— *Boukra fil mishmish*, quand les poules auront des dents ! Moi lui demander pardon ? Je ne lui adresserai plus jamais la parole, ni moi, ni ma femme ni mes enfants ! Mon frère et moi, c'est fini, tu entends Maman ? C'est fini !

— Fais ce que tu veux, répondit Merkada, de toute façon je n'ai rien à dire, plus personne ne respecte mes paroles.

— Et tu l'as bien mérité, *madre kerida* », conclut Alegra en sortant ostensiblement de la pièce.

La querelle avec son frère peinait beaucoup Gabriel, mais son corps le faisait encore plus souffrir. Il avait de plus en plus de mal à marcher et même à parler, et préférait souvent se taire plutôt que d'essayer d'articuler maladroitement des mots.

Rosa non plus n'était plus la même. Il avait beau être absorbé par lui-même, il ne pouvait pas ne pas remarquer qu'elle avait pris de l'âge et que son visage commençait à se rider. Il souffrait de voir que ses rapports avec Luna non seulement ne s'étaient pas améliorés depuis son mariage, mais s'étaient encore détériorés.

Pendant des années, il avait fermé les yeux sur la façon dont sa fille adorée se comportait avec Rosa, choisissant d'ignorer qu'elle la traitait comme une moins-que-rien. Quand Luna avait quitté la maison, il avait espéré qu'elle changerait d'attitude. Il pensait qu'une fois mariée et maîtresse de maison et, qu'avec l'aide de Dieu, elle deviendrait mère à son tour et leur donnerait un petit-enfant, elle abandonnerait son comportement infantile et cesserait d'être la petite fille qui s'opposait systématiquement à sa mère et lui répondait avec insolence. Mais Luna n'avait pas changé, le mariage ne l'avait pas fait mûrir et il ne pouvait plus supporter sa grossièreté à l'égard de Rosa. Cela l'irritait au plus haut point, mais il était trop souffrant et trop faible pour la réprimander. Il avait le cœur lourd. L'enfant qui avait ramené la lumière, le bonheur et l'amour dans sa vie, empli de joie ses heures les plus sombres, celle qui lui avait apporté une compensation pour sa vie gâchée, qui allégeait un peu sa nostalgie pour cette femme dont il ne voulait même plus se rappeler le nom, cette enfant était devenue une femme dont il méprisait la personnalité, qui ne s'intéressait qu'à la mode et aux divertissements, vivait dans son monde comme si des gens n'étaient pas tués tous les jours, comme s'il ne régnait pas une atmosphère de guerre, comme si la vie se réduisait à ses magazines stupides et à Hollywood. Elle ne portait même pas encore de bébé dans son ventre, or plusieurs mois s'étaient écoulés depuis le mariage au club Menorah qui lui avait coûté le peu d'argent qui lui restait. Rosa avait raison : Luna était étrange, si différente de Rahelika et Beki. Tout le monde venait chez eux pour s'asseoir autour de la radio, mais elle ne s'intéressait absolument pas aux nouvelles, elle s'enfermait dans sa chambre d'enfant et s'occupait avec ses idioties. Rahelika l'avait mis dans une colère noire quand elle avait rejoint la Haganah sans son autorisation, mais au moins elle était impliquée, voulait participer au rêve de l'établissement d'un État juif en terre d'Israël. Luna, *nada.* Son univers culturel se réduisait à ses revues et son rouge à lèvres. Il sentait qu'il avait raté son éducation et, ce qui le peinait le plus, c'était de voir qu'il s'éloignait d'elle et préférait la compagnie de Rahelika, sa fille intelligente et gentille. Il fallait voir comment elle tenait la boutique bec et ongles avec Moïse, que Dieu le garde. Il remerciait le ciel qu'elle ait épousé un si brave garçon, même s'il n'était qu'à moitié espagnol. Et maintenant elle allait lui donner un petit-enfant. Il avait cru que le premier viendrait de Luna, mais celle-ci prenait son temps. Il avait dit à Rosa de ne pas s'en mêler, mais au fond de lui il le savait pertinemment : ce n'était pas bon signe pour un jeune couple d'attendre si longtemps le premier enfant.

Gabriel s'efforça de s'installer plus confortablement sur la chaise rembourrée de coussins, mais chaque mouvement le faisait souffrir. Il augmenta le volume de la radio, il entendait plus difficilement ces derniers temps. La radio, toujours réglée sur la « Voix de Jérusalem », était au centre de sa vie. Il l'allumait en ouvrant les yeux le matin et ne l'éteignait qu'au moment d'aller se coucher. Depuis qu'il ne sortait plus de chez lui, ce son faisait partie des bruits de la maison, son canal de communication avec l'extérieur. Il avait ainsi appris que le couvre-feu imposé samedi, baptisé Opération Agatha par les Britanniques, était surnommé « samedi noir » par la population juive. Plus de cent mille soldats et policiers avaient encerclé Tel Aviv et Jérusalem et le couvre-feu avait été étendu à des dizaines d'implantations et de kibboutz. Environ trois mille Juifs avaient été arrêtés, dont des membres de l'Agence juive. Il avait appris également qu'on avait pendu trois sergents. Tout ce qu'il entendait à la radio devenait le sujet de conversation de la journée. Rahelika lui avait parlé d'un groupe d'enfants qui sortaient de l'école de l'Alliance et s'étaient retrouvés nez à nez avec des soldats anglais dans le souk, à côté du magasin. Les enfants s'étaient arrêtés devant eux et avaient entonné « Anémones », qui était devenu une chanson pour moquer les soldats britanniques. Les Anglais, énervés, s'étaient mis à courir après eux en les insultant en anglais, mais les petits avaient réussi à s'enfuir sous les cris de joie des marchands ambulants et des commerçants qui faisaient des doigts d'honneur aux soldats.

« Ils n'ont plus peur des anémones, *Papo*, j'ai même entendu quelqu'un leur crier "Gestapo". »

Gabriel regrettait de ne pas pouvoir se trouver au marché Mahane Yehouda en des instants pareils ; il leur aurait craché à la figure. Et lorsque les grandes manifestations éclatèrent, avec des foules immenses qui portaient des banderoles en criant « Immigration libre, État juif ! », il déplora amèrement que son état de santé ne lui permette pas d'y participer. Heureusement qu'il avait la radio et Rahelika pour le tenir au courant, ainsi que les voisins qui venaient écouter les informations chez lui et discuter de la situation. Cela lui donnait au moins l'impression de participer aux événements, de ne pas être complètement déconnecté. Jusqu'à récemment, Rahelika lui apportait le journal qu'elle achetait chez le gros vendeur, qui demandait toujours de ses nouvelles, mais l'état de ses finances ne lui permettait plus de l'acheter tous les jours, alors ils se contentaient d'un exemplaire par semaine. Le buraliste, qui avait remarqué que la fille de *senyor* Ermoza ne venait plus tous les jours, passait à la boutique et lui laissait le journal de la veille.

« Donne ça à ton père, lui disait-il. Les nouvelles d'hier sont toujours bonnes aujourd'hui. »

Mais au rythme où évoluaient les choses, les informations de la veille devenaient vite obsolètes. Une nouvelle, un événement chassait l'autre. Gabriel remerciait silencieusement son ami le vendeur pour le journal, mais il ressentait un pincement au cœur : si la situation ne s'améliorait pas, ce seraient bientôt les commerçants qui lui enverraient des fruits et légumes et le boucher de la viande, quelle honte d'en être arrivé là. Lui qui avait toujours donné en quantité à tout le monde, il avait désormais l'impression de mendier.

« Gabriel *kerido* ! » Il entendit la voix de Rosa qui l'appelait depuis la pièce d'à côté. « Le repas est servi. »

Comment allait-il se lever de sa chaise et passer à table ?

« *Kerido*, ça va refroidir », insista-t-elle.

Il essaya de se lever. Impossible.

« Tu as besoin d'aide, *Papo* ? »

Rahelika était debout à côté de lui ; cette enfant lisait dans ses pensées.

« Que Dieu te garde », lui dit-il tandis qu'elle l'aidait à se lever et posait son bras sur le sien pour l'accompagner à table.

Ils marchaient lentement et la distance n'était pas grande, mais Gabriel se fatiguait vite et ils s'arrêtèrent un instant pour le laisser reprendre des forces.

« *Mi alma,* chuchota Gabriel comme s'il lui confiait un secret, il y a quelques jours, Luna est venue me voir et m'a demandé si je l'aimais, je lui ai répondu que je l'aimais beaucoup mais elle a insisté : "N'est-ce pas que tu m'aimes plus que toutes les autres ?" J'ai vu qu'elle n'avait pas le moral, qu'elle était triste et qu'il fallait la réconforter, alors j'ai répondu "Oui, c'est vrai", mais la vérité, Rahelika *ija mia,* la vérité c'est que de toutes, c'est toi ma fille préférée. »

Un jour, Luna rentra à la maison dans tous ses états.

« M. Zacks m'a renvoyée, annonça-t-elle à David sans parvenir à dissimuler son énervement. La boutique est déserte, il n'y a pas un chien qui entre. Je passe des journées entières derrière le comptoir à ne rien faire. Comme je m'ennuyais, j'ai commencé à m'occuper du mannequin dans la vitrine – je le déshabillais, le rhabillais, le déshabillais, le rhabillais. M. Zacks s'est énervé contre moi, mais qu'est-ce que j'y pouvais, David ? Si j'étais restée assise toute la journée comme une andouille je serais devenue folle. Ces derniers temps, il n'est pratiquement jamais à la boutique. J'ouvre, je ferme, il ne vient même pas contrôler la caisse, et pourquoi viendrait-il ? Il n'y a pas d'argent qui rentre. Aujourd'hui il m'a payée pour la dernière fois en me disant de ne plus revenir. »

Elle éclata en sanglots.

« Qu'est-ce que je vais faire, David ? Qu'est-ce que je vais faire sans travail ? »

David la prit dans ses bras, il compatissait pour elle, sachant combien elle aimait cette boutique. Il lui caressa les cheveux et lui dit avec la tendresse qu'il lui réservait ces derniers temps :

« Ne t'inquiète pas, Lunika, tu seras bientôt très occupée, on fait tout pour, n'est-ce pas ? »

Elle lui sourit à travers ses larmes. Depuis qu'ils étaient rentrés de ce dîner de Shabbat chez ses parents, il y a quelques semaines, il avait changé du tout au tout. Il avait cessé d'aller au cinéma en sortant de la menuiserie pour rentrer directement dans la pièce qu'ils louaient à Makor Baruch. La plupart du temps, elle s'y trouvait déjà et sinon, il allait la chercher chez ses parents et ils rentraient ensemble.

Rahelika remarqua le changement chez sa sœur. Elle semblait plus heureuse, souriait davantage.

« Tu as fait une bonne action, dit-elle à Moïse en montrant d'un signe de tête David et Luna assis l'un à côté de l'autre sur le divan. Regarde-les, de vrais tourtereaux. »

Dès qu'elle se retrouva seule avec Luna, elle lui demanda :

« Tout va bien maintenant avec David ?

— Tout est merveilleux ! lui répondit Luna avec un grand sourire.

— Et David, il est gentil avec toi ?

— Gentil ? Il est adorable, il essaie de se rattraper pour la période difficile qu'on a traversée.

Il est redevenu comme autrefois, comme avant le mariage, quand je l'ai rencontré et qu'on allait au jardin public s'embrasser sur le banc jusqu'à ce que je voie apparaître les étoiles.

— À ce rythme, Lunika, tu auras un enfant en même temps que moi.

— Que Dieu t'entende ! »

Depuis sa conversation avec Moïse, David était déterminé à réparer ce qu'il avait failli gâcher. Ce jour-là, lorsqu'il rentra avec Luna dans leur petite pièce qui leur servait également de chambre à coucher, il la prit dans ses bras, éteignit la lumière et la déshabilla dans l'obscurité. Il l'embrassa tendrement sur le front et Luna sentit son cœur s'arrêter, elle qui aimait tant les baisers, les câlins et les caresses. Il fit glisser lentement sa main le long de son dos, comme s'il s'attardait sur chaque muscle, sur chaque tendon. Ses lèvres sur les siennes, sa langue dans la sienne, puis il l'embrassa sur les yeux, sur le front, sur le cou. Elle faisait durer ces instants, retardant le moment où il tenterait de la pénétrer. Non, ça elle n'aimait pas, ça lui faisait mal et la gênait. Elle se figea quand David lui susurra à l'oreille :

« Prends-le, aide-le » en gémissant comme s'il manquait d'air.

Elle sentait la honte lui brûler le visage et s'étonna du dégoût que lui inspirait ce membre glissant comme une anguille entre ses mains. Elle s'effraya quand l'anguille se durcit au contact de ses doigts et se mit à grossir.

« Bien, lui chuchota-t-il, bien, tu lui fais tellement de bien. »

Lorsqu'il prit sa main et la fit glisser le long de sa chose de haut en bas en laissant ses doigts s'attarder sur sa couronne et en les guidant comme s'ils n'appartenaient pas à sa main, à son corps, à son âme, elle eut l'impression qu'elle allait mourir de honte et de dégoût. Elle sentait les veines se tendre mais n'osait pas baisser le regard pour voir ce qu'elle tenait.

« Et maintenant fais-le entrer », murmura David, concentré sur son plaisir, sans remarquer la gêne et l'aversion de sa femme.

Elle tenta d'introduire le membre qui lui semblait avoir encore grossi entre ses mains, mais n'y parvint pas. Elle avait beau ouvrir ses jambes autant que possible, le jardin était clos et le portail refusait de s'ouvrir.

« Tiens-le, chuchota David, tiens-le, ne le laisse pas s'enfuir. »

Lorsqu'il réussit enfin à la pénétrer en lui serrant les épaules et en s'agitant comme un fou, elle ferma les yeux et pria pour que ça se termine. Il lui faisait très mal, son corps hurlait, mais elle se mordit les lèvres pour s'empêcher de crier. Il força l'entrée plusieurs fois les yeux fermés, tout à son plaisir, tandis qu'elle restait étendue sous lui comme un tronc d'arbre, ne sachant que faire, si elle devait bouger à son rythme, émettre des gémissements de plaisir et de jouissance comme lui, faire semblant d'être comblée. Mais elle ne l'était pas. Mon Dieu, pourvu que ça prenne cette fois, elle ne supportait plus les regards curieux que posaient les gens sur son ventre plat, les chuchotements derrière son dos. Elle savait que tout Ohel Moshe parlait du fait que Rahelika était tombée enceinte avant elle alors qu'elle s'était mariée plus tard. Si seulement elle pouvait l'imiter et que ce cauchemar soit derrière elle.

Il termina enfin, poussa un cri retenu et s'écroula sur elle. Elle étouffait, ne supportait pas ce liquide collant qui coulait entre ses cuisses. Elle aurait voulu aller se nettoyer au lavabo, mais Rahelika lui avait dit qu'elle ne devait surtout pas bouger, que si elle bougeait et se lavait, elle diminuerait les chances de tomber enceinte. Malgré la sensation désagréable, elle décida de rester allongée les cuisses bien serrées en suivant les instructions de sa sœur.

David s'endormit sur elle et elle se dégagea délicatement de son corps lourd, enfila rapidement sa chemise de nuit et s'allongea sur son coin de lit. Elle ferma les yeux mais n'arrivait pas à dormir ; elle se sentait sale, avait du mal à supporter que son corps soit pénétré, à laisser quelqu'un posséder ses parties intimes. Luna fondit en larmes. *Mon Dieu, je ne suis pas normale. Je devrais être heureuse, entendre les cloches sonner, être au septième ciel, comme on lit dans les romans, au lieu de quoi j'ai mal et me sens humiliée. Qu'est-ce qui ne va pas chez moi* ? Son mari étendu à côté d'elle dormait déjà d'un sommeil lourd, du sommeil satisfait qui suit l'acte d'amour, mais elle restait éveillée, les pensées se pressaient dans sa tête comme les scènes d'un film policier. Elle avait tant attendu qu'il l'honore, qu'ils obéissent à l'injonction de croître et se multiplier, avait tant espéré ce jour où il se comporterait avec elle tel un mari avec sa femme, et voilà qu'au moment où cela se produisait enfin, elle avait déjà hâte que ce soit fini. Toutes les femmes ressentaient-elles la même chose ? Peut-être que seuls les hommes aimaient faire l'amour ? Peut-être que c'était le plus gros mensonge du monde de dire qu'elles appréciaient cela autant que les hommes, un secret partagé par l'ensemble des femmes ? Impossible qu'elle fût la seule à souffrir, la seule à rester allongée les jambes écartées en priant pour que ça se termine. Et pourquoi fallait-il faire l'amour autant de fois pour tomber enceinte ?

Elle se leva de son lit et courut au lavabo se laver à l'eau glacée. Grossesse ou pas, elle ne pouvait plus supporter cette ignominie sur son corps. Elle se frictionna les cuisses et se nettoya les parties intimes au savon. *Maintenant,* se dit-elle, *il n'y a aucune chance pour que je tombe enceinte vu comme je lave l'endroit d'où naissent les enfants, aucune chance pour que je devienne mère un jour.* Mais c'était plus fort qu'elle, elle n'arrivait pas à s'arrêter, elle frottait à s'en faire mal, tout juste si elle ne s'arrachait pas la peau. Ce n'est que lorsque sa peau devint rouge et griffée qu'elle se sentit enfin propre, jeta sa chemise de nuit dans le panier à linge sale bien qu'elle ne l'eût portée qu'une fois et en sortit une propre de l'armoire. Le parfum de lessive qui se dégageait du vêtement mélangé à celui du savon Yardley qu'elle mettait pour parfumer le linge de lit l'apaisa. Elle enfila sa chemise et retourna se coucher. *Je suis vraiment folle, David va me quitter, je resterai sans postérité et ne tiendrai jamais un enfant dans mes bras.*

Elle ne vit pas arriver son cycle suivant et quelques semaines plus tard, elle fut prise de nausées. Tout agitée, elle l'annonça à Rahelika avant d'en parler à

David et sa sœur bondit de joie en la prenant dans ses bras.

« Nos enfants grandiront ensemble, le mien aura six mois de plus que le tien, ils iront à la maternelle et à l'école ensemble. Ce seront les meilleurs amis du monde.

— C'est sûr que je suis enceinte ? demanda Luna, émue. Ce n'est pas une invention de mon esprit, n'est-ce pas ?

— Si tu as des nausées et que tu n'as pas eu tes coquelicots, alors tu es enceinte, répondit Rahelika.

— Je le dis à David ?

— Évidemment, à qui d'autre ? Cours le lui annoncer, tu vas le rendre heureux. »

Et elle le rendit heureux. Il la souleva et la fit tourner dans ses bras en valsant dans la pièce.

« Pose-moi, pose-moi, j'ai déjà assez mal au cœur comme ça », dit-elle en riant.

Il la déposa, lui prit le menton et l'embrassa sur les lèvres.

« Je suis fou de toi, tu seras la mère la plus belle de tout Jérusalem. »

Elle remarqua qu'une fois encore, il s'était gardé de dire « je t'aime ». Depuis le jour où il avait commencé à la courtiser et même lorsqu'il l'avait demandée en mariage, il ne l'avait jamais dit une seule fois. « Je suis fou de toi », disait-il en la couvrant de mots doux, mais il ne lui avait jamais déclaré son amour. Et une fois encore, elle écarta cette pensée sans y réfléchir davantage. Elle était heureuse, elle allait être mère, c'était tout ce qui comptait.

« Combien de fois vais-je devoir te répéter que le premier garçon prend le nom du grand-père paternel, s'impatienta Rahelika. J'en ai assez de me disputer à ce sujet.

— On se dispute ? feignit de s'étonner Luna. Donne à ton fils le prénom du père de ton mari, moi je l'appellerai comme *Papo.* »

Elle est d'une beauté à couper le souffle, sa grossesse lui va si bien, se dit Rahelika. *Moi je suis grosse comme une ourse et elle, à part son petit ventre, on ne voit rien, ses jambes, ses mains, son visage sont parfaits. Seigneur, pourquoi lui as-tu donné toute la beauté de la famille au lieu de la répartir entre nous trois ?*

Pourtant Luna, contrairement à sa sœur et à toutes ses connaissances qui ne cessaient de la féliciter pour sa magnifique grossesse, détestait être enceinte. Elle se sentait gauche, haïssait ses seins qui grossissaient, ses cuisses qui s'arrondissaient, cette lourdeur qui s'était abattue sur elle. Elle avait l'impression qu'on lui avait volé sa beauté et elle découvrit plusieurs taches foncées sur sa peau jusque-là immaculée. Même la visite chez la couturière, qui lui avait confectionné de nouvelles robes en suivant les modèles du magazine *Burda,* n'avait pas réussi à lui remonter le moral. Elle se sentait comme une éléphante dans ces jolies robes. Rahelika se contentait de deux robes alors qu'elle, elle en avait une dizaine, et pourtant elle n'était pas heureuse. Le seul point positif de sa grossesse, c'est que David avait cessé de la prendre la nuit.

« Qu'on n'aille pas perdre notre enfant, à Dieu ne plaise », lui avait-il dit, et elle avait poussé un soupir de soulagement. Des câlins et des baisers, c'est tout ce qu'elle voulait, mais surtout qu'il ne la touche pas de nouveau avec son anguille visqueuse. Elle comprenait bien qu'ils ne se contenteraient pas d'un enfant et devraient remettre ça après la naissance du premier, mais pas nécessairement tout de suite, ils pourraient attendre un ou deux ans, elle s'en inquiéterait le moment venu. Entre-temps, avec l'aide de Dieu, le premier naîtrait avec tous ses doigts.

David était gentil et délicat avec elle, il s'efforçait d'exaucer tous ses caprices, et elle en avait beaucoup. Elle n'avait pas encore abordé avec lui le prénom du bébé, mais c'était clair pour elle qu'elle l'appellerait comme son père, il n'y avait pas à discuter. Rahelika pouvait faire ce qu'elle voulait et donner à son fils le prénom du père de Moïse, elle appellerait le sien Gabriel, même si David menaçait de la quitter. Elle repoussait la conversation avec lui, rien ne pressait. D'abord elle accoucherait et ensuite elle lui dirait qu'elle avait choisi le prénom depuis longtemps. Et si c'était une fille, qu'il la prénomme comme sa mère, cela ne lui posait pas de problème.

8

Gabriel était assis sur sa chaise, l'oreille collée à la radio. Les nouvelles n'étaient pas bonnes : les Anglais avaient arraisonné un nouveau bateau d'immigrants illégaux et transféré les passagers dans des camps de réfugiés à Chypre. Les enfants allaient bientôt arriver, ils voudraient discuter et il savait de quoi : ils n'avaient plus le choix, ils devaient vendre la boutique à Mordoch le Kurde. Ils n'auraient bientôt plus de quoi se nourrir, tout était fini, le magasin, la santé et bientôt sa vie à lui, alors qu'il reste au moins quelque chose pour Rosa une fois qu'il ne serait plus là. Elle était tellement silencieuse ces derniers temps, on l'entendait à peine, elle s'occupait de lui comme d'un enfant sans jamais se plaindre. Elle l'aidait à se lever de sa chaise, à se mettre au lit, l'habillait et le déshabillait. Il ne pouvait plus rien faire seul, dépendait entièrement d'elle. Et elle, avec son calme habituel, avec une force qu'il n'aurait jamais soupçonnée, se démenait jour et nuit pour lui. Elle se levait avant lui le matin, lui préparait un thé avec des *biskochos*, l'aidait à tenir sa tasse pour qu'elle ne tombe pas, lui essuyait la bouche pour qu'il ne bave pas. Puis elle lui enlevait son pyjama et lui en remettait un propre. Ces derniers temps, il restait toute la journée en pyjama, il n'était pas à l'aise dans des habits serrés, avait besoin de vêtements lâches. Oui, maintenant il était officiellement malade, il avait cessé de se battre contre la maladie, de chercher un traitement, de toute façon il ne pouvait pas aller à la mer Morte ni aux sources de Tibériade par les temps qui couraient. Si seulement on avait pu lui apporter de l'eau de Tibériade à la maison ! Quand il se plongeait dans ces eaux chaudes et grasses, il se sentait un peu mieux.

Les enfants seraient bientôt là et il leur dirait de faire ce que bon leur semblerait, de vendre la boutique au Kurde. Qui aurait pensé qu'il lui reviendrait de liquider l'affaire familiale, ce magasin à la réputation établie depuis des années ? Son grand-père devait se retourner dans sa tombe. Cela ne faisait aucun doute, il était puni pour le péché commis à l'encontre de son père, Rafael ne lui avait pas pardonné, même depuis l'au-delà, et la terrible malédiction de sa mère le poursuivait. Elle n'était même pas venue lui rendre visite une seule fois depuis qu'il était malade et n'avait envoyé personne lui porter un message. Il mourrait avant elle, il le voyait clairement désormais, et une fois qu'elle l'aurait enterré elle pourrait enfin respirer. *Ne t'inquiète pas,* madre kerida, *je vais bientôt quitter ce monde et te laisser en paix, ton fils chéri va bientôt partir.*

Ils vendirent la boutique à Mordoch le Kurde pour cinq cents livres, un prix qui, en temps normal, aurait semblé une mauvaise plaisanterie. Ils savaient qu'il les volait, mais comment faire autrement ? 1947 était une très mauvaise année pour les affaires, personne n'achetait ni ne vendait à part des bandits comme lui, qui avaient de l'or sous leur matelas. Rahelika et le bon Moïse menèrent la négociation la plus difficile de leur vie. Rahelika n'était pas stupide, elle allait d'un magasin à l'autre dans le souk, épuisait ses jambes gonflées et vérifiait chez tous les marchands la valeur de leur boutique. Elle savait qu'ils vendaient le magasin pour la moitié de sa valeur, mais Mordoch profitait de leur situation et refusait de bouger du prix ridicule qu'il leur avait proposé.

« Essayez de le vendre à quelqu'un d'autre si cela ne vous convient pas », disait-il, sachant pertinemment qu'à part lui, personne ne faisait d'affaires en ce moment.

« Va conclure la transaction avec lui, demanda Rahelika à son mari, je n'en suis pas capable, et elle éclata en sanglots comme une petite fille.

— *Basta, kerida*, lui dit Gabriel, tu me fends le cœur et j'ai déjà le cœur brisé. On n'a pas le choix, il faut vendre, alors vendons, mais sans larmes.

— On lui vend la boutique à perte, mais le prix de la honte, qui va nous le payer, *Papo*, qui va le payer ?

— Ça suffit ! »

La voix de Rosa interrompit d'un coup ses larmes.

« Arrête de pleurer, allez conclure avec lui et comportez-vous dignement. Il nous a pris la boutique, mais il ne nous prendra pas notre honneur. Allez-y, *keridos,* terminez-en avec ça et laissez *Papo* se reposer. Allez-y.

— Maman, moi je n'y vais pas, déclara Rahelika, je n'irai pas même si tu me forces.

— Tu n'iras pas où ? » demanda Luna qui venait d'entrer à la maison et s'étonna de voir sa sœur en larmes.

Rahelika qui pleurait ? Elle ne l'avait plus vue pleurer depuis qu'elle avait cinq ans.

« Que se passe-t-il, petite sœur ? demanda-t-elle, préoccupée.

— On vend le magasin au Kurde, expliqua Rahelika entre deux sanglots, et à perte, il nous vole, ce salaud, il nous vole sans honte. »

Gabriel fut sidéré de voir la douleur dans les yeux de Luna.

« Moi vivante, jamais ! Mieux vaut la donner à *tío* Mazliach plutôt que la vendre à ce Kurde qui nous a pourri la vie depuis le jour où on l'a connu. *Papo*, c'est la boutique du grand-père de Grand-père, on a grandi là, *Papo* !

— Ça suffit, Luna, ça suffit, ce n'est pas bon pour le bébé. Pourquoi te mets-tu dans cet état ? intervint Rosa en essayant de la calmer. Ce n'est qu'un magasin. La santé de ton père, la tienne et celle de ta sœur sont plus importantes.

— Ce n'est qu'un magasin ? explosa Luna. Pour toi peut-être, mais pour nous c'est toute notre vie !

— Silence, Luna ! tonna Gabriel en frappant le sol avec sa canne. Comment oses-tu parler à ta mère sur ce ton ? Qu'est-ce que ça veut dire, pour toi et pour nous ? Qui es-tu pour traiter ma femme avec une telle insolence ? Qui t'a mis dans la bouche des mots tranchants comme des couteaux et une pierre à la place du cœur ? »

Un silence de mort s'abattit sur la pièce. Rosa n'en croyait pas ses oreilles, Gabriel l'avait défendue face à Luna. La colère qu'elle éprouvait contre sa fille fit place à une infinie tendresse pour son mari. Le Messie était en route, enfin son époux la voyait.

Luna reprit vite contenance et se dirigea vers la porte.

« Où vas-tu ? tonna David.

— À la maison, répondit-elle d'une voix étranglée. Mon père ne veut pas de moi ici.

— Tu ne vas nulle part, lui ordonna David, pas avant d'avoir embrassé la main de ta mère et présenté tes excuses, pas avant d'avoir embrassé la main de ton père et demandé pardon.

— Ne t'en mêle pas », répondit Luna.

Elle s'apprêtait à sortir, mais David lui barra la route.

« Laisse-la partir, dit Gabriel, il ne faut pas faire de mal au bébé. Elle n'a qu'à rentrer chez elle, se coucher et réfléchir aux mots qui sortent de sa bouche. »

David laissa passer Luna, mais à la grande surprise de tous, il resta dans la pièce.

« *Papo*, intervint Rahelika pour défendre sa sœur, elle ne l'a pas fait exprès, elle est bouleversée, tu sais combien elle aime le magasin.

— Elle n'a jamais rien fait pour cette boutique, rétorqua Gabriel, elle était trop prétentieuse pour vendre au marché, et maintenant elle devrait avoir son mot à dire ?

— *Papo kerido*, Luna est comme ça, elle voulait travailler dans un magasin de vêtements, mais toi et la boutique, elle vous aime plus que tout au monde. Pour elle comme pour nous tous, vendre le magasin, c'est vendre l'honneur de la famille, et de surcroît au Kurde, qu'elle déteste encore plus que nous depuis le premier jour.

— *Mi alma*, tu as vraiment un cœur d'or, commenta Gabriel en lui faisant signe de s'approcher, et il l'embrassa sur le front. Tu as de la chance, Moïse.

— J'en suis conscient, *senyor* Ermoza », répliqua ce dernier en étreignant sa femme.

Du jour où ils vendirent la boutique, les filles Ermoza ne remirent plus les pieds au marché Mahane Yehouda. Aucune d'entre elles n'avait la force de passer à côté. Mordoch ne prit même pas la peine de détacher l'enseigne au-dessus de la porte, qui resta cadenassée depuis le rachat.

« J'espère que le Kurde se retrouvera sans le sou et n'ouvrira jamais la boutique, dit Luna quand elle apprit qu'elle était fermée. Jamais de ma vie je n'ai détesté quelqu'un autant que lui. Il a ruiné la vie de Papa, lui a pris le peu d'honneur qui lui restait et je ne lui pardonnerai jamais.

— Pourquoi le prends-tu tellement à cœur ? demanda Rahelika. On a vendu et voilà, c'est fait, la vie continue. Maintenant tu dois rester calme et te préparer à la naissance.

— Comment pourrais-je rester calme quand je vois *Papo* décliner de jour en jour ?

— Il est malade, Lunika, ça n'a rien à voir avec le magasin, il est malade et aucun médecin ne peut l'aider. »

Luna avait pardonné à son père l'offense de l'avoir réprimandée devant tout le monde. Le lendemain, elle était revenue chez ses parents et avait embrassé le poing de son père qui n'arrivait plus à ouvrir la main, redressé le béret sur sa tête et les coussins dans son dos et l'avait aidé à boire un thé. Et lui, voyant la tristesse et le remords dans ses yeux, n'avait pas mentionné ce qui s'était passé la veille. En dehors de David, qui lui battait froid, tout le monde faisait comme si de rien n'était. Même Rosa se surprenait à avoir pitié de sa fille : pauvre Luna, même quand elle aimait, son amour n'était jamais propre, il était toujours entaché de haine, *miskenika.*

À mesure que l'état de santé de Gabriel se détériorait, le statut de Rosa s'affirmait. Maintenant qu'il n'était plus en mesure de régenter leur vie de famille, le fardeau reposait sur ses épaules. Ses filles Rahelika et Beki ainsi que ses gendres lui témoignaient leur respect et seule Luna, sa fille rebelle, n'avait pas changé d'attitude à son égard, mais depuis que Gabriel l'avait remise à sa place, elle faisait tout pour éviter les frictions avec sa mère. *Tant mieux,* se disait Rosa, *mieux vaut qu'elle ne m'adresse pas la parole plutôt que de se comporter comme avant, quand sa peau se hérissait dès qu'elle me voyait.*

Les journées n'en finissaient pas. Elle se levait tous les jours à l'aube, se lavait le visage et avant même de boire une tasse de thé à la menthe, elle accourait vers le lit de Gabriel, l'aidait à se redresser, arrangeait les grands oreillers derrière son dos, lui apportait une tasse de thé qu'elle tenait elle-même et portait à sa bouche, et elle ne bougeait pas tant qu'il n'avait pas avalé la dernière gorgée. Elle se désolait de voir ce bel homme s'enfoncer chaque jour davantage dans la maladie.

Au milieu de toute cette tristesse perça néanmoins un rayon de lumière qui apporta un peu de bonheur à la famille Ermoza : Yehouda-Boaz, le fils de Rahelika et Moïse, premier petit-fils de Gabriel et Rosa, à qui on avait donné le nom de son grand-père, le père de Moïse, ainsi qu'un deuxième prénom que Rahelika avait choisi parmi les prénoms bibliques à la mode.

« Pourquoi tu ne l'as pas appelé Yehouda-Gabriel ? demanda Luna.

— Et comment pourrai-je appeler mon deuxième fils Gabriel, *troncha*, si l'aîné l'a déjà en deuxième prénom ? »

Rahelika était navrée non seulement de ne pas avoir pu prénommer son fils comme son père bien-aimé, mais de ne pas avoir pu lui donner l'honneur d'être parrain à la circoncision, privilège traditionnellement réservé au grand-père paternel. C'était Yehouda Behor qui tiendrait le petit dans ses bras.

Mais huit jours après la naissance de Yehouda-Boaz, quand arriva le moment de la circoncision et que toute la famille se réunit pour la cérémonie, son mari la surprit en lui prenant le bébé des bras pour le mettre dans ceux de Gabriel au lieu de le donner à son père. Son cœur cessa de battre à la vue de la joie et de l'orgueil de son père. Elle regarda son mari et remercia une nouvelle fois le ciel d'avoir autant de chance. Lorsqu'elle avait rencontré Moïse pour la première fois, elle ne pensait pas qu'il lui plairait. Après tout, elle rêvait de se marier avec un combattant du Palmach, un enfant du pays, un valeureux guerrier, un garçon sociable, un bel homme aux cheveux ébouriffés. Elle ne pensait pas pouvoir aimer autant un garçon simple et gentil qui n'avait pratiquement pas d'éducation, un homme corpulent avec une calvitie naissante. Et pourtant elle l'aimait de toute son âme. Elle n'aurait pu souhaiter meilleur époux, il était généreux et avait un cœur d'or. Elle se demandait ce qu'il avait bien pu dire à son père pour qu'il accepte de céder à Gabriel l'honneur d'être parrain, mais savait qu'il l'avait fait avec délicatesse et tact.

Les cris du bébé au moment de la circoncision lui brisèrent le cœur et elle courut se réfugier dans la cour de la synagogue en pleurant toutes les larmes de son corps. Ses sœurs vinrent la retrouver et la prirent dans leurs bras pour la consoler.

« *Miskeniko,* il n'a que huit jours et on le coupe déjà, pleura Rahelika. Ça doit lui faire terriblement mal.

— Il ne sent rien, la rassura Luna, on a plongé sa tétine dans le vin, il est saoul comme une barrique.

— *Miskeniko,* il n'a que huit jours et il est déjà saoul, sanglota Rahelika.

— Il ne se souviendra de rien ! Tu connais un homme qu'on a circoncis à huit jours et qui s'en souvient ? dit Beki en surprenant ses sœurs par sa maturité.

— Toi, comment sais-tu ce dont se souvient ou non un garçon, mon poussin ? Depuis quand es-tu devenue experte en hommes ? la taquina Luna alors que Rahelika essuyait ses larmes.

— Allez, arrêtez, ça fait longtemps que je ne suis plus un poussin, j'ai un amoureux.

— *Guay de mi sola*, ne me dis pas que ton amoureux te raconte ce qu'il se rappelle ou non de sa circoncision, dit Luna en éclatant de rire.

— Si tu n'étais pas enceinte, je te donnerais une gifle, espèce de crétine ! »

Les pleurs de Rahelika se mêlèrent à son rire et les trois sœurs eurent l'impression de redevenir les trois petites filles qui partageaient une chambre dans la maison de leurs parents, comme autrefois, avant qu'elles deviennent des femmes et que tout se complique. Et c'est ainsi que Rosa les trouva lorsqu'elle vint leur dire de participer aux bénédictions et de lever un verre à la santé du nouveau-né. Elle regarda ses trois filles. *Oh* senyor del mundo, *malgré tout tu as été bon avec moi, peut-être que je devrais te remercier chaque jour, chaque heure, de m'avoir marié à Gabriel et donné trois filles et maintenant un petit-fils, et bientôt un second avec l'aide de Dieu. Finalement, je n'ai peut-être pas eu une si mauvaise vie. Dieu soit loué, tu t'es enfin souvenu de moi, Rosa la pauvre orpheline du quartier de Shama, et m'as donné un peu de satisfaction.*

Le 29 novembre 1947, toute la famille et les voisins se rassemblèrent autour de la radio de Gabriel pour écouter la retransmission en direct de l'assemblée des Nations unies à New York. Les cinquante-sept États membres des Nations unies s'apprêtaient à décider du partage de la Palestine. Tout le monde était suspendu aux lèvres du présentateur. Il parlait anglais, mais pas besoin de traduction : États-Unis – *yes,* Australie – *yes*… à chaque pays, le cœur s'arrêtait de battre. Il répéta trente-trois fois *yes,* et trente-trois fois des cris jaillirent de la maison des grands-parents Ermoza. Gabriel, désormais pratiquement paralysé, sauta de joie sur son fauteuil rembourré de coussins, et une fois qu'une majorité se fut dégagée en faveur de la partition du pays en deux États, un juif et un arabe, ils surent que les Inglais, maudit soit leur nom, quitteraient enfin le pays et que les Juifs auraient un État à eux.

Tandis que tout le monde sortait en courant de la maison Ermoza et de la porte du quartier d'Ohel Moshe pour se précipiter vers la place de Sion, où des milliers de personnes faisaient la ronde, Luna sentit les coups de pied du bébé dans son ventre. Elle qui ne rêvait que de se joindre à la foule et de danser jusqu'au petit matin, comme elle aimait tant, fut emmenée en ambulance à l'hôpital Hadassah, sur le mont Scopus. Après dix-sept heures de travail douloureux, elle accoucha enfin de sa première fille.

Elle était trop épuisée pour se réjouir lorsqu'on posa le nouveau-né sur sa poitrine. Tout ce qu'elle demandait, c'était de pouvoir fermer les yeux et dormir. Peu lui importait qu'elle vienne de mettre au monde un être bien vivant, peu lui importait que son mari pleure comme un enfant, quasiment effondré sur le corps minuscule de sa première fille, peu lui importait qu'au moment où elle affrontait le travail, le peuple d'Israël célèbre sa renaissance. Pendant dix-sept heures d'affilée, elle avait hurlé de douleur et lorsque le cauchemar avait pris fin, elle s'était écroulée et voulait seulement qu'on la laisse dormir en paix.

Le lendemain matin, lorsqu'on lui apporta le bébé pour qu'elle l'allaite, elle refusa, trop épuisée et souffrante pour ouvrir les yeux.

« Vous devez absolument essayer de l'allaiter, dit l'infirmière, la petite doit manger », mais Luna en était incapable.

L'infirmière l'aida à s'asseoir contre l'oreiller et lui mit le bébé dans les bras, mais au lieu d'exploser de bonheur et d'amour, elle ne ressentit rien, et lorsque l'infirmière souleva sa chemise de nuit et dévoila ses seins, elle fut envahie d'une terrible honte.

« Approchez sa bouche du téton », recommanda l'infirmière en redressant le bébé pour tenter de l'approcher du sein de sa mère.

Mais la petite refusa de s'en saisir et éclata en sanglots, et Luna ferma les yeux en priant pour qu'on lui enlève ce bébé qu'elle venait de mettre au monde et qu'on la laisse dormir.

« Seigneur, vous allez la faire tomber ! »

L'infirmière se précipita pour l'arracher aux bras mous de sa mère qui s'était recouchée dans son lit et avait tiré la couverture sur sa tête en essayant de trouver la position la moins douloureuse. C'est ainsi que Rahelika la trouva lorsqu'elle vint lui rendre visite au petit matin.

Elle courut derrière l'infirmière qui avait pris l'enfant et sortait de la chambre de Luna.

« Où l'emmenez-vous ? demanda Rahelika.

— On doit l'alimenter si on ne veut pas qu'elle meure de faim, répondit sèchement l'infirmière.

— Et pourquoi ma sœur ne l'allaite pas ?

— Il arrive parfois qu'après la naissance la mère ait trop mal et soit trop fatiguée pour s'occuper de son bébé. Ne vous inquiétez pas, votre sœur se reprendra d'ici quelques heures et en attendant, on va nourrir la petite au biberon.

— Au biberon ? »

Rahelika était horrifiée.

« Ce n'est pas bon pour la santé, protesta-t-elle.

— Alors que proposez-vous, qu'on la laisse mourir ? demanda l'infirmière d'un ton las.

— Donnez-la moi, ordonna Rahelika.

— Pardon ?

— Donnez-moi le bébé ! »

Elle prit la petite des mains de l'infirmière qui la regardait stupéfaite, s'assit sur une chaise dans le couloir bondé, dénuda un sein, approcha les lèvres du bébé et l'allaita. Lorsque le lait chaud qui coulait du sein de sa tante eut apaisé sa faim, la petite se calma enfin.

Quand elle eut terminé de téter, Rahelika la posa sur son épaule, appuya son ventre contre elle et la caressa délicatement le long du dos jusqu'à ce qu'on entende le rot béni.

« Ah… maintenant ça va mieux, maintenant qu'on a fait son rot, on est toute tranquille », dit Rahelika, satisfaite, en embrassant le front de la petite.

Elle la remit dans les bras de l'infirmière.

« Je tirerai le lait moi-même pour les biberons, l'informa-t-elle, jusqu'à ce que ma sœur soit capable de l'allaiter. »

Après avoir rempli plusieurs biberons, Rahelika retourna dans la chambre de Luna. David était assis au chevet de sa sœur.

« Comment ça va ? demanda Rahelika.

— Elle ne me parle pas, répondit David, elle ne dit rien.

— Sors, David, laisse-moi seul avec elle. »

Il se leva et quitta la pièce, désemparé et choqué par le comportement de sa femme. Dès qu'il avait pris le bébé dans ses bras, il avait été envahi par un amour infini, il était tombé amoureux de cette petite fille jolie comme un cœur qu'ils venaient d'enfanter et ne comprenait pas que Luna ne lui jette même pas un regard.

Comment aurait-il pu comprendre, lui qui n'était pas là lorsqu'elle s'était débattue avec des douleurs qui avaient failli déchirer son corps ? Mais qu'aurait-il dû faire, rester devant la salle en attendant qu'elle accouche ? Il avait patienté toute la nuit mais rien ne s'était passé et le matin, les médecins lui avaient dit que cela prendrait encore un peu de temps. Le bébé avait du mal à sortir, ils devraient peut-être lui faire une césarienne, alors mieux valait qu'il retourne à ses affaires et revienne à midi. Lorsqu'il était revenu, Luna n'ayant toujours pas accouché, il était reparti travailler et ce n'est qu'à son retour le soir que le bébé était né. Bien que ce ne fût pas un garçon, l'émotion prit le dessus sur la déception. C'était la première fois depuis qu'il avait quitté Isabella sur le quai de Mestre que le bonheur illuminait à nouveau sa vie, comme si la petite compensait son amour perdu pour cette femme restée en Italie.

Lorsque David fut sorti de la pièce, Rahelika s'assit à côté de sa sœur et lui caressa les cheveux.

« Je voudrais mourir, balbutia Luna. Tout mon corps est douloureux, mon ventre est en feu, c'était un cauchemar, Rahelika, un cauchemar. Pourquoi ne m'as-tu pas prévenue ?

— Pourquoi, ça t'aurait aidée ?

— Tu as eu aussi mal, toi ?

— C'est douloureux pour toutes les femmes, ça l'était pour Maman et ça le sera pour ta fille. C'est la malédiction que Dieu a infligée à notre mère Ève pour avoir incité Adam à manger le fruit de l'arbre de la connaissance. "Tu enfanteras dans la douleur." Mais demain tu auras tout oublié, ce sont des douleurs qui ne restent pas, sinon est-ce qu'on continuerait à avoir des enfants ?

— Je n'en aurai plus jamais, décréta Luna. C'est la première et la dernière fois !

— Lunika, répondit Rahelika en riant, tu verras que d'ici à la prochaine grossesse, tu auras tout oublié. Ta fille est jolie comme une princesse. »

Luna ne répondit rien.

« Tu ne veux pas la voir, Lunika ?

— Pas maintenant, je suis fatiguée.

— Elle te ressemble comme deux gouttes d'eau, elle a les yeux verts et les cheveux roux comme toi, tu vas tomber amoureuse d'elle.

— Je veux dormir.

— Bon, Lunika, dors, mais quand tu te réveilleras, on te l'amènera et tu verras qu'elle fera passer toutes tes douleurs. »

Mais je ne réussis pas à faire passer les douleurs de ma mère. Elle ne parvenait pas à m'allaiter, chaque fois qu'on m'approchait d'elle, je hurlais comme si on m'étouffait. Mes lèvres ne s'accrochaient pas au sein et quand elles s'accrochaient, je tétais tant que je pouvais mais les quelques gouttes de lait qui coulaient des petits seins de ma mère ne me rassasiaient pas et je criais de toutes mes forces. Mon petit visage gonflé de larmes devenait tout rouge et ma mère, terrifiée, hurlait à l'infirmière de m'emmener. C'est ainsi que, trois jours après ma naissance, tout le monde comprit que Rahelika devrait continuer à m'allaiter car ma mère en serait incapable.

L'hôpital Hadassah se trouvait sur la partie orientale du mont Scopus, une enclave juive au cœur d'une zone arabe qui devenait de plus en plus hostile au fil des jours. Dès que les Nations unies eurent voté la résolution sur la partition du pays, il devint dangereux de faire le trajet vers le mont Scopus. Luna, déjà souffrante et déprimée après la naissance difficile, redoutait de reprendre la route pour le centre de Jérusalem et lorsque arriva le jour où David était censé venir la chercher avec l'héritière du trône pour les ramener à la maison, elle refusa catégoriquement de quitter la maternité.

« Je ne prends pas un taxi avec le bébé, c'est dangereux ! dit-elle à David.

— Ils ne nous donneront pas d'ambulance, essaya-t-il de la raisonner, tu n'es pas une malade grave qu'il faut emmener le plus vite possible à l'hôpital.

— Alors tant pis ! Je n'ai pas survécu à dix-sept heures d'enfer pour mourir sous les balles d'un tireur arabe. »

Elle campa sur ses positions, refusant de se lever, et même l'infirmière générale qu'on avait appelée dans la chambre et qui lui demandait de libérer le lit ne parvint pas à la convaincre.

« Vous pouvez me crier dessus jusqu'à demain, lui répondit Luna d'une voix glaciale, amener Ben Gourion en personne, je ne quitte pas le mont Scopus sans protection. Si tu me demandes mon avis, ajouta-t-elle en se tournant vers son mari, trouve-nous une chambre et nous viendrons habiter ici. »

David, qui n'attendait que de ramener Luna et la petite à la maison pour pouvoir enfin participer à la guerre imminente, s'enrôler dans l'armée de défense nationale et se battre pour établir un État, faillit perdre patience. Chaque minute supplémentaire passée en compagnie de son épouse capricieuse devenait une punition insupportable.

Il s'était comporté de façon irréprochable depuis sa conversation avec Moïse, dix mois auparavant, comprenant que s'il voulait préserver son mariage et éviter de devenir, avec Luna, le protagoniste d'un scandale qui menacerait leur avenir et celui de leur famille, il fallait tout faire pour mettre un enfant au monde. David était un homme rationnel qui savait prendre des décisions et les mettre à exécution. Il pouvait raisonner à froid et avait décidé de construire une famille avec Luna même si c'était difficile pour lui, même si cela lui demandait un effort mental considérable.

Une fois seulement – quand déjà ? des années-lumière auparavant –, dans une autre vie en Italie, son cœur l'avait surpris en prenant le dessus sur sa raison. À la fin de la guerre, lorsqu'on les avait basés à Mestre, c'était un grand Don Juan. À peine installé avec ses camarades dans les villas abandonnées par les riches Vénitiens, il s'était lancé dans une poursuite effrénée du plaisir, affamé de vie après les années de guerre et l'insupportable proximité de la mort. Il avait compris qu'il fallait profiter pleinement du moment. Les jeunes Italiennes s'offraient sans vergogne et il acceptait avec joie, chaque jour, deux ou trois conquêtes de tous âges. Il n'oublierait jamais le jour où il avait couché avec une mère et sa fille dans la même journée. Mais pour sa défense, on aurait dit la sœur aînée. Ce n'étaient pas des prostituées, elles avaient seulement faim de pain et d'attention. Ce jour-là, il avait laissé plus d'argent qu'à l'accoutumée et s'était empressé de disparaître. Il fallait absolument qu'il raconte cela à ses amis. Ils allaient tous avec de nombreuses femmes, mais aucun n'avait jamais eu la mère et la fille l'une après l'autre.

Cette histoire avait fait la réputation de David Siton, c'était sans conteste le Don Juan du groupe. Il avait continué ainsi pendant des semaines, femme après femme, jusqu'à rencontrer Isabella.

Il était assis comme à son habitude au café de la piazza, avec ses amis. Les jeunes gens se faisaient de moins en moins nombreux autour de la table, disparaissant chacun leur tour au bras d'Italiennes qui attendaient l'occasion de partir avec leur soldat pour l'après-midi ou la nuit. Moïse et lui étaient les derniers, parce que ce jour-là personne ne plaisait à David, et parce que Moïse restait toujours le dernier. Il était timide et introverti au point que David devait presque le forcer à sortir avec des filles. David songeait à se lever pour aller chercher fortune dans un club quand il l'avait vue sur sa bicyclette.

Moïse était loin de se douter qu'au moment où il laissait la place à son ami, comme il l'avait fait des dizaines de fois, David allait perdre la tête et tomber amoureux d'une Italienne. À partir de ce jour, plus aucune autre femme n'exista pour lui. Il passait tous ses moments libres avec elle, se promenait à vélo en sa compagnie dans les ruelles de Venise, avait payé une somme exorbitante à un gondolier pour qu'il lui chante une sérénade, l'emmenait au restaurant, au café, danser dans des clubs et lui offrait des chocolats, des bas en soie et le parfum qu'elle aimait.

Il était rapidement entré dans la famille d'Isabella, qui habitait une maison de village en pierre entourée d'un jardin. Les marchés de Mestre étaient très peu achalandés, mais le magasin de l'armée regorgeait de bonnes choses et, chaque fin de semaine, il apportait un panier rempli de victuailles à la famille. « Que Dieu te bénisse », lui disait le père lorsqu'ils prenaient place dans la cour autour de la grande table pour un festin de roi magistralement préparé par Isabella et sa mère.

Des années plus tard, il essaierait de retrouver la saveur particulière de leurs macaronis à la sauce tomate qui lui resterait toujours en bouche, la saveur du parmesan fondu dans la sauce, la saveur d'Isabella. Il aurait toute sa vie la nostalgie de l'odeur du basilic et du thym qui poussaient dans la cour de ses parents dans de gros pots en faïence, de la beauté des bougainvillées avec leurs nuances de rouge intense, de la grande table en bois, de la famille bruyante qui s'y retrouvait, du goût du vin délicat, si différent du vin douceâtre qu'ils buvaient pour la bénédiction du Shabbat à Jérusalem.

« Je suis amoureux, annonça un jour David à Moïse, je n'ai jamais ressenti cela, cette femme m'a pris mon cœur.

— N'exagère pas, lui répondit son ami, toujours sérieux, dans quelques mois on rentre à la maison, alors comment tu vas faire ?

— Je la prendrai avec moi, je l'emmènerai à Jérusalem.

— Comment ça, l'emmener à Jérusalem ? Ton père n'acceptera jamais une belle-fille chrétienne.

— Elle se convertira, ça s'est déjà vu.

— Tu es tombé sur la tête, tu as perdu la raison. Jamais ton père n'acceptera, ils te chasseront de la famille.

— C'est ce qu'on verra, rétorqua David. On a encore du temps et en attendant de devoir prendre une décision, je célèbre l'amour. »

Leurs liens s'étaient tellement resserrés que David se sentait libre de rester dormir dans la maison d'Isabella. Si sa famille, des catholiques pratiquants, y trouvait à redire, personne ne le montra. Il les avait sauvés de la famine et ses parents conservateurs avaient accepté sans broncher qu'il dorme avec leur fille.

Isabella faisait désormais partie intégrante de sa vie. Ils allaient partout ensemble, il l'emmenait même lorsqu'il retrouvait ses amis, la présentant comme sa fiancée. « Je serais prêt à décrocher la lune pour toi », lui dit-il un jour qu'ils étaient allongés nus sur une plage déserte découverte quelques mois plus tôt. Les lumières de Venise brillaient au loin et le ciel était constellé d'étoiles. Ils avaient l'habitude de se baigner nus et en sortant, elle étendait une couverture et ils faisaient l'amour. Isabella était brûlante de désir, il n'avait jamais rencontré de femme aussi sensuelle. Elle aimait s'occuper de lui et lui avait enseigné des choses qu'il ne connaissait pas, conduisait les doigts de David dans les passages secrets de son corps et lui avait appris à la combler. Il adorait entendre les gémissements de plaisir qui sortaient de ses douces lèvres, il aurait voulu se noyer entre ses jambes. Qui aurait cru qu'il aimerait tant faire jouir une femme. Des années après l'avoir abandonnée en larmes et lui avoir dit adieu, il continuerait à chercher dans chaque femme le plaisir qu'il avait suscité chez elle.

Puis le jour de la séparation était venu. Les commandants leur avaient annoncé que la mission était terminée et qu'ils allaient rentrer en Palestine. Isabella l'avait supplié de l'emmener avec lui à Jérusalem. David était désespéré. D'un côté, il aurait voulu passer sa vie avec elle, l'épouser, lui donner des enfants, de l'autre il savait que son père et sa famille ne l'accepteraient jamais. Même si elle se convertissait, une catholique fervente comme elle ne pourrait jamais devenir juive. Au fond de son cœur, elle chercherait toujours une église où aller s'agenouiller devant la croix, et à Jérusalem on en trouvait à tous les coins de rue. Son cœur le voulait, le voulait jusqu'à éclater, mais sa tête le lui interdisait.

« Je t'aime plus que ma vie, lui dit-il, désespéré, je n'aimerai jamais personne autant que toi, mais notre histoire n'a aucune chance, mon père ne t'acceptera jamais. »

Il eut beau essayer de s'endurcir, il faillit s'effondrer et s'écroula sur son épaule en pleurant avec elle. Il ne pouvait changer l'ordre du monde. Il devait rentrer à Jérusalem, se trouver une femme respectable et se marier. Il n'épouserait jamais une Italienne catholique, même si c'était l'amour de sa vie.

Sur le bateau qui les ramenait au port de Jaffa, déjà, il avait exposé ses plans à Moïse : dès son arrivée à Jérusalem, il se chercherait une femme de chez eux.

« Un nouvel amour guérit les blessures de l'ancien, déclara-t-il. J'ai le cœur brisé, mais je ramasserai les morceaux et j'oublierai Isabella, je n'ai pas le choix.

— Et comment pourras-tu l'oublier si ton sac est rempli de photos d'elle et que tu passes ton temps à les regarder ? demanda Moïse. Si j'étais toi, je les prendrais et les jetterais toutes à la mer, immédiatement.

— Je ne jette rien. Ce sont des souvenirs de la période la plus heureuse de ma vie. »

Lorsqu'ils débarquèrent, on les envoya dans un camp où ils rendirent uniforme et armes et reçurent un certificat de démobilisation.

David rentra chez ses parents à Jérusalem et, dès le lendemain, il se mit à chercher du travail. Le soir, il sortait avec ses amis dans les cafés de la ville et les clubs de danse. C'est là, au café Europa, qu'il aperçut Luna pour la première fois. Elle était belle, mais pas comme Isabella. Il demanda qui était cette jolie jeune fille qui dansait le tango comme une Espagnole et on lui dit qu'elle s'appelait Luna Ermoza, qu'elle venait d'une famille respectable et fortunée, que son père Gabriel tenait une boutique dans le marché Mahane Yehouda et qu'elle-même travaillait comme vendeuse chez Zacks et Fils, le magasin de vêtements pour femmes de la rue Jaffa. David savait ce qui lui restait à faire, alors il entreprit de tisser sa toile autour d'elle. Il apprit qu'elle était très courtisée, mais qu'elle opposait un refus catégorique à tous ses prétendants et ne se donnait pas facilement.

« Alors avec qui sort-elle danser ? demanda-t-il.

— Avec sa sœur, ses cousins et quelques amis de son quartier. »

Il mena une enquête approfondie sur Luna Ermoza. Sa mère lui apprit qu'il y avait eu une rupture dans la famille entre Merkada et son fils Gabriel, le père de Luna, et que Gabriel, autrefois très riche, se trouvait souffrant et dans une situation économique désastreuse. Rien de tout cela n'intéressait David. C'était elle qu'il épouserait, pas les affaires de son père. Il avait décidé qu'elle deviendrait sa femme pratiquement dès l'instant où il avait posé les yeux sur elle. Elle serait celle qui lui ôterait Isabella du cœur une bonne fois pour toutes.

Chaque jour, il allait rue Jaffa et se postait entre les colonnes de l'immeuble pour observer la boutique Zacks et Fils. Il la voyait parfois sortir prendre l'air. Elle s'appuyait contre la porte, toujours tirée à quatre épingles, élégante et soignée. Elle allait de temps en temps acheter un sachet de graines de tournesol chez Barachi, dans la petite ruelle d'à côté. Une fois par semaine, elle entrait dans la vitrine, un coussin à épingles entre les dents, et changeait la tenue du mannequin. C'était l'occasion, il le savait. Il se mettrait devant la vitrine pour attirer son attention. Luna était bien loin de se douter que David ourdissait depuis des semaines un plan pour la prendre dans ses rets. Pensant qu'il était passé par hasard devant le magasin, elle avait été flattée quand il lui avait dit qu'il ne savait pas qui des deux était le véritable mannequin, ignorant qu'il préparait cette phrase depuis longtemps. Et comme il s'y attendait, elle lui était tombée dans les mains comme un fruit mûr.

Elle n'avait pas honte lorsqu'il l'embrassait ou la prenait dans ses bras devant les autres, au contraire, elle l'encourageait à manifester son amour en public, comme elle le faisait avec lui. Mais entre leurs draps, elle se montrait craintive comme un petit oiseau.

Contrairement à Isabella, véritable source jaillissante, son épouse était une vierge effarouchée dénuée de toute expérience.

S'il avait espéré qu'avec le temps, elle se décoincerait et laisserait ses instincts naturels la guider pendant l'amour, il s'était trompé. Là où l'Italienne s'était révélée un brasier ardent qui ondulait sous lui comme un serpent, faisait bouger son corps au rythme de celui de David et, au moment de l'orgasme, poussait des cris à lui déchirer le tympan, sa femme était silencieuse et distante.

Lorsqu'elle tomba enfin enceinte, il laissa comme elle échapper un soupir de soulagement et ne fut pas surpris qu'elle accepte de ne plus avoir de rapports jusqu'à la naissance du bébé. La grossesse était difficile et ses sautes d'humeur le poussaient à passer plus de temps au travail et au cinéma qu'en sa compagnie. C'était une chance qu'elle aime davantage la maison de son père que la leur et préfère la compagnie de ses sœurs à la sienne. Une chance que, après son travail à la menuiserie, il puisse retrouver ses amis sans qu'elle en prenne ombrage et que bientôt éclate la guerre, pour qu'il puisse s'engager et faire ce qu'il préférait dans la vie, le soldat.

Mais son projet de s'enfuir aussi vite que possible se trouva perturbé, car il tomba amoureux du bébé. Qui aurait cru que cette enfant ramènerait la lumière dans ses yeux, redonnerait de la saveur à sa vie ennuyeuse avec une femme pour qui il n'éprouvait qu'une immense colère dont elle n'était nullement responsable ? Était-ce sa faute si son cœur était resté en Italie auprès d'une autre ? Tous ses amis lui enviaient sa jolie épouse, alors que lui rêvait d'une autre la nuit. Et maintenant il s'émerveillait de cette petite fille. Quelle beauté le Seigneur lui avait donnée, et quelle douceur ! Comment sa mère pouvait elle ne pas vouloir la prendre dans ses bras, ne pas vouloir l'allaiter ? Elle était devenue folle, ne regardait même pas le bébé, et maintenant elle ne voulait pas quitter le mont Scopus pour rentrer à Jérusalem.

Sept jours après ma naissance, ma mère dut libérer son lit d'hôpital pour une autre parturiente et accepta, terrorisée, de voyager dans un convoi blindé qui redescendait du mont Scopus. Le convoi se déplaçait lentement et la route lui semblait interminable. Malgré les fenêtres grillagées et la présence de soldats qui les précédaient et les suivaient, elle ne se sentait pas en sécurité et s'accrochait de toutes ses forces à mon père.

Elle n'avait pas tort. Lorsque le convoi arriva à Sheikh Jarrah, il fut accueilli par des jets de pierres. Elle se recroquevilla et tenta de se cacher sous le siège, mais le moindre mouvement lui faisait mal et lorsqu'elle se baissait, elle avait l'impression de se déchirer à l'intérieur.

Mon père, qui me tenait enveloppée dans une couverture, ne fit pas de commentaire en voyant qu'elle avait d'abord pensé à se protéger elle plutôt que le bébé, mais décida sur-le-champ de nous emmener directement chez ses parents et de nous confier à eux.

« Ta mère et Beki t'aideront avec la petite », lui dit-il en se gardant de l'informer que, dès qu'ils seraient arrivés chez ses parents, il avait l'intention de les quitter pour partir au front.

Ma mère était terrifiée, se demandait comment elle se débrouillerait avec son enfant. Elle avait peur de rester seule avec moi, ne savait pas comment m'alimenter, changer mes couches, me prendre dans ses bras, craignait de me laisser tomber. Qui aurait cru qu'il faudrait lui apprendre à être mère ? Elle imaginait l'instinct inné mais chez elle, rien ne venait naturellement. Personne ne lui avait expliqué que son corps se déchirerait en mille morceaux quand elle enfanterait, personne ne lui avait parlé des douleurs atroces du travail, ne l'avait prévenue qu'on la recoudrait avec une aiguille au point le plus sensible de son corps, cet endroit que chaque contact faisait frémir. Comment imaginer que son corps s'opposerait à la naissance, à tel point qu'au lieu d'un bébé qui glisserait tout seul après quelques contractions, comme Rahelika, le sien refuserait de sortir et la déchirerait de l'intérieur pendant dix-sept heures ? Que son corps refuserait la maternité, que ses seins ne produiraient pas de lait et que sa petite devrait téter ceux de sa sœur ? Luna devenait folle, les pensées se bousculaient sans répit dans sa tête, refoulant la peur panique qui la saisissait tandis que le convoi traversait les quartiers arabes hostiles. Elle ferma les yeux, priant pour que le voyage se déroule sans encombre, et ne les rouvrit que lorsque le convoi eut passé la porte Mandelbaum en poussant un soupir de soulagement. David n'arrêtait pas d'embrasser la petite, de faire claquer sa langue et de lui parler, incroyable de voir cet homme costaud se comporter comme une femme avec l'enfant. Mais que se passerait-il s'il lui demandait de la prendre dans ses bras ? Elle en était incapable, elle avait peur de la laisser glisser, et ces tirs qu'on entendait de toutes parts, cette circulation, elle n'avait jamais vu autant de voitures dans les rues de Jérusalem, ici des voitures de police britanniques toutes sirènes hurlantes, là un groupe de soldats qui installaient du fil barbelé. D'un moment à l'autre on annoncerait le couvre-feu, ils se retrouveraient bloqués dans l'autobus avec la petite et ne pourraient plus rentrer à la maison.

Elle recommença à respirer en franchissant la porte d'Ohel Moshe et se détendit enfin lorsqu'ils arrivèrent chez ses parents. Les voisines les attendaient déjà dans la cour de la maison et lui lancèrent des sucreries en criant : « *Mazal tov* ! *Mabrouk* ! *Sano ke ste* ! »

David déposa à regret le bébé dans les bras de Gabriel, et Luna eut un moment de panique : ses mains tremblaient, pourvu qu'il n'aille pas lâcher la petite. Mais en apercevant le sourire sur le visage de son père, son cœur fondit.

« *Presioza,* ma jolie, s'exclama-t-il, elle est aussi belle que sa mère. »

Elle vit une étincelle de bonheur illuminer ses yeux. Gabriel avait toujours aimé les bébés. Elle se rappela combien il l'adorait quand elle était petite, son cœur se gonfla de bonheur et sur-le-champ, elle prit une décision :

« Gabriela, dit-elle à son père, elle s'appelle Gabriela. »

David écarquilla les yeux, stupéfait. Rosa, qui se dirigeait vers la cuisine, s'arrêta net ; Rahelika, en train d'allaiter Boaz, hocha la tête, incrédule. Seule Beki applaudit de joie :

« Gabriela, quel beau prénom !

— Merci, dit grand-père Gabriel. Merci beaucoup à vous, je suis très honoré. »

Et c'est ainsi qu'il fut décidé de m'appeler Gabriela.

Personne ne sut jamais rien de la dispute qui déchira mes parents suite à la décision unilatérale de ma mère de me donner le prénom de son père. Hormis Rahelika, qui me le raconta des années plus tard, après la mort de ma mère.

« Tu as perdu la tête ! hurla David. Comment oses-tu donner à une fille un prénom de garçon ? Qui plus est sans me demander mon avis !

— Je voulais témoigner à mon père le respect qui lui revient.

— Mais pourquoi tu ne m'as pas consulté ? C'est aussi ma fille !

— C'est sorti droit du cœur, j'ai vu mon père tellement heureux pour la première fois depuis des mois que ça m'est venu spontanément.

— Spontanément ? Et ma mère, que dira-t-elle ? J'aurai l'air de quoi maintenant quand je vais aller lui annoncer que je n'ai pas donné son prénom à ma fille aînée ?

— Ta mère, que Dieu la garde, a déjà cinq petites-filles qui portent son nom, ça ne lui suffit pas ?

— C'est la coutume de donner à l'aîné le prénom du père ou de la mère du mari, tu le sais très bien.

— Alors donne-lui Victoria en deuxième prénom, comme ta mère.

— Pas question, je l'appellerai Victoria et en deuxième prénom, elle aura celui de ton père.

— Tu peux toujours rêver ! D'abord le nom de mon père, ensuite celui de ta mère.

— Arrête de me casser les pieds. J'ai décidé, un point c'est tout.

— Pardon ? »

Ma mère était indignée par le comportement de mon père.

« Comment te permets-tu de me parler sur ce ton ? Tu me prends pour qui, pour un des hommes de ta brigade ? Je viens de te donner un enfant après dix-sept heures de travail et c'est comme ça que tu me parles ?

— Excuse-moi, je ne voulais pas, je suis désolé », dit-il en essayant de la prendre par les épaules.

Mais elle retira la main de David et sortit de la pièce, ulcérée et blessée. Elle était déjà nerveuse et tendue, ne supportait pas de voir ce corps nouveau dont elle avait hérité après la grossesse.

« Regarde-moi ces pneus, se lamentait-elle auprès de Rahelika en révélant sa taille légèrement épaissie, regarde ces *tetas* », gémissait-elle en prenant ses seins.

Pendant des années, on l'avait surnommée le terrain d'aviation en raison de sa poitrine plate mais elle ne s'en était jamais offusquée car elle aimait ses seins et plaignait Rahelika de porter une poitrine aussi lourde. Maintenant elle devait supporter ses deux melons ; si seulement elle avait pu les enlever et les poser sur la chaise, d'autant que, malgré leur taille, ils ne produisaient pas de lait.

« Tu te rends compte que les vaches ont un avantage sur moi ? se lamenta-t-elle. La vache, elle, donne du lait.

— Tout ça, c'est dans ta tête, répondit Rahelika. Une femme sans lait, ça n'existe pas, tu dois te détendre, laisser faire les choses.

— Laisser faire quoi, le lait ? Quoi, tu es en train de me dire que je le retiens de force dans mes *tetas* ?

— Tu dois te détendre un peu. Tu as les nerfs à vif depuis l'accouchement et tu fais n'importe quoi. Je t'ai dit qu'on ne donnait pas au premier-né le prénom du grand-père maternel, mais tu fais tout pour te disputer avec David. Pourquoi fallait-il que tu appelles la petite Gabriela ?

— Parce que j'ai décidé que mon enfant porterait le nom de *Papo*.

— Mais ton enfant est une fille.

— Et alors ? C'est un beau nom, Gabriela, c'est le nom d'un ange, il la protégera. »

Le 15 mai 1948, quelques mois après ma venue au monde, les maudits Inglais quittèrent enfin le pays et c'est tout juste si grand-mère Rosa ne dansa pas sur les tables. L'immense joie que lui causait le départ de ces Inglais détestés se mêlait toutefois à une grande peur face à l'avenir.

Le jour précédent, David Ben Gourion avait annoncé la création de l'État d'Israël et la guerre d'indépendance déterminerait bientôt le destin du peuple juif. La radio de mon grand-père déversait sans arrêt ses nouvelles. Mon père s'était enrôlé dans l'armée créée par Ben Gourion sans consulter ma mère. Lorsqu'il lui annonça qu'il partait se battre, dans sa panique, elle faillit me lâcher.

« S'il te plaît, David, ne me laisse pas seule avec la petite, supplia-t-elle.

— Tu n'es pas seule, tu es avec ta mère et tes sœurs.

— Laisse-le partir, intervint mon grand-père. Ne commence pas à faire un scandale, tout le monde s'enrôle, il faut participer à l'effort. »

Il était fier que son gendre s'engage. Si seulement il avait pu y aller aussi, après tout il n'avait que quarante-sept ans, mais il se sentait comme un vieux de cent ans.

Peu de temps après David, Moïse s'engagea lui aussi. Les deux gendres de Gabriel combattaient désormais dans la nouvelle armée de défense d'Israël. Dès le départ de Moïse, Rahelika était venue s'installer elle aussi chez ses parents avec Yehouda-Boaz. La maison était petite et ils étaient à l'étroit, mais grand-père Gabriel était heureux d'avoir ses trois filles avec lui en cette période de tous les dangers, et encore plus à la vue des bébés qui remplissaient la maison. Leurs voix atténuaient un peu ses tourments, enfin il pouvait offrir à ses filles une *meza franca.*

C'est alors que se produisit ce que grand-mère Rosa qualifierait pendant des années de « miracle » : un matin, le portail s'ouvrit et un homme de petite taille au teint hâlé traversa la cour, la tête couverte de boucles et une fine moustache sur la lèvre supérieure.

« *Dio mio*, Ephraim ! » s'écria Rosa en lui tombant dans les bras, à deux doigts de s'évanouir.

Des années après avoir disparu sans laisser de traces, Ephraim était de retour. Il était si différent du jeune homme alcoolique qui avait quitté la maison en claquant la porte. Un garçon confus était parti et un homme accompli revenait.

« Rahelika, Luna, Beki, regardez qui voilà, cria Rosa, venez voir qui est ici, *tío* Ephraim, *tío* Ephraim est rentré à la maison ! »

Même Gabriel était heureux de revoir son beau-frère. Plusieurs années s'étaient écoulées et, malgré sa colère à l'encontre de tout ce qui était lié de près ou de loin au Lehi ou au Etzel, bien qu'il ait sali l'honneur de la famille suite à la mort de Matilda Franco, il était ému de voir Ephraim sain et sauf.

« Tu as brisé le cœur de notre mère, *tío* Ephraim, dit Rahelika lorsque l'agitation se fut calmée.

— Chut, il n'a rien brisé du tout, c'est du passé, répondit Rosa. Tout ce qui compte, c'est que tu sois rentré sain et sauf, que je puisse à nouveau te voir de mes propres yeux. »

Elle voulait prendre son petit frère dans ses bras, embrasser ses yeux, mais quelque chose dans son regard la retint. Son visage enfantin était désormais celui d'un homme. Les rides profondes qui creusaient ses joues et le sillon qui marquait son front au-dessus des yeux lui disaient que les années passées depuis son départ n'avaient pas été une sinécure. Qui savait ce qu'il avait vécu, où il s'était caché des maudits Inglais, qui savait combien de fois sa main avait pressé la gâchette.

Elle n'osait lui poser aucune des questions qui se bousculaient dans sa tête, n'osait pénétrer la cuirasse qu'il s'était construite autour de lui. Elle se contentait de rester à ses côtés, de respirer sa nouvelle odeur, une odeur d'homme, loin des effluves d'alcool qui émanaient de lui la dernière année où il avait vécu chez eux.

Ils s'assirent dans le salon autour de la table. Les filles gardaient le silence, leurs bébés dans les bras, encore sidérées du retour inattendu de leur oncle. Seule la petite Beki n'arrêtait pas de parler, lui posait toutes les questions que Rosa, et peut-être aussi Rahelika et Luna, auraient voulu poser.

« Où étais-tu passé pendant tout ce temps ? demanda-t-elle. Tu sais que Maman a failli devenir folle d'inquiétude de ne pas savoir où tu étais ?

— J'ai combattu pour le peuple d'Israël, j'ai contribué à chasser les Britanniques du pays et grâce à Dieu ils sont partis, n'est-ce pas ? répondit Ephraim en lui pinçant la joue.

— Tu leur as fait peur ?

— Ça oui, je leur ai fait peur.

— Comment ?

— Pas maintenant, *kerida* Beki, ce n'est pas encore le moment de raconter, un jour je vous le dirai, mais il est encore trop tôt.

— Laisse *tío* Ephraim, la réprimanda Rosa, arrête de l'ennuyer et maintenant viens à table, on va manger. »

Ephraim dévora.

« Ta cuisine m'a tellement manqué. Et la famille aussi. »

Il était sidéré de voir les bébés.

« Je savais que Rahelika et Luna s'étaient mariées. J'étais triste de ne pas pouvoir me joindre à la fête.

— Qui te l'a dit ? demanda Luna.

— On me l'a dit, répondit-il avec un clin d'œil.

— Qui ?

— Un jour ou l'autre, je vous le raconterai. Tu es déjà mère, mais toujours aussi impatiente ? *Pasensia*, chaque chose en son temps. »

Il demanda ensuite à se reposer. Il était tellement épuisé qu'il dormit la moitié de la journée, sans que les bruits de la maison ni les pleurs des petits ne le réveillent. Rosa le regardait dans son sommeil, lui caressait le visage. C'était son quatrième enfant, le fils qu'elle n'avait pas eu. Dehors la guerre faisait rage, les canons grondaient, tout le monde mourait de peur, mais elle se sentait apaisée comme jamais.

Ses filles et ses petits-enfants étaient à la maison avec elle, grâce à Dieu son mari vivait toujours et maintenant son petit frère était revenu. *Dieu soit loué,* se surprit-elle à remercier le Seigneur pour la deuxième fois de la semaine, grasias al Dio, *merci de m'avoir rendu mon frère.* Elle était curieuse de savoir ce qui lui était arrivé, mais savait qu'il parlerait quand il le jugerait opportun ; pour l'instant il fallait lui faire sentir qu'il était le bienvenu, même si elle devrait dormir dans la cour car il n'y avait pas assez de place à la maison.

« Au moins maintenant, on a un homme à la maison, vu que les autres sont partis à la guerre, se félicita Beki.

— Tu parles d'un homme, persifla Luna avec mépris. Tant que je ne saurai pas avec certitude que ce n'est pas lui qui a tué la pauvre Matilda, je ne le considérerai pas comme un homme.

— Maman dit que ce n'est pas lui.

— La mère de Matilda l'a vu, et Maman, qui dormait du sommeil du juste, sait que ce n'est pas lui ?

— Luna, arrête, intervint Rahelika. Ne t'avise pas d'aborder la question. Le principal, c'est que *tío* Ephraim soit rentré sain et sauf, tu as vu comme Maman est heureuse.

— Je ne pense pas qu'il faille balayer la mort de Matilda sous le tapis, je crois qu'il doit nous raconter exactement ce qui s'est passé cette nuit-là.

— Ça suffit, Luna, objecta Beki. Ce qui compte c'est qu'il soit rentré. Pourquoi tu cherches toujours la guerre, celle qui fait rage dehors ne te suffit pas ?

— Mais regarde-moi cette petite, elle a appris à parler, persifla Luna. Tais-toi, espèce d'idiote. Tant que tu n'auras pas un peu grandi, tu n'as pas voix au chapitre.

— Idiote toi-même, rétorqua Beki en quittant la chambre, vexée.

— Qu'est-ce qui te prend ? demanda Rahelika. Pourquoi tu ne peux jamais la fermer ? Pourquoi tu parles sur ce ton à Beki ? Et pourquoi tu dois toujours attrister Maman quand on la voit enfin sourire ?

— Toi aussi, tu es contre moi ?

— Moi, contre toi ? Je prends toujours ton parti, bien plus que tous les autres ici. Je passe mon temps à te défendre et à justifier ton comportement odieux par le fait que tu viens d'accoucher et que tu as encore les nerfs à vif. Mais maintenant *halas*, ça suffit, Gabriela a déjà cinq mois. Moi, quand Boaz avait cinq mois, j'essayais déjà de retomber enceinte.

— Tu essaies de retomber enceinte ? »

Luna était sidérée.

« Boaz n'a même pas un an !

— Il aura un an dans un mois et oui, je veux un autre enfant, je veux qu'ils grandissent ensemble, c'est ce qu'il y a de mieux.

— Tu es folle à lier ! Tu viens à peine de retrouver ton poids d'avant la naissance et tu veux redevenir un éléphant ?

— C'est dans la nature des choses, lui expliqua patiemment Rahelika. Je vais tomber enceinte, je vais grossir, j'aurai un enfant, puis je retomberai enceinte, j'aurai encore un enfant et ainsi de suite.

— Combien veux-tu d'enfants, *ermanita* ?

— Moïse et moi on en voudrait quatre, si Dieu le veut.

— Que Dieu vous garde.
— Et toi ?
— Un. J'en ai un et ça me suffit.
— Ne dis pas de bêtises ! » s'exclama Rahelika.
Elle craignait que Luna n'ait révélé exactement le fond de sa pensée.

Le bonheur de Rosa ne dura qu'une journée. Le lendemain matin, après avoir pris le petit déjeuner que sa sœur lui avait préparé avec amour, Ephraim annonça qu'il repartait au front.

« *Ermano,* le conjura Rosa, tu viens à peine d'arriver.

— Je rentrerai bientôt, promit-il, mais il faut d'abord terminer le travail. On a chassé les Britanniques, maintenant on va chasser les Arabes et établir enfin notre État. La Judée est tombée dans le sang et le feu, dans le sang et le feu elle se relèvera ! » proclama-t-il avec emphase.

Il dit au revoir à Rosa, embrassa Rahelika, Beki et Luna, qui lui témoignait une froideur marquée, puis s'approcha de Gabriel, assis sur sa chaise.

« Beau-frère, lui dit-il en judéo-espagnol, je viens te remercier de m'avoir accueilli chez toi pour la nuit et te saluer à nouveau : je pars à la guerre.

— Va en paix et reviens en paix », le bénit Gabriel.

Il voulait lui serrer la main, mais son poing crispé et tremblant refusait de se soulever du bras du fauteuil. Lorsque Ephraim se pencha pour lui baiser la main, Gabriel murmura :

« Avant de partir, il y a une chose que je voudrais savoir. »

Ephraim se raidit.

« Qui a tué Matilda Franco ?

— Ce n'est pas moi qui ai appuyé sur la gâchette, répondit Ephraim avant de tourner les talons et de disparaître.

— Je le savais, je le savais, s'écria Rosa en poussant un soupir de soulagement, j'ai toujours su au fond de mon cœur que ce n'était pas lui.

— Il n'a pas dit que ce n'était pas lui, il a dit qu'il n'avait pas appuyé sur la gâchette, tu entends toujours ce que tu veux entendre », dit Luna qui sortit de la pièce, furieuse.

La question de savoir s'il avait ou non appuyé sur la gâchette quand on avait tué Matilda Franco demeura un mystère dans l'histoire de notre famille. Et l'oncle Ephraim, qui mourut relativement jeune et vécut toute sa vie dans le secret, comme perpétuellement dans la clandestinité, n'apporta jamais aucune réponse.

Mais dans le quartier d'Ohel Moshe, on ne lui pardonna jamais la fin de Matilda ; on continuait à parler régulièrement de cet assassinat. Seule ma grand-mère disait : « Mon petit frère, *ke no manke*, que tout ce qu'ils disent leur retombe dessus. Les mauvaises langues peuvent raconter ce qu'elles veulent, pour moi c'est un héros d'Israël. »

Cela faisait des semaines qu'on n'avait plus de nouvelles de David, de Moïse et du bel Eli Cohen, qui s'était lui aussi engagé. Beki n'arrêtait pas de pleurer.

« Tu joues avec la chance, lui dit Rosa. Tu pleures avant même qu'il soit arrivé quelque chose, à Dieu ne plaise. Arrête tout de suite, que tu n'aies pas à pleurer plus tard, Dieu nous garde. »

Mais Beki ne parvenait pas à retenir ses larmes. Elle gardait toujours la photo d'Eli contre son cœur et, à la moindre occasion, elle la contemplait et l'embrassait. La nuit, elle la glissait sous son oreiller et à l'intérieur de sa commode, elle avait accroché un dessin avec un énorme cœur rouge transpercé d'une flèche où elle avait écrit « Eli et Beki pour la vie ».

La seule qui réussissait à faire naître un sourire sur ses lèvres, c'était Gabriela. Dès que Beki rentrait de l'école, elle courait vers le parc pour bébé et la prenait, et la petite tendait les mains vers elle en riant, quelles fossettes merveilleuses lorsqu'elle riait ! Elle avait de la chance que Luna lui laisse Gabriela quand elle voulait, il lui semblait même parfois que sa sœur se réjouissait qu'elle lui prenne la petite.

« *Mashallah*, regardez Beki, s'amusait Rosa, elle joue avec Gabriela comme elle jouait avec sa poupée quand elle était enfant. »

L'atmosphère à Ohel Moshe était sombre et tendue. Chaque jour, de nouvelles cohortes d'hommes s'engageaient, on enrôlait même les lycéens. Après une courte formation, ils étaient envoyés au front. On risquait sa vie à sortir. Dans la rue Princess Mary, les Arabes avaient saccagé toutes les boutiques jusqu'à la dernière pierre et avaient mis le feu au cinéma Rex. Les écoles étaient fermées et les mouvements de jeunesse envoyaient les élèves nettoyer les débris de verre dans les magasins. Les camarades de Beki avaient eux aussi été mobilisés.

« Moi vivante, tu ne sortiras pas ! hurla Rosa à Beki qui voulait participer au nettoyage avec ses amis. Par des temps pareils, tu ne vas nulle part ! Il ne manquerait plus que tu sois prise dans une explosion.

— Je vais acheter du pain », répondit Beki à sa mère.

Elle n'avait plus la force de discuter, elle pleurait déjà tout le temps à cause d'Eli et tous ses amis participaient à l'effort de guerre. Elle seule restait cloîtrée en raison des craintes de sa mère.

« Tu ne vas nulle part, ordonna Rosa.

— Mais on n'a plus de pain.

— On a de la farine, on en fera nous-mêmes.

— Il n'y a plus de farine non plus, répondit Beki après avoir fouillé les armoires. Ni de lait, ni de fromage, et bientôt on n'aura plus de riz.

— Heureusement que Rahelika a du lait, au moins on ne doit pas s'inquiéter pour Boaz et Gabriela. »

Le marché était pratiquement vide et même s'il y avait eu de la marchandise, où auraient-ils trouvé de l'argent pour faire des courses ? Leurs économies filaient, il ne restait quasiment plus un centime des cinq cents livres versées par le Kurde pour la boutique.

« Tu as parlé avec *Papo* ? demanda Luna lorsque Rahelika lui confia ses inquiétudes.

— Je ne veux pas l'accabler, il ne demande rien et je ne dis rien. On a de quoi tenir quelques mois encore au maximum, mais je ne sais pas comment on va faire ensuite.

— Je pourrais peut-être retourner travailler chez Zacks et Fils, suggéra Luna.

— Ne dis pas de bêtises, Luna, tu ne peux pas laisser la petite toute seule. »

Luna se garda de répondre. Qu'aurait-elle pu lui dire, que ce dont elle avait le plus envie, c'était justement de la laisser et que la petite la laisse pendant au moins quelques heures ? Qu'elle n'avait plus la force de l'entendre gémir comme un chat ? *Mizkenika* Rahelika qui devait tirer le lait à sa place pour remplir les biberons, incroyable ce qu'un petit bébé pouvait manger. Et si on ne lui donnait pas de lait, misère de malheur, quels hurlements, à croire qu'on l'égorgeait. Le pire, c'est que quand Luna voulait la prendre dans ses bras, elle criait encore plus, mais si Rahelika, Beki ou même Rosa s'approchait d'elle, elle se calmait sur-le-champ. Avait-on jamais vu un bébé refuser d'aller avec sa mère ?

« Tu as rempli combien de biberons aujourd'hui ? demanda Luna.

— Mieux vaut ne pas demander, répondit Rahelika avec un sourire. Ta fille, que Dieu la garde, mange comme trois. Même Boaziko mange moins qu'elle, et pourtant c'est un garçon. J'ai à peine le temps de l'allaiter lui qu'elle réclame déjà le biberon.

— Alors donne-lui la *teta*, et basta.

— Mon Dieu, Luna, je ne suis pas sa nourrice ! Je suis sa tante, il n'en est pas question !

— Quelle différence si elle tète à ton sein ou au biberon ?

— Le biberon a des sentiments, *troncha* ?

— Bon, ne t'énerve pas, je voulais juste te faciliter la vie.

— Tu me rends la vie plus difficile au contraire. Et maintenant sors, laisse-moi seule avec Boaz, prends Gabriela et sors.

— Et où ça ?

— Dehors, dans le jardin, va te promener avec elle.

— Tu es folle, dehors il fait trop froid pour elle.

— Va où tu veux mais sors avec elle, laisse-moi un peu d'intimité !

— De l'intimité ? On a de l'intimité ici ? On est de nouveau comme trois petites filles, toi, Beki et moi.

— Luna, s'il te plaît ! »

Luna sortit en oubliant de prendre Gabriela, qui dormait dans le parc à côté de Boaz.

« *Troncha de Tveria*, où a-t-elle la tête ? » maugréa Rahelika.

C'est vrai qu'on est un peu à l'étroit à la maison, se dit Rosa qui avait écouté la dispute entre les deux sœurs en se gardant de s'en mêler, comme d'habitude. *Que cette maudite guerre se termine et les filles rentrent chez elles.* Elle ne les avait pas élevées pour qu'elles restent accrochées à ses basques toute leur vie. Rahelika, soit, c'était un rayon de soleil dans la maison, mais Luna ? Elle en avait mis un temps à partir enfin dans une maison à elle, grâce à Dieu. Mais que faire, les hommes étaient au front et tant que cette guerre ne serait pas terminée, il leur faudrait vivre dans cette promiscuité qui menaçait parfois de l'étouffer. Ce soir-là, elle sortit dans la cour s'asseoir sur le banc ; un vent froid soufflait et elle serra son grand châle contre elle. Le ciel était constellé d'étoiles et tout était si calme, si paisible, même l'écho des tirs s'était tu. Les bébés dormaient dans leur parc, son mari était lui aussi parti se coucher et ses filles s'étaient retirées dans leur chambre, alors pourquoi ce silence lui paraissait-il si menaçant, pourquoi avait-elle un mauvais pressentiment ?

Elle aperçut tout à coup Luna sur le seuil de la porte. Comme elle était maigre ! Elle avait une silhouette de garçon, à croire qu'aucun bébé n'était jamais sorti de son ventre. Rosa se sentait oppressée, n'arrivait pas à rester à proximité de sa fille, et elle se hâta de rentrer dans la maison pour se mettre au lit.

Grâce au ciel elle est rentrée, songea Luna, *je pensais que je n'aurais nulle part où m'isoler un moment. Gabriela à l'intérieur, ma mère dans la cour, Beki qui passe son temps à se lamenter à cause du bel Eli Cohen, comme si elle était la seule à s'en faire pour son amoureux.* Et Rahelika, elle n'était pas inquiète, peut-être ? Mais elle gardait ses appréhensions et ses pensées pour elle. Elle s'activait toute la journée avec Boaziko et Gabriela et courait à droite et à gauche comme une fourmi industrieuse en prenant de plus en plus de tâches uniquement pour empêcher les angoisses de perturber sa vie. Et elle, Luna, s'inquiétait-elle pour son mari comme ses sœurs pour leur homme ? Seigneur, elle passait parfois des jours entiers sans penser à lui. Depuis que David était parti au front, elle avait enfin recommencé à respirer. Elle avait besoin de prendre ses distances et, s'il avait pu emmener Gabriela avec lui, ç'aurait été parfait. Dieu lui pardonne ces pensées, mais elle ne pouvait les nier. Depuis la naissance de Gabriela, son cœur était vide. Tous les autres entouraient la petite comme si elle était le centre du monde, une créature fragile et rare, ils s'extasiaient devant ses boucles rousses et ses yeux verts et disaient qu'elle ressemblait à sa mère comme deux gouttes d'eau. Luna était la seule à ne voir aucune ressemblance. La petite, elle, souriait à tout le monde sauf à sa mère. Impossible de mentir aux enfants, impossible de faire semblant avec eux comme elle le faisait depuis un an avec David. *Les enfants sentent plus de choses que les adultes et cette petite fille sait que sa mère a le cœur vide.*

Au début, elle pensait que c'était en raison de l'accouchement difficile qui lui avait déchiré le corps, de ces horribles points de suture qu'elle avait tardé à faire enlever, jusqu'à ce qu'elle n'ait plus le choix. Elle était allée voir le docteur Samuel, qui l'avait fait allonger sur le lit de torture et écarter les jambes, et lorsqu'il avait retiré le fil, elle avait eu l'impression qu'il lui arrachait l'âme. Elle avait failli s'évanouir à la seule vue des ciseaux tout proches de la zone si sensible. Une fois que son corps avait commencé à se remettre du traumatisme de l'accouchement, elle pensait enfin tomber amoureuse de la petite, mais cela ne s'était pas produit, son cœur était resté sec. Elle était même davantage liée à Boaziko qu'à sa propre enfant et ne respirait que lorsque la petite ne se trouvait pas dans les parages. Si seulement il n'y avait pas la guerre, elle serait allée au café Atara, mais il n'y avait plus personne à rencontrer là-bas ; tous les hommes étaient au front et toutes les jeunes filles restaient à la maison à se ronger les sangs. Elle souffrait terriblement de se découvrir si mauvaise mère. Pauvre petite, en quoi était-elle coupable d'avoir une maman qui n'était pas bien dans sa tête, qui au lieu de se réjouir et s'enorgueillir que sa fille ravisse le cœur de tout le monde, ne ressentait rien – pire, s'énervait ? Il fallait lui mettre une camisole de force, l'envoyer à l'hôpital psychiatrique. Elle devenait folle et si elle ne trouvait pas le moyen de sortir de cette folie, elle se tuerait, elle ne pouvait pas se supporter ; comment était-il possible de ne pas avoir un minimum d'amour pour sa propre fille ?

« Qu'elle aille travailler, dit Gabriel à Rahelika qui lui racontait que Luna avait proposé de retourner chez Zacks et Fils pour contribuer au budget familial. De toute façon, elle n'aide pas à la maison, c'est toi et Beki qui vous occupez de Gabriela, elle passe son temps assise les bras croisés.

— Comment ça, aller travailler ? » intervint Rosa, horrifiée.

Depuis la maladie de Gabriel, on l'entendait de plus en plus.

« Gabriela n'a pas encore six mois, que vont dire les voisins ?

— Je me fiche de ce que diront les voisins, tonna Gabriel. Qu'elle aille travailler !

— *Dio santo*, Gabriel, depuis quand une mère quitte-t-elle son bébé avant qu'il ait un an pour travailler ?

— Alors que proposes-tu, Rosa, que je me lève de mon fauteuil pour aller voler ?

— Dieu nous garde, comment tu parles !

— Maman, tempéra Rahelika en essayant de calmer les esprits, on n'a pas le choix. On n'aura bientôt plus d'argent, il faut bien que quelqu'un en rapporte.

— Eh bien je ferai de nouveau des ménages ! proposa Rosa tout en se demandant comment cette phrase avait pu sortir de sa bouche.

— Attends encore un peu et quand je serai mort, tu pourras retourner faire des ménages, lui dit Gabriel. Il n'y en a pas pour longtemps, Rosa, quelques mois, pas plus.

— Pour l'amour de Dieu, *peshkado y limón*, touchons du bois, comment peux-tu dire des bêtises pareilles…

— Je dis des bêtises et toi tu parles d'or. Tu t'es entendue ? La femme de Gabriel Ermoza, faire des ménages ? Tu veux vraiment m'enlever le peu de dignité qui me reste ?

— À Dieu ne plaise, *kerido*, à Dieu ne plaise, ne t'énerve pas, ce n'est pas bon pour toi. Je voulais simplement aider pour que Luna puisse rester à la maison avec la petite.

— Maman, de toute façon elle ne s'en occupe pas, c'est toi, Beki et moi qui nous en chargeons. Elle n'est pas encore en état de prendre soin de sa fille, il faut lui donner du temps. »

Rahelika savait bien que sa sœur avait peu de chances de décrocher un travail chez Zacks et Fils. Il fallait prier le ciel pour que M. Zacks n'ait pas fermé la boutique en raison de la situation. Mais autant qu'elle s'occupe, c'était plus sain pour elle et pour la famille.

Luna était aux anges quand Rahelika lui annonça que leur père acceptait qu'elle retourne travailler. Elle s'obligea à rester tranquillement assise sur le canapé sans sauter de joie. *Il y a un dieu dans le ciel qui écoute les prières,* se dit-elle. Rahelika lui avait conseillé de ne pas trop se réjouir avant d'avoir vérifié que M. Zacks avait réellement besoin d'une vendeuse en cette période, quand personne n'avait la tête à acheter des vêtements, et s'était gardée de doucher son enthousiasme. Luna, si heureuse à l'idée de retourner travailler dans son magasin bien-aimé, ne comprenait pas pourquoi la guerre devrait empêcher les femmes d'acheter des vêtements. On ne trouvait plus rien à manger, Jérusalem était assiégée et il n'y avait personne pour apporter des fruits et légumes ou même de la viande et de la farine aux vendeurs du marché, mais il y avait des robes à profusion, accrochées sur les cintres dans la boutique, et le mannequin de la vitrine attendait avec ses vêtements de l'année précédente qu'elle vienne l'habiller.

Le jour même, elle choisit un tailleur gris parfaitement coupé. Elle n'avait pas retrouvé ses mensurations d'avant l'accouchement et devait porter une gaine sous sa jupe, mais la coupe de la veste qui accentuait sa taille de guêpe faisait son effet. Elle se regarda avec satisfaction dans la glace et, pour la première fois depuis l'accouchement, se trouva à son goût.

Elle accrocha un sac noir élégant à son épaule, enfila des escarpins qui mettaient en valeur ses jolies chevilles et ses jambes dont la ligne du collant en nylon soulignait la courbure, puis franchit la porte d'Ohel Moshe en faisant claquer ses talons et en marchant la tête haute comme s'il n'y avait pas de guerre, comme si elle n'était pas une femme mariée mère d'une petite fille, comme si elle avait toute la vie devant elle. Elle était excitée, impatiente d'entrer chez Zacks et Fils et de voir M. Zacks se lever de sa chaise derrière le comptoir pour lui dire avec un grand sourire qu'il était si heureux qu'elle reprenne son travail.

Beaucoup de temps s'était écoulé depuis la dernière fois qu'elle avait pris la rue Agrippas vers la rue Jaffa et l'immeuble à colonnes. Les bombardements continuels qui partaient de Nabi Samwil l'avaient empêchée de se promener dans les rues, elle ne sortait de l'enceinte d'Ohel Moshe que lorsqu'elle ne pouvait faire autrement. Elle ne fut pas étonnée de trouver une rue quasiment vide, avec des sacs et des caisses remplis de sable devant les maisons et les commerces pour les protéger des explosions. Chaque jour, il y avait des morts. Un de leurs voisins, un réfractaire qui avait refusé de s'engager, s'était rendu au marché Mahane Yehouda et avait eu le crâne fendu par les éclats d'un obus tombé sur le souk.

« *Miskeniko,* avait dit Rosa, s'il était parti au front, il serait peut-être resté en vie. »

Toute la famille d'une camarade de classe de Luna, sept personnes au total, avait été tuée lorsqu'un obus était tombé sur leur maison, pénétrant directement dans la pièce où ils étaient réunis. Les résidents du quartier juif de la Vieille Ville, enfermés, ne pouvaient entrer et sortir que dans des véhicules blindés. Les bombardements fréquents ainsi que le siège étranglaient la ville, obligeant ses habitants à vivre dans une terreur constante. On voyait des soldats de la garde populaire et des défenseurs de

Jérusalem à tous les coins de rue. Des jeunes gens, pratiquement des enfants, et des hommes trop âgés pour partir au front prenaient part à l'effort général et faisaient tout ce qu'ils pouvaient pour protéger la population des bombardements quotidiens.

On entendait des bombardements et des tirs venant de l'est de la ville. La peur s'empara de Luna, mais l'excitation à l'idée de retourner travailler au magasin prit le dessus. Les soldats la sifflaient à son passage et la hélaient, « salut poupée ! », et elle souriait, heureuse comme autrefois, avant le mariage avec David, avant la naissance de Gabriela, avant la guerre. Elle trottait sur ses talons, rejetant de temps à autre ses boucles rousses sur le côté, ajustant le tailleur sur son corps svelte, consciente des regards des passants et des remarques des soldats. À l'instant où elle arrivait devant le cinéma Eden, au croisement des rues Jaffa et King George, elle entendit un sifflement terrifiant qui faillit lui déchirer les tympans, un bruit épouvantable, pétrifiant. Elle sentit une force puissante la projeter comme un effroyable raz-de-marée et, au même instant, elle perdit connaissance.

Les sirènes des ambulances emplirent immédiatement la rue Agrippas. La déflagration avait été plus forte que d'habitude, l'obus avait éclaté dans un bruit assourdissant, détruisant les maisons de la rue et des quartiers avoisinants. Des colonnes de fumée enveloppèrent la rue et les ambulances se précipitèrent depuis l'hôpital Bikour Holim, dans le centre. On entendait de toutes parts des hurlements qui se mêlaient aux gémissements des blessés.

Les soldats avaient du mal à contrôler le chaos ; ils installèrent une barrière autour du lieu de la catastrophe pour empêcher les badauds de s'approcher et entreprirent d'évacuer les blessés.

Rahelika se trouvait dans l'épicerie à côté de chez Rahmo lorsqu'elle entendit l'écho de l'explosion, et se mit tout de suite à courir.

« Attendez un instant, essaya de l'arrêter le commerçant, qu'on comprenne d'où ça vient. »

Mais Rahelika avait déjà traversé la rue en trombe, manquant de se faire écraser par une charrette à cheval. Elle courut jusqu'à la maison, mobilisant toutes ses forces. Quelque chose de plus fort qu'elle lui intimait de courir, de se dépêcher, elle sentait qu'il était arrivé quelque chose de grave. *Pitié, pas Boaziko, pas Gabriela,* se prit-elle à penser. Lorsqu'elle arriva chez ses parents, des voisins étaient rassemblés devant l'entrée. Elle se précipita à l'intérieur, terrifiée, et poussa un soupir de soulagement en voyant Boaz et Gabriela sains et saufs. Grâce à Dieu, se dit-elle, elle s'était inquiétée pour rien.

« Que font les voisins ici ? demanda-t-elle à Rosa.

— Dès qu'on a entendu l'explosion, tout le monde est venu ici écouter la radio de ton père pour savoir ce qui s'était passé.

— Et Luna ?

— Probablement chez Zacks et Fils. Elle rentrera bientôt, dès qu'ils la laisseront passer », répondit Rosa en retournant à ses affaires.

Elle n'avait pas envie de s'inquiéter pour son aînée, elle avait ses *habas con arroz* sur le feu et Gabriel dont il fallait s'occuper. Luna, avec l'aide de Dieu, serait bientôt rentrée.

« Il faut aller la chercher, ordonna Gabriel.

— Viens, Beki, on court chez Zacks et Fils.

— Faites attention à vous, demanda Rosa, c'est dangereux dehors, ouvrez l'œil et n'allez que là où les militaires vous le permettent, ne jouez pas les héroïnes. »

Dio santo, elle aurait préféré que les filles restent à la maison à un moment aussi périlleux, mais elle comprenait que Gabriel ne serait pas en paix tant que Luna ne se montrerait pas. Il ne lui restait qu'à prier et à supporter la tête que lui faisait son mari, qui n'en pouvait plus de manger des haricots et du riz tous les jours, mais que faire, puisque c'était la seule chose qu'ils pouvaient se permettre ?

Les filles remontèrent en courant la rue Agrippas, désobéissant à leur mère et évitant les soldats qui empêchaient de traverser la zone bombardée. Elles coupèrent par les petites ruelles, se frayèrent un chemin entre les décombres des maisons effondrées, s'efforçant de ne pas penser aux taches de sang sur les chaussées, et arrivèrent hors d'haleine devant Zacks et Fils pour constater que la boutique était cadenassée.

Comme possédées, elles remontèrent la rue Jaffa en courant jusqu'à l'hôpital Bikour Holim. Elles déboulèrent à l'intérieur et cherchèrent Luna dans tous les services, mais elle n'y était pas.

« Elle est peut-être rentrée à la maison, suggéra Beki avec un peu d'espoir.

— Non, on continue à chercher », répondit Rahelika, et elles traversèrent la rue pour se précipiter vers l'hôpital Hadassah, où elles la trouvèrent.

« Elle a été blessée dans l'explosion, leur dit-on. Gravement blessée. Elle est en salle d'opération, les médecins essaient de la sauver. »

Les deux sœurs s'assirent sur le sol en pierre froid de l'hôpital et elles éclatèrent en sanglots dans les bras l'une de l'autre.

« Je n'aurais pas dû accepter qu'elle sorte par des temps pareils, se lamentait Rahelika. Je l'ai laissée y aller en sachant que Zacks et Fils était fermé, que personne n'achetait de vêtements en ce moment. Je savais qu'on risquait sa vie dehors, pourquoi l'ai-je laissée sortir ?

— Papa aussi le savait, rétorqua Beki, et même Luna, mais elle étouffe à la maison, il fallait lui donner l'impression de faire quelque chose. On voit bien qu'elle n'est pas liée à son bébé, que c'est difficile pour elle. Même si ça m'attriste plus pour Gabriela que pour elle, sa morosité me fait de la peine. Elle avait besoin de sortir de la maison.

— C'est pour ça que j'ai poussé Papa à la laisser chercher du travail, expliqua Rahelika, que j'ai fait croire à Maman qu'elle pouvait sauver la famille avec les quelques sous qu'elle gagnerait au magasin et lui m'a permis de lui donner son accord. *Miskenika* Lunika, je suis persuadée qu'elle aussi savait qu'elle y allait pour rien, qu'elle savait au fond d'elle-même que la boutique était fermée et que M. Zacks restait à la maison comme tout le monde.

— Que va-t-il se passer si elle meurt, Gabriela n'a même pas six mois et elle sera orpheline ? » sanglota Beki.

Elles pleurèrent sur l'épaule l'une de l'autre jusqu'au moment où Rahelika reprit ses esprits.

« On doit parler avec les médecins, comprendre la situation, et ensuite il faudra aller le dire à *Papo* et Maman.

— Comment va-t-on l'annoncer à *Papo* ? »

Beki n'arrivait pas à contenir ses larmes.

« Il est déjà suspendu à un fil. S'il apprend que Luna est grièvement blessée, ça va l'achever.

— On verra bien comment lui dire, pour l'instant allons chercher un médecin. »

Les heures passaient, mais Luna ne sortait toujours pas de la salle d'opération.

« Rentre à la maison, dit Rahelika à Beki. Ils doivent être fous d'inquiétude. Je reste ici jusqu'à ce que Luna sorte.

— Je ne bouge pas d'ici ! s'entêta Beki. Vas-y plutôt toi, tu dois allaiter Boaziko et donner le biberon à Gabriela, ils doivent être morts de faim.

— Mon Dieu, j'avais complètement oublié ! s'exclama Rahelika, paniquée. Bon, tu restes ici et moi je vais informer *Papo* et Maman, je nourris les petits et je reviens immédiatement.

— Vas-y et fais attention dans la rue, je ne bouge pas. »

Mais avant que Rahelika ait eu le temps de se lever, la porte s'ouvrit et l'un des médecins sortit de la salle d'opération.

« Y a-t-il quelqu'un de la famille de Luna Siton ?

— Nous, répondirent-elles en bondissant.

— Nous avons l'opérée. Elle est très grièvement blessée, presque tous ses organes internes sont atteints mais elle est jeune, elle s'en sortira. »

Pendant que Luna luttait pour sa vie, Jérusalem se battait pour la sienne. La ville était assiégée et les Arabes avaient coupé les sources qui l'alimentaient depuis Rosh Ha'ayin.

« Dieu soit loué, dans chaque cour il y a un puits qui recueille les eaux de pluie, dit Gabriel à ses filles, sans cela nous mourrions de soif. »

Il leur avait ordonné de placer des bidons vides sur le toit et dans la cour afin de stocker de l'eau pour se laver et faire la vaisselle, et ils utilisaient les eaux usées pour le ménage.

Peu de temps après, la garde populaire distribua des tracts dans la ville donnant instruction aux résidents de recueillir l'eau de pluie dans des récipients placés sur le toit, exactement comme Gabriel l'avait demandé.

Rosa et les filles vidèrent quelques pots de géraniums et gâchèrent un peu d'eau précieuse pour laver les bidons avec du savon. Elles partirent ensuite rue Agrippas faire la queue avec les habitants du quartier pour la distribution. Les camions passaient d'un quartier à l'autre et chaque famille avait droit à un bidon pour boire et deux pour se laver, mais il n'y avait pas toujours assez d'eau. Gabriel se souvint que dans la yeshiva Etz Hahaim, non loin de son magasin, il y avait un puits. Par chance, il entretenait de bons rapports avec le responsable de la distribution. Dans le passé, tous les vendredis avant le *Shabbat*, il lui remplissait gratuitement un panier de bonnes choses pour lui et sa famille. Il décida que le moment était venu d'être repayé de toutes ses années de générosité et lui envoya Rahelika. Le responsable ouvrit le puits et lui remplit à titre exceptionnel tout un bidon.

Le kérosène s'épuisait également.

« D'ici peu, on va devoir allumer la cuisinière avec de l'arak, dit Rosa. Le pétrole que la garde populaire distribue dans des verres suffit à peine pour réchauffer une casserole de soupe.

— Les enfants du quartier prennent les boîtes de conserve, se mettent à côté de la cheminée de la boulangerie Berman et remplissent les boîtes avec le mazout qui coule, raconta Beki. Je pourrais peut-être y aller aussi ?

— Il nous en reste encore un peu. Si on n'a pas le choix, tu iras, mais pour l'instant on se débrouille », répondit sa mère.

La vie à la maison s'organisait autour des petits et de Gabriel, dont l'état de santé se détériorait même s'il gardait toute sa tête. Il avait de plus en plus de difficultés à s'exprimer, et il fallait pour l'entendre se pencher et coller l'oreille contre sa bouche. Son beau visage avait viré au gris mais, étonnamment, il n'avait aucune ride. *Incroyable,* se dit Rahelika, *il a le visage d'un homme jeune et le corps d'un vieillard à quarante-huit ans à peine.*

Depuis qu'il avait été rappelé du front en raison de l'état de Luna, David partageait sa vie entre sa femme blessée à l'hôpital, sa fille chez ses beaux-parents et les tours de garde dans les différents postes autour de Jérusalem. Chaque matin, les pleurs de Gabriela le tiraient de son sommeil agité. Il se précipitait vers elle, la prenait dans ses bras, l'embrassait et frottait son nez contre son petit ventre, et sa fille lui répondait par des sourires qui le faisaient fondre. Puis il lui donnait le biberon préparé par Rahelika la nuit précédente, changeait ses couches, jouait avec elle et courait au chevet de Luna à l'hôpital. L'entrée du bâtiment était protégée par des sacs de sable. Il sautait par-dessus et grimpait les escaliers quatre à quatre jusqu'au deuxième étage où se trouvait son épouse.

Les couloirs étaient encombrés de blessés. Leurs gémissements, les pleurs de leurs proches et l'abattement des quelques médecins et infirmières débordés de travail qui n'arrivaient pas à faire face à l'afflux de blessés lui brisaient le cœur, et l'odeur d'urine repoussante mêlée aux effluves oppressants de pommades et désinfectants lui donnait le tournis. Luna était étendue sur le lit les yeux fermés, reliée à des perfusions et à toutes sortes d'instruments dont on lui avait expliqué mille fois la fonction, sans qu'il parvienne à la comprendre. Elle était si frêle, on aurait dit un oiseau aux ailes brisées. Le lit d'hôpital étroit était encore trop grand pour son corps décharné, comme si on l'avait posée au milieu d'un champ découvert. Son visage était déformé par la douleur, elle avait les lèvres gercées et tout son corps n'était qu'une gigantesque blessure. Il n'osait pas la toucher de peur de démanteler ce corps fragile qui tenait grâce aux bandages et aux points de suture.

« Lunika », chuchotait-il, mais elle ne répondait rien.

Il posait la main près de son nez, de ses lèvres et Dieu merci, il sentait son souffle. Il répétait ce geste chaque matin pour s'assurer qu'elle vivait encore, comme il le faisait le soir avec Gabriela pour vérifier qu'elle respirait bien.

Il n'y avait même pas de chaise dans la chambre et il n'osait pas s'asseoir sur son lit pour éviter de toucher sans le vouloir son corps blessé.

« Lunika, répétait-il.

— Elle est en vie, répondit l'homme blessé allongé dans le lit d'à côté. Tout juste, mais elle est en vie. »

C'était un jeune homme de dix-huit ou vingt ans peut-être. Il était blessé de la tête aux pieds, le corps emmailloté dans des bandages. Son visage, celui d'un jeune garçon, était enflé, avec des traces de sang séché sur la peau et dans ses cheveux roux. Seuls ses yeux bleus ardents dégageaient la vitalité de la jeunesse.

« Où as-tu été blessé ? demanda David.

— À Bab-el-Wad, répondit le garçon. J'étais dans un convoi qui cherchait à briser le siège lorsqu'on nous a attaqués de Beit Mahsir. Heureusement, ils ont réussi à m'extraire et à m'amener ici en véhicule blindé. Les médecins m'ont opéré et m'ont sauvé la vie, même si je dois attendre qu'ils retirent les bandages pour savoir ce qu'ils ont vraiment pu sauver, ajouta-t-il dans un bref éclat de rire qui déforma son visage.

— Le principal, c'est que tu ries, c'est déjà quelque chose, lui dit David en souriant.

— Et qu'est-ce qui me reste à faire, pleurer ?

— Tes parents, ta famille sont au courant ?

— Mes parents ne sont pas encore venus, ils habitent loin, à Nahariya, et la ville est assiégée, ils n'ont aucun moyen de passer et on n'a aucun moyen de les prévenir.

— Je peux faire quelque chose pour toi ? Tu as peut-être de la famille à Jérusalem ?

— Non, ils sont tous à Nahariya.

— Si tu as besoin de quoi que ce soit, n'hésite pas.

— Merci, répondit le jeune homme. Je m'appelle Ghidi, mais les camarades m'appellent le Rouquin. Je suis désolé de ne pas pouvoir te serrer la main. Et elle, demanda-t-il, où a-t-elle été blessée ?

— Dans le bombardement de la rue Agrippas.

— Une parente ?

— Ma femme, Luna. On a une petite fille de six mois. J'étais au front dans le Sud quand c'est arrivé, ils m'ont prévenu quelques jours plus tard seulement et m'ont permis d'aller à Jérusalem. Je suis arrivé avec un convoi et maintenant je suis là, je m'occupe d'elle et de ma fille.

— Ils t'ont déchargé du front ?

— Je sers dans les postes autour de Jérusalem. Lorsque l'état de ma femme s'améliorera, je retournerai au front. Je dois y aller maintenant, prendre mon tour de garde. Si jamais un miracle se produit et qu'elle se met à parler, dis-lui que j'étais là et que je reviendrai demain. »

Il fallut deux opérations compliquées pour sauver la vie de ma mère, auxquelles elle survécut de justesse. Mon père était présent lors de la seconde intervention, il resta de longues heures avec Rahelika et Beki de l'autre côté de la salle en priant pour elle. Il passait ses journées à son chevet et chaque moment libre avec moi, mais au bout de deux mois sans aucune amélioration, il sentit que s'il continuait à se partager entre le lit de sa femme à l'hôpital et celui de sa fille chez ses beaux-parents, il allait devenir fou. C'était un soldat, il voulait combattre au front, prendre part à la guerre. C'est ce qu'il avait fait contre les fascistes italiens, c'est ce qu'il avait fait contre l'armée de Rommel, et maintenant il voulait se battre contre celle de Qawuqji. Tout lui manquait : le Sud, les Jeep, le béret, l'atmosphère de camaraderie, et puis les deux Ora du bataillon, Ora la brune et Ora la blonde, Ora la fille du kibboutz et Ora la Tel-Avivienne. Elles tournaient sans cesse autour de lui et il adorait donner l'impression à chacune d'entre elles qu'elle était sa préférée. Il aimait raconter des histoires à dormir debout, mais par-dessus tout s'asseoir au volant de la Jeep de reconnaissance. Les trajets à toute vitesse entre les postes d'observation lui manquaient. Il n'oublierait jamais la salve de tirs que son bataillon avait essuyée des Égyptiens près de Negba, il avait senti que sa vie pouvait s'arrêter d'un instant à l'autre lorsque les pneus avaient été touchés et que la Jeep s'était immobilisée, et pourtant il avait eu une sensation d'ivresse. Il aimait l'atmosphère désordonnée, les vestes en cuir, les jumelles, les écharpes, la camaraderie sans condition, et c'est justement quand il commençait à prendre goût à la guerre que Luna avait été blessée et qu'on l'avait ramené à Jérusalem.

Lorsque l'état de santé de ma mère commença à s'améliorer, Rahelika décida que le moment était venu de m'amener à l'hôpital.

« Peut-être que voir Gabriela lui remontera le moral. »

Elle comprit vite à son grand effroi que non seulement ma mère n'était pas d'humeur à me voir, mais que je ne l'étais pas davantage. Dès qu'ils me déposèrent à côté d'elle sur son lit d'hôpital, je fondis en larmes en agitant mes petits bras dans tous les sens et Luna devint hystérique.

« Sors-la, demanda-t-elle, sors-la d'ici et ne l'amène plus, l'hôpital n'est pas un endroit pour les enfants. »

C'était un spectacle déchirant et ma tante Rahelika, qui avait un cœur d'or et que rien ne pouvait ébranler, ne put le supporter. Elle avait le visage inondé de larmes lorsqu'elle me prit des bras de ma mère et regarda sa jolie sœur. Luna avait perdu du poids, elle était frêle comme une feuille dans le vent, ses magnifiques cheveux étaient tombés et entre les mèches éparses et ternes, on apercevait des zones de calvitie sur son crâne. On aurait dit une de ces survivantes de la Shoah dont les photos étaient régulièrement publiées dans le journal.

Avant de partir, Rahelika embrassa sa sœur.

« Tu as raison, Lunika, l'hôpital n'est pas un endroit pour les enfants. On attendra que tu aies repris assez de forces pour te lever et descendre dans le jardin, et on te la ramènera. »

Ma mère garda le silence. Elle était d'humeur tellement morose qu'elle ne parlait pas depuis plusieurs jours. Mon père avait beau la supplier, elle restait muette. Il avait parfois l'impression qu'elle le punissait. Seul le blessé aux cheveux roux étendu dans le lit d'à côté réussissait parfois à lui tirer un sourire. Malgré son état de santé qui n'était pas moins préoccupant, il communiquait sa joie de vivre à tous les patients de la chambre, même à elle.

Luna ne restait jamais seule, il y avait toujours quelqu'un de la famille à son chevet pour exaucer ses désirs. Rahelika, Beki, Rosa, proches et voisins se relayaient pour s'occuper d'elle et de moi. « *Chikitika miskenika*, si tu savais par combien de bras tu es passée ! » me dirait grand-mère Rosa des années plus tard.

La guerre faisait rage. De temps à autre, un convoi parvenait à éviter les bandes arabes qui dressaient des embuscades sur les routes et à briser le siège de Jérusalem. Rahelika et Beki couraient alors vers la rue Jaffa, accueillaient comme tout Jérusalem les héros avec des cris de joie et d'amour, embrassaient les blindés et les soldats et allaient prendre leur place dans la file pour la distribution de nourriture.

Un beau jour, une surprise les attendit. *Tía* Alegra leur avait envoyé de Tel Aviv un paquet contenant de l'huile, du riz, de la farine, du sucre, deux tomates et un paquet de beurre, et même des bonbons et des *biskochos* préparés tout spécialement. Ce soir-là, ils invitèrent les voisins à partager les victuailles. Comme le voulait la coutume, celui qui recevait un paquet le partageait ; pas question de le garder pour soi. On veillait à distribuer en priorité aux familles avec des malades ou des bébés.

« On avait toute une série d'astuces pour inventer des plats à partir de rien, me raconta grand-mère Rosa des années plus tard. Lorsque les placards étaient vides, tes tantes, que Dieu les garde, allaient avec les voisines dans les champs derrière Ohel Moshe, à côté de Sheikh Badr, là où se trouve aujourd'hui le bâtiment de la Knesset, et coupaient de la mauve, comme les Arabes. Puis on allumait un feu dans la cour. On faisait bouillir un bidon d'eau, on ajoutait les graines de mauve, un peu d'oignon, du sel et du poivre, et on concoctait un bouillon délicieux. S'il y avait assez de farine et un peu d'huile, ma chère voisine Tamar faisait du pain, sa spécialité. On le trempait dans la soupe et on se faisait un festin de rois. »

Rosa se démenait pour faire tourner la maisonnée, préparer quelque chose à partir de miettes en s'en tenant autant que possible aux plats traditionnels. Elle avait cessé depuis longtemps de mettre de la viande dans le *hamin* du Shabbat, la remplaçant par des *kubebas,* des boulettes de pain trempées dans le sel, le poivre et les herbes aromatiques cueillies dans les champs. Heureusement pour elle, sa famille les appréciait beaucoup et des années plus tard, alors qu'on trouvait de la viande à profusion et qu'ils avaient beaucoup plus d'argent, les Ermoza continuaient à manger les *kubebas* que grand-mère Rosa préparait pendant la guerre et les privations.

Trois mois après le bombardement, l'état de ma mère s'était légèrement amélioré mais elle n'arrivait toujours pas à descendre de son lit et passait la plupart du temps allongée sur le dos, les yeux fermés. Le Rouquin essayait de la faire rire, mais lui tirait au mieux un sourire las.

« Bonjour jolie jeune femme, lui dit-il un jour en souriant. On m'a dit que tu avais les yeux verts mais je n'arrive pas à le croire. »

Elle ouvrit les yeux.

« Oh, finalement ! Trois mois que je suis allongé à côté de toi et c'est la première fois que je les vois. Ils sont si beaux, pourquoi les gardes-tu fermés ? »

Luna ne répondit rien, mais au fond d'elle-même elle apprécia le compliment. C'était la première fois depuis son hospitalisation qu'une personne extérieure parvenait à l'atteindre.

Au fur et à mesure que la situation se dégradait dans la ville bombardée, le nombre de voisines et de proches qui se relayaient à son chevet diminuait et le poids reposait désormais principalement sur Rahelika et Beki. Grand-mère Rosa préférait s'occuper des petits plutôt que de rester avec sa fille qui, même blessée, gardait l'air maussade en sa présence.

Entre deux bombardements, les voisins s'asseyaient dans la cour pour prendre l'air, respirer, discuter et profiter des rayons du soleil après des jours et des nuits reclus.

« Viens, *kerido*, dit grand-mère Rosa à son mari. Allons nous asseoir dehors un moment.

— Sors, toi, moi je suis bien à la maison.

— Mais ça fait plusieurs jours que nous ne sommes pas sortis, *kerido*, le soleil te fera du bien.

— Rien ne peut me faire de bien, désormais. Quel sens a ma vie si je dois rester assis toute la journée sans même pouvoir rendre visite à ma fille ? »

Elle avait de la peine pour lui, sentait l'immense douleur et l'inquiétude de son mari pour Luna et savait qu'il avait le cœur gros de ne pas pouvoir la voir. Elle décida d'en parler avec David, il aurait peut-être une idée pour amener Gabriel à l'hôpital.

Un beau jour, mon père gara une Jeep de l'armée devant la porte d'Ohel Moshe, porta Grand-père jusqu'à la voiture et l'installa sur le siège avant, à côté de lui. Rahelika et Beki grimpèrent à l'arrière et grand-mère Rosa resta à la maison avec Boaz et moi.

Arrivé à l'hôpital, mon père le porta dans l'escalier jusqu'à la chambre de ma mère. Puis il le fit descendre délicatement et précautionneusement en le soutenant pour éviter qu'il ne trébuche. En s'appuyant sur mon père d'un côté et sur ma tante Rahelika de l'autre, grand-père Gabriel s'avança à pas lents et mesurés vers le lit de sa fille.

« Lunika, regarde qui est là », annonça Rahelika.

Luna ouvrit les yeux, vit son père, et personne ne parvint à retenir ses larmes en voyant cet homme malade se pencher au-dessus du lit de sa fille et l'embrasser sur son front fiévreux tandis qu'elle susurrait entre ses lèvres gercées :

« Je suis vivante, ne pleure pas, *Papo*, je suis vivante. »

La Légion arabe conquit Gush Etzion et tous ceux qui ne furent pas tués se retrouvèrent prisonniers. La Vieille Ville tomba et les résidents juifs s'enfuirent vers la zone occidentale. Arnona et Talpiot, les quartiers sud, étaient constamment pilonnés. Le kibboutz Ramat Rahel tomba lui aussi aux mains de la Légion avant d'être repris. Il y eut une trêve à la fin du printemps mais, un mois plus tard, au moment où les figues mûrissaient et les figues de Barbarie explosaient de jus sur les cactus, la guerre repartit de plus belle. Les convois peinaient à ouvrir une route vers la ville assiégée ; les habitants de Jérusalem n'avaient plus rien à manger et la mortalité infantile ne cessait d'augmenter.

Une nuit, grand-mère Rosa fut réveillée par mes pleurs. Elle s'approcha du parc et me prit dans ses bras. J'avais beaucoup de fièvre, ma couche était trempée de selles liquides mêlées à du sang, j'avais le visage tordu de douleur. Mes hurlements lui brisèrent le cœur et réveillèrent toute la maisonnée.

« La petite est brûlante de fièvre, dit Rahelika. Il faut l'emmener tout de suite chez le docteur Kagan. »

Mon père enveloppa mon petit corps dans une couverture et courut avec moi jusqu'à l'hôpital Bikour Holim. Le docteur Kagan était déjà au travail. Au premier coup d'œil, avant même de m'observer, elle dressa son diagnostic :

« Elle a la dysenterie, comme la moitié des enfants de Jérusalem, il faut l'hospitaliser. »

Mon état de santé se détériorait. Le docteur Kagan me soignait avec abnégation comme si j'étais sa fille, de même que les dizaines de bébés dont elle avait la charge, mais mon état ne s'améliorait pas et la fièvre ne baissait pas. Je pleurais sans arrêt jusqu'au moment où mes forces s'épuisèrent, puis mes sanglots laissèrent place à des gémissements tristes, pareils à ceux des enfants autour de moi. Je risquais de mourir. Mon pauvre père ne savait pour qui s'inquiéter en priorité, Luna ou Gabriela. Même Rahelika, pourtant solide comme un roc, craquait. Elle était capable de tout supporter, y compris la souffrance de Luna, mais pas celle d'un bébé.

Beki s'installa à l'hôpital, elle dormait par terre au pied de mon lit sur une couverture apportée de la maison et faisait les cent pas dans les couloirs en me prenant dans ses bras. Grand-mère Rosa se retrouvait à implorer le Seigneur comme elle ne l'avait plus fait depuis la mort de son fils aîné ; elle tenait le livre des Psaumes en regardant les lettres sans pouvoir les déchiffrer, allumait des bougies et faisait des vœux. Quant à grand-père Gabriel, il se refermait de plus en plus sur lui-même, parlait à peine et avait même cessé d'écouter la radio. Qu'aurait-il bien pu apprendre qu'il ne savait déjà, puisque cette maudite guerre faisait rage au sein même de sa maison ? Qui pouvait lui parler des injustices de la guerre quand sa fille et sa petite-fille en étaient victimes ?

« Pourquoi ne faites-vous rien, demanda mon père au docteur Kagan, pourquoi n'aidez-vous pas ma fille ?

— Je suis désolée, mais on ne peut rien faire de plus. Nous réinjectons les fluides et les sels minéraux de la petite en espérant l'aider, mais on manque de pénicilline et de médicaments, ils doivent arriver avec le prochain convoi. »

Le convoi tardait à percer le siège et mon état se dégradait.

« *Dio santo*, j'étais terrifiée à l'idée de te perdre », me raconta plus tard grand-mère Rosa.

Ses cauchemars revenaient, charriant les souvenirs terribles qu'elle avait essayé de mettre à distance pendant toutes ces années, et la douleur causée par la perte de Rafael, son fils aîné, la frappait à nouveau comme s'il venait de mourir. Dio senyor del mundo, implorait-elle, *ne m'enlève pas en plus ma petite-fille.*

Pendant que je luttais pour ma vie à l'hôpital Bikour Holim et ma mère pour la sienne à Hadassah, Rahelika se démenait pour éviter que la famille ne s'écroule sous ses yeux. Elle courait dans tous les sens pour s'occuper de Boaz, de sa sœur et de sa nièce. Elle ne reculait pas devant le danger, sortait une fois par jour et passait d'un hôpital à l'autre. Rosa avait beau la supplier de se contenter de rendre visite à Luna et de laisser Beki, qui vivait quasiment à l'hôpital, s'occuper de moi, elle l'ignorait, dévorée d'inquiétude. Elle trouva enfin une maigre consolation dans la lettre qui arriva du front, qu'elle n'arrêtait pas de relire pour se donner des forces.

« Je t'aime, mon amour, lui écrivait Moïse, je vous aime comme ma vie, toi et Boaz que j'ai à peine eu le temps de connaître. » Il demandait des nouvelles de la famille et de Luna et à la fin seulement, en une seule phrase, disait qu'il allait bien. Grâce à Dieu. Elle pouvait au moins se rassurer sur ce front, restait maintenant à se tranquilliser pour le reste, mais comment faire lorsque Luna n'était toujours pas sortie d'affaire et que la petite allait mourir ?

Elle devait rentrer à la maison pour s'occuper de Boaz.

« Tu dois essayer de réveiller sa pulsion de vie, tu dois absolument ! » dit-elle à Beki, qui restait en permanence à côté de moi.

Mais comment réveiller en une si petite fille la volonté de vivre ? songeait Beki. Elle-même n'était qu'une enfant. Où puiserait-elle les forces pour la guérir ? Où était son Eli, à présent qu'elle en avait tant besoin ? Il l'aurait encouragée, l'aurait aidée à redonner à Gabriela l'envie de vivre.

« Tu dois guérir, me disait-elle. Tu m'entends, ma chérie, ma jolie, tu dois boire car s'il t'arrive quelque chose je mourrai, tu m'entends, mon petit chou, je mourrai. »

Elle mettait le biberon dans ma bouche, mais je le repoussais de toutes mes forces. Elle humidifiait un morceau de tissu, comme le docteur le lui avait expliqué, pour le glisser entre mes lèvres, mais je tournais la tête et refusais de sucer.

Beki me berçait constamment et refusait de me mettre au lit, craignant qu'un malheur n'arrive si elle ne me gardait pas dans ses bras maigres. La responsabilité de ma vie reposait sur ses épaules, or elle n'était qu'une adolescente. Même David n'arrivait pas à faire face, il pleurait comme un bébé, dévasté à l'idée que sa fille ne s'en sorte pas. Quant à Rahelika, *miskenika*, lorsque le docteur Kagan avait appris qu'elle avait un bébé à la maison, elle lui avait interdit de venir, lui expliquant qu'elle risquait de tomber malade ou d'infecter le petit Boaziko. Elle restait toute la journée dans la cour de l'hôpital et Beki se mettait à la fenêtre pour qu'elle puisse me voir, et ce n'est qu'après m'avoir aperçue de loin que Rahelika courait au chevet de Luna.

Luna n'était pas au courant de l'état de santé de sa fille. La famille avait décidé d'un commun accord de ne rien lui dire. De toute façon, elle leur avait demandé de ne pas lui amener le bébé et elle était tellement prise par ses douleurs et ses soucis qu'elle ne posait pas de questions. On lui raconterait lorsque la guerre serait terminée, et qu'on serait toutes les deux guéries, avec l'aide de Dieu. Tout irait bien, se disait Rahelika. Sa sœur ferait de la place à sa fille dans son cœur et elles rattraperaient le temps perdu.

David sentait son cœur se déchirer lorsqu'il prenait le corps frêle de sa fille dans ses bras, dont il voyait l'état se détériorer. Elle n'avait plus de forces pour pleurer. Son joli visage était jauni par la douleur et son regard apathique. Elle ne riait plus en voyant son père, ne tendait plus les mains vers lui pour qu'il la prenne, et lui s'effondrait en larmes. Beki, Dieu la bénisse, n'avait que quinze ans, mais c'était un roc comparé à lui. Rahelika, Rosa… à côté de lui les femmes de la famille Ermoza étaient de vrais hommes. Complètement perdu, il ne savait pas s'il devait d'abord se soucier de son épouse ou de son bébé, pour qui il devait prier en premier. Alors au lieu de prier, il pleurait, sans se cacher, ouvertement. Cette fois-ci, il colla contre sa poitrine le tout petit corps de sa fille mourante et pleura, inconsolable.

Beki se hâta de lui reprendre Gabriela. Elle ne fit pas de commentaires, n'essaya pas de le consoler ou de le rassurer, elle se contenta de prendre la petite en silence. David embrassa le front du bébé avant de quitter la pièce, descendit l'escalier et sortit presque en courant, tant il était incapable de rester dans cet hôpital.

En raison de la maladie de sa fille, il avait dû renoncer à ses responsabilités de garde et de défense et portait désormais les nouvelles d'un poste à l'autre à moto. Il mit le moteur en marche mais, au lieu de retourner à son commandement, il partit au hasard. Il ne pouvait pas aller n'importe où, une partie des routes étant coupées. Jérusalem semblait à l'abandon, comme après un tremblement de terre, avec ses ruines fumantes et les habitants qui erraient comme des ombres à la recherche d'un abri contre les obus. Le centre-ville subissait des bombardements quotidiens. Les rues Jaffa, Ben Yehouda et King George, jadis bruyantes et pleines de vie, fréquentées par des milliers de personnes, étaient désertes. Les magasins étaient grillagés, les fenêtres des maisons obstruées, personne n'entrait ni ne sortait.

Errer sans but ne l'aidait pas ; au contraire, ça le déprimait encore plus. Il était vaincu, comme Jérusalem. La Légion jordanienne avait conquis Atarot et Neve Yaakov. Le kibboutz de Beit Ha'arava, à côté de la mer Morte, était tombé lui aussi, de même que la Vieille Ville et, à moins d'un miracle, la ville nouvelle plierait à son tour.

Sans l'ouverture de la « route de Birmanie » vers Jérusalem, un mois après que j'avais contracté la dysenterie, je doute que je serais restée en vie. Lorsque le siège fut brisé, les médicaments arrivèrent avec les ravitaillements. Petit à petit, mon état s'améliora, je me remis à manger et à prendre du poids et, comme tous les enfants, je retrouvai mon énergie et ma joie de vivre. Désormais, lorsque mon père venait me voir à l'hôpital, je poussais de petits cris, agitais les bras et riais, et lui enfouissait la tête dans mon ventre en faisant de drôles de bruits et me soulevait en l'air, ivre de bonheur.

Au bout de deux mois d'hospitalisation, on me laissa rentrer à la maison. La joie de me voir saine et sauve fut l'unique rayon de soleil pour la famille Ermoza en ces jours difficiles. Ma mère allait un peu mieux, mais n'était pas encore hors de danger. Cela faisait des mois qu'elle était hospitalisée et elle n'en voyait pas encore le bout.

Mon père reprit son service plein dans son unité de défense de Jérusalem. Il passait toutes les nuits allongé dans un poste, le fusil chargé. Le matin, quand on venait le remplacer, il filait à l'hôpital rendre visite à ma mère et lorsque Beki ou Rahelika arrivaient, il allait chez mes grands-parents s'occuper de moi jusqu'à ce qu'il soit l'heure de reprendre son service. Il dormait à peine à cette époque, se contentant souvent de trois ou quatre heures de sommeil, parfois moins.

Les convois qui ravitaillaient Jérusalem par la route de Birmanie apportaient des lettres du front. Beki vivait d'un courrier à l'autre. Chaque fois qu'un convoi entrait, elle se précipitait chez les parents du bel Eli Cohen, qui ne la décevait jamais. À chaque lettre envoyée à sa famille, il en joignait une débordant d'amour et de nostalgie pour elle. Elle ouvrait l'enveloppe avec émotion, lisait et relisait, embrassait les mots d'amour et les baignait de larmes. Dès qu'elle le pouvait, elle rendait visite aux parents de son amoureux : chez eux, elle avait l'impression d'être plus près de lui.

Moïse envoyait lui aussi des lettres optimistes qui racontaient l'avancée du front méridional et la fin prochaine de la guerre, mais plus il évitait de l'inquiéter, plus Rahelika se faisait du souci. Elle lisait la tristesse entre les lignes des pages abîmées qui arrivaient du front. Ses mots d'amour ne parvenaient pas à cacher son immense préoccupation pour elle, Boaz, le reste de la famille et surtout Luna. Il s'en dégageait un vague à l'âme douloureux que Rahelika s'efforçait de mettre à distance pour continuer à vivre.

Si Eli Cohen et Moïse écrivaient à l'élue de leur cœur dès qu'ils en avaient la possibilité, grand-mère Rosa ne recevait pas le moindre signe de vie d'Ephraim. Malgré son inquiétude, elle avait l'intime conviction qu'il se débrouillerait, comme il l'avait fait pendant toutes les années où elle avait perdu sa trace. Pour l'instant, elle était surtout angoissée pour Luna, dont la vie était toujours suspendue à un fil, et pour son mari dont l'état de santé continuait à se détériorer, et se souciait de faire tourner la maison. Rahelika et Beki lui étaient d'une grande aide et la déchargeaient de toutes ses tâches, la laissant uniquement s'occuper des petits. Mais l'argent s'épuisait et désormais, même si Gabriel avait permis qu'elle aille faire des ménages, où aurait-elle trouvé du travail ? Qui avait assez d'argent pour se permettre une employée de maison en temps de guerre ?

Ma mère ne savait toujours rien des dangers que j'avais encourus. Elle était tellement préoccupée par ses blessures et souffrait tant, à quoi bon lui donner encore plus de chagrin ? Elle demandait de temps en temps des nouvelles de sa fille et on lui racontait ses exploits : elle avait fait une nouvelle dent, commençait à se tenir debout dans le parc, rampait. Luna répondait en souriant « que Dieu la garde », rien de plus.

Un jour, cependant, elle suggéra à David :

« Tu pourrais peut-être m'amener la petite demain ? Elle me manque. »

Le lendemain, Beki me mit une robe rose à pompons que grand-mère Rosa avait tricotée, attacha un ruban rose dans mes boucles rousses et me tendit à mon père pour qu'il m'emmène enfin voir ma mère.

« On va rendre visite à Maman, m'expliqua-t-il. Maman, dis Maman », et moi je répétais comme un perroquet. « Ta mère sera contente de t'entendre l'appeler Maman », dit-il en riant, et je répétais de plus belle le mot que je venais d'apprendre, prononçant pour la première fois : « Ma-man. »

Ils étaient convenus de ne pas m'amener à l'intérieur de l'hôpital, craignant que je n'attrape un microbe ou une infection quelconque et ne retombe malade. À une heure précise, Luna devait sortir et ils iraient ensemble s'asseoir sur un banc dans le jardin.

Ma mère descendit à grand-peine dans l'entrée. Chaque marche la faisait souffrir, ses blessures n'avaient pas encore cicatrisé et elle craignait que les pas ne rouvrent les fils et que ses intestins ne se déversent. Elle fit pourtant un effort surhumain et se força à marcher.

« Fais attention, lui conseilla le Rouquin. Descends tout doucement et tiens-toi à la rampe. »

Il aurait voulu l'aider, mais lui-même était cloué au lit et ne réussissait pas à lever les jambes, et tout son corps était encore couvert de bandages. Il avait le cœur brisé de la voir faire tous ces efforts pour éviter que sa fille n'entre dans l'hôpital. Il l'écoutait gémir de douleur dans son sommeil et pleurer en secret dans son oreiller en couvrant sa tête avec la couverture pour que personne ne l'entende, mais lui voyait et entendait et il était dévasté.

Luna descendit péniblement une marche à la fois jusqu'au hall d'entrée, et de là elle avança en rampant quasiment jusqu'au portail. Elle sortit juste au moment où David arrivait en me portant dans ses bras. Elle eut un coup au cœur en me voyant, n'arrivait pas à croire que j'aie autant grandi. Elle tendit les mains pour me prendre, mais dès que mon père me passa à elle, je me mis à pleurer et à battre des pieds, refusant ses bras. Et elle, qui avait déjà oublié la scène que je lui avais faite la dernière fois qu'on m'avait portée la voir, se retrouva triste et désemparée devant sa fille qui la repoussait à grands cris et refusait de s'approcher d'elle.

« Elle ne me connaît pas, déplora-t-elle douloureusement, elle ne sait pas que je suis sa mère.

— Ça fait très longtemps qu'elle ne t'a pas vue, tenta de la réconforter David. Donne-lui un peu de temps et tout ira bien. »

Luna était désespérée et n'arrivait pas à cacher sa déception.

« Ce n'est pas grave, David. Le principal, c'est que Gabriela aille bien, qu'on prenne bien soin d'elle.

— Ne t'inquiète pas, ma chérie, tout le monde s'en occupe : ta mère, tes sœurs, les voisines. Tout le monde l'adore, c'est une gentille enfant.

— Oui, murmura-t-elle, c'est une gentille enfant.

— Elle te ressemble comme deux gouttes d'eau, ils le disent tous. Les yeux, les cheveux, les fossettes, c'est vraiment une petite Luna.

— Oui, une petite Luna, susurra ma mère en s'efforçant de retenir ses larmes. Et maintenant allez-y, vous reviendrez un autre jour, je suis fatiguée ; je remonte dans ma chambre. »

Mon père l'embrassa sur la joue et fit une dernière tentative en s'adressant à moi :

« Allez *bonika,* ma poupée, dis "Maman" comme tout à l'heure, dis-le, gentille enfant. »

Mais je fis la grimace en refusant de répéter le mot devant ma mère et pleurai de plus belle.

« Ne t'inquiète pas, David, emmène-la.

— Mais Luna, il faut qu'elle te connaisse, qu'elle sache que tu es sa mère.

— Elle le saura, David. Si Dieu le veut, je rentrerai à la maison et tout s'arrangera. Maintenant prends-la, ça ne me fait pas de bien de la voir pleurer comme ça.

— Prends soin de toi. Je reviendrai demain. »

Il l'embrassa à nouveau et sortit de l'hôpital. Il était déçu de la rencontre mais résolu à ne pas renoncer, il continuerait à amener la petite voir sa mère. Il allait bien falloir qu'elle s'habitue à elle, c'était inadmissible qu'elle pleure en la voyant comme si elle rencontrait une inconnue.

Luna remonta les marches à grand-peine, claudiqua jusqu'à sa chambre et à son lit, puis se glissa sous la couverture sans retirer sa blouse et se couvrit la tête.

« Tout va bien, Luna ? » demanda le Rouquin.

Pas de réponse.

« Comment s'est passée la visite de ta fille ? insista-t-il.

— Elle ne sait même pas que je suis sa mère, soupira Luna. Elle me prend pour une inconnue.

— Elle ne t'a pas vue depuis des mois, c'est normal, tempéra-t-il pour essayer de la réconforter.

— Non, ce n'est pas normal. Il n'y a rien de normal entre ma fille et moi. »

9

Cela faisait plusieurs nuits que Gabriel ne parvenait pas à dormir plus d'une heure d'affilée, hanté par le même rêve. Il courait, traversait des champs, des montagnes, des mers et des océans. « Où vas-tu, Gabriel ? demandait la voix douce d'une femme, où vas-tu ? » Il continuait sans répondre. Son souffle était lourd mais il n'arrivait pas à s'arrêter, n'arrivait pas à ralentir, il poursuivait sa course et là, toujours au même endroit et au même moment, elle surgissait de nulle part, courait devant lui et lui tentait de la rattraper, la jeune fille qu'il n'avait plus vue depuis vingt-cinq ans, la jeune fille aux yeux bleus et aux cheveux d'or. Il tendait le bras pour la toucher mais ne parvenait pas à se rapprocher, elle le devançait, lui échappait et lorsqu'il était sur le point d'y arriver, de l'atteindre, il se réveillait trempé de sueur avec un sentiment pénible d'occasion manquée. Il voulait s'asseoir dans son lit, la bouche sèche, il avait soif mais ne pouvait se lever tout seul. Il aurait dû réveiller Rosa pour qu'elle l'aide, mais comment la regarder dans les yeux lorsque la raison pour laquelle il avait besoin d'elle en plein milieu de la nuit, c'était cette jeune fille aux cheveux d'or dont le souvenir l'avait empêché toute sa vie d'aimer son épouse comme un homme aime une femme ?

Il resta allongé les yeux ouverts, priant le ciel d'abréger ses souffrances. *Mieux vaut mourir,* se dit-il, *plutôt que vivre ainsi, malade et incapable de bouger le petit doigt sans aide, à dépendre de ma femme et de mes filles. Je suis fatigué de cette vie misérable.*

Le lendemain matin, lorsque Rosa vint le réveiller, elle le trouva étendu dans son lit, les yeux ouverts.

« Bonjour, *kerido,* lui dit-elle, mais il resta muet. *Buenos días,* essaya-t-elle à nouveau. Comment vas-tu aujourd'hui, *kerido* ? »

Toujours pas de réponse.

« Gabriel, *ke pasa* ? Tu ne te sens pas bien ? »

Elle posa la main sur son front. Il lui faisait peur. Elle s'assit sur le lit et approcha la joue de ses lèvres. Son souffle la rassura, il vivait encore. Elle se leva et passa dans l'autre pièce.

« Rahelika, dit-elle à sa fille en train d'allaiter, ton père est étendu comme un mort et ne parle plus.

— Comment ça ?

— Je lui parle, mais il ne me répond pas. »

Rahelika éloigna Boaz de son sein et le petit se mit à pleurer.

« Prends-le », dit-elle à sa mère avant de se précipiter dans la chambre de son père.

« *Papo,* tu vas bien ? » demanda-t-elle, préoccupée.

Il ne répondit pas.

« *Papo,* arrête de m'inquiéter, j'ai déjà assez de soucis comme ça. »

Mais Gabriel se taisait.

« *Papo,* je t'en supplie, implora-t-elle en s'agenouillant près de son lit, on ne tiendra pas le coup s'il t'arrive aussi quelque chose, aie pitié de nous, ce n'est pas le moment de te taire, *Papo.* Si tu as mal quelque part, dis-le.

— Que se passe-t-il ? demanda David qui venait de se réveiller.

— Mon père a choisi ce moment pour entamer une grève de la parole, répondit Rahelika.

— Retourne auprès du petit, il hurle comme si on l'égorgeait. Je reste avec ton père. »

Boaz ne se calma que lorsque sa mère lui redonna le sein, mais voilà que Gabriela aussi avait faim et se mit à pleurer. Beki prit le biberon de lait préparé un peu plus tôt par Rahelika et le versa dans une casserole pour le réchauffer.

« Ne le réchauffe pas trop, conseilla Rosa, pour ne pas risquer de la brûler.

— Je sais exactement combien de temps il faut le faire chauffer, je pourrais être mère, je suis prête, répondit fièrement Beki.

— Que Dieu te garde, bien sûr que tu es prête. Ton Eli reviendra du front et si Dieu le veut, dans deux ou trois ans nous aurons un mariage. »

Mais à la simple mention d'Eli, Beki fondit en larmes.

Dio santo, *ils sont tous devenus fous,* se dit Rosa – *Gabriela, Rahelika, les bébés, et maintenant Beki. Une maison de fous !* Elle était la seule à rester solide comme un roc, même si elle n'avait plus la force de respirer.

Dans la chambre avec Gabriel, David était désemparé. Il faisait les cent pas entre la fenêtre et le lit de son beau-père, ne sachant comment se comporter avec le vieil homme avec lequel il ne s'était jamais retrouvé seul.

« *Senyor* Gabriel, comment vous sentez-vous ce matin ? »

À sa grande surprise, Gabriel, resté muet lorsque sa femme lui parlait et sa fille le suppliait, détourna le visage du mur et lui répondit :

« Je me sens misérable.

— Alors tout va bien, répondit David en riant. Moi aussi. Je craignais que, à Dieu ne plaise, vous ne soyez vous aussi malade.

— Je ne retrouverai pas la santé, cher gendre, je suis vieux et malade et ma vie ne vaut plus rien. Je n'attends plus que le jour où je rendrai mon âme au *senyor del mundo.*

— Dieu nous garde, *senyor* Gabriel, comment parlez-vous ! Vous n'êtes pas si âgé que ça, vous n'avez même pas cinquante ans.

— Je suis vieux, mon garçon, je ne sers plus à rien. Même me lever de mon lit, je n'y arrive plus seul, même pour pisser j'ai besoin d'aide, alors que me reste-t-il dans cette vie si Dieu m'a pris le peu de dignité qui me restait et que je dois demander à ma femme de m'essuyer le derrière ? »

David se tut, stupéfait par la franchise de Gabriel. Il ne s'était pas préparé à une conversation intime avec son beau-père. Il s'attendait à une discussion de courtoisie, comme ils en avaient l'habitude, fondée sur un respect réciproque. Mal à l'aise, il passait du lit de Gabriel à la porte de la chambre, priant pour que Rosa ou l'une de ses belles-sœurs entre et le délivre de cet embarras, mais personne ne vint et il se surprit à lui demander :

« Que puis-je faire pour vous, beau-père ? Comment puis-je vous aider ?

— Tu peux veiller sur ma fille, répondit Gabriel, car moi je ne peux plus. »

David poussa un soupir de soulagement. Il craignait que le vieil homme ne lui demande de lui rendre un service embarrassant, lui nettoyer le derrière ou déboutonner son pantalon et l'aider à se soulager.

« Je prendrai soin d'elle, beau-père, je vous le jure.

— Luna est jeune, elle va reprendre des forces et guérir, elle rentrera à la maison avec toi et Gabriela. Tu dois faire attention à toi, qu'il ne t'arrive rien, à Dieu ne plaise, quand tu montes la garde dehors.

— Ne vous inquiétez pas, *senyor* Gabriel, la guerre va se terminer, Luna se remettra et rentrera à la maison et vous vivrez jusqu'à cent vingt ans. »

Gabriel interrompit le flot de paroles de son gendre.

« David ! Promets-moi sur tout ce que tu as de plus cher que tu prendras soin de Luna.

— Je le jure !

— Et quand elle sera remise, vous aurez un deuxième enfant, et cette fois tu lui donneras le prénom de ton père, et après lui d'autres enfants, et vous aurez une grande famille, que Dieu vous garde.

— Je le jure.

— Tu sais, David, jusqu'à la naissance de Luna j'étais un mort-vivant, c'est elle qui m'a redonné goût à la vie et je ne l'oublie pas, il n'y a pas un jour où je n'y pense pas. »

Intéressant, songea David. *Gabriela aussi m'a redonné goût à la vie.*

« Luna vous aime plus qu'elle-même, dit-il à son beau-père, elle a donné votre nom à sa fille, elle lui a donné un prénom de garçon par amour pour vous. Elle vous aime plus que moi, cher beau-père, plus que sa propre fille. »

Un jour, en arrivant à l'hôpital, David ne trouva pas Luna.

« Où est mon épouse ? demanda-t-il à l'infirmière.

— Dans le bureau du professeur », répondit-elle.

Il s'assit sur le banc dans le couloir pour l'attendre. Des rires provenaient de la pièce dans laquelle elle avait été alitée. Les patients formaient un groupe soudé. Ils avaient parcouru un long bout de chemin ensemble et leur séjour prolongé avait fait d'eux une famille.

« *Ahlan,* mon ami. »

Ghidi le Rouquin arrêta son fauteuil roulant à côté de David et le tira de sa rêverie.

« *Ahlan wa sahlan,* répondit David.

— Tu attends Luna ? demanda Ghidi.

— Oui.

— Tu as déjà rempli le formulaire de sortie ?

— Quelle sortie ?

— La sortie de Luna.

— Elle va sortir ? Et quand donc ?

— Aujourd'hui. Elle ne te l'a pas dit ?

— Non, répondit David sans même faire semblant d'être au courant.

— Le professeur est en train de parler avec elle et ensuite, elle pourra rentrer chez elle.

— Depuis quand sais-tu qu'elle va pouvoir rentrer ? demanda David en s'efforçant de digérer la nouvelle qui lui tombait dessus.

— Depuis trois jours. Le professeur nous a dit de lui préparer une fête d'adieu. »

David s'abstint de répondre. Comment était-il possible que Luna sache depuis trois jours qu'elle allait sortir et ne lui en ait rien dit ? À moins, comme il le soupçonnait depuis un moment déjà, qu'elle ne préfère rester à l'hôpital plutôt que de rentrer à la maison ? Qu'elle préfère la compagnie de ses amis blessés à son mari et à sa fille ? Il ferma les yeux, s'efforçant de contrôler la colère qu'il sentait monter de son ventre vers sa gorge et qui gonflait les veines de son cou. Il devint cramoisi et frappa la chaise de son poing.

« Ne le prends pas mal, tenta de le rassurer Ghidi, tu n'y es pour rien. Elle a peur de rentrer chez elle car elle ne se sent pas encore assez forte. Elle ne t'a rien dit pour ne pas te décevoir au cas où elle devrait finalement rester encore à l'hôpital. »

David respira. Était-il possible que le Rouquin connaisse mieux sa femme que lui ? Il ne la connaissait plus, n'avait aucune idée de ce qu'elle souhaitait, ne communiquait pas avec elle.

Elle sortit enfin du bureau du professeur, furieuse.

« Le professeur me renvoie à la maison, dit-elle à Ghidi en ignorant son mari. Je ne veux pas rentrer, je ne suis pas assez forte, ajouta-t-elle, et elle éclata en sanglots.

— Luna, répondit Ghidi de sa voix douce, ici c'est un hôpital, pas une maison de convalescence.

— Tu ne comprends pas, sanglota-t-elle, j'ai peur que mes blessures se rouvrent.

— Elles ne se rouvriront pas, Luna, dit le professeur qui sortait de son bureau, elles ont cicatrisé. Tu n'es pas encore complètement rétablie, mais ça viendra. Rentre chez toi, recommence à vivre, prends des forces et peu à peu tu retrouveras ta forme d'avant, je te promets. Si tu veux, je peux t'organiser une semaine de convalescence dans une institution à Motza. »

Pendant tout ce temps, David restait assis sur le banc. Il avait l'impression d'avoir atterri là par hasard. Son épouse l'ignorait, à croire qu'il n'était pas son mari. Il se sentait à nouveau de trop dans sa vie, dans cette sarabande infernale où la guerre les avait plongés, de trop dans le processus long et épuisant de guérison de ses maudites blessures. Elle n'avait pas besoin de lui, elle avait le Rouquin et son groupe d'amis blessés, il les dérangeait. Au moment où il se levait pour quitter les lieux, le professeur le remarqua :

« Monsieur Siton, je vous rends votre épouse.

— Elle ne m'a pas dit qu'elle sortait aujourd'hui. »

Luna le regarda comme si elle le voyait pour la première fois et s'adressa au professeur :

« Laissez-moi au moins rester un jour de plus, demain je rentrerai à la maison.

— Un jour, Luna. Un jour, mais pas plus. »

Le soir, elle dit au revoir à ses compagnons d'infortune en pleurant amèrement. Elle avait insisté pour que son mari n'assiste pas à la fête de départ.

« Il ne comprendrait pas, expliqua-t-elle à Ghidi. Il penserait que j'ai perdu la raison s'il me voyait pleurer comme une madeleine.

— Il penserait que ce sont des larmes de joie, rétorqua Ghidi.

— Mais toi tu sais que ce sont des larmes de tristesse.

— Et pourquoi donc, jolie dame ? Si seulement je pouvais sortir moi aussi !

— Tu vas me manquer. »

Puis elle s'empressa d'ajouter :

« Ainsi que tout le monde ici. Ma vie ne sera plus la même sans toi, chuchota-t-elle.

— Pourquoi sans moi ? Tu viendras me rendre visite, et quand je sortirai on gardera le contact.

— Tu me promets ?

— Tu as besoin que je te promette ? Ce que nous avons en commun, toi et moi, peu de gens l'ont.

— Et qu'avons-nous en commun ?

— L'amour, chuchota-t-il.

— L'amour d'un homme pour une femme ou l'amour entre deux amis ? insista Luna.

— Tu es une femme mariée.

— Et si je n'étais pas mariée ?

— Et si ma grand-mère avait des roues ? Et si je pouvais marcher ?

— Je te le demande sérieusement, arrête de plaisanter de tout.

— Tu parles sérieusement ? Si on s'était rencontrés avant la guerre, avant ton mariage, avant la naissance de ta fille, avant que tu sois blessée, avant que je sois blessé, avant qu'on me dise que je ne pourrais jamais avoir d'enfants, alors je t'aurais épousée.

— Bien sûr que tu pourras avoir des enfants.

— Je suis paralysé, Luna, tu te rappelles ? Je n'aurai pas d'enfants ! Mais toi tu as une fille, un mari et si Dieu le veut, tu auras d'autres enfants, alors sors de ce maudit hôpital et reprends ta vie. Souviens-toi de moi, mais oublie l'amour d'un homme pour une femme, ça ne peut plus arriver ni avec toi, ni avec aucune autre femme. »

Ils étaient sur la terrasse de l'hôpital qui donnait sur la rue Haneviim. C'était leur endroit, là où ils se réfugiaient quand ils voulaient être ensemble. Là où, pour la première fois depuis le bombardement, elle s'était sentie revivre lorsque son cœur s'était emballé sous le regard tendre de la seule personne capable de ramener le sourire sur ses lèvres. Là où elle avait compris que ce qu'elle ressentait pour lui n'était pas de la simple amitié ou de l'affection, comme elle en éprouvait à l'égard de ses autres amis de l'hôpital, mais quelque chose de plus profond. Parce qu'ils vivaient tous les deux à l'hôpital depuis des mois et qu'elle sentait bouillir en elle un sentiment incontrôlable, elle prit son courage à deux mains et s'autorisa à lui déclarer son amour.

Il l'observa avec son regard bien à lui et lui dit :

« C'est la morphine qui parle pour toi, tu délires.

— Je t'aime », répéta-t-elle.

Il détourna le regard vers la rue et lui murmura d'une voix à peine audible :

« Tu ne peux pas dire cela à quelqu'un qui n'est pas ton mari.

— Je t'aime », insista-t-elle.

Il s'efforça de dissimuler les larmes qui lui montaient aux yeux.

« Jamais, je t'en supplie, ne me dis plus jamais que tu m'aimes, ou je ne réussirai pas à supporter cet endroit quand tu ne seras plus là. Si tu m'aimes vraiment, je t'en prie, oublie ce que tu m'as dit, et je l'oublierai moi aussi. »

Ils savaient bien tous les deux que ce serait impossible ; impossible de dénouer ce lien qui n'avait fait que se resserrer au fil des jours. L'âme de Luna s'était unie à celle de Ghidi, la proximité du jeune homme avait insufflé de la vie dans son corps souffrant, cela faisait des mois que ce n'étaient plus seulement ses blessures qui la préoccupaient. Elle s'inquiétait terriblement pour lui. La plupart du temps, il était jovial et amusant, mettait de la vie dans tout le service mais, certains jours, en particulier lorsqu'il revenait de ses analyses, son humeur s'assombrissait et il se taisait. Son silence la terrifiait. Elle-même était restée silencieuse si longtemps, enfermée dans ses tourments et ses souffrances, pleurant sa beauté et son corps abîmé à jamais, et juste au moment où une étincelle de vie se rallumait en elle, voilà que lui mettait la tête sous la couverture.

Un jour, en rentrant d'une visite chez le professeur, il s'était allongé et avait tiré le rideau entre leurs deux lits. Il refusait de manger, de parler à quiconque. Toutes les tentatives de Luna pour percer sa cuirasse avaient échoué. Il avait même chassé ses parents venus lui rendre visite depuis Nahariya. Luna était dans tous ses états. La souffrance de Ghidi lui faisait oublier la sienne. Hormis son père, elle ne s'était jamais autant souciée de personne.

Puis un matin, il se reprit, comme s'il ne s'était rien passé. En un instant, ce fut le retour des plaisanteries, des rires et des bêtises qui avaient fait de lui le chouchou des infirmières et le bonheur de Luna.

Elle n'oublierait jamais la première fois qu'ils étaient sortis ensemble sur le balcon. Ce soir-là, après la visite des médecins, juste avant de tirer le rideau qui séparait leurs lits, alors que leurs camarades de chambre dormaient déjà, il lui chuchota :

« Tu veux sortir faire une promenade ?

— Avec plaisir », répondit-elle. Elle approcha immédiatement le fauteuil roulant et l'aida à descendre de son lit et à s'y asseoir.

« Où va-t-on ? demanda-t-elle.

— Sur le balcon. »

Arrivés au bout du couloir, elle ouvrit précautionneusement la porte et ils sortirent sur le grand balcon qui donnait sur la rue Haneviim. C'était une chaude nuit d'été, une agréable brise caressait leur visage et l'immense lune suspendue dans le ciel jetait un rayon de lumière sur le balcon. Luna avait l'impression d'être dans un film.

« Tu sais, je suis née par une nuit de pleine lune comme celle-ci, le quinzième jour du mois de Adar. C'est pour ça que mon père m'a appelée Luna.

— Luna, chuchota-t-il en se tournant vers elle, comme ce nom te va bien ! »

Elle était si belle dans la lumière blanche, avec son visage vulnérable, une femme aussi jeune qui avait tant souffert. Il avait le cœur brisé.

Luna ne détourna pas les yeux. Elle s'agenouilla à côté de lui et posa la tête sur ses cuisses, et Ghidi caressa les boucles rousses qui avaient repoussé. Ils restèrent ainsi un long moment en silence.

Puis il lui prit le menton avec un doigt et lui souleva la tête.

« Je veux te confier quelque chose. »

Les yeux de Luna brillaient.

« J'ai fait promettre au professeur et aux infirmières de n'en parler à personne, pas même à mes parents, mais je veux que tu le saches, c'est important pour moi.

— Quoi ? demanda-t-elle, troublée.

— Tu sais que les balles du tireur arabe ont touché ma colonne vertébrale ?

— Oui.

— Je suis paralysé de la taille jusqu'en bas, je ne pourrai plus jamais marcher.

— Le principal, c'est que tu sois vivant, répondit Luna, reprenant une phrase qu'on lui avait répétée tant de fois. Tu es vivant et tu pourras tout faire, sauf marcher.

— Je ne pourrai pas tout faire, Luna, je ne pourrai pas faire d'enfants.

— Non ! »

Le cri de douleur lui avait échappé et elle s'empressa de se couvrir la bouche de la main, comme pour rattraper le mot.

« C'est définitif ? demanda-t-elle en tremblant. Ça ne passera pas ?

— Non, répondit-il, résigné à son terrible destin. Ça ne passera jamais.

— C'est pour ça que tu étais triste pendant si longtemps ?

— Quand on m'a annoncé que je serais paralysé, j'en ai pris mon parti. Je me suis dit : heureusement que je n'ai pas perdu la vue, ce serait bien pire si j'étais aveugle. Mais quand le professeur m'a dit que je n'aurais jamais d'enfants, ça m'a dévasté. Tu comprends ce que ça veut dire, Luna ?

— Oui, mais tu pourras toujours épouser une femme qui en a déjà.

— Malheureusement, ça ne se produira probablement pas.

— Pourquoi ? Beaucoup de veuves de guerre se retrouvent seules avec des enfants.

— Ah, ça, dit-il en riant pour la première fois. Je pensais que tu voulais dire que je pourrais t'épouser.

— Si seulement, répondit-elle amèrement, si seulement tu pouvais m'épouser. »

Depuis lors, Luna poussait chaque soir le fauteuil de Ghidi jusqu'au balcon.

Aucun de leurs amis ne se joignait à leur promenade intime. Ils savaient tous qu'il se passait quelque chose entre eux mais personne n'en parlait, c'était l'un des secrets les mieux gardés dans le cercle des blessés et des infirmières. Même si certains ne voyaient pas d'un œil favorable la proximité croissante entre la femme mariée et le jeune blessé, ils n'en disaient mot. Ils voyaient bien qu'elle agissait comme un traitement magique qui accélérait leur guérison.

Peu à peu, Luna tomba amoureuse de Ghidi. Son cœur battait dès qu'elle le voyait, elle sentait sa jeunesse lui revenir, avait envie de vivre, de se faire belle pour lui. Elle demanda à Rahelika de lui apporter du rouge à lèvres et de la poudre et se remit à se maquiller comme avant. Elle cachait sous un foulard les touffes de cheveux qui avaient commencé à repousser et les zones encore dégarnies. Rahelika, réjouie de voir le changement qui s'opérait chez sa sœur, apporta une lime à ongles et du vernis rouge et lui fit les ongles.

« Grâce à Dieu, dit-elle à Moïse, je suis en train de retrouver ma sœur. Vernis, poudre, manucure, pédicure, d'ici peu elle déambulera dans les couloirs en robe de soirée et talons hauts. »

Le changement n'avait pas non plus échappé à David. Lorsqu'il allait lui rendre visite, elle n'était plus étendue comme une momie. Il la trouvait parfois sur le balcon avec ses amis. Elle portait sa robe de chambre en soie à la place de l'affreuse blouse de l'hôpital. *Luna redevient Luna,* se dit David. *D'ici peu elle rentrera à la maison et alors quoi ?* Il ne pouvait écarter les doutes qui l'assaillaient : avant l'accident, ils s'étaient déjà éloignés l'un de l'autre ; il ne l'avait plus approchée depuis le jour où elle lui avait annoncé sa grossesse et, lorsqu'il avait fait une tentative après la naissance de Gabriela, elle l'avait repoussé au prétexte qu'elle avait honte de faire cela avec ses parents dans la pièce d'à côté. Il n'avait pas insisté. Cela faisait plus d'un an qu'elle était hospitalisée et depuis lors, il avait dû assouvir ses pulsions en cachette, avec des étrangères qu'il rencontrait le temps d'une soirée ou deux, des veuves ou des femmes divorcées, Dieu le protège, et quand il ne trouvait ni les unes ni les autres, il recourait à des femmes qu'il rémunérait avec de l'argent qu'il n'avait pas.

***

Lorsque ma mère revint de l'hôpital, Beki me mit une robe de mousseline blanche arrivée d'Amérique dans un paquet et toute la journée, elle m'entraîna à dire : « Bienvenue Maman », mais moi qui, à un an, parlais déjà comme un moulin, je refusais obstinément de répéter la phrase, à tel point que Beki finit par se lasser. « Alors dis seulement "Bonjour Maman". » Et moi, comme pour provoquer, je répondis « Bonjour Papa », et Beki laissa tomber. « Bon, ne dis rien, fais un câlin à ta mère et donne-lui un baiser. »

Maman rentra après la fin de la guerre. Moïse et le bel Eli Cohen étaient déjà de retour, mon père avait rendu son Sten et quitté les postes de défense de Jérusalem pour travailler dans le garage de son frère Itzhak à Talpiot. Lorsqu'elle entra dans la maison de mes grands-parents au bras de Papa, marchant à pas mesurés comme si elle craignait de trébucher, elle alla directement voir son père. Grand-père Gabriel était cloué à son fauteuil, son corps ne répondait plus à ses ordres et refusait de se lever pour accueillir sa fille chérie. Il versa des torrents de larmes et posa un long moment sa main tremblante sur la tête de sa fille agenouillée devant lui.

« Dieu soit loué, Dieu soit loué », répétait-il comme un mantra.

Luna l'étreignit, embrassa ses joues affaissées et sa main tremblante, puis donna de mauvaise grâce une accolade à sa mère avant de se laisser tomber sur la chaise qui se trouvait à côté de mon grand-père, épuisée par l'effort. Beki, qui me tenait dans ses bras, s'approcha d'elle.

« Dis bonjour à Maman, souhaite-lui la bienvenue. »

Mais je fis non de la tête et m'obstinai dans mon silence.

« Comme elle a grandi, observa ma mère d'un ton las.

— Viens ma chérie, viens *bonika,* dit mon père en me prenant, viens voir Maman. »

Ma mère tendit les mains vers moi mais, comme toujours, je refusai ses bras.

Elle reposa les mains sur ses cuisses.

« Je suis fatiguée, je dois m'allonger. »

À partir de ce moment, elle s'étendit dès qu'elle le pouvait. Elle se levait rarement, principalement lorsqu'on venait la voir, et retournait se coucher dès le départ des visiteurs. Ma grand-mère, mes tantes et mon père continuèrent à s'occuper de moi, la laissant récupérer à son rythme.

Tous les matins, David partait au garage. Il n'aimait pas son travail, détestait se salir avec l'huile de moteur, travailler avec ses mains. Il n'était pas né pour être manœuvre. Il comptait s'échapper de ce fichu garage dès qu'il aurait trouvé autre chose, car de surcroît son frère traitait ses ouvriers, y compris lui, de façon tyrannique. Un esclave devenu roi, se disait-il, un bon à rien qui avait encore la morve au nez hier et jouait au patron aujourd'hui. Il fallait absolument qu'il s'arrache à cet endroit puant, qu'il trouve un emploi correspondant à ses capacités, comme Moïse qui était rentré dans la police. Même le bel Eli Cohen avait réussi à se faire engager dans un cabinet comptable rue Ben Yehouda, alors pourquoi pas lui ? Il n'était quand même pas moins bon qu'eux ? Lorsqu'il s'était enrôlé dans la police,

Moïse l'avait encouragé à le suivre, mais David ne voulait pas être policier.

« Je haïssais la police britannique, lui expliqua-t-il.

— Mais ce n'est pas la même chose, tenta de le convaincre Moïse, c'est la police d'Israël, il n'y a plus de Britanniques.

— Peu importe, ce n'est pas mon style d'être policier. »

Il voulait vraiment trouver quelque chose qui le valorise. Si seulement sa vie était différente, si Luna était en bonne santé et qu'il ne devait pas s'occuper de Gabriela, il aurait déjà trouvé un travail. Mais il avait été contraint par la force des choses à prendre le premier emploi venu.

Face à ses hésitations, sa mère l'avait encouragé : « Ce n'est pas grave, commence et tu verras bien, peut-être que Itzhak te prendra comme associé. » Mais aujourd'hui, après avoir travaillé quelques mois là-bas, même si son frère lui avait offert le garage, il n'en aurait pas voulu. Il détestait l'odeur de graisse et les taches noires que cette huile dégoûtante laissait sur son corps et ses vêtements et dont il passait des heures à se débarrasser.

« Beurk, disait Beki en grimaçant, tu sens mauvais ! »

Évidemment qu'il sentait mauvais, il travaillait dans un endroit fétide. Eh oui, il n'était pas comme son Don Juan de la *shmatte*, qui allait au travail et en revenait en chemise blanche ! C'était un ouvrier ! Combien de temps supporterait-il encore cela ? Il avait espéré que, lorsque Luna rentrerait de l'hôpital, elle se rétablirait rapidement, retrouverait son rôle de mère et que leur vie reprendrait son cours.

Mais depuis son retour, sa femme se repliait de plus en plus sur elle-même. Elle était de sombre humeur, parlait et mangeait à peine. « Luna, si tu ne manges pas, tu ne pourras pas reprendre de forces et si tu ne prends pas de forces, on va te renvoyer à l'hôpital », la suppliait-il, et elle le regardait de son air triste. Elle n'avalait rien, bientôt il ne resterait plus trace de la beauté pour laquelle il l'avait épousée. Il se sentait parfois dans la peau d'un veuf alors que son épouse était en vie.

À l'hôpital, elle avait meilleur moral. Malgré son état, son voisin Ghidi, véritable boute-en-train, mettait tout le monde de bonne humeur en racontant des blagues. David avait vu plus d'une fois comme il réussissait à la faire sourire, et même rire. Lorsqu'il allait lui rendre visite, il trouvait presque toujours les autres blessés assis autour d'elle. Ils avaient une vie à eux, l'un avait perdu une main, l'autre une jambe et ils riaient, et Luna, telle la reine d'Angleterre, trônait sur son lit. Ils essayaient tous de la faire rire mais elle, *nada.* Il y avait aussi ceux, *Allah yustur,* Dieu les sauve, qui quittaient notre monde, succombant à leurs blessures, d'autres qui perdaient la vue, ne verraient plus leur femme ni leurs enfants à naitre, d'autres encore qui se retrouvaient bandés de la tête aux pieds, mais elle, sa femme, était la plus triste, à croire qu'elle portait tout le poids des blessés de la chambrée sur ses épaules. David se sentait parfois de trop, comme s'il n'appartenait pas au groupe qui l'entourait, comme s'il pénétrait dans un monde réservé à ceux qui avaient la jambe, l'œil, le ventre, la main ou la tête bandés. Il s'asseyait à côté de sa femme, lui prenait la main, essayait de lui faire la conversation malgré son silence, et comptait les minutes jusqu'à ce qu'un temps décent se soit écoulé et qu'il puisse quitter cet hôpital déprimant.

Et maintenant elle était de retour à la maison, le moral au plus bas, et restait silencieuse. Elle qui autrefois avait toujours quelque chose à dire sur n'importe quel sujet, se taisait, y compris avec sa mère, y compris avec Beki. Il n'y avait que Rahelika avec qui elle échangeait parfois des confidences. David avait l'impression de manquer d'air dans la maison de ses beaux-parents, la situation financière était catastrophique et il travaillait pour entretenir la famille élargie. Sans le salaire misérable que lui payait Itzhak, qui sait comment ils se seraient débrouillés ? Ils n'avaient plus d'argent depuis longtemps, les pauvres, le Kurde à qui ils avaient vendu la boutique les avait escroqués sans vergogne.

Jusqu'à quand devrait-il travailler comme une brute dans un endroit qu'il détestait et vivre dans une maison où il n'était pas chez lui ? Jusqu'à quand se sentirait-il prisonnier de sa vie ? Le désespoir l'assaillait, il grillait une cigarette après l'autre. Il fallait absolument qu'il sorte, respire un peu, se promène dans les rues, mais où aller ? Moïse passait tout son temps libre avec Rahelika et les enfants, heureux dans son mariage. S'il fallait retenir une chose positive de sa relation avec Luna, c'était la présentation de son ami à Rahelika. Ça et Gabriela, que Dieu la garde, quelle enfant, quel bonheur, elle ressemblait comme deux gouttes d'eau à sa mère tout en étant aussi différente d'elle que la lune du soleil. Cette petite était un rayon de lumière, il fallait voir comme elle riait avec lui, comme elle l'embrassait.

Il aimait tant la prendre dans ses bras, lui chanter des chansons, et comme elle s'exprimait bien ! Elle savait prononcer tous les mots et connaissait tous les noms, même ceux des voisins. Il n'y avait que « Maman » qu'elle refusait de dire, cette petite entêtée. Il avait beau lui demander, elle s'obstinait. Têtue comme une mule. Pas grave, ça lui passerait, elle finirait par le dire. Ça n'existait pas, un enfant qui ne disait pas « Maman ».

Ce soir-là, Luna se mit au lit et enfouit la tête sous la couverture en faisant semblant de dormir. La dernière chose qu'elle voulait, et il le savait pertinemment, c'était qu'il la rejoigne. Il resta assis dans la cour pour fumer. Dans la nuit étoilée qui illuminait le ciel de Jérusalem, une demi-lune cherchait à se frayer un chemin entre les nuages, et la fumée de sa cigarette formait des volutes dans l'air. Il se leva, sortit vers la porte d'Ohel Moshe et se mit à marcher dans les rues désertes. Jérusalem se couchait tôt. Il n'arrivait toujours pas à se faire à l'idée qu'il n'y ait plus de soldats britanniques dans les rues, plus de couvre-feu ni de barbelés, qu'on puisse aller où on voulait à n'importe quelle heure sans qu'un maudit soldat anglais vous arrête pour vous demander vos papiers et vous interroger. Il descendit la rue Jaffa vers le quartier de Nahalat Shiva. Là, dans une ruelle, non loin du cinéma Rex qui avait brûlé, se trouvait le bar de Rosenblat. Il savait qu'il n'y rencontrerait ni voisin ni connaissance, uniquement des hommes seuls comme lui qui venaient tromper leur solitude en compagnie d'inconnues et d'une bouteille de whisky bon marché.

Depuis la rue, il entendit la voix chaude d'un chanteur italien, *Mambo italiano*, et une douleur aiguë lui transperça la poitrine, une nostalgie qui menaçait de le déchirer – Isabella. Il descendit les marches sombres, écarta le rideau rouge et entra dans le bar. Des femmes lourdement maquillées portant des robes au décolleté plongeant qui ne laissait rien à l'imagination étaient assises au bar à côté d'hommes au regard las. Il régnait une atmosphère de luxure dans l'air chargé de fumée de cigarettes. David s'installa, commanda un cognac médicinal et avala son verre d'un trait. Le cognac bon marché lui troua la gorge et il en prit un second, avec l'espoir que l'alcool éteindrait l'incendie brûlant dans son cœur, et gommerait une fois pour toutes la douleur et la nostalgie qui lui nouaient l'estomac. La boisson effacerait peut-être cette sensation d'occasion perdue que lui donnait la vie de mensonges qu'il s'était imposée par manque de courage. Maudit soit le jour où il avait décidé d'abandonner Isabella sur le quai de Mestre, maudit soit le jour où il avait décidé d'épouser Luna sur un calcul rationnel et froid. Pourquoi n'avait-il pas écouté son cœur, ni les supplications d'Isabella ? Peut-être que s'il ne l'avait pas laissée en larmes, il serait aujourd'hui marié à une femme qu'il aimerait plutôt qu'à une femme blessée qui ne lui adressait pas la parole, il ne serait pas coincé dans une vie dont il ne voulait pas. Il commanda un troisième verre en s'efforçant de chasser les pensées qui se bousculaient dans sa tête.

« Donnez-m'en un pour la route », dit-il au barman.

Il siffla le quatrième verre et sortit en titubant pour rentrer à la maison ivre mort et s'écrouler tout habillé sur le divan du salon où il dormait depuis le retour de Luna.

Bien loin de s'améliorer, l'état de santé de ma mère ne cessait de se dégrader. Elle tenait à peine sur ses jambes, on n'entendait quasiment pas sa voix fluette lorsqu'elle parlait et le moindre effort l'épuisait. Chaque fois qu'elle se levait de son lit pour aller aux toilettes dans la cour, elle avait l'impression de faire l'ascension de l'Everest.

« Je t'apporte un seau », lui proposait Beki, mais elle refusait catégoriquement, soucieuse de préserver le peu de dignité qui lui restait. Elle avait déjà l'impression que tout le monde avait eu accès à son corps : les médecins de l'hôpital, les étudiants en médecine qui les assistaient, les infirmières. Ils fermaient le rideau quand ils s'occupaient d'elle, mais il lui semblait qu'il était transparent et que tous ses compagnons de chambre pouvaient voir son corps abîmé. Maintenant qu'elle était enfin de retour à la maison, elle n'était pas disposée à ce qu'on la voie nue. Ni sa sœur, ni sa mère, ni surtout son mari. Chaque pas lui donnait des douleurs atroces, mais elle insistait pour aller aux toilettes et refusait le seau. Elle avait accepté à grand-peine que Beki l'aide à se changer et ne la laissait évidemment pas la laver, elle préférait y renoncer, pour que Beki ne voie pas son corps lacéré de cicatrices. Depuis son retour de l'hôpital, elle ne s'était pas encore lavée entièrement, elle qui autrefois le faisait chaque jour, même à l'eau glacée.

La seule personne à qui elle témoignait de la patience, c'était Gabriel. Elle passait des heures assise à côté de lui, lui donnait à manger à la cuillère car ses mains tremblantes ne pouvaient plus rien tenir, essuyait les restes de nourriture au coin de sa bouche, arrangeait les oreillers dans son dos, lui lisait le journal, réglait les stations de radio pour lui. Personne ne comprenait son addiction au programme de recherche de proches disparus, mais il collait son oreille à la radio comme s'il craignait de rater un nom, comme si un parent se cachait dans le poste. Comment espérait-il trouver un parent parmi les Ishkénazes qui avaient survécu à la Shoah ? Rosa ne comprenait pas son mari, mais elle avait renoncé depuis longtemps à comprendre quoi que ce soit en ces temps difficiles.

Aujourd'hui, par exemple, elle avait donné à Beki la nouvelle carte de rationnement pour qu'elle rapporte des œufs. La petite avait rapporté trois œufs turcs par personne.

« Pourquoi des œufs turcs, demanda Rosa, pourquoi pas des œufs israéliens ?

— Qu'est-ce que j'en sais, s'impatienta Beki, c'est ce qu'on m'a donné. Et en plus j'ai attendu une heure dans la file et je me suis disputée avec tout le monde pour les obtenir.

— Et le sucre, demanda Rosa, ils ont dit quand ils en donneraient ?

— Le responsable de l'approvisionnement a annoncé qu'ils n'en distribueraient que le mois prochain ; jusque-là, il n'y en aura que pour Luna, Gabriela et Papa. Toi, David et moi, on devra s'en passer, rien à faire. »

Assise à table, la peau sur les os, Luna essayait de porter une tasse de thé à ses lèvres gercées. Tout à coup, la tasse en verre lui échappa des mains et se brisa en mille morceaux par terre, sa tête tomba sur sa poitrine et elle perdit connaissance. Grand-mère Rosa se mit à hurler, grand-père Gabriel, cloué à son fauteuil, était désemparé et moi, qui rampais en dessous, je marchai sur les bouts de verre et me blessai. J'avais les mains et les genoux en sang et je hurlais de douleur. Ma pauvre grand-mère ne savait pas de qui elle devait s'occuper en premier, de sa fille évanouie ou de sa petite-fille blessée. Elle se mit à courir comme une possédée entre ma mère et moi jusqu'à ce que mon grand-père cogne le sol avec sa canne en criant :

« *Basta,* Rosa ! Arrête de virevolter comme une toupie, préviens tout de suite les voisins pour qu'ils appellent les secours et qu'on emmène Luna à l'hôpital. »

Grand-mère Rosa sortit dans la cour.

« Une ambulance, une ambulance ! cria-t-elle, quelqu'un peut appeler une ambulance ?

— *Dio santo,* que se passe-t-il ? » demanda Tamar et ma grand-mère, à qui sa voix n'obéissait plus et qui s'étranglait avec ses larmes, lui montra la porte.

Tamar envoya immédiatement un de ses enfants à la pharmacie Assouta pour demander d'appeler l'ambulance, puis entra chez nous pour essayer de ranimer ma mère pendant que ma grand-mère tentait de retirer les bouts de verre qui avaient pénétré sous ma peau.

L'ambulance arriva rapidement avec sa sirène assourdissante et ma mère, qui avait repris ses esprits, fut allongée sur une civière et emmenée à l'hôpital.

Il fallut une semaine entière à ma grand-mère pour retirer le verre de mon petit corps et, pendant tout ce temps, mon grand-père ne dit pas un mot, il se repliait de plus en plus sur lui-même, ne demandait même pas de nouvelles de sa fille.

« *Dio santo*, Gabriel, dit Rosa, pourquoi tu ne te tais pas un moment, tu me perces les tympans à force de parler. »

Mais il ignorait ses piques et continuait à se murer dans son silence. Même moi, je n'arrivais pas à lui tirer un sourire.

Beki devint une seconde mère pour moi, elle m'emmenait partout, même quand elle allait se promener avec le bel Eli Cohen, s'asseyait sur les marches avec ses amies ou lorsqu'elle allait faire des courses à l'épicerie.

Un beau jour, mon père rentra du garage en pleine journée, furibond. Lorsque Rosa lui demanda ce qu'il faisait à la maison, il lui répondit grossièrement :

« Laissez-moi en paix. »

Ma grand-mère était sidérée, il ne lui avait encore jamais autant manqué de respect. Même mon grand-père, qui donnait l'impression d'être enfermé dans son monde sans s'intéresser à ce qui se passait autour de lui, leva les yeux.

Mon père alla vers l'évier de la cuisine, se débarrassa des taches de graisse, mit des vêtements propres et s'assit à table.

« Qu'y a-t-il à manger ? demanda-t-il à ma grand-mère.

— *Habas con arroz.*

— Encore des haricots et du riz ?

— Et où veux-tu trouver de la viande, *kerido* ? Même au marché noir, il n'y en a pas.

— Avec de l'argent, on peut tout acheter au marché noir, répondit-il sur un ton courroucé.

— Peut-être, mais nous on n'en a plus, répliqua Grand-mère. Mange, c'est nourrissant.

— Les haricots me donnent des gaz et je ressemble à un Chinois à force de manger du riz.

— C'est tout ce qu'il y a, *kerido.*

— Bien, rétorqua Papa, et il se leva.

— Où vas-tu ? Tu ne veux pas rester un peu avec ta fille ?

— Je l'emmène avec moi », répondit mon père et il me prit dans le parc, me mit dans le landau et sortit.

Il voulait simplement quitter la maison et se promena sans but dans la rue Agrippas en poussant le landau. Son ventre gargouillait. En passant devant le restaurant Taraboulos, au coin de la rue King George et de la rue Jaffa, il faillit se laisser tenter et entrer. Il aimait la gelée de fraises qu'ils servaient en dessert, mais savait que le menu coûtait quelques livres qu'il n'avait pas, alors il renonça.

Il lui fallait absolument parler avec quelqu'un, raconter ce qui s'était passé ce matin au garage de Itzhak, il devait s'ôter ce poids du cœur. Il décida d'aller trouver Moïse au siège de la police, où son ami travaillait comme palefrenier.

Il descendit la rue Jaffa, passa devant le bâtiment à colonnes, traversa la place de Sion et lorsqu'il arriva au bâtiment de la Generali, il s'arrêta et montra le lion sculpté dans la pierre. « Dis bonjour au lion », me dit-il d'une voix enfantine, et il me raconta l'histoire du lion qui chaque nuit, lorsque personne ne le voyait, descendait dans la rue faire pipi et remontait vite à sa place en haut de l'immeuble.

Puis il se dirigea vers le siège de la police en passant devant l'église russe, avec ses coupoles vertes. Le policier de faction à l'entrée le connaissait, c'était un ami du temps de l'armée britannique, et mon père s'attarda quelques minutes avec lui en le laissant admirer sa petite fille, puis se dirigea vers les écuries. Il y trouva Moïse en habits de travail et bottes en caoutchouc, occupé à nettoyer le sabot d'un cheval.

« Regardez qui voilà ! s'exclama-t-il joyeusement. Comment va notre *bonika* aujourd'hui ? demanda-t-il en me caressant la joue. Et toi David, tu as le temps de te promener avec la petite en pleine journée, tu ne travailles pas ?

— Je n'ai plus de travail, répondit mon père.

— Quoi ?

— J'ai démissionné, j'ai dit à Yitzhak d'aller au diable, avec son garage.

— Comment ça, démissionné ? Ce n'est vraiment pas le moment de rester sans travail.

— Je préfère mourir de faim que de travailler pour ce chien.

— Comment tu parles, c'est ton frère !

— Mon frère ? C'est une ordure ! Il joue au petit chef.

— Viens boire un verre d'eau, proposa Moïse, calme-toi.

— Je ne peux pas me calmer, s'énerva David. J'ai l'impression que je vais exploser. Ça fait un bon moment que je ne dis rien sur son comportement. Depuis le premier jour, pratiquement, il me traite comme n'importe quel ouvrier, à croire qu'on n'a pas grandi dans la même maison.

— Bon, le travail c'est le travail… tenta de tempérer Moïse.

— Justement, le travail, il n'y en a pas. Presque aucune voiture n'arrive au garage ; même celles de l'Agence juive, qu'on recevait pour l'entretien régulier, ne viennent que lorsqu'elles ne roulent vraiment plus. Je me suis donc assis un moment pour lire le journal et tout à coup Yitzhak me tombe dessus et me prend le journal des mains en criant : "Espèce de parasite, non seulement je fais tout pour te garder ici, mais toi tu lis le journal en plein travail.

— Il n'y a rien à faire, je lui dis, qu'est-ce que tu veux, que je fasse semblant de travailler juste pour la forme ?

— Exactement, il n'y a rien à faire, alors rentre à la maison."

« Je l'ai regardé, je n'en croyais pas mes oreilles et j'ai demandé :

"Tu me licencies ?

— Non, tu te licencies toi-même, il m'a répondu, tu as dit toi-même qu'il n'y avait pas de travail."

« J'ai senti que j'allais exploser. Cet enfoiré sait très bien quelle est la situation à la maison, il sait que j'entretiens aussi la famille de ma femme et me dit de rentrer à la maison. Je me suis retenu, j'ai ravalé ma dignité et je lui ai dit, à ce petit nul que j'ai porté sur mon dos, avec qui j'ai dormi dans le même lit quand on était enfants :

"Izak, j'ai besoin de ce travail.

— L'argent ne pousse pas sur les arbres et je ne suis pas Rothschild. Si ce n'était pas pour Maman, ça fait longtemps que je t'aurais renvoyé."

« J'étais par terre, il venait de fouler aux pieds le peu de dignité qui me restait. Mais je savais que j'avais besoin de ce travail, alors j'ai essayé à nouveau, je l'ai presque supplié :

"Izak, en mémoire de notre père, qu'il repose en paix, ne me fais pas cela."

« Et il m'a tourné le dos en disant :

"C'est seulement en mémoire de notre père, qu'il repose en paix, et pour notre mère, Dieu la protège, que je ne t'ai pas encore licencié. Je me bats pour te garder ici et toi tu ne te gênes pas, tu lis le journal pendant le travail, et en plus devant les autres ouvriers. Une seule pomme gâtée suffit à pourrir tout le tas, et toi tu me pourris les ouvriers."

« Là je n'ai plus réussi à me contenir. Il me tournait le dos comme si j'étais un moins-que-rien, comme si j'étais transparent. Je bouillais, je ne m'étais jamais senti aussi humilié, et par mon frère en plus, la chair de ma chair. Je lui ai touché l'épaule et dès qu'il s'est tourné, je lui ai envoyé un coup de tête dans la figure et lui ai cassé le nez. Il s'est mis à hurler comme un possédé, mais j'avais déjà retiré ma salopette puante, je l'ai jetée par terre et debout, en caleçon, j'ai crié :

"S'il y a une pomme pourrie dans la famille Siton, c'est toi ! Nos parents ont élevé tout un tas de merveilleux enfants, plus brillants les uns que les autres, et tu es la seule pomme pourrie dans ce tas !"

« Et j'ai fichu le camp. Je te jure, Moïse, je ne parlerai plus jamais de ma vie à ce salaud, même si ma mère me supplie à genoux, je ne lui parlerai plus jamais.

— C'est vraiment un salaud, commenta Moïse.

— Je suis rentré à la maison et ma belle-mère, que Dieu la garde, a commencé avec ses questions, elle peut être casse-pieds elle aussi. Mon beau-père était assis sur sa chaise et bien qu'il ne parle plus depuis longtemps, je sentais qu'il se demandait ce que je faisais là en plein milieu de la journée.

« Je n'ai même pas déjeuné, notre belle-mère *kerida* avait encore préparé des *habas con arroz* et j'étais tellement énervé que je lui ai manqué de respect, *miskenika*, comme si c'était sa faute s'il n'y a plus d'argent pour acheter de la viande.

— Tu as faim ? demanda Moïse.

— Je meurs de faim.

— Viens, on va manger quelque chose à la cafétéria, je t'invite. »

Pendant tout ce temps, j'étais dans ma poussette, émerveillée par les chevaux, poussant des cris de bonheur. Dans le feu de l'histoire, mon père avait complètement oublié ma présence et moi, subjuguée par les animaux, je ne le dérangeais pas. Ce n'est qu'après avoir vidé son sac auprès de son ami qu'il se souvint de moi, se pencha au-dessus de mon landau et m'embrassa sur le front.

« S'il n'y avait pas cette petite, confia-t-il à Moïse, je filerais à Tel Aviv et je recommencerais tout à zéro.

— Ne dis pas de bêtises.

— Et même, je monterais sur un bateau et j'irais en Italie, je chercherais Isabella et réparerais ce que j'ai brisé.

— *Halas*, ça suffit, l'arrêta Moïse. L'Italienne ne t'est pas encore sortie de la tête ? Je pensais que cette histoire était terminée.

— Moi aussi je pensais, ou plutôt j'espérais. Mais elle me manque de plus en plus, chaque jour je comprends davantage quelle erreur j'ai commise.

— Qu'est-ce qui te manque, David ? demanda Moïse en libérant le sabot du cheval et en tapant sur sa croupe pour le renvoyer dans le box. Les jours heureux d'après-guerre ? Quand nous étions jeunes, insouciants, sans aucune obligation ? Quand les Italiennes se jetaient à nos pieds, quand Isabella t'offrait son corps en échange d'un flacon de parfum, de collants, de la viande et des légumes que tu achetais pour sa famille ? Si ç'avait été une fille de chez nous, on l'aurait traitée de traînée.

— Je l'aimais, Moïse.

— L'amour, ce n'est pas aller avec une fille au cinéma, dans des clubs de danse ou au café. Ce n'est pas se promener à bicyclette, faire l'amour la nuit sans être marié, quand un mur vous sépare de la chambre de ses parents et que vous devez être silencieux pour éviter qu'ils ne vous entendent.

— Je n'aurais pas dû te raconter tout ça, te dévoiler mes secrets avec Isabella, maintenant tu me le renvoies au visage comme si j'avais commis un crime.

— J'essaie simplement de te ramener à la réalité.

— Et moi j'essaie de l'oublier. Il y a un peu moins de trois ans seulement, j'étais libre et heureux, j'aimais une femme merveilleuse qui m'aimait comme Luna ne m'aimera jamais.

— Tu sais ce qu'est l'amour, David ? demanda doucement Moïse. L'amour, c'est choisir une femme qui sera ton amie pour la vie, celle avec laquelle tu voudras passer le restant de tes jours, qui mettra au monde tes enfants. L'amour, c'est fonder un foyer ensemble, se lever le matin, aller travailler, ramener un salaire, élever des enfants, c'est ça l'amour. Ce dont tu as la nostalgie, c'est d'un fantasme qui te convenait quand tu étais un jeune homme en Italie, après la guerre. Tu as la nostalgie de quelque chose qui n'aurait pas tenu un seul jour après notre démobilisation, qui n'aurait pas survécu une minute une fois que tu aurais ramené Isabella à Jérusalem. Réveille-toi, mon ami, mon frère, cesse de regretter ce que tu n'as jamais eu. Sois réaliste et accepte ce que tu as.

— C'est facile de parler pour toi, tu as une femme en bonne santé qui t'aime, te gâte, t'attend tous les soirs quand tu rentres du travail avec un repas chaud et un baiser. Et moi ? Moi j'ai une femme blessée à l'hôpital, une petite qui grandit sans sa mère et un canapé dans le salon de mes beaux-parents. Et le pire, Moïse, le pire, c'est que je n'en vois pas la fin, je n'ai pas l'impression que Luna veuille vraiment sortir de cet état. Parfois il me semble qu'elle était mieux à l'hôpital avec ses camarades blessés qu'avec Gabriela et moi à la maison.

— Ça suffit ! répliqua Moïse. Ne dis pas de bêtises. Quel malade ne voudrait pas guérir ? Quoi, tu ne vois pas combien elle souffre ? Elle arrive à peine à bouger.

— Je me trompe peut-être, répondit David d'une voix douloureuse, mais chaque fois que je lui rendais visite, j'avais le sentiment qu'elle préférait la compagnie de ses amis à la mienne.

— Elle a passé beaucoup de temps avec ces gens, David, c'est normal qu'elle se sente proche d'eux. On ne peut rien y faire si cette maudite guerre a ruiné votre vie de couple. Mais toi et elle, vous pouvez remercier le ciel qu'elle soit restée en vie, elle aurait pu mourir et qu'aurais-tu fait, veuf avec un bébé ? Tu as la mémoire courte, mon ami, il n'y a pas longtemps tu as failli perdre non seulement ta femme mais ta fille, tu devrais aller tous les jours à la synagogue réciter la prière de la délivrance plutôt que de te disputer avec ton frère et perdre ton travail.

— J'en chercherai un autre.

— Pourquoi tu ne rentres pas dans la police ? Ils recrutent constamment.

— Ce n'est pas pour moi, Moïse, je deviendrais fou si j'avais un commandant au-dessus de moi qui me donnait des ordres. Tu as oublié combien de fois j'ai eu maille à partir avec le sergent, quand on était dans l'armée britannique ?

— David, mon ami, tu deviendras encore plus fou si tu n'as pas de travail et te retrouves avec Rosa dans les pattes. Elle te rendra fou. En attendant, mange, dit Moïse en l'encourageant à terminer la soupe aux légumes qu'ils avaient commandée à la cafétéria. La gelée qu'ils font ici est meilleure que chez Taraboulos. »

La période d'austérité n'apportait guère de bonnes nouvelles. David avait du mal à trouver du travail. Il se rendait chaque jour au bureau de placement et attendait plusieurs heures au milieu de toutes les personnes sans emploi, mais il n'y avait aucune offre. Il avait informé la responsable qu'il cherchait un travail de bureau, pas un travail manuel.

Israël Schwartz, son camarade de l'armée britannique, avait trouvé à s'employer à l'école d'agriculture établie à Ein Kerem. Il l'invita à lui rendre visite pour cueillir des fruits dans les vergers abandonnés par les Arabes qui avaient fui le village. Il habitait au deuxième étage d'une maison arabe.

« Que penses-tu de mon palais ? demanda Israël.

— Sacré palais en effet ! C'est l'école d'agriculture qui te l'a attribué ?

— Oui, en même temps que le poste. Si ça t'intéresse, ils cherchent des employés, je peux t'arranger ça.

— Une maison et un travail ? Et qu'est-ce que je devrais faire ?

— On te trouvera quelque chose, c'est une occasion en or. Qui, de nos jours, va te donner les deux à la fois ?

— Je dois en parler avec ma femme, répondit David, mais allons déjà dans le verger.

— Pas besoin d'aller nulle part, c'est juste là, sous la maison. »

Ils descendirent à l'étage inférieur et sortirent par le portail voûté dans un magnifique verger donnant sur des terrasses cultivées et l'église de la Visitation, dont on apercevait la silhouette droite et fière de l'autre côté de la colline et qui faisait sonner vaillamment ses cloches.

« Mon Dieu, s'émerveilla David, regarde un peu ce figuier, il ploie sous les fruits !

— Prends, prends, fais-toi plaisir, remplis-le », l'encouragea Israël en lui tendant un grand panier en osier.

David se mit à cueillir frénétiquement des figues et pour chaque fruit qu'il ramassait, il en mettait un dans sa bouche.

« Bon sang, c'est tellement bon ! »

De la vigne chargée de raisin grimpait sur une treille et David cueillit des grappes juteuses jusqu'à ce que le panier déborde.

« Tiens, remplis aussi cette caisse, lui dit Israël.

— Et j'en ferai quoi ? répondit David en riant, comment la rapporter à Jérusalem ?

— Je t'emmènerai en Jeep.

— Dieu du ciel, parce qu'en plus tu as une Jeep ? Tu t'es sacrément bien débrouillé !

— Tu peux avoir la même chose, il suffit de se décider.

— C'est tout décidé, maintenant il faut que ma femme soit d'accord.

— Parle avec elle, explique-lui que c'est une occasion en or.

— Crois-moi, tu as fait un homme heureux ! »

Ils chargèrent la caisse et le panier sur la Jeep et Israël démarra. Ils s'arrêtèrent en chemin dans le village de Beit Vegan.

« J'ai une autre surprise pour toi, ici il y a un champ de patates. »

David sauta de la voiture et se mit à ramasser des pommes de terre.

Rosa n'en croyait pas ses yeux lorsque David revint avec son ami les bras chargés de victuailles.

« Qu'est-ce que c'est ? bredouilla-t-elle, tout excitée. Tu as dévalisé une banque ?

— Non, s'esclaffa David, heureux de voir la joie de sa belle-mère, j'ai rapporté ça de Ein Kerem et de Beit Vegan.

— C'est ce que les Arabes ont laissé ? »

David acquiesça.

« Dieu soit loué, il y a encore des miracles dans ce bas monde. »

David n'avait pas encore trouvé le moment de discuter avec Luna de la proposition d'Israël Schwartz, mais l'idée de déménager à Ein Kerem avec sa femme et sa fille le séduisait de plus en plus. Ce serait l'occasion de reconstruire leur vie dans une maison à eux. Même s'il ne touchait pas un gros salaire, il y aurait toujours des fruits sur les arbres et des légumes dans les champs. De son côté, sans perdre une minute, Israël avait présenté David au responsable du personnel de l'école d'agriculture.

« Nous cherchons quelqu'un pour la menuiserie de l'école, lui dit-il, et j'ai cru comprendre que vous étiez menuisier avant la guerre.

— C'est exact, monsieur, et un bon menuisier.

— Dans ce cas, le poste est pour vous ; vous pouvez commencer dès demain. Vous aurez les mêmes conditions qu'Israël, vous pourrez choisir une maison dans le village et vous installer avec votre famille, et on vous donnera une Jeep qui vous servira pour votre travail et les allers-retours à Jérusalem. »

David avait le cœur battant, c'était trop beau pour être vrai. Une maison, un travail et une Jeep !

« Vous allez tomber amoureux de cet endroit. Le village est tout proche de Jérusalem, il y a une vue à couper le souffle, un air pur et quand les cloches de l'église sonnent, c'est un rêve.

— Vous m'avez convaincu ! répondit David en lui serrant la main. Reste maintenant à persuader mon épouse. »

Il était fou de joie et il lui tardait d'annoncer à Luna qu'il avait trouvé un emploi et une maison.

« Viens, je te dépose, proposa Israël. Tu vas raconter à ta femme que tu as conclu l'affaire avec le directeur. »

L'après-midi, alors que Luna s'apprêtait à retourner rendre visite à ses amis blessés, David lui fit une proposition : « Plutôt que d'aller à l'hôpital, que dirais-tu d'une séance de cinéma ? »

Elle s'étonna. Cela faisait longtemps que son mari ne l'avait plus invitée au cinéma.

« Allez, Luna, insista-t-il, ce n'est pas grave si tu ne vas pas un jour voir tes amis.

— D'accord, accepta-t-elle, au *Sion* ils passent *Chantons sous la pluie*, avec Gene Kelly et Debbie Reynolds, j'entends tout le temps la chanson à la radio. »

Elle sortit du cinéma d'excellente humeur.

« Tu as vu comme il danse, Gene Kelly, et comme il chante ? »

Elle se mit à fredonner *I'm singing in the rain* en imitant les pas de Gene Kelly, oubliant ses douleurs.

David riait et applaudissait.

« Bravo, Luna ! »

C'était la femme dont il se souvenait, légère, enjouée, bonne vivante. Il n'avait pas un sou, mais il avait bien fait de lui proposer d'aller au cinéma, il économiserait sur les cigarettes et les courses au marché pour Rosa, mais l'effort en valait la peine. Elle était exactement dans les dispositions d'esprit pour ce qu'il s'apprêtait à lui dire, il allait maintenant l'inviter à prendre un café et une pâtisserie au café Atara. Avant la guerre, dans le bon vieux temps, c'était leur endroit préféré. Il avait l'impression que cela faisait des siècles. Tant de choses s'étaient passées depuis qu'ils y étaient allés pour la dernière fois, qu'ils avaient dansé le tango pour la dernière fois au Vienna, depuis qu'ils s'étaient mariés au club Menorah. Elle le prit par le bras et ils quittèrent la place de Sion pour s'engager dans la rue Ben Yehouda, s'arrêtant devant les vitrines avant d'arriver au café. Tsiona, la serveuse de toujours, accueillit Luna comme on salue les clients réguliers. David s'étonna de ne pas la voir plus émue de revoir Luna après son hospitalisation et sa longue absence. Il était loin d'imaginer que son épouse venait là tous les jours rejoindre ses amis blessés qui avaient désormais repris leur vie et dont une partie travaillait comme chauffeurs depuis la station de taxis de la rue Lunz, juste à côté. Il ignorait qu'elle y retrouvait Ghidi, libéré de l'hôpital quelques mois après elle et qui avait immédiatement commencé à travailler comme dispatcher à la station, un repaire d'invalides de guerre.

Luna ne lui avait jamais raconté que lorsqu'elle allait rendre visite quotidiennement aux blessés, elle se rendait en réalité à la station de taxis et qu'à la fin du service, elle poussait le fauteuil roulant du Rouquin jusqu'au café Atara et s'y attardait un bon moment avec lui et les autres avant de rentrer à la maison.

Ils s'assirent au deuxième étage et commandèrent un thé. Il aurait voulu lui offrir un sandwich chaud, comme il se rappelait qu'elle les aimait, mais ses moyens ne le lui permettaient pas et il fut soulagé qu'elle se contente d'un thé.

Le café était quasiment vide en cette fin d'après-midi, mais il ne pouvait ignorer que les rares clients fixaient son épouse de façon éhontée. *Elle est belle,* songea-t-il, *sa célèbre beauté est revenue comme si elle ne l'avait jamais quittée.* Elle avait un visage blanc comme neige, des lèvres pourpres sur lesquelles elle avait appliqué un rouge intense qui sur n'importe quelle autre femme aurait paru vulgaire, mais lui seyait à merveille. Il observa ses longs doigts qui approchaient la tasse à sa bouche, ses doigts soigneusement manucurés, son tailleur en tweed qui soulignait sa taille. Un chemisier blanc dépassait et elle portait le collier de perles qu'il lui avait offert pour leurs fiançailles.

Il était marié à la plus belle femme de Jérusalem, alors pourquoi diable n'était-il pas heureux avec elle ?

Elle le tira de ses pensées.

« Tu ne bois pas ton thé ? »

Il but une gorgée et reposa la tasse en verre sur la table.

« Luna. »

Il prit son courage à deux mains et aborda le sujet pour lequel il s'était donné la peine de l'amener au cinéma et au café.

« J'ai reçu une excellente proposition de travail.

— Ah oui ? Où donc ?

— À Ein Kerem.

— Le village arabe ?

— Il n'y a plus d'Arabes, ils ont fui et abandonné le village, et maintenant il y a une école d'agriculture. Mon ami Israël Schwartz y travaille et il m'a trouvé un poste.

— Quel poste ?

— Un emploi de menuisier, dans la menuiserie de l'école.

— Et comment iras-tu là-bas ?

— Ils offrent également une maison.

— À Ein Kerem ?

— Tu as bien entendu.

— Merveilleux !

— Merveilleux ? »

David s'étonnait d'avoir obtenu si facilement son accord.

« Je suis contente pour toi, c'est vraiment une occasion en or.

— Et ça ne te dérange pas de quitter Jérusalem et de t'installer loin de tes sœurs et de tes parents ?

— Qui a parlé de quitter Jérusalem ? Toi tu y vas, moi je reste avec Gabriela chez mes parents et tu viendras nous voir pour Shabbat. »

Il sentit à nouveau la colère monter en lui, sa chère épouse avait encore réussi à l'insulter.

« Tu ne penses pas, Luna, qu'il est temps que nous ayons une maison à nous, juste pour toi, la petite et moi ?

— À Ein Kerem ?

— Une maison immense, un vrai palais.

— Il n'y a pas de palais qui tienne ! Ein Kerem, c'est le bout du monde, que ferais-je là-bas, toute seule avec Gabriela ? Sans mon père, sans mes sœurs ? Tu peux aller travailler à Ein Kerem, moi je reste à Jérusalem. »

Il parvint à grand-peine à contenir sa colère et ignorer l'offense. Il devait absolument la convaincre, la persuader de venir avec lui là-bas.

« Tu es restée si longtemps à l'hôpital, lui dit-il gentiment, et Gabriela et moi, on a vécu chez tes parents. Maintenant que tu es enfin sortie et que je veux que nous ayons notre maison, comme un couple normal, tu proposes que je vive seul à Ein Kerem et que tu restes chez tes parents ? Autant divorcer tout de suite !

— Tu es devenu fou, David, qui parle de divorce ? Tu me prends pour qui, une traînée ? Pourquoi se séparer ? De nos jours, beaucoup d'hommes vont travailler loin de chez eux, ce n'est pas un secret qu'il n'y a pas de travail à Jérusalem.

— Pourquoi ne viendrais-tu pas voir l'endroit ? essaya-t-il de l'amadouer, tu décideras ensuite. Israël Schwartz et sa femme vivent dans un palais avec un immense jardin. Il y a beaucoup de maisons de ce genre, on peut choisir celle qu'on veut. Et en plus ils m'ont promis une Jeep, on pourra aller à Jérusalem quand tu voudras.

— C'est hors de question ! Tu veux m'enterrer dans un village arabe abandonné ? M'éloigner de ma famille ? Je sais très bien ce qui se passera : tu travailleras et moi je resterai seule toute la journée avec la petite. Si je ne suis pas encore devenue folle, tu veux que je le devienne maintenant ? Comment peux-tu avoir des idées pareilles ? Pourquoi tu ne penses donc qu'à toi ?

— Je pense à notre futur, je me dis que si je n'accepte pas cette offre, nous n'aurons jamais de maison à nous.

— Quel genre d'homme es-tu, à ne même pas être capable de m'offrir une maison ? » demanda-t-elle avec mépris.

Il resta sans voix. Quel genre d'homme était-il, en effet ? Un homme dont la femme ne cessait de l'humilier, et qui lui passait tous ses caprices. Il devait l'obliger à venir avec lui, une femme devait suivre son mari. Pourquoi même lui demander son avis ? Il devait la mettre devant le fait accompli. *Ras bin einaq*, elle viendrait avec lui à Ein Kerem, qu'elle le veuille ou non !

« Demain matin, je vais voir le responsable de l'école d'agriculture et je lui dis : "Merci pour cette proposition généreuse, mais ma femme n'est pas intéressée."

— Exactement, répondit-elle en ignorant son ton sarcastique. Et maintenant n'en parlons plus, pour une fois qu'on sort, il fallait que tu me gâches ma bonne humeur. »

Comme toujours, ma mère finit par obtenir gain de cause. Mon père céda et déclina l'offre, mais par la suite il ne se passa pas un jour sans qu'il ne lui rappelle qu'à cause d'elle, il avait raté l'occasion de sa vie. Au fil des ans, Ein Kerem devint un village d'artistes et les prix des maisons grimpèrent en flèche. La distance avec Jérusalem se réduisit et le village fut rattaché à la ville.

« Pourquoi, mais pourquoi ai-je écouté ta mère comme une chiffe molle ? me répétait constamment mon père. Comment ai-je pu refuser l'offre d'Israël Schwartz ? Maintenant sa maison vaut des millions et moi je me retrouve sans rien. »

Il ne supportait plus de vivre dans la maison des grands-parents Ermoza, en avait assez de dormir dans le canapé du salon ; ça le déprimait de voir le vieil homme s'enfoncer chaque jour un peu plus dans sa maladie et de subir les récriminations de sa belle-mère, de plus en plus ronchonne, et ses disputes insupportables avec Luna.

J'avais deux ans et demi lorsqu'ils m'inscrivirent à la maternelle de Rehavia. Ma mère avait catégoriquement refusé que je fréquente l'école d'Ohel Moshe.

« Je veux ce qu'il y a de mieux pour elle », déclara-t-elle à mon père.

Quelle femme étrange, se dit-il, *c'est à peine si elle s'occupe de sa fille, mais elle veut ce qu'il y a de mieux pour elle.*

Cette fois encore, Luna parvint à ses fins. Les seuls moments que je passais avec elle à cette époque, c'était quand elle m'emmenait et venait me chercher à la maternelle. Le matin, nous entrions par la porte en fer et elle me disait au revoir à côté du grand ficus. Dans une tentative désespérée pour attirer son attention, je me lançais dans des scènes de séparation déchirantes. Je pleurais, me roulais par terre, m'accrochais à ses jambes pour l'empêcher de partir, et elle était désemparée.

« Arrête, s'énervait-elle, arrête de faire des scènes. »

Et plus elle s'énervait, plus je hurlais, lui faisant honte devant les autres mères.

« Emmène ta fille à l'école, dit-elle un jour à mon père. Je n'ai plus la force de supporter sa comédie, elle me fait honte devant les mamans de Rehavia, même les enfants du quartier kurde se conduisent mieux qu'elle. »

Lorsque ma mère associait quelque chose au quartier kurde, c'était sa façon à elle de faire comprendre qu'elle en avait par-dessus la tête.

Elle détestait ce quartier qui, avant que les Kurdes ne débarquent avec leurs milliers d'enfants, comme elle aimait à ressasser, était un quartier de Juifs espagnols et s'appelait Zichron Yaakov. Mon père avait beau lui répéter qu'elle racontait des inepties et que les Kurdes habitaient là depuis toujours, rien n'y faisait. Elle considérait qu'ils s'étaient emparés d'un quartier espagnol, de même que Mordoch s'était emparé de la boutique de mon grand-père.

La situation contraignit bientôt mes grands-parents à quitter la maison d'Ohel Moshe pour la mettre en location. Avec l'argent, ils louèrent deux pièces chez la famille Barzani, dans le quartier kurde, et vécurent avec ce qui restait.

Ma mère pleura toutes les larmes de son corps lorsqu'ils déménagèrent là-bas.

« Il n'y a que les pauvres qui habitent dans ce quartier, se plaignit-elle à mon père.

— Ce n'est pas vrai, rétorqua David. Les Kurdes ne sont pas du tout pauvres, ce sont les Espagnols qui le sont, comme nous désormais. »

Plus encore que le quartier, ma mère détestait avant tout la famille Barzani. Depuis que Mordoch avait escroqué grand-père Gabriel et lui avait extorqué son magasin pour cinq cents misérables livres, elle mettait tous les Kurdes dans le même panier. Elle voyait en lui le responsable de tous les malheurs que sa famille avait connus depuis qu'il était entré dans leur vie comme associé de son père.

Les querelles commencèrent quasiment dès le jour où la famille Ermoza s'installa dans la maison des Barzani. Rosa souffrait tout particulièrement, elle qui avait toujours été en excellents termes avec ses voisines, hormis au moment de l'assassinat de Matilda Franco. Or voilà qu'avec la famille Barzani, un rien se transformait en dispute : si elle lavait la cour, ils l'accusaient de verser l'eau sale de leur côté ; quand Mme Barzani étendait la lessive, Rosa lui reprochait de suspendre ses guenilles sur le fil à linge des Ermoza ; lorsqu'elle allumait le *taboun* et faisait cuire ses chaussons traditionnels, Rosa criait que la fumée rentrait par les fenêtres. Tout devenait matière à dispute.

« *Dio santo*, se lamentait Rosa, je ne peux même pas me chamailler correctement, elle ne parle pas judéo-espagnol et je ne parle pas kurde. »

Elle avait perdu la voix à force de hurler et plus d'une fois appelé Luna à la rescousse. Elle, *mashallah*, il fallait voir comment elle leur parlait, à tel point qu'ils se réfugiaient chez eux en fermant les fenêtres. Seule Gabriela trouvait grâce à leurs yeux et la petite fille, comme pour agacer tout le monde, les adorait elle aussi. À la moindre occasion, elle prenait la voiture verte que lui avait offerte David et passait de leur côté de la cour, et non seulement ils ne la renvoyaient pas, mais ils s'extasiaient sur elle, à croire que c'était leur propre petite-fille, et non celle de la famille Ermoza tant haïe.

« Si j'entends encore une fois que tu es allée chez les Kurdes, hurla un jour Luna, je te casse les pieds et les mains.

— Laisse-la tranquille, intervint David. Elle n'a rien à voir avec ces disputes entre voisins, ce n'est qu'une enfant.

— Enfant ou pas, ma fille n'ira pas chez les Kurdes, je veux que tu construises une barrière entre leur cour et la nôtre. »

Le lendemain, David rapporta du fil barbelé et l'installa entre les deux cours.

M. Barzani fit un scandale et menaça de chasser les Ermoza, mais il finit par comprendre que la seule solution pour mettre un terme à ce conflit était effectivement d'installer une barrière qui séparerait les deux familles.

« S'il n'y avait pas la petite, je vous jetterais à la rue », insista M. Barzani pour avoir le dernier mot.

« C'est comme ça, celui qui a l'argent mène la danse, commenta amèrement Beki. Et il n'y a rien à faire, ce sont les Kurdes qui l'ont.

— Comment ça, ce sont eux qui ont l'argent ? s'énerva ma mère. Quoi, ils sont arrivés riches du Kurdistan ? Ils sont venus sans rien, ils n'avaient même pas de chaussures aux pieds !

— Alors comment sont-ils devenus riches ? demanda Beki.

— Ils ont trouvé de l'argent à Sheikh Badr, ricana Luna.

— Avant de fuir, intervint David, les Arabes ont caché de l'or dans des bidons, puis ont creusé des trous dans la terre pour les y cacher. Ils étaient persuadés de gagner la guerre et qu'une fois les Juifs jetés à la mer, ils retourneraient dans leurs villages. Mais c'est nous qui avons gagné et eux, Dieu soit loué, n'ont pas pu rentrer. Les Kurdes, qui venaient d'immigrer, se sont approprié les maisons abandonnées à Sheikh Badr, ont trouvé les bidons et sont devenus riches. Ils ont ouvert des commerces, des boucheries, des kiosques. »

Heureusement qu'oncle Moïse était policier, sans quoi le conflit entre les familles Ermoza et Barzani aurait duré éternellement. Les disputes quotidiennes, les discussions interminables et les cris en arrivaient presque au point où il fallait appeler la police. Un beau jour, oncle Moïse enfila son uniforme, arrangea son grade de sergent sur la manche, fit briller son insigne sur le béret et frappa chez les Barzani. Malgré les supplications de ma mère, il refusa de raconter ce qui s'était passé derrière la porte, mais à partir de ce jour les querelles cessèrent.

J'étais la seule à continuer à me faufiler dans la cour des voisins. J'aimais m'asseoir sur les genoux de Mme Barzani, poser la tête contre sa poitrine généreuse et m'endormir.

« Tu n'es vraiment pas la fille de ta mère, ne cessait-elle de répéter. Comment une femme aussi arrogante a-t-elle pu donner naissance à une petite en or comme toi ? »

Ma mère mesurait les rues toute la journée, comme disait mon père, et n'avait pas la moindre idée de mes visites quotidiennes chez les voisins. Quant à grand-mère Rosa, si elle le savait, elle préférait fermer les yeux. Elle était bien trop occupée à faire tourner la maison et à soigner mon grand-père, qui dépendait de plus en plus d'elle. Au fond, elle devait être soulagée de ne plus m'avoir à sa charge. Lorsque je rentrais en suçant comme d'habitude le bonbon offert par M. Barzani, elle me mettait en garde : « Surtout ne va pas dire à ta mère que tu es allée chez les voisins, autrement c'est la Troisième Guerre mondiale ! »

Mon père finit par trouver du travail dans une banque, rue Jaffa. Le bel Eli Cohen avait entendu dire qu'ils cherchaient des employés. Il avait passé l'entretien et avait été embauché pour travailler à la caisse. Son frère Itzhak lui avait présenté ses excuses et proposé de revenir, mais comme David l'avait déclaré à Moïse, même s'il lui avait offert le garage, il n'aurait pas recommencé à travailler avec lui. C'est leur mère qui avait forcé Itzhak à lui demander pardon et à le reprendre.

« Fils indigne, lui avait-elle dit, c'est comme ça que tu te comportes avec lui, tu n'as pas honte ? Ton père doit se retourner dans sa tombe à cause de toi ! Ta belle-sœur vient de sortir de l'hôpital, ton frère a un bébé à la maison et nourrit ses beaux-parents, et toi tu le renvoies parce qu'il lit le journal ? Si tu ne le reprends pas immédiatement, tu quittes tout de suite ma maison et tu n'y remets pas les pieds, tu n'es plus mon fils. »

Et Itzhak, dont les paroles de sa mère comptaient plus que tout, avait ravalé son orgueil et demandé pardon à son frère.

« Je te pardonne, avait répondu David, nous sommes du même sang, mais je ne reviendrai pas travailler pour toi. »

Cela faisait longtemps que ma mère était rentrée et guérie et que mon père avait commencé à travailler à la banque, mais nous habitions toujours chez mes grands-parents dans le quartier kurde.

« Ce n'est pas normal que Beki et toi partagiez le même lit et que ton mari dorme sur le canapé, dit un jour Rahelika à Luna.

— Et que proposes-tu, que je dorme avec lui et elle à côté de nous ? Quelle honte !

— Vous devez quitter la maison de Papa et Maman, avoir une vie à vous.

— Beki va bientôt se marier avec Eli, il n'y aura plus de problème.

— Quoi, tu vas attendre qu'elle se marie pour dormir avec ton mari ? s'alarma Rahelika. Combien de temps crois-tu que David va garder patience ? Il finira par te quitter et se trouver une autre femme ! »

Ma mère posa des conditions très claires à mon père : elle était incapable de s'éloigner de sa famille et n'accepterait de quitter la maison de ses parents que s'ils emménageaient tout près de chez Rahelika, à qui elle était liée de tout son être. Sa sœur était sa confidente, la seule à connaître la vie secrète qu'elle menait dans le dos de son époux.

À partir du jour où Ghidi avait quitté l'hôpital, Luna s'était mise à partager sa vie entre lui et son mari sans que personne ne le sache, hormis le petit groupe de patients de l'hôpital qui travaillaient désormais à la station de taxis. Leurs amis gardaient jalousement le secret, comme si c'était le leur. Ils ne parlaient même pas entre eux de la relation toujours plus étroite entre leur ami paralysé et la belle Luna, pour laquelle ils avaient tous un faible.

Chaque jour, elle arrivait à la station et entrait dans la guérite où se trouvait le Rouquin. Même si elle perturbait son travail, aucun des chauffeurs n'osait leur faire de réflexion, jusqu'au jour où Ghidi lui-même intervint :

« Je ne pense pas que ce soit très convenable que tu restes assise avec moi toute la journée dans la guérite.

— Pourquoi ? demanda-t-elle.

— Tu es une femme mariée et les gens vont commencer à jaser.

— Quoi, je ne peux pas rendre visite à mes amis de l'hôpital ?

— On est en plein centre de Jérusalem, il y a tout le temps des gens qui passent et ils vont te voir, ce n'est pas bien. »

Bien entendu, Luna continua à y aller. Elle restait avec lui jusqu'à ce qu'il termine son service, puis poussait son fauteuil roulant jusqu'au café Atara où ils retrouvaient leurs amis chauffeurs. C'étaient les heures les plus belles, elle les attendait chaque jour et ne pouvait imaginer sa vie sans ces moments loin de sa famille, de son mari, de sa fille, en compagnie de ceux qui étaient devenus sa seconde famille, des gens auxquels elle se sentait profondément liée. Personne ne pouvait comprendre cette proximité, même pas Rahelika, à qui elle avait fait jurer de ne raconter à personne ses rendez-vous secrets avec Ghidi et ses amis.

« Tu joues avec le feu, la prévint Rahelika.

— Mais on ne fait rien de mal, fit mine de s'étonner Luna. On reste assis et on plaisante avec les copains.

— Si David ne sait pas que tu retrouves Ghidi et tes amis au café Atara, ça veut dire que c'est un secret, et les secrets finissent par être révélés.

— Je ne peux pas lui raconter, il m'interdirait d'y retourner.

— Si tu te contentes de t'asseoir avec tes amis et de discuter, pourquoi ne te le permettrait-il pas ? Tu sais ce que c'est, tromper, Luna ? Tromper, c'est quand on trahit la confiance de quelqu'un.

— Tromper, c'est quand quelqu'un te touche, et Ghidi et moi, on ne s'est jamais touchés.

— Ne t'en fais pas, ça viendra, c'est juste une question de temps et ce sera fini pour toi, rappelle-toi ce que je te dis, ne va pas détruire ta vie. David ne te pardonnera jamais la honte que tu jetteras sur lui. Il a attendu que tu sortes de l'hôpital, est resté à ton chevet, a prié pour que tu restes en vie, il a entretenu Papa, Maman et Beki, s'est occupé seul de Gabriela, et c'est comme ça que tu le remercies ?

— Et qu'est-ce que je fais de mal ? Je me contente de retrouver mes amis de l'hôpital, c'est tout.

— Alors pourquoi tu ne lui racontes pas ?

— Sans avoir été là-bas avec nous, personne ne peut comprendre. Il faut avoir vécu l'horreur, les opérations, les douleurs, la mort de nos amis de l'hôpital qui n'ont pas survécu à leurs blessures, la peur de la mort, pour comprendre.

— Tu m'inquiètes, Luna, ça va mal se terminer.

— On ne fait rien d'interdit, s'entêtait Luna.

— Même dans ton cœur ? »

Luna se tut un moment avant de répondre :

« Le cœur a ses raisons, je ne peux pas décider pour lui ce qu'il doit ressentir.

— Tu aimes Ghidi ?

— Comme je n'ai jamais aimé aucun homme.

— Dieu nous préserve, ne t'avise jamais de répéter cela, ne le raconte à personne !

— Que puis-je faire, Rahelika, cet homme est entré dans mon cœur.

— Et David ? Tu t'es mariée avec lui par amour, personne ne t'a obligée.

— Peut-être que je ne l'aimais pas, peut-être que j'ai imaginé l'aimer, peut-être que je voulais tellement me marier que je me suis inventé une histoire d'amour. Jamais je n'ai ressenti avec lui ce que je ressens quand je suis avec Ghidi, jamais je ne m'en suis souciée comme je me soucie de Ghidi. Chaque fois qu'il ne se sent pas bien, je suis terrorisée. Chaque fois qu'il est hospitalisé pour un nouveau traitement, je tremble jusqu'à ce qu'il ressorte.

— Lunika, ma chérie, que vas-tu faire ?

— Ne t'inquiète pas, *ermanita*, je ne quitterai pas David ni Gabriela, je n'ai pas le courage ! Je suis lâche, je resterai une femme mariée, mais tu ne peux pas me demander de cesser de voir Ghidi, d'aller à la station de taxis et au café Atara. Et même si tu me le demandes, je ne t'écouterai pas, je continuerai à le retrouver.

— Et il ne te touche vraiment pas ?

— Me toucher ? J'aimerais bien. Parfois il me caresse la tête ou me tient la main un instant, mais jamais plus longtemps, et puis il la retire comme s'il s'était brûlé. Moi je voudrais le prendre dans mes bras, l'embrasser sur les lèvres, caresser son beau visage mais je n'ose pas, car je sais que je franchirais une ligne sans retour alors je me retiens, tu comprends, je me retiens ! »

Combien de temps en serait-elle capable ? Elle l'ignorait. Combien de temps pourrait-elle continuer à le retrouver alors que son cœur brûlait pour lui et que son corps implorait qu'il le touche ? Finalement, ce fut lui qui fit le premier pas. Un après-midi après la fin de son service, elle poussait son fauteuil comme tous les jours vers le café Atara, mais au moment de traverser la rue, il lui pressa la main.

« Arrête-toi. »

Elle immobilisa le fauteuil et il lui montra le petit hôtel tout proche.

« Viens, allons là-bas. »

Sans rien dire, elle le dirigea vers l'hôtel qui, au temps du Mandat, était fréquenté par les soldats britanniques et les jeunes filles juives faciles qui les accompagnaient. Le réceptionniste était installé dans une petite pièce. Il sortit les accueillir, les salua et fit signe à Luna de pousser le fauteuil vers l'une des chambres du fond, puis il leur ouvrit et se retira. Luna ferma la porte. La chambre était assez grande. Le sol était recouvert de carreaux peints, un chandelier avec quatre boules en verre pendait du haut plafond et des rideaux sombres voilaient les fenêtres donnant sur la rue. Un grand lit en fer recouvert d'une couverture épaisse occupait la plus grande partie de la pièce et à côté, une table de nuit avec un miroir qui avait connu des jours meilleurs.

« Aide-moi », lui demanda Ghidi en indiquant le lit.

Elle le prit par la taille et il s'appuya sur elle, puis, avec une force qu'elle ne se soupçonnait pas, elle parvint à l'asseoir sur le lit. Elle lui ôta ses chaussures et ses chaussettes et hissa ses jambes paralysées sur le lit. Il s'aida de ses coudes et s'allongea. Elle s'étendit à côté de lui et il se tourna vers elle, plongea ses yeux bleus dans l'océan vert des yeux de Luna et se mit à défaire les boutons de sa robe l'un après l'autre, très lentement, comme s'ils avaient tout le temps du monde. Elle restait immobile, troublée, et ferma les yeux lorsqu'il retira sa robe, dévoilant la combinaison de soie blanche qui couvrait sa nudité.

« Regarde-moi », chuchota-t-il.

Elle ouvrit les yeux et lorsque son regard rencontra celui de Ghidi, une flamme s'alluma dans son cœur. Les mains du jeune homme parcoururent son corps, ses doigts se promenèrent avec une délicatesse infinie sur son visage, puis le long de son cou et autour de ses mamelons. Elle tremblait au contact de sa main qui la caressait à travers sa combinaison de soie et sentit une onde de chaleur entre ses cuisses, une sensation de plaisir qu'elle n'avait encore jamais éprouvée avec David.

« Retire ta combinaison », chuchota-t-il, et elle se figea.

Mon Dieu, comment pourrait-elle se montrer à lui dans sa nudité, exhiber la cicatrice qui défigurait son corps ?

« N'aie pas honte, dit-il en soulevant sa chemise. Regarde, moi aussi j'ai une blessure comme la tienne, touche. »

Il prit sa main et la posa dessus.

« Maintenant laisse-moi la toucher », murmura-t-il.

Il se pencha, posa les lèvres sur la cicatrice qui la coupait en deux et l'embrassa sur toute sa longueur. Elle avait la sensation que ses lèvres guérissaient son corps traumatisé, que chaque baiser effaçait la cicatrice et que son corps redevenait aussi lisse et parfait qu'avant la blessure. Elle l'attira vers elle et se pressa contre lui comme si elle voulait se laisser absorber dans son corps, le serrant comme si elle craignait de le perdre. Elle lui appartenait comme jamais à personne.

« Tu sens, murmura-t-il, tu sens ta peau contre la mienne ?

— Je t'aime, chuchota-t-elle.

— Et moi je t'aime plus que ma vie. Tourne-toi », lui dit-il, et elle lui présenta son dos.

Il dégrafa son soutien-gorge et le retira. Elle lui fit face, à moitié nue, ses seins parfaits exposés devant lui. Elle enleva ses dessous et resta étendue à ses côtés sans chercher à cacher sa nudité. Pour la première fois depuis sa blessure, elle se sentait entière, n'avait pas honte de ses cicatrices.

Ghidi eut le souffle coupé face à sa beauté.

« Viens, lui dit-il, tout près. »

Elle s'approcha et il lui prit le visage sans détacher les yeux des siens, approcha les lèvres de sa bouche et l'embrassa comme personne ne l'avait jamais fait.

Ses mains la caressèrent en remontant des hanches vers le ventre puis la poitrine, et elle se sentit défaillir. Il embrassa ses seins et se mit à les sucer comme un bébé tandis qu'elle lui caressait la tête, lui tirait les cheveux, priant pour qu'il ne s'arrête jamais. Il lui donna du plaisir un long moment avec ses lèvres, bougeant au-dessus d'elle autant que son corps le lui permettait. Elle n'arrivait pas à croire aux gémissements de plaisir incontrôlables qui lui échappaient, voulait qu'il caresse sa partie intime, celle qu'elle détestait tant que David touche, elle brûlait à l'intérieur et n'en revint pas lorsqu'elle prit la main de Ghidi et la conduisit entre ses cuisses. Il promena ses doigts en elle, ses mains plongèrent dans le nectar produit par son corps et elle se mit à trembler et à gémir comme un animal, à pleurer comme un nouveau-né, puis son dos se durcit, son cœur battait furieusement comme s'il allait sortir de sa poitrine et elle hurla comme une possédée. Ghidi la serra très fort contre lui et réussit à calmer ses tremblements.

Dieu tout-puissant, qu'était-ce donc ? Elle n'avait jamais expérimenté pareille sensation, parvenait à peine à calmer sa respiration et, pendant tout ce temps, il la serrait contre lui en embrassant ses cheveux.

Ils restèrent étendus l'un à côté de l'autre en silence. Luna avait les larmes aux yeux. Elle se trouvait exactement là où elle voulait être, seule avec lui dans cette chambre. Le monde n'existait plus, il n'y avait plus qu'eux deux, rien de ce qui se passait à l'extérieur ne les concernait, ni la station de taxis toute proche, ni ses amis de l'hôpital, ni David, ni Gabriela, ni Rahelika, ni Beki, ni sa mère, ni même son père. Elle aurait voulu que ce moment dure pour l'éternité.

En ouvrant les yeux, elle découvrit qu'il l'observait.

« Depuis combien de temps me regardes-tu ? lui demanda-t-elle avec un sourire.

— Depuis toujours.

— Je n'ai jamais ressenti cela, je n'ai jamais été aussi heureuse.

— Moi non plus.

— Je veux te faire tout ce que tu m'as fait, que tu ressentes exactement la même chose que moi, chuchota-t-elle.

— C'est impossible, mon amour, je ne ressentirai jamais cela, je ne sens rien là, en dessous, répondit-il en prenant la main de Luna pour la poser sur son membre flasque. Mais ici je sens, ajouta-t-il en portant sa main vers son cœur, comme jamais je n'ai ressenti de toute ma vie. Je t'aime, Luna, je t'aime, tu es la prunelle de mes yeux.

— Moi aussi je t'aime. Tellement. Je n'ai jamais aimé et n'aimerai jamais personne autant que toi. »

Il l'embrassa encore et encore. Leurs larmes, leurs mains, leurs cœurs se mêlaient. Elle était inondée de bonheur. *Dieu, faites que cela ne se termine pas*, songea-t-elle, *faites que cela ne se termine jamais.*

À partir de ce jour, Luna partagea son temps entre ses rencontres secrètes avec Ghidi et sa vie officielle avec son époux, sa fille et sa famille élargie. Elle ne pouvait se soustraire à ses obligations, mais dès lors que ses rendez-vous s'inscrivirent dans son emploi du temps quotidien, elle devint une parfaite maîtresse de maison et fit du studio où ils avaient emménagé un petit bijou. Elle prenait soin du moindre détail, de la tapisserie des fauteuils à la nappe en dentelle pour décorer la table qui servait à la fois pour les invités et les dîners en famille. Sur la terrasse, elle planta des géraniums rouges et blancs, diverses sortes de cactus et des pensées. Elle ajoutait parfois une plante supplémentaire, si bien qu'il ne resta plus de place sur leur côté de la terrasse et qu'elle commença à fleurir également le côté des voisins, pour leur plus grand bonheur. Afin d'étendre leur espace de vie, elle installa une petite table et des chaises sur la terrasse, couvrit la table d'une toile cirée et posa une plante au milieu.

« L'appartement de Luna ressemble à une bonbonnière, s'amusèrent ses sœurs, exactement comme elle ! »

Au fur et à mesure que sa relation avec Ghidi se développait, elle s'efforçait d'être meilleure épouse et meilleure mère, même si ces efforts lui coûtaient. Presque tout ce que faisait sa fille ou disait son mari l'agaçait. Dans le cas de David, elle se mordait la langue et laissait passer, mais avec Gabriela, c'était beaucoup plus difficile.

« Tu ne comprends pas que plus tu t'énerves avec elle, plus elle le fait exprès, lui expliqua un jour David. Tu dois la prendre avec douceur, lui parler gentiment, lui montrer que tu l'aimes si tu veux qu'elle se conduise bien. Si tu continues à lui crier dessus, ça ne fera qu'empirer.

— Mais c'est elle qui commence, se plaignit-elle, je ne suis même pas rentrée qu'elle m'énerve déjà.

— C'est elle qui commence ? Mais tu t'entends ? Où as-tu la tête, Luna, qui est l'enfant ici, toi ou Gabriela ? Elle cherche à attirer ton attention, elle veut que tu la voies, elle fait tout pour t'énerver car c'est le seul moyen pour que tu t'occupes d'elle.

— Quoi, je ne m'occupe pas d'elle ? Qui l'emmène à l'école tous les matins ? Toi ? Qui l'habille, la coiffe, lui donne à manger ?

— Et qui lui donne le bain le soir, qui la met au lit ? Toi ? rétorqua David en haussant le ton. Quand lui as-tu chanté une berceuse pour la dernière fois, quand lui as-tu raconté une histoire ? Ne dis pas n'importe quoi. Cette enfant crie pour que tu la voies et toi, *nada* ! »

La conversation avec David la déprima. Il y avait du vrai dans ce qu'il disait. Elle faisait tout pour se retrouver le moins possible avec sa fille, passait son temps à chercher quelqu'un pour s'occuper de Gabriela. Elle avait soudoyé Beki pour qu'elle aille chercher la petite à la maternelle et l'amène chez ses grands-parents afin de pouvoir courir retrouver Ghidi.

Elle veillait néanmoins à être de retour à temps pour ramener sa fille à la maison avant que David ne rentre de la banque, et à l'attendre tous les jours avec un repas chaud pour la pause de midi. Ils se retrouvaient parfois pour déjeuner chez les parents de Luna, et de temps en temps elle passait à la banque et ils allaient manger un houmous ensemble chez Tami. Après le repas, David faisait une courte sieste et retournait travailler. Et même si elle comptait les minutes qui la séparaient du moment où Ghidi terminerait son service et où ils se retrouveraient dans leur chambre habituelle, elle ne sortait jamais de la maison avant David. Elle attendait patiemment que son mari parte, puis se préparait à retrouver l'élu de son cœur.

Elle suivait un rituel précis, commençant par se laver avec une serviette mouillée, en prenant une sèche pour s'essuyer. Ensuite elle s'aspergeait de parfum avec le flacon en cristal qui trônait sur sa table de nuit en pressant une ou deux fois la pompe, pas plus pour ne pas exagérer, puis s'enveloppait dans un peignoir en soie et allait vers le coffre où elle rangeait sa lingerie en soie délicate avec des feuilles de jasmin et de lavande séchées emballées dans des sachets en tissu qu'elle avait cousus. De ses doigts fins et manucurés, elle sortait une culotte, un soutien-gorge et une combinaison assortis qu'elle posait sur le lit et elle extrayait du tiroir à collants des bas fins en nylon qu'elle déposait à côté des sous-vêtements. Elle prenait alors le temps de masser délicatement ses pieds avec une crème grasse jusqu'à ce qu'ils l'absorbent et se ramollissent, et alors seulement elle s'asseyait devant le miroir et s'occupait de son maquillage. Après s'être regardée maintes fois, satisfaite du résultat, elle commençait à s'habiller. Elle déroulait délicatement les collants sur ses jambes et ses cuisses, veillant à ce que la ligne se trouve exactement au milieu du mollet et ne dépasse pas d'un millimètre à droite ou à gauche, mettait un porte-jarretelles en dentelle et fixait les collants en veillant à ne pas se pincer les cuisses. Elle vérifiait qu'ils étaient parfaits, puis enfilait sa combinaison et s'attaquait alors à la tâche la plus difficile, à savoir le choix de la robe. Elle essayait et retirait la moitié de l'armoire avant de trouver son bonheur. Une fois habillée, elle s'asseyait à nouveau devant le miroir et appliquait son rouge à lèvres. Le rouge venait toujours en dernier dans la chaîne des préparatifs. Enfin, elle s'aspergeait légèrement de parfum et sortait.

Elle trottait sur ses talons jusqu'à la rue Jaffa. Il aurait été plus simple de prendre l'autobus Hamekasher qui parcourait toute la rue jusqu'à la place de Sion, non loin de l'hôtel, mais Luna préférait marcher que d'être serrée contre des étrangers dans un autobus. En attendant que Ghidi termine son service, elle avait le temps de s'attarder devant les vitrines de la rue Jaffa, de jeter un coup d'œil aux affiches des cinémas Eden et Sion et de regarder les photos des films qui passaient ou sortiraient bientôt. Le temps passait lentement, trop lentement. Elle aurait pu attendre Ghidi à la station de taxis, mais il valait mieux éviter. Ces derniers temps, elle s'abstenait autant que possible d'y aller. Elle faisait confiance à ses amis chauffeurs, mais depuis qu'ils étaient devenus amants, elle ne se sentait pas à l'aise en leur présence.

Elle savait que leur relation était prohibée et que si son mari venait à l'apprendre, il la mettrait dehors et la honte retomberait sur toute sa famille. Elle ne connaissait aucune femme divorcée. La seule dont elle avait entendu parler était Véra, la Hongroise qui travaillait à la banque avec David, une jolie femme au léger accent qui élevait ses deux enfants seule.

Pourtant, l'idée de cesser de voir Ghidi ne lui avait jamais effleuré l'esprit. Leurs rencontres constituaient sa seule raison d'être, le monde parfait dans lequel elle vivait tous les après-midi. Elle et lui seuls dans une chambre aux stores fermés faiblement éclairée par une lampe unique. Même le bruit de la rue agitée ne traversait pas les murs. On n'entendait que leurs murmures passionnés, leur respiration silencieuse et les battements de leur cœur.

Luna ne se lassait pas de ses mains, de ses lèvres, de sa compagnie. Il la voyait comme personne d'autre, lisait en elle. Il était le seul à ne pas la juger, à comprendre qui elle était réellement. Ils parlaient de tout à l'exception de son autre vie avec son mari, sa fille et sa famille. Dès qu'elle tentait de lui raconter ce qui se passait chez elle, il posait délicatement le doigt sur ses lèvres : « Ici, c'est uniquement toi et moi. Tu n'as pas d'autre vie que ce moment et je n'en ai pas d'autre non plus, nous sommes seulement tous les deux. » Elle se taisait immédiatement. Elle aussi aimait cette sensation de se trouver dans une bulle, même si elle ressentait parfois le besoin de s'ouvrir à lui, de lui raconter les soucis que lui causait Gabriela. Seul lui comprendrait qu'elle se sente désemparée, qu'elle ne sache pas comment être la mère de cette enfant. De fait, elle n'avait pas eu le temps de l'être ; sa fille était encore bébé lorsqu'elle avait été blessée et à son retour de l'hôpital, elle avait trouvé une petite fille qui s'était attachée à son père, à Beki, à Rahelika, à Rosa, à Gabriel. Il n'y avait que sa mère qu'elle rejetait. Luna ne l'avait pas vue se mettre debout, ne lui avait pas tenu la main quand elle avait appris à marcher, ne l'avait pas entendue dire ses premiers mots. C'est comme si elle avait mis au monde une fille de deux ans et ne parvenait pas à rattraper ces deux années perdues. *Dio mio*, elle aurait tant voulu en parler avec Ghidi. Mais il était intraitable, refusait catégoriquement de laisser entrer quiconque dans la chambre qu'ils louaient à l'heure. Ni son mari, ni sa fille, ni sa sœur, ni ses parents, ni même leurs amis de l'hôpital. Si par hasard elle mentionnait l'un d'entre eux, il l'arrêtait tout de suite : « Uniquement toi et moi, tu te rappelles ? »

Il y avait pourtant une chose dont elle devait lui parler, elle devait lui dire qu'elle avait des rapports avec son mari. Pendant des semaines, même après avoir emménagé dans un appartement à eux et recommencé à dormir dans le même lit, un lit qu'ils repliaient pendant la journée et cachaient derrière un rideau pour faire de la place dans leur pièce unique, David ne l'avait pas touchée. La nuit, ils se couchaient, se disaient bonne nuit, se tournaient le dos et s'endormaient.

Puis une nuit, sans prévenir, il l'avait surprise en se collant contre elle. Son corps s'était raidi mais elle n'avait pas bougé. Il avait soulevé sa chemise de nuit et commencé à lui caresser les cuisses et elle, afin d'abréger ce moment, l'avait laissé retirer ses sous-vêtements puis, sans préliminaires, lui écarter les jambes et la pénétrer. Elle avait fermé les yeux en essayant de se détacher de ce qui se passait. Ses mains reposaient le long de son corps, les poings involontairement fermés. Dès qu'elle s'en était rendu compte, elle les avait posées sur le dos de David en le caressant, comme si c'était une autre femme qui se trouvait allongée ici sous le corps de son mari. À son grand soulagement, il avait vite trouvé son plaisir, l'avait embrassée sur le visage, lui avait tourné le dos et s'était endormi.

Luna était restée allongée en silence, le corps profané par un homme qui était son mari mais qui lui était étranger, comme s'il n'était pas le père de sa fille. Elle n'avait pas envie de coucher avec lui, mais savait que de même qu'elle emmenait Gabriela à l'école, faisait la lessive et la vaisselle ou préparait les repas, elle devait avoir des rapports avec son époux. Elle s'était levée du lit, et dans la cuisine s'était lavé les cuisses avec une serviette mouillée afin d'éliminer l'odeur de sa semence, comme elle le faisait autrefois. Elle n'avait pas mal, n'était pas triste, n'avait pas de regrets. Elle n'avait même pas l'impression de tromper Ghidi. Elle ne ressentait rien.

Le jour suivant, lorsqu'ils se retrouvèrent à l'hôtel, elle lui en parla. Elle ne voulait pas de secret ou de mensonge entre eux, elle souhaitait que leur relation soit aussi pure et propre que la façon dont ils faisaient l'amour. À sa grande surprise, il la serra contre sa poitrine et lui dit : « Il n'y a pas de problème, ma chérie, mais ne me le raconte plus, d'accord ? »

Elle acquiesça et ne mentionna plus jamais ses rapports avec David. S'il était jaloux, il n'en laissait rien paraître, mais il ne souhaitait pas en entendre parler, refusait de le savoir.

Luna aurait souhaité lui expliquer que seule leur façon à eux de faire l'amour lui plaisait : baisers, étreintes, caresses, mots, regards, battements de cœur à l'unisson, les lèvres de Ghidi sur son corps, leurs peaux l'une contre l'autre, leurs souffles mélangés. Elle aurait tant aimé lui dire qu'elle n'avait pas besoin que son sexe la pénètre comme le faisait son mari, elle n'aimait pas cela. Elle aurait voulu jurer sur sa vie et celle de Ghidi que c'était la vérité, mais elle le connaissait suffisamment pour savoir qu'il souffrait terriblement d'être devenu impuissant et que tout ce qu'elle pourrait dire le peinerait encore davantage. *Je continuerai à l'aimer,* avait-elle décidé, *je continuerai à jouir de son corps et à lui donner du plaisir avec le mien, je l'aimerai jusqu'à la fin, comme aucune femme n'a jamais aimé un homme, et la force de mon amour l'aidera à surmonter sa douleur.* Elle fit vœu de le protéger, de prendre soin de lui et de le faire se sentir un homme, car pour elle c'était l'homme parfait.

Neuf mois après son premier rapport avec David dans leur nouvel appartement, Luna donna naissance à Roni, qui prit son nom d'Aharon, le père de David. Lorsqu'elle découvrit qu'elle était enceinte, elle pleura amèrement, ne sachant comment Ghidi prendrait la nouvelle. Mais à son grand étonnement, il l'embrassa sur le ventre et la félicita, et elle l'étreignit en se blottissant contre lui comme une petite fille demandant à son père de la prendre dans ses bras pour la protéger du monde extérieur. Il l'acceptait telle qu'elle était, acceptait sa vie, ne lui demanda jamais de quitter son mari ni ne l'interrogea sur les rapports qu'elle entretenait avec lui. Il était heureux de l'avoir auprès de lui, prêt à l'accueillir dans n'importe quelles circonstances aussi longtemps qu'elle le souhaitait. Même enceinte.

10

Je partis me réfugier très loin, dans la sinistre ville de Londres, pour m'éloigner du tumulte familial qui m'entourait depuis la mort de ma mère. L'inquiétude exaspérante de Rahelika et Beki, ma colère incontrôlable à l'égard de mon père, ma course effrénée d'un emploi de serveuse à l'autre, la présence amoureuse d'Amnon, pour lequel je ne trouvais pas de place dans mon cœur : si cela n'avait tenu qu'à moi, j'aurais pris le premier avion et disparu sans saluer personne en laissant derrière moi la colère, la douleur et le poids que déchargeaient sur mes épaules mon père et mes tantes dont l'amour m'étouffait, dont la sollicitude m'avait déjà fait fuir à Tel Aviv, sauf que même là-bas je n'étais pas assez loin d'eux. Je voulais m'échapper pour un endroit où je ne recevrais pas d'appels réguliers de Rahelika ou Beki, où mon père ne pourrait pas me rendre une visite surprise qui ferait vaciller mon monde. Mais dans notre famille, même quelqu'un comme moi n'osait pas faire ce genre de choses, partir en voyage sans dire au revoir.

Et à présent, alors qu'Amnon était parti en Inde pour me fuir et guérir son cœur brisé, je me retrouvais assise dans un pub londonien rempli d'ivrognes et de fumée, des gens me parlaient et je n'entendais rien, je fumais comme un pompier et j'enchaînais les bières pour ne pas penser, pour ne rien sentir.

Ma mère était morte et je n'avais pas pris le deuil, pas versé de larmes, pas souffert, mais je m'étais mise en colère. J'étais furieuse contre elle, partie avant que je puisse me réconcilier avec elle, furieuse contre mon père qui, moins d'un an après son décès, avait déjà ramené à la maison sa maîtresse hongroise, celle qui avait failli faire divorcer ma mère. Mon père et Vera, que ma mère détestait, vivaient à la maison avec Roni, mon petit frère, et les enfants de Vera. Elle dormait désormais dans le lit de ma mère, préparait à manger dans sa cuisine et arrosait ses fleurs sur la terrasse.

Je n'avais pas attendu qu'elle emménage pour quitter la maison. Avant même de terminer mon service militaire, je m'étais arrangée pour louer une chambre dans l'appartement d'Amnon, mon seul ami, à Tel Aviv. C'était un grand appartement sur le boulevard Motzkin, derrière le commissariat de police de la rue Dizengoff, qu'il avait hérité de sa grand-mère et où il habitait avant de partir étudier l'architecture à Londres. Je m'étais installée dans la petite chambre, avec son lit, sa table et son armoire. Je n'allais presque jamais à Jérusalem, j'avais même passé le dîner de Pâques à Tel Aviv avec Amnon et quelques amis qui fuyaient leur famille. Le « *seder* des orphelins », l'avait-on appelé. Chacun des participants avait une raison personnelle de ne pas passer ce soir-là avec sa famille. J'avais raconté à mon père et à mes tantes que j'étais de garde à l'armée. La vérité, c'était que je ne pouvais pas supporter un *seder* sans ma mère, que je ne pouvais m'imaginer la soirée sans la compétition annuelle entre les trois sœurs Ermoza pour savoir qui préparait le meilleur *harosset.* Ma mère avait quitté la course et sans elle, ça n'aurait pas d'intérêt.

À la fin de l'armée, je me mis à enchaîner les petits boulots : d'abord serveuse avant d'être licenciée, puis gogo danseuse au Tiffany's, la discothèque qui se trouvait sous l'hôtel Dan. Je fis de la figuration dans la scène de foule d'un film tourné dans les studios d'Herzliya, puis la secrétaire pour un producteur âgé qui essayait de me tripoter à la moindre occasion. Tout ceci dans un but : économiser assez d'argent pour m'arracher de ce pays et m'installer à Londres, le centre du monde, la ville des Beatles, des Rolling Stones et de Pink Floyd, de Cat Stevens et Marianne Faithfull, sexe, drogue et rock'n'roll et *Lucy in the sky with diamonds.* Dès que je disposais d'une somme décente, je me précipitais à l'agence de voyages de la rue Frishman et la remettais à l'agent en guise d'acompte pour le billet tant désiré.

En réfléchissant à ma course effrénée d'un emploi sans intérêt à un autre, je compris qu'en réalité, je fuyais. Je fuyais tout ce que je connaissais, tous ceux qui me connaissaient, je fuyais pour oublier le passé et m'ouvrir à un nouveau monde où il n'y avait pas une mère morte, un père incapable de rester seul un instant, si bien qu'il avait déjà ramené une nouvelle femme chez nous, deux tantes affligées par leur deuil, et un petit frère que j'avais laissé se débrouiller seul avec sa peine. Que pouvais-je faire ? J'étais incapable d'affronter la tristesse de Roni et celle de Rahelika et Beki, qui m'avaient suppliée de ne pas quitter Jérusalem pour Tel Aviv.

« On n'a même pas eu le temps de dire au revoir à ta mère que tu pars déjà, pleura Beki.

— Ma mère est morte, disais-je chaque fois que quelqu'un me parlait d'elle. Moi je ne le suis pas, je veux juste quitter cet endroit, ce n'est pas la fin du monde. »

Mon père ne me demanda pas de rester. Il m'embrassa et glissa de l'argent dans ma poche, au moins pour le début, et me fit promettre de ne pas hésiter à demander si j'avais besoin d'aide.

Lorsqu'il vit que je ne rentrais pas à la maison après mon service militaire, il se mit en colère et se montra désemparé face à cette décision qui le blessait profondément. Indépendamment de Vera, sa nouvelle femme, je ne voulais plus vivre à Jérusalem. Depuis mon enfance, lorsque nous allions rendre visite à *nona* Merkada et *tía* Alegra à Tel Aviv, boulevard Rothschild, je savais que dès que je serais indépendante, je déménagerais à Tel Aviv. Je l'avais dit à mon père, essayant de lui faire comprendre, mais il n'était pas prêt à l'entendre, il était blessé et ne vint pas me voir avec mes tantes.

Rahelika et Beki me rendirent visite avec Roni, apportant des casseroles débordant de plats cuisinés exprès pour moi, des paniers remplis de légumes qu'elles avaient traînés depuis Jérusalem comme s'il n'y avait pas de marché à Tel Aviv, et des *burekas* et *biskochos* faits maison. Rahelika s'occupa immédiatement de la maison et se mit à nettoyer, Beki rangea les casseroles dans le réfrigérateur et prépara une salade toute fraîche, et lorsqu'elles se furent assurées que j'avais assez à manger pour un mois et m'eurent entendu raconter que j'avais un travail et des amis, que je n'étais pas seule, *miskenika*, et qu'il y aurait quelqu'un pour partager tout ce qu'elles avaient cuisiné pour moi, elles rentrèrent à Jérusalem, non sans m'avoir chacune glissé discrètement de l'argent dans la main à l'insu de l'autre et fait jurer que si j'avais besoin de quoi que ce soit, je n'hésiterais pas à demander.

« Tu viens d'abord chez nous, me dit Rahelika, pas question de demander à des étrangers. C'est nous que tu viens voir en premier, n'oublie pas. »

Nous étions près de la porte d'entrée et elles m'abreuvèrent d'accolades et d'embrassades, histoire que je fasse une provision au cas où, à Dieu ne plaise, je n'en recevrais plus avant leur prochaine visite. Juste avant que je ferme la porte, alors qu'elles étaient déjà dans la cage d'escalier, Rahelika s'approcha et me chuchota à l'oreille :

« Gabriela, ma chérie, est-ce qu'il ne serait pas temps de faire la paix avec ton père ? Tu sais à quel point il est triste à cause de toi ? Il n'en dort plus la nuit.

— Il dort très bien, intervint Beki, il dort avec sa Hongroise dans le lit de Luna et n'a pas honte.

— Ça suffit ! la reprit Rahelika. Ne mets pas de l'huile sur le feu. David est un homme et les hommes sont ainsi, la vie continue.

— À mes yeux, Gabriela, tu as bien le droit de ne plus jamais lui adresser la parole, insista Beki, moi non plus je ne lui parle pas, il devrait avoir honte !

— Tante Rahelika, demandai-je à ma bonne tante, toujours si pondérée, tu n'en veux pas à Papa d'avoir ramené cette femme dans la maison de ma mère ?

— Bien sûr que si, mais qu'est-ce qu'on peut y faire ? Ta mère ne reviendra pas et ton père a besoin d'une deuxième femme, et peut-être aussi que Roni a besoin d'une seconde mère.

— Une seconde mère ! explosa Beki, non mais écoute-la ! Quoi, Roni est un bébé ? C'est un grand gaillard, d'ici peu il partira à l'armée et Dieu merci il nous a, toi et moi, il n'a pas besoin d'une seconde mère.

— Ce dont il a besoin, c'est d'un père qui soit un homme, dis-je doucement, et pas de quelqu'un qui ramène à la maison sa putain hongroise.

— Tais-toi, ma chérie, ce n'est pas bien de proférer des injures, me reprocha Rahelika.

— Il n'y a pas d'autre mot pour elle ! explosa Beki. Pourvu qu'il lui arrive… Chaque fois que je pense à David, je m'énerve. Il n'a pas honte ? Comment peut-il faire ça à Luna ?

— Ne m'oblige pas à parler et dire des choses que je pourrais regretter, murmura Rahelika.

— Effectivement, il vaut mieux que tu te taises, chère sœur, j'espère pour toi que Luna ne t'entend pas en ce moment.

— De quoi parlez-vous ? » demandai-je sans comprendre. Rahelika qui parlait mal de ma mère, sa sœur adorée, et de surcroît après sa mort, alors qu'elles l'avaient toutes les deux érigée en sainte ?

« Rien, ma sœur *bavasse*, répliqua Beki. Ne fais pas attention à ce qu'elle dit, c'est parce qu'elle est triste. Et toi, ma chérie, prends soin de toi, téléphone et souviens-toi que si tu as besoin de quelque chose, nous sommes là. Rappelle-toi, Gabriela, s'il arrive quoi que ce soit, Dieu nous garde, tu nous appelles tout de suite. »

Mon quotidien reprit. Travail, fêtes, drogue, sexe. Si mes tantes avaient su quelle vie je menais, si mon père avait su… mais ils l'ignoraient. Je n'étais plus en contact avec lui et quand j'appelais mes tantes, une fois par semaine comme promis, je leur racontais ce qu'elles voulaient entendre, à savoir que j'allais bien.

Un jour, alors que je roulais des joints avec Amnon et des amis, la sonnette retentit.

Amnon alla à la porte et regarda par le judas.

« La police ! » cria-t-il, paniqué.

Tout le monde se précipita pour faire disparaître les substances illicites, jetant la moitié dans les WC et l'autre dans la cour. Nos amis sautèrent pardessus le balcon et disparurent par la cour arrière, me laissant seule avec Amnon pour affronter la police.

Lorsque j'ouvris la porte, j'éclatai de rire. C'était oncle Moïse dans son uniforme de policier, venu me rendre visite avec mon père. Je faillis m'étrangler de rire en les faisant entrer, ignorant l'expression désemparée d'Amnon qui se réfugia dans sa chambre en fermant la porte à clé.

« Qu'y a-t-il de si drôle ? demanda oncle Moïse avant d'entrer à la suite de mon père dans le salon en désordre.

— Tu ne dis pas bonjour à ton père, dit David, tu ne l'embrasses pas ? »

Je lui fis une bise rapide sur la joue.

« Tu es toujours fâchée ? demanda-t-il.

— Je ne veux pas commencer avec ça, répondis-je en m'éloignant de lui et en ignorant ses bras tendus.

— Ce n'est pas gentil, Gabriela, intervint oncle Moïse.

— Alors maintenant tu as besoin qu'on t'escorte ? lançai-je à mon père d'un ton glacial. Tu ne peux pas te débrouiller seul avec moi ?

— Non, Gabriela, je ne peux pas, je ne te connais pas, tu n'es plus la même enfant, ma fille s'est perdue et je ne la retrouve pas, tu es devenue une étrangère pour moi.

— Dans ce cas, que fais-tu ici ?

— En fait je ne sais pas. Viens, Moïse, allons-y, dit-il en se dirigeant vers la porte.

— Un instant, l'arrêta Moïse. Tu mets ton père dehors ?

— Je ne mets personne dehors, s'il veut s'en aller, qu'il le fasse.

— Ton père a mis son orgueil de côté et fait tout le voyage depuis Jérusalem pour venir te voir, me réprimanda Moïse. Tu lui manquais. Dis-lui, David, dis-lui, n'aie pas honte.

— Je n'ai pas honte, répliqua mon père. Ce n'est pas une honte pour un père que sa fille lui manque. À cause de toi, je ne dors plus la nuit, ajouta-t-il douloureusement. Je sais que tu m'en veux, Gabriela, mais avant de te mettre en colère, je te demande d'écouter ce que j'ai à te dire.

— Je ne veux pas entendre, répliquai-je en élevant la voix. Je ne veux rien entendre.

— Je suis venu exprès de Jérusalem pour te parler et que tu le veuilles ou non, tu vas m'écouter !

— Non ! Non ! m'exclamai-je en me bouchant les oreilles. Je ne veux rien entendre, laisse-moi tranquille ! »

J'étais au bord de la crise d'hystérie.

« Retourne avec ta Hongroise ! »

Mon père parut stupéfait et déconcerté.

« Je m'en vais, ne t'inquiète pas, je m'en vais. »

Je pleurais à chaudes larmes. Il s'approcha de moi, retira mes mains de mes oreilles et malgré ma résistance, il me prit dans ses bras et me serra contre lui. Son odeur familière monta à mes narines, cette odeur tant aimée. Ses bras puissants m'entouraient et je posai la tête entre son cou et son épaule, à cet endroit que j'aimais tant, redevenant un instant la petite fille qu'il protégeait du monde et de la colère de ma mère.

« Fais semblant de pleurer », disait-il à l'époque en me faisant un clin d'œil, car malgré les demandes de ma mère, il n'avait jamais porté la main sur moi. « Bonne nuit, gentille fille », chuchotait-il avant de me chanter une berceuse. Comme j'aurais voulu qu'il m'en chante une à présent, j'aurais voulu m'endormir et me réveiller pour découvrir que ma mère était encore en vie, en colère contre moi comme toujours, se disputant avec mon père comme toujours, assise devant sa coiffeuse pour appliquer du rouge éclatant sur ses lèvres en forme de cœur, ajustant sa robe sur son corps fabuleux et trottant sur ses talons pour aller au café Atara. Sa mort n'aurait été qu'un mauvais rêve dont je me réveillais dans les bras de mon père, qui pleurait avec moi.

Mais ce n'était pas un rêve. Elle était morte avant ses quarante ans et mon père avait étalé au grand jour la liaison qu'il entretenait depuis des années en secret avec Vera et l'avait installée chez nous, sans se soucier de la réaction de Roni ni de la mienne, ni bien évidemment de celles de Beki et Rahelika qui le regardaient, impuissantes, profaner la mémoire de leur sœur.

Sans me retenir, je balançai tout cela à mon père et il continua à me serrer dans ses bras. Je lui hurlai l'humiliation de ma mère et lui se tut en m'étreignant sans me laisser me dégager.

Ma voix fit place à des sanglots et il me laissa pleurer jusqu'à ce que mes larmes aient séché puis, lorsque je me fus calmée, il m'expliqua :

« Cela faisait des années que ta mère n'était plus une épouse pour moi, bien avant qu'elle tombe malade nous étions déjà des étrangers. Nous vivions ensemble et fonctionnions comme des parents avec Roni et toi, mais nous n'étions pas un couple. Je suis un homme, Gabriela, j'ai des besoins, et Vera m'aime, elle est gentille avec moi.

— Papa, je ne veux pas entendre parler de Vera et toi.

— Avant de me juger, c'est important que tu saches que la seule raison pour laquelle je n'ai pas quitté votre mère, c'était vous, toi et Roni, je voulais que vous grandissiez avec un père et une mère sous le même toit.

— Merci beaucoup, vraiment.

— Oui, merci beaucoup. Si tu connaissais ne serait-ce qu'un quart de la vérité, peut-être que tu ne me jugerais pas, peut-être que tu comprendrais.

— Comprendre quoi ? Que le corps de ma mère n'était pas encore froid que tu ramenais déjà ta maîtresse à la maison ? Dis, Papa, maintenant qu'elle dort dans le lit de Maman, est-ce qu'elle met aussi ses vêtements ? Elle porte ses bijoux ?

— Tout à coup tu défends l'honneur de ta mère ? demanda-t-il douloureusement. Pourquoi tu ne t'en es pas préoccupée quand elle était encore en vie ? Tu lui en as fait voir de toutes les couleurs, tu ne lui as donné que des soucis, avec vos querelles à n'en plus finir, et moi je passais mon temps à te défendre et à me disputer avec elle à cause de toi, et soudain c'est tout le contraire ? Soudain c'est moi le méchant ?

— Si c'était l'inverse et que Maman vivait encore, elle n'aurait jamais fait rentrer un homme à la maison, jamais !

— Il y a beaucoup de choses que tu ignores sur ta mère, Gabriela, ne m'oblige pas à ouvrir la bouche. »

Sur ce, il me tourna le dos et s'en alla.

Oncle Moïse, qui pendant tout ce temps était resté à la fenêtre, tendu comme un ressort mais se gardant de s'immiscer dans la conversation, me regarda longuement et, avant de sortir derrière mon père, il me dit à voix basse :

« Rien n'est noir ou blanc dans la vie. Avant de perdre ton père également, demande à ta tante

Rahelika de te raconter certaines choses sur Luna, et fais-le vite, histoire de ne pas mourir idiote. »

Bien entendu, je n'accordai pas la moindre importance aux paroles de Moïse. J'étais déterminée à vivre ma vie, sans rentrer à Jérusalem et en partant le plus loin possible. De ma fenêtre, je regardai mon père et Moïse s'éloigner dans la rue étroite. Papa marchait le dos courbé et Moïse avait posé la main sur son épaule comme pour le consoler. Un bref instant, j'eus envie de courir derrière eux, de dire à mon père de revenir, lui demander pardon, lui avouer que je ne pensais pas ce que je disais, que c'était seulement pour l'agacer, comme je le faisais constamment, mais que je l'aimais toujours plus que tout au monde. Mais j'avais l'impression d'avoir les jambes clouées au sol et ne fis pas un geste.

Amnon s'approcha.

« Que s'est-il passé ? » demanda-t-il, hébété.

Je tournai la tête et regardai ses bons yeux bleus, qui semblaient lire jusque dans les recoins de mon âme, touchai sa main qui caressait ma joue et sus qu'il s'en souciait réellement. Les larmes se mirent à couler sur mes joues, il me serra contre lui et je m'effondrai dans ses bras en pleurant désespérément. Je pleurais la mort de ma mère, la douleur de mes tantes, l'offense faite à mon père, et Amnon ne disait rien, se contentant de m'étreindre. Ce jour-là nous fîmes l'amour toute la nuit.

Le matin, nous dormions très tard. L'après-midi, nous allions à la plage et restions étendus des heures sur le sable chaud jusqu'au coucher de soleil, incapables de rester sans nous toucher. Lorsque arrivait l'heure de prendre mon poste de serveuse au Salon de thé rouge, il m'accompagnait jusqu'à la rue Mapu, puis rentrait à l'appartement et, au petit matin, il attendait que je termine mon service et me raccompagnait à la maison.

Nous aurions pu continuer ainsi éternellement jusqu'à ce que je me lasse de lui, mais Amnon avait des plans de vie. Il s'était inscrit en architecture à Londres et s'apprêtait à quitter l'appartement et moi pour poursuivre sa route. Il ne m'avait pas proposé de me joindre à lui car il comprenait sans que j'aie besoin de lui dire que je ne restais avec lui que pour éviter d'être seule. C'est lui qui était tombé amoureux de moi. Je ne parvenais pas – et ne cherchais même pas – à me débarrasser de cette barrière qui bloquait mon cœur entre mon ventre et ma poitrine, à l'endroit exact où tante Beki m'avait dit qu'il fallait ressentir l'amour. Je ne voulais pas aimer, je voulais simplement ne pas passer la nuit seule, ne pas me lever seule le matin pour ne pas avoir à penser, à sentir, à me souvenir, pour ne pas devoir régler mes comptes avec ma vie.

Je croyais leurrer tout le monde, pensais qu'on me voyait comme je souhaitais être vue : une jeune fille libérée, heureuse et insouciante qui n'avait de comptes à rendre à personne, même pas à elle-même. Je dupais peut-être tous les autres, mais pas Amnon. Lui comprenait que derrière le bruit et les fanfaronnades se cachait une jeune fille triste qui ne trouvait pas sa place dans le monde de mensonges où elle s'était réfugiée pour fuir sa vie précédente. Je ne pouvais pas le tromper, il me lisait à livre ouvert, mais quand il tentait de pénétrer, de toucher, je le repoussais. Il avait essayé plus d'une fois d'entamer une discussion, de parler de moi, de ma vie, de me poser des questions sur mes rêves ou mes projets, mais s'était heurté à un mur.

« Je ne veux pas baiser, me dit-il un jour, je veux parler.

— Pas avec moi, répondis-je, avec moi on baise, on ne parle pas. »

Il m'écarta, se leva du lit et claqua la porte.

Au bout de plusieurs jours sans m'adresser la parole, il m'annonça que je devais commencer à chercher un nouvel appartement. Sauf que maintenant qu'il ne me voulait plus, je ne pouvais pas le quitter.

« Laisse-moi tranquille, m'implorait-il, je n'en peux plus, je dois préparer mon départ et tu me détournes de mon objectif, tu me déranges. »

Plus il me suppliait de partir, plus je voulais rester. Il cessa de venir me chercher au salon de thé, je rentrais toute seule et me glissais dans son lit. Un jour, il me prit les épaules et me secoua.

« C'est quoi, ton problème ? demanda-t-il d'une voix dure comme de l'acier. Quand je veux, tu ne veux pas et quand je ne veux plus, tu ne me laisses pas tranquille ! Lâche-moi, va-t'en, si tu ne pars pas je vais te jeter à la rue. »

Il partit le lendemain, non sans m'avoir laissé la clé et fait promettre de rester dans l'appartement jusqu'à ce que j'en trouve un autre, et de déposer alors la clé au bureau de l'avocat de sa famille, rue Lilienblum.

La première lettre arriva au bout d'une semaine dans une fine enveloppe bleue de la poste aérienne avec des timbres à l'effigie de sa Majesté la reine Élisabeth. Je pris d'une main tremblante le papier à lettres aussi fin que l'enveloppe et lus :

« *Mon unique et impossible amour, il fait froid à Londres et tu me manques, je ne parviens pas à te chasser de mes pensées malgré tous mes efforts. Tu m'as touché en plein cœur comme aucune autre femme. Je ne comprends pas pourquoi justement toi, car nous savons bien tous les deux que tu es bête, si bête que tu ne sais pas faire la différence entre quelqu'un qui t'aime vraiment et quelqu'un qui veut simplement s'amuser avec toi, mais c'est peut-être toi qui veux simplement t'amuser ? Toi qui ne veux pas aimer ? Et malgré tout, je serais heureux si tu étais ici à cet instant. Amnon.* »

Trois mois après son départ, je le rejoignis.

Dès le premier soir, j'insistai pour sortir. J'étais curieuse, je voulais dévorer ce monde nouveau, essayer absolument tout. L'aéroport de Tel Aviv que je découvrais pour la première fois, le vol, l'atterrissage, l'immense aéroport de Heathrow qui me terrifiait, Amnon qui m'attendait aux arrivées et dont la présence m'avait enfin tranquillisée, le métro jusqu'à Victoria Station, les gens entassés dans la rame bondée sans se toucher, tout était nouveau, excitant, et j'avais l'impression d'être au début de la plus grande aventure de ma vie.

Amnon m'emmena au pub du quartier, plongé dans un nuage de fumée. Il commanda deux bières et me guida vers une table libre. Mes yeux insatiables regardaient de tous les côtés, je ne voulais rien perdre de ce qui se passait autour de moi, la musique, le bruit, les Anglais d'ordinaire réservés qui parlaient très fort, la télévision qui retransmettait un match de foot, les jeunes filles sexy en minijupes avec des bottes jusqu'à mi-cuisses, les jeunes gens aux cheveux longs en jeans. Je voyais des mains baladeuses, j'entendais rire aux éclats et j'étais ivre de bonheur. J'étais à Londres, à des années-lumière de Jérusalem, Londres la fêtarde, la ville du monde libre, et tout m'était à la fois étranger et familier. Le pub anglais où je buvais une bière me rappelait par son atmosphère joyeuse et bruyante celui que je fréquentais rue Dizengoff ; les gens étaient différents mais portaient exactement les mêmes jeans et minijupes qu'à Tel Aviv.

« Je n'arrive pas à croire que je suis ici, c'est dingue ! Je me retrouve dans la plus grande fête des années 1970, dans le monde de *Lucy in the sky*, de Jean Shrimpton et Twiggy, criais-je à travers les vapeurs d'alcool et la musique qui résonnait dans mes oreilles. Je me sentais libre de danser au son de la guitare hypnotique de Jimi Hendrix, de siffler des bières, de jouer à Julie Christie. Plus je buvais, plus je flirtais sans pudeur avec le type assis à côté de moi au bar, ignorant les regards d'Amnon.

Les semaines qui suivirent, lorsque je le retrouvais en sortant du lit d'étrangers et lui demandais de me prendre dans ses bras, il me pardonnait encore et encore et au fond de mon cœur, je le remerciais, car moi non plus je n'arrivais pas à me détacher de lui. Nous nous consolions mutuellement et parfois, j'avais l'impression qu'un filet de bonheur s'insinuait en moi et calmait mon âme tourmentée. Je me blottissais dans ses bras et sentais qu'ils me protégeaient de mon tumulte intérieur et du bruit extérieur.

Une nuit, alors que nous étions étendus en sueur sur son matelas à eau, essayant de reprendre notre souffle après l'amour, il me demanda :

« Quelle place j'occupe dans ta vie ?

— Laisse tomber, ne commence pas avec ça.

— Je ne laisse pas tomber, insista-t-il. Tu ne me dis pas ce que tu ressens pour moi, dis-moi au moins quelle place j'occupe dans ta vie.

— Je ne veux pas jouer à ce jeu.

— Pourquoi ?

— Parce que j'ai peur.

— De quoi ?

— De dire que tu es important pour moi. J'ai besoin d'avoir une porte de sortie.

— Et pourquoi ? demanda-t-il en me caressant les seins.

— Pour pouvoir fuir juste avant que tu me quittes.

— Qui parle de te quitter, ma petite idiote ? rétorqua-t-il en me serrant contre lui. Si quelqu'un s'en va, ce sera toi et si quelqu'un souffre, ce sera moi, on le sait tous les deux.

— Il y a quelque chose qui cloche chez moi, je suis incapable d'avoir une relation.

— Tu me brises le cœur, déclara-t-il en soufflant la fumée de cigarette vers le plafond.

— Je ne le fais pas exprès.

— Je ne te comprends pas, je ne comprends pas pourquoi tu ne me laisses pas t'aimer.

— Peut-être à cause de la malédiction, répondis-je tout doucement.

— Quelle malédiction ?

— La malédiction des filles de la famille Ermoza. Ma grand-mère Rosa m'a raconté que les femmes de ma famille étaient maudites. Les hommes qu'elles veulent ne les veulent pas, et vice-versa.

— Je sais que tu couches avec d'autres hommes.

— Et tu me veux encore ?

— Plus que n'importe quelle femme.

— Pourquoi ?

— Regarde-moi dans les yeux, murmura-t-il, à cause de ça. »

Et je plongeai dans l'océan d'amour que j'y vis.

Mais au lieu de rester à l'endroit où l'on m'aimait, à l'endroit juste, simple et naturel, je me dirigeai droit dans le mur et le fis sortir de ma vie. Amnon n'en pouvait plus et il partit en Inde. Je savais que cette fois, après avoir gâché ma deuxième chance, je n'en aurais pas une troisième.

Un jeune homme aux cheveux longs que je n'avais pas remarqué était assis dans le fond du pub. Sans rien dire, je m'attablai à côté de lui et continuai à boire. Pour chaque pinte que je buvais, Philip en avalait deux et nous fûmes rapidement ivres. Il essaya de m'embrasser, j'étais confuse et il me proposa de sortir fumer un pétard.

À cause du joint peut-être, ou de la bière, mais surtout de la solitude, je me retrouvai à faire des culbutes avec lui sur son lit et peu de temps après, je m'installai dans son appartement sur Finchley Road.

Il gardait les fenêtres fermées en raison du froid et du bruit insupportables des bus et des voitures. La nuit, nous allumions un chauffage à gaz avec une pièce de cinq pence, je m'enroulais dans un vieux manteau de fourrure acheté aux puces et me couchais sur le tapis, tout près du chauffage.

Philip était d'humeur changeante et affichait en permanence un air dédaigneux. Il buvait comme un trou et fumait comme une cheminée. Plus le temps devenait lugubre, plus ma peur de la solitude prenait le dessus et malgré moi, je sentis que je commençais à dépendre de cet Anglais étrange.

C'était un type renfermé, ce Philip, un solitaire. Il me laissait souvent dans la chambre pour sortir et revenait ivre mort aux petites heures du matin. Je ne l'accompagnais presque jamais dans ses déambulations nocturnes, il me proposait rarement d'aller au pub avec lui et lorsque j'acceptais, je me sentais de trop, pas à ma place. Il ne dansait pas avec moi, je faisais tapisserie au bar et j'aurais voulu mourir en le regardant flirter comme un maniaque avec des Anglaises à la peau claire et ridée.

Plus il s'éloignait de moi, plus je m'accrochais à lui, plus il me repoussait, plus je le voulais. J'avais l'impression d'être prisonnière de cet Anglais que je connaissais à peine. Lui ne remarquait même pas à quel point je recherchais son attention. Il ne m'entendait pas. Il restait assis dans la pièce à enchaîner les cigarettes en regardant le mur, je lui parlais et il ne répondait pas, comme si j'étais du vent.

Je me mis à le suivre partout. Je m'accrochais à lui comme une ombre dans les ruelles étroites de Soho où il allait chercher les jeunes gens qui lui vendaient du haschich, le suivais quand il sortait boire, toujours à ses côtés mais jamais avec lui. S'il s'apercevait de ma présence, il ne le montrait pas. Ce jeu m'amusait, égayait ma vie ennuyeuse. J'attendais qu'il se réveille de son sommeil aviné et agité et quitte la maison, et je sortais derrière lui.

Tout cela ne faisait qu'accroître ma solitude, je me trouvais bizarre. Une nuit, nous étions rentrés ivres du pub et il commença à me déshabiller sur les marches et finalement nous fîmes l'amour sur le sol glacé. Je ne pouvais plus me retenir.

« Bon sang, j'ai envie de toi ! » criai-je.

Je me penchai au-dessus de lui, approchai ma bouche de la sienne, mes yeux des siens, et lui demandai d'une voix aguichante :

« Et toi, tu me veux ? »

Quand je vis qu'il ne répondait pas au bout d'un temps qui me parut une éternité, je compris qu'il s'était endormi ivre mort et n'avait rien entendu de mon cri enflammé.

Le lendemain, il ne se souvenait de rien et moi j'étais mortifiée. Tout ce que j'aurais voulu, c'était partir en Inde chercher Amnon. Je n'arrivais pas à rester en place et sortis me promener.

Le vent me tranchait le visage, j'avais peur de m'envoler. Tremblant de froid, je me réfugiai dans une église et m'assis sur un banc face à l'autel. J'étais perdue comme une petite enfant égarée dans un lieu nouveau. Pourquoi avais-je développé cette dépendance à l'égard d'un inconnu dépressif ? Moi, Gabriela Siton ? Comment était-il possible que je m'accroche à un type qui ne voulait pas de moi, qui me considérait comme une colocataire, pas comme une femme ? Que savais-je exactement de lui ? À part les oui et non qu'il bredouillait, il ne m'avait jamais rien raconté. Comment en étais-je arrivée à m'asseoir dans une église en me languissant d'un homme qui ne connaissait même pas la couleur de mes yeux ?

« Pourquoi tu es comme ça ? lui demandai-je un jour.

— C'est-à-dire ?

— Soit tu es ivre, soit tu dors.

— Et pourquoi pas ? répondit-il paresseusement. J'ai mieux à faire ?

— Parler, par exemple, me dire pourquoi tu te réfugies tout le temps dans la drogue ou l'alcool. »

Il me rit au nez.

« Je ne me réfugie pas, je vis ici et maintenant, c'est là où je veux être, je veux fumer, boire, baiser et dormir. Je suis comme ça, c'est à prendre ou à laisser », conclut-il en haussant les épaules.

Si seulement j'avais eu la force de le quitter. Une vague de nostalgie m'inonda. Je repensais à notre maison rue Ben Yehouda, à celle de mes grands-parents à Ohel Moshe, au ragoût de macaronis du Shabbat, au soir du *seder*, quand on ouvrait les portes entre les pièces de chez mes grands-parents pour faire de la place à tout le monde autour de la table et qu'on lisait la *Haggadah* en deux langues, hébreu et ladino, au chant populaire qu'on chantait à la fin du *seder* ; je repensais à Jackotel, qui montait ivre sur la table et jouait avec des fourchettes et des couteaux ; mais celle qui me manquait le plus, c'était grand-mère Rosa, j'aurais voulu qu'elle me prenne dans ses bras et me dise : « Qu'il aille au diable, ce maudit Inglais, il ne mérite pas que tu sois triste à cause de lui. »

Les histoires de grand-mère Rosa sur le destin des femmes Ermoza, ces épouses dédaignées par les hommes qu'elles aimaient, résonnaient dans ma tête. Je n'avais jamais pensé que ma vie ressemblerait à celle de ces pauvres femmes. J'avais tout fait pour briser le fil qui me liait à ma mère Luna, et j'avais passé ma courte vie à fuir le destin de Rosa et Merkada.

Soudain, je me sentis lasse du voyage que je m'étais imposé, de la route tortueuse sur laquelle j'avançais et qui ne menait nulle part, fatiguée de ma stupidité, de l'obsession démente que j'avais développée pour cet étrange Anglais.

Je songeai à Amnon, me demandant où il pouvait bien être, s'il pensait encore à moi ou si un nouvel amour avait guéri son cœur. Je me rappelais comme il m'attendait impatiemment quand je rentrais à la maison et me serrait si fort dans ses bras qu'il me brisait presque les os.

J'avais la nostalgie de ses yeux rieurs et de son corps bien bâti, si différent du corps squelettique de Philip. Amnon me réclamait constamment auprès de lui, il voulait me respirer. « Laisse-moi te sniffer », disait-il, et je me perdais en lui. Il me permettait d'être celle que je voulais, parvenait parfois à me faire oublier ma mère morte, mes tantes et mon père oppressants. Comment avais-je pu me couper les ailes moi-même et m'emprisonner dans une relation qui n'existait que dans ma tête, au lieu de continuer à être libre comme un oiseau ? Comment avais-je pu l'échanger contre ce type impossible qui n'avait pas la moindre idée qu'il me blessait, cet Anglais maigrelet constamment défoncé qui marmonnait des mots que je ne comprenais pas ? Et uniquement parce qu'il ne voulait pas de moi, je le collais comme du psoriasis, comme une maladie.

Je n'avais aucune nouvelle d'Amnon, mais un ami à lui m'avait dit qu'il vivait à Goa dans une communauté de hippies à la recherche du paradis perdu, et qu'il avait une petite amie américaine, une brune folle de lui. J'avais le cœur serré mais j'étais heureuse pour lui, l'un de nous au moins méritait de trouver le bonheur.

Une pluie torrentielle m'attendait à la sortie de l'église. Je tendis les bras pour laisser cette eau généreuse nettoyer la douleur amère de l'humiliation et de la solitude, et lorsqu'un éclair frappa, suivi par le tonnerre, je sus ce que je devais faire : redevenir celle que j'étais autrefois, Gabriela Siton, la jeune fille qui avait juré de ne pas subir le destin de Rosa et Luna et décidé de briser la chaîne de femmes malheureuses dont elle descendait. Réussirais-je à me libérer de ma mère et de ma grand-mère, dont le sang coulait dans mes veines ? La voix du sang est la plus forte, comme on me l'avait répété toute ma vie. Et il y avait aussi mon arrière-grand-mère Merkada, avec ses instincts animaux gravés en moi qui ressortaient de temps en temps, me rappelant d'où je venais.

Londres avait perdu son charme. Le temps maussade, la crise économique, la grève organisée par les syndicats, les manifestations violentes et fréquentes, les photos des policiers brisant leur matraque sur la tête des manifestants, la haine des immigrés noirs, jamaïcains et asiatiques à qui la police rendait la vie amère, tout cela en faisait une ville d'aliénation, à des années-lumière de celle que j'imaginais lorsque j'économisais sou après sou pour m'offrir un billet d'avion.

J'étais pauvre, je travaillais comme serveuse dans un restaurant grec minable de Camden Town, passais la plus grande partie de mon temps au travail et lorsque je rentrais à la maison épuisée après avoir enchaîné deux services, le derrière rouge d'avoir été pincé et le moral en berne à force d'avoir subi les insultes d'inconnus, je m'écroulais sur le lit et tentais de m'endormir pendant que Philip et ses amis ivres ou défoncés me brisaient la cervelle avec la musique à plein volume qui sortait de l'électrophone.

J'avais finalement eu un déclic : Philip ne me désirait pas, il voulait simplement partager le loyer vu qu'il n'avait pas un sou et vivait des minima sociaux. La seule chose qui l'intéressait, c'était de faire passer le temps sans trop faire d'efforts. Voilà le genre de personne qu'il était, et il commençait à m'ennuyer sérieusement.

Avec le temps, je m'éloignais de lui, cherchant des émotions ailleurs. Au fil des jours, j'écrivais de moins en moins de lettres à mes tantes pour raconter ma vie à Londres. Je savais que je blessais mon père et mes tantes et que Roni ne me pardonnerait pas, mais je n'arrivais pas à changer de comportement. Mes sentiments à l'égard de ma famille étaient entrés en léthargie et je les laissais sommeiller.

Philip et moi n'étions jamais seuls. Notre appartement était ouvert à tous ceux qui passaient par là. À toute heure du jour et de la nuit, il y avait des gens qui dormaient, mangeaient, fumaient, sniffaient, couchaient chez nous et nous, on payait le loyer.

Un soir, je rentrai après une journée éreintante au restaurant en ne souhaitant qu'une chose, fumer un joint et m'écrouler dans mon lit. Toutes les lumières étaient allumées, un disque de Pink Floyd jouait à plein volume, l'odeur âcre du haschich flottait dans l'air, des gens se roulaient sur les matelas, hommes et femmes, hommes et hommes, tout le monde avec tout le monde. Il n'y avait que moi qui ne participais pas à la fête, je n'avais pas ma place dans ma propre maison. Personne ne me remarqua. J'aurais pu me pendre au chambranle, ils n'auraient pas bougé. Je m'approchai du tourne-disque et soulevai le bras en rayant le disque.

« Mais qu'est-ce qui te prend ? cria quelqu'un que je n'avais jamais vu de ma vie.

— Dégagez ! Dégagez tous ! » me mis-je à hurler.

La porte de la chambre était ouverte. Sur mon lit, deux hommes et une femme nus roulaient les uns sur les autres dans une danse sexuelle infernale que je ne pus supporter. J'étais déchaînée.

« Dégagez de là ! » hurlai-je comme une furie en frappant les corps nus.

Philip se dégagea du corps de l'homme qui se trouvait au-dessus de lui, ou peut-être était-ce la femme qui était couchée sous lui, l'air sidéré. J'étais totalement hystérique, je me mis à pleurer et à hurler en me jetant par terre. L'homme et la femme prirent leurs jambes à leur cou en voyant cette folle furieuse qui avait fait irruption dans la chambre. Je n'arrivais pas à m'arrêter de pleurer.

Maman, pleurais-je, *où es-tu ? J'ai tellement besoin de toi, Maman, regarde ce que je suis devenue.* C'était la première fois que je pleurais ma mère, la première fois que je reconnaissais au fond de moi qu'elle me manquait, que j'avais besoin de son amour pour me protéger du chaos dans lequel je me trouvais et de moi-même. Je n'avais jamais ressenti cela lorsqu'elle était en vie.

Maman, viens me délivrer de cette maison, de cette vie pourrie qui est la mienne. Je plongeais dans l'autocommisération, recroquevillée comme un fœtus sur mon lit profané, pleurant sur la petite fille que j'avais été et la femme misérable que j'étais devenue, sur les rêves brisés que ma mère avait probablement nourris à mon égard. J'aurais tant voulu qu'elle vienne pour me ramener chez nous, rue Ben Yehouda, me ramener à Papa, à Roni et à ses fleurs sur la terrasse. J'avais le visage baigné de larmes, je pleurais tant que j'avais mal au cœur, j'étreignais mon corps comme si c'étaient les mains de ma mère, ces mains parfaites qui ne m'avaient jamais étreinte.

Ma mère, debout devant la coiffeuse, appliquait son rouge à lèvres d'une main de maître sans dévier d'un millimètre ; elle était à nouveau énervée contre moi, Dieu seul savait pourquoi. Mon père rentré du travail, elle lui présentait la liste des soucis que je lui avais causés ce jour-là et lui débouclait sa ceinture, m'adressait un clin d'œil et m'emmenait dans l'autre pièce en chuchotant : « Maintenant, crie pour que Maman croie que ça te fait mal », mais au lieu de me frapper avec la ceinture, il me serrait contre lui. J'entendais ma mère dire depuis la pièce d'à côté : « Pleure, pleure, il vaut mieux que tu pleures maintenant plutôt que Roni tout à l'heure. »

Ma mère, *miskenika*, n'avait vraiment pas la tête à s'occuper de mon frère et moi, elle n'était pas faite pour avoir deux enfants, essayait de se débarrasser de nous à la moindre occasion pour aller je ne sais où.

Elle faisait tout pour retrouver la jeunesse qui lui avait été ravie le jour où elle avait épousé mon père, retrouver son corps magnifique abîmé par sa grossesse et ma venue au monde, c'était ce que je l'avais entendue dire à Rahelika. Cette maudite guerre lui avait volé sa vie et sa santé et plus rien n'était redevenu comme avant le mariage, la naissance, les blessures, quand elle était la plus belle de tout Jérusalem. Et depuis lors, non seulement elle détestait son corps et son visage, mais de surcroît elle se retrouvait avec deux enfants sur le dos et un mari qui l'exaspérait.

Rahelika me raconterait plus tard qu'elle essayait de la faire taire, mais sa sœur s'emportait.

« J'en ai assez de cette enfant qui bavasse toute la journée et me casse les oreilles.

— Écoute, Luna, tu peux remercier le ciel de pouvoir marcher sur tes deux jambes et d'avoir deux enfants. Qui aurait pu penser, quand tu étais hospitalisée plus morte que vive à Hadassah, qu'on aurait la chance de te voir revenir à la maison saine et sauve et que tu aurais un deuxième enfant !

— Je ne suis pas rentrée saine et sauve ! Ni toi, ni David, ni personne de la famille ne comprenez cela. Mon corps est mutilé, j'ai une fermeture éclair dans le ventre et ce qui est à l'intérieur, le foie et les reins, ne sera plus jamais sain. C'est ce que tu appelles être revenue saine et sauve ?

— Lunika, il y en a qui sont rentrés sans bras, sans jambes, qui ont perdu un œil. Regarde le Rouquin, le pauvre, il est dans un fauteuil roulant. Toi, grâce à Dieu, tu es rentrée entière et tu as retrouvé toute ta beauté. Pourquoi ne remercies-tu pas le Seigneur pour ce miracle, pourquoi es-tu tout le temps en colère contre le monde entier et en particulier contre ta fille qui ne t'a rien fait ?

— Ma fille ne m'aime pas, répondit tristement ma mère, elle fait tout pour m'énerver.

— Comment ça, elle ne t'aime pas ? Donne-lui un peu de temps, n'oublie pas qu'elle ne t'a pas vue pendant deux ans, elle ne savait pas qui tu étais, quand on l'amenait à l'hôpital elle avait peur de s'approcher de toi et quand tu es rentrée, vous avez à peine eu le temps de vous habituer l'une à l'autre que tu mettais déjà au monde un autre enfant.

— Arrête, Rahelika, pourquoi prends-tu toujours sa défense, pourquoi jamais la mienne ?

— Grands dieux, Luna, mais est-ce que tu t'entends ? Quoi, tu fais la compétition avec une gamine ?

— Moi je fais la compétition avec elle ? C'est plutôt le contraire ! Dès que son père passe la porte, elle lui saute au cou, lui donne un baiser, se serre contre lui, elle veut me rendre jalouse parce qu'il l'embrasse et ne m'embrasse pas !

— Luna, tu es devenue complètement folle ! Mets ton ego de côté et regarde cette enfant, les gens sont en admiration devant elle, elle les rend fous !

— Elle me rend folle, moi ! Je suis énervée, Rahelika, j'ai eu une journée difficile. »

Tout le monde énervait ma mère. Grand-mère Rosa, Roni, moi et surtout mon père. C'est contre lui qu'elle se mettait le plus en colère, elle claquait la porte, criait, se jetait sur le lit en pleurant et mon père lui disait :

« Si tu me fais encore une scène de ce genre, je m'en vais.

— Va au diable et surtout ne reviens pas ! » hurlait-elle, et il sortait de la maison.

Moi je prenais Roni dans mes bras et on se cachait sous le lit.

Une odeur lourde de cigarettes et d'humidité stagnait dans la pièce lorsque j'ouvris la porte. Le silence me fit presque reculer. Je ne m'étais jamais retrouvée seule dans cet appartement où traînaient constamment des gens, avec une musique à plein volume qui sortait des grands haut-parleurs de part et d'autre du tourne-disque. À cet instant, il n'y avait personne. Je me mis à chercher désespérément un reste de haschich et finis par en trouver un peu dans une boîte sur la table de la salle à manger. Je me fis un joint avec du papier que je gardais toujours en poche et mis un disque des Three Dog Night. *« One is the loneliest number »*, chantait mon groupe préféré, et je fus envahie une nouvelle fois par une vague d'auto-apitoiement qui fit remonter des souvenirs d'enfance.

Les relations tendues entre grand-père Gabriel et sa mère, l'hostilité entre grand-mère Rosa et Merkada, qui n'avait jamais essayé de cacher qu'elle détestait sa bru. Les histoires de grand-mère Rosa sur la hâte avec laquelle Merkada l'avait mariée à Gabriel et comment, parmi toutes les jeunes filles de Jérusalem, elle l'avait choisie justement elle, la pauvre orpheline, pour épouser son élégant fils. J'adorais grand-mère Rosa, et pourtant quand je regardais la photo d'elle et de mon grand-père jeunes, je m'étonnais que lui, ce bel homme fortuné, ait pris pour épouse une orpheline corpulente et pauvre comme Job.

Je repensais à Merkada : elle devait avoir un cœur de pierre pour avoir imposé Rosa à son fils afin de l'éloigner de son véritable amour. J'aurais voulu demander à Rahelika et à Beki si elles savaient quelque chose, poser la question à ma mère. Si seulement elle était restée en vie, je l'aurais peut-être appelée.

Mais l'aurais-je vraiment fait, alors que je ne lui avais jamais téléphoné pour lui donner des nouvelles ou en prendre ? Nos conversations étaient brèves et se limitaient à l'essentiel ; je ne m'épanchais pas, ne lui demandais pas de conseils et, si elle tentait de m'en donner, je refusais d'écouter. Je n'avais jamais pleuré sur son épaule, elle ne m'avait jamais prise dans ses bras ni réconfortée en me murmurant des mots affectueux, et je n'avais pas réussi à me débarrasser de ma colère et de ma déception à l'égard de cette femme qui riait avec tout le monde et pouvait toucher n'importe qui sauf moi. Pourquoi ma mère était-elle incapable de me témoigner de l'amour ?

Jamais je n'avais pleuré avec elle, même lorsqu'elle m'annonça qu'elle avait un cancer. « Ce n'est pas grave, dit-elle, ça se soigne », sauf qu'elle n'allait pas guérir et que, plus sa santé se détériorait, plus je prenais mes distances. Je n'arrivais pas à faire face à sa maladie, c'était l'année du baccalauréat et je passais tout mon temps libre avec Amnon, mon amoureux. J'avais même passé la veille du nouvel an dans sa famille, chose intolérable chez nous. Malgré l'interdiction formelle de mon père, je lui avais désobéi pour la première fois de ma vie pour accompagner Amnon au kibboutz de son oncle. En plein milieu de la nuit, quelques heures après la fin du repas de fête, on avait entendu des cris : « Dvora est morte, Dvora est morte ! » La tante d'Amnon, qui nous accueillait chez elle, avait rendu l'âme.

J'avais fui ma mère mourante, or voilà que la mort m'avait rattrapée et que je passais la nuit du nouvel an dans la maison d'une femme décédée que je venais de rencontrer.

Quelques mois avant sa mort, à l'occasion d'une trêve dans sa terrible maladie, ma mère quitta pour la première fois de sa vie le pays et s'embarqua avec mon père sur le bateau *Theodor-Herzl* pour faire une croisière en Europe. C'était sa dernière volonté, elle souhaitait voir le monde avant de mourir. C'est ce qu'elle avait dit à Rahelika et celle-ci, malgré ses craintes, l'avait laissée partir. Mon père non plus n'était pas enthousiasmé à cette idée, il avait peur de se retrouver avec sa femme malade en pleine mer, mais Luna s'était montrée tellement excitée par les préparatifs du voyage qu'elle avait contaminé tout le monde. Le bateau devait partir du port de Haifa et toute la famille vint leur dire au revoir.

Maman était aux anges. Un jour avant, elle passa chez le coiffeur rue Koresh, acheta même un nouveau tailleur en jersey bordeaux, qui lui allait à merveille malgré sa maigreur, et le fard rose qu'elle appliqua sur les joues parvint à masquer sa pâleur. Il n'y avait aucune passagère plus élégante qu'elle lorsqu'ils embarquèrent.

La famille resta un long moment sur le quai. Le navire s'éloignait du port et ma mère, debout sur le pont, agita la main jusqu'à ce qu'ils disparaissent au loin. À cet instant, Rahelika eut l'impression que sa sœur lui disait au revoir et qu'elle ne la reverrait peut-être plus, et elle s'effondra sur l'épaule de Beki. En présence de ma mère, elle ne s'était pas autorisée à pleurer mais, maintenant qu'elle s'était éloignée, elle ne parvenait plus à contenir ses larmes. Beki pleura avec elle et même Roni, qui essayait de jouer à l'homme, n'arrivait pas à se retenir. Ils s'étreignirent, relâchant les mois d'angoisse et d'inquiétude. Seuls le bel Eli Cohen et moi faisions bonne figure. Dans la montée près de Castel, alors que nous approchions de Jérusalem, il ouvrit pour la première fois la bouche : il pensait que le voyage ferait du bien à Luna, le bon air de la mer et les beaux endroits qu'ils visiteraient lui feraient oublier sa maladie et, qui sait, la guériraient même peut-être. Mais le bon air ne fit aucun bien à ma mère et elle se sentait si mal qu'à la première escale au Pirée, ils descendirent et rentrèrent en avion, et elle fut immédiatement hospitalisée.

Lorsque j'arrivai à l'hôpital, Rahelika, Beki, Roni et Papa se tenaient déjà à son chevet. Elle fit un léger sourire en me voyant mais resta très silencieuse.

« Comment ça va, Maman ? » lui demandai-je sur un ton nonchalant, comme si tout allait bien.

Rahelika, assise tout près d'elle, lui faisait les ongles, car même sur son lit de mort ma mère tenait à ce qu'ils soient parfaits. Je sortis dans le couloir et rejoignis Beki, qui fumait comme un sapeur.

« Qu'est-ce que tu fais ici ? demanda Beki, va t'asseoir un peu avec ta mère.

— J'ai besoin d'air, lui dis-je.

— Tu viens d'arriver et tu as déjà besoin d'air, tu n'as pas honte ?

— C'est bon, c'est bon », et je rentrai dans la pièce.

Je restais debout près du lit sans savoir quoi faire, bloquant mes émotions. J'étais incapable de sentir la douleur qui m'oppressait la poitrine et, au lieu de montrer combien je souffrais, je feignais l'indifférence, comme si la maladie de ma mère n'était qu'une simple grippe qui passerait en quelques jours. Je refusais d'admettre que ma mère souffrait d'une maladie incurable.

« Espèce de chèvre », dit Roni en me donnant une petite tape sur la nuque.

C'était un beau jeune homme de quinze ans, maigre comme un clou. Comme je l'aimais ! Quand il était petit, je l'embêtais en lui tirant les cheveux. « Exactement comme ta mère, disait Rahelika, elle aussi aimait nous tirer les cheveux. » Et maintenant, des années plus tard, Roni et moi reprenions notre petit jeu. Piques, coups, tapes, « comme deux enfants », s'énervait ma mère.

Je regardais ce jeune homme, mon frère. Il avait beau tout faire pour masquer sa douleur, il paraissait très affecté et ses yeux brillaient comme s'il allait éclater en sanglots.

« Viens dehors, lui dis-je.

— Je ne bouge pas d'ici.

— Ça fait combien de temps que tu es assis comme ça ? chuchotai-je.

— Depuis qu'ils ont amené Maman en ambulance.

— Viens, sortons quelques minutes.

— Pauvre Maman, dit-il dans le couloir vers la sortie. Elle voulait tellement voir le Pirée, comme dans le film d'Aliki, et finalement elle n'a rien vu. »

Ma mère adorait la célèbre actrice grecque, elle ne ratait aucun de ses films, de même qu'elle ne manquait aucun film avec Rock Hudson ou Paul Newman. Je ne connaissais personne qui aime davantage le cinéma, qui estime plus qu'elle les stars.

« Elle aurait dû vivre à Hollywood, dis-je à Roni.

— Trop tard pour elle, répondit mon petit frère avec le plus grand sérieux. Viens, retournons dans sa chambre.

— Je n'arrive pas à rester dans cette pièce.

— Ce n'est pas un secret que tu as un cœur de pierre.

— Pourquoi tu dis ça ? Je déteste les hôpitaux, ça me fait peur.

— Moi non plus je n'adore pas, mais je ne peux pas quitter Maman.

— Tu es plus proche d'elle que moi.

— Je suis peut-être une meilleure personne que toi.

— Ça, c'est certain. »

Mon frère se tut un long moment avant d'ajouter :

« Tu ne détestes pas les hôpitaux, tu en as peur depuis que tu es bébé et qu'on t'emmenait rendre visite à Maman.

— Depuis quand es-tu aussi intelligent ?

— Depuis que Maman est sur le point de mourir.

— Tais-toi, ne dis pas ce genre de choses.

— Parce que si je n'en parle pas, elle ne mourra pas ? Ce sont nos derniers jours avec elle et je te conseille de rester un peu à ses côtés, sinon tu le regretteras toute ta vie. »

Comme il avait raison, mon petit frère adoré de quinze ans, comme je regrette de ne pas avoir écouté ses conseils et de ne pas être restée avec Maman jusqu'à ce qu'elle ferme les yeux. Quelle idiote j'étais, une idiote obtuse. J'ai laissé passer une occasion unique de pardonner et me faire pardonner.

« Pauvre Papa, dit Roni, Maman lui mène la vie dure.

— Comme à nous tous, Roni.

— Oui, mais Papa plus que tous les autres. Maman ne lui parle pas. Il fait tout pour elle, se démène, n'attend qu'un mot d'elle et elle se tait, ne lui adresse pas la parole.

— Et à toi, elle te parle ?

— Elle ne parle qu'avec moi, et avec Rahelika et Beki. Elle a demandé que personne ne vienne lui rendre visite. Elle ne veut pas qu'on la voie dans l'état où elle est. »

Ma mère rendit l'âme peu de temps après. Elle passa ses derniers jours chez les nonnes, à l'hospice du monastère Notre-Dame, à la frontière de

Jérusalem-Est, là où nous allions en excursion le samedi avec la famille avant la guerre des Six-Jours, lorsque la Vieille Ville se trouvait de l'autre côté de la frontière. Nous montions sur le toit et tentions en vain d'apercevoir le Mur des Lamentations, caché par les murailles de la Vieille Ville.

Un jour avant sa mort, je lui rendis visite à l'hospice. Elle était déjà très affaiblie, mon père essayait de la nourrir à la cuillère, mais elle recrachait tout ce qu'il portait à sa bouche.

« Tu dois manger, Luna, l'implorait-il. Tu dois prendre des forces. »

Maman le regardait sans répondre, assise dans son fauteuil roulant, et Papa la poussa jusqu'à la terrasse donnant sur la rue qui descendait vers la Vieille Ville.

« Tu te rappelles, Luna, quand nous allions au Mur des Lamentations avant la guerre d'indépendance ? Tu te souviens de la fois où nous avons demandé à Dieu sur le même bout de papier qu'il nous accorde une longue vie ?

— J'avais aussi demandé une vie heureuse, murmura-t-elle d'une voix presque imperceptible, mais Dieu n'a pas exaucé toutes mes prières. »

Je contemplais ma mère qui, même sur son lit de mort, était la femme la plus belle que j'aie jamais vue. Ses pommettes hautes accentuaient son visage livide, sa pâleur soulignait ses grands yeux verts et ses cils foncés, ses lèvres maquillées en cœur ressortaient sur le fond blanc. Seule sa chevelure rousse qui la rendait si fière était clairsemée ; elle avait perdu ses célèbres boucles. J'aurais voulu l'étreindre, pleurer dans ses bras, mais je n'y arrivais pas. Je ne parvenais pas à me lever et à faire ce pas minuscule qui m'aurait peut-être affranchie à jamais de mes tourments, nous aurait peut-être libérées, elle et moi, de toute cette tristesse.

« Je suis fatiguée, dit-elle à mon père. Ramène-moi à la chambre. »

Il la raccompagna et j'en profitai pour décamper.

Le lendemain, elle n'était plus là.

***

J'aurais pu me lever et m'en aller, chercher un autre toit, m'éloigner définitivement de Philip, de son dédain et de l'appartement miteux de Finchley Road. Mais je n'en avais pas la force, j'étais incapable de prendre une décision et je poursuivais ma vie misérable à ses côtés, déclinant avec lui sur la pente de la décadence et de la futilité. L'argent envoyé par mes tantes et mon père suffisait tout juste et je n'osais pas en redemander. J'étais une si piètre serveuse que même le restaurant grec minable où je travaillais ne voulait plus de moi.

Je décidai de me tourner vers les organisations caritatives juives et me mis à éplucher les annonces d'emploi du *Jewish Chronicle*. Je me présentai un jour dans la vaste entrée d'une élégante maison du quartier de Marble Arch et m'annonçai au portier. Après avoir parlé avec la propriétaire, il m'autorisa à monter à l'étage où elle habitait. Je me dirigeai vers l'ascenseur et appuyai sur le bouton, mais juste avant que les portes s'ouvrent, il m'arrêta.

« Celui-ci n'est pas pour vous, jeune fille, me dit-il en montrant du doigt celui d'à côté. Vous devez monter par l'ascenseur de service. »

Grands dieux, si ma mère m'avait vue prendre l'ascenseur des domestiques, elle se serait retournée dans sa tombe. À Londres, tout était fonction du statut social et moi, pour l'instant, j'étais une domestique.

Ce jour-là, j'allais nettoyer trois WC, trois salles de bains, trois chambres et un salon. Je frottais, récurais, aspirais et maudissais, mais ne cessais de me rappeler ce que disait grand-mère Rosa : « Si, à Dieu ne plaise, tu devais un jour te trouver dans une situation où tu n'avais pas le choix, même nettoyer les toilettes des Inglais, ce n'est pas une honte. »

11

La vie aurait pu continuer ainsi si je n'avais pas reçu une lettre de ma tante Rahelika m'informant que si la montagne ne venait pas à Mahomet, Mahomet irait à la montagne, et qu'elle débarquait à Londres vérifier que j'allais bien.

Ce n'est qu'en la voyant que je compris combien elle m'avait manqué. Je lui tombai dans les bras et elle m'étreignit en me berçant comme un bébé.

« Laisse-moi te regarder. Pourquoi tu es maigre comme un coucou ? Seigneur, on ne te donne pas à manger à Londres ? Et c'est quoi, ces cernes noirs sous les yeux ? Et pourquoi es-tu si pâle ? Tu es peut-être anémiée ? Tu es allée consulter un médecin ?

— Attends un peu, Rahelika, laisse-moi souffler. Tu viens juste d'arriver et déjà toutes ces questions. »

J'arrêtai un taxi pour qu'il nous conduise à son hôtel.

« Alors comment vas-tu, ma petite ? » Ma tante continuait à m'assaillir de questions. « Que fais-tu depuis tout ce temps ? Tu t'es inscrite à un cours ?

— Non, répondis-je sèchement, je n'étudie pas.

— Alors que fais-tu ici, dans ce froid de canard ?

— Je vis.

— Tu vis ? » Rahelika tourna le regard vers moi et m'examina de la tête aux pieds.

« Tu appelles ça vivre ? Tu n'as que la peau sur les os. Avec qui habites-tu ?

— Avec un colocataire.

— Israélien ?

— Non, pas israélien, même pas juif.

— Il ne manquait plus que ça.

— Mais assez parlé de moi, m'empressai-je de dire pour changer de sujet, donne-moi des nouvelles de tout le monde.

— Tout le monde va bien, si ce n'est que tu leur manques affreusement, personne ne comprend pourquoi tu es partie si longtemps, ton père est à moitié fou. »

Je gardai le silence.

« Tu es toujours fâchée, ma petite, ce n'est pas passé ? Pourquoi tant de colère ? La vie est courte, tu as vu comme ta mère est partie avant même de te voir mariée. Il faut vivre, Gabriela, et ton père veut vivre. Laisse-le, il vaut mieux l'accepter. »

Le chauffeur nous déposa à l'hôtel et le temps de poser sa valise et de se rafraîchir un peu, ma tante était prête à sortir se promener dans les rues de Londres, excitée et curieuse comme une petite fille. C'était la première fois qu'elle voyageait et elle voulait tout dévorer : Hyde Park, Buckingham Palace, Big Ben et Trafalgar Square.

Chaque jour, nous visitions un quartier différent et je restais parfois dormir avec elle à l'hôtel. Philip n'avait rien fait pour l'impressionner et visiblement, elle ne l'aimait pas beaucoup. Elle n'était pas non plus enthousiasmée, c'était peu de le dire, par notre appartement.

« C'est répugnant, dit-elle en arrivant, quelle saleté ! »

Elle m'envoya illico au magasin du coin acheter des produits de nettoyage et passa la moitié de la journée agenouillée à récurer l'appartement.

« Si ton père voyait où tu vis, il viendrait te chercher et te ramènerait à la maison en te traînant par les cheveux. Et ton ami, *guay de mi sola,* il a l'air de quoi ? Pierre l'ébouriffé est bien mis à côté de lui. C'est quoi, cette mode des cheveux longs jusqu'au derrière, et puis pourquoi un Anglais, pourquoi tu n'as pas un ami israélien ?

— J'en avais un, répondis-je en pensant à Amnon, je crois qu'il est rentré en Israël.

— Dommage que tu ne sois pas rentrée avec lui », conclut-elle.

De ce jour, elle refusa de remettre les pieds chez moi.

« J'en ai vu assez, expliqua-t-elle, je ne veux pas m'énerver. »

J'arpentais avec elle les rues de Londres, lui montrais tous les grands magasins. Elle dévalisa les rayons de Marks & Spencer, m'acheta une robe chez Miss Selfridge. Je l'emmenais visiter les lieux touristiques et ne sentais plus mes jambes, mais elle était infatigable.

« J'ai l'impression que tu fais exprès de m'épuiser, lui dis-je.

— Si je ne réussis pas à te mettre un peu de plomb dans la tête, j'y parviendrai peut-être par les jambes.

— Que veux-tu dire ?

— Que tu as l'air sinistre, tu es maigre comme un clou et pâle comme l'ange de la mort, alors peut-être que si tu marches, si tu te bouges un peu, tu retrouveras l'appétit et mangeras quelque chose.

— Mais enfin, Rahelika, c'est pour ça qu'on arpente toutes les rues de Londres ? Pour que je retrouve l'appétit ?

— Pour ça et parce que je fais du tourisme.

— Tu me tues, j'ai mal aux jambes, asseyons-nous un peu.

— Si on s'assoit, tu vas écouter ce que j'ai à te dire sans m'interrompre ?

— Je t'écoute toujours et ne t'interromps jamais.

— Je crois que tu cherches les problèmes, déclara-t-elle sans préambule. Je pense que ton ami *de mi kulo* n'est pas pour toi, il ne t'arrive pas à la cheville. Que fais-tu avec lui ?

— Je reste avec lui jusqu'à ce que j'aie trouvé quelqu'un à aimer.

— En attendant, tu devrais trouver quelqu'un qui t'aime, dit ma tante, la plus intelligente de toutes les femmes. N'est-ce pas une perte de temps ? Pourquoi avaler des couleuvres avec quelqu'un quand tu sais comme moi que vous n'avez pas d'avenir ensemble ? Rentre à la maison, Gabriela, de toute façon tu ne fais rien ici, rentre à Jérusalem parmi les gens qui t'aiment, ça me brise le cœur de te voir ainsi. Je ne t'ai pas encore vue sourire une seule fois depuis que je suis descendue de l'avion. Quand as-tu ri pour la dernière fois, Gabriela ? Dis-le à ta tante, quand as-tu été heureuse ? Je te connais depuis le jour où tu es née et maintenant que ta mère est morte, c'est moi ta mère, ainsi que Beki. Je ne te laisserai pas rester à Londres, Dieu m'est témoin. Cette ville a fait de toi une jeune fille triste, tu ne mérites pas cela, Gabriela, personne ne mérite cela. »

Trafalgar Square se remplissait de pigeons et commençait à se vider de ses visiteurs. Nous étions assises sur un banc et Rahelika n'arrêtait pas de parler.

« Prends, dis-je en lui tendant une poignée de graines que j'avais achetée pour cinq pence. Nourris les pigeons.

— Ne détourne pas la conversation.

— Bon, mais pourquoi tu insistes, tu es venue à Londres pour me faire la leçon ou te promener ?

— Je ne suis pas venue me promener, je suis venue pour te ramener à la maison.

— Je ne veux pas.

— Bien sûr que tu ne veux pas, si ça ne dépendait que de toi, on ne te reverrait pas avant dix ans. C'est quoi la famille pour toi, Gabriela, du vent ? Ça ne représente rien ?

— Je ne rentre pas ! Ma vie est ici.

— Et quelle vie ? Dieu te vienne en aide, avec ce morveux qui ressemble à un bouffon ? Quelle vie ? Nettoyer les toilettes des Anglais ?

— Grand-mère Rosa elle-même m'a dit que ce n'était pas une honte.

— Grand-mère Rosa se retournerait dans sa tombe à la pensée que tu fais le travail qu'elle était obligée de faire car elle était pauvre et orpheline.

— Moi aussi je suis orpheline.

— *Peshkado y limón*, Gabriela, ton père est encore en vie et tu lui brises le cœur. Rentre à Jérusalem, inscris-toi à l'université, trouve-toi un bon garçon de chez nous plutôt que ce hippie. Si au moins tu étais heureuse avec lui, je pourrais fermer les yeux sur le fait qu'il est goy, mais tu ne l'es pas !

— Bon, Rahelika, dis-je à ma tante en perdant patience, combien de fois je dois te le dire : je ne vais pas me marier avec lui, je passe juste le temps.

— Tu es aussi têtue que ta mère. Quand je te regarde, je vois Luna.

— Allez, Rahelika.

— Non seulement je la vois, insista-t-elle, mais je l'entends. Non seulement vous vous ressemblez, mais vous parlez de la même façon. »

C'est quelque chose que je n'étais pas prête à entendre. Je n'avais pas quitté ma vie d'avant et fui tout ce qui me rappelait ma mère pour que ma tante vienne me dire que je lui ressemblais.

« Je ne ressemble pas à ma mère et je ne parle pas comme elle, répliquai-je avec colère. Je me ressemble.

— Non seulement tu parles, mais tu te conduis comme elle, poursuivit-elle comme si elle n'avait rien entendu. Vous êtes des copies conformes. »

Je commençais à perdre patience.

« Il n'y a rien en commun entre ma mère et moi ; si je ne lui ressemblais pas physiquement, personne ne penserait que nous sommes mère et fille.

— Comme tu te trompes, Gabriela. Comme tu connais mal ta mère, et encore moins toi-même. Luna, exactement comme toi, était une fichue tête de mule, quand elle voulait quelque chose elle n'écoutait personne et elle avait le chic pour chercher les problèmes, comme toi, et finissait par se précipiter droit dans le mur, en particulier sur un sujet.

— Lequel ?

— Les hommes. Quand il s'agissait des hommes, ta mère n'écoutait personne. Elle n'en faisait qu'à sa tête jusqu'à ce que ça se termine mal.

— Quels hommes, qu'est-ce qui se terminait mal, de quoi parles-tu ?

— Ta mère a beaucoup souffert dans sa vie, et je ne parle pas seulement des deux années de sa maladie. Depuis le jour de son mariage avec ton père, elle a souffert.

— Souffert ? Ils ne s'entendaient pas bien, discutaient, se disputaient, mais souffrir ? Je ne la voyais pas souffrir.

— Tu étais une petite fille, que pouvais-tu comprendre ? Que pouvais-tu savoir de ce qui se passait dans la chambre de tes parents ?

— Je ne veux toujours pas le savoir. »

Les jours suivants, ma mère était omniprésente dans mes pensées, son image apparaissait sans cesse devant mes yeux. Je la revoyais, belle et svelte dans ses tailleurs bien coupés, ses cheveux roux parfaitement coiffés, enfilant ses hauts talons, nous donnant un baiser rapide, à Roni et à moi, et nous laissant avec grand-mère Rosa ou Beki. Elle était toujours pressée d'aller à ses occupations. Mais quelles étaient ces occupations dont Roni et moi ne savions rien ?

Je me souviens qu'elle souffrait de sa blessure même après avoir guéri. Elle se plaignait souvent des fils dans son ventre, s'enfermait parfois dans sa chambre et nous marchions sur la pointe des pieds car il était interdit de faire du bruit. On nous envoyait dehors sur le toit, qui était notre terrain de jeux, pour ne pas déranger Maman.

Un jour où elle était partie se reposer, je tombai sur un jeu plus amusant que le toit. En fouillant dans l'armoire de Papa, contre le mur du salon, je trouvai ce que je cherchais : une boîte en bois marron que Papa fermait à clé, cette boîte qui m'avait toujours tellement intriguée. Quels trésors mon père cachait-il là ? Après avoir farfouillé dedans, il prenait toujours soin de la refermer et gardait la clé dans sa poche. Cette fois-là pourtant, à ma grande surprise, elle n'était pas fermée et je soulevai le couvercle, tout excitée. À l'intérieur, il y avait ses médailles de l'armée britannique, l'emblème reçu pour sa participation à la guerre d'indépendance, divers documents et lettres ainsi que de nombreuses photos. Je m'assis par terre et me mis à les regarder. Mon père avait l'air tout jeune dans son uniforme de l'armée britannique et il y avait aussi des photos de lui avec une jeune fille en short debout qui tenait son vélo, et mon père derrière elle qui l'enlaçait par la taille. Elle apparaissait sur presque toutes les photos – une belle femme aux cheveux noirs, de grands yeux entourés de longs cils, des lèvres pulpeuses et des dents éclatantes, qui souriait de bonheur devant l'objectif.

Avant même que j'aie eu le temps de me demander qui était cette femme photographiée avec mon père et pourquoi elle souriait si joyeusement, ma mère se pencha sur moi et m'arracha la photo en criant :

« Petite curieuse ! Il faut toujours que tu fourres tes mains partout ! »

Elle regarda la photo et la retourna, essayant de déchiffrer ce qui était écrit au dos. Puis elle s'assit sur le canapé, ignorant ma présence, et se mit à fouiller fiévreusement dans la boîte, passant en revue chaque photo et essayant de lire les lettres écrites dans une langue qui n'était pas de l'hébreu. Je restais debout à côté d'elle en essayant de suspendre ma respiration pour qu'elle oublie que j'étais là. Soudain, elle se leva.

« Fils de chien ! s'écria-t-elle. Fils de chien, menteur ! Et toi, hurla-t-elle en me voyant, va dans ta chambre, espèce de petite fouineuse, fille de malheur, file avant que je te roue de coups. »

Ma mère ne m'avait jamais rouée de coups, en réalité elle n'avait même jamais porté la main sur moi, elle se contentait de menacer mais, quand elle le faisait, ses yeux verts lançaient des étincelles et la peur me paralysait.

« Sors d'ici ! » hurla-t-elle à nouveau, et je disparus dans ma chambre où je restai assise sur mon lit jusqu'à ce que mon père rentre de son travail.

En temps normal, dès son retour, nous dînions tous ensemble. Une omelette et une salade, de la crème fraîche, du fromage blanc et du pain blanc frais. Mais ce jour-là n'était pas un jour ordinaire. Dès que mon père apparut à la porte, ma mère se mit à lui crier dessus et à pleurer, et parmi toutes les choses qu'elle lui disait, une revenait sans cesse – c'était un menteur et pourquoi donc l'avait-il épousée. Je l'entendis lui demander qui était la femme aux cheveux noirs sur la photo, elle n'arrêtait pas de répéter le mot *amore* en criant que ce mot était écrit au dos de chacune des photos et elle avait beau ne pas parler italien, elle savait très bien ce que cela signifiait car c'était le même en judéo-espagnol, alors qu'il ne lui raconte pas d'histoires.

Papa parlait calmement. Je l'entendis lui dire qu'il ne lui racontait pas d'histoires, qu'il avait connu cette femme aux cheveux noirs pendant la guerre en Italie, bien avant ma mère, alors à quoi bon s'énerver pour quelque chose qui s'était passé avant qu'ils ne se rencontrent, se marient et fassent des enfants.

« Et pourquoi m'as-tu caché ces photos ? Pourquoi les as-tu mises dans une boîte fermée à clé ? Pourquoi ne m'as-tu jamais parlé de cette femme qui t'appelait *amore* ?

— Je t'ai dit, quand nous nous sommes rencontrés, poursuivit mon père avec ce calme glaçant, qu'il ne fallait pas tout raconter, qu'il y avait des choses qu'on doit garder pour soi.

— C'est ce que tu veux ? demanda ma mère d'une voix menaçante.

— Oui, répondit calmement mon père, c'est ce que je veux.

— Parfait, mais après tu ne seras pas surpris et tu ne viendras pas te plaindre.

— Très bien, conclut mon père, pas de problème. »

Ma mère ne me pardonna jamais d'avoir ouvert la boîte à secrets de mon père, d'avoir révélé le secret de son amour pour une femme qui l'appelait *amore*. Je l'entendis moi-même un jour dire à Rahelika que si je n'avais pas été une enfant aussi curieuse, elle n'aurait jamais rien su de l'Italienne et n'aurait pas eu le cœur brisé.

« Pourquoi dois-tu avoir le cœur brisé ? lui dit sa sœur. Ça s'est passé pendant la guerre, avant votre rencontre, en quoi ça te concerne ?

— Bien sûr que ça me concerne, et comment ! David n'a jamais cessé d'aimer cette femme. Ça explique tout.

— Ne dis pas de bêtises, dit Rahelika. Tu cherches les ennuis. Cette femme est en Italie et toi tu es ici et vous avez deux enfants.

— J'étais naïve quand je l'ai rencontré, je pensais qu'il m'aimait, or pendant tout ce temps il en aimait une autre.

— Mais c'est toi qu'il a épousée. Ça suffit, Luna, insista Rahelika en essayant de l'amadouer, *halas*, c'est fini, elle est certainement mariée avec des enfants elle aussi.

— Et qu'est-ce que ça change ? s'énerva ma mère. Il m'a menti. Avant le mariage, c'était le plus charmant des hommes et juste après, il est devenu tout à coup distant, c'était un étranger. Alors il ne faut pas s'étonner. »

De quoi il ne fallait pas s'étonner, je l'ignorais, car Rahelika l'empêcha de continuer, mais à partir du jour où j'avais ouvert la boîte à secrets de mon père, rien ne fut plus comme avant. Papa et

Maman passaient leur temps à se quereller, je les entendais de l'autre côté du mur qui séparait leur chambre de la nôtre. Je me blottissais dans mon lit en me couvrant la tête avec la couverture pour ne pas entendre, priant pour que Roni dorme du sommeil du juste sans être perturbé comme moi par leurs disputes. Je mettais mes petits doigts dans mes oreilles et plongeais dans le silence jusqu'à ce que mes mains se fatiguent, puis je les retirais et entendais à nouveau la dispute de l'autre côté du mur.

Ce n'était plus du tout drôle de manger le *hamin* de macaronis le Shabbat avec toute la famille, ni d'aller chez Clara et Jackotel regarder le match de foot au stade du YMCA, ni d'aller pique-niquer avec la voiture du bel Eli Cohen dans les collines de Jérusalem. La tension entre mes parents finissait toujours par gâcher l'atmosphère.

Mais un jour, les discussions prirent fin, les querelles cessèrent et mes parents ne s'adressèrent quasiment plus la parole. À la place des mots, il régnait un silence tendu. En apparence, la vie avait repris son cours, tous les midis mon père revenait de la banque et nous déjeunions en famille. Puis il retournait à son travail et Maman nous amenait chez Rahelika, ou Rahelika venait chez nous avec ses enfants. Nous jouions dehors pendant qu'elles bavardaient dans la cuisine et souvent, Beki passait également, ainsi qu'une autre parente avec ses enfants. Nous dînions un soir chez Rahelika et le lendemain chez nous, et mon père se joignait à nous quand il rentrait.

Notre maison continuait à être un aimant pour la famille et les amis, tous ceux qui passaient dans les environs montaient prendre un café et une part de gâteau. Mes parents étaient indubitablement des personnes sociables qui aimaient recevoir et surtout s'amuser. Même pendant la période difficile, ils ne cessèrent jamais de sortir ; ils appelaient grand-mère Rosa plusieurs fois par semaine pour qu'elle vienne nous garder, mon frère et moi, pendant qu'ils allaient au cinéma ou danser avec leurs amis au club Menorah. Avec le temps, les explosions de colère se firent plus rares et il me sembla que tout était rentré dans l'ordre.

Jusqu'au jour où je tombai malade et Papa se proposa de m'amener au dispensaire, sauf qu'en guise de dispensaire, il m'emmena rendre visite à sa collègue de travail, qui avait des enfants de mon âge avec lesquels je pourrais jouer. C'est la première fois que je vis Vera. Ils nous envoyèrent immédiatement jouer en bas et après un bon moment, Papa m'appela pour rentrer à la maison. Juste avant d'arriver dans l'entrée et de prendre l'escalier, il s'agenouilla pour se mettre à ma hauteur, me prit le menton et me dit :

« Gabriela, ma chérie, si Maman demande où on était, dis-lui qu'on est allés au dispensaire. »

Nous étions à peine rentrés que ma mère demanda :

« Mais enfin, vous êtes allés inventer les médicaments ? Ça prend si longtemps d'aller au dispensaire ? »

Et avant même que Papa ne puisse répondre, je lâchai :

« On n'était pas au dispensaire.

— Et où étiez-vous ? demanda-t-elle.

— Chez Vera, de la banque. »

Pourquoi avais-je trahi la promesse faite à mon père ? Par esprit de provocation, je pense. Ma mère disait toujours que j'étais une enfant difficile et cette fois encore, mon comportement provoqua un immense esclandre entre mes parents et fut à l'origine de la haine implacable que ma mère vouerait à Vera jusqu'à sa mort. Vera de la banque, avec qui mon père dormait désormais dans le lit de ma mère. Ils avaient eu pendant des années une histoire d'amour adultère et aujourd'hui, il l'exhibait au grand jour. Rien qu'à penser à elle et mon père, mon estomac se retourna. Je n'arrivais pas à lui pardonner d'avoir trompé ma mère, même si c'était moi qui avais malicieusement révélé son secret.

La visite de Rahelika touchait à sa fin et elle s'apprêtait à retourner à Jérusalem mais n'avait pas l'intention de rentrer les mains vides, bien décidée à me ramener dans ses bagages en guise de cadeau à la famille pour la nouvelle année.

« Aujourd'hui je suis allée au bureau d'El Al et je t'ai acheté un billet, m'annonça-t-elle.

— C'est de l'argent fichu par les fenêtres, moi je reste à Londres.

— Il n'y a pas à discuter, décréta ma tante, je ne te demande pas ton avis, je te préviens : tu rentres avec moi à la maison. »

Mais moi je m'obstinais, malgré tous ses efforts de persuasion. Un jour, elle était dans l'appartement à essayer une fois encore de me convaincre lorsque Philip sortit de sa chambre en criant :

« Rentre avec ta tante dans ton putain de pays, fiche le camp, qu'on ait enfin la paix ! »

Avant que j'aie pu ouvrir la bouche, Rahelika se leva, se plaça devant lui et lui dit :

« Mets-toi à genoux quand tu parles avec ma nièce, tu te prends pour qui, espèce de voyou anglais, à jurer comme un charretier ? Présente immédiatement tes excuses, pas à moi mais à Gabriela. »

Philip resta coi. Il avait l'air ridicule, debout devant elle tout embarrassé, une expression idiote sur le visage. Au bout de quelques instants de silence, il lui tourna grossièrement le dos et quitta la pièce.

« Donne-moi un moment », dis-je à Rahelika.

Dans la chambre, je pris mon sac à dos au-dessus de l'armoire et y fourrai tout ce qui me tombait sous la main en laissant la plupart de mes objets et vêtements, qui ne rentraient pas. Pendant tout ce temps, Philip fumait tranquillement son joint, étendu sur le lit. Il ne dit pas un mot, ne daigna pas m'adresser le moindre regard. Après avoir fermé mon sac, je sortis de la pièce en claquant la porte.

L'avion d'El Al volait vers Tel Aviv.

« J'ai besoin d'une cigarette », dis-je à Rahelika avant d'aller à l'arrière de l'appareil, dans la zone réservée aux fumeurs.

J'entrai dans les toilettes et plongeai la main tout au fond de ma poche. J'avais caché de la cocaïne dans du papier aluminium et tentai de m'organiser pour en sniffer un peu. Assise sur le siège des toilettes, j'essayais d'aligner la poudre sur le petit miroir sorti de mon sac, mais juste au moment où j'approchais le nez de la ligne, l'avion fit un bond. Le miroir tomba, se brisa en mille morceaux et la poudre blanche se répandit dans toutes les directions. Voilà, c'était un signe, j'en étais sûre. Le signe que si je continuais à sniffer, je ne trouverais jamais la paix ni le pardon. Je pris une longue inspiration, vidai le papier aluminium avec le reste de la cocaïne dans les toilettes et tirai la chasse. Puis je balayai de la jambe les bouts de verre derrière le water, fis voler les restes de poudre en soufflant dessus, me nettoyai le visage, me lavai les mains au savon et sortis des toilettes.

« Maintenant je me sens beaucoup mieux, annonçai-je à Rahelika en me rasseyant à ma place.

— Ça se voit », dit-elle en souriant.

Je n'essayai même pas de faire semblant de me réjouir en apercevant la délégation imposante qui m'attendait à l'aéroport. La famille proche, mon père en tête, était réunie au grand complet : mon père et Roni, Beki et le bel Eli Cohen, Moïse et tous les oncles, du plus vieux au plus jeune. Ils brandissaient des ballons ainsi qu'une pancarte sur laquelle ils avaient écrit en lettres de toutes les couleurs : « Bienvenue à la maison Gabriela. » Roni courut vers moi le premier et faillit m'écraser en me serrant dans ses bras. Il avait grandi, c'était désormais un beau jeune homme.

« Attends que je te regarde un instant », lui dis-je en l'écartant de moi pour l'observer.

Il avait tellement changé ! Je l'avais quitté enfant et je retrouvais un homme. Son petit nez avait grandi et modifié tout son visage, sur lequel pointait un début de barbe.

« Comment je vais pouvoir te pincer les joues maintenant ? Tu es tout piquant ! »

Ses beaux cheveux avaient une coupe militaire.

« Et comment je vais te tirer les cheveux ? »

Du coin de l'œil, je vis mon père hésiter un moment avant de s'approcher et de me prendre dans les bras en me serrant contre sa poitrine. J'appuyai la tête dans le creux entre son épaule et son cou, comme je le faisais quand j'étais petite, avant que notre vie ne bascule, avant que nos liens ne se distendent. Mais cette fois-ci, je me hâtai de me dégager, la colère ne m'avait pas quitté.

« Tu m'as manqué, ma fille, dit-il, tu m'as beaucoup manqué. »

J'aurais pu entendre son cœur se briser lorsque je me détachai de son étreinte pour aller embrasser Moïse et le bel Eli Cohen avant de tomber dans les bras de Beki, qui attendait patiemment son tour. Mais une fois que j'étais à elle, elle ne me lâcha plus, m'embrassa puis recula en disant :

« Seigneur, mais il n'y a rien à manger à Londres ? Encore un peu et on ne te verra plus, tu es transparente. »

Creuse, pensai-je, *voilà la meilleure définition. Il ne reste plus rien à l'intérieur de moi, le peu que j'avais s'est vidé.*

« Où m'emmène-t-on ? chuchotai-je à Beki pour que mon père n'entende pas.

— Comment ça, où ? À la maison.

— Je ne vais pas chez mon père et sa Vera.

— Il lui a demandé de quitter la maison, me confia-t-elle comme un secret, de retourner chez elle pour que tu ne sois pas obligée de la voir.

— Et combien de temps va-t-elle y rester ? Deux bonnes heures ?

— Gabriela, ton père est devenu fou tellement tu lui manquais, comme nous tous. Il a organisé une réception pour toi, ne le déçois pas. »

Je n'allais pas le décevoir. Je montai dans sa voiture, mais quand il me proposa le siège avant, je refusai, préférant me coller à l'arrière entre Boaz et Roni, et nous partîmes ainsi à Jérusalem, Papa devant comme un chauffeur et nous trois serrés derrière. Je répondais par un oui ou un non à leurs quelques questions et ils comprirent qu'il était inutile d'insister, qu'il valait mieux me laisser en paix jusqu'à ce que je m'acclimate.

Comme l'avait promis Beki, Vera n'était pas à la maison, mais je trouvais des traces d'elle partout, surtout parce que je les cherchais. Un flacon de parfum Nina Ricci dans la salle de bains, notamment. Ma mère n'aimait pas Nina Ricci, elle disait que c'était un parfum de vieilles dames.

Dans l'armoire, il y avait des robes qui n'étaient pas celles de ma mère.

« Où sont les robes de Maman ? demandai-je à mon père qui m'avait suivie dans la chambre.

— Dans la penderie du couloir, tu peux prendre ce que tu veux.

— Tu me vois porter une robe de ma mère ? répondis-je d'un ton méprisant. Je ne suis pas une antiquité !

— Gabriela, dit mon père d'une voix lasse, tu viens de rentrer après deux ans d'absence et tu grimpes déjà sur les barricades ? Tu ne devrais pas déposer les armes ? Je ne te demande pas de m'aimer comme je t'aime, je ne te demande pas de me raconter que je t'ai manqué comme tu m'as manqué, je demande juste une trêve. »

Il était assis sur leur lit, vulnérable comme si c'était lui l'enfant et moi le parent, et j'aurais voulu le prendre dans mes bras, lui dire que je l'aimais, qu'il m'avait manqué, tellement manqué. Mais je me souvins qu'il avait profané l'honneur de ma mère précisément sur ce lit et mon cœur se durcit comme la pierre.

« Je suis épuisée », dis-je, avant de me précipiter dans ma chambre d'enfant.

À ma grande surprise, je la retrouvai exactement comme je l'avais laissée.

« Personne ne dort ici ? demandai-je à Roni qui m'avait suivie.

— Papa ne permet pas aux enfants de Vera de coucher dans ta chambre.

— Ils dorment où ?

— Dans le petit salon.

— Et où regardez-vous la télévision, où prenez-vous les repas ?

— Dans le grand salon.

— Mon Dieu, Maman doit se retourner dans sa tombe à l'idée que vous utilisiez le grand salon sans avoir d'invités. Et d'ailleurs, où sont-ils ? »

Roni prit un air sérieux.

« Papa voulait que tu viennes à la maison, alors il a demandé à Vera de rentrer chez elle avec ses enfants.

— Pour toujours ?

— Non, seulement jusqu'à ce que tu t'habitues, que tu l'acceptes. Je pense qu'il veut l'épouser.

— Quoi ?

— Arrête de faire l'enfant, Gabriela, tu dois accepter Vera. C'est la femme de Papa désormais, elle est gentille avec lui et avec moi aussi, c'est une brave femme. Elle lave et repasse mon uniforme quand je rentre de l'armée, elle s'occupe de moi.

— Traître, lui dis-je. Je n'aurais jamais cru ça de toi.

— Maman est morte, Lela. »

Sa voix s'était adoucie et il m'appelait par le surnom qu'il utilisait lorsqu'il était petit et qu'il avait du mal à prononcer mon nom.

« Elle ne te manque pas ?

— Bien sûr que si, mais je suis réaliste et dans la vraie vie, Vera est désormais la femme de Papa.

— Exactement, et elle l'était déjà quand Maman était encore en vie, il a passé son temps à la tromper.

— Je ne veux pas entendre ça. La vie est courte, regarde Maman, elle est morte si jeune. Pourquoi devrais-je m'occuper des saletés de la vie ? Je commence seulement à vivre et je te conseille de faire pareil, ça ne sert à rien de continuer à être en colère et de ruminer le passé. »

Rien n'y faisait, j'étais toujours furibonde, à tel point que le lendemain je me rendis chez Rahelika pour lui annoncer que je voulais habiter chez elle.

« Non, Gabriela, tu ne peux pas vivre chez moi, tu ne peux pas offenser ton père à ce point. Grandis un peu, il est temps, tu es une adulte maintenant, accepte ton père et Vera, ça te facilitera la vie, crois-moi.

— Merci pour ce bon conseil, mais je n'en ai pas besoin, je me débrouillerai, répondis-je en m'apprêtant à partir.

— Et où crois-tu que tu vas aller ?

— Chercher du travail comme serveuse et me louer une chambre à Nahlaot.

— Hors de question, tu rentres chez toi et tu vis dans la tienne. Trouve un travail, inscris-toi à l'université et ensuite tu chercheras une chambre à Nahlaot, mais d'ici là tu vis à la maison.

— Rahelika, depuis quand me dis-tu ce que je dois faire ?

— Dis-moi, qu'est-ce qu'il t'a fait, ce zéro pointé d'Anglais, pour que tu déverses tout ton venin sur le monde entier et en particulier sur ton père ?

— Quel rapport avec l'Anglais ?

— Si ça n'a pas de rapport, alors que veux-tu, dis-moi ? Qu'on ressuscite ta mère ? Et pour quoi, d'ailleurs, pour que tu puisses lui pourrir la vie comme tu l'as fait quand elle était encore là ? »

Je ne répondis rien et Rahelika, encouragée par mon silence, me renvoya à la figure tout ce qu'elle voulait me dire depuis son arrivée à Londres :

« Tu ne lui as jamais laissé un instant de répit, tu ne t'es jamais entendue avec elle, tu passais ton temps à la provoquer, à te plaindre auprès de moi qu'elle n'était pas une bonne mère, qu'elle ne te comprenait pas, ne te voyait pas, ne pensait qu'à elle, tout ce qui l'intéressait, c'étaient ses tenues, son rouge à lèvres et son Hollywood. Ce n'est pas ce que tu me disais ? Alors pourquoi tu en fais tout à coup une sainte ? Et de ton père le diable ? Tu as oublié comme il était gentil avec toi, comment il s'est occupé de toi toutes ces années, tu ne te souviens pas que tu allais pleurer sur son épaule car ta mère ne te comprenait pas ? Tu as oublié qui te chantait une berceuse tous les soirs ? Qui t'emmenait au zoo et au cirque Medrago, qui te donnait le bain, te mettait en pyjama, t'amenait à l'école quand il y avait des problèmes ? »

J'étais sidérée.

« Que se passe-t-il, Rahelika ? Tu défends Papa et salis Maman ?

— Salir ? Tu devrais avoir honte, Gabriela. Je te rappelle simplement combien tu te plaignais de ta mère et quels rapports tu avais avec ton père. Je dis juste que Dieu sait pourquoi depuis que ta mère est morte, tu en as fait une sainte alors que toi et moi, nous savons que c'est loin d'être la vérité.

— Toi et moi ? Je pensais que tu la trouvais parfaite, que tu l'as toujours aimée plus que tout.

— Je l'aimais comme ma vie, comme Moïse, comme mes enfants, répondit doucement Rahelika. Mais ça ne veut pas dire que je ne voyais pas ses défauts. C'était ma sœur adorée, la personne la plus proche de moi après Moïse, nous nous racontions tous nos secrets. Mais je n'étais pas aveugle, je voyais bien qu'elle n'avait aucune patience avec toi, te regardait sans te voir, te prenait sans te toucher. Dès qu'elle est rentrée de l'hôpital après deux ans d'hospitalisation, elle voulait déjà s'enfuir et te laissait avec Beki, Grand-mère ou moi. Qu'est-ce que tu crois, que mon amour infini pour ma sœur me rendait aveugle ? Mais toi non plus, tu n'étais pas un ange. Tu sais ce que c'est, pour une mère, d'avoir une fille qui la rejette ? Tu imagines ce qu'elle a ressenti quand elle souffrait le martyre à l'hôpital et qu'à grand-peine, au prix d'un effort surhumain, elle est descendue dans la cour pour te voir et toi, dès que tu l'as aperçue, tu t'es mise à hurler comme si on t'amenait à l'abattoir, tu refusais d'aller dans ses bras, tu la repoussais ? Tu sais ce que ça voulait dire pour elle d'être rejetée par sa fille, la chair de sa chair ? Et combien de temps ça t'a pris pour dire "Maman" ? À deux ans, tu maîtrisais déjà tout le dictionnaire, il n'y avait aucun mot que tu n'arrivais pas à dire, sauf "Maman". Tu sais à quel âge tu l'as dit pour la première fois ? À trois ans. Vous étiez allées chez Freiman et Bein et la vendeuse t'a demandé qui était cette belle femme qui amenait sa jolie petite fille acheter des chaussures, et tu as répondu "Maman". Et ta mère, ce jour-là, a dansé de joie dans la rue, on aurait dit qu'elle avait gagné à la loterie.

— Je n'en ai aucun souvenir. Je ne me rappelle pas qu'elle a dansé dans la rue en m'entendant dire "Maman", ni qu'elle était heureuse. Je ne me rappelle même pas qu'elle m'ait prise une seule fois dans ses bras ou embrassée.

— Bon, ta mère avait du mal avec ça, même quand je l'embrassais, elle n'aimait pas. Elle n'aimait pas trop qu'on la touche.

— Pourtant elle prenait beaucoup Roni dans ses bras et l'embrassait souvent. Elle l'aimait, et moi pas.

— Roni, elle l'a élevé depuis le jour de sa naissance. Et c'était un enfant si facile, il mangeait, dormait, souriait. Toi c'était le contraire, tu lui en faisais voir de toutes les couleurs.

— Une mère doit aimer son enfant même si ce n'est pas un ange.

— Je sais, ma chérie, je sais. Ça n'a pas été facile pour ta mère avec toi, tu étais déjà une petite fille quand elle t'a récupérée. Mais elle t'aimait et s'occupait de toi, même si elle ne savait pas comment te parler, comment t'approcher. Chaque fois qu'on lui disait qu'elle te ressemblait, elle répondait : "Gabriela est plus jolie que moi" et tu sais ce que ça représentait, pour elle, de dire une chose pareille, même en parlant de sa fille ? Elle était fière de toi, Gabriela. Quand tu rapportais de bonnes notes ou que quelqu'un te complimentait, elle se gonflait d'orgueil, mais elle ne savait pas le montrer. Elle t'aimait beaucoup. Crois-moi, ma chérie, tu dois me croire pour pouvoir lui pardonner, pour te pardonner à toi-même, continuer à vivre sans toute cette colère. »

J'écoutais Rahelika et m'efforçais de la croire, mais je n'arrivais pas à m'attendrir et à pardonner, ni à ma mère, ni à mon père ni, bien entendu, à moi-même. Au lieu de tomber dans les bras de ma tante, je lui dis avec un calme glacial :

« Cette conversation devient pesante, je m'en vais. »

Rahelika prit une longue inspiration pour s'empêcher d'exploser.

« Vas-y, Gabriela, mais à la maison. Ton père a fait un geste immense en demandant à Vera, après avoir vécu quatre ans avec elle, de quitter la maison et de retourner dans son appartement, tu devrais l'apprécier.

— Apprécier quoi ? Qu'il ait fait entrer sa maîtresse dans le lit de ma mère ? Ce n'est pas comme s'il l'avait trouvée après sa mort, elle faisait partie du paysage pendant toutes ces années, ils étaient amants alors qu'il était encore marié. »

Rahelika était debout près de la fenêtre et s'y attarda un long moment avant d'ajouter d'une voix quasi imperceptible :

« Ce n'est pas si simple que ça, Gabriela.

— C'est très simple, il trompait Maman.

— Rien n'est noir ou blanc dans la vie, tu devrais le savoir après ces deux années à Londres. »

C'étaient les mots exacts qu'avait utilisés oncle Moïse lorsqu'il était venu me rendre visite avec mon père dans l'appartement que je partageais avec Amnon à Tel Aviv.

« Rahelika, tu pourrais peut-être me dire ce que tu n'as jamais voulu me raconter ?

— Je ne crois pas que ce soit mon rôle, Gabriela. Ce serait peut-être mieux de demander à ton père pourquoi il est allé chercher de l'amour chez Vera, pourquoi celui de ta mère ne lui suffisait pas.

— C'est mon père, une fille ne pose pas ce genre de questions.

— Et peut-être pas non plus à sa tante, répliqua-t-elle doucement.

— Tu m'as dit que depuis la mort de Maman, tu étais devenue comme une mère pour moi, que pour n'importe quoi je devais m'adresser à toi en premier, alors voilà, je me tourne vers toi : chère tante Rahelika, tu veux que je me débarrasse de ma colère, que j'avance dans la vie. Mais comment pourrais-je aller de l'avant avec tous les secrets que vous me cachez, je sais qu'il y a des secrets et maintenant, je suis prête à les écouter.

— Ma puce, commença ma tante en me prenant dans ses bras, ma chérie, je ne sais même pas par où commencer.

— Commence par le début, et ne m'épargne pas les détails pénibles. »

C'est ainsi, câlinée par ma tante qui ne me laissa pas m'éloigner même quand je tentai de me libérer de son étreinte, que j'entendis l'histoire de ma mère.

« Ta mère, *miskenika,* avait des rêves. Elle pensait être une princesse et que son prince charmant arriverait sur un cheval blanc, mais la vie est passée par là et ses rêves lui ont explosé au visage. Ton père, malheureusement, n'était pas le prince charmant tant attendu. Elle l'a compris peu de temps après son mariage, mais c'était trop tard et elle a dû se contenter de ce qu'elle avait. Moi qui n'avais pas de grandes espérances, j'ai eu un homme de rêve, pas un prince sur son cheval blanc mais un prince au cœur pur et Beki, que Dieu la garde, a trouvé un garçon qui embrasse la terre qu'elle foule. Il n'y a que Luna, la Belle de Jérusalem, qui n'a pas décroché le bon. Il n'y a jamais eu de grand amour entre tes parents, au début elle pensait qu'elle entendait sonner les cloches, mais très vite le son des cloches s'est transformé en bruit de marteau dans sa tête.

« Quand tu es née, elle a espéré que leur vie prendrait enfin un tour meilleur. Mais la guerre a éclaté, elle a été blessée, est restée deux ans à l'hôpital et là, il s'est passé quelque chose qui a changé sa vie.

— Que s'est-il passé ?

— Elle a trouvé son prince charmant.

— Ma mère a trouvé son prince charmant sur son lit d'hôpital ?

— Il était encore plus grièvement blessé qu'elle. Au début, ils se contentaient de parler, de s'épancher sur leurs souffrances, de partager leurs rêves de guérison, ils étaient amis. Mais après leur sortie de l'hôpital, ils ont commencé à se rencontrer en secret sans que personne ne le sache, tous les jours, et ta mère a enfin compris ce qu'était l'amour, ce que signifiait se préoccuper de quelqu'un avant de se soucier de soi, unir son âme à celle de l'autre.

— Ma mère rencontrait chaque jour son amant ? Alors Roni est peut-être son fils ?

— À Dieu ne plaise, Gabriela, Roni n'est pas son fils, son amant ne pouvait pas avoir d'enfant, il était paralysé jusqu'à la taille. Maintenant tu comprends ce qu'est l'amour pur ? Ta mère aimait davantage son âme que son corps. Elle a été heureuse comme jamais dans sa vie et j'avais beau la prévenir qu'elle marchait sur un fil, qu'elle mettait en péril son couple, elle ne m'écoutait pas. Tous les jours, elle vous laissait avec Beki et grand-mère, toi et Roni, pour aller le retrouver. Mais il a fini par mourir. Il n'avait jamais complètement guéri de ses blessures et ce jour-là, ta mère est morte avec lui. Ton père a compris qu'elle avait le cœur brisé à cause d'un autre homme et que, pendant presque toutes leurs années de mariage, elle en avait aimé un autre.

« David est venu me chercher au milieu de la nuit pour que je reste avec elle, elle était tellement brisée qu'il craignait qu'elle ne se tue. Il m'a demandé de la surveiller pour éviter qu'elle n'attente à sa vie.

« Ton père a fini par lui pardonner, mais les choses ne sont jamais redevenues comme avant. Elle ne s'est jamais remise de la mort de l'amour de sa vie, quelque chose s'est éteint dans son cœur. Elle a pensé à lui jusqu'à son dernier jour. Tu sais ce qu'elle m'a dit avant de fermer les yeux ? Elle m'a dit : "Je n'ai pas peur de mourir, Rahelika, je vais retrouver Ghidi." C'était son nom. Et ton père, que lui restait-il à faire avec une femme qui ne voulait pas de lui ? Trouver consolation auprès d'une autre. Et c'est ainsi qu'il a rencontré Vera. Vera l'aime et lui donne ce que Luna lui a refusé, alors ne l'accuse pas, c'est ta mère qui l'a poussé dans ses bras. »

Enfin ma tante avait vendu la mèche, enfin on me dévoilait un secret de plus dans le chapelet de non-dits de la famille Ermoza. Qui aurait imaginé que ma mère vivait une passion secrète, que sa façade froide et respectable dissimulait un volcan ?

En réalité, c'était une veuve de guerre cachée, la pauvre. Elle menait une double vie. D'un côté la femme mariée et mère de famille, de l'autre l'amante au cœur brisé qui ne s'était jamais remise de la mort de l'homme aimé. Pas étonnant, dès lors, qu'elle ait accepté la présence de Vera dans la vie de mon père sans jamais songer à la possibilité de divorcer – ce qui ne l'empêchait pas de haïr cette femme.

Je vis soudain ma mère sous un autre jour. Humaine, vulnérable, compréhensible. Étrangement, une forme de sérénité m'envahit.

***

Har Hamenuhot, le cimetière de Jérusalem, est une colline dépouillée et triste, des rangées de tombes accrochées sur le versant de la montagne sans arbre ni la moindre fleur, une colline pierreuse et dénudée donnant sur la route de Jérusalem, menaçante et effrayante. C'est la fin du parcours, là où viennent reposer les habitants de la ville à la fin de leurs jours. Hommes, femmes, enfants, jeunes, vieux, Séfarades et Ashkénazes, chacun d'entre eux trouve le repos éternel dans le carré réservé à sa communauté. C'est là qu'on a porté en terre grand-père Gabriel et grand-mère Rosa et là aussi, dans le carré espagnol, qu'on a enterré ma mère.

Si ma mère avait pu la voir, elle n'aurait pas aimé sa tombe. Un bloc de marbre blanc sur lequel on avait gravé ces mots :

Ici est enterrée ma femme, notre mère et notre sœur,
Notre chère Luna Siton, fille de Gabriel et Rosa Ermoza,
Que son âme soit reliée au faisceau de la vie.

Une pierre tombale trop simple pour une femme si raffinée. Elle aimait tant les fleurs, or pas une ne pousse autour de sa tombe pour insuffler un peu de vie à cet endroit horrible où elle repose.

Combien de rêves ma mère nourrissait-elle qu'elle n'a pas pu réaliser, combien de lieux aurait-elle voulu visiter ? Elle n'a même pas eu le temps de vieillir, son visage ne s'est pas couvert de rides, ses cheveux n'ont pas grisonné. Elle n'a pas eu la joie d'accompagner ses enfants sous le dais nuptial, ses petits-enfants ne la connaîtront que sur des photos. Je n'étais pas une enfant désirée, je n'étais pas le fruit de son amour de jeunesse. J'étais celle qui lui avait arraché sa jeunesse. La jeune fille libre, heureuse et pleine de vie était soudain devenue une femme sur laquelle reposait une responsabilité plus grande qu'elle. Même son corps refusait la maternité, même ses seins ne donnaient pas de lait.

C'est le cinquième anniversaire de sa mort. Je suis debout à côté de la tombe, un bouquet d'œillets rouges à la main, ses fleurs préférées. Mon père et Roni disent le kaddish, Rahelika et Beki pleurent discrètement dans les bras de leur mari, leurs enfants à leurs côtés, des dizaines de proches et d'amis entourent la famille. Cela ressemble plus à un enterrement qu'à une commémoration, me dis-je, toutes ces personnes ici qui aiment ma mère et sont venues l'honorer.

Les gens s'approchent de la tombe pour y déposer une pierre, puis les moins intimes saluent et s'en vont, et ne reste plus que la famille proche. Rahelika prend un chiffon, Beki remplit une bouteille au robinet et elles se mettent à nettoyer la tombe avec précaution, délicatement, comme si elles lavaient le corps de ma mère. Quelle attention elles portent aux lettres de son nom, passant les doigts sur chacune d'entre elles comme dans une caresse.

Je reste à l'écart sans participer, attendant qu'elles terminent. Je voudrais qu'elles s'en aillent, j'ai honte qu'elles me voient au bord des larmes, je voudrais rester seule avec ma mère, appuyer les lèvres contre la pierre froide et lui dire adieu. Je voudrais la prendre dans mes bras dans sa mort comme elle ne m'a jamais laissé le faire de son vivant, comme je ne m'y suis jamais autorisée. Je veux faire la paix avec elle, me débarrasser de ce poids qui m'oppresse. Pourquoi ne lui ai-je pas dit au revoir quand elle aurait encore pu le sentir ? Si elle me voit en ce moment depuis le ciel, elle étend certainement ses ailes d'ange, incrédule. Moi, l'enfant étrange, la fille des rues, celle qui passait son temps à la provoquer, je suis debout à côté de sa tombe et elle me manque.

« On doit y aller, Gabriela, me dit Beki, il commence à se faire tard.

— Allez-y, je vous rejoins. »

Beki s'éloigne bras dessus bras dessous avec le bel Eli Cohen et je repense à ce jour après la mort de Grand-père, quand ma tante s'était disputée avec Maman, avait fui la *shiva* et que j'avais couru après elle. Nous étions assises sur le muret de l'hôpital Wallach et elle m'avait dit : « Tu vas te trouver un garçon comme mon Eli, l'épouser et être heureuse. Ne commence pas à chercher à droite et à gauche. » Mais je n'ai pas encore rencontré mon Eli à moi et la seule fois de ma vie où il y avait peut-être une possibilité infime de l'avoir trouvé, lorsque j'étais avec Amnon, je n'ai pas écouté mon cœur, n'ai pas prêté attention aux signes ni vu le cadeau qui m'avait été envoyé. Et maintenant il est trop tard car depuis, la porte entrebâillée dans mon cœur s'est refermée et il est entouré de murailles que même un canon ne parviendrait pas à percer.

Il commence à faire froid et à pleuvoir, je serre mon manteau contre moi en repensant à l'automne dernier, à Londres. Des feuilles dorées s'amassaient au pied des arbres. Je traversais Regent's Park, marchant délicatement sur les feuilles pour ne pas écraser leur beauté avec mes pieds grossiers, savourant les teintes jaune-orangé du parc. Le visage vers le ciel, je respirais l'air pur et frais, contemplant la cime des arbres et les feuilles qui volaient dans le vent ; je n'avais jamais rien vu d'aussi beau. Mon vingt-deuxième anniversaire approchait, j'étais dans la fleur de l'âge et me sentais comme une femme jaune perdant ses feuilles, une femme mûre battue par la vie.

Assise sur le tapis doré, je jouais avec les feuilles, en prenais des brassées et les laissais retomber sur ma tête, sur mon visage, sur mon corps, comme de la pluie. Voilà, j'étais le dernier maillon dans la chaîne des femmes Ermoza : Merkada-Rosa-Luna-Gabriela. Je me sentais liée à elles par un fil maudit.

Heureusement que Rahelika et Beki avaient échappé à la malédiction et qu'elles avaient eu des fils, heureusement que j'étais la seule fille Ermoza de cette génération, la seule et la dernière car la malédiction s'arrêterait là, je n'aurais pas d'enfants, c'était décidé. La femme qui épouserait mon frère ainsi que celles qui épouseraient mes cousins ne porteraient pas ce destin, elles en seraient à jamais écartées. Je serais la dernière femme maudite de la tribu Ermoza.

L'ondée prend fin, un bout de ciel bleu pointe entre les nuages, je lève les yeux vers le ciel et respire le parfum d'après la pluie, cette pluie qui, comme Rahelika et Beki, a lavé la tombe de ma mère. Du revers de mon manteau, j'essuie les gouttes d'eau sur la pierre, telle une mère essuyant des miettes sur la bouche de son enfant.

Je suis seule. Ma famille est descendue vers la route contournant la colline où sont garées la voiture noire du bel Eli Cohen et la Lark blanche de mon père dans laquelle tout le monde s'entassera comme des sardines pour se rendre à la réception chez Rahelika.

L'atmosphère est un peu effrayante dans le cimetière, un frisson me parcourt l'échine. Je regarde à droite et à gauche pour m'assurer qu'on ne me voit pas et alors seulement, je sors de mon sac un rouge à lèvres carmin et l'applique par touches délicates sur ma bouche en dessinant un cœur, comme le faisait ma mère, et en essayant de ne pas dévier des lignes. Puis j'approche ma bouche de la pierre et y dépose un baiser tendre, laissant l'empreinte de mes lèvres rouges sur le marbre blanc et froid pour insuffler un peu de vie sur cette tombe banale et ennuyeuse. Je retire le papier cellophane de mon bouquet de fleurs et répands les œillets rouge sang sur la pierre tombale.

« Maman », dis-je en chuchotant.

J'embrasse à nouveau la pierre, pour la dernière fois, avant de prendre l'escalier.

Toute la famille attend près des voitures.

C'est alors que je le vois et je dois me frotter les yeux pour y croire.

« Que fais-tu ici ?

— J'ai vu l'annonce dans le journal.

— Et tu étais là tout ce temps ?

— Tout ce temps. »

« Tu viens ? me crie Roni avant de s'engouffrer dans la voiture de notre père.

— Allez-y déjà, je vous rejoins dans un moment. »

Les voitures s'éloignent et je reste seule avec Amnon.

« Tu sais, lui dis-je, quand j'étais à côté de la tombe de ma mère, j'ai pensé à toi.

— Vraiment ? À quoi as-tu pensé ?

— Au fait que j'ai eu un jour l'occasion d'aimer et l'ai laissée passer.

— Il n'y a pas un jour de ma vie, dit-il doucement, où je ne repense pas à cette occasion manquée. »

Je regarde son bon visage, ses grands yeux qui ont toujours su lire dans mon âme, et je lui tombe dans les bras. Amnon m'écarte un peu de lui et me demande :

« Alors comment vas-tu ?

— Maintenant, bien, mais ça a été terrible. »

Je lui parle de Philip, de mon grand-père, de ma mère et de son amour perdu, et je lui dis que je sais que ma mère l'a fait revenir vers moi car je ne suis plus en colère.

Amnon ne répond rien, il se contente de me serrer dans ses bras et je me laisse engloutir dans son grand corps.

Il fait nuit noire sur la colline, les morts sont allés se coucher. En contrebas, sur la route Jérusalem-Tel Aviv, s'écoule un fleuve de voitures, leurs phares allumés créant une vision magique. Nous nous asseyons au pied de la tombe de ma mère, collés l'un contre l'autre.

« Et toi, lui dis-je en murmurant, qu'es-tu devenu pendant tout ce temps ?

— Je suis parti jusqu'en Inde pour te fuir, répond-il. J'ai fait un long bout de chemin avec moi-même. Je cherchais un remède à ma douleur, à la sensation d'avoir raté quelque chose. Au début j'étais très en colère contre toi, contre ton aveuglement, tes erreurs de jugement. Et puis je me suis mis en colère contre moi-même, je me demandais pourquoi je ne m'étais pas battu pour toi, pourquoi j'avais laissé tomber.

« J'ai parcouru l'Inde de long en large, je suis allé à Manali et à Dharamsala, dans l'Himalaya, à Kasol et dans la vallée de Parvati, dans le Rajasthan, et finalement je suis arrivé au paradis, à Goa. Et là, dans cet endroit où la marée haute et la marée basse influent sur l'âme, à l'endroit où la jungle embrasse les étendues de sable dorées, où les vaches prennent le soleil au bord de la mer comme des humains, j'ai décidé de faire trois choses : me raser la barbe, rentrer à la maison et me mettre à ta recherche. Ton père m'a dit que tu étais toujours à Londres et m'a appris un mot en judéo-espagnol : *pasensia.* Alors j'ai pris une grande inspiration et j'ai attendu patiemment. Je savais que tu reviendrais et que, lorsqu'on se retrouverait, on resterait ensemble. Je ne te quitte plus, Gabriela.

— Et moi qui croyais t'avoir perdu, que cette occasion unique m'avait été retirée. Je pensais ne plus jamais aimer, ne pas avoir d'enfants, je m'étais promis de briser cette chaîne de femmes malheureuses de la famille Ermoza. Mais voilà, tu es ici, tu es revenu. »

Je l'embrasse et me blottis dans ses bras. *Un miracle, c'est un miracle,* me dis-je, *je suis en train de ressentir l'amour là exactement où Beki me l'avait prédit : entre le ventre et la poitrine, à l'endroit de mon cœur.*

REMERCIEMENTS

À mon regretté père, Mordechai Yishai, qui a attendu patiemment que je termine d'écrire pour pouvoir me lire. Moi aussi j'attendais le jour où je lui remettrais le manuscrit dédicacé.

Mon père est mort quelques mois avant la parution du livre. Je ne le remercierai jamais assez pour les heures passées à me raconter les récits de sa ville de Jérusalem et pour avoir fait revivre devant mes yeux tout un pan de son existence, avec un amour et une patience infinis. Je conserverai à jamais ces moments. C'est lui qui a choisi le nom Ermoza pour ma famille littéraire.

Lorsque je pense à lui, je pense immanquablement à ma mère, Levana Yishai, née Nachmias. Ils se présentent toujours ensemble, comme lorsqu'ils étaient vivants, et pas un jour ne passe sans que je pense à eux.

Je suis profondément redevable à Myriam Nahum, ma tante sage et adorée, la sœur de ma mère, qui m'a consacré tout le temps que je demandais, m'a appris des mots et des expressions en judéo-espagnol et qui a voyagé avec moi dans la machine à remonter le temps vers les années 1930, 1940 et 1950. Grâce à ses récits, ces années ont pris forme et vie devant mes yeux.

Toute ma vie, ma mère m'a conseillé d'observer le cousin Ben Zion, « Bentsi », d'apprendre de lui, de me cultiver. Et j'ai finalement suivi son conseil : merci à l'écrivain Ben Zion Nachmias. En lisant *Hamsa*, son formidable livre, j'ai beaucoup appris sur les coutumes de Jérusalem et l'atmosphère de la ville au début du XXe siècle.

Merci aux générations successives des familles Nachmias et Yishai pour l'inspiration et l'amour qu'elles me donnent depuis le jour de ma naissance, et en particulier à mes deux frères, Rafi et Alon.

Un remerciement tout particulier à mes tantes éternellement jeunes, Esther Mizrahi et Myriam Kadosh.

Un immense remerciement à ma chère Roni Modan. Je lui ai raconté que je rêvais d'écrire un roman, lui ai montré les premières pages et, sur la base du peu qu'elle avait lu, elle a décidé de publier le livre. C'était une marque de confiance que je n'oublierai jamais. J'en profite pour remercier Shula et Oded Modan et toute la famille Modan, en particulier Keren Uri, Naama Carmeli, Tali Tchelet et Ada Vardi pour leur soutien et l'accueil qu'ils me réservent depuis le jour où nous nous sommes rencontrés.

Je remercie du fond du cœur Michal Heruti et Shimon Riklin, mes merveilleux éditeurs, dont les commentaires et éclairages m'ont été d'une aide que les contraintes de place m'empêchent de détailler. Merci Michal pour ton professionnalisme, ta minutie, ta direction, ton soutien et ta curiosité. Merci Shimon pour ta patience, ta précision, ton attention aux moindres détails et ta capacité à me rassurer – sans vous, il manquerait le ciment qui fait tenir ce livre.

Merci à ma chère amie Raya Strauss Ben Dror, femme merveilleuse et faiseuse de miracles. Merci Raya d'avoir cru en moi dès le premier jour et de m'avoir confié la rédaction de mon premier livre – *Strauss, histoire d'une famille et d'une industrie*, l'histoire de ta famille. Tu m'as fait confiance alors que je n'étais pas encore certaine de pouvoir écrire un livre entier et tu m'as donné ma première chance. Je t'en serai éternellement reconnaissante.

Merci à Hava Levi, Roheleh Kerstein, Kami Wahaba et Ariella Atlalo. Chacune d'entre vous est unique et spéciale pour moi et j'apprécie infiniment que vous soyez toujours là à m'entourer de votre amour inconditionnel.

Merci à Avi Dassa, Haggai Malamud et Michal Hamri, mes collègues du journal *Olam Ha'isha*, et surtout à sa rédactrice en chef Mary York, pour toutes ces années de collaboration et les innombrables choses que j'ai apprises de vous.

Et à mes enfants chéris, Maya, Dan et Ori – merci.